Biblioteca Universale Rizzoli

Vite parallele in BUR

tutti con testo greco a fronte

Vite parallele

Plutarco

ALESSANDRO

Introduzione, traduzione e note di Domenico Magnino

CESARE

Introduzione di Antonio La Penna
Traduzione e note di Domenico Magnino

Testo greco a fronte

con contributi di Barbara Scardigli e Mario Manfredini

BUR

CLASSICI GRECI E LATINI

ISBN 88-17-16613-8

Titolo originale dell'opera:
ΒΙΟΙ ΠΑΡΑΛΛΗΛΟΙ
ΑΛΕΞΑΝΔΡΟΣ ΚΑΙ ΚΑΙΣΑΡ

Prima edizione: maggio 1987
Diciannovesima edizione: novembre 2004

BUR
Periodico settimanale: 3 novembre 2004
Direttore responsabile: Rosaria Carpinelli
Registr. Trib. di Milano n. 68 del 1°-3-74
Spedizione in abbonamento postale TR edit.
Aut. N. 51804 del 30-7-46 della Direzione PP.TT. di Milano
Finito di stampare nell'ottobre 2004 presso
il Nuovo Istituto Italiano d'Arti Grafiche - Bergamo
Printed in Italy

LA FORTUNA DI PLUTARCO

Pochi autori hanno conosciuto, nel corso della tradizione storica, periodi di fama incontrastata e quasi mitica come il Plutarco delle *Vite parallele*, l'unico forse, fra i classici, che in certe età abbia eguagliato la fortuna di Orazio o di Virgilio.

Plutarco fu conosciuto e ammirato dai contemporanei («*vir doctissimus ac prudentissimus*» lo qualificava, a trent'anni dalla morte, Aulo Gellio nelle sue *Notti Attiche*, I, 26,4) e il suo culto continuò in età bizantina, sia fra i pagani che fra i cristiani, che nei suoi scritti trovavano consonanza di princìpi etici ed umanitari.

Nel Medioevo di lui si predilesse la raccolta dei *Moralia*, un insieme di opuscoli di vera erudizione, in cui il gusto della curiosità enciclopedica si unisce all'interesse per le problematiche morali, esteso alle sfere più intime e quotidiane della vita (l'educazione dei figli, i rapporti coniugali, la gestione del patrimonio).

Con l'Umanesimo e il Rinascimento, l'insorgere di un nuovo senso dell'individualità, volto a cercare nei classici il proprio modello, riportò l'attenzione sulle biografie, che i dotti greci affluiti in Italia dopo la caduta di Costantinopoli contribuivano a divulgare, e di cui furono fatte le prime traduzioni in latino.[1] I grandi personaggi di Plu-

---

[1] Un breve sommario in A. Garzetti *Plutarchi Vita Caesaris*, Firenze 1954, pp. LXI sgg. Cfr. anche *Racconti di storia greca, racconti di storia romana, scelti dalle Vite parallele di Plutarco, volgarizzate da Marcello Adriano il Giovane*, con introd. di E. Gabba, Firenze 1961, o R. Aulotte, *Une rivalité d'humanistes: Erasme et Longueil, traducteurs de Plutarque*, «Bibl. Human. Renaiss.», 30, 1968, pp. 549 sgg.

tarco cominciarono ad alimentare l'immaginario poetico, offrendo materiale d'ispirazione in campo letterario, teatrale ed anche figurativo.[2] «Al ritratto degli altri» — scrive H. Barrow — «Plutarco aggiunse il proprio autoritratto, inconsciamente disegnato nelle *Vite* e nei *Moralia*: il ritratto dell'uomo buono, che viveva umilmente in accordo coi più alti modelli della classicità, sereno con se stesso, di aiuto per gli amici; l'ideale di un "veramente perfetto" gentiluomo, che la nuova Europa stava cercando. Forse nessun esplicito programma di scrittore raggiunse mai una più alta misura di successo».[3]

Fra i secoli XVI e XVIII la fama di Plutarco tocca il suo apogeo, come attesta il moltiplicarsi di edizioni e traduzioni. Escono in Francia l'edizione completa dello Stephanus (Paris 1572) e la famosissima traduzione di J. Amyot (*Les Vies des Hommes Illustres*, Paris 1559; *Les Œuvres Morales*, Paris 1572);[4] in Inghilterra la traduzione di Th. North (1579, con dedica alla regina Elisabetta) cui attinse Shakespeare e più tardi quella intrapresa da quarantun studiosi sotto la guida di J. Dryden (1683-86). Sono inoltre da ricordare l'edizione tedesca delle *Vite* curata da J.J. Reiske (1774-1782), che procedette a una nuova collazione dei manoscritti e l'edizione olandese dei *Moralia*

---

[2] Ad es. R. Guerrini, *Plutarco e l'iconografia umanistica a Roma nella prima metà del Cinquecento*, a cura di M. Faggioli, Roma 1985, pp. 27 sgg.; e lo stesso: *Plutarco e la biografia. Personaggi, episodi, modelli compositivi in alcuni cicli romani 1540-1550*, cap. 3 di *Dal testo all'immagine. La «pittura di storia» nel Rinascimento*, nell'opera collettiva *Memoria dell'antico nell'arte italiana*, «Bibl. di storia dell'arte, II» Einaudi Torino 1985, pp. 83 sgg. e *Plutarco e la cultura figurativa nell'età di Paolo III: Castel Sant'Angelo, Sala Paolina*, «Canad. Art. Rev.» 12, 1985, pp. 179 sgg.

[3] *Plutarch and his times*, London 1967 p. 176.

[4] Cfr. ad es. R. Aulotte, *Plutarque en France au XVIe siècle: trois opuscules moraux traduits par A. du Saix, Pierre de Saint-Julien et Jacques Amyot*, Études et Commentaires, Paris 1971. Cfr. anche E. Gerhard, *Der Wortschatz der französischen Übersetzungen von Plutarchs 'Vies parallèles' (1595-1694): Lexikologische Untersuchungen zur Herausbildung de français littéraire vom 16. zum 17. Jahrhundert*, Tübingen 1977.

II

pubblicata da D. Wyttenbach (Oxford 1795-1830) al quale si deve anche il lessico plutarcheo (Lipsia 1830, rist. 1962) tuttora indispensabile. Attraverso queste opere la conoscenza dello scrittore si diffuse in tutta l'Europa colta, alimentando la passione per la gloria e il sogno di un'umanità nobile e grande. Personaggi prediletti delle *Vite* furono, di volta in volta, gli eroi della guerra, come Alessandro e Cesare, o gli eroi del dovere, come Coriolano, o quelli delle virtù repubblicane, come Catone Uticense e Bruto, idoleggiati nell'età della Rivoluzione francese. Dalle pagine di Plutarco trassero ispirazione scrittori famosi. In Francia, dove la traduzione di Amyot divenne patrimonio diffuso, ne furono entusiasti estimatori Montaigne («è un filosofo che ci insegna la virtù» *Essais*, II, XXXII), Corneille, che dalle *Vite* trasse materia per i drammi *Sertorio* e *Agesilao*, Racine, che se ne ispirò per il *Mitridate*, Pascal, Molière;[5] in Inghilterra Shakespeare, cui la lettura di Plutarco offrì la traccia per le tragedie *Coriolano, Giulio Cesare, Antonio e Cleopatra;*[6] in Italia D'Azeglio, Leopardi, Alfieri, che allo spirito plutarcheo informò la sua stessa autobiografia;[7] in Germania Goethe, Schiller, Lichtenberg, Jean Paul[8] e molti altri.[9] Alla suggestione di Plutarco non si sottrassero neppure gli uomini di potere, principi assoluti come Enrico IV di Francia e Giacomo I d'Inghilterra, e «illuminati» come

[5] Cfr. ad es. M. Lamotte, *Montaigne et Rousseau, lecteurs de Plutarque,* Diss. Univ., New York 1980.

[6] Ad es. I. Altkamp, *Die Gestaltung Caesars bei Plutarch und Shakespeare,* Diss. Bonn 1933; M. Hale Shackford, *Plutarch in Renaissance England with special reference to Shakespeare,* Folcroft 1974; M. Khvedelidze, *Trois images de Coriolan: Plutarque-Shakespeare-Brecht* (in georg.), Gruzinskaja Sekspiriana 5, 1978, p. 132 sgg.; 267 sgg.; C.D. Green, *Plutarch rivised: A study of Shakespeare's last Roman tragedies and their sources,* Salzburg, Inst. f. Anglistik und Amerikanistik III, 1979.

[7] R. Hirzel, *Plutarch* Leipzig 1912, p. 179; A. Momigliano, *Plutarco,* p. 560.

[8] R. Hirzel, *Plutarch*, pp. 170 sgg.

[9] V. anche M.W. Howard, *The influence of Plutarch in the major European literature of the eighteenth century*, Diss. Maryland 1967, poi Chapel Hill 1970. Cfr. *The Classic Pages: Classical Reading of Eighteenth-Century Americans*, ed. da R. Meyer, Pennsylvania 1975.

Federico II di Prussia; rivoluzionari e repubblicani come Franklin e Washington fino a Robespierre e a Napoleone;[10] del suo influsso risentirono anche gli antesignani del moderno pensiero educativo, Rousseau e Pestalozzi.

Nell'Ottocento tuttavia la scena cambia: l'entusiasmo per Plutarco si attenua soprattutto nell'ambito della cultura tedesca di ispirazione romantica, segnata da tendenze anticlassicistiche ed antiretoriche, e volta a ricercare le radici prime della grecità o le peculiari tradizioni nazionali. Nel corso del secolo l'affermarsi della storiografia scientifica accentua la diffidenza verso uno scrittore giudicato scarsamente attendibile come fonte storica e privo di rigore filologico-strutturale. Il lavoro erudito si restringe nell'ambito degli specialisti (anche se molti artisti, come Wagner e D'Annunzio, continueranno ad amare Plutarco). Vengono ancora alla luce edizioni critiche di scritti singoli, sia dei *Moralia* che delle *Vite*, talora provvisti di commento minuzioso. Si interviene drasticamente sul corpus dei *Moralia*, negando l'autenticità di alcuni opuscoli tramandati nel cosiddetto catalogo di Lamprias (III-IV sec. d.C.).

Dopo i moltissimi contributi dell'inizio del Novecento, spesso intesi ad illustrare aspetti particolari delle *Vite*[11]

[10] Cfr. F.J. Frost, *Plutarch's Themistocles*, Princeton 1980, p. 41: «Le sue censure contro la disumanità e l'abuso del privilegio hanno infiammato spiriti liberali a un grado sensibilmente inferiore al punto di combustione, mentre la sua evidente predilezione per un potere illuminato gli ha procurato una favorevole collocazione nelle biblioteche dei meno illuminati despoti».

[11] D.A. Russel, *On reading Plutarch's Lives*, p. 139: «La fama e l'influenza di cui Plutarco godette nei giorni della riscoperta dell'antichità non poteva sopravvivere alla rivoluzione negli orientamenti storici ed accademici che segnarono il XIX secolo. Invece di essere considerato come uno specchio dell'antichità e della natura umana egli divenne ''un'autorità secondaria'', da usarsi là dove le ''fonti primarie'' venivano a mancare, ed egli stesso finì per essere lapidato dagli studiosi della ''ricerca delle fonti'' e abbandonato come un rudere. Conseguenza di ciò è l'abbandono delle *Vite* nei programmi dell'educazione. Dovrebbe inoltre essere evidente che, proprio in considerazione degli obiettivi storici per i quali il libro viene prevalentemente studiato, è del tutto ingannevole e pericoloso usare quello che è proprio uno dei più sofisticati prodotti dell'antica storiografia senza una costante attenzione ai piani e agli scopi del suo autore. Fortunatamente molto è stato scritto, soprattutto negli ultimi vent'anni, per ristabilire l'equilibrio».

o a studiare le fonti plutarchee o lo schema biografico (in contrapposizione a quello di Svetonio, che descrive il carattere del personaggio secondo categorie); dopo le ricerche volte ad individuare la provenienza di questo tipo di biografie (peripatetica, alessandrina, di ispirazione stoica), o a far distinzione tra categorie moralistiche e narrazione storica, corrispondente all'alternativa tra passi «eidologici» e passi «cronografici» (secondo la terminologia di Weizsäcker), oggi si sta dando, sembra con frutto, nuovo impulso all'interpretazione delle biografie per opera non tanto di studiosi tedeschi (il cui interesse attuale è senz'altro diminuito rispetto ai lavori delle generazioni di un Wilamowitz, di Weizsäcker e Ziegler), quanto soprattutto di anglo-americani (Stadter, Jones, Wardman, Russell, Pelling ed altri), di un grande studioso francese (R. Flacelière) e della sua scuola, di italiani (Valgiglio, Piccirilli, Manfredini, Desideri, Guerrini ed altri), ma anche di studiosi di altri Paesi, come dimostra la bibliografia che segue. In Italia stanno uscendo contemporaneamente ben tre edizioni complete delle biografie, ivi inclusa la presente.

Anche se più volte (cfr. le sue introduzioni alle Vite parallele di Alessando - Cesare, Nicia - Crasso, Emilio - Timoleonte) dichiara di non voler scrivere storia, ma piuttosto mettere in evidenza il carattere di un eroe, perché altri possano imparare da lui, oggi il biografo Plutarco viene apprezzato soprattutto dallo storico, per quello che gli offre e che non si trova altrove.

L'indagine sulle fonti menzionate e su quelle taciute (non solo per quanto riguarda le opere storiche, biografie ecc., ma anche — e specialmente per le *Vite* dei Greci —, opere poetiche, tragiche ecc.)[12] rimarrà sempre importante, anche se non fine a se stessa. Proprio in questo cam-

---

[12] Cfr. H. Schläpfer, *Plutarch und die klassischen Dichter: Ein Beitrag zum klassischen Bildungsgut*, Zürich 1950.

po Plutarco dev'essere riabilitato. Fatto segno in passato a frequenti accuse, per es. quella di non conoscere di prima mano pressoché nessuna delle fonti che cita, e di rifarsi a raccolte di aneddoti, apoftegmi, a manuali di compilazione storica, a riassunti ad uso delle scuole di retorica,[13] oggi sempre più numerosi contributi di studiosi (v. anche le introduzioni alle biografie di questo volume), hanno potuto dimostrare come Plutarco abbia attinto direttamente a molte delle fonti da lui citate, pur rimanendo piuttosto indipendente da esse. Non poche notizie da lui riportate e in passato ritenute semplici *curiosa*, si sono rivelate esatte, in base a reperti archeologici, topografici o epigrafici.[14] Rimangono naturalmente inesattezze, errori cronologici ed anche manipolazioni, che non sono tuttavia tali da ledere il quadro d'insieme.

Dagli studi recenti si originano contributi che oltrepassano la semplice analisi delle fonti e vanno in direzioni molteplici: si tenta ad es. di prendere in considerazione eventuali tradizioni orali; di ricercare all'interno del *corpus* delle *Vite* un possibile criterio in base a cui collegare un buon numero di biografie (forse la loro pubblicazione contemporanea?); si indaga sulle semplificazioni, operate da Plutarco, di situazioni storiche complesse e sulla «compressione» cronologica attuata al fine di perseguire determinati effetti d'insieme; e ancora sulle ragioni che lo hanno condotto a scegliere certi eroi e ad escluderne altri; o a dare, di certi personaggi, delineazione diversa, nell'ambito di *Vite* dedicate ad altri, rispetto ai dati della loro propria biografia; o a indagare l'esistenza di possibi-

[13] Esempi tipici sono E. Meyer, *Die Biographie Kimons*, in «Forschungen zur alten Geschichte» II Halle 1899, pp. 1 sgg.; W. Christ-W. Schmid-O. Stählin, *Gesch. der griech. Lit.*, München 1920, II 1, pp. 524 sgg.

[14] Uno dei primi ad attaccare con solide motivazioni questo atteggiamento ipercritico nei confronti di Plutarco è stato C. Theander (v. bibliografia).

li connessioni, finora non accertate, fra i *Moralia* e le *Vite*, testi a prima vista assai diversi.[15]

Di quello che dunque fu uno dei più significativi rappresentanti della cultura greca nell'età degli Antonini si tende oggi in definitiva ad apprezzare anche il lavoro di storico, e le *Vite* vengono assunte come possibili elementi di valutazione storica dell'epoca in cui si ambienta la vicenda degli eroi.

Dal catalogo di Lamprias risulta che una parte notevole delle opere plutarchee è andata perduta. Perdute sono le *Vite* di singoli personaggi (sia eroi del mito, sia figure storiche, ed anche letterati e filosofi, tutti legati in qualche maniera alla patria di Plutarco: Eracle, Cratete il Cinico, Esiodo e Pindaro, Aristomene e Daifanto), le biografie degli imperatori romani fino a Domiziano, ad eccezione di Galba e Otone e quelle di Leonida (*De Her. malignitate* 32, 866 B) e di Metello Numidico (*Mar.* 29), di cui invero non sappiamo neppure se mai furono scritte.

Delle *Vite parallele* pare manchi solo la prima coppia (Epaminonda e uno Scipione).[16] Confrontando sistematicamente un Greco e un Romano, il saggio cittadino di Cheronea e sacerdote di Delfi, amico di illustri politici e filosofi romani, intendeva, con grande sensibilità, contribuire alla comprensione reciproca tra i due popoli, le due culture, descritte nei loro aspetti comuni e nelle loro diversità.

[15] L'osservazione di Wolman (*The philosophical intentions*, p. 645: «Le attitudini che Plutarco presenta nei *Moralia* sono pure presenti, sia esplicitamente che implicitamente, nelle *Vite*. Plutarco fu essenzialmente un platonico...») è stata confermata recentemente da due lavori di tesi (svolti sotto la guida di R. Guerrini), in cui si analizzano a mo' di esempio, nella Vita di Fabio Massimo, la struttura linguistica e il lessico che risultano influenzati in maniera sorprendente da Platone.

[16] Secondo Ziegler (*Plutarch*, R.E., col. 895 sg.) si tratta di Scipione l'Africano, secondo K. Herbert (*The identity of Plutarch's lost Scipio*, «Am. Journ. Phil.» 78, 1957, p. 83 sgg.) dell'Emiliano. Per Epaminonda cfr. C.J. Tuplin, *Pausanias and Plutarch's Epaminondas*, «Class. Quart.» 34, 1984, pp. 346 sgg.

A conclusione di ogni coppia, i due personaggi vengono esplicitamente messi a confronto (*Synkrisis*),[17] talora con l'introduzione di elementi di differenza non anticipati nella biografia, mentre le affinità spesso sono poste in evidenza già nel proemio. A differenza dei semplici accostamenti tra Greci e Romani presenti nelle *Imagines* di Varrone e nelle biografie di Cornelio Nepote, Plutarco è il primo a formulare confronti diretti in questa forma.[18]

Nell'introduzione alle *Vite* di Demetrio e di Antonio, Plutarco dichiara di voler presentare una o due coppie destinate a costituire un esempio negativo. A prescindere dalla difficoltà di identificare la possibile seconda coppia, l'immagine complessiva di Demetrio e di Antonio non sembra distinguersi, per connotati negativi, da quella di altri personaggi, segnati da analoghi difetti o vizi. La presenza di questo abbinamento con cifra al negativo appare del resto in armonia col proposito che l'autore delinea nell'introduzione alle *Vite* di Cimone e di Lucullo: egli dichiara di voler presentare il carattere e l'operato dell'eroe con la massima benevolenza possibile, ma senza dimenticare mai che la natura non è in grado di produrre un uomo per ogni aspetto inappuntabile. Tra un personaggio di qualità prevalentemente positiva a un altro che per più aspetti appaia riprovevole, la differenza non è mai abissale.

Altri problemi — le contraddizioni che segnano l'immagine di certi eroi, il cui contorno appare diversamente delineato nelle *Vite* ad essi dedicate e negli accenni che li riguardano all'interno di altre *Vite*, la questione concernente la cronologia relativa delle biografie o quella della palese prevalenza di interessi religiosi, sociali o altri —

---

[17] Ultimamente v. C.B.R. Pelling, *Synkrisis in Plutarch's Lives*, Atti del primo convegno di studi su Plutarco, cit. nella bibliografia, pp. 83 sgg.

[18] Su intenti di comparazione biografica nella letteratura greca vd. adesso: P. Desideri, *Parallelismo e sincronia: Le ragioni della morale*, in corso di stampa sulla rivista «Athenaeum».

avranno dettagliata trattazione nella introduzione a ciascuna *Vita*. Qui si accenna ancora a due anomalie, rispetto alla struttura «normale» delle coppie: la mancanza della *Synkrisis* in quattro casi (Alessandro-Cesare; Temistocle-Camillo; Pirro-Mario e Focione-Catone Uticense)[19] e l'inversione dell'ordine tradizionale (un Greco-un Romano) in tre casi (Coriolano-Alcibiade; Emilio-Timoleonte; Sertorio-Eumene), in cui forse il personaggio greco appariva figura meno dinamica e meno lineare.

BARBARA SCARDIGLI

---

[19] Probabilmente non dipende dalla mancanza di aspetti comuni (così Erbse, *Die Bedeutung*, cit. nella bibliografia, p. 406); ad es. Catone Uticense rivela molti tratti comuni con Focione.

LA TRADIZIONE MANOSCRITTA DELLE *VITE*

Le *Vite* di Plutarco sono tramandate, tutte o in parte, talora anche per brevi *excerpta*, da poco meno di cento codici, pochi dei quali tuttavia — neppure una decina, e tutti del periodo umanistico — contengono l'intero *corpus* delle biografie. Essi si possono ricondurre ad una *recensio bipartita* o ad una *recensio tripartita*, secondo che risalgano ad una edizione antica, o meglio tardo antica se non pure ormai bizantina, in due o rispettivamente tre volumi delle biografie, con l'avvertenza tuttavia che l'appartenenza di un manoscritto all'una o all'altra *recensio* non è sempre univoca, perché talora il medesimo codice attiene per alcune *Vite* alla *bipartita*, per altre alla *tripartita*.

Nell'edizione in due volumi — quale è dato ricostruire per il I volume dai suoi rappresentanti a noi pervenuti, per il II dagli *excerpta* nella *Bibliotheca* di Fozio, del sec. IX — le *Vite* erano disposte secondo la cronologia dei personaggi greci, nel seguente ordine:[1]

I   [Theseus-Romulus]
      Lycurgus-Numa
      Solo-Publicola
      Aristides-Cato maior
      Themistocles-Camillus

---

[1] Fra parentesi si indicano le *Vite* non conservate in alcun manoscritto secondo la *recensio bipartita*.

Cimo-Lucullus
Pericles-Fabius Maximus
Nicias-Crassus
[Coriolanus-Alcibiades]
[Lysander-Sulla]
Agesilaus-Pompeius
[Pelopidas-Marcellus]

II [Dio-Brutus]
[Paulus Aemilius-Timoleon]
[Demosthenes-Cicero]
[Phocio-Cato minor]
[Alexander-Caesar]
[Sertorius-Eumenes]
[Demetrius-Antonius]
[Pyrrhus-Marius]
[Aratus-Artoxerxes]
[Agis Cleomenes-Tib. et C. Gracchi]
[Philopoemen-Flamininus]

Nell'edizione in tre volumi, invece, a noi documentata da un numero ben maggiore di codici, la successione è determinata dall'etnico dei personaggi greci, cosicché la serie delle biografie si apre con gli Ateniesi e si chiude con gli Spartani, mentre il criterio cronologico è osservato all'interno di ciascun gruppo:[2]

I 1 Theseus-Romulus
2 Solo-Publicola
3 Themistocles-Camillus
4 Aristides-Cato maior

[2] All'ordine della *recensio tripartita* si rinvia per indicare le *Vite* contenute dai singoli codici: le due *Vite* di ciascuna coppia — numerata in ordine progressivo con cifra arabica per ciascuno dei tre volumi, indicato in cifra romana — sono contraddistinte rispettivamente con le lettere a e b.

Anche se vi è ragione di ritenere che l'edizione in due volumi sia più antica, e che la suddivisione — secondo nuovi criteri di successione delle *Vite* — in tre volumi sia probabilmente avvenuta nella prima metà del sec. X, le due recensioni risalgono comunque a due diverse edizioni antiche traslitterate in minuscola, e si è pertanto di fronte ad una tradizione aperta.

Il più insigne rappresentante della *recensio bipartita* è Seitenst. 34, sec. XI-XII (III 5; I 243567; III 7), in alcuni fogli caduti supplito da mano del sec. XV, dal quale, per le *Vite* che contiene, discendono tramite un esemplare comune oggi perduto (Z) Ambros. A 151 sup. (= 48), sec. XV (III 5; I 243567; III 7 + III 1-4); Holkh. Gr. 96, sec. XV (III 5; I 2435); Paris. Gr. 1676, sec. XV (III 5; I 243567; III 7 + II 1-4a mut.); Paris. Gr. 2955, sec. XV

(III 5; I 24); Scor. Φ II 17, sec. XV (III 5; I 243a5a6a7a + II [1a] 2a3) e il suo gemello Vatic. Pal. Gr. 286, sec. XV (III 5; I 243a5a6a7a; III 7 + II 1a2a3).[3]

Alla famiglia Z appartengono, oltreché per III 57, anche per II 12347 non solo i già citati Paris. Gr. 1676, Scor. Φ II 17 e Vatic. Pal. Gr. 286, ma ancora Marc. Gr. 385, sec. XIV (I 6b; I 1236a; III 7; II 1; I 4; II 34a (mut.)7; III 5; I 7; II 2),[4] con il suo apografo Vatic. Gr. 1007, a.1428 (I 1236a6b58; III 7; II 1; I 4; II 37; III 5; I 7; II 2),[5] che seguono Z anche per I 4, mentre per I 12367 sono della *recensio tripartita* e appaiono discendere, tranne che per I 6b, insieme con Vatic. Gr. 2175, sec. XIV (I 1236; II 6; III 3-5; II 5; I 459, *Galba-Otho*; alcuni *Moralia*)[6] dal planudeo Paris. Gr. 1674, tramite un codice oggi perduto (δ); per II 12347 Ambros. A 173 inf. (= 813) (II 12347 init. et fin. mut.) e Laur. 69, 34, sec. XV (II 12347) già unito a Laur. 69, 31 (III 1; II 7b mut; III 27; I 57; III 6; I 8ba);[7] per II 74 Harl. 5692, sec. XIV-XV (II 74; III 6; I 8 ba; II 6; III 4b; II 5; I 4b; I 9; *Galba-Otho*; alcuni *Moralia*);[8] per III 7 e II 1 Paris. Gr. 1677, sec. XIV (I 6b mut. 789 + III 7; II 1), già unito a Paris. Gr. 1679 (III 1-6b mut.; I 1-6b mut.); in I 6 Paris. Gr. 1672, metà sec. XIV (I 1-9; II 1-7; III 1-7; *Moralia*).

[3] Nella parte finale di III 7b, dove è caduta la parte antica di Seitenst. 34, Z discende dalla medesima fonte di Matr. 4685.

[4] I 6b è stato premesso da altra fonte dal Bessarione.

[5] Per I 6b58 è un apografo di Paris. Gr. 1673. Apografi di Vatic. Gr. 1007 sono Laur. 69,4 (I 1-9; in I 9 è una copia di Vatic. Gr. 138) e Harl.5638 + Harl. 5663, ff. 69-79. sec. XVI (II 7ba; III 7b). Vatic. Gr. 1007 presenta tuttavia rispetto al suo antigrafo Marc. Gr. 385 varianti per congettura o per collazione da altri codici che non permettono di eliminarlo dalla *recensio*.

[6] Suo apografo è Vatic. Gr. 2190, sec. XV (I 12364957), che tuttavia ha tratto I 7, assente in Vatic. Gr. 2175, da Laur. 69, 31.

[7] La divisione in due codici distinti del manoscritto, che conteneva in origine II 12347; III 27; I 57; III 6;I 8ba, è stata fatta già nello scrittorio, prima della rilegatura dei quaternioni, per inserirvi anche III 1.

[8] Ne discendono Scor. Ω I 6 e Vatic. Gr. 1310, entrambi del sec. XV, che hanno le medesime *Vite*, e per III 4b *Galba-Otho* Laudian. 55, sec. XV.

I rapporti fra alcuni di questi codici sono abbastanza complessi, e lasciano intravvedere una fonte comune da cui essi attingono: Harl. 5692 nella seconda parte (II 6; III 4b; II 5; I 4b9ba; *Galba-Otho*) ripete — con alcune omissioni — la seconda parte di Vatic. Gr. 2175 (II 6; III 345; II 5; I 459; *Galba-Otho*), del quale appare discendente, non collaterale, mentre nella prima parte (II 74; III 6; I 8ba) si apparenta a Laur. 69, 34 + Laur. 69, 31 (II 12347; III 1; II 7b mut.; III 27; I 57; III 6; I 8ba), contenendo le stesse *Vite* che sono ora alla fine del primo e del secondo codice, senza peraltro derivarne. Ad essi si collega Vind. Suppl. Gr. 11, sec. XV (I 98; II 56; I 1), che si apparenta in I 8 a Laur. 69, 31 (ma non presenta l'inversione ba all'interno della coppia), in II 56 a Harl. 5692 e Vatic. Gr. 2175, in I 1 alla *stirps Iuntina* e in I 9 a Laur. 69, 32, sec. XV (III 345; I 694), dal quale è stata tratta la seconda parte di Vatic. Pal. Gr. 166, sec. XV (II 12347; I 6b94), che per la prima parte è un apografo di Laur. 69, 34.

Ben più numerosi sono i codici della *recensio tripartita* (Y), i cui rapporti reciproci non sempre sono tuttora adeguatamente precisati, e meritano ulteriori studi e revisioni anche dei risultati già raggiunti.

Alcuni fra i manoscritti più antichi, della seconda metà del sec. X, caratterizzati dall'impaginazione a 32 righe, rappresentano la *recensio Constantiniana*, cioè l'edizione curata nella prima metà del medesimo secolo dall'imperatore Costantino Porfirogenito (morto nel 959): essi sono Vatic. Gr. 138, sec. X (I 1-9);[9] Athous Lavra Γ84 (= 324) + Paris. Suppl. Gr. 686, ff. 40-45 (II 3-7, init., fin. et passim mut.); Laur. 69, 6, a.997 (III 1-7);[10] Vatic. Gr. 437, f. 213rv (fr. di III 7b). Alla stessa *recensio* vanno ricondotti Barocc. 137, sec. XIV (I 1-9)[11] con il gemello Hunter. 424, a.1348 (I 1-9), e Marc. Gr. Cl. IV 55, sec. X-XI

---

[9] In I 9 supplito da mano del sec. XIV — la medesima che ha vergato Paris. Gr. 1672 e Vatic. Pal. Gr. 2 — è collaterale di Matr. 4685.

[10] Suo apografo è Vatic. Pal. Gr. 167, sec. XV (III 1-7).

[11] Della medesima mano è Bonon. 3629 (III 1-7).

(III 1-4; II 1-7).[12] Nel II volume delle *Vite* presentano alcune caratteristiche codicologiche — fregi accanto ai titoli delle singole biografie — uguali a quelle di Athous Lavra Γ84 (= 324) e di Marc. Gr. Cl. IV 55 i codici Vind. Hist. Gr. 60, sec. XII (II 1-6a), imparentato con Monac. Gr. 85, sec. XII (II 1-7) e con Crem. Gov. 160, sec. XV (II 1-7),[13] nonché Marc. Gr. 386 sec. XI (II 3-6; III 12), che in II 3-6 non appare congiunto da particolari legami a Athous Lavra Γ84 (= 324) e Marc. Gr. Cl. IV 55, mentre in III 1-2 si separa nettamente da Laur. 69, 6 perché appartiene ad altra *recensio*.

Un'edizione diversa, anch'essa documentata per il sec. X da manoscritti dei *Moralia*, caratterizzati dall'impaginazione a 22 righe, è rappresentata per le *Vite* da Pal. Heid. Gr. 168 + Pal. Heid. Gr. 169, sec. XI, già uniti (II 1-4 + 5-7),[14] dalla cui stessa fonte derivano, per le *Vite* del II volume in essi contenute, Holkh. Gr. 95 (già 274), sec. XV (I 53a2b2a3b; III 5; II 12347 fine mut.),[15] Barocc. 114, sec. XV (II 4ab fine mut.) e Laur. 56, 4, sec. XV (alcuni *Moralia*; II 5-7).

Sempre nel sec. X-XI si annoverano alcuni esponenti di rami collaterali alla *recensio Constantiniana*.

Per il volume II delle *Vite* si ha Laur. conv. soppr. 206, metà sec. X (II 1-7),[16] capostipite della famiglia Λ alla quale appartiene, per II 1-7, la posteriore *recensio Planudea*.

---

[12] Ne è un apografo in III 1-4 Lond. add. 5423, sec. XV (II 6b7; III 1-4), che nella prima parte attiene alla *recensio Planudea*.
[13] Della medesima mano è Paris. Gr. 1675, sec. XV (I 1-9; alcuni *Moralia*).
[14] Suo apografo è Ambros. R 88 sup. (= 715), sec. XV (II 1b1a5b).
[15] Nella prima parte è un apografo di Laur. conv. soppr. 169, appartiene cioè alla *stirps Iuntina*.
[16] Nei ff. 41-46 (parte di II 1b) la parte originaria caduta è stata supplita da mano del sec. XV; tutto il codice presenta correzioni da più mani. Esso deriva direttamente da un codice in maiuscola, forse del sec. IV-V. Prima che fosse corretto ne è stato tratto Paris. Gr. 1678, sec. XI (II 712; alcuni *Moralia*), mutilo e scompaginato.

Per il volume III delle *Vite* un ramo della tradizione — che risale tutta ad un comune archetipo già traslitterato in minuscola — ha come unico rappresentante Coislin. 319, sec. X-XI (III 1b mut. -7), che prima della mutilazione iniziale conteneva l'intero III volume. Tutti gli altri codici si dividono — per III 1-4 — nelle due grandi recensioni Λ e Π.

A Λ attengono i codici della *recensio Constantiniana* e della posteriore *Planudea*, nonché, tra i codici che contengono solo *Vite* del III volume, Vatic. Gr. 1012, sec. XIV (III 1-4a).

Di Π gli esponenti più antichi e autorevoli sono i due codici gemelli, entrambi della seconda metà del sec. X, Vatic. Urb. Gr. 97 e Pal. Heid. Gr. 283 (III 1-4; alcuni *Moralia*),[17] il primo dei quali presenta, a fianco dei titoli di due tra i *Moralia* in esso contenuti, lo stesso motivo decorativo già riscontrato in alcuni codici della *recensio Constantiniana* e nel già ricordato Marc. Gr. 386, sec. XI (II 3-6; III 12), che nelle *Vite* del III volume appartiene anch'esso alla *recensio* Π. A questa vanno ascritti — almeno per III 1-4 — Bonon. 3629, sec. XIV (III 1-7)[18], Vatic. Gr. 137, sec. XV (II 1-7; III 1-7 fine mut.)[19] e il già citato Laur. 69, 32, sec. XV (III 3-5; I 694), che appaiono tutti e tre strettamente imparentati, nonché Ambros. A 151 sup. (= 48), sec. XV (III 5; I 243567; III 7 + III 1-4), anch'esso già citato quale appartenente nella prima parte alla *recensio bipartita*,[20] ed infine i codici della *stirps Iuntina*.

---

[17] In Vatic. Urb. Gr. 97 i ff. 1-13 con la prima parte di III 1a sono stati suppliti da mano del sec. XIV; Pal. Heid. Gr. 283 ha omesso di trascrivere uno dei *Moralia* presenti nel codice gemello.

[18] È scritto dalla medesima mano di Barocc. 137 (I 1-9), appartenente alla *recensio Constantiniana*.

[19] Dallo scriba vi è stato lasciato incompleto II 7b; III 1-7 è di altra mano, ma il codice è unitario. Resta da precisarne la posizione in II 1-7, dove in alcune lezioni si accorda con Vatic. Gr. 1008, sec. XIV (II 1-7); entrambi appaiono di tradizione contaminata.

[20] In III 1-4 ha spesso lezioni comuni con Vatic. Pal. Gr. 2.

Della fine del sec. XIII è l'edizione curata da Massimo Planude di tutto il *corpus* (*Vite* e *Moralia*) dell'opera plutarchea; il capostipite della *recensio Planudea* nelle *Vite* è Paris. Gr. 1672, a.1296 (I 1-9; II 1-7; III 1-7; *Moralia* 1-69), da cui discendono direttamente Paris. Gr. 1674, sec. XIV in. (I 1-9; II 1-7; III 1-7), e tramite questo per vari gradi Ambros. A 253 inf. (= 831), sec. XV (I 1-9), i già menzionati Vatic. Gr. 2175, Vatic. Gr. 2190, Marc. Gr. 385, Vatic. Gr. 1007, Laur. 69, 4, Lond. add. 5423, nonché per II 1-7, III 7 e *Galba-Otho* Marc. Gr. 384, a.1467 (I 1-9; III 1-6; II 1-7; III 5; *Galba-Otho*).[21] La *recensio Planudea* appare congiunta nel I e III volume ai codici della *recensio Constantiniana* Vatic. Gr. 138 e Laur. 69, 6, nel II a Laur. conv. soppr. 206, ma non da essi direttamente o meccanicamente derivata.

Fra i manoscritti della *recensio tripartita* posteriori alla *Planudea* si ha innanzitutto Paris. Gr. 1672, metà sec. XIV (I 1-9; II 1-7; III 1-7; *Moralia* 1-78),[22] dal quale — o dalla cui fonte? — discende Canon. 93 + Ambros. D 538 inf. (= 1000), a.1362, già uniti (I 1-9; II 1-5a mut. + II 5a mut. 67; III 1-7; *Galba-Otho*);[23] da questo derivano, direttamente o indirettamente, Vatic. Urb. Gr. 96, a.1416 (I 1-9; II 1-7; III 1-7), Ambros. A 153 sup. (= 48), sec. XV (*excerpta* da I 12a3; II 123456; I 2b45678b), Laur. 69, 1, a.1431 (I 1-9; II 1-7; III 1-7), Mosq. 338, sec. XV ex. (I 1-9), Barocc. 200, a.1515 (I 123a mut.), Barocc. 226, sec. XVI (I 123a mut.), Mutin. II D 1 (= 100), sec. XV (III 3b).

[21] Per I 1-9 e III 1-6 è un apografo di Laur. conv. soppr. 169, appartiene cioè alla *stirps Iuntina*; per *Galba-Otho* il modello è Marc. Gr. 248 (*Moralia*).

[22] In I 6 segue la *recensio bipartita*; in II 1-7 si accosta talora a Monac. Gr. 85, Vind. Hist. Gr. 50 e Crem. Gov. 160; in III 1-7 va con la *recensio* Λ.

[23] In II 1-7 si prepara chiaramente da Paris. Gr. 1672; in queste *Vite*, in III 7 e *Galba-Otho* ne discende Laur. 69, 3, a. 1398 (II 1-7; III 6b mut. + III, 7, *Galba-Otho*), già formante un'unica edizione in due tomi con Laur. conv. soppr. 169 (I 1-9; III 1-6b mut.), che è un apografo di Paris. Gr. 1677 + Paris. Gr. 1679 (ma in I 9b è stato tratto anch'esso da Canon. 93 + Ambros. D 518 inf.)

Dal medesimo copista di Paris. Gr. 1672 è stato scritto Vatic. Pal. Gr. 2, metà sec. XIV (I 1-9; II 1-7; III 1-7), il quale, pur essendo ad esso talora congiunto, non deriva sempre da una medesima fonte, ma rappresenta una tradizione ormai ampiamente contaminata, con apporti anche dalla *recensio bipartita*.[24] Ugualmente contaminati sono Paris. Gr. 1673, sec. XIV (I 1-9; II 1-7; III 1-7)[25] e Matr. 4685, sec. XIV (I 178ba9; III 7 + III 1-6 + III 7a mut.),[26] che tuttavia — Matr. 4685 soprattutto nella sua prima parte — non possono essere eliminati dalla *recensio*, perché spesso offrono essi soli — e ciò vale in minor misura anche per Vatic. Pal. Gr. 2 — lezione corretta contro il resto della tradizione.

Un secondo gruppo di manoscritti forma la *stirps Iuntina*, così detta perché su uno di essi, il Laur. conv. soppr. 169, è stata esemplata — per le *Vite* in esso contenute — l'*editio princeps* delle *Vite* curata nel 1517 a Firenze per i tipi di Filippo Giunta da Eufrosino Bonino, che si è valso peraltro dell'apporto di altri manoscritti, sui quali ha spesso corretto il Laur. conv. soppr. 169, e che per le *Vite* in esso non contenute (II 1-7) si è fondato su Laur. conv. soppr. 206. Capostipite della *stirps Iuntina* sono i già ricordati Paris. Gr. 1679 + Paris. Gr. 1677, sec. XIV, originariamente uniti (III 1-6b mut.; I 1-6b mut. + I 6b mut. -9; III 7; II 1),[27] dai quali discende Laur. conv. soppr. 169, a.1398 (I 1-9; III 1-6b mut.), antigrafo di Marc. Gr. 384, a.1467 (I 1-9; III 1-6; II 1-7; III 7; *Galba-Otho*),[28]

[24] In III 1-7 appartiene alla *recensio* Λ.

[25] In I 1-9 coincide spesso, esso solo, con Vatic. Gr. 138, dal quale deriva tramite un intermediario che ha attinto anche alla *recensio bipartita*. In I 6b58 è, come si è visto, il modello di Vatic. Gr. 1007 e in II 1b di Paris. Gr. 1677; in III 1-7 appartiene alla *recensio* Λ.

[26] Nella seconda parte (III 1-6) appartiene alla *recensio* Λ e si accosta alla *recensio Constantiniana*.

[27] In III 1-4 appartiene alla *recensio* Π; in I 9b è un apografo di Hunter. 424; in III 7a di Ambros. A 151, in II 1a di Vatic. Pal. Gr. 286; infine in II 1b di Paris. Gr. 1673.

[28] In II 1-7, III 7, *Galba-Otho* appartiene alla *recensio Planudea*. Suo apografo è Paris. Gr. 1750, a. 1560 (I 9b).

e di Holkh. Gr. 95, sec. XV (I 53a2b2a3b; III 5 + II 12347 fine mut.),[29] e in I 1 fors'anche il già citato Vind. Suppl. Gr. 11, sec. XV (I 98; II 56; I 1).

Alla stessa fonte del capostipite della *stirps Iuntina* risalgono, per diversi rami e varie contaminazioni, Paris. Gr. 1675, metà sec. XV (I 1-9; alcuni *Moralia*)[30] e Ambros. E 11 inf. (= 1012), sec. XV (I 1-9; *Galba-Otho*). Merita invece di essere accertata la posizione relativa nella *recensio tripartita* di Marc. Gr. 526, a.1431/1436 (*excerpta* da I 53a; I 1-9; II 1-7; III 1-7), autografo del Bessarione.

Alcuni dei codici della *recensio tripartita* recano indicazioni sticometriche relative all'intera coppia al termine di ciascuna delle *Vite* del I volume, tranne per le coppie *Arist.-Cato ma., Dem.-Cic.* (I 1ab2ab3ab5ab6ab7ab8ab), e per il II volume al termine di *Dio, Brut., Flam., Alex.,* mentre esse mancano del tutto nel III volume:[31] queste indicazioni sembrano risalire a precedenti raccolte minori delle biografie, le cui notazioni sticometriche sono state mantenute soltanto dai codici della *recensio tripartita* forse perché derivata da quelle raccolte.

Tracce, sia pur lievi ma preziose, di redazioni molto antiche, il cui testo — fors'anche perché piú vicino all'archetipo plutarcheo — appare meno corrotto di quello dei manoscritti pervenutici, restano nei codici di Appiano, che sotto il nome di questo autore ci hanno tramandato la

---

[29] Nella seconda parte (II 12347) è congiunto a Pal. Heid. Gr. 168 + Pal. Heid. Gr. 169.

[30] Della stessa mano è, come sì è visto, Crem. Gov. 160.

[31] Per il I volume Vatic. Gr. 138, i planudei Paris. Gr. 1671, Paris. Gr. 1674 e Ambros. A 253 inf. (= 831), nonché Ambros. E 11 inf. (= 1012) (quest'ultimo solo per I 1ab): per il II volume Laur. conv. soppr. 206, i planudei, Paris. Gr. 1671, Paris. Gr. 1674 e Marc. Gr. 384, e ancora Athous Lavra Γ 84 (= 324) (per II 5b), Monac. Gr. 85 (per II 2ab), Vatic. Gr. 1008 (per II 2ab5b), Vind. Hist. Gr. 60 (per II 2ab5b) e Paris. Gr. 1676 (per II 2ab).

compilazione di alcuni capitoli della plutarchea *Vita di Crasso*, e negli *Excerpta Constantiniana*, nei quali alcuni frammenti attribuiti a Dione Cassio sono tratti dalla *Vita di Silla*.

Nessun apporto, infine, recano alla conoscenza della storia della trasmissione del testo i papiri, che ci hanno tramandato in Pap. Heid. 209, a.180 ca., poco meno di un capitolo della *Vita di Pelopida*; in Pap. Köoln 47 + Pap. Gen. inv. 272a-b, provenienti dal medesimo rotolo, prima metà sec. III, alcuni capitoli della *Vita di Cesare* e in Pap. Oxy. 3684 poche righe della *Vita di Licurgo*: le loro varianti, anche se genuine, non offrono elementi per confrontarle con le diverse recensioni medievali, formatesi in epoca successiva.[32]

MARIO MANFREDINI

---

[32] La presente nota, di necessità molto sintetica, anticipa talora i risultati di studi in corso di stampa o che attendono di essere completati; essa è una revisione di quella pubblicata nella prefazione alla prima edizione. Per molte informazioni e più ampli e puntuali riferimenti bibliografici si rinvia a K. Ziegler, *Die Überlieferungsgeschichte der vergleichenden Lebensbeschreibungen Plutarchs*, Leipzig 1907; J. Irigoin, *Les manuscrits de Plutarque à 32 lignes et à 22 lignes*, «Actes du XIVᵉ Congrès International des Etudes Byzatins, Bucarest, 6-12 septembre 1971 », Bucarest 1976, III, pp. 83-87; Id., *La formation d'un corpus. Un problème d'histoire des textes dans la tradition des* Vies parallèles *de Plutarque*, «Revue d'Histoire des Textes», XII-XIII, 1982-1983 [1985], pp. 1-11; M. Manfredini, *La tradizione manoscritta della* Vita Solonis *di Plutarco*, «Annali della Scuola Normale Superiore di Pisa», S. III, VII, 1977, pp. 945-998; Id., *Nuovo contributo allo studio della tradizione manoscritta di Plutarco: le* Vitae Lycurgi et Numae, «Annali della Scuola Normale Superiore di Pisa», S. III, XI, 1981, pp. 33-68; Id., *Note sulla tradizione manoscritta delle «Vitae Thesei-Romuli» e «Themistoclis-Camilli» di Plutarco*, «Civiltà Classica e Cristiana», IV, 1983, pp. 401-407; id., *Codici plutarchei di umanisti italiani*, «Annali della Scuola Normale Superiore di Pisa», S. III, XVII, 1987, pp. 1001-1043.

GIUDIZI CRITICI

I

«I romanzi finirono con l'estate del 1719. L'inverno che seguì fu tutto diverso. Esaurita la biblioteca della mamma, ricorremmo alla parte di quella di suo padre che ci era toccata. Fortunatamente vi si trovavano buoni libri; né poteva essere altrimenti, essendo stata raccolta da un pastore, è vero, e anche sapiente, come usava allora, ma provvisto di gusto e di spirito. *La storia della Chiesa e dell'Impero* del Le Sueur, *Il discorso sulla storia universale* del Bossuet, gli *Uomini illustri* di Plutarco, la *Storia di Venezia* del Nani; le *Metamorfosi* di Ovidio, La Bruyère, *I mondi* del Fontenelle, i suoi *Dialoghi dei morti* e qualche tomo di Molière vennero trasportati nello studio di mio padre, ove glieli leggevo ogni giorno mentre lavorava. Vi presi un gusto raro e forse unico a quell'età. Plutarco, soprattutto, fu la mia lettura favorita; il piacere che provavo rileggendolo di continuo mi guarì un poco dei romanzi, e in breve preferii Agesilao, Bruto, Aristide a Orondate, Artamene e Juba. Da quelle interessanti letture e dai colloqui che esse suscitavano tra mio padre e me, mi sortì questo spirito libero e repubblicano, questo carattere indomabile e fiero, insofferente del giogo e del servaggio che mi ha tormentato per tutta la vita nelle situazioni meno atte ad assecondarne lo slancio. Così sprofondato in Roma e in Atene, vivendo per così dire con i loro grandi uomini, io stesso nato cittadino d'una repubblica e figlio d'un padre in cui l'amor di patria era la passione predominante, me ne infiammavo prendendo esempio da lui; mi credevo greco e romano, e diventavo il personaggio di cui leggevo la vita: la storia degli episodi di costanza e d'intrepidità che m'avevano colpito mi faceva brillare gli occhi e levar la voce. Un giorno che narravo a tavola la vicenda di Muzio Scevola, si spaventarono vedendomi tendere e mantenere la mano su uno scaldavivande per renderne il gesto.»

J.J. Rousseau, *Confessioni*, 1770

II

«Plutarco mi affascina sempre: ci sono delle circostanze legate alle persone che fanno sempre piacere. Quando, nella vita di Bruto, descrive gli accidenti che capitano ai congiurati presi dalla paura prima dell'esecuzione, si teme per i poveri congiurati. Poi si ha pietà di Cesare. Prima si trema per i congiurati, poi si trema per Cesare.»

Montesquieu, *I miei pensieri*

III

«Ma il libro dei libri per me, e che in quell'inverno mi fece veramente trascorrere delle ore di rapimento e beate, fu Plutarco, le vite dei veri grandi. Ed alcune di quelle, come Timoleone, Cesare, Bruto, Pelopida, Catone, ed altre, sino a quattro e cinque volte le rilessi con un tale trasporto di grida, di pianti, e di furori pur anche, che chi fosse stato a sentirmi nella camera vicina mi avrebbe

certamento tenuto per impazzato. All'udire certi gran
tratti di quei sommi uomini, spessissimo io balzava in
piedi agitatissimo, e fuori di me, e lagrime di dolore e di
rabbia mi scaturivano del vedermi nato in Piemonte ed
in tempi e governi ove niuna alta cosa non si poteva né
fare né dire, ed inutilmente appena forse ella si poteva
sentire e pensare.»

V. Alfieri, *Vita*, 1803

IV

«Sarebbe ora di cercare Plutarco nelle *Vite parallele*, invece di indagare solo le sue fonti e di rimproverarlo per
non essere stato uno storico, cosa che appunto non voleva essere.»

U. von Wilamowitz, *Der Glaube der Hellenen*,
1931, II, p. 490

V

«Alcune linee parallele erano già state tracciate da tempo, per Alessandro e Cesare, anche se è sufficiente osservare il capo leonino del divino giovane accanto al volto di Cesare, segnato da tutte le passioni, per vedere che
questi uomini si lasciano confrontare solo per opposizione.»

«Non è sempre facile per il biografo trovare una conclusione veritiera, quando la morte porta via l'eroe, ma
non segna la fine della sua opera. Proprio in questo Plutarco ha dimostrato più volte una capacità che induce al-
l'ammirazione.

Nella *Vita* di Alessandro noi sentiamo alla fine l'indegnità del suo successore; la morte precoce del figlio postumo, che avrebbe dovuto seguire, viene omessa. Ciò è stato fatto per lasciarci con l'impressione che il regno di Alessandro fosse morto con lui, l'unico, incomparabile. Riguardo a Cesare sentiamo invece che il grande Demone, che gli era stato accanto nella vita, dopo la morte cercò come un vendicatore tutti i suoi assassini, e il libro si chiude con la sua apparizione davanti a Bruto a Filippi. Il regno di Cesare sopravvive.»

U. von Wilamowitz, *Plutarch als Biograph,*
Reden und Vorträge, II, Berlin 1926, p. 262

VI

«Poiché Alessandro e Cesare furono le figure dominanti nel mondo antico sembrerebbe ovvio (o perfino inevitabile) che Plutarco le avesse scelte come termine di paragone; ma è evidente che egli trovava in loro molte qualità similari. In particolare, entrambi sembrano essere fortemente trascinati dall'ambizione e interessati alla propria fama; entrambi sono estremamente generosi (soprattutto con i propri soldati) e cavallereschi nei confronti dei nemici sconfitti; entrambi mostrano autocontrollo; entrambi, infine, riveleranno più tardi alcune tendenze alla tirannide.»

J.R. Hamilton, *Plutarch, Alexander, A Commentary,*
Oxford 1969, p. XXXIV

BIBLIOGRAFIA

Aalders G.J.D., *Plutarch's political thought*, Amsterdam 1982.
— *Ideas about human equality and inequality in the Roman Empire: Plutarch and some of his contemporaries*, in *Equality and inequality of Man in Ancient Thought*, Colloqu. assembl. gén. fédérat. intern. Études Classiques, a cura di I. Kajanto, Helsinki 1984, p. 55 sgg.
AA.VV., *Miscellanea Plutarchea*, Atti del I convegno di studi su Plutarco (Roma, 23 novembre 1985), a cura di F.E. Brenk e I. Gallo, Ferrara 1986.
— *Aspetti dello stoicismo e dell'epicureismo in Plutarco*, Atti del II conv. di studi su Plutarco (Ferrara, 2-3 aprile 1988) a cura di I. Gallo, Ferrara 1988.
— *Strutture formali dei «Moralia» di Plutarco* (Palermo 1989), a cura di G. D'Ippolito e I. Gallo, Genova 1992.
— *Plutarco e le scienze*. Atti del IV convegno plutarcheo (Genova-Bocca di Magra, 22-25 aprile 1993), a cura di I. Gallo e B. Scardigli, Genova 1992.
— *Teoria e prassi politica nelle opere di Plutarco*. Atti del V convegno plutarcheo [e III congr. intern. della Intern. Plut. Society] (Siena-Pontignano, 7-10 giugno 1993), a cura di I. Gallo e B. Scardigli, Napoli 1994.
— *Plutarco e la religione*. Atti del VI convegno plutarcheo (Ravello, 29-31 maggio 1995), a cura di I. Gallo, Napoli 1996.
— *Plutarco y la Historia*. Actas V simposio español (Zaragoza, 20-22 giugno 1996), a cura di C. Schrader-V. Ramón-J. Vela, Zaragoza 1997.
— *L'eredità culturale di Plutarco dall'Antichità al Rinascimento*. Atti del VII convegno plutarcheo (Milano-Gargagno, 28-30 maggio 1997), a cura di I. Gallo, Napoli 1998.

— *Plutarco, Platon y Aristóteles*. Actas V congr. intern. della Intern. Plut. Society (Madrid-Cuenca, 4-7 maggio 1999), Madrid 1999.

— *Plutarco e i generi letterari*. Atti dell'VIII convegno plutarcheo (Pisa, 2-4 giugno 1999), a cura di I. Gallo, Napoli 2000.

Affortunati M.-Scardigli B., *Der gewaltsame Tod plutarchischer Helden*, in *Prinzipat und Kultur im 1. und 2. Jahrhundert*, Bonn 1995, p. 229 sgg.

Aguilar R.M., *Plutarco, el teatro y la politica*, «Estud. Clas.» 26 (1984) p. 421 sgg.

Alsina J., *Ensayo de una bibliografia de Plutarco*, «Estud. Clas.» 6 (1952), p. 515 sgg.

Averincev S.S., *Studi sull'opera biografica di Plutarco* (in russo) «Vestn. Drevn. Ist.» 89 (1964), p. 202 sgg.

— *La scelta degli eroi nelle Vite parallele di Plutarco e la tradizione biografica antica* (in russo), «Vestn. Drevn. Ist.» 92 (1965), p. 51 sgg.

Baldwin B., *Biography at Rome*, in *Studies in Latin Literature and Roman History*, coll. Latomus 164, vol. I, Bruxelles 1979, p. 100 sgg.

Barbu N., *Les procédés de la peinture des caractères et la vérité historique dans les Biographies de Plutarque*, Paris 1933.

Barigazzi A., *Studi su Plutarco*, Firenze 1994.

Barrow R.H., *Plutarch and his times*, London 1967.

Boulogne J., *Plutarque. Un aristocrate grec sous l'occupation romaine*, Lille 1994.

Bowersock G.W., *Vita Caesarum: Remembering and forgetting the Past*, in *La Biographie Antique*, Entret. Fond. Hardt 44, 1998, p. 193 sgg.

Bravo Garcia A., *El pensamiento de Plutarco acerca de la paz y la guerra*, «Cuadern. Fil. Clas.» 5 (1973), p. 142 sgg.

Brenk F.E., *In mist apparelled. Religious themes in Plutarch's Moralia and Lives*, «Mnemosyne» Suppl. 48, Leiden 1977.

Brugnoli G., *La rappresentazione della storia nella tradizione biografica romana*, in *Il protagonismo nella storiografia classica*, Genova 1987, p. 37 sgg.

Bucher-Isler B., *Norm und Individualität in den Biographien Plutarchs*, «Noctes Romanae» 13, Bern 1972.

Buckler J., *Plutarch and autopsy*, «ANRW» II 33, 6, Berlin-New York 1992, p. 4788 sgg.

XXVI

Costanza S., *La Synkrisis nello schema biografico di Plutarco*, «Messana» (Studi diretti da M. Catalano), Messina 1956, p. 127 sgg.

Criniti N., *Per una storia del plutarchismo occidentale*, «Nuova Rivista Storica» 63 (1979), p. 187 sgg.

De Blois L., *The perception of politics in Plutarch's Roman 'Lives'*, «ANRW» II 33, 6 (1992), p. 4568 sgg.

De Lacy Ph., *Biography and tragedy in Plutarch*, «Am. Journ. Phil.» 73 (1952), p. 159 sgg.

Delvaux G., *Les sources de Plutarque dans les Vies parallèles des Romains*, Bruxelles 1945.

— *Plutarque: chronologie relative des Vies parallèles*, «Les Et. Class.» 63 (1995), p. 97 sgg.

Desideri P., *Ricchezza e vita politica nel pensiero di Plutarco*, «Index» 13 (1985), p. 391 sgg.

— *Teoria e prassi storiografica di Plutarco: una proposta di lettura della coppia Emilio Paolo-Timoleonte*, «Maia» 41 (1989), p. 199 sgg.

— *La formazione delle coppie nelle 'Vite' plutarchee*, «ANRW» II 33, 6 (1992), p. 4472 sgg.

— *I documenti di Plutarco*, «ANRW» II 33, 6 (1992), p. 4536 sgg.

— *«Non scriviamo storie, ma Vite» (Plut. Alex. 1, 2): La formula biografica di Plutarco*, in *Testis temporum. Aspetti e problemi della storiografia antica* (incontro Pavia 16 marzo 1995), Como 1995, p. 15 sgg.

Dihle A., *Die Entstehung der historischen Biographie*, Heidelberg 1987.

Erbse H., *Die Bedeutung der Synkrisis in den Parallelbiographien Plutarchs*, «Hermes» 84 (1956), p. 398 sgg.

Ewbank L.C., *Plutarch's use of non-literary sources in the Lives of sixth- and fifth-century Greeks*, Diss. Univ. North Carolina 1982.

Flacelière R., *Rome et les empereurs vue par Plutarque*, «Ant. Class.» 32 (1962), p. 28 sgg.

— *État présent des études sur Plutarque*, «VIII congr. Ass. Budé» 1970, p. 491 sgg.

— *La pensée de Plutarque dans les «Vies»*, «Bull. Ass. Budé» 1979, p. 264 sgg.

Frazier F., *Contribution à l'étude de la composition des 'Vies' de Plutarque: l'élaboration des grandes scènes*, «ANRW» II 33, 6 (1992), p. 4487 sgg.

— *A propos de la composition des couples dans les «Vies Parallèles» de Plutarque*, «Rev. Phil.» 41 (1987), p. 65 sgg.

— *Remarques autour du vocabulaire du pouvoir personnel dans les Vies Parallèles de Plutarque*, «Ktema» 18 (1993), p. 49 sgg.

— *Histoire et morale dans les «Vies Parallèles» de Plutarque*, Paris 1996.

Fuhrmann F., *Les images de Plutarque*, Paris 1964.

Garzetti A., *Plutarco e le sue «Vite Parallele». Rass. di Studi 1934-1952*, «Riv. Stor. Ital.» 65 (1953), p. 76 sgg.

Geiger J., *Plutarch and Rome*, «Scripta Clas. Isr.» 1 (1974), p. 137 sgg.

— *Plutarch's Parallel lives: the choice of heroes*, «Hermes» 109 (1981), p. 85 sgg.

Georgiadou A., *Bias and Character-portrayal in Plutarch's Lives of Pelopidas and Marcellus*, «ANRW» II 33, 6 (1992), p. 4222 sgg.

— *Idealistic and realistic portraiture in the Lives of Plutarch*, «ANRW» II 33, 6 (1992), p. 4616 sgg.

Gianakaris C.J., *Plutarch*, WAS III, New York 1970.

Gill C., *The question of character-development, Plutarch and Tacitus*, «Class. Outlook» 1983, p. 469 sgg.

Giustiniani V., *Plutarch und die humanistische Ethik*, in *Ethik und Humanismus*, a cura di W. Ruegg-D. Wuttke, Boppard 1979, p. 45 sgg.

Harris B.F., *The portrayal of autocratic power in Plutarch's Lives*, Auckl. Class. Essays pres. to E. Blaiklock, Oxford 1970, p. 185 sgg.

Harrison G.W.M., *Rhetoric, Writing and Plutarch*, «Anc. Society» 18 (1987), p. 271 sgg.

Hillard T.W., *Plutarch's Late-Republican Lives: Between the lines*, «Antichthon» 21 (1987), p. 19 sgg.

Hirzel R., *Plutarch*, Das Erbe der Alten, IV, Leipzig 1912.

Homeyer H., *Betrachtungen zu den hellenistischen Quellen der Plutarchviten*, «Klio» 41 (1963), p. 156 sgg.

Ingenkamp H.G., *Plutarch und Nietzsche*, Atti del 2° convegno intern. plutarcheo ad Atene (1987), «Illinois Classical Studies» 13, 2 (1989), p. 311 sgg.

— *Plutarch und die konservative Verhaltensnorm*, «ANRW» II 33, 6 (1992), p. 4624 sgg.

Jones C.P., *Towards a Chronology of Plutarch's works*, «Journ. Rom. Stud.» 56 (1966), p. 61 sgg.
— *Plutarch and Rome*, Oxford 1971.
Korus K., *La posizione di Plutarco nella tradizione della educazione greca* (in pol.), «Eos» 65 (1977), p. 53 sgg.
Larmour D.H.J., *Plutarch's compositional methods in the 'Theseus and Romulus'*, «TAPhA» 118 (1988), p. 361 sgg.
— *Making Parallels: Synkrisis and Plutarch's 'Themistocles and Camillus'*, «ANRW» II 33, 6 (1992), p. 4154 sgg.
Le Corsu F., *Plutarque et les femmes dans les Vies parallèles*, Paris 1981.
Leo F., *Die griechisch-römische Biographie nach ihrer litterarischen Form*, Leipzig 1901.
Levi M.A., *Plutarco e il V secolo*, Milano 1955.
Marsoner A., *La prospettiva storico-politica delle Vite parallele*, «Ann. Ist. Ital. Studi Stor.» 13 (1995-1996), p. 31 sgg.
Momigliano A., *Plutarco*, Enc. Ital. Treccani 27, Roma 1949, p. 556 sgg.
— *The development of Greek biography*, Cambridge (Mass.) 1971, trad. it. 1974.
Mora F., *L'immagine dell'uomo politico romano di tarda età repubblicana nelle Vite di Plutarco*, «Contrib. Ist. St. Ant. Milano» 17 (1991), p. 169 sgg.
Nikolaidis A.G. Ἑλληνικός-Βαρβαρικός, *Plutarch on Greek and barbarian characteristics*, «Wiener Stud.» N.S. 20 (1986), p. 229 sgg.
— *Plutarch's contradiction*, «Class. et Mediaev.» 42 (1991), p. 153 sgg.
— *Plutarch on Women and Marriage*, «Wiener Stud.» 110 (1997), p. 27 sgg.
O'Donnell E., *The transferred use of theater terms as a feature of Plutarch's style*, Diss. Univ. Pennsylvania 1975.
Panagl O., *Plutarch*, in *Die Grossen der Weltgeschichte*, a cura di K. Fassmann, Zürich 1972, p. 392 sgg.
Pavis D'Escurac, H., *Périls et chances du régime civique selon Plutarque*, «Ktema» 6 (1981), p. 287 sgg.
Pelling C.B.R., *Plutarch's method of work in the Roman Lives*, «Journ. Hell. Stud.» 99 (1979), p. 74 sgg.
— *Plutarch's adaptation of his source-material*, «Journ. Hell. Stud.» 100 (1980), p. 127 sgg.

— *Plutarch and Roman politics*, in *Past Perspectives*, Stud. in Greek and Roman hist. writing, Conf. Leeds, Cambridge 1983, p. 159 sgg.

— *Aspects of Plutarch's characterisation*, «Illinois Classical Studies» XIII, 2 (1989), p. 257 sgg.

— *Plutarch: Roman Heroes and Greek culture*, in *Philosophia Togata*, a cura di M. Griffin, J. Barnes, Oxford 1989, p. 199 sgg.

— *Truth and fiction in Plutarch's Lives*, in *Antonine Literature*, a cura di D.A. Russell, Oxford 1990, p. 19 sgg.

— *Plutarch and Thucidides*, in *Plutarch and the historical tradition*, London 1992, p. 10 sgg.

Peter H., *Die Quellen Plutarchs in den Biographien der Römer*, Halle 1865, rist. 1956.

Piccirilli L., *Cronologia relativa e fonti della «Vita Solonis» di Plutarco*, «Annali Scuola Norm. Pisa», ser. III, 6 (1976), p. 73 sgg.

Podlecki A.-Duane S., *A survey of work on Plutarch's Greek Lives, 1951-1990*, «ANRW» II 33, 6 (1992), p. 3963 sgg.

Polman G.H., *Chronological Biography and «Akme» in Plutarch*, «Class. Phil.» 69 (1974), p. 171 sgg.

Ramón Palerm V., *Plutarco y Nepote: fuentes e interpretación del modelo biográfico plutarqueo*, Zaragoza 1992.

Russell D.A., *On reading Plutarch's Lives*, «Greece and Rome» 13 (1966), p. 139 sgg.

— *Plutarch*, London 1972.

Scardigli B., *Die Römerbiographien Plutarchs. Ein Forschungsbericht*, München 1979.

— *Essays on Plutarch's Lives*, Oxford 1995.

— *Plutarchos*, in *Hauptwerke der Geschichtsschreibung*, a cura di V. Reinhardt, Stuttgart 1997, p. 488 sgg.

Schmidt T.S., *Plutarque et les Barbares. La rhétorique d'une image*, Collection d'Études Class. 14, Louvain-Namur 1999.

Scuderi R., *L'incontro fra Grecia e Roma nelle biografie plutarchee di Filopemene e Flaminino*, in *Italia sul Baetis*. Studi in mem. di F. Gascó, Pavia 1996, p. 65 sgg.

Seel O., *Eine caesarische Metamorphose? Plutarchs Caesar und Goethes Faust*, in *Caesarstudien*, Stuttgart 1967, p. 92 sgg.

Simms L., *Plutarch's knowledge of Rome*, Diss. Univ. North Carolina at Chapel Hill, 1974.

XXX

Stadter P.A., *Plutarch's historical methods: An analysis of the Mulierum Virtutes*, Cambridge (Mass.) 1965.
— *The Proems of Plutarch's Lives*, «Illinois Classical Studies» 13, 2 (1988), p. 275 sgg.
— *Paradoxical Paradigms: Lysander and Sulla*, in *Plut. and the hist. tradition*, London 1990, p. 41 sgg.
— Philosophos kai philandros: *Plutarch's view of women in the Moralia and Lives*, in *Plutarch's Advice to the Bride and Groom*, a cura di S.B. Pomeroy, New York-Oxford 1999, II, p. 173 sgg.
Stockt L. van der, *Plutarch's use of literature*, «Anc. Society» 18 (1987), p. 281 sgg.
Stoltz C., *Zur relativen Chronologie der Parallelbiographien Plutarchs*, Lund (Univ. Årsskr. 1) 1929.
Swain S.C.R., *Character change in Plutarch*, «Phoenix» 43 (1989), p. 62 sgg.
— *Plutarch's Aemilius and Timoleon*, «Historia» 38 (1989), p. 314 sgg.
— *Plutarch: Chance, providence and history*, «Am. Journ. Phil.» 110 (1989), p. 280 sgg.
— *Plutarch's Lives of Cicero, Cato, and Brutus*, «Hermes» 118 (1990), p. 192 sgg.
— *Hellenic culture and the Roman heroes of Plutarch*, «Journ. Hell. Stud.» 110 (1990), p. 126 sgg.
— *Plutarch*, in *Hellenism and empire. Language, Classicism and Power in the Greek World, AD 50-250*, Oxford 1996, p. 136 sgg.
Tatum J., *The regal image in Plutarch's Lives*, «Journ. Hell. Stud.» 116 (1996), 135 sgg.
Theander C., *Plutarch und die Geschichte*, Bull. Soc. Royale des Lettres, Lund 1950/1.
Titchener F.B., *Critical trends in Plutarch's Roman Lives, 1975-1990*, «ANRW» II 33, 6 (1992), p. 4128 sgg.
Tracy H.L., *Notes on Plutarch's biographical method*, «Class. Journ.» 37 (1942), p. 213 sgg.
Tsagas N.M., *Mise à jour bibliographique des Vies parallèles de Plutarque*, Atene 1991.
Uxkull G. von-Gyllenband W., *Plutarch und die griechische Biographie*, Stuttgart 1927.
Valgiglio E., *Sparta nei suoi ordinamenti politico-sociali dalle Vite di Plutarco*, Torino 1963.

XXXI

— ΙΣΤΟΡΙΑ *e* ΒΙΟΣ *in Plutarco*, «Orpheus» 8 (1987), p. 50 sgg.

— *Dagli 'Ethica' ai 'Bioi' in Plutarco*, «ANRW» II 33, 6 (1992), p. 3963 sgg.

Van der Valk M., *Notes on the composition and arrangement of the biographies of Plutarch*, «Studi in on. di A. Colonna», Perugia 1982, p. 301 sgg.

Vernière Y., *Masques et visages du destin dans les «Vies» de Plutarque*, in *Visages du destin dans les Mythologies*, Mél. J. Duchemin, Paris 1983, p. 111 sgg.

— *Plutarque et les femmes*, «The Ancient World» 25 (1994), p. 165 sgg.

Wardman A.E., *Plutarch's methods in the Lives*, «Class. Quart.» 21 (1971), p. 254 sgg.

— *Plutarch's Lives*, London 1974.

Weiss R., *Lo studio di Plutarco nel Trecento*, «Parola Pass.» 8 (1953), p. 321 sgg.

Weizsäcker A., *Untersuchungen über Plutarchs biographische Technik*, Berlin 1931.

Wilamowitz U. von, *Plutarch als Biograph*, in *Reden und Vorträge 2*, Berlin 1926, p. 247 sgg.

Wolman H.B., *Plutarchean views in the Roman Lives*, Diss. Baltimore 1966.

— *The philosophical intentions of Plutarch's Roman Lives*, Studi Class. in onore di Qu. Cataudella, Catania 1972, II, p. 645 sgg.

Ziegler K., *Plutarch von Chaironeia*, R.E. XXI Stuttgart 1951, col. 639 sgg. (trad. it. *Plutarco*, Brescia 1965).

(a cura di Barbara Scardigli)

INTRODUZIONE ALLA *VITA DI ALESSANDRO*

1. LE FONTI

Nell'accingersi a comporre la biografia di Alessandro, Plutarco non si trovò di fronte a difficoltà analoghe a quelle che nascono quando su un tema che ci si propone di trattare sono scarse le fonti e esigui i dati forniti dalla tradizione; in questo caso, semmai, i problemi erano di segno opposto, tanto ricche e numerose erano le fonti a disposizione, e tanti gli storici che con maggiore o minore accuratezza avevano narrato le imprese del Macedone. Infatti già al suo primo comparire sulla scena politica, e poi sempre di più con il passare del tempo, la figura di Alessandro si era imposta con una sorta di fascino particolare su amici e nemici, e l'eco delle sue gesta si era diffusa di gente in gente attraverso le generazioni, favorendo e incrementando il sorgere di opere di vario genere che ne trattarono le imprese, e anzi, ponendo in essere quasi un processo di mitizzazione, progressivamente resero evanescenti i confini tra vero e fantastico. È evidente che in tal modo si sarebbero moltiplicate le difficoltà di uno storico che avesse voluto fare opera critica ed eliminare le sovrapposizioni encomiastiche e leggendarie per tracciare del personaggio un profilo che fosse il più vicino possibile alla verità.

Non è forse da escludere che proprio per questa straordinaria ricchezza di dati, conosciuti universalmente anche dalla gente comune, e non diffusi soltanto a livello di persone colte, Plutarco si sia indotto a premettere alla biografia di Alessandro quel primo capitolo nel quale, quasi a sua giustificazione, e, si direbbe, per conciliarsi la benevolenza del lettore, riconosce che la sua opera può essere in più punti criticata sotto il profilo della informazione storica, ma, aggiunge, è sua intenzione dare una rappresentazione dell'essenza dell'uomo, perché proprio questo è il suo intento nella stesura delle varie biografie; anzi, ribadisce, egli scrive biografie, non storia, e a dar l'idea precisa di un uomo può valere di più «un breve episodio, una parola, un motto di spirito... che non battaglie con migliaia di morti, grandi schieramenti d'eserciti, assedi di città».[1]

Non avviene di frequente, nel corso della biografia, che Plutarco accenni a fonti generiche, introdotte con le consuete formule impersonali: «alcuni dicono...»; «ci sono di quelli che...»; «si tramanda che...». Nella maggior parte dei casi le fonti sono ben determinate, anche se naturalmente ciò non garantisce in modo assoluto che tutte quante siano state controllate di persona dall'autore. E certamente stupisce il gran numero degli autori citati: se non si tien conto delle lettere di Alessandro, alle quali Plutarco fa riferimento più di trenta volte, sono ventiquattro gli autori di cui per un particolare o per una discussione vengono utilizzate le opere, alcune una sola volta, altre a più riprese.

Ma eccone l'elenco completo: sei volte sono citati Aristobulo, Carete, Onesicrito; tre volte Callistene; due Eratostene, Duride e il Diario di corte; sono invece menzionati una sola volta Antigene, Anticlide, Aristosseno, Clitarco, Dinone, Egesia, Ecateo di Eretria, Eraclide, Ermippo, Istro, Filippo di Calcide, Filippo di Teangela, Filone, Policlito, Tolomeo, Sozione e Teofrasto.

[1] Plut. *Alex.* 1, 1.

Chi voglia ricostruire il metodo di lavoro di Plutarco per determinare la attendibilità storica dei suoi scritti, deve innanzi tutto accertare di quali fonti egli si è valso: vedere se ha veramente tenuto sul suo tavolo tutte le opere che cita, o se ha utilizzato soltanto manuali storici o fonti enciclopediche nelle quali erano eventualmente confluite, sotto forma di escerti, le testimonianze di autori precedenti; in questa seconda evenienza lo studioso deve cercare di identificare, se è possibile, quali siano le fonti primarie.

Nel caso della biografia di Alessandro l'esame comparato delle opere di altri autori che, come Plutarco, hanno fermato la loro attenzione sulla persona del Macedone e sulle sue imprese, offre un aiuto considerevole alla ricerca.

Tali autori sono: Diodoro Siculo, che riserva il 17° libro della sua *Storia Universale* alle imprese di Alessandro Magno, dandoci un racconto non apologetico, ma non ostile; Curzio Rufo, autore di *Storie di Alessandro Magno* in dieci libri, di cui però si sono perduti i primi due; Giustino, epitomatore delle *Storie Filippiche* di Pompeo Trogo, e Arriano, che compose in greco, in sette libri, la *Anabasi di Alessandro*, l'opera storicamente più valida tra quante trattano del Macedone.[2]

Le opinioni degli studiosi sul modo di lavoro di Plutarco sono discordi: nel caso specifico ci si chiede se il biografo abbia effettivamente controllato tutti gli autori citati, o le sue siano di massima citazioni di seconda mano: alcuni pensano che il nostro Autore abbia effettivamente utilizzato le lettere di Alessandro inserendone il contenuto in una narrazione generale che si appoggia su un'opera enciclopedica nella quale erano raccolte diverse versioni degli stessi fatti date da un gran numero di storici di Ales-

---

[2] Una analisi di tutte queste fonti in M.A. Levi, *Introduzione ad Alessandro Magno*, Milano 1977.

sandro;[3] altri son d'avviso che Plutarco si è valso soltanto dell'opera di Duride di Samo e di Eratostene, nelle quali già erano confluite testimonianze raccolte da altri storici;[4] altri ancora sostiene (e sembra attualmente che questa sia l'opinione più attendibile) che maggiore è stato il numero degli autori direttamente utilizzati, e comprendeva almeno Callistene, Onesicrito, Carete, Aristobulo, oltre a Clitarco, ricordato nella biografia in un punto estremamente generico, ma la cui influenza risulterebbe confermata in modo convincente dall'esame di passi paralleli in Curzio Rufo, Diodoro, Giustino.[5]

Si deve anche tenere presente il fatto che non tutti gli autori che vengono citati nel corso dell'opera una o più volte avevano agli occhi di Plutarco, tenuto conto dei fini che egli si proponeva, un valore analogo, e che per conseguenza egli li ha utilizzati con attenzione maggiore o minore corrispondente all'apporto che gli potevano dare per la realizzazione di quanto egli voleva. Certamente egli si è valso di alcuni più che di altri, sulla base di criteri che non possiamo determinare con sicurezza, ma che forse non erano quelli della esattezza storica. D'altro canto quel primo capitolo, ove in modo chiaro egli puntualizzava la differenza tra storia e biografia, implicitamente istituisce una scala di valori delle testimonianze tràdite.

Ma sono ora necessarie, sia pure in modo riassuntivo, alcune notizie relative a quegli autori dei quali è più probabile, secondo i dati più recenti e più plausibili della ricerca, che Plutarco si sia servito.[6]

Essi tutti vengono definiti, globalmente, storici di Ales-

[3] Vd. J. E. Powell, *The Sources of Plutarch's Alexander*, in «Journ. of. Hell. Studies» 59, 1939, pp. 229 sgg.

[4] Vd. H. Homeyer, *Beobachtungen zu den hellenistischen Quellen der Plutarch-Viten*, in «Klio» 41, 1963, pp. 145-57.

[5] Vd. J. R. Hamilton, *Plutarch. Alexander: A Commentary*, Oxford 1969, pp. L sgg.

[6] Gli scarsissimi frammenti tramandati sono stati raccolti e commentati in F. Jacoby, *Die Fragmente der griechischen Historiker*, Berlin 1923 sgg.

sandro, ma in generale, se si escludono Callistene e Clitarco, non sono storici di professione, giacché alla corte del Macedone esplicavano diverse funzioni: ad esempio Aristobulo era ingegnere, o architetto, mentre Carete era il ciambellano. Tutti erano greci, e tutti, tranne Clitarco, accompagnarono il re nella spedizione contro la Persia; ognuno d'essi pone in luce nella sua narrazione aspetti diversi del carattere di Alessandro, secondo la propria formazione culturale.

Callistene, nipote di Aristotele, originario di Olinto, era già scrittore affermato quando venne alla corte di Macedonia con lo zio cui Filippo aveva affidato la formazione del figlio; certamente la parentela con lo Stagirita contribuì anch'essa a farlo diventare lo «storico ufficiale» della spedizione contro la Persia, con tutte le limitazioni che un incarico del genere, se pur tacito, comportava. Fu suo compito scrivere per i Greci un resoconto delle imprese di Alessandro che stimolasse i Greci stessi e li convincesse ad accettare entusiasticamente la crociata contro i Persiani. Naturalmente nella sua opera non ci sarà stato posto per tutto ciò che potesse sminuire la figura del condottiero: non stupisce pertanto che i posteri lo abbiano definito un adulatore. E certamente la sua opera ebbe un'influenza grandissima su quanti vennero dopo, anche se non divenne la Storia per antonomasia di Alessandro.

Aristobulo, un focese che fu poi detto di Cassandrea perché ivi aveva preso dimora dopo la fondazione di quella città nel 336, ingegnere o architetto, scrisse su Alessandro quando era ormai in età avanzata: il tono apologetico della sua opera induce a credere che egli abbia scritto per difendere la memoria del Macedone dagli attacchi dei detrattori. Sembra si evidenziasse nell'opera uno spiccato interesse per la geografia.

Carete di Mitilene, ciambellano di corte, scrisse una *Storia* nella quale abbondavano i particolari minuti e i pettegolezzi relativi alla vita nella reggia.

Onesicrito di Astipalea, ufficiale di alto grado della flotta, scrisse un'opera avvicinabile, per lo spirito informatore, alla *Ciropedia* di Senofonte; egli presentava Alessandro come il filosofo in armi cui è stato affidato il compito di civilizzare il mondo. La tradizione concorde assicura che nell'opera era spiccato l'interesse per la geografia e per le scienze naturali.

Clitarco, figlio dello storico Dinone, scrisse in almeno dodici libri una *Storia* di Alessandro che divenne ben presto il resoconto più popolare della spedizione del Macedone: probabilmente a conciliargli un grandissimo numero di lettori fu la particolare attenzione agli elementi personali e la tendenza nella narrazione ad accentuare i lati appariscenti e sensazionali. È opinione della critica, ma a tal riguardo ci sono anche forti riserve, che il testo di Clitarco sia servito di base alla cosiddetta «vulgata», cioè a quel filone della tradizione su Alessandro che si manifesta attraverso Diodoro, Curzio Rufo e Giustino. Il giudizio che dell'opera di Clitarco noi leggiamo in Quintiliano, ne limita in modo marcatissimo la attendibilità: «Clitarchi probatur ingenium, fides infamatur».[7]

2. IL PERSONAGGIO

Se di tutta la sterminata produzione letteraria che si imperniava su Alessandro fosse rimasta questa sola biografia plutarchea, ci troveremmo di fronte a una difficoltà non da poco per ricostruire in modo apprezzabile la vicenda storica che ebbe nel Macedone il suo protagonista: inadeguata cura per la cronologia, scarso interesse per la geografia, digressioni poco pertinenti o di non evidente logicità, oltre a vistose omissioni, per altro preliminarmente denunciate dall'Autore, contribuiscono a dare un quadro impreciso e confuso degli avvenimenti e anche della loro ordinata successione.[8]

[7] Quint. *Inst. Orat.* 10, 1, 75.
[8] Sul valore storico della biografia vd. *Hamilton*, o.c., LXIV sgg.

Ma è indubbio che da tutto questo quadro, per lo più sfocato per quanto riguarda i contorni ambientali e gli sfondi, emerge in rilievo, con grande chiarezza, la figura che sta al centro dell'interesse plutarcheo.

Sarà poi da discutere se la personalità di Alessandro fu davvero quale il suo biografo ce la descrive; ci sarà da sollevare obiezioni su alcuni punti nei quali una scarsa attenzione critica ha consentito che non ci si avvedesse di dar per buone notizie che sono vere fandonie o sciocchezze, ma è certo che il personaggio ci risulta, come suol dirsi, a tutto tondo, con le sue virtù e i suoi vizi, in tutta la sua prepotente vitalità.

Plutarco è dunque stato di parola, e in piena coerenza con la sua affermazione iniziale ci ha dato non una narrazione storica, ma la rappresentazione del carattere di un uomo.

Per questo uomo il nostro Autore prova un'istintiva e non celata simpatia, concepita forse sin dalla prima giovinezza, se all'età giovanile devono essere ricondotti i due scritti retorici *De Alexandri fortuna aut virtute* nei quali, non riconoscendo molto valore all'intervento della fortuna, si esalta soprattutto la grandezza morale del Macedone, di cui tra l'altro vien data la definizione che nel pensiero di Plutarco è certamente la più onorevole che si possa dare di un uomo: «Si vedrà da quanto disse, e fece, e insegnò, che egli fu filosofo».[9] Per rendersi pienamente conto del valore di questo riconoscimento occorre tener presente la formazione filosofico-morale dello stesso Plutarco e la sua compiuta e appassionata adesione al pensiero platonico.

In coerenza alle sue convinzioni pedagogiche che riconoscono una grandissima importanza all'educazione, ma non sottovalutano le doti native, Plutarco si riserva i primi dieci capitoli della biografia per soffermarsi sull'ana-

[9] Plut. *De Alex. fortuna aut virtute*, 1, 4.

lisi del carattere di Alessandro nella prima età, e comunque prima della sua ascesa al trono. La insistenza su questo tema, come ho detto, trova la sua giustificazione nella certezza plutarchea che l'educazione, sovrapponendosi alle doti naturali, le può eventualmente correggere, ma non le cancella del tutto: quindi la formazione del fanciullo determina di massima il carattere dell'uomo, e per la maggior parte lo condiziona.

Questa prima parte della biografia è dunque di gran pregio, principalmente perché molto di quanto qui viene riferito non ricorre altrove, anche se non tutto è da prendere come verità assoluta. Queste notizie, risalenti certamente a tradizioni coeve ai fatti, sono nate in ambiente familiare e regio, e si sono poi cristallizzate nella successione dei tempi; quando infatti morì Alessandro, e il suo impero rapidamente si dissolse, nessuno aveva più interesse a esaltarlo come personaggio o voleva farlo, mancando ogni giustificazione storico-politica.[10]

Le doti di Alessandro ragazzo sulle quali Plutarco si sofferma sono: l'autocontrollo, soprattutto per quanto attiene alla capacità di non soggiacere ai piaceri del corpo (cap. 4); la brama di onori e di gloria, corroborata da pensieri alti e magnanimi, ben più eccelsi di quanto non lasciasse supporre la giovane età (cap. 4); la capacità di vincere la propria natura impetuosa e difficile per lasciarsi ricondurre dalla ragione al senso del dovere (cap. 7); l'amore per la conoscenza, inculcatogli da Aristotele e recepito con atteggiamento aristocratico, nella convinzione che a pochi sia riservato il sapere: il giovane criticherà la diffusione delle opere acroamatiche fatta dal Maestro (cap. 7). Questo amore del sapere accompagnerà Alessandro per tutta la vita: anche quando si troverà nelle regioni interne dell'Asia vorrà farsi mandare dei libri, e per di più i suoi

[10] Vd. Tarn, *Alexander the Great*, II, pp. 296 sgg.

interessi non saranno limitati a un arco ristretto di discipline, ma abbracceranno le lettere, la medicina, la filosofia e le scienze (cap. 8). Queste doti, come ognun vede, rientrano in un ben definito discorso morale; esaltandole Plutarco scopre quell'intento didattico-morale che è alla base di tutte le sue biografie e che egli stesso ben ha messo in evidenza quando al principio della vita di Timoleone ha scritto: «guardo come in uno specchio nella storia dei grandi uomini cercando di abbellire la mia vita e di esemplarla secondo le loro virtù».[11]

Non si deve però credere che manchino in questi capitoli iniziali accenni a lati meno positivi del carattere del re, pur se è innegabile (e forse lo suggerisce lo stesso genere letterario) che il tono generale della biografia è positivo: non ci troviamo di fronte a un trattato apologetico adulatorio. Così si fa riferimento a cocciutaggine, ci si parla di scatti di collera, di trasporti passionali, di un compiaciuto indugiare con amici attorno a boccali di vino, ma nel complesso il ritratto che viene delineato è ampiamente positivo.

Lo stesso atteggiamento favorevole ricorre nel resto dell'opera, e in taluni punti, come avremo poi modo di osservare, diventerà anche apologetico, o quasi, e Plutarco giustificherà eccessi di comportamento del re presentandoli come logiche reazioni ad avventate provocazioni, o comunque inserendoli in un'atmosfera di grande comprensione.

Le qualità dominanti di Alessandro adulto che Plutarco sottolinea nella sua biografia sono in larga parte quelle che già si sono rivelate nel ragazzo e nell'adolescente: in primo luogo temperanza (ἐγκράτεια), alto sentire (μεγαλοψυχία), e generosità (φιλανθρωπία); sono doti basilari del carattere del Macedone, che lo accompagneran-

[11] Plut. Timol. 1.

no per tutto l'arco della vita e che solo in rari momenti gli verranno meno, in concomitanza con fatti del tutto particolari e che rivestono carattere di eccezionalità.

Quella sanità spirituale che i Greci indicano con il termine σωφροσύνη e che si manifesta in un autocontrollo che è base dell'equilibrio in ogni campo, è a giudizio di Plutarco la dote che merita maggiore lode in Alessandro: è una dote che spicca soprattutto nel comportamento che il Macedone assume nei riguardi delle donne. L'episodio di Timoclea, della cui storicità non si dubita (cap. 12), i rapporti instauratisi con le donne di Dario cadute in prigionia, rapporti di grande, reciproco rispetto e comprensione (cap. 21 e 30), il matrimonio con Rossane, l'unica donna della quale veramente il re si innamorò (cap. 47), hanno chiara funzione paradigmatica a questo proposito. Se si deve credere a Plutarco, e non pare ci sia motivo per non credergli, Alessandro era temperantissimo con le donne perché riteneva che questa dovesse essere la vera dote di un re: quando fece prigioniere con la moglie di Dario anche la madre e le due figlie, che erano bellissime, fu nei loro riguardi di estrema correttezza «ritenendo che a un re si addicesse vincere se stesso più che i nemici...» (cap. 21); non che egli fosse insensibile alla bellezza femminile, anzi «diceva scherzando che le Persiane erano un tormento per gli occhi, ma contrapponendo alla loro bellezza il valore della sua temperanza e saggezza, passava davanti a loro come ad inanimate statue di marmo» (cap. 21).

Per queste specifiche informazioni Plutarco si rifà a precisa testimonianza di Alessandro che in una lettera scriveva: «Non si potrebbe dimostrare non solo che io abbia guardato la moglie di Dario, o che abbia voluto guardarla, ma neppure che io abbia voluto ascoltare le parole di chi mi parlava della sua bellezza» (cap. 22).

Analogo senso di misura viene riconosciuto al Macedone nei momenti nei quali egli veniva a parlare della sua creduta origine divina; questo però soltanto quando aveva a che fare con i Greci, ai quali «dichiarava la sua divinità con molta moderazione e cautela» (cap. 28); quando invece ne parlava ai barbari ostentava un atteggiamento superbo, quasi fosse assolutamente persuaso della sua origine sovrumana. Tutto ciò nasceva evidentemente da un calcolo politico che suggeriva atteggiamenti diversi in relazione alla diversa psicologia di coloro cui era destinato il messaggio.

Quanto all'alto sentire: quell'amore di grandi imprese e di gloria che sentiva da giovane, quando diceva di non voler gareggiare ad Olimpia se non avendo avversari dei re (cap. 4), o quando non dissimulava il suo vivo disappunto sentendo annunciare le vittorie di Filippo, perché temeva che il padre non gli lasciasse spazio per «compiere qualche grossa, luminosa impresa» (cap. 5), rimane uno dei motivi conduttori della sua vita. Esso si rivela innanzitutto e soprattutto nella ampiezza dei disegni che concepì quando ancora era giovinetto, e che poi costantemente perseguì con una ostinata tenacia alimentata da un ardore inesausto: non si tratta soltanto dell'impresa meditata contro Dario, o della volontà, usuale nei monarchi, di spostare sempre più innanzi i confini del proprio impero; la sua μεγαλοψυχία si rivela nel disegno che egli si propone di realizzare con la fusione dei due popoli sui quali regna, il greco e il persiano, avvicinando il loro modo di vivere con la benevolenza e non già con la forza, convinto che solo in tal modo l'opera sarà duratura. Va vista in questa prospettiva la decisione assunta di istruire nella lingua e nelle lettere greche, oltre che nell'uso delle armi macedoni, trentamila giovani persiani, primo nucleo del futuro popolo (cap. 47).

Ma la grandezza d'animo non si evidenzia soltanto nelle grandi concezioni ideali: quando si scende dall'ideazione alla concretezza dell'agire questa dote ha largo campo per manifestarsi: così Alessandro ne dà prova nell'incontro con il saggio re Tassile, vincendolo in generosità (cap. 59), o con il re Poro che, vinto in battaglia e fatto prigioniero, dimostra nella mutata condizione tale altezza di sentire e rispetto di sé che è superato solo dall'azione del Macedone (cap. 60). E poi la stessa dote, sotto forma di impetuosa volontà d'agire, emerge nel comportamento quotidiano, e può talora estrinsecarsi in azioni di eccezionale coraggio, tanto da sembrare avventate, come alla battaglia del Granico (cap. 16), o nella decisione di recarsi a consultare l'oracolo di Ammone nonostante le difficoltà appaiano insormontabili: «il grande coraggio che egli poneva nelle sue azioni rendeva poi invincibile la sua ambizione» (cap. 26), o ancora nell'attacco della rocca di Sisimitro (cap. 58), o dinnanzi alla città di Misa (cap. 58), o nell'azione contro i Malli (cap. 63). Questo esporsi in prima persona, questo affrontare i rischi e talora addirittura provocarli, non era soltanto un modo per mettere se stesso alla prova, ma tendeva anche a spingere gli altri alla virtù (cap. 41).

«Egli, che era per natura generosissimo, ancor più si abbandonò a generosità quando le sue ricchezze aumentarono; aveva anche quella amabilità con la quale sola, veramente, chi dà ottiene riconoscenza» (cap. 39). Questo, della φιλανθρωπία, è, con il tema della *pietas*, il motivo su cui il biografo insiste maggiormente, e ad esso si riferiscono alcuni degli episodi divenuti poi meritatamente famosi nella letteratura degli *exempla*.

All'inizio della spedizione contro i Persiani, nonostante le risorse su cui poteva contare non fossero proprio tali da dargli garanzie assolute di successo, Alessandro diede prova di grande generosità verso gli amici donando loro la maggior parte dei suoi possessi in Macedonia (cap. 15). Fu una distribuzione di ricchezze cui ne seguirono sistematicamente altre, in concomitanza con successi riportati o anche indipendentemente da essi, perché era nella natura del Macedone manifestare, quando le circostanze lo permettevano, la sua generosità. Certo l'insistere su questa politica poteva essere controproducente, almeno a giudizio di Olimpiade, che più volte mise sull'avviso il figlio, preoccupata della solitudine che, in ultima analisi, egli andava creando attorno a sé. Così infatti ella gli scrisse: «Cerca di fare del bene ai tuoi amici e di renderli famosi in altro modo; ora infatti tu li rendi tutti simili a re, e procuri loro molte amicizie, ma rendi te stesso solo» (cap. 39).

D'altro canto la φιλανθρωπία di Alessandro meglio si evidenzia in altri momenti, con altro modo di agire che non sia il semplice distribuir ricchezze e proprietà: è ad esempio il caso drammatico occorso in Cilicia, quando Alessandro in gravissimo pericolo di vita viene salvato da una pozione del medico Filippo che pure una lettera di Parmenione, inviata al Macedone, accusava di tramare ai danni del re. Plutarco descrive con ogni cura l'episodio, abilmente graduandone la drammaticità, fino a dare al tutto un che di teatrale, come egli stesso afferma: «Fu spettacolo mirabile e degno di un teatro: l'uno leggeva (la lettera di Parmenione), l'altro beveva (la pozione); poi si guardarono in viso, ma non allo stesso modo: Alessandro con il volto sereno e disteso manifestava benevolenza e fiducia per Filippo; questi a sua volta era fuor di sé per la calunnia e ora invocava gli dei e alzava le mani al cielo, ora si piegava sul letto e invitava Alessandro a farsi coraggio e a fidarsi di lui» (cap. 19). Comprendiamo bene perché questo episodio è poi entrato nelle antologie degli *exempla* ad esaltazione del senso di amicizia profonda di chi ripone nell'amico la più ampia e costante fiducia anche quando le circostanze esterne cospirerebbero a fargli mutare parere.[12]

E ancor meglio questo atteggiamento di cordiale, confidente trasporto verso gli amici si manifesta in modesti fatti di ogni giorno, nelle piccole premure, nei favori quasi

[12] Vd. Val. Max. III, 8 *ext.* 6.

banali, nella comprensione delle debolezze cui ognuno cede. È quando, ad esempio, egli scrive a Peucesta per rimproverarlo perché, assalito da un orso, aveva scritto ad altri, e non a lui (cap. 41); o quando scrive al medico Pausania, che intendeva somministrare l'elleboro al suo amico Cratero, manifestando la sua preoccupazione e nel contempo dando consigli sul come valersi di quella medicina (cap. 41); o quando, durante l'assedio di Tiro, muove contro gli Arabi che avevano sede presso i monti dell'Antilibano e rischia la vita per non abbandonare il suo pedagogo Lisimaco (cap. 24); o ancora quando perdona Euriloco di Egea, che per amore di una donna aveva cercato con l'inganno di tornare in patria (cap. 41). Uguale finezza di sentimenti e di comportamento emerge allorché egli riconcilia Efestione e Cratero, due suoi intimi amici, segretamente gelosi uno dell'altro e spesso tra loro in dissenso aperto (cap. 47). Certo quando si legge che Alessandro, signore di un impero senza confini, aveva tempo per simili gentilezze, si rimane ancora oggi stupiti.

E stupisce in questa biografia l'insistenza con la quale l'autore ricorda eventi prodigiosi o riferisce indicazioni spontaneamente date da oracoli, o riferite dietro sollecitazione di Alessandro. È questo un altro aspetto del carattere del Macedone, sempre molto attento ad ogni manifestazione del divino. Proprio per questo egli tenne sempre con sé un gran numero di indovini e costantemente si valse delle loro arti mantiche.

Del resto il meraviglioso già circonda i primi momenti della vita del nostro personaggio: un sogno di Olimpiade, che si vede colpita da un fulmine al ventre (cap. 2), e uno di Filippo, cui pare di imprimere sul ventre della moglie un sigillo, e ne viene la figura di un leone (cap. 2), accompagnano la nascita del bambino. Poi Filippo, cui è parso di vedere un serpente disteso al fianco di Olimpiade, e che ha chiesto spiegazioni e conforto all'oracolo di Delfi, viene invitato a venerare con particolare impegno Zeus Ammone, ed è intanto avvertito che perderà l'occhio con il quale vide il serpente giacere con la moglie (cap. 3).

Non c'è quasi momento di qualche rilievo nella vicenda di Alessandro che non sia sottolineato da un segno della presenza del soprannaturale: quando egli si accinge ad iniziare la spedizione contro i Persiani, la sacerdotessa di Delfi, cui chiede un responso, costretta a venire al tempio in giorno non fausto per indicare la volontà del dio, sconvolta dalla sua decisissima azione, lo dichiara invincibile (cap. 14); un sogno gli preannuncia la presa di Tiro (cap. 24); un altro sogno lo indirizza nella scelta del luogo ove fondare la città di Alessandria (cap. 26), e quando la città è delineata sul terreno mediante farina, e vengono dei corvi a frotte a cibarsene, gli indovini rassicurano il re che è rimasto scosso da quel segno, interpretando l'evento in modo per lui positivo.

Segni di favore divino accompagnano il Macedone nel suo viaggio verso l'oracolo di Ammone, e un errore di pronuncia del sacerdote che ivi gli parla, si risolve favorevolmente per lui in una dichiarazione di discendenza divina (cap. 27).

Sul campo di battaglia di Gaugamela un'aquila si libra sul suo capo dirigendosi in linea retta contro i nemici, e ne risulta galvanizzato l'esercito che combatte quel giorno con sommo coraggio (cap. 33).

Un presagio terrificante che si presenta quando sta per passare in India, lo induce a chiedere di essere purificato «dai Babilonesi, che d'abitudine portava con sé per simili evenienze» (cap. 57). Quando poi, verso la conclusione della sua vita, avanza verso Babilonia, gli viene detto che alcuni Caldei lo consigliano di stare lontano dalla città, e viene poi a sapere che erano apparsi altri segni sfavorevoli. Egli non obbedirà a questi moniti, ma avrà motivo di dolersene (cap. 73).

Per gli ultimi periodi della sua vita Plutarco denuncia

una marcata involuzione nel pensiero religioso, e un progressivo intensificarsi di manifestazioni a carattere superstizioso: Alessandro era diventato molto apprensivo, e si era circondato di ogni sorta di persone che riempivano la reggia facendo sacrifici e purificazioni (cap. 75).

Questa involuzione cui si è fatto cenno non è però limitata all'atteggiamento religioso: un chiaro peggioramento nel corso della vita è evidente anche in senso più lato nel comportamento generale. E Plutarco non lo dissimula, come non ha taciuto i difetti del suo personaggio anche altrove, anche se in molti casi li ha giustificati o mostrandone comprensione o talora addirittura negandoli. È il caso ad esempio dell'accusa di ubriachezza da più parti lanciata contro Alessandro, e che il biografo cerca di confutare con l'asserzione che «era dedito al vino meno di quanto sembrasse: in realtà sembrava che lo fosse per il lungo tempo che consumava di fronte a una coppa, non tanto bevendo quanto chiacchierando» (cap. 23); e poi, poco oltre, «come ho già detto, per il gusto del conversare, egli protraeva nella notte i brindisi».

Ma non si può non definire debole questa difesa, che par davvero una difesa d'ufficio, se si considera che nello stesso capitolo 23, poco oltre, si legge che «al momento del brindisi diventava sgradevole per la sua boria, e troppo rozzo...». In altri punti però si parla espressamente di ubriachezza: alla gara dei cori, nella reggia di Gedrosia, il re assiste essendo ubriaco (cap. 67); quando ritorna dall'aver partecipato alla cerimonia funebre per Calano, propone ad amici e generali che ha riunito per il pranzo una gara che comporti un premio per colui che riuscirà a bere la maggior quantità di vino puro (cap. 70); i giorni che precedettero la morte lo videro spesso impegnato in intemperanti bevute (cap. 75).

Questa tendenza al bere smodato potrebbe anche essere interpretata come una caratteristica curiosa, se non fosse che di frequente essa degenera in incontrollati atti di violenza; comunque altri modi di comportamento che Plutarco non tace, sono ben più riprovevoli. Ci si parla ad esempio di durezza di carattere (forse la esige anche la funzione di condottiero e re) che porta talora a pretese del tutto discutibili o ad atteggiamenti francamente condannabili perché tali da prescindere dal rispetto delle posizioni altrui (cap. 42, 57, 72, 74); ci si presenta Alessandro in preda a violenta, incontrollata passione, e anche a risentimenti furiosi nei riguardi del padre, senza che in questo caso, per fortuna di entrambi, si giunga a conseguenze estreme (cap. 9).

Il biografo definisce il suo eroe θυμοειδής e cioè impetuoso; e la definizione può avere una connotazione positiva, indicando ambizione, brama di onore e di gloria, ma può anche significare mancanza di controllo, violenza, allorché il comportamento non è guidato da νοῦς ma da θυμός.

Così non mancano nella biografia accenni ad azioni di violenza e crudeltà, qualche volta diffusamente esposte, in specie quelle per le quali Plutarco ritiene che il giudizio non debba essere di drastica condanna, ma esiga cautela e ponderazione, talora invece indicate con scarna concisione, là dove non sembra si possa in alcun modo trovare giustificazione.

Uno degli eventi più famosi, e che certo suscitò al suo tempo maggiore scalpore, come si può dedurre anche dalla particolare attenzione che tutte le fonti gli riservano, è l'uccisione di Clito il nero, buon guerriero e amico fidato che aveva salvato Alessandro da morte sicura alla battaglia del Granico (cap. 16). Plutarco riserva a questo episodio ben due capitoli, il 50 e il 51, e la sua narrazione è, per generale ammissione degli studiosi, del tutto fededegna per quanto attiene al fatto, mentre ragionevole è anche la meditata interpretazione che il nostro autore ne dà: «se riflettendo si considerano insieme e la causa e il momento, troviamo che non fu un fatto intenzionale, ma derivante dalla sfortuna del re che nell'ebbrezza e nell'ira offrì un pretesto al cattivo genio di Clito» (cap. 50). In realtà non si può parlare di responsabilità assoluta del Macedone, ma di uno sfortunato concorso di circostanze tutte negative.

Allo stesso modo Plutarco non attribuisce responsabilità al re nelle vicende di Filota e di Callistene, anch'essi appartenenti alla cerchia dei suoi amici, e anch'essi finiti miseramente: nell'un caso (cap. 49) e nell'altro (cap. 55) la maggior responsabilità ricade, a giudizio dell'autore, sugli amici invidiosi, le cui accuse ben architettate ebbero presa sull'animo del re; ciò naturalmente, pur attenuandole, non cancella del tutto le responsabilità di Alessandro.

Patente irriconoscenza, da cui discende implicito giudizio di colpevolezza, è invece denunciata per la morte di Parmenione: «Alessandro mandò messi in Media e fece uccidere Parmenione, che aveva cooperato con Filippo in molte imprese e che, solo tra i vecchi amici, o più di tutti gli altri, aveva sollecitato il Macedone a passare in Asia» (cap. 49). Plutarco non aggiunge altro, ma si legge tra le righe un giudizio di riprovazione morale che se ancora non è un esplicito atto d'accusa ne contiene però tutta la carica.

Dove invece non appare commento, né l'autore si dilunga nella narrazione di particolari, là è implicito un sicuro giudizio di condanna: l'espressione scarna e essenziale, a volte laconica, rivela nello stesso tempo il dispiacere, se non addirittura il disgusto, che nasce nel rimarcare i vizi del personaggio per il quale si prova simpatia, e l'onestà del biografo che sa di che pasta è fatto l'uomo, ma non si sottrae al suo dovere di registrare la realtà quale essa è.

Inequivocabili atti di crudeltà furono compiuti da Alessandro a Tebe, ove sessantamila uomini furono uccisi sul campo, e trentamila furono messi in vendita (cap. 11); Plutarco lo afferma senza mezzi termini: «Fu azione crudelissima, e oltremodo odiosa». Ne risentì lo stesso Alessandro, certamente non uso a massacri di quel genere: ce lo conferma il biografo aggiungendo: «si dice che in seguito il pensiero delle crudeltà compiute lo abbia spesso angustiato, e in non pochi casi lo abbia reso più mite» (cap. 13).

Ma un comportamento analogo ritorna più avanti nel tempo, in occasione della presa di Susa, ove fu del pari grande la strage dei prigionieri: un massacro di cui il re si assume personalmente la responsabilità in una lettera che Plutarco ricorda (cap. 37). In seguito, con l'infittirsi delle azioni belliche, divenute quasi una routine quotidiana, Alessandro divenne un terribile e implacabile punitore di chi trasgrediva gli ordini, tanto da divenire egli stesso, in qualche caso, esecutore di sentenze di morte (cap. 57). Non manca anche quell'episodio nel quale alla crudeltà si associa la mancanza di lealtà: con gli Indiani più valorosi, che gli avevano cagionato anche qualche difficoltà con le loro animose azioni, egli strinse un patto che poi non rispettò, e, assalendoli durante una marcia di trasferimento, li uccise tutti. «Questa» commenta Plutarco «è come una macchia che sta sulle azioni militari di Alessandro, dato che per solito egli combatteva con regale rispetto delle norme» (cap. 59).

Dall'esame che si è fatto risulta che la accentuazione dei caratteri negativi della personalità di Alessandro va infittendosi negli ultimi capitoli della biografia, corrispondenti agli ultimi anni della vita; ma Plutarco non si chiede espressamente quali possano essere le cause di questo mutamento.

È verisimile che la crescente condizione di potere nella quale il re visse, e la naturale adulazione, se non proprio servilismo, di quanti gli stavano vicino, abbiano contribuito non poco a modificare in senso negativo il suo carattere: Plutarco ce ne dà in pratica conferma allorquando riferendosi al tempo immediatamente successivo alla uccisione di Clito, nel presentarci Alessandro disperato, e gli amici che si sforzano di calmarlo, aggiunge che il filosofo Anassandro lo esortò a considerarsi al di sopra delle leggi morali, dicendo: «Questo è quell'Alessandro cui ora tutto il mondo guarda! egli è lì disteso, piangente come uno schiavo e teme la legge e il biasimo degli uomini, proprio lui che dovrebbe essere per gli altri regola e legge, dato che ha vinto per comandare e dominare, e non per essere schiavo e essere dominato da una vana opinione» (cap. 52). E in seguito aggiunge: «Non sai che Zeus ha al suo fianco Diche e Temi, affinché tutto quel che fa sia giusto e legittimo?». Commenta Plutarco: «Con discorsi di questo genere Anassandro attenuò il dolore del re, ma gli rese l'animo più vano e meno rispettoso della legge in molte circostanze» (cap. 52).

L'esame della biografia sin qui condotto suggerisce alcune brevi considerazioni. Innanzi tutto è fuor di discussione che la presentazione dell'uomo Alessandro è più che soddisfacente, oltre che storicamente attendibile, e che se possono qualche volta nascere nel lettore delle perplessità, il quadro d'assieme è però convincente. Altro discorso va fatto per la collocazione del personaggio nel momento storico, sia in ordine alla sua stessa personalità politica, che in ordine ai rapporti con i contemporanei.

Una esposizione completa e chiara del pensiero politico del Macedone manca: da qualche accenno che leggiamo or qua or là noi deduciamo quanto ci serve per farcene un'idea, ma una esauriente esposizione di carattere teoretico sarebbe ben più utile: Plutarco non ci dà un'interpretazione di Alessandro come politico. Né si fa alcun accenno alla tecnica militare posta in atto, e le descrizioni di battaglie, o meglio gli accenni di descrizione, sono così settoriali, imprecisi e confusi che non possiamo neppure lontanamente farci un'idea di eventuali novità tattiche o strategiche introdotte dal Macedone nell'arte militare.

24

Quando Plutarco parla di azioni belliche, insiste sul coraggio personale, e fa che esso solo basti a risolvere tutte le situazioni, anche le più intricate; è certo indubitabile che di esso si debba tener conto, ma si richiedono anche altre doti a spiegare gli immensi successi del Macedone. Il fatto è che Plutarco in questa, come del resto nelle altre biografie, incentra la sua attenzione sulla personalità che prende in esame, dandole un rilievo corrispondente a quello che fu in realtà o anche superiore, ma lascia in ombra le figure di contorno, la cui funzione è sempre complementare.

Così la biografia è un'ottima rappresentazione dell'individuo Alessandro, costretto in una solitudine che può essere anche splendida, ma che non per questo cessa d'essere drammatica.

DOMENICO MAGNINO

TAVOLA CRONOLOGICA

359 a.C.   Filippo diventa reggente di Macedonia e nel giro di pochi anni re con il nome di Filippo II.

357 ?   Filippo sposa Olimpiade.

356   Alessandro nasce a Pella, forse il 20 luglio.

343-2   Aristotele è invitato in Macedonia per prendersi cura della educazione di Alessandro.

340   Alessandro rimane come reggente a Pella mentre il padre è impegnato nella guerra contro Atene.

338   Battaglia di Cheronea (2 agosto): Filippo diventa arbitro di Grecia. Alessandro è mandato ad Atene tra i messi macedoni.

337   Filippo sposa Cleopatra, nipote di Attalo. Alessandro e Olimpiade in esilio. Alessandro ritorna a Pella.

336   Filippo è ucciso da Pausania a Aegae. Alessandro sale al trono.

335   Mentre è impegnato contro le tribù del Basso Danubio e degli Illiri Alessandro è richiamato dalla ribellione di Tebe; egli distrugge la città.

334   Alessandro passa in Asia Minore: battaglia del Granico.

334-3 Alessandro a Gordio.

333 Battaglia di Isso (novembre).

332 Assedio di Tiro.

331 Alessandro consulta l'oracolo di Ammone. Fondazione di Alessandria (7 aprile). Battaglia di Gaugamela (1 ottobre). I Macedoni occupano Babilonia e Susa.

330 Sacco di Persepoli. Assassinio di Dario da parte di Besso. Cospirazione di Filota e assassinio di Parmenione.

329 Alessandro nella Battriana. Avanzata su Samarcanda e attacco agli Sciti.

328 Uccisione di Clito.

327 Alessandro sposa Rossane. Congiura dei paggi: arresto di Callistene e conseguente uccisione.

326 Alessandro attacca Tassile. Guerra contro Poro sul fiume Hydaspe, e ritorno a seguito dell'ammutinamento delle truppe.

325 Massacro delle truppe indiane. Rivolta di mercenari in Battriana. Alessandro ritorna all'Ovest.

324 Alessandro raggiunge Pasargade e trova la tomba di Ciro saccheggiata. Chiede agli stati greci di essere riconosciuto come dio.

323 Tornato a Babilonia si prepara alla spedizione contro gli Arabi. Si ammala il 29 maggio e muore il 10 giugno.

AVVERTENZA

Le sigle che con maggior frequenza ricorrono nel testo greco richiamano le seguenti opere:

FGrH = *Die Fragmente der griechischen Historiker*, von F. Jacoby, Berlin 1923-1954.

HRR = *Historicorum Romanorum Reliquiae*, rec. H. Peter, vol. I-II, Stuttgart 1967 (ediz. stereotipa).

ALESSANDRO
[ΑΛΕΞΑΝΔΡΟΣ]

1. Τὸν Ἀλεξάνδρου τοῦ βασιλέως βίον καὶ τὸν Καίσαρος, ὑφ' οὗ κατελύθη Πομπήιος, ἐν τούτῳ τῷ βιβλίῳ γράφοντες, διὰ τὸ πλῆθος τῶν ὑποκειμένων πράξεων οὐδὲν ἄλλο προεροῦμεν ἢ παραιτησόμεθα τοὺς ἀναγινώσκοντας, ἐὰν μὴ πάντα μηδὲ καθ' ἕκαστον ἐξειργασμένως τι τῶν περιβοήτων ἀπαγγέλλωμεν, ἀλλ' ἐπιτέμνοντες τὰ πλεῖ-
2 στα, μὴ συκοφαντεῖν. οὔτε γὰρ ἱστορίας γράφομεν, ἀλλὰ βίους, οὔτε ταῖς ἐπιφανεστάταις πράξεσι πάντως ἔνεστι δήλωσις ἀρετῆς ἢ κακίας, ἀλλὰ πρᾶγμα βραχὺ πολλάκις καὶ ῥῆμα καὶ παιδιά τις ἔμφασιν ἤθους ἐποίησε μᾶλλον ἢ μάχαι μυριόνεκροι καὶ παρατάξεις αἱ μέγισται καὶ
3 πολιορκίαι πόλεων. ὥσπερ οὖν οἱ ζωγράφοι τὰς ὁμοιότητας ἀπὸ τοῦ προσώπου καὶ τῶν περὶ τὴν ὄψιν εἰδῶν οἷς ἐμφαίνεται τὸ ἦθος ἀναλαμβάνουσιν, ἐλάχιστα τῶν λοιπῶν μερῶν φροντίζοντες, οὕτως ἡμῖν δοτέον εἰς τὰ τῆς ψυχῆς σημεῖα μᾶλλον ἐνδύεσθαι, καὶ διὰ τούτων εἰδοποιεῖν τὸν ἑκάστου βίον, ἐάσαντας ἑτέροις τὰ μεγέθη καὶ τοὺς ἀγῶνας.
2. Ἀλέξανδρος. ὅτι τῷ γένει πρὸς πατρὸς μὲν ἦν Ἡρακλείδης ἀπὸ Καράνου, πρὸς δὲ μητρὸς Αἰακίδης
2 ἀπὸ Νεοπτολέμου, τῶν πάνυ πεπιστευμένων ἐστί. λέγεται

1. Nell'accingermi a scrivere in questo libro la vita di Alessandro il Grande e di Cesare, il vincitore di Pompeo, considerata la massa dei fatti, null'altro dirò a modo di prefazione se non questo: i lettori non mi diano addosso se non riferisco tutti i fatti né narro in modo esaustivo quelli presi in esame tra i più celebrati, ma per lo più in forma riassuntiva. Io non scrivo storia, ma biografia; e **2** non è che nei fatti più celebrati ci sia sempre una manifestazione di virtù o di vizio, ma spesso un breve episodio, una parola, un motto di spirito, dà un'idea del carattere molto meglio che non battaglie con migliaia di morti, grandi schieramenti d'eserciti, assedi di città. Come dunque **3** i pittori colgono le simiglianze dei soggetti dal volto e dall'espressione degli occhi, nei quali si avverte il carattere, e pochissimo si curano delle altre parti, così mi si conceda di interessarmi di più di quelli che sono i segni dell'anima, e mediante essi rappresentare la vita di ciascuno, lasciando ad altri la trattazione delle grandi contese.

2. È tradizione da tutti accettata che Alessandro per parte di padre discendesse da Eracle, attraverso Carano,[1] e per parte di madre da Eaco, attraverso Neottolemo.[2] Si **2**

[1] Nella genealogia della casa Macedone Erodoto (8.139) non lo nomina; lo cita per la prima volta Teopompo: sembra una figura inventata per collegare le dinastie Macedone e Argiva.
[2] Neottolemo, detto anche Pirro, figlio di Achille, nel suo ritorno da Troia uscì di rotta e approdò in Molossia, ove fondò la dinastia dei Pirriadi.

δὲ Φίλιππος ἐν Σαμοθρᾴκῃ τῇ Ὀλυμπιάδι συμμυηθείς,
αὐτός τε μειράκιον ὢν ἔτι κἀκείνης παιδὸς ὀρφανῆς γονέων
ἐρασθῆναι, καὶ τὸν γάμον οὕτως ἁρμόσαι, πείσας τὸν
3 ἀδελφὸν αὐτῆς Ἀρύββαν. ἡ μὲν οὖν νύμφη πρὸ τῆς
νυκτός, ᾗ συνείρχθησαν εἰς τὸν θάλαμον, ἔδοξε βροντῆς
γενομένης ἐμπεσεῖν αὐτῆς τῇ γαστρὶ κεραυνόν, ἐκ δὲ
τῆς πληγῆς πολὺ πῦρ ἀναφθέν, εἶτα ῥηγνύμενον εἰς φλόγας
4 πάντῃ φερομένας διαλυθῆναι. ὁ δὲ Φίλιππος ὑστέρῳ
χρόνῳ μετὰ τὸν γάμον εἶδεν ὄναρ αὐτὸν ἐπιβάλλοντα
σφραγῖδα τῇ γαστρὶ τῆς γυναικός· ἡ δὲ γλυφὴ τῆς
5 σφραγῖδος ὡς ᾤετο λέοντος εἶχεν εἰκόνα. τῶν δ' ἄλλων
μάντεων ὑφορωμένων τὴν ὄψιν, ὡς ἀκριβεστέρας φυλακῆς
δεομένων τῷ Φιλίππῳ τῶν περὶ τὸν γάμον, Ἀρίστανδρος
ὁ Τελμησσεὺς κύειν ἔφη τὴν ἄνθρωπον· οὐθὲν γὰρ
ἀποσφραγίζεσθαι τῶν κενῶν· καὶ κύειν παῖδα θυμοειδῆ
6 καὶ λεοντώδη τὴν φύσιν. ὤφθη δέ ποτε καὶ δράκων κοι-
μωμένης τῆς Ὀλυμπιάδος παρεκτεταμένος τῷ σώματι, καὶ
τοῦτο μάλιστα τοῦ Φιλίππου τὸν ἔρωτα καὶ τὰς φιλοφροσύνας ἀμαυρῶσαι λέγουσιν, ὡς μηδὲ φοιτᾶν ἔτι πολλάκις
παρ' αὐτὴν ἀναπαυσόμενον, εἴτε δείσαντά τινας μαγείας
ἐπ' αὐτῷ καὶ φάρμακα τῆς γυναικός, εἴτε τὴν ὁμιλίαν ὡς
7 κρείττονι συνούσης ἀφοσιούμενον. ἕτερος δὲ περὶ τούτων
ἐστὶ λόγος, ὡς πᾶσαι μὲν αἱ τῇδε γυναῖκες ἔνοχοι τοῖς

---

³ Centro del culto dei Cabiri, divinità ctoniche protettrici dei marinai e suscitatrici di fertilità.

⁴ Olimpiade, figlia di Neottolemo re d'Epiro, sposò Filippo II di Macedonia nel 357. Donna di forte carattere, incline al misticismo, fu te-
neramente amata dal figlio Alessandro, che però le rifiutò qualunque
potere. Nel 331 lasciò la Macedonia per l'Epiro, che praticamente go-
vernò per anni. Dopo la morte di Alessandro si implicò nelle lotte di
successione che la portarono a morire uccisa dai parenti di quegli avversari che aveva fatto uccidere.

dice che Filippo, iniziato ai misteri a Samotracia[3] insieme a Olimpiade[4] (egli era ancora un ragazzo, ed ella era orfana dei genitori), se ne innamorò, e subito concordò con lei il matrimonio, con il consenso di Aribba, fratello della ragazza.[5] La notte precedente quella nella quale furono consumate le nozze, parve alla ragazza che, scoppiato un gran tuono, un fulmine la colpisse nel ventre e dalla ferita si levasse un gran fuoco che si divise in fiamme diffusesi nelle varie direzioni e poi si spense. In un tempo successivo, dopo le sue nozze, Filippo[6] ebbe un sogno: egli imprimeva un sigillo sul ventre di sua moglie, e l'impronta del sigillo, come credeva di vedere, era la figura di un leone. Tutti gli indovini non facevano gran conto di quella visione, ritenendo soltanto che Filippo dovesse controllare con maggior cura la moglie; ma Aristandro di Telmesso[7] disse che la donna era incinta, dato che nessun sigillo si imprime su ciò che è vuoto, e che era incinta di un ragazzo animoso e della natura di un leone. Un'altra volta fu visto un serpente disteso al fianco di Olimpiade addormentata; narrano che soprattutto questo attenuò le manifestazioni di amore di Filippo per lei, tanto che non andava più di frequente a letto con lei, o che temesse che alcuni incantamenti magici gli venissero fatti dalla donna, o che volesse evitare rapporti nella convinzione che ella convivesse con un essere superiore. C'è a questo proposito una diversa tradizione, secondo la quale tutte le

3

4

5

6

7

---

[5] Notizia inesatta in quanto Aribba non era il fratello, bensì lo zio della ragazza.
[6] Padre di Alessandro Magno, re di Macedonia. Era figlio di Aminta II e successe al fratello Perdicca morto nella guerra Illirica del 360. Assicuratosi il dominio della Macedonia dopo alcune difficoltà, concepì disegni di espansione sulle città greche che in parte realizzò personalmente lasciando le premesse per ulteriori conquiste. Morì assassinato da un certo Pausania nel 336 a.C.
[7] Ritenuto espertissimo nell'arte divinatoria, accompagnò Alessandro in Asia e predisse quasi tutti gli eventi di maggiore importanza, non sbagliando, a quanto dicono, pressoché mai.

Ὀρφικοῖς οὖσαι καὶ τοῖς περὶ τὸν Διόνυσον ὀργιασμοῖς ἐκ
τοῦ πάνυ παλαιοῦ, Κλώδωνές τε καὶ Μιμαλλόνες ἐπωνυμίαν ἔχουσαι, πολλὰ ταῖς Ἠδωνίσι καὶ ταῖς περὶ τὸν
Αἷμον Θρῄσσαις ὅμοια δρῶσιν· ἀφ' ὧν δοκεῖ καὶ τὸ
θρησκεύειν ὄνομα ταῖς κατακόροις γενέσθαι καὶ περιέργοις
9 ἱερουργίαις· ἡ δ' Ὀλυμπιὰς μᾶλλον ἑτέρων ζηλώσασα τὰς
κατοχάς, καὶ τοὺς ἐνθουσιασμοὺς ἐξάγουσα βαρβαρικώ-
τερον, ὄφεις μεγάλους χειροήθεις ἐφείλκετο τοῖς θιάσοις,
οἳ πολλάκις ἐκ τοῦ κιττοῦ καὶ τῶν μυστικῶν λίκνων
παραναδυόμενοι καὶ περιελιττόμενοι τοῖς θύρσοις τῶν
γυναικῶν καὶ τοῖς στεφάνοις, ἐξέπληττον τοὺς ἄνδρας.
   3. Οὐ μὴν ἀλλὰ Φιλίππῳ μὲν μετὰ τὸ φάσμα πέμψαντι
Χαίρωνα τὸν Μεγαλοπολίτην εἰς Δελφοὺς χρησμὸν
κομισθῆναι λέγουσι παρὰ τοῦ θεοῦ, κελεύοντος Ἄμμωνι
2 θύειν καὶ σέβεσθαι μάλιστα τοῦτον τὸν θεόν· ἀποβαλεῖν
δὲ τῶν ὄψεων αὐτὸν τὴν ἑτέραν, ἣν τῷ τῆς θύρας ἁρμῷ
προσβαλών, κατώπτευσεν ἐν μορφῇ δράκοντος συνευναζό-
3 μενον τῇ γυναικὶ τὸν θεόν. ἡ δ' Ὀλυμπιάς, ὡς Ἐρατοσθένης
φησί (FGrH 241 F 28), προπέμπουσα τὸν Ἀλέξανδρον ἐπὶ
τὴν στρατείαν, καὶ φράσασα μόνῳ τὸ περὶ τὴν τέκνωσιν
4 ἀπόρρητον, ἐκέλευεν ἄξια φρονεῖν τῆς γενέσεως· ἕτεροι
δέ φασιν αὐτὴν ἀφοσιοῦσθαι καὶ λέγειν· ,,οὐ παύσεταί με
διαβάλλων Ἀλέξανδρος πρὸς τὴν Ἥραν;''
5 Ἐγεννήθη δ' οὖν Ἀλέξανδρος ἱσταμένου μηνὸς Ἑκα-
τομβαιῶνος, ὃν Μακεδόνες Λῷον καλοῦσιν, ἕκτῃ, καθ'

donne di queste parti sono da antico tempo legate ai riti orfici e dionisiaci, e si chiamano Clodoni e Mimallone, e compiono molte azioni simili a quelle delle Edoni e delle donne di Tracia che abitano presso l'Emo,[8] donde appunto sembra sia derivato il termine «tracizzare» per indicare riti stravaganti e superstiziosi. Olimpiade, che più delle altre praticava queste cerimonie e in modo più selvaggio si abbandonava all'invasamento, portava nei tiasi grandi serpenti addomesticati, i quali spesso, emergendo dalle foglie di edera che ricoprivano le ciste sacre e avvolgendosi attorno ai tirsi e alle corone delle donne, atterrivano gli uomini.

3. Filippo comunque, dopo l'apparizione, mandò a Delfi Cherone di Megalopoli che gli riportò un oracolo da parte del dio che gli ordinava di far sacrificio ad Ammone[9] e di venerare in particolar modo questa divinità: egli avrebbe perso quell'occhio che aveva accostato alla fessura della porta quando vide il dio in forma di serpente giacere con la donna. Quanto ad Olimpiade, secondo Eratostene,[10] salutando Alessandro che andava alla sua grande spedizione, gli svelò il segreto della sua nascita e lo esortò a concepire disegni degni della sua condizione. Ma altri dicono che ella rifiutava questa diceria e diceva: «Alessandro deve cessare di calunniarmi di fronte ad Era». Comunque sia, Alessandro nacque al principio del mese di Ecatombeone, che i Macedoni chiamano Loo, esattamente il sesto giorno,[11] lo stesso nel quale

8

9

2

3

4

5

---

[8] Monte della Tracia.

[9] Originariamente dio locale di Tebe d'Egitto divenne con la XVIII dinastia dio nazionale e fu identificato con il dio Sole. Famosissimo il suo oracolo, collocato nell'oasi di Siwah, a 600 km. circa da Tebe.

[10] Eratostene di Cirene, vissuto tra il 296 e il 214, successe ad Apollonio Rodio nella direzione della Biblioteca di Alessandria. Era versato in tutti i campi, ma particolarmente si distinse negli studi di geografia e cronologia.

[11] La determinazione cronologica è di estrema difficoltà: sembra si sia trattato del 20 luglio del 356.

ἣν ἡμέραν ὁ τῆς Ἐφεσίας Ἀρτέμιδος ἐνεπρήσθη νεώς·
6 ᾧ γ᾽ Ἡγησίας ὁ Μάγνης (FGrH 142 F 3) ἐπιπεφώνηκεν
ἐπιφώνημα κατασβέσαι τὴν πυρκαϊὰν ἐκείνην ὑπὸ ψυ-
χρίας δυνάμενον· εἰκότως γὰρ ἔφη καταφλεχθῆναι τὸν
νεών, τῆς Ἀρτέμιδος ἀσχολουμένης περὶ τὴν Ἀλεξάν-
7 δρου μαίωσιν. ὅσοι δὲ τῶν μάγων ἐν Ἐφέσῳ διατρί-
βοντες ἔτυχον, τὸ περὶ τὸν νεὼν πάθος ἡγούμενοι πάθους
ἑτέρου σημεῖον εἶναι, διέθεον, τὰ πρόσωπα τυπτόμενοι
καὶ βοῶντες ἄτην ἅμα καὶ συμφορὰν μεγάλην τῇ Ἀσίᾳ τὴν
8 ἡμέραν ἐκείνην τετοκέναι. Φιλίππῳ δ᾽ ἄρτι Ποτείδαιαν
ᾑρηκότι τρεῖς ἧκον ἀγγελίαι κατὰ τὸν αὐτὸν χρόνον, ἡ μὲν
Ἰλλυριοὺς ἡττῆσθαι μάχῃ μεγάλῃ διὰ Παρμενίωνος, ἡ
δ᾽ Ὀλυμπίασιν ἵππῳ κέλητι νενικηκέναι, τρίτη δὲ περὶ τῆς
9 Ἀλεξάνδρου γενέσεως. ἐφ᾽ οἷς ἡδόμενον ὡς εἰκὸς ἔτι
μᾶλλον οἱ μάντεις ἐπῆραν, ἀποφαινόμενοι τὸν παῖδα τρισὶ
νίκαις συγγεγεννημένον ἀνίκητον ἔσεσθαι.

4. Τὴν μὲν οὖν ἰδέαν τοῦ σώματος οἱ Λυσίππειοι μάλιστα τῶν ἀνδριάντων ἐμφαίνουσιν, ὑφ᾽ οὗ μόνου καὶ
2 αὐτὸς ἠξίου πλάττεσθαι. καὶ γὰρ ⟨ὃ⟩ μάλιστα πολλοὶ
τῶν διαδόχων ὕστερον καὶ τῶν φίλων ἀπεμιμοῦντο, τήν
τ᾽ ἀνάτασιν τοῦ αὐχένος εἰς εὐώνυμον ἡσυχῇ κεκλιμένου
καὶ τὴν ὑγρότητα τῶν ὀμμάτων, διατετήρηκεν ἀκριβῶς
3 ὁ τεχνίτης. Ἀπελλῆς δὲ γράφων ⟨αὐ⟩τὸν κεραυνοφόρον,
οὐκ ἐμιμήσατο τὴν χρόαν, ἀλλὰ φαιότερον καὶ πεπινωμένον
ἐποίησεν. ἦν δὲ λευκός, ὥς φασιν· ἡ δὲ λευκότης ἐπεφοί-

---

[12] A Efeso furono costruiti successivamente parecchi templi in onore di Artemis: quello cui qui si allude fu incendiato da un certo Erostra-
to che intendeva in tal modo guadagnarsi fama perenne.

[13] Nativo di Magnesia sul Sipilo, fu autore di una storia di Alessandro ed esponente di rilievo di una scuola retorica definita «asiana», che
Cicerone critica severamente.

[14] Certamente questo sincronismo non è esistito, ed è ricordato per
motivi adulatori; infatti Filippo prese Potidea nella primavera del 356,
mentre la vittoria di Parmenione sugli Illiri è dell'estate del 356; i giochi
ebbero poi luogo nel luglio-agosto dello stesso anno.

bruciò il tempio di Artemis a Efeso.[12] Fu in questa occasione che Egesia di Magnesia[13] pronunciò quella battuta che poteva spegnere quell'incendio, fredda come era: disse infatti che era naturale che bruciasse il tempio di Artemis, perché la dea era impegnata a portare alla luce Alessandro. Ma i magi che si trovavano ad Efeso, ritenendo che la distruzione del tempio fosse il segno di un altro disastro, correvano per la città colpendosi il volto e gridando che in quel giorno era stata generata un'altra grande sventura per l'Asia. A Filippo che aveva appena presa Potidea, giunsero nello stesso tempo tre notizie:[14] che gli Illiri erano stati sconfitti in una grande battaglia da Parmenione; che aveva vinto a Olimpia nella corsa dei cavalli e che gli era nato Alessandro. Si compiacque delle notizie come è naturale, ma ancor più lo esaltarono gli indovini affermando che invincibile sarebbe stato il figlio che era nato accompagnato da tre vittorie.

4. Sono soprattutto le statue di Lisippo[15] che ci fanno conoscere l'aspetto fisico di Alessandro: da lui solo egli ritenne opportuno farsi effigiare. Infatti questo artista soltanto rappresentò in modo accurato quello che poi molti dei successori di Alessandro e molti amici cercarono di imitare, e cioè la posizione del collo lievemente piegato verso sinistra e la dolcezza dello sguardo. Apelle,[16] nel dipingerlo in atto di scagliare il fulmine, non ne riprodusse il colorito, ma lo rappresentò piuttosto bruno e scuro. Alessandro invece, a quel che dicono, era di carnagione

[15] Lisippo di Sicione, attivo nella seconda metà del secolo IV, è considerato uno dei grandi maestri della scultura greca con Mirone e Policleto. Si dice che egli abbia scolpito almeno 1500 statue, delle quali purtroppo nessuna ci è giunta. Aveva fatto statue di Alessandro a partire dalla fanciullezza; quando Alessandro salì al trono, egli divenne scultore di corte.
[16] Apelle di Colofone, considerato il più grande dei pittori greci, eccellente soprattutto per la grazia dei suoi dipinti. Divenuto pittore di corte dipinse Alessandro in atto di scagliare il fulmine per il tempio di Artemis ad Efeso, pattuendo una ricompensa altissima, di venti talenti.

νισσεν αὐτοῦ περὶ τὸ στῆθος μάλιστα καὶ τὸ πρόσωπον.

4 ὅτι δὲ τοῦ χρωτὸς ἥδιστον ἀπέπνει καὶ τὸ στόμα κατεῖχεν εὐωδία καὶ τὴν σάρκα πᾶσαν, ὥστε πληροῦσθαι τοὺς χιτωνίσκους, ἀνέγνωμεν ἐν ὑπομνήμασιν Ἀριστοξενείοις 5 (fg. 132 W.)· αἰτία δ᾽ ἴσως ἡ τοῦ σώματος κρᾶσις, πολύθερμος οὖσα καὶ πυρώδης· ἡ γὰρ εὐωδία γίνεται πέψει τῶν ὑγρῶν ὑπὸ θερμότητος, ὡς οἴεται Θεόφραστος (fg. 4, 6 W.).

6 ὅθεν οἱ ξηροὶ καὶ διάπυροι τόποι τῆς οἰκουμένης τὰ πλεῖστα καὶ κάλλιστα τῶν ἀρωμάτων φέρουσιν· ἐξαιρεῖ γὰρ ὁ ἥλιος τὸ ὑγρόν, ὥσπερ ὕλην σηπεδόνος ἐπιπολάζον 7 τοῖς σώμασιν. Ἀλέξανδρον δ᾽ ἡ θερμότης τοῦ σώματος ὡς ἔοικε καὶ ποτικὸν καὶ θυμοειδῆ παρεῖχεν.

8 Ἔτι δ᾽ ὄντος αὐτοῦ παιδὸς ἥ τε σωφροσύνη διεφαίνετο τῷ πρὸς τἆλλα ῥαγδαῖον ὄντα καὶ φερόμενον σφοδρῶς ἐν ταῖς ἡδοναῖς ταῖς περὶ τὸ σῶμα δυσκίνητον εἶναι καὶ μετὰ πολλῆς πραότητος ἅπτεσθαι τῶν τοιούτων, ἥ τε φιλοτιμία παρ᾽ ἡλικίαν ἐμβριθὲς εἶχε τὸ φρόνημα καὶ μεγαλόψυχον.

9 οὔτε γὰρ ἀπὸ παντὸς οὔτε πᾶσαν ἠγάπα δόξαν, ὡς Φίλιππος λόγου τε δεινότητι σοφιστικῶς καλλωπιζόμενος, καὶ τὰς ἐν Ὀλυμπίᾳ νίκας τῶν ἁρμάτων ἐγχαράττων τοῖς 10 νομίσμασιν, ἀλλὰ καὶ τῶν περὶ αὐτὸν ἀποπειρωμένων, εἰ βούλοιτ᾽ ἂν Ὀλυμπίασιν ἀγωνίσασθαι στάδιον, ἦν γὰρ ποδώκης, ,,εἴ γε‘‘ ἔφη ,,βασιλεῖς ἔμελλον ἕξειν ἀνταγω- 11 νιστάς.‘‘ φαίνεται δὲ καὶ καθόλου πρὸς τὸ τῶν ἀθλητῶν

chiara; il bianco della pelle diventava rosso particolarmente sul petto e sul volto. Nelle memorie di Aristosseno[17] ho letto che dalla sua pelle emanava un gradevolissimo profumo, e fragranza[18] spirava dalla sua bocca e da tutto il corpo, tanto che ne erano impregnate le vesti. Ne era forse causa la temperatura corporea, che era molto alta, quasi da febbre; secondo Teofrasto[19] il profumo promana dall'evaporazione degli umori originata dal calore. Perciò le regioni più calde e asciutte della terra producono in massima abbondanza i profumi migliori; il sole infatti toglie l'umido, che è un elemento di corruzione diffuso nei corpi. Quanto ad Alessandro il calore del corpo, come sembra, lo rese anche collerico e incline al bere. Quando ancora era un ragazzo la sua saggezza si manifestava per il fatto che mentre era vivacemente impetuoso e passionale negli altri campi, nei piaceri del corpo era invece piuttosto controllato, e ne godeva con molta moderazione; la brama di gloria stava invece in cima ai suoi pensieri, alti e magnanimi più di quanto non comportasse l'età. Infatti egli aspirava non a qualsiasi gloria, da qualunque parte gli derivasse, come Filippo, che si vantava dell'efficacia dei suoi discorsi come un sofista, e incideva sulle sue monete il ricordo delle sue vittorie con il carro ad Olimpia; ai suoi cortigiani che volevano sapere se avrebbe voluto partecipare ad Olimpia alla corsa dello stadio (era infatti molto veloce) Alessandro disse: «Sì, se dovessi avere come avversari altri re». In complesso sembra che non gli fossero molto simpatici gli atleti; infatti pur avendo or-

[17] Aristosseno di Taranto, ove nacque tra il 375 e il 360, venuto ad Atene si accostò alla scuola di Aristotele ma ne fu deluso. È noto soprattutto per i suoi scritti di armonia e di ritmica.

[18] Nel pensiero antico frequentemente la fragranza è associata alla divinità.

[19] Teofrasto di Ereso in Lesbo, successore di Aristotele alla guida della scuola peripatetica, è particolarmente famoso per i suoi studi di scienze naturali, ma è altresì celebrato per i suoi *Caratteri*, indimenticabili ritratti di tipi umani.

γένος ἀλλοτρίως ἔχων· πλείστους γέ τοι θεὶς ἀγῶνας οὐ μόνον τραγῳδῶν καὶ αὐλητῶν καὶ κιθαρῳδῶν, ἀλλὰ καὶ ῥαψῳδῶν θήρας τε παντοδαπῆς καὶ ῥαβδομαχίας, οὔτε πυγμῆς οὔτε παγκρατίου μετά τινος σπουδῆς ἔθηκεν ἄθλον.

5. Τοὺς δὲ παρὰ τοῦ Περσῶν βασιλέως πρέσβεις ἥκοντας ἀποδημοῦντος Φιλίππου ξενίζων καὶ γενόμενος συνήθης, οὕτως ἐχειρώσατο τῇ φιλοφροσύνῃ καὶ τῷ μηδὲν
2 ἐρώτημα παιδικὸν ἐρωτῆσαι μηδὲ μικρόν, ἀλλ᾽ ὁδῶν τε μήκη καὶ πορείας τῆς ἄνω τρόπον ἐκπυνθάνεσθαι, καὶ
3 περὶ αὐτοῦ βασιλέως ὁποῖος εἴη πρὸς τοὺς πολέμους, καὶ τίς ἡ Περσῶν ἀλκὴ καὶ δύναμις, ὥστε θαυμάζειν ἐκείνους καὶ τὴν λεγομένην Φιλίππου δεινότητα μηδὲν ἡγεῖσθαι πρὸς τὴν τοῦ παιδὸς ὁρμὴν καὶ μεγαλοπραγμοσύνην.
4 ὁσάκις γοῦν ἀπαγγελθείη Φίλιππος ἢ πόλιν ἔνδοξον ᾑρηκὼς ἢ μάχην τινὰ περιβόητον νενικηκώς, οὐ πάνυ φαιδρὸς ἦν ἀκούων, ἀλλὰ πρὸς τοὺς ἡλικιώτας ἔλεγεν· „ὦ παῖδες, πάντα προλήψεται ὁ πατήρ, ἐμοὶ δ᾽ οὐδὲν ἀπολείψει μεθ᾽ ὑμῶν ἔργον ἀποδείξασθαι μέγα καὶ
5 λαμπρόν.“ οὐ γὰρ ἡδονὴν ζηλῶν οὐδὲ πλοῦτον, ἀλλ᾽ ἀρετὴν καὶ δόξαν, ἐνόμιζεν, ὅσῳ πλείονα λήψεται παρὰ
6 τοῦ πατρός, ἐλάττονα κατορθώσειν δι᾽ αὐτοῦ. διὸ τοῖς πράγμασιν αὐξομένοις καταναλίσκεσθαι τὰς πράξεις εἰς ἐκεῖνον ἡγούμενος, ἐβούλετο μὴ χρήματα μηδὲ τρυφὰς· καὶ ἀπολαύσεις, ἀλλ᾽ ἀγῶνας καὶ πολέμους καὶ φιλοτιμίας ἔχουσαν ἀρχὴν παραλαβεῖν.

7 Πολλοὶ μὲν οὖν περὶ τὴν ἐπιμέλειαν ὡς εἰκὸς ἦσαν αὐτοῦ τροφεῖς καὶ παιδαγωγοὶ καὶ διδάσκαλοι λεγόμενοι, πᾶσι δ᾽ ἐφειστήκει Λεωνίδας, ἀνὴρ τό τ᾽ ἦθος αὐστηρὸς καὶ συγγενὴς Ὀλυμπιάδος, αὐτὸς μὲν οὐ φεύγων τὸ τῆς παιδαγωγίας ὄνομα, καλὸν ἔργον ἐχούσης καὶ λαμπρόν, ὑπὸ δὲ τῶν ἄλλων διὰ τὸ ἀξίωμα καὶ τὴν οἰκειότητα
8 τροφεὺς Ἀλεξάνδρου καὶ καθηγητὴς καλούμενος. ὁ δὲ τὸ

ganizzato moltissime gare, non soltanto di tragediografi, o auleti, o citaredi, ma anche di rapsodi e di caccia d'ogni genere, e di combattimento con bastoni, non si diede cura di indire gare di pugilato né di pancrazio.

5. Una volta, in assenza di Filippo, ricevette dei messi giunti da parte del re dei Persiani,[20] e intrattenendoli, con la sua amabilità e col non rivolgere loro nessuna domanda sciocca o banale, ma informandosi della lunghezza delle strade e del modo di viaggiare nell'interno dell'Asia, e circa lo stesso re, come si comportava in guerra e quale era la forza e la potenza dei Persiani, li affascinò a tal punto che essi ne rimasero ammirati e ritennero che la celebrata abilità di Filippo non fosse niente a paragone dell'impostazione di pensiero e dell'alto sentire del figlio. Ogni volta che sentiva annunciare che Filippo aveva conquistato una città famosa o aveva vinto una celebrata battaglia, non dimostrava molta gioia e ai coetanei diceva: «Amici, mio padre si prenderà tutto e non mi lascerà la possibilità di compiere con voi qualche grossa, luminosa impresa». Egli infatti non aspirava a piaceri o ricchezze, ma a virtù e fama, e pensava che quanto più riceveva dal padre, tanto meno avrebbe guadagnato da solo. Perciò ritenendo che con queste azioni di conquista gli si riducevano le possibilità di compiere nuove imprese a tutto vantaggio del padre, egli voleva ricevere un regno che non gli offrisse danari, lussi, guadagni, ma lotte, guerre, gloria. Si davano cura di lui, come è logico, molte persone: tutori, maestri, pedagoghi; su tutti sovraintendeva Leonida,[21] uomo austero di carattere, parente di Olimpiade, che non rifuggiva dal titolo di pedagogo, che indica una funzione nobile e bella, ma dagli altri era definito l'educatore e il tutore di Alessandro, sia per la sua dignità che per la sua parentela. Tuttavia chi aveva funzione e nome di pedagogo era

---

[20] L'episodio dell'ambasceria, se è vero, non è però databile con sicurezza.
[21] Il capo degli insegnanti che attendevano alla educazione di Alessandro, uomo di costume austero, a quanto riferiscono le fonti.

σχῆμα τοῦ παιδαγωγοῦ καὶ τὴν προσηγορίαν ὑποποιούμενος ἦν Λυσίμαχος, τὸ γένος Ἀκαρνάν, ἄλλο μὲν οὐδὲν
ἔχων ἀστεῖον, ὅτι δ᾽ ἑαυτὸν μὲν ὠνόμαζε Φοίνικα, τὸν
δ᾽ Ἀλέξανδρον Ἀχιλλέα, Πηλέα δὲ τὸν Φίλιππον, ἠγαπᾶτο
καὶ δευτέραν εἶχε χώραν.

6. Ἐπεὶ δὲ Φιλονίκου τοῦ Θεσσαλοῦ τὸν Βουκεφάλαν
ἀγαγόντος ὤνιον τῷ Φιλίππῳ τρισκαίδεκα ταλάντων,
κατέβησαν εἰς τὸ πεδίον δοκιμάσοντες τὸν ἵππον, ἐδόκει
τε χαλεπὸς εἶναι καὶ κομιδῇ δύσχρηστος, οὔτ᾽ ἀναβάτην
προσιέμενος οὔτε φωνὴν ὑπομένων τινὸς τῶν περὶ τὸν
2 Φίλιππον, ἀλλ᾽ ἁπάντων κατεξανιστάμενος, δυσχεραί-
νοντος δὲ τοῦ Φιλίππου καὶ κελεύοντος ἀπάγειν ὡς παντάπασιν ἄγριον καὶ ἀκόλαστον, παρὼν ὁ Ἀλέξανδρος εἶπεν·
„οἷον ἵππον ἀπολλύουσι, δι᾽ ἀπειρίαν καὶ μαλακίαν χρήσασθαι μὴ δυνάμενοι,“ τὸ μὲν οὖν πρῶτον ὁ Φίλιππος
3 ἐσιώπησε· πολλάκις δ᾽ αὐτοῦ παραφθεγγομένου καὶ περι-
παθοῦντος, „ἐπιτιμᾷς σὺ“ ἔφη „πρεσβυτέροις ὥς τι
πλέον αὐτὸς εἰδὼς ἢ μᾶλλον ἵππῳ χρήσασθαι δυνάμενος;“
4 „τούτῳ γοῦν“ ἔφη „χρησαίμην ἂν ἑτέρου βέλτιον.“
„ἂν δὲ μὴ χρήσῃ, τίνα δίκην τῆς προπετείας ὑφέξεις;“
„ἐγὼ νὴ Δί᾽“ εἶπεν „ἀποτείσω τοῦ ἵππου τὴν τιμήν.“
5 γενομένου δὲ γέλωτος, εἶθ᾽ ὁρισμοῦ πρὸς ἀλλήλους εἰς τὸ
ἀργύριον, εὐθὺς προσδραμὼν τῷ ἵππῳ καὶ παραλαβὼν
τὴν ἡνίαν, ἐπέστρεψε πρὸς τὸν ἥλιον, ὡς ἔοικεν ἐννοήσας
ὅτι τὴν σκιὰν προπίπτουσαν καὶ σαλευομένην ὁρῶν πρὸ
6 αὐτοῦ διαταράττοιτο. μικρὰ δ᾽ αὐτῷ παρακαλπάσας καὶ
καταψήσας, ὡς ἑώρα πληρούμενον θυμοῦ καὶ πνεύματος,
ἀπορρίψας ἡσυχῇ τὴν χλαμύδα καὶ μετεωρίσας αὐτόν,
7 ἀσφαλῶς περιέβη. καὶ μικρὰ μὲν περιλαβὼν ταῖς ἡνίαις
τὸν χαλινόν, ἄνευ πληγῆς καὶ σπαραγμοῦ προσανέστειλεν·

Lisimaco, originario dell'Acarnania, che non aveva alcuna caratteristica particolare, ma poiché chiamava se stesso Fenice, Alessandro Achille e Filippo Peleo, era tenuto in considerazione e aveva il secondo posto.[22]

6. Quando Filonico Tessalo portò a Filippo il cavallo Bucefalo,[23] offrendoglielo per tredici talenti, scesero nella pianura per metterlo alla prova; sembrava fosse un cavallo ombroso e davvero intrattabile, che non si lasciava montare, non tollerava la voce di alcuno dei serventi di Filippo e recalcitrava davanti a tutti. Filippo si irritò e ordinò di portarlo via perché era assolutamente selvaggio e indomabile; Alessandro, che era presente, disse: «Che cavallo pèrdono, perché per imperizia e mancanza di coraggio non sanno come trattarlo!». In un primo momento Filippo tacque; ma siccome Alessandro continuava a borbottare manifestando il suo rincrescimento, disse: «Tu critichi i vecchi perché sei convinto di saperne di più e di esser più capace di trattare un cavallo?». Ed egli: «Certo; questo lo saprei trattare meglio di un altro». «Se non ce la fai, che penale pagherai per la tua temerarietà?» «Il prezzo del cavallo.» Si misero a ridere, e poi si accordarono tra loro sul danaro; subito egli corse verso il cavallo, lo prese per la briglia, lo fece volgere contro sole, perché aveva capito, a quanto pare, che rimaneva agitato vedendo muoversi dinnanzi a sé l'ombra che proiettava sul terreno. Per un poco poi egli corse al fianco del cavallo trottante e intanto lo carezzava, e quando lo vide eccitato e sbuffante, tranquillamente depose la clamide e con un balzo gli si mise in sella saldamente. Per un poco tenne saldo il morso con le briglie, senza dar colpi e senza strattonarlo, e contenne

[22] Allusione all'episodio omerico dell'ambasceria ad Achille contenuto nel nono libro dell'*Iliade*.
[23] Bucefala è il nome di una famosa razza di cavalli Tessali marcati con una testa di bue sulla spalla; il cavallo di Alessandro divenne poi Bucefalo per antonomasia.

ὡς δ᾿ ἑώρα τὸν ἵππον ἀφεικότα τὴν ἀπειλήν, ὀργῶντα δὲ πρὸς τὸν δρόμον, ἀφεὶς ἐδίωκεν, ἤδη φωνῇ θρασυτέρᾳ καὶ
8 ποδὸς κρούσει χρώμενος. τῶν δὲ περὶ τὸν Φίλιππον ἦν ἀγωνία καὶ σιγὴ τὸ πρῶτον· ὡς δὲ κάμψας ὑπέστρεψεν ὀρθῶς σοβαρὸς καὶ γεγηθώς, οἱ μὲν ἄλλοι πάντες ἀνηλάλαξαν, ὁ δὲ πατὴρ καὶ δακρῦσαί τι λέγεται πρὸς τὴν χαράν, καὶ καταβάντος αὐτοῦ τὴν κεφαλὴν φιλήσας ,,ὦ παῖ" φάναι, ,,ζήτει σεαυτῷ βασιλείαν ἴσην· Μακεδονία γάρ σ᾿ οὐ χωρεῖ."

7. Καθορῶν δὲ τὴν φύσιν αὐτοῦ δυσνίκητον μὲν οὖσαν, ἐρίσαντος μὴ βιασθῆναι, ῥᾳδίως δ᾿ ἀγομένην ὑπὸ λόγου πρὸς τὸ δέον, αὐτός τε πείθειν ἐπειρᾶτο μᾶλλον ἢ προσ-
2 τάττειν, καὶ τοῖς περὶ μουσικὴν καὶ τὰ ἐγκύκλια παιδευταῖς οὐ πάνυ τι πιστεύων τὴν ἐπιστασίαν αὐτοῦ καὶ κατάρτισιν, ὡς μείζονος οὖσαν πραγματείας καὶ κατὰ τὸν Σοφοκλέα (fg. 785 N.[2])

πολλῶν χαλινῶν ἔργον οἰάκων θ᾿ ἅμα,

μετεπέμψατο τῶν φιλοσόφων τὸν ἐνδοξότατον καὶ λογιώτατον Ἀριστοτέλην, καλὰ καὶ πρέποντα διδασκάλια
3 τελέσας αὐτῷ. τὴν γὰρ Σταγειριτῶν πόλιν, ἐξ ἧς ἦν Ἀριστοτέλης, ἀνάστατον ὑπ᾿ αὐτοῦ γεγενημένην συνῴκισε πάλιν, καὶ τοὺς διαφυγόντας ἢ δουλεύοντας τῶν πολιτῶν
4 ἀποκατέστησε. σχολὴν μὲν οὖν αὐτοῖς καὶ διατριβὴν τὸ περὶ Μίεζαν Νυμφαῖον ἀπέδειξεν, ὅπου μέχρι νῦν Ἀριστοτέλους ἕδρας τε λιθίνας καὶ ὑποσκίους. περιπάτους
5 δεικνύουσιν. ἔοικε δ᾿ Ἀλέξανδρος οὐ μόνον τὸν ἠθικὸν καὶ πολιτικὸν παραλαβεῖν λόγον, ἀλλὰ καὶ τῶν ἀπορρήτων καὶ βαθυτέρων διδασκαλιῶν, ἃς οἱ ἄνδρες ἰδίως ἀκροα-

---

[24] Grandissimo scrittore di tragedie vissuto tra il 496 e il 406, autore tra l'altro di quella che Aristotele considerava la miglior tragedia greca, cioè l'*Edipo Re*.
[25] Quello che sarebbe diventato il più grande filosofo greco fu invitato nel 342, quando insegnava a Mitilene, a venire in Macedonia per attendere all'educazione di Alessandro. Probabilmente questa scelta fu suggerita da considerazioni politiche, perché Aristotele era genero di Ermia, il tiranno di Atarne con il quale Filippo aveva stretto un trattato

il cavallo; poi quando vide che esso si era rabbonito e ane-lava alla corsa, lasciò andare le briglie e ormai lo incitava con voce sempre più alta e dando anche di piede. Filippo 8 e i suoi rimasero dapprincipio silenziosi e preoccupati; quando però quello voltò il cavallo e ritornò gioioso e fie-ro, tutti alzarono un grido di giubilo; il padre, così si narra, addirittura pianse di gioia, e quando Alessandro smontò, lo baciò sulla testa dicendogli: «Figlio, cercati un regno che ti si confaccia: la Macedonia è infatti piccola per te».

7. Filippo aveva capito che suo figlio era per indole na-turale inflessibile, che lottava contro ogni costrizione, ma anche che facilmente si lasciava ricondurre dalla ragione al senso del dovere; perciò cercò personalmente di persua-derlo, più che di imporsi, e siccome non si fidava molto 2 dei maestri di musica e delle varie scienze che erano stati preposti alla sua formazione (che è qualcosa di grosso im-pegno e, come dice Sofocle,[24] «opera di molti freni e di molti timoni»), fece venire il più celebrato e abile filoso-fo, Aristotele,[25] pagandogli un alto onorario, degno di lui. Tra l'altro riedificò la città di Stagira,[26] patria di Ari- 3 stotele, che egli stesso aveva distrutto, e riportò in patria i cittadini che erano andati in esilio o erano stati ridotti in schiavitù. Come luogo ove compiere gli studi assegnò 4 il Ninfeo di Mieza,[27] ove sino a oggi indicano il seggio marmoreo e gli ombrosi viali ove passeggiava Aristotele. Sembra che Alessandro non abbia appreso dal suo mae- 5 stro soltanto la politica e la morale, ma anche abbia assi-stito alle lezioni più approfondite e riservate che i filosofi

in quell'anno e il cui regno doveva servire come testa di ponte per l'inva-sione della Persia che Filippo meditava. Forse per spiegare la scelta biso-gna anche ricordare che Nicomaco, padre di Aristotele, era stato il me-dico personale di Aminta II, re di Macedonia.
[26] Città della penisola Calcidica, non lontana dal monte Athos, fu di-strutta da Filippo nel 350 e riedificata da Alessandro verso la fine della sua vita.
[27] Città macedone, nella piana dell'Emazia, non molto lontana da Pella.

τικὰς καὶ ἐποπτικὰς προσαγορεύοντες οὐκ ἐξέφερον εἰς
6 πολλούς, μετασχεῖν. ἤδη γὰρ εἰς Ἀσίαν διαβεβηκώς, καὶ
πυθόμενος λόγους τινὰς ἐν βιβλίοις περὶ τούτων ὑπ᾽
Ἀριστοτέλους ἐκδεδόσθαι, γράφει πρὸς αὐτὸν ὑπὲρ φιλο-
σοφίας παρρησιαζόμενος ἐπιστολήν, ἧς ἀντίγραφόν ἐστιν·
7 „Ἀλέξανδρος Ἀριστοτέλει εὖ πράττειν. οὐκ ὀρθῶς ἐποίη-
σας ἐκδοὺς τοὺς ἀκροατικοὺς τῶν λόγων· τίνι γὰρ δὴ
διοίσομεν ἡμεῖς τῶν ἄλλων, εἰ καθ᾽ οὓς ἐπαιδεύθημεν
λόγους, οὗτοι πάντων ἔσονται κοινοί; ἐγὼ δὲ βουλοίμην
ἂν ταῖς περὶ τὰ ἄριστα ἐμπειρίαις ἢ ταῖς δυνάμεσι δια-
8 φέρειν. ἔρρωσο.‟ ταύτην μὲν οὖν τὴν φιλοτιμίαν αὐτοῦ
παραμυθούμενος Ἀριστοτέλης ἀπολογεῖται περὶ τῶν λόγων ἐκείνων, ὡς καὶ ἐκδεδομένων καὶ μὴ ἐκδεδομένων.
9 ἀληθῶς γὰρ ἡ περὶ τὰ φυσικὰ πραγματεία, πρὸς δι-
δασκαλίαν καὶ μάθησιν οὐδὲν ἔχουσα χρήσιμον, ὑπό-
δειγμα τοῖς πεπαιδευμένοις ἀπ᾽ ἀρχῆς γέγραπται.

8. Δοκεῖ δέ μοι καὶ τὸ φιλιατρεῖν Ἀλεξάνδρῳ προσ-
τρίψασθαι μᾶλλον ἑτέρων Ἀριστοτέλης. οὐ γὰρ μόνον
τὴν θεωρίαν ἠγάπησεν, ἀλλὰ καὶ νοσοῦσιν ἐβοήθει τοῖς
φίλοις, καὶ συνέταττε θεραπείας τινὰς καὶ διαίτας, ὡς
2 ἐκ τῶν ἐπιστολῶν λαβεῖν ἔστιν. ἦν δὲ καὶ φύσει φιλό-
λογος καὶ φιλομαθὴς καὶ φιλαναγνώστης, καὶ τὴν μὲν
Ἰλιάδα τῆς πολεμικῆς ἀρετῆς ἐφόδιον καὶ νομίζων καὶ
ὀνομάζων, ἔλαβε μὲν Ἀριστοτέλους διορθώσαντος ἣν ἐκ
τοῦ νάρθηκος καλοῦσιν, εἶχε δ᾽ ἀεὶ μετὰ τοῦ ἐγχειριδίου
κειμένην ὑπὸ τὸ προσκεφάλαιον, ὡς Ὀνησίκριτος ἱστόρηκε
3 (FGr H 134 F 38)· τῶν δ᾽ ἄλλων βιβλίων οὐκ εὐπορῶν ἐν

---

[28] «Acroamatiche» dal greco akroáomai = ascolto) sono quelle lezioni
che i filosofi tenevano oralmente ai loro discepoli e che non compariva-
no nei libri; le si chiamava anche «epoptiche» perché comportavano una
certa iniziazione (in greco epópteia = iniziazione).
[29] Su questa edizione detta «della cassetta» divergono le fonti. Strabone ritiene che essa sia stata fatta dallo stesso Alessandro con l'aiuto
di Callistene e di Anassarco; alcuni moderni pensano che non sia stata

chiamavano propriamente acroamatiche e epoptiche, e che non divulgavano a tutti.[28] Quando poi, passato in Asia, **6** egli venne a sapere che Aristotele aveva pubblicato delle opere relative a queste discipline, gli scrisse una lettera di rimprovero franco, in nome della filosofia. Questo è il te- **7** sto: «Alessandro saluta Aristotele. Non hai fatto bene a pubblicare i discorsi acroamatici. In che cosa infatti noi differiremo dagli altri se tutti saranno al corrente di ciò che ci fu insegnato? Io vorrei distinguermi per la cono- scenza di ciò che è meglio, più che per la potenza. Sta be- ne». Aristotele, nell'intento di consolare questa ambizio- **8** ne di Alessandro, si giustifica sostenendo di avere e non aver pubblicati quei discorsi. A dire il vero infatti i libri **9** di fisica non comportano utilità né per l'insegnamento né per l'apprendimento; essi sono scritti come promemoria per chi è già versato nella materia.

8. Pare a me che Aristotele più di altri abbia inculcato in Alessandro l'amore per la medicina; non solo egli si ap- passionò alla teoria, ma anche curava gli amici malati, e prescriveva loro certe cure e diete, come si può ricavare dalle sue lettere. Era anche amante per natura del leggere **2** e dello studio letterario: ritenendo che l'*Iliade* fosse un via- tico di virtù bellica (così la definiva), la teneva con sé nel- l'edizione di Aristotele che chiamano della cassetta,[29] e sempre la poneva con il pugnale sotto il cuscino, come ri- corda Onesicrito.[30] Quando si trovava nelle regioni inter- **3** ne d'Asia non aveva agio d'altri libri e allora ordinò ad

una vera edizione, ma semplicemente una trascrizione del testo tradi- zionale. Certo Aristotele quando cita Omero è piuttosto inaccurato, ma scrisse anche sei libri di *Problemi Omerici*, e quindi una sua competen- za su questo autore è innegabile.
[30] Onesicrito di Astipalea, storico di Alessandro, lo seguì in India e fu poi luogotenente di Nearco, il famoso ammiraglio, nel suo viaggio per mare (vd. *infra* n. 49). Nella tradizione lo si dice menzognero.

τοῖς ἄνω τόποις, Ἅρπαλον ἐκέλευσε πέμψαι, κἀκεῖνος ἔπεμψεν αὐτῷ τάς τε Φιλίστου βίβλους καὶ τῶν Εὐριπίδου καὶ
Σοφοκλέους καὶ Αἰσχύλου τραγῳδιῶν συχνάς, καὶ Τελέ-
4 στου καὶ Φιλοξένου διθυράμβους. Ἀριστοτέλην δὲ θαυ-
μάζων ἐν ἀρχῇ καὶ ἀγαπῶν οὐχ ἧττον, ὡς αὐτὸς ἔλεγε,
τοῦ πατρός, ὡς δι᾽ ἐκεῖνον μὲν ζῶν, διὰ τοῦτον δὲ καλῶς
ζῶν, ὕστερον ὑποπτότερον ἔσχεν, οὐχ ὥστε ποιῆσαί τι
κακόν, ἀλλ᾽ αἱ φιλοφροσύναι τὸ σφοδρὸν ἐκεῖνο καὶ
στερκτικὸν οὐκ ἔχουσαι πρὸς αὐτόν, ἀλλοτριότητος ἐγέ-
5 νοντο τεκμήριον. ὁ μέντοι πρὸς φιλοσοφίαν ἐμπεφυκὼς
καὶ συντεθραμμένος ἀπ᾽ ἀρχῆς αὐτῷ ζῆλος καὶ πόθος
οὐκ ἐξερρύη τῆς ψυχῆς, ὡς ἡ περὶ Ἀνάξαρχόν τε τιμὴ
καὶ τὰ πεμφθέντα Ξενοκράτει πεντήκοντα τάλαντα καὶ
Δάνδαμις καὶ Καλανὸς οὕτω σπουδασθέντες μαρτυροῦσι.

9. Φιλίππου δὲ στρατεύοντος ἐπὶ Βυζαντίους, ἦν μὲν
ἑκκαιδεκέτης ὁ Ἀλέξανδρος, ἀπολειφθεὶς δὲ κύριος ἐν
Μακεδονίᾳ τῶν πραγμάτων καὶ τῆς σφραγῖδος, Μαίδων
τε τοὺς ἀφεστῶτας κατεστρέψατο, καὶ πόλιν ἑλὼν αὐτῶν,
τοὺς μὲν βαρβάρους ἐξήλασε, συμμείκτους δὲ κατοικίσας,
Ἀλεξανδρόπολιν προσηγόρευσεν.

2 Ἐν δὲ Χαιρωνείᾳ τῆς πρὸς τοὺς Ἕλληνας μάχης παρὼν
μετέσχε, καὶ λέγεται πρῶτος ἐνσεῖσαι τῷ ἱερῷ λόχῳ τῶν

---

[31] Amico di Alessandro sin dalla fanciullezza, fu bandito da corte nel
337 e poi richiamato alla morte di Filippo. Gli fu affidata l'amministra-
zione del tesoro a Babilonia, ove visse con fasto regale. Nella primavera
del 324, mentre Alessandro tornava dall'India, fuggì ad Atene con 5000
talenti intendendo sollecitare gli Ateniesi alla guerra contro Alessandro;
non avendoli persuasi, per non essere consegnato ad Alessandro, fuggì
a Creta ove fu ucciso da un suo ufficiale.
[32] Uno storico che aveva scritto una *Storia di Sicilia* in almeno 12 libri.

Arpalo[31] di mandargliene. Egli inviò i libri di Filisto,[32] parecchie tragedie di Eschilo, Sofocle, Euripide e i ditirambi di Telesto e Filosseno.[33] Quanto ad Aristotele, **4** dapprima lo ammirava e amava non meno di suo padre (così diceva egli stesso), perché il padre gli aveva dato la vita ma il filosofo gli aveva insegnato a vivere bene; in seguito lo ebbe in sospetto, non però tanto da fargli del male, ma il comportamento, che non esprimeva più un impulso affettivo, dava prova di distacco. Comunque la **5** passione ardente per la filosofia che gli era innata e che era cresciuta con lui, non gli uscì mai dal cuore, come appare dall'onore in cui tenne Anassarco,[34] dai cinquanta talenti mandati a Senocrate,[35] e dalle attenzioni che riservò a Dandami e Calano.[36]

9. Quando Filippo era impegnato nella guerra contro Bisanzio, Alessandro aveva sedici anni; rimasto in Macedonia come responsabile dell'azione politica e depositario del sigillo, sottomise i ribelli Maidi,[37] e, conquistata la loro città, espulsi i barbari e ivi stabiliti coloni di provenienza diversa, la chiamò Alessandropoli.[38] A Cheronea **2** partecipò alla battaglia contro i Greci,[39] e si dice che per primo si sia scagliato contro la legione sacra dei Te-

---

[33] Originari il primo di Selinunte e il secondo di Citera furono due dei più famosi ditirambografi.

[34] Anassarco di Abdera, seguace dell'atomista Democrito, aveva seguito Alessandro nella sua spedizione in Oriente.

[35] Senocrate di Calcedonia fu capo della scuola accademica a partire dal 339.

[36] Due Gimnosofisti, per i quali vd. *infra* cap. 65 e 69.

[37] Una delle tribù tracie più potenti, stanziata sul corso superiore dello Strimone, frequentemente in lotta con i Macedoni.

[38] La notizia non è forse esatta; è probabile che si sia trattato di una colonia militare che si diede poi ad Alessandro e ne assunse il nome.

[39] La famosa battaglia del 2 agosto 338 che segnò la fine della libertà dei Greci; Alessandro comandò quel giorno l'ala sinistra dei Macedoni.

3 Θηβαίων. ἔτι δὲ καὶ καθ᾽ ἡμᾶς ἐδείκνυτο παλαιὰ παρὰ
τὸν Κηφισὸν Ἀλεξάνδρου καλουμένη δρῦς, πρὸς ἣν τότε
κατεσκήνωσε, καὶ τὸ πολυάνδριον οὐ πόρρω τῶν Μακε-
4 δόνων ἐστίν. ἐκ μὲν οὖν τούτων ὡς εἰκὸς Φίλιππος ὑπερ-
ηγάπα τὸν υἱόν, ὥστε καὶ χαίρειν τῶν Μακεδόνων Ἀλέξανδρον μὲν βασιλέα, Φίλιππον δὲ στρατηγὸν καλούντων.
5 Αἱ δὲ περὶ τὴν οἰκίαν ταραχαί, διὰ τοὺς γάμους καὶ
τοὺς ἔρωτας αὐτοῦ τρόπον τινὰ τῆς βασιλείας τῇ γυναι-
κωνίτιδι συννοσούσης, πολλὰς αἰτίας καὶ μεγάλας δια-
φορὰς παρεῖχον, ἃς ἡ τῆς Ὀλυμπιάδος χαλεπότης, δυσζή-
λου καὶ βαρυθύμου γυναικός, ἔτι μείζονας ἐποίει, παρ-
6 οξυνούσης τὸν Ἀλέξανδρον. ἐκφανεστάτην δ᾽ Ἄτταλος
παρέσχεν ἐν τοῖς Κλεοπάτρας γάμοις, ἣν ὁ Φίλιππος
ἠγάγετο παρθένον, ἐρασθεὶς παρ᾽ ἡλικίαν τῆς κόρης.
7 θεῖος γὰρ ὢν αὐτῆς ὁ Ἄτταλος, ἐν τῷ πότῳ μεθύων
παρεκάλει τοὺς Μακεδόνας αἰτεῖσθαι παρὰ θεῶν γνήσιον
ἐκ Φιλίππου καὶ Κλεοπάτρας γενέσθαι διάδοχον τῆς
8 βασιλείας. ἐπὶ τούτῳ παροξυνθεὶς ὁ Ἀλέξανδρος καὶ
εἰπών· „ἡμεῖς δέ σοι κακὴ κεφαλὴ νόθοι δοκοῦμεν;"
9 ἔβαλε σκύφον ἐπ᾽ αὐτόν. ὁ δὲ Φίλιππος ἐπ᾽ ἐκεῖνον
ἐξανέστη σπασάμενος τὸ ξίφος, εὐτυχίᾳ δ᾽ ἑκατέρου διὰ
10 τὸν θυμὸν καὶ τὸν οἶνον ἔπεσε σφαλείς. ὁ δ᾽ Ἀλέξανδρος
ἐφυβρίζων „οὗτος μέντοι" εἶπεν „ἄνδρες εἰς Ἀσίαν ἐξ

---

[40] Un corpo scelto di trecento uomini, formatosi nel 378 e mantenuto poi a pubbliche spese; in particolare si distinse alla battaglia di Leut-
tra nel 371.
[41] Fiume della Beozia che nasce dal Parnaso e sfocia nel lago Copaide.

bani.[40] Ancora ai tempi nostri si mostrava lungo il 3
Cefiso[41] l'antica quercia detta di Alessandro, presso la
quale quel giorno egli piantò la sua tenda, e non lontano dalla quale si trova il sepolcro comune dei Macedoni.
Come è naturale, Filippo ricavava grande soddisfazione 4
dalle azioni del figlio, tanto che era contento che i Macedoni chiamassero Alessandro re e lui stesso, Filippo, generale.

Ma i dissapori nella casa di Filippo, sia per il matrimo- 5
nio, sia per i suoi amori, che cagionarono in certo senso
un malessere nel regno oltre che tra le donne della casa
reale, diedero origine a molte accuse e a grossi dissensi
tra padre e figlio, ulteriormente aggravati dalla durezza
di carattere di Olimpiade, che era donna gelosa e colleri-
ca e per di più sobillava Alessandro. Lo scontro più pla- 6
teale lo cagionò Attalo durante le nozze del re e di Cleopatra,[42] una ragazzina che Filippo, innamoratissimo, sposò nonostante la differenza di età. Attalo era lo zio della 7
ragazza; durante il banchetto nuziale si ubriacò e si diede
a invitare i Macedoni a chiedere agli dei di concedere che
dalle nozze di Filippo e Cleopatra nascesse un legittimo
erede del regno.[43] A questa uscita Alessandro si infuriò 8
e gli buttò contro una coppa urlando: «Ti pare, o disgraziato, che io sia un bastardo?». Filippo allora sguainò la 9
spada e si lanciò contro di lui; per fortuna di tutti e due,
un po' per l'ira un po' per il vino, scivolò e cadde. E Ales- 10
sandro, con insulto atroce: «Dunque è costui, o amici,

[42] Donna della migliore nobiltà di Macedonia, si chiamava forse, prima del matrimonio, Euridice. Filippo la sposò nel 337. Fu poi uccisa
per ordine di Olimpiade. Filippo sposò durante la sua vita almeno sette
donne delle quali tre ebbero il titolo di regina e precisamente Phila, Olimpiade e Cleopatra. Parecchie di queste unioni avevano motivazioni
politiche.
[43] Probabile l'allusione alla diceria secondo la quale Filippo non era
il vero padre di Alessandro, o anche un'eco delle controversie di corte
per le quali alcuni dei maggiorenti non erano inclini ad accettare come
erede al trono Alessandro figlio di una barbara.

Εὐρώπης παρεσκευάζετο διαβαίνειν, ὃς ἐπὶ κλίνην ἀπὸ
11 κλίνης διαβαίνων ἀνατέτραπται." μετὰ ταύτην τὴν παροι-
νίαν ἀναλαβὼν τὴν Ὀλυμπιάδα καὶ καταστήσας εἰς
12 Ἤπειρον, αὐτὸς· ἐν Ἰλλυριοῖς διέτριβεν. ἐν τούτῳ δὲ
Δημάρατος ὁ Κορίνθιος, ξένος ὢν τῆς οἰκίας καὶ παρρη-
13 σίας μετέχων, ἀφίκετο πρὸς Φίλιππον. μετὰ δὲ τὰς
πρώτας δεξιώσεις καὶ φιλοφροσύνας ἐπερωτῶντος τοῦ
Φιλίππου, πῶς ἔχουσιν ὁμονοίας πρὸς ἀλλήλους οἱ Ἕλληνες, ,,πάνυ γοῦν" ἔφη ,,σοι προσήκει Φίλιππε κήδεσθαι
τῆς Ἑλλάδος, ὃς τὸν οἶκον τὸν σεαυτοῦ στάσεως τοσαύτης
14 καὶ κακῶν ἐμπέπληκας." οὕτω δὴ συμφρονήσας ὁ Φίλιππος ἔπεμψε καὶ κατήγαγε πείσας διὰ τοῦ Δημαράτου
τὸν Ἀλέξανδρον.

10. Ἐπεὶ δὲ Πιξώδαρος ὁ Καρίας σατράπης, ὑπο-
δυόμενος δι' οἰκειότητος εἰς τὴν Φιλίππου συμμαχίαν,
ἐβούλετο τὴν πρεσβυτάτην τῶν θυγατέρων Ἀρριδαίῳ τῷ
Φιλίππου γυναῖκα δοῦναι καὶ περὶ τούτων Ἀριστόκριτον
εἰς Μακεδονίαν ἀπέστειλεν, αὖθις ἐγίνοντο λόγοι καὶ δια-
βολαὶ παρὰ τῶν φίλων καὶ τῆς μητρὸς πρὸς Ἀλέξανδρον,
ὡς Ἀρριδαῖον ἐπὶ τῇ βασιλείᾳ Φιλίππου γάμοις λαμπροῖς
2 καὶ πράγμασι μεγάλοις εἰσοικειοῦντος. ὑφ' ὧν διαταρα-
χθεὶς πέμπει Θεσσαλὸν εἰς Καρίαν τὸν τῶν τραγῳδιῶν
ὑποκριτήν, Πιξωδάρῳ διαλεξόμενον ὡς χρὴ τὸν νόθον
ἐάσαντα καὶ οὐ φρενήρη μεθαρμόσασθαι τὸ κῆδος εἰς
3 Ἀλέξανδρον. καὶ Πιξωδάρῳ μὲν οὐ παρὰ μικρὸν ἤρεσκε
ταῦτα τῶν προτέρων μᾶλλον· ὁ δὲ Φίλιππος αἰσθόμενος
† ὄντα τὸν Ἀλέξανδρον εἰς τὸ δωμάτιον, παραλαβὼν τῶν
φίλων, αὐτοῦ καὶ συνήθων ἕνα Φιλώταν τὸν Παρμενίωνος,
ἐπετίμησεν ἰσχυρῶς καὶ πικρῶς ἐλοιδόρησεν ὡς ἀγεννῆ

---

[44] Uno dei capi del partito filomacedone di Corinto, legato da vincoli di ospitalità con la famiglia reale macedone.
[45] Dopo la morte del re di Persia Artaserse Ocho nel 338, Pissodaro
aveva cercato di sviluppare una sua politica indipendente cercando aiuti presso Filippo; poi cambiò parere e cercò alleanze in Oriente.
[46] Figlio di Filippo e della tessala Larissa, era piuttosto tardo di mente. Dopo la morte di Alessandro fu innalzato al trono di Macedonia,
ma lo fece uccidere Olimpiade.

quel che si preparava a passare dall'Europa all'Asia: passando da un letto all'altro è andato a gambe all'aria!». Dopo questa scenataccia cagionata da ubriachezza, prese 11 con sé Olimpiade e la portò in Epiro; personalmente egli prese dimora in Illiria. Intanto Demarato di Corinto[44] 12 che era ospite della casa e uomo schietto, arrivò presso Filippo. Dopo i primi convenevoli e complimenti, Filip- 13 po chiese come stavano i Greci quanto a reciproca concordia; ed egli: «Davvero o Filippo devi darti pensiero della Grecia, tu che di tanti dissensi e mali hai riempito la tua casa». Filippo rientrò in sé e mandò Demarato a per- 14 suadere Alessandro a ritornare.

10. Quando poi Pissodaro, satrapo di. Caria,[45] nell'intento di divenire alleato di Filippo mediante una relazione di parentela, volle dare la sua figlia maggiore ad Arrideo figlio di Filippo, e a tal fine mandò in Macedonia Aristocrito, di nuovo gli amici e la madre accusarono presso Alessandro Filippo, sostenendo che egli, con sontuosi preparativi e nozze fastose, intendeva designare erede del regno Arrideo.[46] Turbato da queste voci, Alessandro man- 2 dò in Caria Tessalo,[47] attore di tragedie, a persuadere Pissodaro della necessità di lasciar da parte quel bastardo, che neppure era in senno, e di stringere rapporti di parentela con Alessandro. Tutto questo piacque a Pisso- 3 daro assai più del piano precedente. Filippo lo venne a sapere e andò nelle stanze di Alessandro con uno dei suoi amici e compagni, Filota, figlio di Parmenione,[48] e lo rimproverò duramente insultandolo come ignobile e in-

[47] Capo di una *troupe* di attori. In questo periodo ci si valse molto, per negoziati politici, di attori. Era forse attore anche Aristocrito, del quale si è parlato poco sopra.
[48] Nobile macedone divenne il miglior generale di Filippo; seguì poi Alessandro e fu presente a tutte le grandi battaglie. Lasciato a Ecbatana a guardia del tesoro persiano, dopo che suo figlio Filota fu processato per tradimento, divenne evidentemente un pericolo per Alessandro che lo fece uccidere.

καὶ τῶν ὑπαρχόντων περὶ αὐτὸν ἀγαθῶν ἀνάξιον, εἰ
Καρὸς ἀνθρώπου καὶ βαρβάρῳ βασιλεῖ δουλεύοντος ἀγαπᾷ
4 γαμβρὸς γενέσθαι. τὸν δὲ Θεσσαλὸν ἔγραψε Κορινθίοις
ὅπως ἀναπέμψωσιν ἐν πέδαις δεδεμένον, τῶν δ' ἄλλων
ἑταίρων Ἅρπαλον καὶ Νέαρχον, ἔτι δ' Ἐρίγυιον καὶ
Πτολεμαῖον ἐκ Μακεδονίας μετέστησεν, οὓς ὕστερον
Ἀλέξανδρος καταγαγὼν ἐν ταῖς μεγίσταις ἔσχε τιμαῖς.
5 Ἐπεὶ δὲ Παυσανίας Ἀττάλου γνώμῃ καὶ Κλεοπάτρας
ὑβρισθεὶς καὶ μὴ τυχὼν δίκης ἀνεῖλε Φίλιππον, τὸ μὲν
πλεῖστον εἰς Ὀλυμπιάδα τῆς αἰτίας περιῆλθεν, ὡς θυμου-
μένῳ τῷ νεανίσκῳ προσεγκελευσαμένην καὶ παροξύνασαν,
6 ἔθιγε δέ τις καὶ Ἀλεξάνδρου διαβολή. λέγεται γὰρ ἐντυ-
χόντος αὐτῷ τοῦ Παυσανίου μετὰ τὴν ὕβριν ἐκείνην καὶ
ἀποδυρομένου προενέγκασθαι τὸ τῆς Μηδείας ἰαμβεῖον
(Eur. Med. 288) ·

τὸν δόντα καὶ γήμαντα καὶ γαμουμένην.

7 οὐ μὴν ἀλλὰ καὶ τοὺς συναιτίους τῆς ἐπιβουλῆς ἀναζη-
τήσας ἐκόλασε, καὶ τὴν Κλεοπάτραν ἀποδημοῦντος αὐτοῦ
τῆς Ὀλυμπιάδος ὠμῶς μεταχειρισαμένης ἠγανάκτησε.

11. Παρέλαβε μὲν οὖν ἔτη γεγονὼς εἴκοσι τὴν βασιλείαν, φθόνους μεγάλους καὶ δεινὰ μίση καὶ κινδύνους
2 πανταχόθεν ἔχουσαν. οὔτε γὰρ τὰ βάρβαρα καὶ πρόσ-
οικα γένη τὴν δούλωσιν ἔφερε, ποθοῦντα τὰς πατρίους
βασιλείας, οὔτε τὴν Ἑλλάδα κρατήσας τοῖς ὅπλοις ὁ
Φίλιππος οἷον καταζεῦξαι καὶ τιθασεῦσαι χρόνον ἔσχεν,
ἀλλὰ μόνον μεταβαλὼν καὶ ταράξας τὰ πράγματα πολὺν
3 σάλον ἔχοντα καὶ κίνησιν ὑπ' ἀηθείας ἀπέλιπε. φοβουμένων δὲ τῶν Μακεδόνων τὸν καιρόν, καὶ τὰ μὲν Ἑλλη-

---

[49] Originario di Creta si guadagnò fama soprattutto come ufficiale
navale. Nominato capo della flotta nel 326 fu inviato da Alessandro a
cercare una via per mare dall'India alla Persia, e anche a raccogliere informazioni esatte circa il litorale. Scrisse poi un'onesta e attendibile relazione del suo viaggio.

[50] Amico di Alessandro, originario di Mitilene, prese parte alle tre
grandi battaglie del Granico, di Isso e di Gaugamela come capo della
cavalleria.

[51] Amico di Alessandro non ebbe mai particolare rilievo fino a che
fu in vita il re. Dopo la morte di lui ebbe la satrapia d'Egitto, di cui

degno di quanto aveva, se desiderava diventare genero di un semplice uomo di Caria che era barbaro e per di più schiavo di un re barbaro. Quanto a Tessalo scrisse ai Corinzi che glielo rimandassero in catene. Tra gli altri amici esiliò dalla Macedonia Arpalo, Nearco,[49] Erigio,[50] Tolomeo:[51] in seguito Alessandro li fece rientrare e li tenne in sommo onore. **4**

Quando poi Pausania,[52] oltraggiato per suggerimento di Attalo e Cleopatra, non avendo ottenuto giustizia, uccise Filippo, la maggior colpa fu attribuita ad Olimpiade giacché ella avrebbe sobillato e eccitato il giovane esasperato, ma una certa qual accusa fu mossa anche ad Alessandro. Si dice infatti che quando Pausania lo incontrò dopo aver subito l'oltraggio e se ne lamentò, egli citò quel famoso verso della *Medea*: «... il padre, lo sposo, la sposa...».[53] **5** **6**

Comunque Alessandro fece ricercare i complici del complotto e li punì, e si irritò duramente con sua madre Olimpiade, perché in sua assenza aveva trattato malamente Cleopatra. **7**

11. A vent'anni assunse il regno sul quale si appuntavano grande invidia, odi tremendi e da ogni parte pericoli. Infatti le genti barbare confinanti non accettavano di essere sottomesse, ma desideravano ciascuna propri governi nazionali, né Filippo, vinta con le armi la Grecia, aveva avuto il tempo di domarla e pacificarla, ma, dopo aver rivoluzionato e sconvolto tutto, l'aveva lasciata in gran tempesta e sommovimento perché ancora non s'era abituata alla nuova situazione. I Macedoni temevano que- **2** **3**

divenne re, dando inizio alla dinastia dei Tolomei. Famoso anche per la redazione della sua onesta *Storia di Alessandro*.

[52] Giovane nobile macedone, oltraggiato da Attalo zio di Cleopatra, non avendo ottenuto soddisfazione da Filippo, lo uccise nel 336, durante la celebrazione del matrimonio di Cleopatra, figlia di Filippo, con Alessandro d'Epiro.

[53] Eur. *Med.* 288. Nel verso euripideo si allude a Creonte, alla nuova sposa di Giasone e a Giasone stesso che Medea intende uccidere.

νικᾶ πάντως ἀφεῖναι καὶ μὴ προσβιάζεσθαι τὸν Ἀλέξανδρον οἰομένων δεῖν, τοὺς δ' ἀφισταμένους τῶν βαρβάρων
ἀνακαλεῖσθαι πρᾴως καὶ θεραπεύειν τὰς ἀρχὰς τῶν
4 νεωτερισμῶν, αὐτὸς ἀπ' ἐναντίων λογισμῶν ὥρμησε τόλμῃ
καὶ μεγαλοφροσύνῃ κτᾶσθαι τὴν ἀσφάλειαν καὶ σωτηρίαν τοῖς πράγμασιν, ὡς κἂν ὁτιοῦν ὑφιέμενος ὀφθῇ τοῦ
5 φρονήματος, ἐπιβησομένων ἁπάντων. τὰ μὲν οὖν βαρβα-
ρικὰ κινήματα καὶ τοὺς ἐκεῖ πολέμους κατέπαυσεν, ὀξέως
ἐπιδραμὼν στρατῷ μέχρι πρὸς τὸν Ἴστρον, [ᾗ] καὶ Σύρμον
ἐνίκησε μάχῃ μεγάλῃ τὸν βασιλέα τῶν Τριβαλλῶν·
6 Θηβαίους δ' ἀφεστάναι πυθόμενος καὶ συμφρονεῖν αὐτοῖς
Ἀθηναίους, [ἐθέλων ἀνὴρ φανῆναι] εὐθὺς ἦγε διὰ Πυλῶν
τὴν δύναμιν, εἰπὼν ὅτι Δημοσθένει, παῖδα μὲν αὐτὸν
ἕως ἦν ἐν Ἰλλυριοῖς καὶ Τριβαλλοῖς ἀποκαλοῦντι, μειράκιον δὲ περὶ Θετταλίαν γενόμενον, βούλεται πρὸς τοῖς
7 Ἀθηναίων τείχεσιν ἀνὴρ φανῆναι. προσμείξας δὲ ταῖς
Θήβαις καὶ διδοὺς ἔτι τῶν πεπραγμένων μετάνοιαν,
ἐξῄτει Φοίνικα καὶ Προθύτην καὶ τοῖς μεταβαλλομένοις
8 πρὸς αὐτὸν ἄδειαν ἐκήρυττε. τῶν δὲ Θηβαίων ἀντεξαι-
τούντων μὲν παρ' αὐτοῦ Φιλώταν καὶ Ἀντίπατρον, κηρυτ-
τόντων δὲ τοὺς τὴν Ἑλλάδα βουλομένους συνελευθεροῦν
τάττεσθαι μετ' αὐτῶν, οὕτως ἔτρεψε τοὺς Μακεδόνας
9 πρὸς πόλεμον. ἠγωνίσθη μὲν οὖν ὑπὲρ δύναμιν ἀρετῇ καὶ

sto stato di cose e pensavano che Alessandro dovesse lasciar perdere del tutto la Grecia e non ricorrere a misure forti, e d'altro canto riagganciare i barbari che erano in rivolta con la mitezza, e frenare i princìpi di sollevazione. Alessandro però, muovendo da considerazioni opposte, **4** convinto che tutti lo avrebbero assalito se si fosse visto che anche di poco egli defletteva dal suo comportamento naturale, intese con coraggio e magnanimità giungere a una situazione di tranquillità e sicurezza. Pose dunque fi- **5** ne ai tumulti dei barbari e alle guerre nelle loro regioni con una rapida spedizione militare che giunse fino all'Istro:[54] in questa occasione vinse in una grande battaglia Sirmo, re dei Triballi.[55] Quando poi seppe che i Tebani **6** intendevano ribellarsi e che erano d'accordo con loro gli Ateniesi, subito condusse il suo esercito attraverso le Termopili asserendo che voleva sotto le mura di Atene apparire come uomo a Demostene[56] che lo aveva chiamato bambino fino a che era tra Illiri e Triballi, e ragazzo quando era sceso in Tessaglia.

Arrivato a Tebe, volendo dare ancora una possibilità **7** di resipiscenza, chiese che gli consegnassero Fenice e Protite, e fece annunciare che non sarebbe stato punito chi fosse passato a lui. A loro volta i Tebani gli chiesero di **8** consegnare Filota e Antipatro,[57] e invitarono coloro che volevano liberare la Grecia a schierarsi dalla loro parte. Allora Alessandro mosse i Macedoni alla guerra. Essa fu **9** combattuta dai Tebani con ardore e coraggio superiore

[54] L'attuale Danubio. Alessandro lo attraversò e sconfisse i Geti. Questo nel 336: fu la prima azione di Alessandro come re.
[55] Popolazione situata nella moderna Bulgaria, spinta verso la Macedonia dalla pressione dei Celti.
[56] Il famosissimo oratore che fu anche il più fiero avversario di Filippo e dei Macedoni. Demostene non aveva grande stima di Alessandro, tanto che lo definiva Margite, dal nome dell'eroe omerico, nome che aveva ormai acquisito il significato di sciocco.
[57] Due generali di Alessandro, il primo dei quali fu poi mandato a morte sotto l'accusa di tradimento.

προθυμίᾳ τὰ παρὰ τῶν Θηβαίων, πολλαπλασίοις οὖσι
10 τοῖς πολεμίοις ἀντιταχθέντων· ἐπεὶ δὲ καὶ τὴν Καδμείαν
ἀφέντες οἱ φρουροὶ τῶν Μακεδόνων ἐπέπιπτον αὐτοῖς
ἐξόπισθεν, κυκλωθέντες οἱ πλεῖστοι κατὰ τὴν μάχην
αὐτὴν ἔπεσον, ἡ δὲ πόλις ἥλω καὶ διαρπασθεῖσα κατε-
11 σκάφη, τὸ μὲν ὅλον προσδοκήσαντος αὐτοῦ τοὺς Ἕλληνας
ἐκπλαγέντας πάθει τηλικούτῳ καὶ πτήξαντας ἀτρεμήσειν,
ἄλλως δὲ καὶ καλλωπισαμένου χαρίζεσθαι τοῖς τῶν
συμμάχων ἐγκλήμασι· καὶ γὰρ Φωκεῖς καὶ Πλαταιεῖς
12 τῶν Θηβαίων κατηγόρησαν. ὑπεξελόμενος δὲ τοὺς ἱερεῖς
καὶ τοὺς ξένους τῶν Μακεδόνων ἅπαντας καὶ τοὺς ἀπὸ
Πινδάρου γεγονότας καὶ τοὺς ὑπεναντιωθέντας τοῖς
ψηφισαμένοις τὴν ἀπόστασιν, ἀπέδοτο τοὺς ἄλλους, περὶ
τρισμυρίους γενομένους· οἱ δ᾿ ἀποθανόντες ὑπὲρ ἑξακισχιλίους ἦσαν.

12. Ἐν δὲ τοῖς πολλοῖς πάθεσι καὶ χαλεποῖς ἐκείνοις
ἃ τὴν πόλιν κατεῖχε Θρᾷκές τινες ἐκκόψαντες οἰκίαν
Τιμοκλείας, γυναικὸς ἐνδόξου καὶ σώφρονος, αὐτοὶ μὲν
τὰ χρήματα διήρπαζον, ὁ δ᾿ ἡγεμὼν τῇ γυναικὶ πρὸς βίαν
συγγενόμενος καὶ καταισχύνας, ἀνέκρινεν εἴ που χρυσίον
2 ἔχοι κεκρυμμένον ἢ ἀργύριον· ἡ δ᾿ ἔχειν ὡμολόγησε, καὶ
μόνον εἰς τὸν κῆπον ἀγαγοῦσα καὶ δείξασα φρέαρ, ἐνταῦθ᾿
ἔφη τῆς πόλεως ἁλισκομένης καταβαλεῖν αὐτὴ τὰ τιμιώ-
3 τατα τῶν χρημάτων. ἐγκύπτοντος δὲ τοῦ Θρᾳκὸς καὶ
κατασκεπτομένου τὸν τόπον, ἔωσεν αὐτὸν ἐξόπισθεν
γενομένη, καὶ τῶν λίθων ἐπεμβαλοῦσα πολλοὺς ἀπέκτει-
4 νεν. ὡς δ᾿ ἀνήχθη πρὸς Ἀλέξανδρον ὑπὸ τῶν Θρᾳκῶν
δεδεμένη, πρῶτον μὲν ἀπὸ τῆς ὄψεως καὶ τῆς βαδίσεως
ἐφάνη τις ἀξιωματικὴ καὶ μεγαλόφρων, ἀνεκπλήκτως καὶ

alle forze, dato che si trovavano di fronte nemici di gran lunga superiori per numero; quando però i presidi mace- 10 doni, lasciata la Cadmea,[58] li colsero alle spalle, ormai accerchiati, i più caddero in battaglia e la città fu presa, saccheggiata e distrutta. Alessandro si aspettava in gene- 11 rale che i Greci, colpiti da tale disastro e sbigottiti, rimanessero tranquilli, e d'altro lato giustificava l'azione dicendo di aver tenuto conto delle lamentele degli alleati: infatti Focesi e Plateesi avevano mosso accuse ai Tebani. Tolti dal numero dei prigionieri i sacerdoti, tutti quelli che 12 avevano rapporti di ospitalità con i Macedoni e i discendenti di Pindaro, oltre a quelli che si erano opposti ai promotori della rivolta, mise in vendita tutti gli altri, che erano circa trentamila. I morti furono più di sessantamila.

12. Tra le molte sventure e le gravi crudeltà che la città patì, ci fu questa: alcuni Traci entrarono a forza in casa di Timoclea, donna onorata e saggia,[59] e ne rapinarono le ricchezze mentre il loro comandante, dopo averle fatto vergognosa violenza, le chiese se avesse nascosto da qualche parte dell'oro o dell'argento.[60] Ella ammise di aver- 2 ne, lo condusse, lui solo, in giardino e gli indicò il pozzo nel quale disse di avere personalmente gettato, mentre la città veniva presa, quanto di più prezioso aveva. Il Tra- 3 cio si curvò a esaminare il luogo ed ella, di dietro, lo spinse giù, poi, lanciandogli addosso parecchie pietre, lo uccise. Quando fu portata dai Traci, in catene, dinnanzi ad 4 Alessandro, apparve innanzi tutto dal suo modo di incedere e di guardare donna di alto sentire e degna di considerazione; tale era la sicurezza e la calma con la quale se-

[58] La cittadella di Tebe, nella quale Filippo aveva collocato un presidio dopo la battaglia di Cheronea.

[59] Sorella di Teagene, colui che comandò a Cheronea la falange tebana e cadde in battaglia.

[60] Plutarco, narrando altrove questo stesso episodio, afferma che il comandante era un macedone, chiamato Alessandro, che aveva ai suoi ordini uno squadrone di cavalieri traci.

5 ἀδεῶς ἑπομένη τοῖς ἄγουσιν· ἔπειτα τοῦ βασιλέως ἐρω-
τήσαντος ἥτις εἴη γυναικῶν, ἀπεκρίνατο Θεαγένους ἀδελφὴ
γεγονέναι τοῦ παραταξαμένου πρὸς Φίλιππον ὑπὲρ τῆς
τῶν Ἑλλήνων ἐλευθερίας καὶ πεσόντος ἐν Χαιρωνείᾳ
6 στρατηγοῦντος. θαυμάσας οὖν ὁ Ἀλέξανδρος αὐτῆς καὶ
τὴν ἀπόκρισιν καὶ τὴν πρᾶξιν, ἐκέλευσεν ἐλευθέραν
ἀπιέναι μετὰ τῶν τέκνων.

13. Ἀθηναίοις δὲ διηλλάγη, καίπερ οὐ μετρίως ἐνεγ-
κοῦσι τὸ περὶ Θήβας δυστύχημα· καὶ γὰρ τὴν τῶν
μυστηρίων ἑορτὴν ἐν χερσὶν ἔχοντες ὑπὸ πένθους ἀφ-
ῆκαν, καὶ τοῖς καταφυγοῦσιν ἐπὶ τὴν πόλιν ἁπάντων
2 μετεδίδοσαν τῶν φιλανθρώπων. ἀλλ᾿ εἴτε μεστὸς ὢν ἤδη
τὸν θυμὸν ὥσπερ οἱ λέοντες, εἴτ᾿ ἐπιεικὲς ἔργον ὠμο-
τάτῳ καὶ σκυθρωποτάτῳ παραβαλεῖν βουλόμενος, οὐ
μόνον ἀφῆκεν αἰτίας πάσης, ἀλλὰ καὶ προσέχειν ἐκέλευσε τοῖς πράγμασι τὸν νοῦν τὴν πόλιν, ὡς εἴ τι συμβαίη
3 περὶ αὐτόν, ἄρξουσαν τῆς Ἑλλάδος. ὕστερον μέντοι πολλάκις αὐτὸν ἡ Θηβαίων ἀνιᾶσαι συμφορὰ λέγεται καὶ
4 πραότερον οὐκ ὀλίγοις παρασχεῖν. ὅλως δὲ καὶ τὸ περὶ
Κλεῖτον ἔργον ἐν οἴνῳ γενόμενον, καὶ τὴν πρὸς Ἰνδοὺς
τῶν Μακεδόνων ἀποδειλίασιν, ὥσπερ ἀτελῆ τὴν στρατείαν καὶ τὴν δόξαν αὐτοῦ προεμένων, εἰς μῆνιν ἀνῆγε
5 Διονύσου καὶ νέμεσιν. ἦν δὲ Θηβαίων οὐδεὶς τῶν περι-
γενομένων, ὃς ἐντυχών τι καὶ δεηθεὶς ὕστερον οὐ διε-
πράξατο παρ᾿ αὐτοῦ. ταῦτα μὲν τὰ περὶ Θήβας.

14. Εἰς δὲ τὸν Ἰσθμὸν τῶν Ἑλλήνων συλλεγέντων καὶ
ψηφισαμένων ἐπὶ Πέρσας μετ᾿ Ἀλεξάνδρου στρατεύειν,
2 ἡγεμὼν ἀνηγορεύθη. πολλῶν δὲ καὶ πολιτικῶν ἀνδρῶν
καὶ φιλοσόφων ἀπηντηκότων αὐτῷ καὶ συνηδομένων,

[61] Gli Ateniesi avevano mandato armi ai Tebani e avevano promes-
so assistenza, per quanto poi non fossero andati al di là delle promesse.
Alessandro, adirato, aveva chiesto che gli fossero consegnati alcuni dei
più prestigiosi capi politici; poi, per l'intervento di Demade e di Focione, aveva desistito.
[62] I misteri eleusini, che si celebrano dal 15 al 23 del mese di Boedromione (settembre-ottobre). Questo riferimento ci permette di collocare la presa di Tebe nel settembre-ottobre del 335.

guiva i suoi custodi; poi, quando il re le chiese chi fosse, 5
rispose di essere la sorella di Teagene, colui che era stato
in campo contro Filippo per la libertà dei Greci e che era
caduto a Cheronea da generale. Alessandro ammirò la sua 6
risposta oltre che la sua azione e ordinò che andasse libera con i figli.

13. Poi Alessandro si riconciliò con gli Ateniesi, nonostante essi avessero dimostrato eccessivo risentimento per
i fatti di Tebe;[61] stavano infatti allora celebrando i riti
misterici[62] e li avevano sospesi in segno di lutto, e avevano concesso ogni assistenza a quelli che si rifugiarono presso di loro. Ma o che già avesse saziato la sua ira, come 2
i leoni, o che volesse accostare ad un'azione crudelissima
e oltremodo odiosa un comportamento corretto, non solo li prosciolse da qualunque accusa, ma addirittura con-
sigliò di seguire da vicino lo svolgersi dei fatti, nel caso
la città dovesse assumere la egemonia in Grecia qualora
fosse capitato qualcosa a lui. Comunque si dice che in se- 3
guito il pensiero delle crudeltà compiute contro i Tebani
lo abbia spesso angustiato e in non pochi casi lo abbia reso più mite. Ma in generale egli attribuì all'ira vendicatri- 4
ce di Dioniso l'assassinio di Clito, che egli compì da ubriaco, e il comportamento codardo dei Macedoni di fronte
agli Indi, quando gli lasciarono incompleta la spedizione
e gli sminuirono la gloria.[63] Dei Tebani sopravvissuti non 5
ce ne fu alcuno che in seguito non ottenesse da lui quanto
gli chiedeva. Questi i fatti di Tebe.

14. I Greci si riunirono sull'Istmo[64] e decisero di far
guerra ai Persiani sotto la guida di Alessandro come capo
supremo. Molti politici e molti filosofi vennero a felicitarsi 2

[63] Essendo Dioniso figlio della Tebana Semele, avrebbe vendicato i
mali della città, nel primo caso facendogli uccidere l'amico Clito mentre egli era in preda all'ubriachezza, e nel secondo impedendogli la conquista dell'India perché egli non potesse compararsi a lui: è infatti noto
che Dioniso aveva conquistato l'India.
[64] La riunione sull'Istmo, cioè a Corinto, avvenne durante la prima
visita di Alessandro in Grecia, nel 336.

ἤλπιζε καὶ Διογένην τὸν Σινωπέα ταὐτὸ ποιήσειν, δια-
3 τρίβοντα περὶ Κόρινθον. ὡς δ᾽ ἐκεῖνος ἐλάχιστον Ἀλεξάνδρου λόγον ἔχων ἐν τῷ Κρανείῳ σχολὴν ἦγεν, αὐτὸς
ἐπορεύετο πρὸς αὐτόν· ἔτυχε δὲ κατακείμενος ἐν ἡλίῳ.
4 καὶ μικρὸν μὲν ἀνεκάθισεν, ἀνθρώπων τοσούτων ἐπερχομένων, καὶ διέβλεψεν εἰς τὸν Ἀλέξανδρον. ὡς δ᾽ ἐκεῖνος
ἀσπασάμενος καὶ προσειπὼν αὐτὸν ἠρώτησεν, εἴ τινος
τυγχάνει δεόμενος,—,,μικρὸν" εἶπεν· ,,ἀπὸ τοῦ ἡλίου
5 μετάστηθι." πρὸς τοῦτο λέγεται τὸν Ἀλέξανδρον οὕτω
διατεθῆναι καὶ θαυμάσαι καταφρονηθέντα τὴν ὑπερ-
οψίαν καὶ τὸ μέγεθος τοῦ ἀνδρός, ὥστε τῶν περὶ αὐτὸν
ὡς ἀπῄεσαν διαγελώντων καὶ σκωπτόντων, ,,ἀλλὰ μὴν
ἐγὼ" εἶπεν ,,εἰ μὴ Ἀλέξανδρος ἤμην, Διογένης ἂν ἤμην."
6 Βουλόμενος δὲ τῷ θεῷ χρήσασθαι περὶ τῆς στρατείας,
ἦλθεν εἰς Δελφούς, καὶ κατὰ τύχην ἡμερῶν ἀποφράδων
οὐσῶν, ἐν αἷς οὐ νενόμισται θεμιστεύειν, πρῶτον μὲν
7 ἔπεμπε παρακαλῶν τὴν πρόμαντιν. ὡς δ᾽ ἀρνουμένης καὶ
προϊσχομένης τὸν νόμον αὐτὸς ἀναβὰς βίᾳ πρὸς τὸν ναὸν
εἷλκεν αὐτήν, ἡ δ᾽ ὥσπερ ἐξηττημένη τῆς σπουδῆς εἶπεν·
,,ἀνίκητος εἶ ὦ παῖ," τοῦτ᾽ ἀκούσας ὁ Ἀλέξανδρος οὐκέτ᾽
ἔφη χρῄζειν ἑτέρου μαντεύματος, ἀλλ᾽ ἔχειν ὃν ἐβούλετο
παρ᾽ αὐτῆς χρησμόν.
8 Ἐπεὶ δ᾽ ὥρμησε πρὸς τὴν στρατείαν, ἄλλα τ᾽ ἐδόκει
σημεῖα παρὰ τοῦ δαιμονίου γενέσθαι, καὶ τὸ περὶ Λεί-
βηθρα τοῦ Ὀρφέως ξόανον (ἦν δὲ κυπαρίττινον) ἱδρῶτα
9 πολὺν ὑπὸ τὰς ἡμέρας ἐκείνας ἀφῆκε. φοβουμένων δὲ
πάντων τὸ σημεῖον, Ἀρίστανδρος ἐκέλευε θαρρεῖν, ὡς
ἀοιδίμους καὶ περιβοήτους κατεργασόμενον πράξεις, αἳ
πολὺν ἱδρῶτα καὶ πόνον ὑμνοῦσι ποιηταῖς καὶ μουσικοῖς
παρέξουσι.

---

[65] Il famoso filosofo cinico che, esiliato da Sinope, venne in Atene
ove passò la maggior parte del suo tempo. L'incontro qui narrato è da
considerarsi leggendario.
[66] Sobborgo orientale di Corinto.
[67] Gli studiosi non concordano sulla autenticità dell'episodio.

con lui, ed egli sperava che anche Diogene di Sinope,[65] che stava in Corinto, avrebbe fatto lo stesso. Ma siccome **3** il filosofo, che aveva scarsissima considerazione per Alessandro, se ne stava tranquillo nel Craneo,[66] il re in persona andò da lui e lo trovò che stava disteso al sole. Al **4** giungere di tanti uomini egli si levò un poco a sedere e guardò fisso Alessandro. Questi lo salutò e gli rivolse la parola chiedendogli se aveva bisogno di qualcosa; e quello: «Scostati un poco dal sole». A tale frase si· dice che **5** Alessandro fu così colpito e talmente ammirò la grandezza d'animo di quell'uomo, che pure lo disprezzava, che mentre i compagni che erano con lui, al ritorno, deridevano il filosofo e lo schernivano, disse: «Se non fossi Alessandro io vorrei essere Diogene».

Circa la spedizione contro l'Asia volle consultare il dio **6** e venne a Delfi;[67] ma erano per caso i giorni infausti, nei quali non è consentito dare auspicio.[68] Egli mandò innanzi tutto a chiamare la sacerdotessa, ma ella non voleva venire e adduceva a giustificazione le norme; allora ci andò **7** di persona e la trasse a forza al tempio, ed ella, come sopraffatta dal suo ardore disse: «Tu sei invincibile, ragazzo!». Allora Alessandro disse che non aveva più bisogno di alcun vaticinio, perché aveva avuto da lei quel che voleva. Quando si mosse per quella spedizione ci furono altri segni da parte del dio, a quanto sembra, e la statua di **8** legno di Orfeo a Leibetra,[69] (era legno di cipresso) in quei giorni emanò molto sudore. Tutti avevano paura di quel **9** presagio, ma Aristandro lo invitò ad aver fiducia perché avrebbe compiuto imprese celebrate e famose che avrebbero fatto sudare molto e poeti e musici per celebrarle.

---

[68] Questo è l'unico passo nel quale si accenni a giorni nefasti per la richiesta di oracoli. In effetti sembra che in antico la Pizia desse oracoli una sola volta all'anno; più tardi una volta al mese. Così almeno tramanda Plutarco.

[69] Città della Pieria, in Macedonia, ai piedi del monte Olimpo. Era collegata con il mito di Orfeo.

15. Τῆς δὲ στρατιᾶς τὸ πλῆθος οἱ μὲν ἐλάχιστον λέγοντες τρισμυρίους πεζοὺς καὶ τετρακισχιλίους ἱππεῖς, οἱ δὲ πλεῖστον πεζοὺς μὲν τετρακισμυρίους καὶ τρισ-
2 χιλίους, ἱππέας δὲ πεντακισχιλίους ἀναγράφουσιν. ἐφόδιον δὲ τούτοις οὐ πλέον ἑβδομήκοντα ταλάντων ἔχειν αὐτὸν Ἀριστόβουλος (FGrH 139 F 4) ἱστορεῖ, Δοῦρις δὲ (FGrH 76 F 40) τριάκοντα μόνον ἡμερῶν διατροφήν, Ὀνησίκριτος δὲ (FGrH 134 F 2) καὶ διακόσια τάλαντα προσοφείλειν.
3 ἀλλὰ καίπερ ἀπὸ μικρῶν καὶ στενῶν οὕτως ὁρμώμενος, οὐ πρότερον ἐπέβη τῆς νεώς, ἢ τὰ τῶν ἑταίρων πράγματα σκεψάμενος ἀπονεῖμαι τῷ μὲν ἀγρόν, τῷ δὲ κώμην, τῷ δὲ
4 συνοικίας πρόσοδον ἢ λιμένος. ἤδη δὲ κατανηλωμένων καὶ διαγεγραμμένων σχεδὸν ἁπάντων τῶν βασιλικῶν, ὁ Περ-δίκκας „σεαυτῷ δ'" εἶπεν „ὦ βασιλεῦ τί καταλείπεις;" τοῦ δὲ φήσαντος ὅτι τὰς ἐλπίδας, „οὐκοῦν" ἔφη „καὶ ἡμεῖς τούτων κοινωνήσομεν οἱ μετὰ σοῦ στρατευόμενοι."
5 παραιτησαμένου δὲ τοῦ Περδίκκου τὴν διαγεγραμμένην κτῆσιν αὐτῷ, καὶ τῶν ἄλλων φίλων ἔνιοι τὸ αὐτὸ ἐποίη-
6 σαν. τοῖς δὲ λαμβάνουσι καὶ δεομένοις προθύμως ἐχαρί-ζετο, καὶ τὰ πλεῖστα τῶν ἐν Μακεδονίᾳ διανέμων οὕτως κατηνάλωσε.
7 Τοιαύτῃ μὲν ⟨οὖν⟩ ὁρμῇ καὶ παρασκευῇ διανοίας τὸν Ἑλλήσποντον διεπέρασεν. ἀναβὰς δ' εἰς Ἴλιον, ἔθυσε τῇ
8 Ἀθηνᾷ καὶ τοῖς ἥρωσιν ἔσπεισε. τὴν δ' Ἀχιλλέως στήλην ἀλειψάμενος λίπα, καὶ μετὰ τῶν ἑταίρων συναναδραμὼν γυμνὸς ὥσπερ ἔθος ἐστίν, ἐστεφάνωσε, μακαρίσας αὐτὸν ὅτι καὶ ζῶν φίλου πιστοῦ καὶ τελευτήσας μεγάλου κήρυκος

15. Quanto all'entità dell'esercito, chi dice poco parla di trentamila fanti e quattromila cavalieri, chi dice tanto parla invece di quarantatremila fanti e cinquemila cavalieri. Aristobulo[70] dice che per mantenere queste forze **2** egli aveva non più di settanta talenti, mentre Duride[71] parla di vettovaglie per soli trenta giorni e Onesicrito assicura che Alessandro aveva contratto un debito per duecento talenti. Comunque, pur movendo da una condizio- **3** ne iniziale così misera e ristretta, non si imbarcò prima che, considerate le condizioni degli amici,[72] a questo assegnasse una fattoria, a quello un villaggio, a quell'altro le rendite di un borgo o di un porto. E quando già il com- **4** plesso di quasi tutti i beni regali era stato esaurito e assegnato, Perdicca[73] disse: « O re, che cosa riservi per te?», ed egli rispose: «La speranza». Allora Perdicca: «Di questa avremo parte anche noi che con te veniamo a questa spedizione». Poi egli rifiutò la parte che gli era stata asse- **5** gnata e così fecero anche alcuni altri amici. Comunque **6** Alessandro dava volentieri a chi chiedeva e accettava, e in tal modo si spogliò della maggior parte dei suoi possessi di Macedonia. Con questo ardore e con questa disposi- **7** zione d'animo attraversò l'Ellesponto. Salito ad Ilio fece un sacrificio ad Atena e libagioni agli eroi, poi cosparsosi **8** d'olio con i compagni, nudo, girò attorno di corsa, come si usa, alla stele d'Achille, che poi adornò di una corona, dichiarando fortunato quell'eroe che in vita aveva avuto un amico fidato e da morto un eccelso cantore della sua

---

[70] Aristobulo di Cassandrea partecipò alla spedizione di Alessandro con funzione di architetto, avendogli Alessandro affidato l'incarico di restaurare la tomba di Ciro. Scrisse una *Storia di Alessandro* di cui si servì Plutarco.

[71] Originario di Samo; un altro dei molti storici di Alessandro.

[72] Gli «amici» costituivano una cerchia ristretta dalla quale Alessandro traeva satrapi, generali, uomini di comando.

[73] Nobile macedone, accompagnò Alessandro in Asia come semplice tassiarco e divenne poi il secondo di Alessandro; quando morì il re, egli fu di fatto, se non di diritto, reggente dell'impero.

9 ἔτυχεν. ἐν δὲ τῷ περιϊέναι καὶ θεᾶσθαι τὰ κατὰ τὴν
πόλιν ἐρομένου τινὸς αὐτόν, εἰ βούλεται τὴν Ἀλεξάνδρου
λύραν ἰδεῖν, ἐλάχιστα φροντίζειν ἐκείνης ἔφη, τὴν δ᾽
Ἀχιλλέως ζητεῖν, ᾗ τὰ κλέα καὶ τὰς πράξεις ὕμνει τῶν
ἀγαθῶν ἀνδρῶν ἐκεῖνος.

16. Ἐν δὲ τούτῳ τῶν Δαρείου στρατηγῶν μεγάλην
δύναμιν ἠθροικότων καὶ παρατεταγμένων ἐπὶ τῇ διαβάσει τοῦ Γρανικοῦ, μάχεσθαι μὲν ἴσως ἀναγκαῖον ἦν,
ὥσπερ ἐν πύλαις τῆς Ἀσίας, περὶ τῆς εἰσόδου καὶ ἀρχῆς·
2 τοῦ δὲ ποταμοῦ τὸ βάθος καὶ τὴν ἀνωμαλίαν καὶ τραχύ-
τητι τῶν πέραν ὄχθων, πρὸς οὓς ἔδει γίνεσθαι τὴν
ἀπόβασιν μετὰ μάχης, τῶν πλείστων δεδιότων, ἐνίων δὲ
καὶ τὸ περὶ τὸν μῆνα νενομισμένον οἰομένων δεῖν φυλάξασθαι (Δαισίου γὰρ οὐκ εἰώθεισαν οἱ βασιλεῖς τῶν Μακεδόνων ἐξάγειν τὴν στρατιάν), τοῦτο μὲν ἐπηνωρθώσατο,
3 κελεύσας δεύτερον Ἀρτεμίσιον ἄγειν· τοῦ δὲ Παρμενίωνος,
ὡς ὀψὲ τῆς ὥρας οὔσης, οὐκ ἐῶντος ἀποκινδυνεύειν,
εἰπὼν αἰσχύνεσθαι τὸν Ἑλλήσποντον, εἰ φοβήσεται τὸν
Γρανικὸν διαβεβηκὼς ἐκεῖνον, ἐμβάλλει τῷ ῥεύματι σὺν
4 ἴλαις ἱππέων τρισκαίδεκα· καὶ πρὸς ἐναντία βέλη καὶ
τόπους ἀπορρῶγας ὅπλοις καταπεφραγμένους καὶ ἵπποις
ἐλαύνων, καὶ διὰ ῥεύματος παραφέροντος καὶ περικλύ-
ζοντος, ἔδοξε μανικῶς καὶ πρὸς ἀπόνοιαν μᾶλλον ἢ γνώμῃ
5 στρατηγεῖν. οὐ μὴν ἀλλ᾽ ἐμφὺς τῇ διαβάσει καὶ κρατήσας
τῶν τόπων χαλεπῶς καὶ μόλις, ὑγρῶν καὶ περισφαλῶν
γενομένων διὰ τὸν πηλόν, εὐθὺς ἠναγκάζετο φύρδην μάχεσθαι καὶ κατ᾽ ἄνδρα συμπλέκεσθαι τοῖς ἐπιφερομένοις,
6 πρὶν εἰς τάξιν τινὰ καταστῆναι τοὺς διαβαίνοντας. ἐνέκειντο

fama. E mentre si aggirava in visita per la città uno gli 9
chiese se desiderava vedere la cetra di Paride: egli rispose
che non gli interessava minimamente; piuttosto cercava
quella sulla quale Achille soleva celebrare le imprese gloriose degli eroi.

16. Intanto i generali di Dario[74] avevano raccolto un
grande esercito e lo avevano schierato al passaggio del fiume Granico:[75] si era alle porte dell'Asia ed era quindi necessario lo scontro per potere entrare e affermare la supremazia. Ma la maggior parte degli ufficiali macedoni 2
temevano la profondità del fiume, l'irregolarità e la asprezza della riva contrapposta, cui bisognava di necessità giungere combattendo, e alcuni anche erano d'avviso che si
dovesse rispettare quanto era nella tradizione per quel mese
(infatti nel mese di Daisio[76] i re macedoni non erano soliti portare il loro esercito fuori della patria); Alessandro
ovviò a questa difficoltà ordinando di chiamare quel mese il secondo Artemisio, e quando poi Parmenione non 3
volle che si attaccasse perché ormai era tardi, egli si buttò
nella corrente con tredici squadroni di cavalieri affermando che veniva disonorato l'Ellesponto se ora egli, dopo
aver attraversato quello, avesse avuto paura del Granico.

Davvero parve che egli agisse come un pazzo guidato 4
da sconsideratezza più che da razionalità nel muovere contro i dardi avversari verso luoghi scoscesi, presidiati da
fanti e cavalieri, in mezzo a una corrente che lo trascina-
va via sommergendolo. Persistette tuttavia nella volontà 5
di attraversare e raggiunse a stento e con fatica quei luoghi che erano zeppi d'acqua e sdrucciolevoli per il fango;
ma subito fu costretto ad un confuso corpo a corpo con
gli avversari prima di potere disporre i suoi, che attraver-
savano il fiume, in un certo ordine. I nemici infatti gli 6

[74] Dario III fu re dei Persiani dal 336.
[75] Un piccolo fiume che scorre nella Troade e nella Frigia e si butta
nel mar di Marmara.
[76] Corrisponde al mese attico di Targelione e al nostro maggio-giugno.

γὰρ κραυγῇ, καὶ τοὺς ἵππους παραβάλλοντες τοῖς ἵπποις
ἐχρῶντο δόρασι καὶ ξίφεσι τῶν δοράτων συντριβέντων.
7 ὠσαμένων δὲ πολλῶν ἐπ᾽ αὐτὸν (ἦν δὲ τῇ πέλτῃ καὶ τοῦ
κράνους τῇ χαίτῃ διαπρεπής, ἧς ἑκατέρωθεν εἱστήκει
πτερὸν λευκότητι καὶ μεγέθει θαυμαστόν), ἀκοντισθεὶς
μὲν ὑπὸ τὴν ὑποπτυχίδα τοῦ θώρακος οὐκ ἐτρώθη,
8 Ῥοισάκου δὲ καὶ Σπιθριδάτου τῶν στρατηγῶν προσ-
φερομένων ἅμα, τὸν μὲν ἐκκλίνας, Ῥοισάκῃ δὲ προεμ-
βαλὼν τεθωρακισμένῳ τὸ δόρυ καὶ κατακλάσας, οὕτως
9 ἐπὶ τὸ ἐγχειρίδιον ὥρμησε. συμπεπτωκότων δ᾽ αὐτῶν, ὁ
Σπιθριδάτης ὑποστήσας ἐκ πλαγίων τὸν ἵππον καὶ μετὰ
10 σπουδῆς συνεξαναστάς, κοπίδι βαρβαρικῇ κατήνεγκε, καὶ
τὸν μὲν λόφον ἀπέρραξε μετὰ θατέρου πτεροῦ, τὸ δὲ
κράνος πρὸς τὴν πληγὴν ἀκριβῶς καὶ μόλις ἀντέσχεν,
ὥστε τῶν πρώτων ψαῦσαι τριχῶν τὴν πτέρυγα τῆς κο-
11 πίδος. ἑτέραν δὲ τὸν Σπιθριδάτην πάλιν ἐπαιρόμενον
ἔφθασε Κλεῖτος ὁ μέλας τῷ ξυστῷ διελάσας μέσον·
ὁμοῦ δὲ καὶ Ῥοισάκης ἔπεσεν, ὑπ᾽ Ἀλεξάνδρου ξίφει
12 πληγείς. ἐν τούτῳ δὲ κινδύνου καὶ ἀγῶνος οὔσης τῆς
ἱππομαχίας, ἥ τε φάλαγξ διέβαινε τῶν Μακεδόνων, καὶ
13 συνῆγον αἱ πεζαὶ δυνάμεις. οὐ μὴν ὑπέστησαν εὐρώ-
στως οὐδὲ πολὺν χρόνον, ἀλλ᾽ ἔφυγον τραπόμενοι πλὴν
τῶν μισθοφόρων Ἑλλήνων· οὗτοι δὲ πρός τινι λόφῳ
14 συστάντες, ᾔτουν τὰ πιστὰ τὸν Ἀλέξανδρον. ὁ δὲ θυμῷ
μᾶλλον ἢ λογισμῷ πρῶτος ἐμβαλών, τόν θ᾽ ἵππον ἀπο-
βάλλει ξίφει πληγέντα διὰ τῶν πλευρῶν (ἦν δ᾽ ἕτερος,
οὐχ ὁ Βουκεφάλας), καὶ τοὺς πλείστους τῶν ἀποθανόντων
καὶ τραυματισθέντων ἐκεῖ συνέβη κινδυνεῦσαι καὶ πεσεῖν,
πρὸς ἀνθρώποι ἀπεγνωκότας καὶ μαχίμους συμπλεκο-

si buttavano addosso gridando e, accostando i cavalli ai cavalli, ricorrevano alle lance, e quando queste si fossero spezzate alle spade. Molti puntavano dritto su di lui (lo **7** si riconosceva per lo scudo e il pennacchio dell'elmo ai lati del quale stava una penna di straordinaria grandezza e candore); raggiunto da un giavellotto al lembo inferiore della corazza, non fu però ferito, e quando Resace e Spi- **8** tridate, comandanti persiani, gli si avventarono contro contemporaneamente, evitò uno dei due e, buttatosi su Resace, che era armato di corazza, su di essa infranse la lancia e passò poi al pugnale. I due caddero a terra avvin- **9** ghiati e Spitridate, di lato, con il cavallo ritto sulle zampe posteriori, egli stesso ritto sul cavallo, menò giù un fen- **10** dente con la scure barbarica: spezzò il cimiero con una delle penne mentre l'elmo a stento resistette al colpo, tanto che il filo della scure sfiorò i primi capelli. Mentre Spi- **11** tridate levava la scure per un secondo colpo, Clito il nero[77] lo prevenne e lo trapassò da parte a parte con la lancia. Nello stesso tempo cadde anche Resace colpito dalla spada di Alessandro. Mentre la cavalleria era impegna- **12** ta in questo violento scontro, la falange dei Macedoni attraversò il fiume e le fanterie vennero alle mani. I nemici **13** tuttavia non resistettero a lungo né vigorosamente, ma disordinatamente fuggirono, eccetto i mercenari greci che si raccolsero su un colle e chiesero ad Alessandro di garantire loro la vita. Ma egli, procedendo per impulso più **14** che con razionalità, caricò contro di loro e perse il cavallo trafitto da un colpo di spada al fianco (non era Bucefalo, ma un altro cavallo); e la maggior parte dei Macedoni che caddero o furono feriti, proprio lì incontrarono il loro destino, perché lì vennero a contatto con uomini che sapevano combattere e avevano perso le loro speranze.

[77] Clito «il nero», così soprannominato per distinguerlo da Clito «il bianco» che comandava la fanteria. Questi era un uomo di grande coraggio e comandava lo squadrone reale della cavalleria fin dalla sua costituzione. Fu ucciso da Alessandro: vd. *infra* cap. 50 sg.

¹⁵ μένους. λέγονται δὲ πεζοὶ μὲν δισμύριοι τῶν βαρβάρων,
ἱππεῖς δὲ δισχίλιοι πεντακόσιοι πεσεῖν. τῶν δὲ περὶ τὸν
Ἀλέξανδρον Ἀριστόβουλός φησι (FGrH 139 F 5) τέσσαρας
καὶ τριάκοντα νεκροὺς γενέσθαι τοὺς πάντας, ὧν ἐννέα
¹⁶ πεζοὺς εἶναι. τούτων μὲν οὖν ἐκέλευσεν εἰκόνας ἀναστα-
¹⁷ θῆναι χαλκᾶς, ἃς Λύσιππος εἰργάσατο. κοινούμενος δὲ
τὴν νίκην τοῖς Ἕλλησιν, ἰδίᾳ μὲν τοῖς Ἀθηναίοις ἔπεμψε
τῶν αἰχμαλώτων τριακοσίας ἀσπίδας, κοινῇ δὲ τοῖς
ἄλλοις λαφύροις ἐκέλευσεν ἐπιγράψαι φιλοτιμοτάτην
¹⁸ ἐπιγραφήν· ,,Ἀλέξανδρος [ὁ] Φιλίππου καὶ οἱ Ἕλληνες
πλὴν Λακεδαιμονίων ἀπὸ τῶν βαρβάρων τῶν τὴν Ἀσίαν
¹⁹ κατοικούντων." ἐκπώματα δὲ καὶ πορφύρας καὶ ὅσα
τοιαῦτα τῶν Περσικῶν ἔλαβε, πάντα τῇ μητρὶ πλὴν
ὀλίγων ἔπεμψεν.

17. Οὗτος ὁ ἀγὼν μεγάλην εὐθὺς ἐποίησε τῶν πραγμάτων μεταβολὴν πρὸς Ἀλέξανδρον, ὥστε καὶ Σάρδεις,
τὸ πρόσχημα τῆς ἐπὶ θαλάσσῃ τῶν βαρβάρων ἡγεμονίας,
² παραλαβεῖν καὶ τἆλλα προστίθεσθαι. μόνη δ' Ἁλικαρνασ-
σὸς ἀντέστη καὶ Μίλητος, ἃς ἑλὼν κατὰ κράτος καὶ τὰ
περὶ αὐτὰς πάντα χειρωσάμενος, ἀμφίβολος ἦν πρὸς τὰ
³ λοιπὰ τῇ γνώμῃ. καὶ πολλάκις μὲν ἔσπευδε Δαρείῳ
συμπεσὼν ἀποκινδυνεῦσαι περὶ τῶν ὅλων, πολλάκις δὲ
τοῖς ἐπὶ θαλάσσῃ πράγμασι καὶ χρήμασι διενοεῖτο πρῶτον
οἷον ἐνασκήσας καὶ ῥώσας αὑτόν, οὕτως ἀναβαίνειν ἐπ'
ἐκεῖνον.
⁴ Ἔστι δὲ τῆς Λυκίας κρήνη παρὰ τὴν Ξανθίων πόλιν,
ἧς τότε λέγουσιν αὐτομάτως περιτραπείσης καὶ ὑπερ-
βαλούσης ἐκ βυθοῦ δέλτον ἐκπεσεῖν χαλκῆν, τύπους
ἔχουσαν ἀρχαίων γραμμάτων, ἐν οἷς ἐδηλοῦτο παύσεσθαι
⁵ τὴν Περσῶν ἀρχὴν ὑφ' Ἑλλήνων καταλυθεῖσαν. τούτοις
ἐπαρθείς, ἠπείγετο τὴν παραλίαν ἀνακαθήρασθαι μέχρι
⁶ τῆς Φοινίκης καὶ Κιλικίας. ἡ δὲ τῆς Παμφυλίας παραδρομὴ
πολλοῖς γέγονε τῶν ἱστορικῶν ὑπόθεσις γραφικὴ πρὸς
ἔκπληξιν καὶ ὄγκον, ὡς θείᾳ τινὶ τύχῃ παραχωρήσασαν
Ἀλεξάνδρῳ τὴν θάλασσαν, ἄλλως ἀεὶ τραχεῖαν ἐκ πελάγους προσφερομένην, σπανίως δέ ποτε λεπτοὺς καὶ

Si dice che siano morti tra i barbari ventimila fanti e 15
duemilacinquecento cavalieri; dei soldati di Alessandro,
Aristobulo riferisce che ne morirono complessivamente
trentaquattro, dei quali nove fanti, e per essi Alessandro 16
ordinò che si erigessero statue di bronzo, fatte da Lisippo. Volendo far partecipi della vittoria i Greci, mandò agli 17
Ateniesi in particolare trecento scudi tolti ai prigionieri e
in generale sul resto del bottino ordinò che si incidesse questa orgogliosissima epigrafe: «Alessandro figlio di Filip- 18
po e i Greci, tranne gli Spartani, le conquistarono ai barbari abitanti l'Asia». Alla madre, eccettuati pochi pezzi, 19
mandò i vasi e la porpora e quanto di prezioso aveva sottratto ai Persiani.

17. Questa battaglia produsse subito un grande mutamento della situazione in favore di Alessandro, tanto che
egli poté ricevere la resa di Sardi, baluardo della potenza
persiana sul mare, e poi conquistò il resto della regione.
Resistettero soltanto Alicarnasso e Mileto, che egli espu- 2
gnò a forza, e dopo aver assoggettato tutte le regioni circostanti era in dubbio sull'ulteriore procedere delle operazioni. Spesso meditava di affrontare Dario in una bat- 3
taglia decisiva, altre volte invece pensava di cimentarsi con
le ricche regioni del litorale, e, rafforzatosi, muovere poi
contro il re. C'è vicino alla città di Xanto, in Licia, una 4
fonte della quale dicono che in quel tempo, da sola rifluen-
do su se stessa e traboccando, fece salire dal profondo una
tavoletta bronzea con segni di antica scrittura che rivela-
vano che l'impero persiano sarebbe stato distrutto dai Greci. Galvanizzato da questa profezia, Alessandro si affret- 5
tò a conquistare il litorale sino alla Fenicia e alla Cilicia.
Il suo rapido attraversamento della Panfilia fornì mate- 6
ria a molti storici per efficaci e stupende descrizioni: essi
riferirono che il mare per intervento divino si ritirò dinnanzi ad Alessandro mentre per solito esso si avventa violento dal largo, e di rado soltanto lascia vedere la piccola

περιηχεῖς ὑπὸ τὰ κρημνώδη καὶ παρερρωγότα τῆς
7 ὀρεινῆς πάγους διακαλύπτουσαν. δηλοῖ δὲ καὶ Μένανδρος,
ἐν κωμῳδίᾳ παίζων πρὸς τὸ παράδοξον (fg. 751 K.–Th.)·

ὡς Ἀλεξανδρῶδες ἤδη τοῦτο· κἂν ζητῶ τινα,
αὐτόματος οὗτος παρέσται· κἂν διελθεῖν δηλαδή
διὰ θαλάσσης δέῃ τόπον τιν᾽, οὗτος ἔσται μοι βατός.

8 αὐτὸς δ᾽ Ἀλέξανδρος ἐν ταῖς ἐπιστολαῖς οὐδὲν τοιοῦτον
τερατευσάμενος, ὁδοποιῆσαί φησι τὴν λεγομένην Κλίμακα
9 καὶ διελθεῖν ὁρμήσας ἐκ Φασηλίδος. διὸ καὶ πλείονας ἡμέρας ἐν τῇ πόλει διέτριψεν· ἐν αἷς καὶ Θεοδέκτου τεθνηκότος
(ἦν δὲ Φασηλίτης) ἰδὼν εἰκόνα [ἀνα]κειμένην ἐν ἀγορᾷ,
μετὰ δεῖπνον ἐπεκώμασε μεθύων καὶ τῶν στεφάνων
ἐπέρριψε πολλούς, οὐκ ἄχαριν ἀποδιδοὺς ἐν παιδιᾷ τιμὴν
τῇ γενομένῃ δι᾽ Ἀριστοτέλην καὶ φιλοσοφίαν ὁμιλίᾳ
πρὸς τὸν ἄνδρα.

18. Μετὰ ταῦτα Πισιδῶν τε τοὺς ἀντιστάντας ᾕρει καὶ
2 Φρυγίαν ἐχειροῦτο· καὶ Γόρδιον πόλιν, ἑστίαν Μίδου τοῦ
παλαιοῦ γενέσθαι λεγομένην, παραλαβών, τὴν θρυλου-
μένην ἄμαξαν εἶδε, φλοιῷ κρανείας ἐνδεδεμένην, καὶ λόγον
ἐπ᾽ αὐτῇ πιστευόμενον ὑπὸ τῶν βαρβάρων ἤκουσεν, ὡς
τῷ λύσαντι τὸν δεσμὸν εἵμαρται βασιλεῖ γενέσθαι τῆς
3 οἰκουμένης. οἱ μὲν οὖν πολλοί φασι, τῶν δεσμῶν τυφλὰς
ἐχόντων τὰς ἀρχὰς καὶ δι᾽ ἀλλήλων πολλάκις σκολιοῖς
ἑλιγμοῖς ὑποφερομένων, τὸν Ἀλέξανδρον ἀμηχανοῦντα
λῦσαι, διατεμεῖν τῇ μαχαίρᾳ τὸ σύναμμα, καὶ πολλὰς
4 ἐξ αὐτοῦ κοπέντος ἀρχὰς φανῆναι. Ἀριστόβουλος δὲ
(FGrH 139 F 75) καὶ πάνυ λέγει ῥᾳδίαν αὐτῷ γενέσθαι
τὴν λύσιν, ἐξελόντι τοῦ ῥυμοῦ τὸν ἔστορα καλούμενον,
ᾧ συνείχετο τὸ ζυγόδεσμον, εἶθ᾽ οὕτως ὑφελκύσαντι τὸν
ζυγόν.

---

[78] Come si deduce dalle frequenti citazioni, Plutarco utilizza una raccolta di lettere di Alessandro nella quale ripone grande fiducia. Ma sul
valore di questa testimonianza non v'è accordo tra gli studiosi.
[79] Teodette di Faselide venne ad Atene ove fu oratore e poi poeta tragico. Si ritiene sia stato discepolo di Aristotele e abbia conosciuto personalmente Alessandro.

risonante scogliera continua sotto i dirupi scoscesi della catena montuosa. Anche Menandro vi accenna in una sua **7** commedia quando ironicamente allude a questo fatto paradossale:

«Questo è un qualcosa di alessandreo: se cerco qualcuno, questi da solo mi si presenterà; e se evidentemente bisogna giungere per mare a un luogo qualunque, il mare mi si aprirà dinnanzi.» (*Men.* fr. 751)

Ma lo stesso Alessandro nelle sue lettere[78] non fa allusione ad alcun portento del genere e dice d'esser partito da **8** Faselide e d'esser passato attraverso il cosiddetto Climaco. Per questo egli indugiò più giorni in quella città; e in **9** quel tempo egli vide in piazza una statua di Teodette[79] che già era morto (era costui originario di Faselide), e la sera, dopo cena, ubriaco, vi fece attorno baldoria e vi buttò addosso parecchie corone, rendendo nello scherzo simpatico onore all'amicizia contratta con quell'uomo a motivo di Aristotele e della filosofia.

18. In seguito vinse quei Pisidi che gli si erano opposti e assoggettò la Frigia, e presa Gordio,[80] che si dice fosse **2** la abituale residenza dell'antico Mida, vide quel celebrato cocchio legato da corteccia di corniolo e venne a conoscenza di quella tradizione divulgata tra i barbari secondo la quale chi ne avesse sciolto il nodo sarebbe diventato il re del mondo.[81] La maggior parte degli storici afferma **3** che Alessandro, non essendo in grado di sciogliere quel nodo perché i capi delle corde erano nascosti e tra loro aggrovigliati in più giri, lo tagliò con la spada e apparve allora che molti erano i capi. Aristobulo invece racconta **4** che gli riuscì molto facile scioglierlo perché dal timone che teneva stretto il giogo egli sfilò la cosiddetta spina, e in tal modo estrasse il giogo.

---

[80] Città della Bitinia, sul fiume Sangario.
[81] Il cocchio, che si trovava nel tempio di Zeus sull'acropoli, era quello sul quale era entrato in città l'antico Mida, scelto dai Frigi come loro re per rispettare un oracolo.

5 Ἐντεῦθεν Παφλαγόνας τε καὶ Καππαδόκας προσαγα-
γόμενος, καὶ τὴν Μέμνονος ἀκούσας τελευτήν, ὃς τῶν ἐπὶ
θαλάττῃ Δαρείου στρατηγῶν ἐπίδοξος ἦν Ἀλεξάνδρῳ
πολλὰ πράγματα καὶ μυρίας ἀντιλήψεις καὶ ἀσχολίας
παρέξειν, ἐπερρώσθη πρὸς τὴν ἄνω στρατείαν μᾶλλον.

6 Ἤδη δὲ καὶ Δαρεῖος ἐκ Σούσων κατέβαινεν, ἐπαιρό-
μενός τε τῷ πλήθει τῆς δυνάμεως (ἑξήκοντα γὰρ ἦγε
μυριάδας στρατοῦ), καί τινος ὀνείρου θαρρύνοντος αὐτόν,
ὃν οἱ μάγοι πρὸς χάριν ἐξηγοῦντο μᾶλλον ἢ κατὰ τὸ
7 εἰκός. ἔδοξε γὰρ πυρὶ νέμεσθαι πολλῷ τὴν Μακεδόνων
φάλαγγα, τὸν δ᾽ Ἀλέξανδρον ἔχοντα στολήν, ἣν αὐτὸς
ἐφόρει πρότερον ἀστάνδης ὢν βασιλέως, ὑπηρετεῖν αὐτῷ·
παρελθόντα δ᾽ εἰς τὸ τοῦ Βήλου τέμενος, ἀφανῆ γενέσθαι.
8 διὰ τούτων ὡς ἔοικεν ὑπεδηλοῦτο παρὰ τοῦ θεοῦ λαμπρὰ
μὲν γενήσεσθαι καὶ περιφανῆ τὰ τῶν Μακεδόνων, Ἀλέξανδρον δὲ τῆς μὲν Ἀσίας κρατήσειν, ὥσπερ ἐκράτησε Δαρεῖος, ἐξ ἀστάνδου βασιλεὺς γενόμενος, ταχὺ δὲ σὺν δόξῃ
τὸν βίον ἀπολείψειν.

19. Ἔτι δὲ μᾶλλον ἐθάρρησε καταγνοὺς δειλίαν Ἀλεξ-
2 άνδρου, πολὺν χρόνον ἐν Κιλικίᾳ διατρίψαντος. ἦν δ᾽
ἡ διατριβὴ διὰ νόσον, ἣν οἱ μὲν ἐκ κόπων, οἱ δ᾽ ἐν τῷ τοῦ
Κύδνου ῥεύματι λουσαμένῳ ⟨καὶ⟩ καταπαγέντι προσ-
3 πεσεῖν λέγουσι. τῶν μὲν οὖν ἄλλων ἰατρῶν οὐδεὶς ἐθάρρει
βοηθεῖν, ἀλλὰ τὸν κίνδυνον οἰόμενοι πάσης ἰσχυρότερον
εἶναι βοηθείας, ἐφοβοῦντο τὴν ἐκ τοῦ σφαλῆναι διαβολὴν
4 πρὸς τοὺς Μακεδόνας· Φίλιππος δ᾽ ὁ Ἀκαρνὰν μοχθηρὰ

Muovendo di lì sottomise Paflagoni e Cappadoci e 5 quando venne a sapere della morte di Memnone,[82] che tra i capi delle province marittime di Dario avrebbe potuto, secondo le opinioni dei più, dargli molto da fare con infiniti ostacoli e difficoltà, si confermò ancor più nell'idea della spedizione verso l'interno. Già anche Dario sta- 6 va scendendo da Susa,[83] orgoglioso della massa dei suoi soldati (erano seicentomila), e incoraggiato da un sogno che i maghi gli interpretavano in un certo modo per compiacerlo più che tenendo conto della verisimiglianza. Gli 7 era parso infatti che la falange macedone fosse avvolta da un gran fuoco e che Alessandro indossando una veste quale lo stesso Dario soleva portare quando era corriere del re, gli facesse da servo; poi, entrato nel tempio di Belo, all'improvviso sparisse. Con questo sogno, a quanto 8 sembra, il dio intendeva rendere palese che la potenza dei Macedoni sarebbe divenuta eccezionalmente gloriosa, che Alessandro sarebbe divenuto re dell'Asia, come era avvenuto per Dario che da corriere era divenuto re, ma che presto sarebbe gloriosamente morto.

19. Ancor più Dario prese coraggio perché ritenne che il lungo indugio di Alessandro in Cilicia fosse segno di paura. In realtà quella sosta fu dovuta a una malattia che al- 2 cuni dicono lo abbia colto per le fatiche cui si era sottoposto, altri per un bagno fatto nelle gelide correnti del Cidno.[84] Nessuno tra i medici osava curarlo, ma ritenendo 3 che il male fosse superiore a qualsiasi rimedio temevano le accuse dei Macedoni in caso di insuccesso; invece Filip- 4

---

[82] Memnone, originario di Rodi, aveva operato con qualche successo contro Parmenione, ma non era riuscito ad impedire l'accesso di Alessandro in Asia. Meditava di portare la guerra in Grecia per costringere Alessandro sulla difensiva, e già aveva cominciato un'azione di rilievo conquistando Chio e la maggior parte delle località di Lesbo, ma venne a morte nel 333 mentre stava assediando Mitilene.

[83] L'antica capitale di Elam che era stata la sede principale del governo sotto gli Achemenidi.

[84] Il fiume scende dalla catena del monte Tauro e attraversa Tarso.

μὲν ἑώρα τὰ περὶ αὐτὸν ὄντα, τῇ δὲ φιλίᾳ πιστεύων, καὶ
δεινὸν ἡγούμενος εἰ κινδυνεύοντι μὴ συγκινδυνεύσει, μέχρι
τῆς ἐσχάτης πείρας βοηθῶν καὶ παραβαλλόμενος, ἐπ-
εχείρησε φαρμακείᾳ καὶ συνέπεισεν αὐτὸν ὑπομεῖναι καὶ
5 πιεῖν, σπεύδοντα ῥωσθῆναι πρὸς τὸν πόλεμον. ἐν τούτῳ
δὲ Παρμενίων ἔπεμψεν ἐπιστολὴν ἀπὸ στρατοπέδου,
διακελευόμενος αὐτῷ φυλάξασθαι τὸν Φίλιππον, ὡς ὑπὸ
Δαρείου πεπεισμένον ἐπὶ δωρεαῖς μεγάλαις καὶ γάμῳ
θυγατρὸς ἀνελεῖν Ἀλέξανδρον. ὁ δὲ τὴν ἐπιστολὴν
ἀναγνοὺς καὶ μηδενὶ δείξας τῶν φίλων ὑπὸ τὸ προσ-
6 κεφάλαιον ὑπέθηκεν. ὡς δὲ τοῦ καιροῦ παρόντος εἰσῆλθε
μετὰ τῶν ἑταίρων ὁ Φίλιππος, τὸ φάρμακον ἐν κύλικι
κομίζων, ἐκείνῳ μὲν ἐπέδωκε τὴν ἐπιστολήν, αὐτὸς δὲ
7 τὸ φάρμακον ἐδέξατο προθύμως καὶ ἀνυπόπτως, ὥστε
θαυμαστὴν καὶ θεατρικὴν τὴν ὄψιν εἶναι, τοῦ μὲν ἀνα-
γινώσκοντος, τοῦ δὲ πίνοντος, εἶθ' ἅμα πρὸς ἀλλήλους
ἀποβλεπόντων οὐχ ὁμοίως, ἀλλὰ τοῦ μὲν Ἀλεξάνδρου
φαιδρῷ τῷ προσώπῳ καὶ διακεχυμένῳ τὴν πρὸς τὸν
8 Φίλιππον εὐμένειαν καὶ πίστιν ἀποφαίνοντος, ἐκείνου δὲ
πρὸς τὴν διαβολὴν ἐξισταμένου, καὶ ποτὲ μὲν θεοκλυ-
τοῦντος καὶ πρὸς τὸν οὐρανὸν ἀνατείνοντος τὰς χεῖρας,
ποτὲ δὲ τῇ κλίνῃ περιπίπτοντος καὶ παρακαλοῦντος τὸν
9 Ἀλέξανδρον εὐθυμεῖν καὶ προσέχειν αὐτῷ. τὸ γὰρ φάρμακον ἐν ἀρχῇ κρατῆσαν τοῦ σώματος οἷον ἀπέωσε καὶ
κατέδυσεν εἰς βάθος τὴν δύναμιν, ὥστε καὶ φωνὴν ἐπι-
λιπεῖν καὶ τὰ περὶ τὴν αἴσθησιν ἀσαφῆ καὶ μικρὰ κομιδῇ
10 γενέσθαι, λιποθυμίας ἐπιπεσούσης. οὐ μὴν ἀλλὰ ταχέως
ἀναληφθεὶς ὑπὸ τοῦ Φιλίππου καὶ ῥαΐσας, αὐτὸν ἐπέδειξε
τοῖς Μακεδόσιν· οὐ γὰρ ἐπαύοντο πρὶν ἰδεῖν τὸν Ἀλέξανδρον ἀθυμοῦντες.

20. Ἦν δέ τις ἐν τῷ Δαρείου στρατῷ πεφευγὼς ἐκ
Μακεδονίας ἀνὴρ Μακεδών, Ἀμύντας, οὐκ ἄπειρος τῆς
Ἀλεξάνδρου φύσεως. οὗτος ὡρμημένον ἰδὼν Δαρεῖον εἴσω
τῶν στενῶν βαδίζειν ἐπ' Ἀλέξανδρον, ἐδεῖτο κατὰ χώραν

po di Acarnania[85] vedeva che la situazione del malato era difficile, ma fidando nell'amicizia e ritenendo insopportabile, con il re in quelle condizioni, non venirgli in aiuto esponendosi anche all'estremo rischio, preparò una medicina e lo persuase a farsi forza e berla, se desiderava riacquistare le forze per la guerra. Intanto Parmenione dal 5 campo gli mandò una lettera con l'avvertimento di guardarsi da Filippo, perché persuaso da Dario ad ucciderlo in cambio di grandi doni e della mano di sua figlia. Alessandro lesse la lettera, e senza mostrarla ad alcuno degli amici la pose sotto il cuscino. Quando, venuto il momen- 6 to, entrò Filippo con gli amici portando il farmaco in una tazza, Alessandro gli porse la lettera, e prese la medicina tranquillamente, senza manifestare sospetto. Fu spettacolo 7 mirabile e degno di un teatro: l'uno leggeva, l'altro beveva; poi si guardarono in viso, ma non allo stesso modo: Alessandro con il volto sereno e disteso manifestava benevolenza e fiducia per Filippo; questi a sua volta era fuor 8 di sé per la calunnia e ora invocava gli dei e alzava le mani al cielo, ora si piegava sul letto e invitava Alessandro a farsi coraggio e a fidarsi di lui. Intanto il farmaco in 9 un primo momento dominò il corpo e per così dire spinse e immerse nel profondo la forza vitale, tanto che gli mancò la voce e, caduto in deliquio, le sue facoltà sensoriali divennero davvero impercettibili; ma presto fu richiama- 10 to in vita da Filippo e quando riprese forza si presentò ai Macedoni: essi non cessarono di essere afflitti prima di averlo rivisto.

20. C'era nell'esercito di Dario un Macedone che era fuggito dalla Macedonia, di nome Aminta, che conosceva il carattere di Alessandro. Costui, visto che Dario si 2 disponeva ad attaccare Alessandro entro le gole dei mon-

---

[85] Amico di infanzia, oltre che medico di Alessandro. L'episodio è introdotto da Plutarco per dimostrare quale fiducia Alessandro riponeva nei suoi amici. Non c'è motivo di dubitare della sua attendibilità.

ὑπομένειν ἐν πλάτος ἔχουσι πεδίοις καὶ ἀναπεπταμένοις,
3 πρὸς ἐλάττονας πλήθει τοσούτῳ διαμαχούμενον. ἀποκρι-
ναμένου δὲ Δαρείου δεδιέναι μὴ φθάσωσιν αὐτὸν ἀπο-
δράντες οἱ πολέμιοι καὶ διαφυγὼν Ἀλέξανδρος, ,,ἀλλὰ
τούτου γ᾽'' εἶπεν ,,ὦ βασιλεῦ χάριν θάρρει· βαδιεῖται
4 γὰρ ἐκεῖνος ἐπὶ σέ, καὶ σχεδὸν ἤδη βαδίζει.'' ταῦτα λέγων
Ἀμύντας οὐκ ἔπειθεν, ἀλλ᾽ ἀναστὰς ἐπορεύετο Δαρεῖος
εἰς Κιλικίαν, ἅμα δ᾽ Ἀλέξανδρος εἰς Συρίαν ἐπ᾽ ἐκεῖνον.
5 ἐν δὲ τῇ νυκτὶ διαμαρτόντες ἀλλήλων, αὖθις ἀνέστρεφον,
Ἀλέξανδρος μὲν ἡδόμενός τε τῇ συντυχίᾳ καὶ σπεύδων
ἀπαντῆσαι περὶ τὰ στενά, Δαρεῖος δὲ τὴν προτέραν
ἀναλαβεῖν στρατοπεδείαν καὶ τῶν στενῶν ἐξελίξαι τὴν
6 δύναμιν. ἤδη γὰρ ἐγνώκει παρὰ τὸ συμφέρον ἐμβεβληκὼς
ἑαυτὸν εἰς χωρία θαλάττῃ καὶ ὄρεσι καὶ ποταμῷ διὰ μέσου
ῥέοντι τῷ Πινάρῳ δύσιππα καὶ διεσπασμένα πολλαχοῦ
καὶ πρὸς τῆς ὀλιγότητος τῶν πολεμίων ἔχοντα τὴν θέσιν.
7 Ἀλεξάνδρῳ δὲ τὸν μὲν τόπον ἡ τύχη παρέσχεν, ἐστρα-
τήγησε δὲ τῶν ἀπὸ τῆς τύχης ὑπαρχόντων πρὸς τὸ νικῆσαι
βέλτιον, ὅς γε τοσούτῳ πλήθει τῶν βαρβάρων λειπόμενος,
ἐκείνοις μὲν οὐ παρέσχε κύκλωσιν, αὐτὸς δὲ τῷ δεξιῷ
τὸ εὐώνυμον ὑπερβαλὼν καὶ γενόμενος κατὰ κέρας, φυγὴν
ἐποίησε τῶν καθ᾽ αὑτὸν βαρβάρων, ἐν πρώτοις ἀγωνιζόμενος, ὥστε τρωθῆναι ξίφει τὸν μηρόν, ὡς μὲν Χάρης
φησίν (FGrH 125 F 6) ὑπὸ Δαρείου (συμπεσεῖν γὰρ
9 αὐτοὺς εἰς χεῖρας)· Ἀλέξανδρος δὲ περὶ τῆς μάχης ἐπι-

ti, lo invitò a restare dove era, per combattere con un esercito così grande contro un nemico inferiore di numero in
luoghi aperti e spaziosi. Dario rispose che temeva che i 3
nemici gli sfuggissero e che Alessandro evitasse lo scontro; e Aminta: «Quanto a questo sta' tranquillo, o re; sarà lui a marciare contro di te, anzi già sta venendo». Amin- 4
ta non riuscì a persuaderlo, e Dario levò il campo e veniva verso la Cilicia, mentre Alessandro movendo contro
di lui veniva in Siria.[86] Durante la notte non riuscirono 5
ad agganciarsi e tornarono sui loro passi: Alessandro contento dell'opportunità e desiderando scontrarsi con Dario in luoghi stretti, Dario invece desiderando riprendere
la posizione primitiva e così togliere l'esercito dalle gole
dei monti. Già si era accorto infatti che contro il suo inte- 6
resse si era buttato in luoghi non adatti ad una battaglia
di cavalleria a causa del mare, dei monti e del fiume Pi-
naro che li attraversava, luoghi in più punti interrotti e
perciò più adatti ai nemici, che erano meno numerosi. La 7
fortuna aveva dunque offerto ad Alessandro una posizione
favorevole, ma egli diresse la battaglia ancor meglio di
quanto non gli offrisse la fortuna per vincere: pur essen- 8
do tanto inferiore di numero ai nemici, non consentì che
l'accerchiassero, anzi egli stesso schierando la sua ala destra in modo da sopravanzare la sinistra dei nemici, e postosi così al loro fianco, mise in fuga i barbari che aveva
davanti a sé, combattendo in prima linea, tanto che fu ferito di spada alla coscia da Dario (così racconta
Carete[87]), con il quale era venuto a combattimento rav-
vicinato. Alessandro però, dando notizia della battaglia 9

86 I due eserciti avevano attraversato, per passaggi diversi, il monte
Amano in direzioni opposte, senza incontrarsi. Alessandro era giunto
a Miriando e Dario presso Isso. Appena il Macedone ne fu informato
ritornò sui suoi passi e si dispose allo scontro: è la grande battaglia di
Isso del novembre del 333.
87 Originario di Mitilene scrisse una *Storia di Alessandro* che dicono
fosse colma di pettegolezzi.

στέλλων τοῖς περὶ ˙ τὸν Ἀντίπατρον οὐκ εἴρηκεν ὅστις ἦν ὁ τρώσας, ὅτι δὲ τρωθείη τὸν μηρὸν ἐγχειριδίῳ, δυσχερὲς δ' οὐδὲν ἀπὸ τοῦ τραύματος συμβαίη, γέγραφε.

10 νικήσας δὲ λαμπρῶς καὶ καταβαλὼν ὑπὲρ ἕνδεκα μυριάδας τῶν πολεμίων, Δαρεῖον μὲν οὐχ εἷλε, τέτταρας σταδίους ἢ πέντε προλαβόντα τῇ φυγῇ, τὸ δ' ἅρμα καὶ τὸ

11 τόξον αὐτοῦ λαβὼν ἐπανῆλθε · καὶ κατέλαβε τοὺς Μακεδόνας τὸν μὲν ἄλλον πλοῦτον ἐκ τοῦ βαρβαρικοῦ στρατοπέδου φέροντας καὶ ἄγοντας, ὑπερβάλλοντα πλήθει, καίπερ εὐζώνων πρὸς τὴν μάχην παραγενομένων καὶ τὰ πλεῖστα τῆς ἀποσκευῆς ἐν Δαμασκῷ καταλιπόντων, τὴν δὲ Δαρείου σκηνὴν ἐξῃρηκότας ἐκείνῳ, θεραπείας τε λαμπρᾶς καὶ παρασκευῆς καὶ χρημάτων πολλῶν γέ-

12 μουσαν. εὐθὺς οὖν ἀποδυσάμενος τὰ ὅπλα πρὸς τὸ λουτρὸν ἐβάδιζεν εἰπών· ,,ἴωμεν ἀπολουσόμενοι τὸν ἀπὸ τῆς μάχης ἱδρῶτα τῷ Δαρείου λουτρῷ." καί τις τῶν ἑταίρων ,,μὰ τὸν Δία" εἶπεν, ,,ἀλλὰ τῷ Ἀλεξάνδρου· τὰ γὰρ τῶν ἡττωμένων εἶναί τε δεῖ καὶ προσαγορεύεσθαι

13 τοῦ κρατοῦντος." ὡς δ' εἶδε μὲν ὅλκια καὶ κρωσσοὺς καὶ πυέλους καὶ ἀλαβάστρους, πάντα χρυσοῦ, ⟨δι⟩ησκημένα περιττῶς, ὠδώδει δὲ θεσπέσιον οἷον ὑπ' ἀρωμάτων καὶ μύρων ὁ οἶκος, ἐκ δὲ τούτου παρῆλθεν εἰς σκηνὴν ὕψει τε καὶ μεγέθει καὶ τῷ περὶ τὴν στρωμνὴν καὶ ⟨τὰς⟩ τραπέζας καὶ τὸ δεῖπνον αὐτὸ κόσμῳ θαύματος ἀξίαν, διαβλέψας πρὸς τοὺς ἑταίρους, ,,τοῦτ' ἦν ὡς ἔοικεν" ἔφη ,,τὸ βασιλεύειν."

21. Τρεπομένῳ δὲ πρὸς τὸ δεῖπνον αὐτῷ φράζει τις ἐν τοῖς αἰχμαλώτοις ἀγομένας μητέρα καὶ γυναῖκα Δαρείου καὶ θυγατέρας δύο παρθένους ἰδούσας τὸ ἅρμα καὶ τὰ τόξα κόπτεσθαι καὶ θρηνεῖν, ὡς ἀπολωλότος ἐκείνου.

2 συχνὸν οὖν ἐπισχὼν χρόνον Ἀλέξανδρος, καὶ ταῖς ἐκείνων τύχαις μᾶλλον ἢ ταῖς ἑαυτοῦ συμπαθὴς γενόμενος, πέμπει

ad Antipatro, non dice il nome di chi lo ferì, ma solo che fu ferito alla coscia da un pugnale, e che comunque nulla di male gli derivò da quella ferita.

Splendida fu la sua vittoria, ma per quanto avesse uc- 10 ciso centodiecimila nemici, non poté far prigioniero Dario che in fuga gli aveva preso un vantaggio di quattro o cinque stadi; ritornò sui suoi passi dopo aver catturato soltanto il suo carro e il suo arco. Trovò che i Macedoni 11 facevano razzia di tutto l'oro che trovavano nel campo barbaro, veramente in grande abbondanza, anche se i Persiani erano venuti a combattere con pochi ornamenti e avevano lasciato a Damasco la maggior parte del loro equipaggiamento; comunque i soldati avevano riservato a lui la tenda del re piena di splendidi arredi, di schiavi e di molti tesori. Egli depose subito le armi e andò al bagno dicen- 12 do: «Andiamo a detergere il sudore della battaglia nel bagno di Dario»; e uno degli amici: «Per Zeus» disse «no, ma in quello di Alessandro; è inevitabile che quanto era del vinto sia e sia detto del vincitore». Quando poi vide 13 bacinelle, brocche, vasche, vasi, alabastri, tutto in oro e finemente adorno, e il luogo odoroso in modo soavissimo di aromi e unguenti, e passò poi nella tenda, mirabile per altezza e ampiezza e per le coperte e i tavoli e i cibi, rivoltosi agli amici disse: «Questo, a quanto sembra, è l'essere re!».[88]

21. Mentre si stava avviando al pranzo, uno gli disse che tra i prigionieri c'erano la madre e la moglie di Dario e due giovani figlie che, visto il cocchio e l'arco del re, si disperavano e piangevano ritenendo che egli fosse morto. Alessandro ristette per un poco di tempo, poi scosso 2 dalla loro disgrazia più che lieto del suo successo, manda

[88] Il detto viene da alcuni interpretato come espressione di commiserazione per Dario che identificava la regalità con la ricchezza; da altri come espressione di soddisfazione di Alessandro che dinnanzi a questi onori e ricchezze pensa seriamente di essere diventato re.

Λεοννάτον, ἀπαγγεῖλαι κελεύσας ὡς οὔτε Δαρεῖος τέ-
θνηκεν οὔτ' Ἀλέξανδρον δεδιέναι χρή· Δαρείῳ γὰρ ὑπὲρ
ἡγεμονίας πολεμεῖν, ἐκείναις δὲ πάνθ' ὑπάρξειν ὧν καὶ
3 Δαρείου βασιλεύοντος ἠξιοῦντο. τοῦ δὲ λόγου ταῖς γυ-
ναιξὶν ἡμέρου καὶ χρηστοῦ φανέντος, ἔτι μᾶλλον τὰ τῶν
4 ἔργων ἀπήντα φιλάνθρωπα. θάψαι γὰρ ὅσους ἐβούλοντο
Περσῶν ἔδωκεν, ἐσθῆτι καὶ κόσμῳ χρησαμέναις ἐκ τῶν
λαφύρων, θεραπείας τε καὶ τιμῆς ἣν εἶχον οὐδ' ὁτιοῦν
ἀφεῖλε· συντάξεις δὲ καὶ μείζονας ἐκαρποῦντο τῶν προτέ-
5 ρων. ἡ δὲ καλλίστη καὶ βασιλικωτάτη χάρις ἦν παρ' αὐτοῦ
γυναιξὶ γενναίαις καὶ σώφροσι γενομέναις αἰχμαλώτοις
μήτ' ἀκοῦσαί τι μήθ' ὑπονοῆσαι μήτε προσδοκῆσαι τῶν
αἰσχρῶν, ἀλλ' ὥσπερ οὐκ ἐν στρατοπέδῳ πολεμίων, ἀλλ'
ἐν ἱεροῖς καὶ ἁγίοις φυλαττομένας παρθενῶσιν, ἀπόρρη-
6 τον ἔχειν καὶ ἀόρατον ἑτέροις δίαιταν. καίτοι λέγεταί γε
τὴν Δαρείου γυναῖκα πολὺ πασῶν τῶν βασιλίδων εὐπρεπεστάτην γενέσθαι, καθάπερ καὶ αὐτὸς Δαρεῖος ἀνδρῶν
κάλλιστος καὶ μέγιστος, τὰς δὲ παῖδας ἐοικέναι τοῖς
7 γονεῦσιν. ἀλλ' Ἀλέξανδρος ὡς ἔοικε τοῦ νικᾶν τοὺς πολεμίους τὸ κρατεῖν ἑαυτοῦ βασιλικώτερον ἡγούμενος, οὔτε
τούτων ἔθιγεν, οὔτ' ἄλλην ἔγνω γυναῖκα πρὸ γάμου πλὴν
8 Βαρσίνης. αὕτη δὲ μετὰ τὴν Μέμνονος τελευτὴν χήρα
9 γενομένη, περὶ Δαμασκὸν ἐλήφθη. πεπαιδευμένη δὲ
παιδείαν Ἑλληνικήν, ⟨καὶ τὸ κάλλος⟩ **** καὶ τὸν
τρόπον ἐπιεικὴς οὖσα, καὶ πατρὸς Ἀρταβάζου γεγονότος
ἐκ βασιλέως θυγατρός, ἐγνώσθη, Παρμενίωνος προτρε-
ψαμένου τὸν Ἀλέξανδρον, ὥς φησιν Ἀριστόβουλος, (FGrH
139 F 11) καλῆς καὶ γενναίας [καὶ τὸ κάλλος] ἅψασθαι
10 γυναικός. τὰς δ' ἄλλας αἰχμαλώτους ὁρῶν ὁ Ἀλέξανδρος
κάλλει καὶ μεγέθει διαφερούσας, ἔλεγε παίζων ὡς εἰσὶν
11 ἀλγηδόνες ὀμμάτων αἱ Περσίδες. ἀντεπιδεικνύμενος δὲ
πρὸς τὴν ἰδέαν τὴν ἐκείνων τὸ τῆς ἰδίας ἐγκρατείας καὶ

Leonnato[89] a dir loro che Dario non era morto e che non dovevano temere Alessandro; egli infatti muoveva guerra contro Dario per il potere, ma esse avrebbero avuto tutto quanto avevano quando Dario era re. Questo discorso parve alle donne benevolo e onesto, e ancor più cortesi furono i fatti, giacché egli concesse che seppellissero quanti volevano dei Persiani prendendo vesti e ornamenti dal bottino, e non tolse nulla degli onori o del trattamento di cui fruivano, anzi esse godettero di entrate ancor maggiori di quelle di prima. Ma la concessione migliore e più regale che da lui ottennero quelle nobili e sagge signore divenute prigioniere fu di non udire né di sospettare né di aspettarsi alcuna offesa, ma di vivere una vita appartata, lontano dagli occhi di tutti, non come prigioniere in un accampamento di nemici, ma come fossero custodite in un asilo sacro e inviolabile. Eppure si dice che la moglie di Dario fosse di gran lunga la più bella di tutte le donne della casa reale, come anche Dario era tra gli uomini il più bello e il più vigoroso, e le figlie assomigliavano ai genitori. Ma, a quanto sembra, Alessandro, ritenendo che ad un re si addicesse vincere se stesso più che non i nemici, non le toccò, né conobbe altre donne prima del matrimonio, tranne Barsine. Costei, rimasta vedova dopo la morte di Memnone, fu presa prigioniera a Damasco. Educata secondo il modo greco,**** amabile di carattere, figlia di Artabazo, che era figlio della figlia del re, fu avvicinata da Alessandro, secondo quanto dice Aristobulo, per istigazione di Parmenione, che lo spinse a legarsi a una donna così nobile e bella. Alessandro, vedendo le altre prigioniere che spiccavano per bellezza e perfezione del corpo, diceva scherzando che le Persiane erano un tormento per gli occhi, ma contrapponendo alla loro bellezza il valore della

3

4

5

6

7

8

9

10

11

[89] Allevato con Alessandro, apparteneva alla famiglia reale. Alessandro gli dovette la vita all'assedio della città dei Malli (vd. *infra* 63). Famoso per il suo carattere impetuoso e per le sue doti militari morirà nella guerra lamiaca, a Crannon, nel 322.

σωφροσύνης κάλλος, ὥσπερ ἀψύχους εἰκόνας ἀγαλμάτων παρέπεμπεν.

22. Ἐπεὶ δὲ Φιλόξενος ὁ τῶν ἐπὶ θαλάττης στρατηγὸς ἔγραψεν εἶναι παρ᾽ αὐτῷ Θεόδωρόν τινα Ταραντῖνον, ἔχοντα παῖδας ὠνίους δύο τὴν ὄψιν ὑπερφυεῖς, καὶ πυνθανόμενος εἰ πρίηται, χαλεπῶς ἐνεγκὼν ἐβόα πολλάκις πρὸς τοὺς φίλους ἐρωτῶν, τί πώποτε Φιλόξενος αἰσχρὸν αὐτῷ
2 συνεγνωκώς, τοιαῦτ᾽ ὀνείδη προξενῶν κάθηται. τὸν δὲ Φιλόξενον αὐτὸν ἐν ἐπιστολῇ πολλὰ λοιδορήσας ἐκέλευσεν αὐτοῖς φορτίοις τὸν Θεόδωρον εἰς τὸν ὄλεθρον ἀπο-
3 στέλλειν. ἐπέπληξε δὲ καὶ Ἅγνωνι νεανικῶς γράψαντι πρὸς αὐτόν, ὅτι Κρωβύλον ⟨νεανίσκον⟩ εὐδοκιμοῦντ᾽ ἐν
4 Κορίνθῳ βούλεται πριάμενος ἀγαγεῖν πρὸς αὐτόν. πυνθανόμενος δὲ μισθοφόρων τινῶν γύναια διεφθαρκέναι Δάμωνα καὶ Τιμόθεον Μακεδόνας τῶν ὑπὸ Παρμενίωνι στρατευομένων, ἔγραψε Παρμενίωνι κελεύων, ἐὰν ἐλεγχθῶσιν, ὡς θηρία ἐπὶ καταφθορᾷ τῶν ἀνθρώπων γεγο-
5 νότα τιμωρησάμενον ἀποκτεῖναι. καὶ περὶ ἑαυτοῦ κατὰ λέξιν ἐν ταύτῃ τῇ ἐπιστολῇ γέγραφεν· „ἐγὼ γὰρ οὐχ ὅτι ἑωρακὼς ἂν εὑρεθείην τὴν Δαρείου γυναῖκα ἢ βεβουλημένος ἰδεῖν, ἀλλ᾽ οὐδὲ τῶν λεγόντων περὶ τῆς εὐμορφίας
6 αὐτῆς προσδεδεγμένος τὸν λόγον.“ ἔλεγε δὲ μάλιστα συνιέναι θνητὸς ὢν ἐκ τοῦ καθεύδειν καὶ συνουσιάζειν, ὡς ἀπὸ μιᾶς ἐγγινόμενον ἀσθενείας τῇ φύσει καὶ τὸ
7 πονοῦν καὶ τὸ ἡδόμενον. ἦν δὲ καὶ γαστρὸς ἐγκρατέστατος, καὶ τοῦτ᾽ ἄλλοις τε πολλοῖς ἐδήλωσε καὶ τοῖς πρὸς Ἄδαν λεχθεῖσιν, ἣν ἐποιήσατο μητέρα καὶ Καρίας βασίλισσαν
8 ἀπέδειξεν. ὡς γὰρ ἐκείνη φιλοφρονουμένη πολλὰ μὲν

sua temperanza e saggezza, passava davanti a loro come ad inanimate statue di marmo.

22. Quando Filosseno, capo delle province marittime,[90] gli scrisse di avere con sé un certo Teodoro di Taranto con due ragazzi di straordinaria bellezza da vendere e gli chiese se voleva comperarli, montò su tutte le furie e urlando chiese insistentemente agli amici quale turpitudine Filosseno avesse conosciuto in lui per proporgli tali odiosi mercati. Poi scrisse a Filosseno un cumulo di insulti e gli ordinò di mandare in malora Teodoro con la sua merce. Diede poi addosso anche ad Agnone che gli aveva scritto di voler comperare Crobilo, famoso a Corinto per la sua bellezza, e portarglielo. Quando poi venne a sapere che Damone e Timoteo, due Macedoni al servizio di Parmenione, avevano sedotto le mogli di alcuni mercenari, scrisse a Parmenione ordinandogli di punirli, se la colpa fosse stata provata, uccidendoli, come bestie nate per rovinare gli uomini. In questa lettera scrisse di se stesso precisamente così: «Non si potrebbe dimostrare non solo che io abbia guardato la moglie di Dario, o che abbia voluto guardarla, ma neppure che io abbia voluto ascoltare le parole di chi mi parlava della sua bellezza». Diceva che capiva di essere mortale soprattutto perché dormiva o aveva rapporti sessuali, perché da una sola debolezza di natura derivano la fatica e il piacere. Era anche assolutamente controllato nel cibo, e lo diede a vedere in molte circostanze e con quanto disse ad Ada, che egli considerava come una madre e che aveva nominato regina di Caria.[91] Poiché infatti, per dimostrargli il suo affetto, ella gli mandava nel-

[90] Probabilmente incaricato del controllo delle comunicazioni marittime tra Grecia e Asia Minore, era stato responsabile della raccolta delle tasse delle varie città per conto di Alessandro. Fu lui che nel 324 mandò messi ad Atene per chiedere l'estradizione di Arpalo.
[91] Sorella e sposa di Idrieo, alla morte del marito era stata cacciata dal fratello Pissodaro. Ma nel 333, dopo la presa di Alicarnasso, Alessandro la aveva rimessa sul trono di Caria, ed ella lo aveva adottato come figlio.

ὄψα καθ᾽ ἡμέραν ἀπέστελλεν αὐτῷ καὶ πέμματα, τέλος
δὲ τοὺς δοκοῦντας εἶναι δεινοτάτους ὀψοποιοὺς καὶ ἀρτο-
9 ποιούς, ἔφη τούτων μηδενὸς δεῖσθαι· βελτίονας γὰρ
ὀψοποιοὺς ἔχειν ὑπὸ τοῦ παιδαγωγοῦ Λεωνίδου δεδο-
μένους αὐτῷ, πρὸς μὲν τὸ ἄριστον νυκτοπορίαν, πρὸς δὲ
10 τὸ δεῖπνον ὀλιγαριστίαν. ,,ὁ δ᾽ αὐτὸς οὗτος ἀνὴρ‘‘ ἔφη ,,καὶ
τῶν στρωμάτων ἐπιὼν τὰ ἀγγεῖα καὶ τῶν ἱματίων ἔλυεν,
ἐπισκοπῶν μή τί μοι τρυφερὸν ἢ περισσὸν ἡ μήτηρ
ἐντέθεικεν.‘‘

23. Ἦν δὲ καὶ πρὸς οἶνον ἧττον ἢ ἐδόκει καταφερής,
ἔδοξε δὲ διὰ τὸν χρόνον, ὃν οὐ πίνων μᾶλλον ἢ λαλῶν
εἷλκεν, ἐφ᾽ ἑκάστης κύλικος ἀεὶ μακρόν τινα λόγον δια-
2 τιθέμενος, καὶ ταῦτα πολλῆς σχολῆς οὔσης. ἐπεὶ πρός γε
τὰς πράξεις οὐκ οἶνος ἐκεῖνον, οὐχ ὕπνος, οὐ παιδιά τις,
οὐ γάμος, οὐ θέα, καθάπερ ἄλλους στρατηγούς, ἐπέσχε·
δηλοῖ δ᾽ ὁ βίος, ὃν βιώσας βραχὺν παντάπασι πλείστων
3 καὶ μεγίστων πράξεων ἐνέπλησεν. ἐν δὲ ταῖς σχολαῖς
πρῶτον μὲν ἀναστὰς καὶ θύσας τοῖς θεοῖς, εὐθὺς ἠρίστα
καθήμενος· ἔπειτα διημέρευε κυνηγῶν ἢ συντάττων ἢ
4 διδάσκων τι τῶν πολεμικῶν ἢ ἀναγινώσκων. εἰ δ᾽ ὁδὸν
βαδίζοι μὴ λίαν ἐπείγουσαν, ἐμάνθανεν ἅμα πορευόμενος
ἢ τοξεύειν ἢ ἐπιβαίνειν ἅρματος ἐλαυνομένου καὶ ἀπο-
βαίνειν. πολλάκις δὲ παίζων καὶ ἀλώπεκας ἐθήρευε καὶ
ὄρνιθας, ὡς ἔστι λαβεῖν ἐκ τῶν ἐφημερίδων (FGrH 117 F1).
5 καταλύσας δὲ καὶ τρεπόμενος πρὸς λουτρὸν ἢ ἄλειμμα,
τοὺς ἐπὶ τῶν σιτοποιῶν καὶ μαγείρων ἀνέκρινεν, εἰ τὰ
6 πρὸς τὸ δεῖπνον εὐτρεπῶς ἔχουσι. καὶ δειπνεῖν μὲν ὀψὲ
καὶ σκότους ἤδη κατακλινόμενος ἤρχετο, θαυμαστὴ δ᾽ ἦν
ἡ ἐπιμέλεια καὶ περίβλεψις ἐπὶ τῆς τραπέζης, ὅπως μηδὲν
ἀνίσως μηδ᾽ ὀλιγώρως διανέμοιτο· τὸν δὲ πότον ὥσπερ

la giornata molti cibi e molti dolci e infine gli inviò quelli
che, a quanto pare, erano i migliori cuochi e panificatori,
egli disse che non ne aveva bisogno perché aveva cuochi 9
migliori che gli erano stati dati dal pedagogo Leonida: per
il pranzo una marcia notturna e per la cena la moderazione nel cibo. «Quello stesso uomo» aggiunse «veniva an- 10
che ad aprirmi le casse dei vestiti e delle coperte per vedere se mia madre aveva messo qualcosa di inutile o di superfluo.»

23. Era dedito al vino meno di quanto sembrasse; in
realtà sembrava che lo fosse per il lungo tempo che consumava di fronte a una coppa, non tanto bevendo quanto chiacchierando, specialmente quando aveva molto tempo libero. Ma quando doveva agire, non lo tratteneva né 2
il vino, né il sonno, né lo scherzo o una festa di nozze,
né uno spettacolo, come avveniva per gli altri capi militari. Ne è dimostrazione la sua vita, assolutamente breve,
ma piena di moltissime e grandissime imprese. Quando 3
egli era in periodo di riposo, dopo essersi alzato e aver
fatto sacrificio agli dei, subito si metteva a tavola e faceva colazione, poi passava la giornata andando a caccia,
o mettendo ordine nelle cose militari o leggendo; se inve- 4
ce faceva una marcia non troppo urgente, durante essa
si addestrava a lanciar frecce oppure a salire o smontare
dal cocchio in movimento. Spesso si dilettava di cacciare
volpi o uccelli, come si può dedurre dai suoi diari.[92]
Quando giungeva al posto di tappa faceva il bagno o si 5
cospargeva d'olio e chiedeva ai capi dei fornai e dei cuochi se tutto era a posto per la cena. Si metteva a tavola 6
iniziando il pranzo quando era tardi e già era sceso il buio;
straordinaria era la sua cura e il suo impegno per la tavola, perché nulla fosse fuori posto o trascurato; come ho

[92] Si ritiene si trattasse di una elencazione cronologica di ordini dati
da Alessandro, delle sue occupazioni, dei rapporti che riceveva, e in definitiva dei dati di vita pubblica e privata del re. La redazione era affidata a segretari sotto la direzione e il controllo di Eumene di Cardia.

7 εἴρηται μακρὸν ὑπ' ἀδολεσχίας ἐξέτεινε. καὶ τἆλλα
πάντων ἥδιστος ὢν βασιλέων συνεῖναι καὶ χάριτος οὐδεμιᾶς ἀμοιρῶν, τότε ταῖς μεγαλαυχίαις ἀηδὴς ἐγίνετο
καὶ λίαν στρατιωτικός, αὐτός τε πρὸς τὸ κομπῶδες ὑποφερόμενος, καὶ τοῖς κόλαξιν. ἑαυτὸν ἀνεικὼς ἱππάσιμον,
ὑφ' ὧν οἱ χαριέστατοι τῶν παρόντων ἐπετρίβοντο, μήθ'
ἁμιλλᾶσθαι τοῖς κόλαξι μήτε λείπεσθαι βουλόμενοι τῶν
[αὐτῶν] ἐπαίνων· τὸ μὲν γὰρ αἰσχρὸν ἐδόκει, τὸ δὲ
8 κίνδυνον ἔφερε. μετὰ δὲ τὸν πότον λουσάμενος, ἐκάθευδε
πολλάκις μέχρι μέσης ἡμέρας· ἔστι δ' ὅτε καὶ διημέρευεν
9 ἐν τῷ καθεύδειν. αὐτὸς μὲν οὖν καὶ ὄψων ἐγκρατὴς ἦν,
ὥστε καὶ τὰ σπανιώτατα [πολλάκις] τῶν ἀπὸ θαλάττης
αὐτῷ κομιζομένων ἀκροδρύων καὶ ἰχθύων ἑκάστῳ διαπεμ-
πόμενος τῶν ἑταίρων, πολλάκις ἑαυτῷ μόνῳ μηδὲν κατα-
10 λείπειν. τὸ μέντοι δεῖπνον ἦν ἀεὶ μεγαλοπρεπές, καὶ τοῖς
εὐτυχήμασι τῆς δαπάνης ἅμα συναυξομένης, τέλος εἰς
μυρίας δραχμὰς προῆλθεν· ἐνταῦθα δ' ἔστη, καὶ τοσοῦτον
ὡρίσθη τελεῖν τοῖς ὑποδεχομένοις Ἀλέξανδρον.

24. Μετὰ δὲ τὴν μάχην τὴν ἐν Ἰσσῷ πέμψας εἰς
Δαμασκόν, ἔλαβε τὰ χρήματα καὶ τὰς ἀποσκευὰς καὶ τὰ
2 τέκνα καὶ τὰς γυναῖκας τῶν Περσῶν. καὶ πλεῖστα μὲν
ὠφελήθησαν οἱ τῶν Θεσσαλῶν ἱππεῖς· τούτους γὰρ ἄνδρας ἀγαθοὺς διαφερόντως ἐν τῇ μάχῃ γενομένους
3 ἔπεμψεν ἐπίτηδες, ὠφεληθῆναι βουλόμενος· ἐνεπλήσθη
δὲ καὶ τὸ λοιπὸν εὐπορίας στρατόπεδον, καὶ γευσάμενοι
τότε πρῶτον οἱ Μακεδόνες χρυσοῦ καὶ ἀργύρου καὶ γυναικῶν καὶ διαίτης βαρβαρικῆς, ὥσπερ κύνες ἔσπευδον
ἁψάμενοι στίβου διώκειν καὶ ἀνιχνεύειν τὸν τῶν Περσῶν
πλοῦτον.

4 Οὐ μὴν ἀλλ' Ἀλεξάνδρῳ πρῶτον ἐδόκει κρατύνεσθαι
τὰ πρὸς θαλάσσῃ. Κύπρον μὲν οὖν εὐθὺς οἱ βασιλεῖς

già detto, per il gusto del conversare, egli protraeva nella notte i brindisi. Per quanto, in linea di massima, fosse il 7 più piacevole tra tutti i re nella conversazione, e fosse colmo di ogni grazia, al momento dei brindisi diventava sgradevole per la sua boria, e troppo rozzo, personalmente lasciandosi andare a spacconate o dando campo con eccessiva smodatezza agli adulatori, cosicché tra i presenti i più moderati erano imbarazzati, non volendo contendere con gli adulatori, né restare indietro nel lodare Alessandro, in quanto il primo atteggiamento sembrava loro sconveniente, mentre il secondo era rischioso. Dopo i brindisi e un 8 altro bagno, andava a letto, restandovi sino a mezzogiorno; talora anche tutta la giornata. Era temperante anche 9 per quel che riguarda il cibo: quando dai paesi della costa gli portavano dei frutti o pesci molto ricercati, li mandava in dono a questo o a quell'amico, e spesso a sé non lasciava nulla; però il suo pranzo era sempre fastoso, e 10 le spese crescevano in proporzione ai successi, tanto che arrivarono fino a diecimila dramme. Questo fu il limite che egli si impose, e tale rimase fissato per chi invitava Alessandro.

24. Dopo la battaglia di Isso mandò messi a Damasco a prendere danaro e bagagli dei Persiani, e i loro figli e le donne. Ne ebbero massimo vantaggio i cavalieri Tessa- 2 li; aveva appunto mandato questi che si erano particolarmente distinti nella battaglia, volendo manifestamente favorirli:[93] comunque anche il resto dell'esercito si arricchì. 3

Fu allora per la prima volta che i Macedoni provarono il gusto di oro, argento, donne, modo di vivere da barbari, e come cani che hanno trovato una traccia si affrettarono a cercare e trovare le ricchezze dei Persiani. Parve 4 comunque bene ad Alessandro impadronirsi in primo luogo dei paesi costieri; e subito vennero i re a consegnargli

---

[93] I cavalieri Tessali combatterono in tutte le battaglie agli ordini di Parmenione, e il loro apporto fu particolarmente valido a Isso.

ἧκον ἐγχειρίζοντες αὐτῷ καὶ Φοινίκην πλὴν Τύρου.
5 Τύρον δὲ πολιορκῶν ἑπτὰ μῆνας χώμασι καὶ μηχαναῖς
καὶ τριήρεσι διακοσίαις ἐκ θαλάττης, ὄναρ εἶδε τὸν
Ἡρακλέα δεξιούμενον αὐτὸν ἀπὸ τοῦ τείχους καὶ καλοῦντα.
6 τῶν δὲ Τυρίων πολλοῖς κατὰ τοὺς ὕπνους ἔδοξεν ὁ Ἀπόλ-
λων λέγειν, ὡς ἄπεισι πρὸς Ἀλέξανδρον· οὐ γὰρ ἀρέσκειν
7 αὐτῷ τὰ πρασσόμενα κατὰ τὴν πόλιν. ἀλλ' οὗτοι μὲν
ὥσπερ ἄνθρωπον αὐτομολοῦντα πρὸς τοὺς πολεμίους ἐπ'
αὐτοφώρῳ τὸν θεὸν εἰληφότες, σειράς τε τῷ κολοσσῷ
περιέβαλλον αὐτοῦ, καὶ καθήλουν πρὸς τὴν βάσιν, Ἀλεξ-
8 ανδριστὴν καλοῦντες. ἑτέραν δ' ὄψιν Ἀλέξανδρος εἶδε
κατὰ τοὺς ὕπνους· σάτυρος αὐτῷ φανεὶς ἐδόκει προσπαί-
ζειν πόρρωθεν, εἶτα βουλομένου λαβεῖν ὑπεξέφευγε· τέλος
δὲ πολλὰ λιπαρήσαντος καὶ περιδραμόντος, ἦλθεν εἰς
9 χεῖρας. οἱ δὲ μάντεις τοὔνομα διαιροῦντες οὐκ ἀπιθάνως
ἔφασαν αὐτῷ· ,,σὰ γενήσεται Τύρος.'' καὶ κρήνην δέ τινα
δεικνύουσι, πρὸς ἣν κατὰ τοὺς ὕπνους ἰδεῖν ἔδοξε τὸν
σάτυρον.

10 Διὰ μέσου δὲ τῆς πολιορκίας ἐπὶ τοὺς Ἄραβας τοὺς
προσοικοῦντας τῷ Ἀντιλιβάνῳ στρατεύσας, ἐκινδύνευσε
διὰ τὸν παιδαγωγὸν Λυσίμαχον· ἐξηκολούθησε γὰρ αὐτῷ,
λέγων τοῦ Φοίνικος οὐκ εἶναι χείρων οὐδὲ πρεσβύτερος.
11 ἐπεὶ δὲ πλησιάσας τοῖς ὀρεινοῖς καὶ τοὺς ἵππους ἀπο-
λιπὼν πεζὸς ἐβάδιζεν, οἱ μὲν ἄλλοι πολὺ προῆλθον, αὐτὸς
δὲ τὸν Λυσίμαχον, ἑσπέρας ἤδη καταλαμβανούσης καὶ
τῶν πολεμίων ἐγγὺς ὄντων, ἀπαγορεύοντα καὶ βαρυνόμενον οὐχ ὑπομένων ἀπολιπεῖν, ἀλλ' ἀνακαλούμενος καὶ
παρακομίζων, ἔλαθε τοῦ στρατεύματος ἀποσπασθεὶς μετ'
ὀλίγων, καὶ σκότους ἅμα καὶ ῥίγους σφοδροῦ νυκτερεύων
ἐν χωρίοις χαλεποῖς, εἶδεν οὐ πόρρω πυρὰ πολλὰ καιόμενα
12 σποράδην τῶν πολεμίων. θαρρῶν δὲ τοῦ σώματος τῇ

nelle mani Cipro e la Fenicia, tranne Tiro. Egli allora cin- 5
se d'assedio per sette mesi Tiro,[94] scavando trincee e utilizzando macchine da guerra e duecento triremi dal mare.
Durante queste operazioni egli vide in sogno Eracle che
lo chiamava dalle mura e gli stringeva la destra. Anche 6
a molti degli abitanti di Tiro sembrò in sogno che Apollo
dicesse che egli si trasferiva da Alessandro perché non gli
piaceva quanto capitava in città. Essi allora, quasi che il 7
dio fosse un disertore colto in flagrante mentre passa ai
nemici, cinsero funi attorno alla sua colossale figura e lo
legarono alla base definendolo «partigiano di Alessandro». In sogno Alessandro ebbe un'altra visione: gli sem- 8
brava che un Satiro a distanza lo schernisse e che quando
egli voleva catturarlo gli sfuggisse; alla fine dopo molte
resistenze e molte corse gli venne tra le mani. Gli indovi- 9
ni, smembrando plausibilmente la parola Satiro, interpre-
tarono così: «Sarà tua Tiro». Ancora oggi si mostra una
fonte presso la quale nel sogno sarebbe apparso Satiro.
Durante l'assedio della città il re mosse contro gli Arabi 10
che avevano sede presso i monti dell'Antilibano,[95] e rischiò la vita per salvare il suo pedagogo Lisimaco; questi
infatti lo aveva seguito perché diceva di non essere né più
vecchio né più debole di Fenice. Quando però, avvicina- 11
tisi ai monti e lasciati i cavalli, avanzavano a piedi, gli altri si erano di molto staccati mentre Alessandro, e perché
era calata la sera e perché i nemici erano vicini, non volle
abbandonare Lisimaco che era stanco e spossato, ma lo
confortava e lo sorreggeva; così senza avvedersene rimase staccato dall'esercito con pochi compagni e dovette passare la notte in una zona disagevole, nel buio fitto e con
un freddo pungente. In tale contingenza vide lontano molti
fuochi dei nemici accesi qua e là; fidando nella agilità del 12

---

[94] L'assedio durò dal febbraio al luglio-agosto del 322.
[95] La più orientale delle due catene parallele di montagne che rin-
chiudono la valle della Celesiria.

κουφότητι, καὶ τῷ πονεῖν αὐτὸς ἀεὶ παραμυθούμενος τὴν
ἀπορίαν τῶν Μακεδόνων, προσέδραμε τοῖς ἔγγιστα πῦρ
13 καίουσι, καὶ περικαθημένους τῇ πυρᾷ δύο βαρβάρους
πατάξας τῷ ἐγχειριδίῳ καὶ δαλὸν ἁρπάσας ἧκε πρὸς τοὺς
14 ἑαυτοῦ κομίζων. ἐναύσαντες δὲ πῦρ πολύ, τοὺς μὲν εὐθὺς
ἐφόβησαν ὥστε φυγεῖν, τοὺς δ' ἐπιόντας ἐτρέψαντο, καὶ
κατηυλίσθησαν ἀκινδύνως. ταῦτα μὲν οὖν Χάρης ἱστόρηκεν
(FGrH 125 F 7).

25. Ἡ δὲ πολιορκία τοιοῦτον ἔσχε πέρας. Ἀλεξάνδρου
τὴν μὲν πολλὴν τῆς δυνάμεως ἀναπαύοντος ἀπὸ πολλῶν
ἀγώνων τῶν ἔμπροσθεν, ὀλίγους δέ τινας, ὡς μὴ σχο-
λάζοιεν οἱ πολέμιοι, τοῖς τείχεσι προσάγοντος, Ἀρίστανδρος ὁ μάντις ἐσφαγιάζετο, καὶ τὰ σημεῖα κατιδὼν θρα-
σύτερον διωρίσατο πρὸς τοὺς παρόντας ἐν ἐκείνῳ τῷ
2 μηνὶ πάντως ἁλώσεσθαι τὴν πόλιν. γενομένου δὲ χλευα-
σμοῦ καὶ γέλωτος (ἦν γὰρ ἡ τελευταία τοῦ μηνὸς ἡμέρα),
διηπορημένον αὐτὸν ἰδὼν ὁ βασιλεύς, καὶ συμφιλοτιμού-
μενος ἀεὶ τοῖς μαντεύμασιν, ἐκέλευε μηκέτι τριακάδα
τὴν ἡμέραν ἐκείνην, ἀλλὰ τρίτην φθίνοντος ἀριθμεῖν, καὶ
τῇ σάλπιγγι σημήνας ἀπεπειρᾶτο τῶν τειχῶν ἐρρω-
3 μενέστερον ἥπερ ἐξ ἀρχῆς διενοήθη. γενομένης δὲ λαμπρᾶς
ἐπιβολῆς, καὶ μηδὲ τῶν ἐπὶ στρατοπέδου καρτερούντων,
ἀλλὰ συντρεχόντων καὶ προσβοηθούντων, ἀπεῖπον οἱ
Τύριοι, καὶ τὴν πόλιν εἷλε κατ' ἐκείνην τὴν ἡμέραν.
4 Μετὰ δὲ ταῦτα πολιορκοῦντι Γάζαν αὐτῷ, τῆς Συρίας
μεγίστην πόλιν, ἐμπίπτει βῶλος εἰς τὸν ὦμον, ἀφεθεὶς
ἄνωθεν ὑπ' ὄρνιθος· ὁ δ' ὄρνις ὑφ' ἓν τῶν μηχανημάτων
καθίσας, ἔλαθεν ἐνσχεθεὶς τοῖς νευρίνοις κεκρυφάλοις, οἷς
5 πρὸς τὰς ἐπιστροφὰς τῶν σχοινίων ἐχρῶντο. καὶ τὸ σημεῖον ἀπέβη κατὰ τὴν Ἀριστάνδρου πρόρρησιν· ἐτρώθη
μὲν γὰρ Ἀλέξανδρος εἰς τὸν ὦμον, ἔλαβε δὲ τὴν πόλιν.

suo corpo e anche perché si impegnava sempre personalmente per confortare i Macedoni nelle loro difficoltà, corse al fuoco più vicino e colpì con il pugnale due barbari lì 13 seduti e preso un tizzone tornò ai suoi. Essi accesero un 14 gran fuoco e così spaventarono alcuni nemici che subito fuggirono; poi volsero in fuga altri che erano venuti ad assalirli, tanto che passarono la notte senza altri rischi. Questo è quanto ci racconta Carete.

25. L'assedio si concluse così. Mentre Alessandro faceva riposare la maggior parte del suo esercito dopo le molte fatiche precedenti e avvicinava alle mura pochi dei suoi affinché i nemici non avessero tregua, l'indovino Aristandro fece un sacrificio e, osservati gli auspici, con soddisfazione disse ai presenti che in quel mese certamente la città sarebbe stata conquistata. Ci si mise grossolanamente 2 a ridere (era l'ultimo giorno del mese), e il re, visto l'indovino in difficoltà, anche perché era sempre favorevole ai vaticini, ordinò che quel giorno non fosse considerato il trenta del mese ma il ventotto,[96] e, dato il segnale con la tromba, assalì le mura con maggior forza di quanto non avesse pensato da principio. L'assalto si sviluppò furio- 3 samente: neppure quelli lasciati nell'accampamento vi rimasero, ma tutti insieme corsero in aiuto agli altri e i Tirii rinunciarono alla lotta. Alessandro in quel giorno prese la città.

In seguito, mentre assediava Gaza, la città più grande 4 della Siria, lo colpì sulla spalla una zolla lasciata cadere dall'alto da un uccello, il quale poi, posatosi su una delle macchine d'assedio, si trovò impigliato nella rete di fibre di cui i Macedoni si servono per attorcigliare le funi. Il 5 presagio si realizzò secondo la predizione di Aristandro: infatti Alessandro fu ferito alla spalla ma conquistò la cit-

---

[96] In pratica Alessandro intercalò un secondo ventotto, certamente deciso a continuare questo sistema fino alla caduta della città.

6 Ἀποστέλλων δὲ πολλὰ τῶν λαφύρων Ὀλυμπιάδι καὶ
Κλεοπάτρᾳ καὶ τοῖς φίλοις, κατέπεμψε καὶ Λεωνίδῃ τῷ
παιδαγωγῷ τάλαντα λιβανωτοῦ πεντακόσια καὶ σμύρνης
7 ἑκατόν, ἀναμνησθεὶς παιδικῆς ἐλπίδος. ὁ γὰρ Λεωνίδης
ὡς ἔοικεν ἐν θυσίᾳ ποτὲ πρὸς τὸν Ἀλέξανδρον ἐπιδραξά-
μενον ἀμφοτέραις ταῖς χερσὶ καὶ καθαγίσαντα τοῦ θυμιά-
ματος, „ὅταν“ ἔφη „τῆς ἀρωματοφόρου κρατήσῃς Ἀλέξανδρε, πλουσίως οὕτως ἐπιθυμιάσεις· νῦν δὲ φειδο-
8 μένως χρῶ τοῖς παροῦσι.“ τότ᾽ οὖν Ἀλέξανδρος ἔγραψε
πρὸς αὐτόν· „ἀπεστάλκαμέν σοι λιβανωτὸν ἄφθονον καὶ
σμύρναν, ὅπως παύσῃ πρὸς τοὺς θεοὺς μικρολογούμενος.“
  26. Κιβωτίου δέ τινος αὐτῷ προσενεχθέντος, οὗ πολυ-
τελέστερον οὐδὲν ἐφάνη τοῖς τὰ Δαρείου χρήματα καὶ
τὰς ἀποσκευὰς παραλαμβάνουσιν, ἠρώτα τοὺς φίλους, ὅ
τι δοκοίη μάλιστα τῶν ἀξίων σπουδῆς εἰς αὐτὸ κατα-
2 θέσθαι. πολλὰ δὲ πολλῶν λεγόντων, αὐτὸς ἔφη τὴν
Ἰλιάδα φρουρήσειν ἐνταῦθα καταθέμενος· καὶ ταῦτα μὲν
3 οὐκ ὀλίγοι τῶν ἀξιοπίστων μεμαρτυρήκασιν. εἰ δ᾽, ὅπερ
Ἀλεξανδρεῖς λέγουσιν Ἡρακλείδη (fr. 140 W.) πιστεύοντες,
ἀληθές ἐστιν, οὔκουν [οὐκ] ἀργὸς οὐδ᾽ ἀσύμβολος αὐτῷ
4 συστρατεύειν ἔοικεν Ὅμηρος. λέγουσι γὰρ ὅτι τῆς
Αἰγύπτου κρατήσας ἐβούλετο πόλιν μεγάλην καὶ πολυ-
άνθρωπον Ἑλληνίδα συνοικίσας ἐπώνυμον ἑαυτοῦ κατα-
λιπεῖν, καί τινα τόπον γνώμῃ τῶν ἀρχιτεκτόνων ὅσον
5 οὐδέπω διεμετρεῖτο καὶ περιέβαλλεν. εἶτα νύκτωρ κοιμώμενος ὄψιν εἶδε θαυμαστήν· ἀνὴρ πολιὸς εὖ μάλα τὴν
κόμην καὶ γεραρὸς τὸ εἶδος ἔδοξεν αὐτῷ παραστὰς λέγειν
τὰ ἔπη τάδε (Od. 4, 354)·

νῆσος ἔπειτά τις ἔστι πολυκλύστῳ ἐνὶ πόντῳ,
Αἰγύπτου προπάροιθε· Φάρον δέ ἑ κικλήσκουσιν.

6 εὐθὺς οὖν ἐξαναστὰς ἐβάδιζεν ἐπὶ τὴν Φάρον, ἣ τότε μὲν

tà. Mandando poi gran quantità di bottino a Olimpiade, 6
a Cleopatra e agli amici, aggiunse anche per il suo maestro Leonida cinquecento talenti di incenso e cento di mirra, memore di una speranza concepita da bambino. In- 7
fatti Leonida, a quanto sembra, durante un sacrificio, aveva detto ad Alessandro che con ambedue le mani prendeva profumi e li versava sul fuoco dell'altare: «Quando sa-
rai signore delle regioni che producono profumi, o Alessandro, li brucerai con simile abbondanza; ma ora sii par-
simonioso di quanto hai». In quel momento, dunque, 8
Alessandro gli scrisse: «Ti ho mandato una gran quantità
di incenso e di mirra perché tu cessi di essere avaro con
gli dei».

26. Quando gli fu portata una cassetta che era appar-
sa, a quanti raccoglievano gli oggetti preziosi e i bagagli
di Dario, il pezzo più pregiato, ed egli chiese agli amici
quale tra le cose di maggior rilievo sembrasse loro degna
di esservi deposta, mentre l'uno diceva una cosa e l'altro 2
un'altra, egli disse che vi avrebbe messo l'*Iliade*. Di questo hanno dato testimonianza molte fonti degne di fede.
Ma se ciò è vero, come dicono gli Alessandrini seguendo 3
Eraclide, allora sembra che Omero gli sia stato compagno, in quella spedizione, né ozioso né inutile. Dicono in- 4
fatti che egli, quando ebbe assoggettato l'Egitto, volle edi-
ficare una città greca, grande e popolosa, e darle il suo
nome, e seguendo il parere di architetti stava per recinta-
re e misurare uno spazio di straordinaria grandezza. Ma 5
la notte, mentre dormiva, ebbe una straordinaria visione:
gli apparve a fianco un uomo dai capelli bianchi, d'aspetto venerabile, che gli recitò questi versi:

«C'è un'isola nel mare ondoso, dinnanzi all'Egitto; la chiamano Faro...»[97]

Subito si alzò e venne a Faro, che a quel tempo era anco- 6

---

[97] Hom. *Od.* 4, 354-5.

ἔτι νῆσος ἦν τοῦ Κανωβικοῦ μικρὸν ἀνωτέρω στόματος,
7 νῦν δὲ διὰ χώματος ἀνείληπται πρὸς τὴν ἤπειρον. ὡς
οὖν εἶδε τόπον εὐφυΐᾳ διαφέροντα (ταινία γάρ ἐστιν
ἰσθμῷ πλάτος ἔχοντι σύμμετρον ἐπιεικῶς, διείργουσα
λίμνην τε πολλὴν καὶ θάλασσαν ἐν λιμένι μεγάλῳ τελευ-
τῶσαν), εἰπὼν ὡς Ὅμηρος ἦν ἄρα τά τ' ἄλλα θαυμαστὸς
καὶ σοφώτατος ἀρχιτέκτων, ἐκέλευσε διαγράψαι τὸ σχῆμα
8 τῆς πόλεως τῷ τόπῳ συναρμόττοντας. καὶ γῆ μὲν οὐ
παρῆν λευκή, τῶν δ' ἀλφίτων λαμβάνοντες ἐν πεδίῳ
μελαγγείῳ κυκλοτερῆ κόλπον ἦγον, οὗ τὴν ἐντὸς περι-
φέρειαν εὐθεῖαι βάσεις ὥσπερ ἀπὸ κρασπέδων εἰς σχῆμα
χλαμύδος ὑπελάμβανον ἐξ ἴσου συνάγουσαι τὸ μέγεθος.
9 ἡσθέντος δὲ τῇ διαθέσει τοῦ βασιλέως, αἰφνίδιον ὄρνιθες
ἀπὸ τοῦ ποταμοῦ καὶ τῆς λίμνης, πλήθει τ' ἄπειροι καὶ
κατὰ γένος παντοδαποὶ καὶ μέγεθος, ἐπὶ τὸν τόπον κατ-
αίροντες, νέφεσιν ἐοικότες, οὐδὲ μικρὸν ὑπέλιπον τῶν ἀλφίτων, ὥστε καὶ τὸν Ἀλέξανδρον διαταραχθῆναι πρὸς τὸν
10 οἰωνόν. οὐ μὴν ἀλλὰ τῶν μάντεων θαρρεῖν παραινούντων
(πολυαρκεστάτην γὰρ οἰκίζεσθαι πόλιν ὑπ' αὐτοῦ καὶ παν-
τοδαπῶν ἀνθρώπων ἐσομένην τροφόν), ἔργου κελεύσας
11 ἔχεσθαι τοὺς ἐπιμελητάς, αὐτὸς ὥρμησεν εἰς Ἄμμωνος ὁδὸν
μακρὰν καὶ πολλὰ μὲν ἔχουσαν ἐργώδη καὶ ταλαίπωρα,
κινδύνους δὲ δύο, τὸν μὲν ἀνυδρίας, δι' ἣν ἔρημός ἐστιν
οὐκ ὀλίγων ἡμερῶν, τὸν δ' εἰ λάβρος ἐν ἄμμῳ βαθείᾳ καὶ

ra un'isola,[98] un poco più sopra la bocca di Canopo, e ora invece è unita al continente da un molo. Quando dunque vide il luogo eccezionalmente adatto per la sua posizione naturale (è infatti una striscia di terra simile a un ampio istmo che opportunamente separa una grande laguna da un braccio di mare che termina in un gran porto), allora disse che Omero era davvero straordinario per molti altri motivi, ma anche sapientissimo architetto; ordinò quindi di tracciare la pianta della città adattandola a quel luogo. Siccome non c'era terra bianca per segnare le linee, i geometri si servirono di farina, e sulla pianura nera delinearono un'area circolare con un perimetro interno racchiuso da due linee diritte che suggerivano l'immagine di una clamide[99] uniformemente allargantesi in ampiezza. E mentre il re era lieto del disegno, ecco all'improvviso giunsero uccelli dal fiume e dalla palude, numerosissimi, e d'ogni grossezza e genere, e riunitisi in quel luogo come una nuvola, non lasciarono neanche un filo di quella farina, tanto che Alessandro rimase sconvolto da quel presagio. Ma gli indovini gli fecero coraggio dicendogli che egli costruiva una città che sarebbe stata ricchissima e avrebbe dato nutrimento a uomini di ogni genere: allora ordinò agli incaricati di attendere al lavoro, mentre egli partì alla volta del tempio di Ammone.[100] Il viaggio era assai lungo[101] e comportava rischi e difficoltà d'ogni genere, e due pericoli: la mancanza di acqua, perché la marcia nel deserto è di non pochi giorni, e il pericolo che, mentre si procede nella sabbia vasta e profon-

7

8

9

10

11

---

[98] Faro è un'isola che si trova a meno di un miglio dalla costa, venti miglia ad ovest di Canopo che è la bocca più occidentale del Nilo.

[99] Un mantello militare d'origine tessala o macedone, in genere portato dai cavalieri.

[100] Discordano gli studiosi, per alcuni dei quali il viaggio al tempio di Ammone avrebbe preceduto la fondazione di Alessandria.

[101] Dovette avanzare verso occidente fino a Paraetonium (odierna Marsa Matruh) per 200 miglia circa, e poi muovere verso sud-ovest lungo un pista carovaniera fino all'oasi di Siwah.

¹² ἀχανεῖ πορευομένοις ἐπιπέσοι νότος, ὅς που καὶ πάλαι
λέγεται περὶ τὸν Καμβύσου στρατὸν ἀναστήσας θῖνα μεγάλην καὶ κυματώσας τὸ πεδίον, μυριάδας ἀνθρώπων πέντε
¹³ καταχῶσαι καὶ διαφθεῖραι. ταῦτα πάντα σχεδὸν πάντες
ἐλογίζοντο, χαλεπὸν δ' ἦν Ἀλέξανδρον ἀποτρέψαι πρὸς
¹⁴ ὁτιοῦν ὡρμημένον. ἥ τε γὰρ τύχη ταῖς ἐπιβολαῖς ὑπεί-
κουσα τὴν γνώμην ἰσχυρὰν ἐποίει, καὶ τὸ θυμοειδὲς ἄχρι
τῶν **** πραγμάτων ὑπεξέφερε τὴν φιλονικίαν ἀήττητον,
οὐ μόνον πολεμίους, ἀλλὰ καὶ τόπους καὶ καιροὺς κατα-
βιαζομένην.

27. Ἐν γοῦν τῇ τότε πορείᾳ τὰ συντυχόντα ταῖς ἀπο-
ρίαις παρὰ τοῦ θεοῦ βοηθήματα τῶν ὑστέρων χρησμῶν
ἐπιστεύθη μᾶλλον· τρόπον δέ τινα καὶ τοῖς χρησμοῖς ἡ
² πίστις ἐκ τούτων ὑπῆρξε. πρῶτον μὲν γὰρ ἐκ Διὸς ὕδωρ
πολὺ καὶ διαρκεῖς ὑετοὶ γενόμενοι τόν τε τῆς δίψης φόβον
ἔλυσαν, καὶ τὴν ξηρότητα κατασβέσαντες τῆς ἄμμου,
νοτερᾶς γενομένης καὶ πρὸς αὐτὴν ξυμπεσούσης, εὔπνουν
³ τὸν ἀέρα καὶ καθαρώτερον παρέσχον. ἔπειτα τῶν ὅρων
οἵπερ ἦσαν τοῖς ὁδηγοῖς συγχυθέντων, καὶ πλάνης οὔσης
καὶ διασπασμοῦ τῶν βαδιζόντων διὰ τὴν ἄγνοιαν, κόρακες
ἐπιφανέντες ὑπελάμβανον τὴν ἡγεμονίαν τῆς πορείας,
ἑπομένων μὲν ἔμπροσθεν πετόμενοι καὶ σπεύδοντες,
⁴ ὑστεροῦντας δὲ καὶ βραδύνοντας ἀναμένοντες· ὃ δ' ἦν
θαυμασιώτατον, ὡς Καλλισθένης φησί (FGrH 124 F 14b),
ταῖς φωναῖς ἀνακαλούμενοι τοὺς πλανωμένους νύκτωρ
⁵ καὶ κλάζοντες·εἰς ἴχνος καθίστασαν τῆς πορείας. ἐπεὶ δὲ
διεξελθὼν τὴν ἔρημον ἧκεν εἰς τὸν τόπον, ὁ μὲν προφήτης
αὐτὸν ὁ Ἄμμωνος ἀπὸ τοῦ θεοῦ χαίρειν ὡς ἀπὸ πατρὸς
προσεῖπεν· ὁ δ' ἐπήρετο, μή τις αὐτὸν εἴη διαπεφευγὼς
⁶ τῶν τοῦ πατρὸς φονέων. εὐφημεῖν δὲ τοῦ προφήτου
κελεύσαντος, οὐ γὰρ εἶναι πατέρα θνητὸν αὐτῷ, μεταβαλὼν ἐπυνθάνετο τοὺς Φιλίππου φονεῖς, εἰ πάντας

da, si metta a soffiare un violento vento di sud, come si 12
dice sia avvenuto una volta all'esercito di Cambise; in quel
caso si sollevò un gran vortice e la pianura si gonfiò come
se si sollevassero ondate, tanto che rimasero uccisi e se-
polti cinquantamila uomini. Quasi tutti pensavano a que- 13
sti rischi, ma era difficile distogliere Alessandro quando
aveva deciso qualche impresa. E d'altro canto la sorte, 14
compiacendo i suoi disegni, rendeva ostinate le sue decisioni; il grande coraggio che egli poneva nelle sue azioni
rendeva poi invincibile la sua ambizione che non solo si
imponeva sui nemici ma anche su luoghi e circostanze.

27. Durante quella marcia gli aiuti che gli vennero dal
dio nelle difficoltà furono materia di fede più dei vaticini
successivi; in un certo qual senso anche i vaticini divennero credibili proprio per essi. Innanzi tutto dal cielo scese 2
una grande quantità di acqua, e piogge continue tolsero
il timore della sete; per di più, eliminando l'aridità della
sabbia che si era fatta umida e in sé compatta, queste piogge resero l'aria più pura e respirabile. Inoltre siccome le 3
pietre che indicavano la via alle guide erano disordinate,
e il procedere dei soldati era disuguale e frammentario perché essi non conoscevano la strada, apparvero dei corvi
che presero a indicare la direzione volando davanti, in fretta, quando essi seguivano, e aspettandoli quando marcia-
vano lentamente e ritardavano; quel che era la cosa più 4
straordinaria, come dice Callistene, è che con il loro grac-
chiare durante la notte richiamavano i soldati che avevano perso la strada e li indirizzavano sulla traccia del grosso dell'esercito.

Quando, attraversato il deserto, giunse alla meta, il pro- 5
feta di Ammone gli rivolse il saluto in nome del dio come
se il dio fosse suo padre; Alessandro allora chiese se era
sfuggito al castigo qualcuno degli assassini di suo padre.
Il profeta gli impose di badare a quanto diceva, in quan- 6
to suo padre non era mortale, e allora, cambiata la forma
della domanda, egli chiese se aveva punito tutti gli uc-

εἴη τετιμωρημένος· εἶτα περὶ τῆς ἀρχῆς, εἰ πάντων αὐτῷ
7 δίδωσιν ἀνθρώπων κυρίῳ γενέσθαι. χρήσαντος δὲ τοῦ
θεοῦ καὶ τοῦτο διδόναι καὶ Φίλιππον ἀπέχειν ἔκπλεω
τὴν δίκην, ἐδωρεῖτο τὸν θεὸν ἀναθήμασι λαμπροῖς καὶ
8 χρήμασι τοὺς ἀνθρώπους. ταῦτα περὶ τῶν χρησμῶν οἱ
πλεῖστοι γράφουσιν· αὐτὸς δ' Ἀλέξανδρος ἐν ἐπιστολῇ
πρὸς τὴν μητέρα φησὶ γεγονέναι τινὰς αὐτῷ μαντείας
ἀπορρήτους, ἃς αὐτὸς ἐπανελθὼν φράσει πρὸς μόνην
9 ἐκείνην. ἔνιοι δέ φασι τὸν μὲν προφήτην Ἑλληνιστὶ βουλόμενον προσειπεῖν μετά τινος φιλοφροσύνης ,,ὦ παιδίον'',
ἐν τῷ τελευταίῳ τῶν φθόγγων ὑπὸ βαρβαρισμοῦ πρὸς τὸ
σίγμ' ἐξενεχθῆναι καὶ εἰπεῖν ,,ὦ παιδίος,'' ἀντὶ τοῦ νῦ
τῷ σίγμα χρησάμενον, ἀσμένῳ δὲ τῷ Ἀλεξάνδρῳ τὸ
σφάλμα τῆς φωνῆς γενέσθαι, καὶ διαδοθῆναι λόγον ὡς
10 παῖδα Διὸς αὐτὸν τοῦ θεοῦ προσειπόντος. λέγεται δὲ καὶ
Ψάμμωνος ἐν Αἰγύπτῳ τοῦ φιλοσόφου διακούσας, ἀπο-
δέξασθαι μάλιστα τῶν λεχθέντων, ὅτι πάντες οἱ ἄνθρωποι
βασιλεύονται ὑπὸ θεοῦ· τὸ γὰρ ἄρχον ἐν ἑκάστῳ καὶ
11 κρατοῦν θεῖόν ἐστιν· ἔτι δὲ μᾶλλον αὐτὸς περὶ τούτων
⟨καὶ⟩ φιλοσοφώτερον δοξάζειν [καὶ] λέγων ὡς πάντων μὲν
ὄντα κοινὸν ἀνθρώπων πατέρα τὸν θεόν, ἰδίους δὲ ποιού-
μενον ἑαυτοῦ τοὺς ἀρίστους.

28. Καθόλου δὲ πρὸς μὲν τοὺς βαρβάρους σοβαρὸς ἦν
καὶ σφόδρα πεπεισμένῳ περὶ τῆς ἐκ θεοῦ γενέσεως καὶ
τεκνώσεως ὅμοιος, τοῖς δ' Ἕλλησι μετρίως καὶ ὑποφει-
2 δομένως ἑαυτὸν ἐξεθείαζε· πλὴν περὶ Σάμου γράφων
Ἀθηναίοις ,,ἐγὼ μὲν οὐκ ἄν'' φησὶν ,,ὑμῖν ἐλευθέραν
πόλιν ἔδωκα καὶ ἔνδοξον· ἔχετε δ' αὐτὴν λαβόντες παρὰ
τοῦ τότε κυρίου καὶ πατρὸς ἐμοῦ προσαγορευομένου,''
3 λέγων τὸν Φίλιππον. ὕστερον δὲ πληγῇ περιπεσὼν ὑπὸ
τοξεύματος καὶ περιαλγὴς γενόμενος· ,,τοῦτο μὲν'' εἶπεν
,,ὦ φίλοι τὸ ῥέον αἷμα καὶ οὐκ (Hom. Il. 5, 340)

,,ἰχώρ, οἷός πέρ τε ῥέει μακάρεσσι θεοῖσιν.''

4 ἐπεὶ δὲ μεγάλης ποτὲ βροντῆς γενομένης καὶ πάντων

cisori di Filippo. Poi chiese del suo impero, e cioè se gli concedeva di diventare signore di tutti gli uomini. Il dio 7 rispose che questo gli era concesso, e che Filippo era completamente vendicato; poi Alessandro fece splendide offerte al dio e diede ai sacerdoti abbondanti somme di danaro. Questo tramandano la maggior parte delle fonti; lo 8 stesso Alessandro in una lettera alla madre dice di aver avuto alcune rivelazioni segrete che al suo ritorno avrebbe rivelato a lei sola. Alcuni dicono che il profeta volen- 9 do rivolgersi a lui con affetto, in greco, dicendogli: «o paidion» («o figlio»), alla fine della parola, data la imperfetta conoscenza della lingua, pronunziò «s» in luogo di «n», e ne risultò: «o paidios» («o figlio di Zeus»); Alessandro fu lieto per questo errore di pronuncia, e si diffuse poi la voce che il dio stesso lo aveva chiamato figlio di Zeus. Si dice anche che in Egitto egli ascoltò le lezioni 10 del filosofo Psammone e che delle sue parole gli piacque soprattutto quando disse che «tutti gli uomini sono sotto il regno di dio: infatti ciò che domina e comanda in ciascuno è il divino»; ma ancor più filosoficamente questo 11 egli pensava e diceva: che dio è, sì, padre comune di tutti gli uomini, ma che adotta particolarmente come suoi i migliori.

28. In generale Alessandro si comportava con i barbari con superbia, come fosse assolutamente persuaso della sua nascita e origine divina; con i Greci invece dichiarava la sua divinità con molta moderazione e cautela. Solo una 2 volta scrivendo agli Ateniesi sul problema di Samo disse: «Non vi avrei dato questa città libera e famosa; l'avete perché vi fu data dal signore di allora, che era detto mio padre», intendendo con ciò riferirsi a Filippo. Più tardi, 3 ferito da una freccia, al colmo del dolore, disse: « O amici, questo che scorre è sangue, e non icore, quale scorre nelle vene degli dei beati». Una volta si udì un gran tuo- 4

ἐκπλαγέντων Ἀνάξαρχος ὁ σοφιστὴς παρὼν ἔφη πρὸς
αὐτὸν „μή τι σὺ τοιοῦτον ὁ τοῦ Διός;" γελάσας ἐκεῖνος
„οὐ βούλομαι γὰρ" εἶπε „φοβερὸς εἶναι τοῖς φίλοις, ὥσπερ
σύ με κελεύεις ὁ καταφαυλίζων μου τὸ δεῖπνον, ὅτι ταῖς
τραπέζαις ἰχθύας ὁρᾷς ἐπικειμένους, οὐ σατραπῶν·κεφα-
5 λάς." τῷ γὰρ ὄντι λέγεται τὸν Ἀνάξαρχον ἰχθυδίων
Ἡφαιστίωνι πεμφθέντων ὑπὸ τοῦ βασιλέως τὸν προειρη-
μένον ἐπιφθέγξασθαι λόγον, οἷον ἐξευτελίζοντα καὶ κατει-
ρωνευόμενον τοὺς τὰ περίβλεπτα μεγάλοις πόνοις καὶ
κινδύνοις διώκοντας, ὡς οὐδὲν ἢ μικρὸν ἐν ἡδοναῖς καὶ
6 ἀπολαύσεσι πλέον ἔχοντας τῶν ἄλλων. ὁ δ' οὖν Ἀλέξανδρος
καὶ ἀπὸ τῶν εἰρημένων δῆλός ἐστιν αὐτὸς οὐδὲν πεπονθὼς οὐδὲ τετυφωμένος, ἀλλὰ τοὺς ἄλλους καταδουλού-
μενος τῇ δόξῃ τῆς θειότητος.

29. Εἰς δὲ Φοινίκην ἐπανελθὼν ἐξ Αἰγύπτου, θυσίας
τοῖς θεοῖς καὶ πομπὰς ἐπετέλει καὶ χορῶν [ἐγ]κυκλίων
καὶ τραγικῶν ἀγῶνας, οὐ μόνον ταῖς παρασκευαῖς, ἀλλὰ
2 καὶ ταῖς ἁμίλλαις λαμπροὺς γενομένους. ἐχορήγουν γὰρ οἱ
βασιλεῖς τῶν Κυπρίων, ὥσπερ Ἀθήνησιν οἱ κληρούμενοι
κατὰ φυλάς, καὶ ἠγωνίζοντο θαυμαστῇ φιλοτιμίᾳ πρὸς
3 ἀλλήλους. μάλιστα δὲ Νικοκρέων ὁ Σαλαμίνιος καὶ Πασικράτης ὁ Σόλιος διεφιλονίκησαν. οὗτοι γὰρ ἔλαχον τοῖς
ἐνδοξοτάτοις ὑποκριταῖς χορηγεῖν, Πασικράτης μὲν Ἀθη-
νοδώρῳ, Νικοκρέων δὲ Θεσσαλῷ, περὶ ὃν ἐσπουδάκει καὶ
4 αὐτὸς Ἀλέξανδρος. οὐ μὴν διέφηνε τὴν σπουδὴν πρότερον
ἢ ταῖς ψήφοις ἀναγορευθῆναι νικῶντα τὸν Ἀθηνόδωρον.
τότε δ' ὡς ἔοικεν ἀπιὼν ἔφη τοὺς μὲν κριτὰς ἐπαινεῖν,
αὐτὸς μέντοι μέρος ἂν ἡδέως προέσθαι τῆς βασιλείας ἐπὶ
5 τῷ μὴ Θεσσαλὸν ἰδεῖν νενικημένον. ἐπεὶ δ' Ἀθηνόδωρος

no, e tutti ne furono sbigottiti, e il sofista Anassarco,[102] che era presente, gli disse: «Tu che sei figlio di Zeus, puoi cagionare qualcosa di analogo?»; ed egli, ridendo: «Non voglio certo incutere paura agli amici, come mi consigli tu che critichi la mia tavola perché vedi imbanditi dei pesci e non delle teste di satrapi». Si dice infatti che Anas- 5 sarco, una volta che il re aveva mandato ad Efestione dei pesciolini, pronunciò la frase or ora citata con l'intento di deridere e criticare coloro che vanno dietro a imprese ammirabili con grande impegno e correndo pericoli e poi non ricavano vantaggi o piaceri maggiori, o di poco sol- tanto maggiori, di quanti ne ricavano gli altri. Alessan- 6 dro dunque, anche da quel che si è detto, non era né smo- datamente preso né orgoglioso della sua divinità, ma va- lendosi di questa credenza teneva soggetti gli altri.

29. Tornato in Fenicia dall'Egitto, onorò gli dei con sa- crifici e processioni e con gare di cori ciclici e tragici, splen- didi non solo per la organizzazione, ma anche per la bra- ma di competizione dei concorrenti. Agirono come core- 2 ghi i re di Cipro, proprio come ad Atene quelli che sono scelti per sorte nelle tribù, e la contesa fu condotta con straordinaria emulazione. Particolare risalto ebbe la con- 3 trapposizione di Nicocreo di Salamina e Pasicrate di Soli che ebbero la fortuna di far da coreghi agli attori più fa- mosi: Pasicrate ad Atenodoro[103] e Nicocreo a Tessalo,[104] per il quale parteggiava lo stesso Alessandro, il quale pe- 4 rò non manifestò la sua simpatia se non dopo che con la votazione fu dichiarato vincitore Atenodoro. Soltanto al- lora, a quanto si dice, andandosene disse di lodare i giu- dici, ma che personalmente avrebbe dato volentieri una parte del suo regno pur di non vedere sconfitto Tessalo. Quando però Atenodoro, multato dagli Ateniesi perché 5

---

[102] Anassarco di Abdera, scolaro di Democrito, accompagnò A- lessandro nella sua spedizione: le fonti lo ricordarono come un adu- latore.
[103] Fu vincitore ai giochi dionisiaci del 342 e del 329.
[104] Vd. *supra* cap. 10.

ὑπὸ τῶν Ἀθηναίων ζημιωθείς, ὅτι πρὸς τὸν ἀγῶνα τῶν
Διονυσίων οὐκ ἀπήντησεν, ἠξίου γράψαι περὶ αὐτοῦ τὸν
βασιλέα, τοῦτο μὲν οὐκ ἐποίησε, τὴν δὲ ζημίαν ἀπέστειλε
6 παρ᾽ ἑαυτοῦ. Λύκωνος δὲ τοῦ Σκαρφέως εὐημεροῦντος
ἐν τῷ θεάτρῳ καὶ στίχον εἰς τὴν κωμῳδίαν ἐμβαλόντος
αἴτησιν περιέχοντα δέκα ταλάντων, γελάσας ἔδωκε.

7 Δαρείου δὲ πέμψαντος ἐπιστολὴν πρὸς αὐτὸν καὶ φίλους
δεομένους, μύρια μὲν ὑπὲρ τῶν ἑαλωκότων λαβεῖν τάλαντα,
τὴν δ᾽ ἐντὸς Εὐφράτου πᾶσαν ἔχοντα καὶ γήμαντα μίαν
τῶν θυγατέρων φίλον εἶναι καὶ σύμμαχον, ἐκοινοῦτο τοῖς
8 ἑταίροις· καὶ Παρμενίωνος εἰπόντος ,,ἐγὼ μὲν εἰ Ἀλέξανδρος ἤμην, ἔλαβον ἂν ταῦτα,“ ,,κἀγὼ νὴ Δία“ εἶπεν
9 ὁ Ἀλέξανδρος, ,,εἰ Παρμενίων.“ πρὸς δὲ τὸν Δαρεῖον
ἔγραψεν, ὡς οὐδενὸς ἀτυχήσει τῶν φιλανθρώπων ἐλθὼν
πρὸς αὐτόν, εἰ δὲ μή, αὐτὸς ἐπ᾽ ἐκεῖνον ἤδη πορεύσεσθαι.

30. Ταχὺ μέντοι μετεμελήθη, τῆς Δαρείου γυναικὸς
ἀποθανούσης ἐν ὠδῖσι, καὶ φανερὸς ἦν ἀνιώμενος ὡς
ἐπίδειξιν οὐ μικρὰν ἀφῃρημένος χρηστότητος. ἔθαψεν οὖν
2 τὴν ἄνθρωπον οὐδεμιᾶς πολυτελείας φειδόμενος. τῶν δὲ
θαλαμηπόλων τις εὐνούχων, οἳ συνεαλώκεισαν ταῖς γυναιξίν, ἀποδρὰς ἐκ τοῦ στρατοπέδου καὶ πρὸς Δαρεῖον
ἀφιππασάμενος, Τίρεως ὄνομα, φράζει τὸν θάνατον αὐτῷ
3 τῆς γυναικός. ὡς δὲ πληξάμενος τὴν κεφαλὴν καὶ ἀνα-
κλαύσας ,,φεῦ τοῦ Περσῶν“ ἔφη ,,δαίμονος, εἰ ⟨δεῖ⟩ τὴν
βασιλέως γυναῖκα καὶ ἀδελφὴν οὐ μόνον αἰχμάλωτον
γενέσθαι ζῶσαν, ἀλλὰ καὶ τελευτήσασαν ἄμοιρον κεῖσθαι
4 ταφῆς βασιλικῆς,“ ὑπολαβὼν ὁ θαλαμηπόλος ,,ἀλλὰ ταφῆς γε χάριν“ εἶπεν ,,ὦ βασιλεῦ καὶ τιμῆς ἁπάσης καὶ
τοῦ πρέποντος οὐδὲν ἔχεις αἰτιάσασθαι τὸν πονηρὸν δαί-
5 μονα Περσῶν. οὔτε γὰρ ζώσῃ τῇ δεσποίνῃ Στατείρᾳ καὶ
μητρὶ σῇ καὶ τέκνοις ⟨οὐδὲν⟩ ἐνέδει τῶν πρόσθεν ἀγα-

non si era presentato agli agoni dionisiaci, chiese al re che scrivesse loro a sua discolpa, egli non lo fece, ma pagò di tasca propria quella multa. Un'altra volta Licone di 6 Scarfe mentre recitava, a teatro, con successo, inserì nella commedia un verso con il quale chiedeva dieci talenti; Alessandro, ridendo, glieli concesse.

Quando Dario gli mandò una lettera e degli amici a chiedergli di accettare diecimila talenti per il riscatto dei prigionieri, e intanto gli offriva di tenersi tutto il territorio al di qua dell'Eufrate, di prendersi in moglie una delle due figlie e di far con lui un trattato di alleanza e di aiuto, egli ne parlò ai suoi confidenti e Parmenione disse: «Fossi Alessandro, io accetterei»; ma Alessandro: «Anch'io, se fossi Parmenione». A Dario rispose che se fosse venuto da lui non gli sarebbe mancata una accoglienza cordialissima; se però non fosse venuto, ecco, già egli si metteva in marcia per andare da lui.

30. Comunque si pentì di lì a poco di questa risposta, quando la moglie di Dario morì di parto, e fu chiaro che egli era angustiato perché aveva perso una non piccola opportunità di dare a vedere la sua grandezza d'animo. Perciò seppellì la donna con ogni fasto. Uno degli eunuchi 2 addetti alla regina, che era stato fatto prigioniero insieme alle donne, fuggì dall'accampamento e a cavallo si recò da Dario (si chiamava Tireo) ad annunciargli la morte della moglie. Dario si percosse il capo e si lamentò a gran voce 3 così: «Ohimè per il triste destino dei Persiani, se la moglie e sorella del re non solo è stata prigioniera in vita ma anche da morta giace priva di una sepoltura regale!»; e il cortigiano ribatté: «Per la sepoltura, o re, e per ogni 4 onore dovuto, non devi assolutamente incolpare il destino avverso dei Persiani; infatti non mancava alla mia si- 5 gnora Stateira,[105] fin che era in vita, né a tua madre o ai

---

[105] Questo è l'unico passo nel quale compare il nome della moglie di Dario. Ella era stata fatta prigioniera alla battaglia di Isso (vd. *supra* 21).

θῶν καὶ καλῶν ἢ τὸ σὸν ὁρᾶν φῶς, ὃ πάλιν ἀναλάμψειε
λαμπρὸν ὁ κύριος Ὡρομάσδης, οὔτ᾽ ἀποθανοῦσα κόσμου
τινὸς ἄμοιρος γέγονεν, ἀλλὰ καὶ πολεμίων τετίμηται
6 δάκρυσιν. οὕτω γάρ ἐστι χρηστὸς κρατήσας Ἀλέξανδρος
7 ὡς δεινὸς μαχόμενος." ταῦτ᾽ ἀκούσαντα Δαρεῖον ἡ ταραχὴ
καὶ τὸ πάθος ἐξέφερε πρὸς ὑποψίας ἀτόπους, καὶ τὸν
8 εὐνοῦχον ἐνδοτέρω τῆς σκηνῆς ἀπαγαγών, ,,εἰ μὴ καὶ σὺ
μετὰ τῆς Περσῶν" ἔφη ,,τύχης μακεδονίζεις, ἀλλ᾽ ἔτι
σοι δεσπότης ἐγὼ Δαρεῖος, εἰπέ μοι σεβόμενος Μίθρου
τε φῶς μέγα καὶ δεξιὰν βασίλειον, ἆρα μὴ τὰ μικρότατα
τῶν Στατείρας κλαίω κακῶν, οἰκτρότερα δὲ ζώσης ἐπά-
σχομεν, καὶ μᾶλλον ἂν κατ᾽ ἀξίαν ἐδυστυχοῦμεν ὠμῷ
9 καὶ σκυθρωπῷ περιπεσόντες ἐχθρῷ; τί γὰρ εὐπρεπὲς
ἀνδρὶ νέῳ πρὸς ἐχθροῦ γυναῖκα μέχρι τιμῆς τοσαύτης
10 συμβόλαιον;" ἔτι λέγοντος αὐτοῦ καταβαλὼν ἐπὶ τοὺς
πόδας Τίρεως αὐτὸν ἱκέτευεν εὐφημεῖν, καὶ μήτ᾽ Ἀλέξανδρον ἀδικεῖν, μήτε τὴν τεθνεῶσαν ἀδελφὴν καὶ γυναῖκα καταισχύνειν, μήθ᾽ αὑτοῦ τὴν μεγίστην ὧν ἔπταικεν
ἀφαιρεῖσθαι παραμυθίαν, τὸ δοκεῖν ὑπ᾽ ἀνδρὸς ἡττῆσθαι
κρείττονος ἢ κατὰ τὴν ἀνθρωπίνην φύσιν, ἀλλὰ καὶ θαυμάζειν Ἀλέξανδρον, ὡς πλείονα ταῖς Περσῶν γυναιξὶ
11 σωφροσύνην ἢ Πέρσαις ἀνδρείαν ἐπιδεδειγμένον. ἅμα δ᾽
ὅρκους τε φρικώδεις τοῦ θαλαμηπόλου κινοῦντος ὑπὲρ
τούτων, καὶ περὶ τῆς ἄλλης ἐγκρατείας καὶ μεγαλοψυχίας
ʾτῆς Ἀλεξάνδρου λέγοντος, ἐξελθὼν πρὸς τοὺς ἑταίρους
ὁ Δαρεῖος, καὶ ⟨τὰς⟩ χεῖρας ἀνατείνας πρὸς τὸν οὐρανόν,
12 ἐπεύξατο· ,,θεοὶ γενέθλιοι καὶ βασίλειοι, μάλιστα μὲν
ἐμοὶ διδοίητε τὴν Περσῶν ἀρχὴν εἰς ὀρθὸν αὖθις σταθεῖ-
σαν ἐφ᾽ οἷς ἐδεξάμην ἀγαθοῖς ἀπολαβεῖν, ἵνα κρατήσας
ἀμείψωμαι τὰς Ἀλεξάνδρου χάριτας, ὧν εἰς τὰ φίλτατα
13 πταίσας ἔτυχον· εἰ δ᾽ ἄρα τις οὗτος εἵμαρτὸς ἥκει
χρόνος, ὀφειλόμενος νεμέσει καὶ μεταβολῇ, παύσασθαι τὰ

tuoi figli, nessun altro dei precedenti beni se non la luminosa visione della tua persona che il Signore Oromasde farà brillare di nuova luce; né dopo che è morta ella è priva di onore, ma è stata celebrata anche dal pianto dei nemici: tanto è nobile Alessandro vittorioso, quanto è tremendo allorquando combatte». Turbamento e dolore all'udire ciò portarono Dario a concepire assurdi sospetti; fece venire nella parte interna della tenda il cortigiano e disse: «Se non sei anche tu fautore dei Macedoni, come lo è ora la fortuna dei Persiani, e se io, Dario, sono ancora il tuo signore, dimmi, venerando la gran luce di Mitra e la destra del re: piango io forse i mali minori di Stateira e ho forse patito di peggio quando era viva? Avrei avuto sfortuna più consona alla mia dignità se fossi caduto nelle mani di un nemico selvaggio e crudele? Che onesto rapporto ci poteva essere tra un uomo giovane e la moglie del suo nemico per arrivare all'espressione di un così grande onore?». Non aveva ancora finito di parlare e già Tireo gli si buttò ai piedi e lo pregò di tacere e di non insultare Alessandro né la sorella e moglie morta, e neanche di togliersi il più gran conforto nella sua sventura, e cioè di essere stato evidentemente vinto da un uomo superiore alla natura umana, anzi ammirasse Alessandro che aveva dato prova nei riguardi delle donne persiane di una correttezza superiore al coraggio mostrato verso i Persiani. Poi il cortigiano su tutto questo proferì i più terribili giuramenti e si dilungò a parlare della immensa temperanza e magnanimità di Alessandro; Dario uscì allora tra gli amici e levate le mani al cielo pregò così: «O dei della mia stirpe e del mio regno, concedetemi in particolare di risollevare nuovamente le sorti dei Persiani e di tramandarle nelle condizioni in cui le ricevetti, affinché, riavuto il potere, io possa ricambiare ad Alessandro quei favori che ottenni quando fui colpito negli affetti più cari. Ma se per volere del fato è giunto quel tempo fissato dalla divina punizione e dall'avvicendamento delle umane sorti per le

Περσῶν, μηδεὶς ἄλλος ἀνθρώπων καθίσειεν εἰς τὸν Κύρου
14 θρόνον πλὴν Ἀλεξάνδρου." ταῦτα μὲν οὕτω γενέσθαι τε
καὶ λεχθῆναί φασιν οἱ πλεῖστοι τῶν συγγραφέων.

31. Ἀλέξανδρος δὲ τὴν ἐντὸς τοῦ Εὐφράτου πᾶσαν
ὑφ' ἑαυτῷ ποιησάμενος, ἤλαυνεν ἐπὶ Δαρεῖον, ἑκατὸν
2 μυριάσι στρατοῦ καταβαίνοντα. καί τις αὐτῷ φράζει τῶν
ἑταίρων, ὡς δὴ γέλωτος ἄξιον πρᾶγμα, τοὺς ἀκολούθους
παίζοντας εἰς δύο μέρη διῃρηκέναι σφᾶς αὐτούς, ὧν
ἑκατέρου στρατηγὸν εἶναι καὶ ἡγεμόνα, τὸν μὲν Ἀλέξαν-
3 δρον, τὸν δὲ Δαρεῖον ὑπ' αὐτῶν προσαγορευόμενον· ἀρξα-
μένους δὲ βώλοις ἀκροβολίζεσθαι πρὸς ἀλλήλους, εἶτα
πυγμαῖς, τέλος ἐκκεκαῦσθαι τῇ φιλονικίᾳ καὶ μέχρι λίθων
καὶ ξύλων, πολλοὺς καὶ δυσκαταπαύστους γεγονότας.
4 ταῦτ' ἀκούσας ἐκέλευσεν αὐτοὺς μονομαχῆσαι τοὺς ἡγεμόνας, καὶ τὸν μὲν Ἀλέξανδρον αὐτὸς ὥπλισε, τὸν δὲ
Δαρεῖον Φιλώτας. ἐθεᾶτο δ' ὁ στρατός, ἐν οἰωνῷ τινι τοῦ
5 μέλλοντος τιθέμενος τὸ γιγνόμενον. ἰσχυρᾶς δὲ τῆς μάχης
γενομένης, ἐνίκησεν ὁ καλούμενος Ἀλέξανδρος, καὶ δωρεὰν ἔλαβε δώδεκα κώμας καὶ στολῇ Περσικῇ χρῆσθαι.
ταῦτα μὲν οὖν Ἐρατοσθένης (FGrH 241 F 29) ἱστόρηκε.

6 Τὴν δὲ μεγάλην μάχην πρὸς Δαρεῖον οὐκ ἐν Ἀρβήλοις,
ὥσπερ οἱ πολλοὶ γράφουσιν, ἀλλ' ἐν Γαυγαμήλοις γενέ-
7 σθαι συνέπεσε. σημαίνειν δέ φασιν οἶκον καμήλου τὴν
διάλεκτον, ἐπεὶ τῶν πάλαι τις βασιλέων ἐκφυγὼν πολεμίους ἐπὶ καμήλου δρομάδος ἐνταῦθα καθίδρυσεν αὐτήν,
ἀποτάξας τινὰς κώμας καὶ προσόδους εἰς τὴν ἐπιμέλειαν.

8 Ἡ μὲν οὖν σελήνη τοῦ Βοηδρομιῶνος ἐξέλιπε περὶ τὴν
τῶν μυστηρίων τῶν Ἀθήνησιν ἀρχήν, ἑνδεκάτῃ δ' ἀπὸ
τῆς ἐκλείψεως νυκτὶ τῶν στρατοπέδων ⟨ἀλλήλων⟩ ἐν ὄψει

quali deve cessare l'impero Persiano, allora nessun altro uomo possa sedere sul trono di Ciro[106] all'infuori di Alessandro».

La maggioranza degli storici afferma che così avvenne e così fu detto. 14

31. Impadronitosi di tutti i territori al di qua dell'Eufrate, Alessandro mosse contro Dario che gli veniva incontro con un milione di uomini. E uno degli amici gli 2 riferì come fatto ridicolo che gli addetti ai servizi, per scherzo, si erano divisi in due gruppi, di ciascuno dei quali era capo e condottiero rispettivamente un Alessandro e un Dario, così da loro chiamati; essi avevano cominciato 3 a colpirsi tra loro con zolle e poi con pugni e poi alla fine, infiammati dal desiderio di combattere, erano passati a sassi e bastoni e molti erano stati a fatica costretti a smetterla. Quando ebbe udito ciò Alessandro ordinò a questi 4 stessi capi di combattere fra loro da soli, ed egli stesso armò quello che era chiamato Alessandro, mentre Filota armava Dario. L'esercito faceva da spettatore e considerava il fatto come un auspicio del futuro. Lo scontro fu vio- 5 lento: prevalse quello che era detto Alessandro ed ebbe in dono dodici villaggi e il diritto di indossare la stola persiana. Queste sono le notizie tramandate da Eratostene.

Il grande scontro con Dario non avvenne ad Arbela, co- 6 me i più scrivono, ma a Gaugamela.[107] Il termine signi- 7 fica, dicono, «la casa del cammello», perché uno degli antichi re,[108] sfuggito ai nemici su un cammello veloce, qui lo collocò assegnando per il mantenimento le rendite di alcuni villaggi. La luna del mese di Boedromione entrò 8 in eclisse al principio della celebrazione dei misteri in Atene, e nell'undicesima notte dopo l'eclissi i due eserciti fu-

[106] Ciro il grande, che abbatté l'impero dei Medi e fondò la dinastia Achemenide.
[107] La precisazione che la battaglia si combatté a Gaugamela proviene da Tolomeo e da Aristobulo. La località, odierna Tell Gomel, è vicina ad Arbela che in parecchie fonti antiche è indicata come luogo dello scontro.
[108] Si tratta di Dario I.

γεγονότων, Δαρεῖος μὲν ⟨ἐν⟩ ὅπλοις συνεῖχε τὴν δύναμιν,
9 ὑπὸ λαμπάδων ἐπιπορευόμενος τὰς τάξεις· Ἀλέξανδρος δὲ
τῶν Μακεδόνων ἀναπαυομένων αὐτὸς πρὸ τῆς σκηνῆς
μετὰ τοῦ μάντεως Ἀριστάνδρου διέτριβεν, ἱερουργίας τινὰς
ἀπορρήτους ἱερουργούμενος καὶ τῷ Φόβῳ σφαγιαζόμενος.
10 οἱ δὲ πρεσβύτεροι τῶν ἑταίρων καὶ μάλιστα Παρμενίων, ὡς
τὸ μὲν πεδίον τὸ μεταξὺ τοῦ Νιφάτου καὶ τῶν ὀρῶν τῶν
Γορδυαίων ἅπαν ἑωρᾶτο καταλαμπόμενον τοῖς βαρβαρι-
κοῖς φέγγεσιν, ἀτέκμαρτος δέ τις φωνὴ συμμεμειγμένη
καὶ θόρυβος ἐκ τοῦ στρατοπέδου καθάπερ ἐξ ἀχανοῦς
11 προσήχει πελάγους, θαυμάσαντες τὸ πλῆθος καὶ πρὸς
ἀλλήλους διαλεχθέντες, ὡς μέγα καὶ χαλεπὸν ἔργον εἴη
συμπεσόντας ἐκ προφανοῦς τοσοῦτον ὤσασθαι πόλεμον,
ἀπὸ τῶν ἱερῶν γενομένῳ τῷ βασιλεῖ προσελθόντες, ἔπειθον αὐτὸν ἐπιχειρῆσαι νύκτωρ τοῖς πολεμίοις καὶ τῷ
σκότῳ τὸ φοβερώτατον συγκαλύψαι τοῦ μέλλοντος
12 ἀγῶνος. ὁ δὲ τὸ μνημονευόμενον εἰπὼν ,,οὐ κλέπτω τὴν
νίκην,'' ἐνίοις μὲν ἔδοξε μειρακιώδη καὶ κενὴν ἀπόκρισιν
13 πεποιῆσθαι, παίζων πρὸς τοσοῦτον κίνδυνον, ἐνίοις δὲ καὶ
τῷ παρόντι θαρρεῖν καὶ στοχάζεσθαι τοῦ μέλλοντος
ὀρθῶς, μὴ διδοὺς πρόφασιν ἡττηθέντι Δαρείῳ πρὸς ἄλλην
αὖθις ἀναθαρρῆσαι πεῖραν, αἰτιωμένῳ τούτων νύκτα καὶ
14 σκότος, ὡς ὄρη καὶ στενὰ καὶ θάλασσαν τῶν προτέρων. οὐ
γὰρ ὅπλων οὐδὲ σωμάτων ἀπορίᾳ παύσεσθαι πολεμοῦντα
Δαρεῖον ἀπὸ τηλικαύτης δυνάμεως καὶ χώρας τοσαύτης,
ἀλλ᾽ ὅταν ἀφῇ τὸ φρόνημα καὶ τὴν ἐλπίδα, δι᾽ ἐμφανοῦς
ἥττης κατὰ κράτος ἐξελεγχθείς.
32. Ἀπελθόντων δὲ τούτων, κατακλιθεὶς ὑπὸ σκηνὴν

rono in vista l'uno dell'altro:[109] Dario tenne l'esercito in armi e controllava lo schieramento al lume delle fiaccole, e Alessandro, mentre i Macedoni riposavano, stava con l'indovino Aristandro davanti alla tenda celebrando certi riti misterici e facendo sacrifici al dio Fobos. Gli amici più anziani, e specialmente Parmenione, quando videro la piana che sta tra il Nifate e i monti di Gordio tutta punteggiata di fuochi barbari e udirono voci indistinte e confuse e grande rumore levarsi dall'accampamento come da un oceano infinito, stupiti del gran numero, parlando tra loro dicevano che era impresa grande e difficile respingere un esercito così numeroso attaccandolo di giorno, e avvicinatisi al re quando egli ebbe compiuto i sacrifici, intendevano persuaderlo ad attaccare i nemici durante la notte, per coprire in tal modo con le tenebre quello che era il lato più terrificante del prossimo scontro. Fu allora che Alessandro pronunciò quella famosa frase: «Io non rubo la vittoria», che ad alcuni parve una risposta insensata e puerile, quasi che egli scherzasse di fronte a un pericolo così grave; ad altri invece sembrò che egli dimostrasse coraggio per quel momento e che rettamente prefigurasse il futuro, non intendendo dare a Dario il pretesto per affidarsi a nuova prova, quasi che la colpa dell'insuccesso fosse da attribuire alle tenebre della notte, così come per la sconfitta precedente aveva dato colpa ai monti, al mare, alle difficoltà dei luoghi. Dario infatti con un esercito così grande e un paese così sterminato non avrebbe smesso di combattere per mancanza di uomini o di mezzi, ma solo quando avesse perso il coraggio e la speranza, costrettovi violentemente da una sconfitta venuta alla luce del sole.

32. Quando costoro se ne furono andati, si distese nel-

9

10

11

12

13

14

---

[109] È molto difficile, come sempre in casi analoghi, determinare con precisione il giorno della battaglia. L'esame dei dati sembra far convergere gli studiosi sul 30 settembre.

λέγεται τὸ λοιπὸν μέρος τῆς νυκτὸς ὕπνῳ βαθεῖ κρατη-
θῆναι παρὰ τὸ εἰωθός, ὥστε θαυμάζειν ἐπελθόντος
ὄρθρου τοὺς ἡγεμόνας, καὶ παρ᾽ αὐτῶν ἐξενεγκεῖν παράγ-
2 γελμα πρῶτον ἀριστοποιεῖσθαι τοὺς στρατιώτας· ἔπειτα
τοῦ καιροῦ κατεπείγοντος, εἰσελθόντα Παρμενίωνα καὶ
παραστάντα τῇ κλίνῃ δὶς ἢ τρὶς αὐτοῦ φθέγξασθαι τοῦ-
νομα, καὶ διεγερθέντος οὕτως ἐρωτᾶν, ὅ τι δὴ πεπονθὼς
ὕπνον καθεύδοι νενικηκότος, οὐχὶ μέλλοντος ἀγωνιεῖσθαι
3 τὸν μέγιστον τῶν ἀγώνων. τὸν δ᾽ οὖν Ἀλέξανδρον εἰπεῖν
διαμειδιάσαντα· ,,τί γάρ; οὐκ ἤδη σοι νενικηκέναι δοκοῦμεν, ἀπηλλαγμένοι τοῦ πλανᾶσθαι καὶ διώκειν ἐν πολλῇ
4 καὶ κατεφθαρμένῃ φυγομαχοῦντα χώρᾳ Δαρεῖον;‘‘ οὐ μόνον δὲ πρὸ τῆς μάχης, ἀλλὰ καὶ παρ᾽ αὐτὸν τὸν κίνδυνον
ἐπεδείξατο μέγαν καὶ συνεστηκότα τῷ λογίζεσθαι καὶ
θαρρεῖν ἑαυτόν. ٧

5   Ἔσχε γὰρ ὁ ἀγὼν ὑποτροπὴν καὶ σάλον ἐν τῷ εὐω-
νύμῳ κέρατι κατὰ Παρμενίωνα, τῆς Βακτριανῆς ἵππου
ῥόθῳ πολλῷ καὶ μετὰ βίας παρεμπεσούσης εἰς τοὺς Μακεδόνας, Μαζαίου δὲ περιπέμψαντος ἔξω τῆς φάλαγγος ἱπ-
6 πεῖς τοῖς σκευοφυλακοῦσι προσβαλοῦντας. διὸ καὶ θορυ-
βούμενος ὑπ᾽ ἀμφοτέρων ὁ Παρμενίων ἀπέστειλε πρὸς
Ἀλέξανδρον ἀγγέλους, φράζοντας οἴχεσθαι τὸν χάρακα καὶ
τὰς ἀποσκευάς, εἰ μὴ κατὰ τάχος βοήθειαν ἰσχυρὰν ἀπὸ
7 τοῦ στόματος πέμψειε τοῖς ὄπισθεν. ἔτυχε μὲν οὖν κατ᾽
ἐκεῖνο καιροῦ τοῖς περὶ αὐτὸν ἐφόδου διδοὺς σημεῖον·
ὡς δ᾽ ἤκουσε τὰ παρὰ τοῦ Παρμενίωνος, οὐκ ἔφη σω-
φρονεῖν αὐτὸν οὐδ᾽ ἐντὸς εἶναι τῶν λογισμῶν, ἀλλ᾽ ἐπι-
λελῆσθαι ταραττόμενον, ὅτι νικῶντες μὲν προσκτήσονται
καὶ τὰ τῶν πολεμίων, ἡττωμένοις δὲ φροντιστέον οὐ
᾽χρημάτων οὐδ᾽ ἀνδραπόδων, ἀλλ᾽ ὅπως ἀποθανοῦνται
καλῶς καὶ λαμπρῶς ἀγωνιζόμενοι.

la sua tenda e si dice che passò il resto della notte in un sonno profondo, contro il suo solito, tanto che i generali sopraggiunti al mattino se ne stupirono, e di loro iniziativa fecero circolare l'ordine che i soldati facessero colazione; poi, siccome il tempo stringeva, Parmenione entrò 2 nella tenda e postosi di fianco al letto lo chiamò per due o tre volte; destatolo in tal modo, gli chiese come mai dormisse il sonno proprio di un vincitore e non di uno che stava per affrontare un pericolo gravissimo. Alessandro 3 sorrise e disse: «Perché mai? non vi pare che abbiamo già vinto, ora che non siamo più costretti a muoverci all'inseguimento, in una terra immensa e desolata, di Dario che cerca di evitare lo scontro?». Non solo dunque prima 4 della battaglia, ma anche durante il combattimento si mostrò grande e sempre presente a se stesso nel riflettere e nell'agire. Lo svolgimento della battaglia infatti vide 5 una confusa ritirata dell'ala sinistra guidata da Parmenione, allorquando i cavalieri della Battriana si avventarono sui Macedoni con grande impeto e violenza, e quando Mazeo[110] mandò fuori dalla falange i cavalieri per attaccare coloro che erano di guardia alle salmerie. Pressato 6 dai due attacchi, Parmenione mandò messi ad Alessandro a dire che il vallo e le salmerie erano perdute se rapidamente egli non avesse mandato rinforzi sufficienti dalla prima linea alla retroguardia. Proprio in quel momen- 7 to Alessandro stava per dare ai suoi il segnale di attacco; quando udì quel che Parmenione chiedeva, disse che quello non era nel pieno possesso delle sue facoltà mentali, e che si era dimenticato, appunto perché era fuor di sé, che se avessero vinto si sarebbero presi anche i bagagli dei vinti, e in caso di sconfitta non si dovevano preoccupare né di bottino né di prigionieri, ma solo di combattere valorosa-

[110] Mazeo, satrapo di Siria e di Mesopotamia, si ritirò dopo la battaglia a Babilonia e consegnò la città ad Alessandro che lo fece appunto satrapo di Babilonia.

8 Ταῦτ' ἐπιστείλας Παρμενίωνι, τὸ κράνος περιέθετο,
τὸν δ' ἄλλον ὁπλισμὸν εὐθὺς ἀπὸ σκηνῆς εἶχεν, ὑπένδυμα
τῶν Σικελικῶν ζωστόν, ἐπὶ δὲ τούτῳ θώρακα διπλοῦν
9 λινοῦν ἐκ τῶν ληφθέντων ἐν Ἰσσῷ. τὸ δὲ κράνος ἦν μὲν
σιδηροῦν, ἔστιλβε δ' ὥσπερ ἄργυρος καθαρός, ἔργον
Θεοφίλου· συνήρμοστο δ' αὐτῷ περιτραχήλιον ὁμοίως
10 σιδηροῦν, λιθοκόλλητον μάχαιραν δὲ θαυμαστὴν βαφῇ
καὶ κουφότητι, δωρησαμένου τοῦ Κιτιέων βασιλέως, [ἣν]
εἶχεν, ἠσκημένος τὰ πολλὰ χρῆσθαι μαχαίρᾳ παρὰ τὰς
11 μάχας. ἐπιπόρπωμα δ' ἐφόρει τῇ μὲν ἐργασίᾳ σοβαρώ-
τερον ἢ κατὰ τὸν ἄλλον ὁπλισμόν· ἦν γὰρ ἔργον Ἑλικῶνος
τοῦ παλαιοῦ, τιμὴ δὲ τῆς Ῥοδίων πόλεως, ὑφ' ἧς ἐδόθη
12 δῶρον· ἐχρῆτο δὲ καὶ τούτῳ πρὸς τοὺς ἀγῶνας. ἄχρι μὲν
οὖν συντάττων τι τῆς φάλαγγος ἢ παρακελευόμενος ἢ
διδάσκων ἢ ἐφορῶν παρεξήλαυνεν, ἄλλον ἵππον εἶχε, τοῦ
Βουκεφάλα φειδόμενος, ἤδη παρήλικος ὄντος· χωροῦντι
δὲ πρὸς ἔργον ἐκεῖνος προσήγετο, καὶ μεταβὰς εὐθὺς
ἦρχεν ἐφόδου.

33. Τότε δὲ τοῖς Θετταλοῖς πλεῖστα διαλεχθεὶς καὶ
τοῖς ἄλλοις Ἕλλησιν, ὡς ἐπέρρωσαν αὐτὸν βοῶντες ἄγειν
ἐπὶ τοὺς βαρβάρους, τὸ ξυστὸν εἰς τὴν ἀριστερὰν μετα-
λαβών, τῇ δεξιᾷ παρεκάλει τοὺς θεούς, ὡς Καλλισθένης φησίν (FGrH 124 F 36), ἐπευχόμενος, εἴπερ ὄντως
Διόθεν ἐστὶ γεγονώς, ἀμῦναι καὶ συνεπιρρῶσαι τοὺς
2 Ἕλληνας. ὁ δὲ μάντις Ἀρίστανδρος, χλανίδα λευκὴν ἔχων
καὶ χρυσοῦν στέφανον, ἐπεδείκνυτο παριππεύων ἀετὸν
ὑπὲρ κεφαλῆς Ἀλεξάνδρου συνεπαιωρούμενον καὶ κατευ-
3 θύνοντα τὴν πτῆσιν ὄρθιον ἐπὶ τοὺς πολεμίους, ὥστε πολὺ
μὲν θάρσος ἐγγενέσθαι τοῖς ὁρῶσιν, ἐκ δὲ τοῦ θαρρεῖν
καὶ παρακαλεῖν ἀλλήλους δρόμῳ τοῖς ἱππεῦσιν ἱεμένοις
4 ἐπὶ τοὺς πολεμίους ἐπικυμαίνειν τὴν φάλαγγα. πρὶν δὲ
συμμεῖξαι τοὺς πρώτους, ἐξέκλιναν οἱ βάρβαροι, καὶ διωγ-
μὸς ἦν πολύς, εἰς τὰ μέσα συνελαύνοντος Ἀλεξάνδρου τὸ

mente, e morire con onore. Questo egli mandò a dire a 8
Parmenione, e intanto si mise l'elmo: il resto dell'armatura l'aveva indosso da quando era uscito dalla tenda: era una sottoveste di Sicilia legata in vita e su di essa una corazza doppia di lino, di quelle prese ad Isso. L'elmo, ope- 9
ra di Teofilo, era di ferro, ma brillava come se fosse di argento puro; vi era attaccata una gorgiera, anch'essa di ferro, adorna di pietre preziose; la spada (egli era allena- 10
to a usare per lo più questo tipo d'arme nelle battaglie), dono del re dei Cizi, era mirabile per la sua tempra e la leggerezza. Portava anche un manto che per la lavorazio- 11
ne era più pregevole di qualunque altra parte della armatura: esso era opera del vecchio Elicone, dono della città di Rodi in segno di onore. Anche questo egli era solito portare in battaglia. Finché si muoveva lungo il suo eser- 12
cito per schierare qualche parte della falange o per dare ordini o istruzioni o per qualunque controllo, egli usava un altro cavallo, risparmiando Bucefalo che era ormai vecchio; ma quando passava all'azione gli portavano Bucefalo, ed egli, montato in groppa, subito iniziava l'attacco.

33. In quel momento, dopo aver a lungo parlato ai Tessali e agli altri Greci, quando, gridando, lo esortarono a condurli contro i barbari, Alessandro, passata la lancia nella sinistra, con la destra alzata invocò gli dei, come dice Callistene, a che venissero in aiuto ai Greci, se egli veramente era figlio di Zeus, e dessero loro forza. L'indovi- 2
no Aristandro, che indossava un mantello bianco e una corona d'oro, passando a cavallo tra le file indicava un'aquila che si librava sulla testa di Alessandro e che con il suo volo si dirigeva in linea retta verso i nemici, cosicché 3
molto coraggio ne venne in chi vedeva, e dal coraggio e dalle reciproche esortazioni la falange, come un'onda, avanzò di corsa dietro i cavalieri che si avventavano contro i nemici. Ma prima che l'avanguardia macedone ve- 4
nisse a contatto, i barbari piegarono in fuga, e ci fu un frenetico inseguimento, nel quale Alessandro spingeva i

5 νικώμενον, ὅπου Δαρεῖος ἦν. πόρρωθεν γὰρ αὐτὸν κατεῖδε,
διὰ τῶν προτεταγμένων ἐν βάθει τῆς βασιλικῆς ἴλης
ἐκφανέντα, καλὸν ἄνδρα καὶ μέγαν ἐφ᾽ ἅρματος ὑψηλοῦ
βεβῶτα, πολλοῖς ἱππεῦσι καὶ λαμπροῖς καταπεφραγμένον,
εὖ μάλα συνεσπειραμένοις περὶ τὸ ἅρμα καὶ παρατεταγ-
6 μένοις δέχεσθαι τοὺς πολεμίους. ἀλλὰ δεινὸς ὀφθεὶς
ἐγγύθεν Ἀλέξανδρος, καὶ τοὺς φεύγοντας ἐμβαλὼν εἰς
7 τοὺς μένοντας, ἐξέπληξε καὶ διεσκέδασε τὸ πλεῖστον. οἱ
δ᾽ ἄριστοι καὶ γενναιότατοι πρὸ τοῦ βασιλέως φονευό-
μενοι καὶ κατ᾽ ἀλλήλων πίπτοντες, ἐμποδὼν τῆς διώ-
ξεως ἦσαν, ἐμπλεκόμενοι καὶ περισπαίροντες αὐτοῖς καὶ
8 ἵπποις. Δαρεῖος δέ, τῶν δεινῶν ἁπάντων ἐν ὀφθαλμοῖς
ὄντων, καὶ τῶν προτεταγμένων δυνάμεων ἐρειπομένων
εἰς αὐτόν, ὡς οὐκ ἦν ἀποστρέψαι τὸ ἅρμα καὶ διεξελάσαι
ῥᾴδιον, ἀλλ᾽ οἵ τε τροχοὶ συνείχοντο πτώμασι πεφυρμένοι
τοσούτοις, οἵ θ᾽ ἵπποι καταλαμβανόμενοι καὶ ἀποκρυπτό-
μενοι τῷ πλήθει τῶν νεκρῶν, ἐξήλλοντο καὶ συνετάραττον
τὸν ἡνίοχον, ἀπολείπει μὲν τὸ ἅρμα καὶ τὰ ὅπλα, θήλειαν
9 δ᾽ ὥς φασι νεοτόκον ἵππον περιβὰς ἔφυγεν. οὐ μὴν τότε γ᾽
ἂν ἐδόκει διαφυγεῖν, εἰ μὴ πάλιν ἧκον ἕτεροι παρὰ τοῦ
Παρμενίωνος ἱππεῖς μετακαλοῦντες Ἀλέξανδρον, ὡς συνεστώσης ἔτι πολλῆς δυνάμεως ἐκεῖ καὶ τῶν πολεμίων οὐκ
10 ἐνδιδόντων. ὅλως γὰρ αἰτιῶνται Παρμενίωνα κατ᾽ ἐκείνην
τὴν μάχην νωθρὸν γενέσθαι καὶ δύσεργον, εἴτε τοῦ γήρως
ἤδη τι παραλύοντος τῆς τόλμης, εἴτε τὴν ἐξουσίαν καὶ
τὸν ὄγκον, ὡς Καλλισθένης φησί (FGrH 124 F 36), τῆς
Ἀλεξάνδρου δυνάμεως βαρυνόμενον καὶ προσφθονοῦντα.
11 τότε δ᾽ οὖν ὁ βασιλεὺς ἀνιαθεὶς τῇ μεταπέμψει, τοῖς
μὲν στρατιώταις οὐκ ἔφρασε τὸ ἀληθές, ἀλλ᾽ ὡς ἄδην
ἔχων τοῦ φονεύειν, καὶ σκότους ὄντος, ἀνάκλησιν ἐσή-
μανεν· ἐλαύνων δὲ πρὸς τὸ κινδυνεῦον μέρος, ἤκουσε καθ᾽
ὁδὸν ἡττῆσθαι παντάπασι καὶ φεύγειν τοὺς πολεμίους.

34. Τοῦτο τῆς μάχης ἐκείνης λαβούσης τὸ πέρας, ἡ μὲν
ἀρχὴ παντάπασιν ἡ Περσῶν ἐδόκει καταλελύσθαι, βασι-

vinti verso il centro, là dove era Dario. Lo aveva visto in- 5
fatti apparire da lontano tra gli uomini dello squadrone
reale, schierati in profondità dinnanzi a lui: un uomo grande e bello in piedi sull'alto cocchio, protetto da molti splendidi cavalieri disposti in buon ordine attorno al suo carro
e pronti a sostenere l'assalto dei nemici. Ma l'apparizio- 6
ne di Alessandro ormai vicino, tremendo a vedersi, che
sospingeva i fuggiaschi contro quelli che ancora resistevano, turbò e scompigliò la maggior parte dei nemici. I 7
più valorosi e i più nobili, uccisi dinnanzi al loro re, ca-
dendo gli uni sugli altri, ritardavano l'inseguimento, perché negli estremi spasimi si avviluppavano tra loro e con
i cavalli. Dario con questo tremendo spettacolo negli oc- 8
chi, mentre l'esercito schierato a sua difesa rifluiva verso
di lui, non potendo più voltare il carro e portarlo fuori
di lì perché le ruote bruttate di sangue si impigliavano nei
così numerosi caduti, e i cavalli circondati e quasi immersi nella massa dei cadaveri si impennavano e spaventava-
no l'auriga, lasciato il carro e le armi montò su una ca-
valla che, a quanto dicono, aveva di recente figliato e fuggì. Ma non sarebbe riuscito in quel momento a cavarsela 9
se non fossero giunti altri messi inviati da Parmenione a
richiamare Alessandro perché dalla loro parte c'era ancora un grosso gruppo di nemici che non si arrendevano.
In generale incolpano Parmenione d'essere stato in quel- 10
la battaglia lento e inconcludente, o che la vecchiaia gli
avesse tolto il coraggio o che invece, come dice Callistene, invidiasse o mal sopportasse l'arroganza e il fasto del
potere di Alessandro. Certo è che allora il re, seccato per 11
questa chiamata, non disse ai soldati il vero, ma diede il
segnale di raccolta come se volesse interrompere la strage
perché già era calato il buio; e dirigendosi verso la parte
in pericolo, durante il trasferimento sentì dire che i nemici erano completamente sconfitti e in fuga.

34. Conclusasi in tal modo la battaglia, sembrò che l'impero persiano fosse completamente sfasciato e Alessan-

λεὺς δὲ τῆς Ἀσίας Ἀλέξανδρος ἀνηγορευμένος, ἔθυε τοῖς
θεοῖς μεγαλοπρεπῶς, καὶ τοῖς φίλοις ἐδωρεῖτο πλούτους
2 καὶ οἴκους καὶ ἡγεμονίας. φιλοτιμούμενος δὲ πρὸς τοὺς
Ἕλληνας, ἔγραψε τὰς τυραννίδας πάσας καταλυθῆναι καὶ
πολιτεύειν αὐτονόμους, ἰδίᾳ δὲ Πλαταιεῦσι τὴν πόλιν
ἀνοικοδομεῖν, ὅτι τὴν χώραν οἱ πατέρες αὐτῶν ἐναγωνί-
σασθαι τοῖς Ἕλλησιν ὑπὲρ τῆς ἐλευθερίας παρέσχον.
3 ἔπεμψε δὲ καὶ Κροτωνιάταις εἰς Ἰταλίαν μέρος τῶν λαφύρων, τὴν Φαΰλλου τοῦ ἀθλητοῦ τιμῶν προθυμίαν καὶ
ἀρετήν, ὃς περὶ τὰ Μηδικά, τῶν ἄλλων Ἰταλιωτῶν ἀπ-
εγνωκότων τοὺς Ἕλληνας, ἰδιόστολον ἔχων ναῦν ἔπλευσεν
4· εἰς Σαλαμῖνα, τοῦ κινδύνου συμμεθέξων. οὕτω τις εὐμενὴς
ἦν πρὸς ἅπασαν ἀρετὴν καὶ καλῶν ἔργων φύλαξ καὶ
οἰκεῖος.

35. Ἐπιὼν δὲ τὴν Βαβυλωνίαν, ἅπασαν εὐθὺς ἐπ' αὐτῷ
γενομένην, ἐθαύμασε μάλιστα τό τε χάσμα τοῦ πυρὸς ἐν
† Ἐκβατάνοις, ὥσπερ ἐκ πηγῆς συνεχῶς ἀναφερομένου,
καὶ τὸ ῥεῦμα τοῦ νάφθα, λιμνάζοντος διὰ τὸ πλῆθος οὐ
2 πόρρω τοῦ χάσματος· ὃς τἄλλα μὲν ἀσφάλτῳ προσέοικεν,
οὕτω δ' εὐπαθὴς πρὸς τὸ πῦρ ἐστιν, ὥστε πρὶν ἢ θιγεῖν
τὴν φλόγα δι' αὐτῆς τῆς περὶ τὸ φῶς ἐξαπτόμενος αὐγῆς
3 τὸν μεταξὺ πολλάκις ἀέρα συνεκκαίειν. ἐπιδεικνύμενοι δὲ
τὴν φύσιν αὐτοῦ καὶ δύναμιν οἱ βάρβαροι τὸν ἄγοντα πρὸς
τὴν κατάλυσιν τοῦ βασιλέως στενωπὸν ἐλαφρῶς τῷ φαρ-
μάκῳ κατεψέκασαν· εἶτα στάντες ἐπ' ἄκρῳ τοὺς λαμπτῆ-
4 ρας τοῖς βεβρεγμένοις προσέθηκαν· ἤδη γὰρ συνεσκόταζε.
τῶν δὲ πρώτων εὐθὺς ἁψαμένων, οὐκ ἔσχεν ἡ ⟨ἐπι⟩νομὴ

dro, proclamato re dell'Asia, fece sontuosi sacrifici agli dei e donò agli amici ricchezze, poderi e province. E desiderando guadagnarsi il favore dei Greci scrisse loro che tutte le tirannidi erano state abolite e che essi ora si governassero autonomamente;[111] in particolare scrisse ai Plateesi che avrebbe ricostruito la loro città perché i loro padri avevano dato ai Greci il luogo ove combattere per la libertà dei Greci.[112] Mandò poi parte del bottino ai Crotoniati,[113] in Italia, per onorare il coraggio e la virtù dell'atleta Faullo che durante le guerre persiane, mentre tutti gli altri italici avevano rifiutato di aiutare i Greci, con una sua nave era andato a Salamina per far la sua parte nel pericolo. Così ben disposto era Alessandro verso ogni forma di valore, e così era amico e custode di gloriose imprese.

35. Viaggiando per l'intera Babilonia, che subito gli si era dichiarata sottomessa, egli ammirò soprattutto a Ecbatana la voragine da cui continuamente, come da una sorgente, esce il fuoco, e la corrente di nafta che si allarga a palude per la sua gran quantità, non lontano da quella voragine. La nafta è in tutto il resto simile all'asfalto, ma è così infiammabile che prima ancora di venire a contatto con la fiamma, sollecitata dallo splendore che ne promana, dà fuoco spesso anche all'aria interposta. Volendone mostrare la natura e il potere, i barbari cosparsero di poco liquido il sentiero che portava all'alloggio del re e poi, standone all'estremità, accostarono le lampade a quanto era stato versato: già stava venendo buio. Subito si incendiarono le prime chiazze e, senza che ci fosse un lasso di

---

[111] In sostanza in tal modo Alessandro si proclamava liberatore dei Greci d'Asia, mentre lasciava persistere in parecchie città della madrepatria greca tirannie filomacedoni.

[112] Il riferimento è alla guerra persiana combattuta nel 479. Platea, distrutta nel 427, ricostruita nel 386 e nuovamente distrutta nel 373, nonostante le promesse, ancora non era stata riedificata.

[113] Della partecipazione dei Crotoniati con Faullo alla guerra contro i Persiani è testimonianza anche in Erodoto (8,47).

χρόνον αἰσθητόν, ἀλλ᾽ ἅμα νοήματι διῖκτο πρὸς θάτερον πέρας, καὶ πῦρ ἐγεγόνει συνεχὲς ὁ στενωπός.

5 Ἦν δέ τις Ἀθηνοφάνης Ἀθηναῖος τῶν περὶ ἄλειμμα καὶ λουτρὸν εἰωθότων τὸ σῶμα θεραπεύειν τοῦ βασιλέως
6 καὶ τὴν διάνοιαν ἐμμελῶς ἀπάγειν ἐπὶ τὸ ῥᾴθυμον. οὗτος ἐν τῷ λουτρῶνι τότε παιδαρίου τῷ Ἀλεξάνδρῳ παρεστῶτος εὐτελοῦς σφόδρα καὶ γελοίου τὴν ὄψιν, ᾄδοντος
7 δὲ χαριέντως, Στέφανος ἐκαλεῖτο, ,,βούλει‘‘ φησὶν ,,ὦ βασιλεῦ διάπειραν ἐν Στεφάνῳ τοῦ φαρμάκου λάβωμεν; ἂν γὰρ ἄψηται τούτου καὶ μὴ κατασβεσθῇ, παντάπασιν ἂν φαίην ἄμαχον καὶ δεινὴν αὐτοῦ τὴν δύναμιν εἶναι.‘‘
8 προθύμως δέ πως καὶ τοῦ παιδαρίου διδόντος ἑαυτὸν πρὸς τὴν πεῖραν, ἅμα τῷ περιαλεῖψαι καὶ θιγεῖν ἐξήνθησε φλόγα τοσαύτην τὸ σῶμα καὶ πυρὶ κατεσχέθη τὸ πᾶν, ὥστε τὸν Ἀλέξανδρον εἰς πᾶν ἀπορίας καὶ δέους
9 ἐλθεῖν. εἰ δὲ μὴ κατὰ τύχην πολλοὶ παρῆσαν ἀγγεῖα πρὸς τὸ λουτρὸν ὕδατος διὰ χειρῶν ἔχοντες, οὐκ ἂν ἔφθασεν ἡ βοήθεια τὴν ἐπινομήν. ἀλλὰ καὶ τότε μόγις κατέσβεσαν τὸ σῶμα τοῦ παιδὸς δι᾽ ὅλου πῦρ γενόμενον, καὶ μετὰ ταῦτα χαλεπῶς ἔσχεν.

10 Εἰκότως οὖν ἔνιοι τὸν μῦθον ἀνασῴζοντες πρὸς τὴν ἀλήθειαν, τοῦτό φασιν εἶναι τὸ τῆς Μηδείας φάρμακον, ᾧ
11 τὸν τραγῳδούμενον στέφανον καὶ τὸν πέπλον ἔχρισεν. οὐ γὰρ ἐξ αὐτῶν ἐκείνων οὐδ᾽ ἀπ᾽ αὐτομάτου λάμψαι τὸ πῦρ, ἀλλὰ φλογὸς ἐγγύθεν παρατεθείσης ὀξεῖαν ὁλκὴν καὶ
12 συναφὴν ἄδηλον αἰσθήσει γενέσθαι. τὰς γὰρ ἀκτῖνας καὶ τὰ ῥεύματα τοῦ πυρὸς ἄπωθεν ἐπερχόμενα, τοῖς μὲν ἄλλοις σώμασι φῶς καὶ θερμότητα προσβάλλειν μόνον, ἐν δὲ τοῖς [ἄλλοις] ξηρότητα πνευματικὴν ἢ νοτίδα λιπαρὰν καὶ διαρκῆ κεκτημένοις ἀθροιζόμενα καὶ πυριγονοῦντα

tempo avvertibile, il fuoco con la velocità del pensiero si estese fino all'altra parte e il sentiero divenne una linea continua di fuoco.

C'era un certo Atenofane, Ateniese, uno di quelli che 5 avevano per loro ufficio di curare la persona del re quando egli si ungeva e faceva il bagno, e di indirizzare con maestria il suo pensiero verso argomenti distensivi. Co- 6 stui, una volta che nel bagno stava vicino ad Alessandro un giovane, un certo Stefano, che era ordinario e ridicolo d'aspetto, ma cantava in modo sublime, disse: «Vuoi, o 7 re, che sperimentiamo questo liquido su Stefano? Se infatti si accende su di lui e non si spegne, allora direi davvero che la sua efficacia è irresistibile e tremenda». Il ra- 8 gazzo con un certo entusiasmo si concesse per la prova, ma non appena si fu cosparso interamente di nafta e gli fu avvicinato il fuoco, si appiccò al corpo una fiamma così violenta che lo bruciava tutto, tanto che Alessandro prese paura e non sapeva che fare, e se per caso non fossero 9 stati presenti parecchi servi che avevano tra le mani secchi d'acqua per il bagno, l'intervento non avrebbe consentito di arrestare la diffusione del fuoco. Ma anche così, a fatica riuscirono a spegnere il fuoco, che s'era diffuso per tutto il corpo del ragazzo, ed egli anche in seguito fu in condizioni gravi. È con verisimiglianza dunque che 10 alcuni, correlando il mito alla realtà, dicono che questo è il farmaco che Medea usò per ungere la corona e il manto di cui si parla nella tragedia.[114] Dicono infatti che il 11 fuoco non sprizzò da questi oggetti, né che s'appiccò autonomamente, ma quando fu loro accostata una fiamma si originò rapidamente un'attrazione che i sensi non colsero. Infatti i raggi e le correnti di calore che provengono 12 da una certa lontananza danno agli altri corpi soltanto luce e calore; invece su quelli che sono secchi e porosi o sono sufficientemente ricchi di umori grassi, si concentrano e

[114] Eur. *Med.* 1156-1221.

¹³ μεταβάλλειν ὀξέως τὴν ὅλην. παρεῖχε δ᾽ ἀπορίαν ἡ γένεσις,
**** εἴτε μᾶλλον ὑπέκκαυμα τῆς φλογὸς ὑπορρεῖ τὸ ὑγρὸν
¹⁴ ἐκ τῆς γῆς, φύσιν λιπαρὰν καὶ πυριγόνον ἐχούσης. καὶ γάρ
ἔστιν ἡ Βαβυλωνία σφόδρα πυρώδης, ὥστε τὰς μὲν κριθὰς
χαμόθεν ἐκπηδᾶν καὶ ἀποπάλλεσθαι πολλάκις, οἷον ὑπὸ
φλεγμονῆς τῶν τόπων σφυγμοὺς ἐχόντων, τοὺς δ᾽ ἀνθρώπους ἐν τοῖς καύμασιν ἐπ᾽ ἀσκῶν πεπληρωμένων ὕδατος
¹⁵ καθεύδειν. Ἅρπαλος δὲ τῆς χώρας ἀπολειφθεὶς ἐπι-
μελητής, καὶ φιλοκαλῶν Ἑλληνικαῖς φυτείαις διακοσμῆσαι
τὰ βασίλεια καὶ τοὺς περιπάτους, τῶν μὲν ἄλλων ἐκράτησε, τὸν δὲ κιττὸν οὐκ ἔστεξεν ἡ γῆ μόνον, ἀλλ᾽ ἀεὶ
διέφθειρεν οὐ φέροντα τὴν κρᾶσιν· ἡ μὲν γὰρ πυρώδης, ὁ
¹⁶ δὲ φιλόψυχρος. τῶν μὲν οὖν τοιούτων παρεκβάσεων, ἂν
μέτρον ἔχωσιν, ἧττον ἴσως οἱ δύσκολοι κατηγορ⟨ήσ⟩ουσιν.

36. Ἀλέξανδρος δὲ Σούσων κυριεύσας, παρέλαβεν ἐν
τοῖς βασιλείοις τετρακισμύρια τάλαντα νομίσματος, τὴν
² δ᾽ ἄλλην κατασκευὴν καὶ πολυτέλειαν ἀδιήγητον. ὅπου
φασὶ καὶ πορφύρας Ἑρμιονικῆς εὑρεθῆναι τάλαντα πεντα-
κισχίλια, συγκειμένης μὲν ἐξ ἐτῶν δέκα δεόντων διακο-
σίων, πρόσφατον δὲ τὸ ἄνθος ἔτι καὶ νεαρὸν φυλαττούσης.
³ αἴτιον δὲ τούτου φασὶν εἶναι τὸ τὴν βαφὴν διὰ μέλιτος
γίνεσθαι τῶν ἁλουργῶν, δι᾽ ἐλαίου δὲ λευκοῦ τῶν λευκῶν·
καὶ γὰρ τούτων τὸν ἴσον χρόνον ἐχόντων τὴν λαμπρότητα
⁴ καθαρὰν καὶ στίλβουσαν ὁρᾶσθαι. Δίνων δέ φησι (FGrH
690 F 23 b) καὶ ὕδωρ ἀπό τε τοῦ Νείλου καὶ τοῦ Ἴστρου
μετὰ τῶν ἄλλων μεταπεμπομένους εἰς τὴν γάζαν ἀποτίθεσθαι τοὺς βασιλεῖς, οἷον ἐκβεβαιουμένους τὸ μέγεθος
τῆς ἀρχῆς καὶ τὸ κυριεύειν ἁπάντων.

danno origine a incendi violenti e trasformano rapidamen- 13
te la materia. Sull'origine della nafta ci sono state molte
discussioni**** o se piuttosto il liquido che alimenta la fiamma promani da una terra che ha natura grassa e infiammabile. La terra di Babilonia è infatti molto infiammabi- 14
le, tanto che spesso semi d'orzo sprizzano dal suolo e sono lanciati in alto come se il calore dei luoghi producesse
sussulti, e durante i periodi di grande calura gli uomini
dormono su otri pieni d'acqua.

Arpalo, rimasto come governatore di quella regione, de- 15
siderando adornare il palazzo reale e i giardini con piante
greche, ebbe successo per tutte le altre, ma per l'edera non
solo la terra non la tollerava, ma sempre la fece morire,
perché questa pianta non può adattarsi: essa vuole il freddo, mentre là la terra è infocata. Ma i lettori forse meno 16
mi incolperanno di questa digressione se la mantengo entro limiti moderati.

36. Impadronitosi di Susa,[115] Alessandro trovò nella
reggia quarantamila talenti di monete coniate e un'infini-
ta quantità di altri oggetti preziosi. Dicono che vi si trova- 2
rono anche cinquemila talenti di porpora di Ermione,[116]
che era lì da centonovanta anni, ma che era ancora di colore fresco e vivo: ciò è dovuto al fatto che la tintura del 3
panno di porpora si fa con miele, e quella della stoffa bianca con olio chiaro; dicono che anche di questa si conserva
la lucentezza brillante a ugual distanza di tempo.
Dinone[117] narra che i re di Persia mandavano a prendere 4
acqua dal Nilo e dal Danubio, e la mettevano con le altre
cose preziose nel tesoro reale, per dar conferma della estensione del loro regno e del loro dominio universale.

[115] Dopo essersi fermato poco più di un mese a Babilonia, Alessandro si recò a Susa, che distava circa 600 km, e vi giunse dopo tre settimane.
[116] Ermione è un porto dell'Argolide, nel Peloponneso. La porpora
proveniente di lì era ritenuta quella di miglior qualità.
[117] Padre dello storico Clitarco, scrisse una storia degli imperi orien-
tali sotto il titolo *Persikà*.

37. Τῆς δὲ Περσίδος οὔσης διὰ τραχύτητα δυσεμβόλου καὶ φυλαττομένης ὑπὸ ⟨τῶν⟩ γενναιοτάτων Περσῶν (Δαρεῖος μὲν γὰρ ἐπεφεύγει), γίγνεταί τινος περιόδου κύκλον ἐχούσης οὐ πολὺν ἡγεμὼν αὐτῷ δίγλωσσος ἄνθρωπος, ἐκ πατρὸς Λυκίου, μητρὸς δὲ Περσίδος γε-
2 γονώς· ὃ φασιν ἔτι παιδὸς ὄντος Ἀλεξάνδρου τὴν Πυθίαν προειπεῖν, ὡς Λύκιος ἔσται καθηγεμὼν Ἀλεξάνδρῳ τῆς ἐπὶ Πέρσας πορείας ****

3 Φόνον μὲν οὖν ἐνταῦθα πολὺν τῶν ἁλισκομένων γενέ-σθαι συνέπεσε· γράφει γὰρ αὐτός, ὡς νομίζων αὐτῷ τοῦτο λυσιτελεῖν, ἐκέλευεν ἀποσφάττεσθαι τοὺς ἀνθρώπους·
4 νομίσματος δ' εὑρεῖν πλῆθος ὅσον ἐν Σούσοις, τὴν δ' ἄλλην κατασκευὴν καὶ τὸν πλοῦτον ἐκκομισθῆναί φασι μυρίοις
5 ὀρικοῖς ζεύγεσι καὶ πεντακισχιλίαις καμήλοις. Ξέρξου δ' ἀνδριάντα μέγαν θεασάμενος ὑπὸ πλήθους τῶν ὠθου-μένων εἰς τὰ βασίλεια πλημμελῶς ἀνατετραμμένον, ἐπ-έστη, καὶ καθάπερ ἔμψυχον προσαγορεύσας ,,πότερόν σε'' εἶπε ,,διὰ τὴν ἐπὶ τοὺς Ἕλληνας στρατείαν κείμενον παρέλθωμεν, ἢ διὰ τὴν ἄλλην μεγαλοφροσύνην καὶ ἀρετὴν ἐγείρωμεν;'' τέλος δὲ πολὺν χρόνον πρὸς ἑαυτῷ γενό-
6 μενος καὶ σιωπήσας, παρῆλθε. βουλόμενος δὲ τοὺς στρα-τιώτας ἀναλαβεῖν (καὶ γὰρ ἦν χειμῶνος ὥρα), τέσσαρας μῆνας αὐτόθι διήγαγε.

7 Λέγεται δὲ καθίσαντος αὐτοῦ τὸ πρῶτον ὑπὸ τὸν χρυ-σοῦν οὐρανίσκον ἐν τῷ βασιλικῷ θρόνῳ, τὸν Κορίνθιον Δημάρατον, εὔνουν ὄντ' ἄνδρα καὶ πατρῷον φίλον Ἀλεξάνδρου, πρεσβυτικῶς ἐπιδακρῦσαι καὶ εἰπεῖν, ὡς μεγάλης ἡδονῆς ἐστεροῖντο τῶν Ἑλλήνων οἱ τεθνηκότες πρὶν ἰδεῖν Ἀλέξανδρον ἐν τῷ Δαρείου θρόνῳ καθήμενον. **38.** Ἐκ τούτου μέλλων ἐξελαύνειν ἐπὶ Δαρεῖον, ἔτυχε μὲν εἰς μέθην τινὰ καὶ παιδιὰν τοῖς ἑταίροις ἑαυτὸν δεδωκώς, ὥστε καὶ γύναια συμπίνειν, ἐπὶ κῶμον ἥκοντα

37. La Persia era di difficile accesso per l'asprezza dei luoghi ed era presidiata dai più nobili Persiani (Dario era infatti fuggito). Fece da guida ad Alessandro, per un giro non molto lungo, un uomo che parlava due lingue, nato da padre licio e da madre persiana; dicono appunto che 2 quando ancora Alessandro era bambino la Pizia riferendosi a costui profetizzò che un «lupo» gli avrebbe fatto da guida nella spedizione contro i Persiani****[118] Qui av- 3 venne una gran strage di prigionieri; lo stesso Alessandro scrive che diede personalmente ordine di ucciderli, ritenendo che ciò gli sarebbe stato vantaggioso. Qui fu tro- 4 vato tanto danaro quanto a Susa, e per rimuovere oggetti preziosi e oro furono necessarie diecimila coppie di muli e cinquemila cammelli.

Alessandro, nel vedere una gran statua di Serse che era 5 stata buttata a terra senza riguardo dalla massa di coloro che premevano per entrare nella reggia, si fermò, e come se si rivolgesse ad un vivo disse: «Devo io passare oltre e lasciarti qui disteso per terra, a causa della guerra che facesti contro i Greci, o devo rialzarti per la tua magnanimità e virtù?». Stette a lungo concentrato in se stesso, in silenzio, e poi passò oltre.

Volendo far riposare i soldati (era inverno), rimase lì 6 quattro mesi. Si dice che quando si sedette per la prima 7 volta sotto il padiglione d'oro, sul trono reale, Demarato di Corinto che era affezionato ad Alessandro ed era amico del padre di lui, si mise a piangere, come sono soliti i vecchi, e disse che erano privati di un grande piacere i Greci morti prima di vedere Alessandro assiso sul trono di Dario.

38. In seguito, quando stava per marciare contro Dario, acconsentì a partecipare a un gioioso banchetto con gli amici; erano venute anche delle donne presso i loro

[118] Il gioco di parole in greco sta tra «lykos» che significa «lupo» e «lykios» che significa «licio».

² πρὸς τοὺς ἐραστάς. ἐν δὲ τούτοις εὐδοκιμοῦσα μάλιστα
Θαῒς ἡ Πτολεμαίου τοῦ βασιλεύσαντος ὕστερον ἑταίρα,
γένος Ἀττική, τὰ μὲν ἐμμελῶς ἐπαινοῦσα, τὰ δὲ παίζουσα
πρὸς τὸν Ἀλέξανδρον, ἅμα τῇ μέθῃ λόγον εἰπεῖν προήχθη,
τῷ μὲν τῆς πατρίδος ἤθει πρέποντα, μείζονα δ᾽ ἢ καθ᾽
³ αὑτήν. ἔφη γάρ, ὧν πεπόνηκε πεπλανημένη τὴν Ἀσίαν,
ἀπολαμβάνειν χάριν ἐκείνης τῆς ἡμέρας, ἐντρυφῶσα τοῖς
⁴ ὑπερηφάνοις Περσῶν βασιλείοις· ἔτι δ᾽ ἂν ἥδιον ὑπο-
πρῆσαι κωμάσασα τὸν Ξέρξου τοῦ κατακαύσαντος τὰς
Ἀθήνας οἶκον, αὐτὴ τὸ πῦρ ἅψασα τοῦ βασιλέως ὁρῶντος,
ὡς ἂν λόγος ἔχῃ πρὸς ἀνθρώπους, ὅτι τῶν ναυμάχων καὶ
πεζομάχων ἐκείνων στρατηγῶν τὰ μετ᾽ Ἀλεξάνδρου γύναια μείζονα δίκην ἐπέθηκε Πέρσαις ὑπὲρ τῆς Ἑλλάδος.
⁵ ἅμα δὲ τῷ λόγῳ τούτῳ κρότου καὶ θορύβου γενομένου
καὶ παρακελεύσεως τῶν ἑταίρων καὶ φιλοτιμίας, ἐπι-
σπασθεὶς ὁ βασιλεὺς καὶ ἀναπηδήσας ἔχων στέφανον καὶ
⁶ λαμπάδα προῆγεν· οἱ δ᾽ ἑπόμενοι κώμῳ καὶ βοῇ περι-
ίσταντο τὰ βασίλεια, καὶ τῶν ἄλλων Μακεδόνων οἱ
⁷ πυνθανόμενοι συνέτρεχον μετὰ λαμπάδων χαίροντες. ἤλπι-
ζον γὰρ ὅτι τοῖς οἴκοι προσέχοντός ἐστι τὸν νοῦν καὶ μὴ
μέλλοντος ἐν βαρβάροις οἰκεῖν τὸ πιμπράναι τὰ βασίλεια
⁸ καὶ διαφθείρειν. οἱ μὲν οὕτω ταῦτα γενέσθαι φασίν, οἱ
δ᾽ ἀπὸ γνώμης· ὅτι δ᾽ οὖν μετενόησε ταχὺ καὶ κατασβέσαι
προσέταξεν, ὁμολογεῖται.

39. Φύσει δ᾽ ὢν μεγαλοδωρότατος, ἔτι μᾶλλον ἐπέδω-
κεν εἰς τοῦτο τῶν πραγμάτων αὐξομένων· καὶ προσῆν
ἡ φιλοφροσύνη, μεθ᾽ ἧς μόνης ὡς ἀληθῶς οἱ διδόντες

amanti, a far festa e a bere. Fra queste era specialmente 2
famosa Taide,[119] Ateniese, amante di quel Tolomeo che
fu poi re. Ella, un poco lodando abilmente Alessandro,
un poco scherzando, riscaldata dal vino, si indusse a pro-
nunciare un discorso che si armonizzava al costume della
sua patria, ma era troppo elevato per una come lei. Disse 3
che di tutti i travagli, patiti errando per l'Asia, ella si riteneva ripagata in quel giorno nel quale faceva festa nella
magnifica reggia dei Persiani; ma con maggior piacere 4
avrebbe bruciato la dimora di Serse, che aveva dato alle
fiamme Atene,[120] appiccando ella stessa il fuoco sotto gli
occhi del re, perché si diffondesse tra la gente la voce che
le donne venute con Alessandro avevano inflitto ai Persiani, per vendicare la Grecia, un colpo più grave di quanti
ne avevano inferti strateghi di terra e di mare. Queste pa- 5
role furono accompagnate da grida di applauso e nello
stesso tempo da sollecitazioni degli amici verso il re, il quale, lasciandosi trascinare, balzò in piedi e con la corona
in capo e una torcia in mano si mosse per primo: gli altri, 6
seguendolo con sfrenate grida, si disposero attorno alla
reggia, e tutti i Macedoni che lo vennero a sapere accorsero lieti con delle torce. Essi infatti pensavano che bru- 7
ciare e distruggere la reggia fosse proprio di chi pensa alla sua casa e non ha intenzione di fermarsi tra i barbari.
Alcuni dicono che le cose andarono così, altri invece di- 8
cono che ci fu premeditazione; si è comunque d'accordo
che rapidamente Alessandro cambiò parere e ordinò di
spegnere l'incendio.

39. Egli, che era per natura generosissimo, ancor più
si abbandonò a generosità quando le sue ricchezze aumentarono; aveva anche quell'amabilità con la quale sola, ve-

---

[119] Taide fu famosissima cortigiana ateniese che diede anche titolo
ad una commedia di Menandro. Dopo la morte di Alessandro divenne
l'amante di Tolomeo, l'iniziatore della dinastia egizia, cui diede tre figli: Leontisco, Lago, Eirene.
[120] Nell'anno 480, nel corso della seconda guerra persiana.

2 χαρίζονται. μνησθήσομαι δ' ὀλίγων. Ἀρίστων ὁ τῶν
Παιόνων ἡγούμενος, ἀποκτείνας πολέμιον ἄνδρα καὶ τὴν
κεφαλὴν ἐπιδειξάμενος αὐτῷ, ,,τοῦτ'" εἶπεν ,,ὦ βασιλεῦ
παρ' ἡμῖν ἐκπώματος χρυσοῦ τιμᾶται τὸ δῶρον." ὁ δ'
Ἀλέξανδρος γελάσας ,,κενοῦ γ'" εἶπεν, ,,ἐγὼ δέ σοι μεστὸν
3 ἀκράτου προπίομαι." τῶν δὲ πολλῶν τις Μακεδόνων
ἤλαυνεν ἡμίονον, βασιλικὸν χρυσίον κομίζοντα· κάμνοντος
δὲ τοῦ κτήνους, αὐτὸς ἀράμενος ἐκόμιζε τὸ φορτίον.
ἰδὼν οὖν ὁ βασιλεὺς θλιβόμενον αὐτὸν σφόδρα καὶ
πυθόμενος τὸ πρᾶγμα, μέλλοντος κατατίθεσθαι, ,,μὴ
κάμῃς" εἶπεν, ,,ἀλλὰ πρόσθες ἔτι τὴν λοιπὴν ὁδὸν ἐπὶ
4 τὴν σκηνήν, ἑαυτῷ τοῦτο κομίσας." ὅλως δ' ἤχθετο τοῖς
μὴ λαμβάνουσι μᾶλλον ἢ τοῖς αἰτοῦσι. καὶ Φωκίωνι μὲν
ἔγραψεν ἐπιστολήν, ὡς οὐ χρησόμενος αὐτῷ φίλῳ τὸ
5 λοιπόν, εἰ διωθοῖτο τὰς χάριτας. Σεραπίωνι δὲ τῶν ἀπὸ
σφαίρας τινὶ νεανίσκων οὐδὲν ἐδίδου διὰ τὸ μηδὲν αἰτεῖν.
ὡς οὖν εἰς τὸ σφαιρίζειν παραγενόμενος ὁ Σεραπίων ἄλλοις
ἔβαλλε τὴν σφαῖραν, εἰπόντος δὲ τοῦ βασιλέως ,,ἐμοὶ δ' οὐ
δίδως;" ,,οὐ γὰρ αἰτεῖς" εἶπε, τούτῳ μὲν δὴ γελάσας
6 πολλὰ δέδωκε. Πρωτέᾳ δέ τινι τῶν περὶ σκώμματα καὶ
πότον οὐκ ἀμούσων ἔδοξε δι' ὀργῆς γεγονέναι· τῶν δὲ
φίλων δεομένων κἀκείνου δακρύοντος, ἔφη διαλλάτ-
τεσθαι· κἀκεῖνος ,,οὐκοῦν" εἶπεν ,,ὦ βασιλεῦ δός τί μοι
πιστὸν πρῶτον." ἐκέλευσεν οὖν αὐτῷ πέντε τάλαντα δο-

ramente, chi dà ottiene riconoscenza. Citerò qualche esempio. Aristone, capo dei Peoni,[121] aveva ucciso un nemico e mostrandone la testa disse: «O re, questo dono da noi è ricompensato con una tazza d'oro!». Alessandro ridendo disse: «Una tazza vuota! Io invece te la donerò, dopo aver con te brindato con vino puro». Un'altra volta uno dei Macedoni di basso ceto sospingeva un asino che portava l'oro del re; quando la bestia fu stanca egli stesso prese il carico su di sé. Il re lo vide molto affaticato, e conosciutane la causa, mentre egli stava per deporre il fardello gli disse: «Non cedere, ma aggiungi un tratto di strada che porta alla tua tenda, e colà porta, per te, questo carico». In generale egli era più dispiaciuto nei riguardi di chi non accettava doni che nei riguardi di chi ne chiedeva. Così scrisse a Focione[122] per dirgli che non lo avrebbe più considerato amico se non accettava i suoi doni. Invece a Serapione, uno dei giovani che giocavano con lui a palla, nulla diede perché nulla gli aveva chiesto. Quando, una volta, giocando a palla, Serapione lanciava ad altri e il re gli chiese: «A me non la passi?», «Non me la chiedi» rispose lui, e Alessandro rise della battuta e in seguito gli fece molti doni. Parve invece che si fosse adirato con Protea, un uomo fine nelle conversazioni e nei banchetti; gli amici allora intervennero per pregarlo di deporre l'ira e lo stesso Protea si mise a piangere; Alessandro allora disse che si riteneva con lui riconciliato, e Protea: «Allora, o re, dammi qualcosa che lo provi»; perciò il re gli fece dare cinque talenti. Quanto alle ricchezze di-

[121] I Peoni erano una popolazione dell'estremo nord della Macedonia la cui cavalleria partecipò alla spedizione di Alessandro sin dall'inizio e si distinse nelle tre battaglie principali del Granico, di Isso e di Gaugamela.

[122] Famoso generale e politico ateniese, convinto della inutilità di opporsi ai Macedoni, tentò di favorire accordi con essi. Trattò con Filippo dopo la battaglia di Cheronea. Dopo la distruzione di Tebe nel 335 si incontrò con Alessandro per evitare l'arresto dei politici ateniesi. Data da quel momento la sua amicizia con Alessandro che durò sino alla morte.

7 θῆναι. περὶ δὲ τῶν τοῖς φίλοις καὶ τοῖς σωματοφύλαξι νεμομένων πλούτων, ἡλίκον εἶχον ὄγκον, ἐμφαίνει δι' ἐπιστολῆς Ὀλυμπιάς, ἣν ἔγραψε πρὸς αὐτόν. ,,ἄλλως" φησὶν ,,εὖ ποίει τοὺς φίλους καὶ ἐνδόξους ἔχε· νῦν δ' ἰσο- βασιλέας πάντας ποιεῖς, καὶ πολυφιλίας παρασκευάζεις 8 αὐτοῖς, ἑαυτὸν δ' ἐρημοῖς." πολλάκις δὲ τοιαῦτα τῆς Ὀλυμπιάδος γραφούσης, ἐφύλαττεν ἀπόρρητα τὰ γράμ- ματα, πλὴν ἅπαξ Ἡφαιστίωνος ὥσπερ εἰώθει λυθεῖσαν ἐπιστολὴν αὐτῷ συναναγινώσκοντος, οὐκ ἐκώλυσεν, ἀλλὰ τὸν δακτύλιον ἀφελόμενος τὸν αὑτοῦ, προσέθηκε τῷ 9 ἐκείνου στόματι τὴν σφραγίδα. Μαζαίου δὲ τοῦ μεγίστου παρὰ Δαρείῳ γενομένου παιδὶ σατραπείαν ἔχοντι δευτέραν προσετίθει μείζονα. παραιτούμενος δ' ἐκεῖνος εἶπεν· ,,ὦ βασιλεῦ, τότε μὲν ἦν εἷς Δαρεῖος, νῦν δὲ σὺ πολλοὺς 10 πεποίηκας Ἀλεξάνδρους." Παρμενίωνι μὲν οὖν τὸν Βαγώου ἔδωκεν οἶκον, ἐν ᾧ λέγεται τῶν περισσῶν ἱματισμὸν 11 χιλίων ταλάντων εὑρεθῆναι. πρὸς δ' Ἀντίπατρον ἔγραφε κελεύων ἔχειν φύλακας τοῦ σώματος ὡς ἐπιβουλευόμε- 12 νον. τῇ δὲ μητρὶ πολλὰ μὲν ἐδωρεῖτο καὶ κατέπεμπεν, οὐκ εἴα δὲ πολυπραγμονεῖν οὐδὲ παραστρατηγεῖν· ἐγκα- 13 λούσης δὲ πράως ἔφερε τὴν χαλεπότητα. πλὴν ἅπαξ ποτ' Ἀντιπάτρου μακρὰν κατ' αὐτῆς γράψαντος ἐπιστολήν, ἀναγνοὺς ἀγνοεῖν εἶπεν Ἀντίπατρον, ὅτι μυρίας ἐπιστολὰς ἓν δάκρυον ἀπαλείφει μητρός.

40. Ἐπεὶ δὲ τοὺς περὶ αὑτὸν ἑώρα παντάπασιν ἐκτε- τρυφηκότας καὶ φορτικοὺς ταῖς διαίταις καὶ πολυτελείαις ὄντας, ὥσθ' Ἅγνωνα μὲν τὸν Τήϊον ἀργυροῦς ἐν ταῖς κρηπῖσιν ἥλους φορεῖν, Λεοννάτῳ δὲ πολλαῖς καμήλοις ἀπ' Αἰγύπτου κόνιν εἰς τὰ γυμνάσια παρακομίζεσθαι, Φιλώτᾳ δὲ πρὸς θήρας σταδίων ἑκατὸν αὐλαίας † γεγονέναι,

stribuite agli amici e alle guardie del corpo, c'è una lettera di Olimpiade, scritta ad Alessandro, che testimonia quale vanto essi ne menassero. Essa dice: «Cerca di fare del bene ai tuoi amici e di renderli famosi in altro modo; ora infatti tu li rendi tutti simili a re, e procuri loro molte amicizie, ma rendi te stesso solo». Olimpiade gli scrisse di frequente in tal senso, ed egli teneva segrete queste lettere, fuori che una volta, quando non impedì ad Efestione di leggerne una che egli, secondo il suo solito, gli aveva aperta; però si sfilò dal dito l'anello e ne impresse il sigillo sulle labbra dell'amico. Al figlio del Mazeo che era stato potentissimo presso Dario, che già aveva una satrapia, ne diede un'altra ancor maggiore; ma egli la rifiutò dicendo: «O re, allora c'era un solo Dario, ora tu hai fatto parecchi Alessandro».

A Parmenione diede la casa di Bagoa[123] a Susa, nella quale si dice si trovassero splendide vesti del valore di mille talenti; ad Antipatro scrisse di tenersi delle guardie del corpo perché si complottava contro di lui. Alla madre mandò molti doni, ma non le permetteva di interferire in affari politici o militari; quando ella lo accusava di qualcosa, sopportava pazientemente la sua asprezza. Una volta Antipatro gli scrisse una lunga lettera contro Olimpiade; egli la lesse e disse che Antipatro non sapeva che una lacrima di madre cancella diecimila lettere.

40. Quando vide che quelli della sua cerchia si erano al tutto infiacchiti ed erano diventati volgari nel modo di vivere e di spendere, tanto che Agnone di Teo portava fibbie d'argento alle scarpe, Leonnato si era fatto portare la sabbia per la palestra dall'Egitto mediante una carovana di cammelli, e Filota aveva reti di cento stadi per la caccia, e quando si davano agli esercizi ginnici e al bagno

---

[123] Si tratta forse di quell'ufficiale che avvelenò Artaserse III nel 338 e il suo figlio Arses nel 336, e fu a sua volta prontamente avvelenato da Dario III che egli aveva collocato sul trono.

μύρῳ δὲ χρωμένους ἰέναι πρὸς ἄλειμμα καὶ λουτρὸν
ὅσῳ ⟨πρότερον⟩ οὐδ᾽ ἐλαίῳ, τρίπτας δὲ καὶ κατευναστὰς
2 περιαγομένους, ἐπετίμησε πράως καὶ φιλοσόφως, θαυμάζειν φάμενος, εἰ τοσούτους ἠγωνισμένοι καὶ τηλικού-
τους ἀγῶνας, οὐ μνημονεύουσιν ὅτι τῶν καταπονηθέντων
οἱ καταπονήσαντες ἥδιον καθεύδουσιν, οὐδ᾽ ὁρῶσι τοῖς
Περσῶν βίοις τοὺς ἑαυτῶν παραβάλλοντες, ὅτι δουλικώ-
τατον μέν ἐστι τὸ τρυφᾶν, βασιλικώτατον δὲ τὸ πονεῖν.
3 „καίτοι πῶς ἄν τις" ἔφη „δι᾽ ἑαυτοῦ θεραπεύσειεν ἵππον
ἢ λόγχην ἀσκήσειεν ἢ κράνος, ἀπειθικὼς τοῦ φιλτάτου
σώματος ἅπτεσθαι τὰς χεῖρας;" „οὐκ ἴστ᾽" εἶπεν „ὅτι
τοῦ κρατεῖν πέρας ἡμῖν ἐστι τὸ μὴ ταὐτὰ ποιεῖν τοῖς
4 κεκρατημένοις;" ἐπέτεινεν οὖν ἔτι μᾶλλον αὐτὸς ἑαυτόν,
ἐν ταῖς στρατείαις καὶ τοῖς κυνηγεσίοις κακοπαθῶν καὶ
παραβαλλόμενος, ὥστε καὶ Λάκωνα πρεσβευτήν, παρα-
γενόμενον αὐτῷ λέοντα καταβάλλοντι μέγαν, εἰπεῖν· „καλῶς γ᾽ Ἀλέξανδρε πρὸς τὸν λέοντα ἠγώνισαι περὶ τᾶς
5 βασιλείας." τοῦτο τὸ κυνήγιον Κρατερὸς εἰς Δελφοὺς
ἀνέθηκεν, εἰκόνας χαλκᾶς ποιησάμενος τοῦ λέοντος καὶ
τῶν κυνῶν, καὶ τοῦ βασιλέως τῷ λέοντι συνεστῶτος, καὶ
αὐτοῦ προσβοηθοῦντος, ὧν τὰ μὲν Λύσιππος ἔπλασε, τὰ
δὲ Λεωχάρης.

41. Ἀλέξανδρος μὲν οὖν ἑαυτὸν ἀσκῶν ἅμα καὶ τοὺς
ἄλλους παροξύνων πρὸς ἀρετὴν ἐκινδύνευεν· οἱ δὲ φίλοι
διὰ πλοῦτον καὶ ὄγκον ἤδη τρυφᾶν βουλόμενοι καὶ σχολάζειν, ἐβαρύνοντο τὰς πλάνας καὶ τὰς στρατείας, καὶ
κατὰ μικρὸν οὕτω προῆλθον εἰς τὸ βλασφημεῖν καὶ κακῶς
2 λέγειν αὐτόν. ὁ δὲ καὶ πάνυ πράως ἐν ἀρχῇ πρὸς ταῦτα
διέκειτο, φάσκων βασιλικὸν εἶναι τὸ κακῶς ἀκούειν εὖ

usavano mirra tanti quanti non erano quelli che usavano l'olio, e si portavano attorno anche massaggiatori e valletti, li rimproverò senza asprezza, facendo appello alla ragione. Diceva di essere stupito che essi, che pure avevano combattuto tante e tali lotte, non ricordassero che dormono meglio coloro che si sono stancati che non quelli che sono stati resi fiacchi, e non vedessero, paragonando la loro vita a quella dei Persiani, che il vivere nelle mollezze è estremamente servile, mentre è da re l'operare. E aggiungeva: «E poi, come potrebbe uno curare da solo il cavallo o tenere in ordine la lancia e l'elmo se ha disabituato le sue mani a toccare il suo corpo?». «Non sapete» diceva «che il massimo della nostra vittoria sta nel non fare quello che fanno i vinti?» E perciò ancor più si dava alle attività militari e alla caccia, faticando ed esponendosi a rischi, tanto che un messo spartano, che gli era vicino quando stava abbattendo un grosso leone, disse: «O Alessandro, hai lottato bene contro il leone per vedere chi di voi due sarebbe rimasto re». Di questa scena di caccia Cratero ha lasciato un ricordo a Delfi:[124] con figure di bronzo sono raffigurati il leone, i cani, il re che è in lotta con il leone e Cratero che gli viene in aiuto: alcune figure sono opera di Lisippo, altre di Leocare.[125]

41. Nell'esercitare se stesso e nello spingere gli altri alla virtù Alessandro si esponeva al pericolo, e gli amici che ormai, per le fastose ricchezze accumulate, volevano darsi alla bella vita e stare tranquilli, recalcitravano alle marce, alle spedizioni, e a poco a poco giunsero a criticarlo e a sparlare di lui. Da principio egli si comportava con grande mitezza di fronte a queste critiche, e diceva che è proprio del re essere criticato anche quando agisce be-

[124] Verso la fine del secolo scorso fu trovata a Delfi l'iscrizione di dedica di questa celebrata opera.
[125] Leocare è il famoso scultore ateniese che, tra l'altro, fece statue criselefantine di Aminta, Filippo, Olimpiade e Alessandro per il Filippeion di Olimpia.

3 ποιοῦντα. καίτοι τὰ μὲν μικρότατα τῶν γενομένων τοῖς
συνήθεσι παρ᾽ αὐτοῦ σημεῖα μεγάλης ὑπῆρχεν εὐνοίας
4 καὶ τιμῆς· ὧν ὀλίγα παραθήσομαι. Πευκέστᾳ μὲν ἔγραψε
μεμφόμενος, ὅτι δηχθεὶς ὑπ᾽ ἄρκτου τοῖς μὲν ἄλλοις
ἔγραψεν, αὐτῷ δ᾽ οὐκ ἐδήλωσεν. ,,ἀλλὰ νῦν γε" φησί
,,γράψον τε πῶς ἔχεις, καὶ μή τινές σε τῶν συγκυνηγε-
5 τούντων ἐγκατέλιπον, ἵνα δίκην δῶσι." τοῖς δὲ περὶ
Ἡφαιστίωνα διὰ πράξεις τινὰς ἀποῦσιν ἔγραψεν, ὅτι
παιζόντων αὐτῶν πρὸς ἰχνεύμονα τῷ Περδίκκου δορατίῳ
6 περιπεσὼν Κρατερὸς τοὺς μηροὺς ἐτρώθη. Πευκέστα δὲ
σωθέντος ἔκ τινος ἀσθενείας, ἔγραψε πρὸς Ἀλέξιππον τὸν
ἰατρὸν εὐχαριστῶν. Κρατεροῦ δὲ νοσοῦντος ὄψιν ἰδὼν
καθ᾽ ὕπνον, αὐτός τέ τινας θυσίας ἔθυσεν ὑπὲρ αὐτοῦ,
7 κἀκεῖνον [θῦσαι] ἐκέλευσεν. ἔγραψε δὲ καὶ Παυσανίᾳ τῷ
ἰατρῷ βουλομένῳ τὸν Κρατερὸν ἐλλεβορίσαι, τὰ μὲν
ἀγωνιῶν, τὰ δὲ παραινῶν ὅπως χρήσηται τῇ φαρμακείᾳ.
8 τοὺς δὲ πρώτους τὴν Ἁρπάλου φυγὴν καὶ ἀπόδρασιν ἀπαγ-
γείλαντας ἔδησεν, Ἐφιάλτην καὶ Κίσσον, ὡς καταψευδο-
9 μένους τοῦ ἀνδρός. ἐπεὶ δέ, τοὺς ἀσθενοῦντας αὐτοῦ καὶ
γέροντας εἰς οἶκον ἀποστέλλοντος, Εὐρύλοχος Αἰγαῖος
ἐνέγραψεν ἑαυτὸν εἰς τοὺς νοσοῦντας, εἶτα φωραθεὶς
ἔχων οὐδὲν κακόν, ὡμολόγησε Τελεσίππας ἐρᾶν καὶ συν-
επακολουθεῖν ἐπὶ θάλασσαν ἀπιούσης ἐκείνης, ἠρώτησε
10 τίνων ἀνθρώπων ἐστὶ τὸ γύναιον. ἀκούσας δ᾽ ὅτι τῶν ἐλευθέρων ἑταιρῶν ,,ἡμᾶς μὲν" εἶπεν ,,ὦ Εὐρύλοχε συνερῶντας
ἔχεις· ὅρα δ᾽ ὅπως πείθωμεν ἢ λόγοις ἢ δώροις τὴν Τελε-
σίππαν, ἐπειδήπερ ἐξ ἐλευθέρων ἐστί."

42. Θαυμάσαι δ᾽ αὐτὸν ἔστιν, ὅτι καὶ μέχρι τοιούτων

ne. Eppure anche nei minimi rapporti con gli amici dava 3
chiaramente a vedere grande benevolenza e stima: citerò
pochi episodi. Scrisse a Peucesta[126] rimproverandolo per- 4
ché, morsicato da un orso, ne aveva informato altri, ma
non lui. «Almeno ora» dice «scrivimi come stai, e se alcuni dei tuoi compagni di caccia ti hanno abbandonato,
affinché siano puniti». Ad Efestione, assente per certi af- 5
fari, scrisse che mentre si divertiva con altri alla caccia di
un icneumone, Cratero era caduto sulla lancia di Perdicca e s'era ferito alle cosce. Quando Peucesta guarì di una 6
malattia scrisse al medico Alessippo per ringraziarlo.
Quando Cratero fu malato, ebbe in sogno una visione per
la quale egli stesso fece alcuni sacrifici e anche a lui rac-
comandò di farne. Scrisse anche al medico Pausania che 7
voleva dare a Cratero l'elleboro, da un lato manifestando la sua inquietudine, e dall'altro consigliando come valersi di quella medicina. Fece incarcerare Efialte e Cisso 8
che per primi gli diedero notizia della fuga di Arpalo,[127]
convinto che fosse una calunnia. Una volta egli stava ri- 9
mandando in patria dei suoi soldati malati e vecchi, e Euriloco di Egea si iscrisse tra i malati; quando si scoprì che
stava bene di salute, egli disse a sua giustificazione di essere innamorato di Telesippa e di volerla seguire dato che
ella scendeva al mare. Alessandro chiese di quale condizione fosse quella donna, e quando sentì che era un'etera 10
di condizione libera disse: «Euriloco, tu mi hai come tuo
alleato in questo tuo amore; ma vedi come possiamo per-
suaderla o con discorsi o con doni, giacché è di condizione libera».

42. È stupefacente che egli abbia avuto tempo per gli

[126] Un generale di Alessandro che lo salvò all'assedio della città dei
Malli (vd. *infra* 63). Fu poi fatto satrapo di Persia e mantenne la carica
anche dopo la morte di Alessandro.
[127] In relazione a questa fuga nulla di certo si sa, dato che nulla si
sa di Efialte e di Cisso. Potrebbe anche essere la fuga del 324, quando
Arpalo venne ad Atene con 7000 talenti.

ἐπιστολῶν τοῖς φίλοις ἐσχόλαζεν· οἷα γράφει παῖδα Σε-
λεύκου εἰς Κιλικίαν ἀποδεδρακότα κελεύων ἀναζητῆσαι,
καὶ Πευκέσταν ἐπαινῶν ὅτι Νίκωνα Κρατεροῦ δοῦλον
συνέλαβε, καὶ Μεγαβύζῳ περὶ τοῦ θεράποντος τοῦ ἐν τῷ
ἱερῷ καθεζομένου, κελεύων αὐτὸν ἂν δύνηται συλλαβεῖν
ἔξω τοῦ ἱεροῦ προκαλεσάμενον, ἐν δὲ τῷ ἱερῷ μὴ προσ-
2 άπτεσθαι. λέγεται δὲ καὶ τὰς δίκας διακρίνων ἐν ἀρχῇ
τὰς θανατικὰς τὴν χεῖρα τῶν ὤτων τῷ ἑτέρῳ προστιθέναι
τοῦ κατηγόρου λέγοντος, ὅπως τῷ κινδυνεύοντι καθαρὸν
3 ' φυλάττηται καὶ ἀδιάβλητον. ἀλλ᾽ ὕστερόν γ᾽ αὐτὸν ἐξ-
ετράχυναν αἱ πολλαὶ διαβολαί, διὰ τῶν ἀληθῶν πάροδον
4 ⟨καὶ⟩ πίστιν ἐπὶ τὰ ψευδῆ λαβοῦσαι, καὶ μάλιστα κακῶς
ἀκούων ἐξίστατο τοῦ φρονεῖν, καὶ χαλεπὸς ἦν καὶ ἀπαραίτητος, ἅτε δὴ τὴν δόξαν ἀντὶ τοῦ ζῆν καὶ τῆς βασιλείας
ἠγαπηκώς.

5 Τότε δ᾽ ἐξήλαυνεν ἐπὶ Δαρεῖον, ὡς πάλιν μαχούμενος·
ἀκούσας δὲ τὴν ὑπὸ Βήσσου γενομένην αὐτοῦ σύλληψιν,
ἀπέλυσε τοὺς Θεσσαλοὺς οἴκαδε, δισχίλια τάλαντα δωρεὰν
6 ἐπιμετρήσας ταῖς μισθοφοραῖς. πρὸς δὲ τὴν δίωξιν,
ἀργαλέαν καὶ μακρὰν γινομένην (ἕνδεκα γὰρ ἡμέραις
ἱππάσατο τρισχιλίους καὶ τριακοσίους σταδίους), ἀπηγό-
ρευσαν μὲν οἱ πλεῖστοι, καὶ μάλιστα κατὰ τὴν ἄνυδρον.
7 ἔνθα δὴ Μακεδόνες ἀπήντησαν αὐτῷ τινες ὕδωρ ἐν ἀσκοῖς
ἐφ᾽ ἡμιόνων κομίζοντες ἀπὸ τοῦ ποταμοῦ, καὶ θεασάμενοι
τὸν Ἀλέξανδρον ἤδη μεσημβρίας οὔσης κακῶς ὑπὸ δίψους
8 ἔχοντα, ταχὺ πλησάμενοι κράνος προσήνεγκαν. πυθο-
μένου δ᾽ αὐτοῦ τίσι κομίζοιεν, „υἱοῖς" ἔφασαν „ἰδίοις·
ἀλλὰ σοῦ ζῶντος ἑτέρους ποιησόμεθα, κἂν ἐκείνους ἀπο-

amici fino a scrivere tali lettere, come quando scrive per ordinare di ricercare uno schiavo di Seleuco[128] che era fuggito in Cilicia, o quando loda Peucesta per aver preso Nicone, schiavo di Cratero, o quando scrisse a Megabizo per uno schiavo che si era rifugiato supplice nel tempio, pregandolo, se poteva, di catturarlo dopo averlo chiamato fuori del tempio senza toccarlo nel luogo sacro. Si dice che nell'amministrare la giustizia per fatti che comportavano la pena capitale, nei primi tempi, mentre parlava l'accusatore, si metteva la mano su un orecchio per poter poi ascoltare l'incriminato senza pregiudizi, obiettivamente. In seguito fu esasperato dal gran numero di accuse che, tra le vere, lasciavano spazio e credibilità anche alle false. Soprattutto usciva dai gangheri quando sentiva parlar male di sé: allora era duro e inesorabile perché teneva in maggior conto la buona fama che non la vita o il potere regio. 2 3 4

Era allora in marcia[129] contro Dario per combattere di nuovo contro di lui; ma non appena seppe che Dario era stato catturato da Besso,[130] rimandò a casa i Tessali, assegnando loro duemila talenti di donativo oltre la paga.[131] Durante l'inseguimento, che fu lungo e difficile, (rimase a cavallo per undici giorni per tremila e trecento stadi) la maggior parte dei cavalieri cedette, soprattutto per la mancanza d'acqua. Fu in quell'occasione che si incrociarono con lui alcuni Macedoni che portavano a dorso di mulo, in otri, dell'acqua attinta al fiume; e visto Alessandro, verso mezzogiorno, sfinito per la sete, subito colmarono d'acqua un elmo e gliela portarono. Egli chiese a chi portassero quell'acqua, ed essi: «Ai nostri figli» dissero «ma ne avremo degli altri, se tu vivi, anche se doves- 5 6 7 8

---

[128] Il futuro re e fondatore della dinastia dei Seleucidi.
[129] Dopo la lunga digressione riprende la narrazione; i fatti sono della fine di maggio o principio di giugno del 330.
[130] Satrapo della Battriana.
[131] I cavalieri Tessali che Alessandro rimandò a casa unitamente agli altri Greci da Ecbatana erano duemila; egli assegnò loro oltre alla paga un talento ciascuno: di qui la grande somma di duemila talenti.

λέσωμεν." ταῦτ᾽ ἀκούσας, ἔλαβεν εἰς τὰς χεῖρας τὸ κρά-
νος· περιβλέψας δὲ καὶ θεασάμενος τοὺς περὶ αὐτὸν
ἱππεῖς ἅπαντας ἐγκεκλικότας ταῖς κεφαλαῖς καὶ πρὸς
αὐτὸν ἀποβλέποντας, ἀπέδωκεν οὐ πιών, ἀλλ᾽ ἐπαινέσας
τοὺς ἀνθρώπους „ἂν γὰρ αὐτός" ἔφη „πίω μόνος, ἀθυ-
10 μήσουσιν οὗτοι." θεασάμενοι δὲ τὴν ἐγκράτειαν αὐτοῦ
καὶ μεγαλοψυχίαν οἱ ἱππεῖς ἄγειν ἀνέκραγον θαρροῦντα
καὶ τοὺς ἵππους ἐμάστιζον· οὔτε γὰρ κάμνειν οὔτε διψᾶν
οὔθ᾽ ὅλως θνητοὺς εἶναι νομίζειν αὐτούς, ἕως ἂν ἔχωσι
βασιλέα τοιοῦτον.

43. Ἡ μὲν οὖν προθυμία πάντων ἦν ὁμοία, μόνους δέ
φασιν ἑξήκοντα συνεισπεσεῖν εἰς τὸ στρατόπεδον τῶν
2 πολεμίων. ἔνθα δὴ πολὺν μὲν ἄργυρον καὶ χρυσὸν ἐρριμμέ-
νον ὑπερβαίνοντες, πολλὰς δὲ παίδων καὶ γυναικῶν
ἁρμαμάξας ἡνιόχων ἐρήμους διαφερομένας παρερχόμενοι,
3 τοὺς πρώτους ἐδίωκον, ὡς ἐν ἐκείνοις Δαρεῖον ὄντα. μόλις
δ᾽ εὑρίσκεται πολλῶν ἀκοντισμάτων κατάπλεως τὸ σῶμα
κείμενος ἐν ἁρμαμάξῃ, μικρὸν ἀπολείπων τοῦ τελευτᾶν·
ὅμως δὲ καὶ πιεῖν ᾔτησε, καὶ πιὼν ὕδωρ ψυχρόν, εἶπε πρὸς
4 τὸν δόντα Πολύστρατον· „ὦ ἄνθρωπε, τοῦτό μοι πέρας
γέγονε δυστυχίας ἁπάσης, εὖ παθεῖν ἀμείψασθαι μὴ
δυνάμενον· ἀλλ᾽ Ἀλέξανδρος ἀποδώσει σοι τὴν χάριν,
Ἀλεξάνδρῳ δ᾽ οἱ θεοὶ τῆς εἰς μητέρα καὶ γυναῖκα καὶ
παῖδας τοὺς ἐμοὺς ἐπιεικείας, ᾧ ταύτην δίδωμι τὴν δεξιὰν
διὰ σοῦ." ταῦτ᾽ εἰπὼν καὶ λαβόμενος τῆς τοῦ Πολυστράτου
χειρός, ἐξέλιπεν.
5 Ἀλέξανδρος δ᾽ ὡς ἐπῆλθεν, ἀλγῶν τε τῷ πάθει φανερὸς
ἦν, καὶ τὴν ἑαυτοῦ χλαμύδα λύσας ἐπέβαλε τῷ σώματι καὶ
6 περιέστειλε. καὶ Βῆσσον μὲν ὕστερον εὑρὼν διεσφενδόνη-

simo perdere questi che abbiamo». Quando ebbe udito 9
questi, egli prese tra le sue mani l'elmo; ma guardandosi
attorno vide tutti i suoi cavalieri che volgevano la testa
a guardar lui; allora non bevve, ridiede l'elmo, e lodati
i donatori, disse: «Se bevo io solo, si perderanno d'ani- 10
mo tutti». Perciò i cavalieri, vista la sua magnanimità
e il suo autocontrollo, gridarono che li conducesse innanzi fiduciosamente, e sferzarono i cavalli: fino a quando
avevano un tale re non sentivano la stanchezza, non avevano sete, neppure si consideravano mortali.[132]

43. Tutti avevano lo stesso ardore, ma soltanto sessanta, a quel che dicono, irruppero nel campo nemico. Ivi 2
abbandonarono gran quantità d'oro e d'argento buttato
qua e là, e superati molti carri di donne e bambini che andavano errando senza conducenti, cercavano di raggiungere le prime file dei fuggiaschi, ritenendo che Dario fosse con loro. Invece lo trovarono, e con fatica, disteso su 3
un carro, col corpo trapassato da molte ferite, sul punto
di spirare. Ebbene, in quel momento egli chiese da bere,
e bevuta dell'acqua fresca, disse a Polistrato[133] che gliela
aveva offerta: «Amico, questo è l'estremo della mia sven- 4
tura: ricevere del bene e non poter ricambiare. Ma Alessandro ricompenserà te, e gli dei ricompenseranno Alessandro per la sua benevolenza verso mia madre, mia moglie, i miei figli: gli stringo la destra tramite tuo». Ciò detto
prese la destra di Polistrato, e spirò. Quando sopraggiun- 5
se Alessandro fu visibilmente colpito dal fatto, e sciolto
il proprio mantello lo gettò sul corpo di Dario per coprir-
lo. In seguito, trovato Besso,[134] lo fece squartare: curva- 6

[132] L'episodio è ripetuto nelle varie fonti con diverse collocazioni tem-
porali e locali.
[133] Come risulta anche dalla narrazione di Curzio Rufo, costui era
un semplice soldato macedone.
[134] Dopo l'assassinio di Dario era fuggito nella Battriana dove aveva assunto i simboli della regalità facendosi chiamare Artaserse. Arrestato nel 329 fu processato l'anno seguente: la sentenza fu che gli si ta-
gliassero il naso e le orecchie e, mandato a Ecbatana, fosse messo a morte
in un'assemblea di Medi e Persiani. Il modo della uccisione non è quindi quello qui riferito.

σεν, ὀρθίων δένδρων εἰς ταὐτὸ καμφθέντων ἑκατέρῳ
μέρος προσαρτήσας τοῦ σώματος, εἶτα μεθεὶς ἑκάτερον,
ὡς ὥρμητο ῥύμῃ φερόμενον, τὸ προσῆκον αὐτῷ μέρος
7 νείμασθαι. τότε δὲ τοῦ Δαρείου τὸ μὲν σῶμα κεκοσμημένον βασιλικῶς πρὸς τὴν μητέρ᾽ ἀπέστειλε, τὸν δ᾽ ἀδελφὸν Ἐξάθρην εἰς τοὺς ἑταίρους ἀνέλαβεν.

44. Αὐτὸς δὲ μετὰ τῆς ἀκμαιοτάτης δυνάμεως εἰς
Ὑρκανίαν κατέβαινε, καὶ πελάγους ἰδὼν κόλπον οὐκ
ἐλάττονα μὲν τοῦ Πόντου φανέντα, γλυκύτερον δὲ τῆς
ἄλλης θαλάττης, σαφὲς μὲν οὐδὲν ἔσχε πυθέσθαι περὶ
αὐτοῦ, μάλιστα δ᾽ εἴκασε τῆς Μαιώτιδος λίμνης ἀνα-
2 κοπὴν εἶναι. καίτοι τούς γε φυσικοὺς ἄνδρας οὐκ ἔλαθε
τἀληθές, ἀλλὰ πολλοῖς ἔτεσιν ἔμπροσθεν τῆς Ἀλεξάνδρου
στρατείας ἱστορήκασιν, ὅτι τεσσάρων κόλπων εἰσεχόντων
ἀπὸ τῆς ἔξω θαλάσσης βορειότατος οὗτός ἐστι, τὸ
Ὑρκάνιον πέλαγος καὶ Κάσπιον ὁμοῦ προσαγορευόμενον.
3 Ἐνταῦθα τῶν βαρβάρων τινὲς ἀπροσδοκήτως περι-
τυχόντες τοῖς ἄγουσι τὸν ἵππον αὐτοῦ τὸν Βουκεφάλαν
4 λαμβάνουσιν. ὁ δ᾽ ἤνεγκεν οὐ μετρίως, ἀλλὰ κήρυκα
πέμψας ἠπείλησε πάντας ἀποκτενεῖν μετὰ τέκνων καὶ
5 γυναικῶν, εἰ τὸν ἵππον αὐτῷ μὴ ἀναπέμψειαν. ἐπεὶ δὲ
καὶ τὸν ἵππον [αὐτῷ] ἄγοντες ἧκον ⟨αὐτῷ⟩ καὶ τὰς πόλεις
ἐγχειρίζοντες, ἐχρήσατο φιλανθρώπως πᾶσι καὶ τοῦ
ἵππου λύτρα τοῖς λαβοῦσιν ἔδωκεν.

45. Ἐντεῦθεν εἰς τὴν Παρθικὴν ἀναζεύξας καὶ σχο-
λάζων, πρῶτον ἐνεδύσατο τὴν βαρβαρικὴν στολήν, εἴτε
βουλόμενος αὐτὸν συνοικειοῦν τοῖς ἐπιχωρίοις νόμοις,
ὡς μέγα πρὸς ἐξημέρωσιν ἀνθρώπων τὸ σύνηθες καὶ
ὁμόφυλον, εἴτ᾽ ἀπόπειρά τις ὑφεῖτο τῆς προσκυνήσεως
αὕτη τοῖς Μακεδόσι, κατὰ μικρὸν ἀνασχέσθαι τὴν ἐκδιαί-

rono verso uno stesso punto due alberi diritti e a ciascuno d'essi legarono una parte del corpo di Besso; poi li lasciarono andare e ciascuno rialzandosi con vigore trasse a sé la parte avvinta. Quindi Alessandro mandò il corpo di Dario, regalmente adornato, alla madre,[135] e prese tra i suoi familiari il fratello dell'ucciso, Essatre. 7

44. In seguito scese in Ircania con i migliori combattenti, e qui vide un golfo marino che all'apparenza non era inferiore al Ponto ma che aveva acqua più dolce degli altri mari; non ebbe comunque la possibilità di ottenere qualche informazione più certa, ma per congettura ritenne che fosse una diramazione della palude Meotide. Eppure ai geografi non sfuggiva la verità; molti anni prima della spedizione di Alessandro, essi hanno affermato che dei quattro golfi che dal mare esterno si introducono nella terra, questo è il più settentrionale ed è chiamato indifferentemente mare Ircanio o mar Caspio. 2

In questo luogo alcuni barbari casualmente sorpresero coloro che conducevano il cavallo di Alessandro, Bucefalo, e lo rubarono. Alessandro se la ebbe a male e mandò un araldo a minacciare di uccidere tutti con le mogli e i figli se non gli avessero riportato il cavallo. Tornarono allora a portargli l'animale e a metter nelle sue mani la loro città, ed egli trattò tutti con benevolenza, e pagò un riscatto a chi aveva preso Bucefalo. 3 4 5

45. Di qui portò l'esercito nella regione dei Parti, ove, fruendo di un periodo di riposo, indossò per la prima volta l'abito barbaro, o che volesse adattarsi ai costumi del paese, nella persuasione che fosse di grande aiuto per conciliarsi la gente accomunarsi ad essa negli usi e nelle abitudini, o che questo fosse un tentativo per introdurre presso i Macedoni l'abitudine alla genuflessione, avvezzandoli a poco a poco ad accettare il mutamento del suo modo

---

[135] Il corpo fu mandato a Persepoli perché fosse seppellito nella tomba regale.

2 τησιν αὐτοῦ καὶ μεταβολὴν ἐθιζομένοις. οὐ μὴν τήν γε
Μηδικὴν ἐκείνην προσήκατο, παντάπασι βαρβαρικὴν καὶ
ἀλλόκοτον οὖσαν, οὐδ᾽ ἀναξυρίδας οὐδὲ κάνδυν οὐδὲ τιάραν
ἔλαβεν, ἀλλ᾽ ἐν μέσῳ τινὰ τῆς Περσικῆς καὶ τῆς Μηδικῆς
μειξάμενος εὖ πως, ἀτυφοτέραν μὲν ἐκείνης, ταύτης δὲ
3 σοβαρωτέραν οὖσαν. ἐχρῆτο δὲ τὸ μὲν πρῶτον ἐντυγχάνων
τοῖς βαρβάροις καὶ τοῖς ἑταίροις κατ᾽ οἶκον, εἶτα τοῖς
4 πολλοῖς οὕτως ἐξελαύνων καὶ χρηματίζων ἑωρᾶτο. καὶ
λυπηρὸν μὲν ἦν τοῖς Μακεδόσι τὸ θέαμα, τὴν δ᾽ ἄλλην
αὐτοῦ θαυμάζοντες ἀρετὴν ᾤοντο δεῖν ἔνια τῶν πρὸς
5 ἡδονὴν αὐτῷ καὶ δόξαν ἐπιχωρεῖν· ὅς γε πρὸς ἅπασι τοῖς
ἄλλοις ἔναγχος τόξευμα μὲν εἰς τὴν κνήμην λαβών, ὑφ᾽
οὗ τῆς κερκίδος ⟨τὸ⟩ ὀστέον ἀποθραυσθὲν ἐξέπεσε, λίθῳ
δὲ πληγεὶς πάλιν εἰς τὸν τράχηλον, ὥστε καὶ ταῖς ὄψεσιν
6 ἀχλὺν ὑποδραμεῖν παραμείνασαν οὐκ ὀλίγον χρόνον, ὅμως
οὐκ ἐπαύετο χρώμενος ἑαυτῷ πρὸς τοὺς κινδύνους ἀφειδῶς,
ἀλλὰ καὶ τὸν Ὀρεξάρτην διαβὰς ποταμόν, ὃν αὐτὸς ᾤετο
Τάναϊν εἶναι, καὶ τοὺς Σκύθας τρεψάμενος, ἐδίωξεν ἐπὶ
σταδίους ἑκατόν, ἐνοχλούμενος ὑπὸ διαρροίας.

46. Ἐνταῦθα δὲ πρὸς αὐτὸν ἀφικέσθαι τὴν Ἀμαζόνα οἱ
πολλοὶ λέγουσιν, ὧν καὶ Κλείταρχός ἐστι (FGrH 137 F 15) καὶ
Πολύκλειτος (FGrH 128 F 8) καὶ Ὀνησίκριτος (FGrH 134
F 1) καὶ Ἀντιγένης (FGrH 141 F 1) καὶ Ἴστρος (FGrH 334
2 F 26). Ἀριστόβουλος (FGrH 139 F 21) δὲ καὶ Χάρης ὁ εἰσαγ-
γελεύς (FGrH 125 F 12), πρὸς δὲ τούτοις Ἑκαταῖος ὁ Ἐρε-
τριεὺς (Scr. rer. Alex. M. 49 M.) καὶ Πτολεμαῖος (FGrH 138
F 28a) καὶ Ἀντικλείδης (FGrH 140 F 12) καὶ Φίλων ὁ
Θηβαῖος (FHG III 560 not.) καὶ Φίλιππος ὁ Θεαγγελεὺς
(FGrH 741 F 4) καὶ Φίλιππος ὁ Χαλκιδεὺς (ibid.) καὶ
Δοῦρις ὁ Σάμιος (FGrH 76 F 46) πλάσμα φασὶ γεγο-
3 νέναι τοῦτο. καὶ μαρτυρεῖν αὐτοῖς ἔοικεν Ἀλέξανδρος·
Ἀντιπάτρῳ γὰρ ἅπαντα γράφων ἀκριβῶς, τὸν μὲν Σκύθην
φησὶν αὐτῷ διδόναι τὴν θυγατέρα πρὸς γάμον, Ἀμαζόνος

di vivere. Non adottò comunque quel celebrato vestito dei 2
Medi, del tutto barbaro e strano, non prese i larghi pan-
taloni né il caffetano, né la mitra,[136] ma fece un'indovi-
nata commistione della foggia dei Medi e di quella dei Persiani, più modesta dell'una e più composta dell'altra. Di 3
questa foggia si valse, dapprincipio, soltanto quando riceveva i barbari, o con gli amici in casa, poi si faceva vedere così dalla gente quando dava udienza o quando usciva a cavallo. Ai Macedoni recava dolore che egli si vestis- 4
se in tal modo ma pieni come erano di ammirazione per
ogni sua altra virtù, pensavano di dovergli fare qualche
concessione secondo il suo gusto e la sua fama. Per esem- 5
pio, oltre a tutto il resto, recentemente era stato ferito alla gamba, e dalla ferita era fuoriuscito, spezzato, l'osso
della tibia; era poi stato colpito da un sasso al collo, tanto che gli rimase ottenebrata la vista per parecchio tempo, e comunque non cessò di esporsi al pericolo senza ri- 6
sparmiarsi mai, anzi passò l'Oressarte, che egli pensava
fosse il Tanai, e volti in fuga gli Sciti li inseguì per cento
stadi, nonostante fosse sofferente di dissenteria.

46. La maggior parte degli storici, e tra essi, Policlito,[137] Onesicrito, Antigene e Istro affermano che in Scizia venne a lui l'Amazzone; ma Aristobulo, Carete ciam- 2
bellano del re, Tolomeo, Anticlide, Filone Tebano, Filippo di Teangela, e poi Ecateo di Eretria, Filippo di Calcide e Duride di Samo,[138] dicono che questa è un'invenzione, e sembra che Alessandro sia d'accordo con loro. In- 3
fatti scrivendo tutto con cura ad Antipatro, gli dice che
il re di Scizia intendeva dargli la figlia in matrimonio, ma

[136] Caratteristico copricapo persiano conico; una sorta di turbante
che si portava nelle grandi occasioni.
[137] Uno storico di Alessandro di cui Quintiliano afferma doversi ammirare l'ingegno ma condannare la attendibilità.
[138] Sono alcuni dei molti storici che tramandarono con varia attendibilità notizie delle imprese di Alessandro. Delle loro opere sono rimasti soltanto scarsi frammenti.

⁴ δ᾽ οὐ μνημονεύει. λέγεται δὲ πολλοῖς χρόνοις Ὀνησίκριτος ὕστερον ἤδη βασιλεύοντι Λυσιμάχῳ τῶν βιβλίων τὸ τέταρτον ἀναγινώσκειν, ἐν ᾧ γέγραπται περὶ τῆς Ἀμαζόνος· τὸν οὖν Λυσίμαχον ἀτρέμα μειδιάσαντα „καὶ ποῦ‟ φάναι
⁵ „τότ᾽ ἤμην ἐγώ;‟ ταῦτα μὲν οὖν ἄν τις οὔτ᾽ ἀπιστῶν ἧττον οὔτε πιστεύων μᾶλλον Ἀλέξανδρον θαυμάσειε.

47. Φοβούμενος δὲ τοὺς Μακεδόνας μὴ εἰς τὰ ὑπόλοιπα τῆς στρατείας ἀπαγορεύσωσι, τὸ μὲν ἄλλο πλῆθος εἴασε κατὰ χώραν, τοὺς δ᾽ ἀρίστους ἔχων ἐν Ὑρκανίᾳ μεθ᾽ ἑαυτοῦ, δισμυρίους πεζοὺς καὶ τρισχιλίους ἱππεῖς, ⟨πεῖραν⟩ προσέβαλε, λέγων ὡς νῦν μὲν αὐτοὺς †ἐνύπνιον τῶν βαρβάρων ὁρώντων, ἂν δὲ μόνον ταράξαντες τὴν
² Ἀσίαν ἀπίωσιν, ἐπιθησομένων εὐθὺς ὥσπερ γυναιξίν. οὐ μὴν ἀλλ᾽ ἀφιέναι γε τοὺς βουλομένους ἔφη, καὶ μαρτυράμενος ὅτι τὴν οἰκουμένην τοῖς Μακεδόσι κτώμενος ἐγκαταλέλειπται, **** μετὰ τῶν φίλων καὶ τῶν ἐθελόντων
³ στρατεύειν. ταῦτα σχεδὸν αὐτοῖς ὀνόμασιν ἐν τῇ πρὸς Ἀντίπατρον ἐπιστολῇ γέγραπται, καὶ ὅτι ταῦτ᾽ εἰπόντος αὐτοῦ πάντες ἐξέκραγον, ὅπου βούλεται τῆς οἰκουμένης
⁴ ἄγειν. δεξαμένων δὲ τούτων τὴν πεῖραν, οὐκέτ᾽ ἦν χαλεπὸν προσαχθῆναι τὸ πλῆθος, ἀλλὰ ῥᾳδίως ἐπηκολούθησεν.

⁵ Οὕτω δὴ καὶ τὴν δίαιταν ἔτι μᾶλλον ὡμοίου τε τοῖς ἐπιχωρίοις ἑαυτόν, ἐκείνους τε προσῆγε τοῖς Μακεδονικοῖς ἔθεσιν, ἀνακράσει καὶ κοινωνίᾳ μᾶλλον δι᾽ εὐνοίας καταστήσεσθαι τὰ πράγματα νομίζων ἢ βίᾳ, μακρὰν
⁶ ἀπαίροντος αὐτοῦ. διὸ καὶ τρισμυρίους παῖδας ἐπιλεξάμενος ἐκέλευσε γράμματά τε μανθάνειν Ἑλληνικὰ καὶ Μακεδονικοῖς ὅπλοις ἐντρέφεσθαι, πολλοὺς ἐπιστάτας κατα-

non fa menzione dell'Amazzone. Molto tempo dopo 4
Onesicrito, a quanto si dice, lesse a Lisimaco, ormai re,
il quarto libro delle storie nel quale appunto si parla del-
l'Amazzone, e Lisimaco, gentilmente sorridendo, disse:
«E dove ero io, allora?». Ma che uno creda o non creda 5
a questo, non potrebbe comunque ammirare di meno Alessandro.

47. Temendo che i Macedoni non intendessero continuare la spedizione, lasciò la maggior parte dell'esercito
ove si trovava e si rivolse, per prova, ai migliori che aveva con sé in Ircania, ventimila fanti e tremila cavalieri,
dicendo che per il momento i barbari li vedevano... ma
se ora essi se ne andavano dopo aver cagionato in Asia
soltanto dello scompiglio, li avrebbero subito assaliti con-
siderandoli donnicciole. Comunque concesse a chi lo vo- 2
leva di tornarsene in patria, invitandoli però ad ammettere che nel momento in cui stava cercando di conquistare
per i Macedoni il mondo, egli era stato abbandonato****
con gli amici e con coloro che intendevano combattere.
Questo è scritto quasi testualmente nella lettera ad Anti- 3
patro, ove si aggiunge che quando egli ebbe detto questo
tutti gridarono di condurli ovunque volesse. Così, dopo 4
che i soldati ebbero dato questa prova, non gli fu più
difficile portare avanti l'esercito, che anzi lo seguì volentieri.

Intanto egli cercava sempre più di conformarsi nel mo- 5
do di vivere ai Persiani e operava per avvicinare il modo
persiano a quello macedone, ritenendo che avrebbe reso
saldo il suo potere, mentre stava partendo per un lungo
viaggio, con la concordia e la fusione dei due popoli ottenuta mediante la benevolenza più che con la forza. Per 6
questo egli scelse trentamila giovani e ordinò che si inse-
gnasse loro la lingua greca, e che anche fossero addestrati
nell'uso delle armi macedoni: appunto per questo scelse
molti istruttori.

7 στήσας, καὶ τὰ περὶ Ῥωξάνην ἔρωτι μὲν ἐπράχθη, καλὴν
καὶ ὡραίαν ἔν τινι χορῷ παρὰ πότον ὀφθεῖσαν, ἔδοξε δ᾽
8 οὐκ ἀνάρμοστα τοῖς ὑποκειμένοις εἶναι πράγμασιν. ἐθάρ-
ρησαν γὰρ οἱ βάρβαροι τῇ κοινωνίᾳ τοῦ γάμου, καὶ τὸν
Ἀλέξανδρον ὑπερηγάπησαν, ὅτι σωφρονέστατος περὶ
ταῦτα γεγονὼς οὐδ᾽ ἧς μόνης ἡττήθη γυναικὸς ἄνευ νόμου
θιγεῖν ὑπέμεινεν.

9 Ἐπεὶ δὲ καὶ τῶν φίλων ἑώρα τῶν μεγίστων Ἡφαιστίωνα μὲν ἐπαινοῦντα καὶ συμμετακοσμούμενον αὐτῷ,
Κρατερὸν δὲ τοῖς πατρίοις ἐμμένοντα, δι᾽ ἐκείνου μὲν
ἐχρημάτιζε τοῖς βαρβάροις, διὰ τούτου δὲ τοῖς Ἕλλησι καὶ
10 τοῖς Μακεδόσι· καὶ ὅλως τὸν μὲν ἐφίλει μάλιστα, τὸν
δ᾽ ἐτίμα, νομίζων καὶ λέγων ἀεί, τὸν μὲν Ἡφαιστίωνα
11 φιλαλέξανδρον εἶναι, τὸν δὲ Κρατερὸν φιλοβασιλέα. διὸ
καὶ πρὸς ἀλλήλους ὑπούλως ἔχοντες, συνέκρουον πολλάκις,
ἅπαξ δὲ περὶ τὴν Ἰνδικὴν καὶ εἰς χεῖρας ἦλθον σπασά-
μενοι τὰ ξίφη, καὶ τῶν φίλων ἑκατέρῳ παραβοηθούντων,
προσελάσας ⟨ὁ⟩ Ἀλέξανδρος ἐλοιδόρει τὸν Ἡφαιστίωνα
φανερῶς, ἔμπληκτον καλῶν καὶ μαινόμενον, εἰ μὴ συνίησιν
ὡς ἐάν τις αὐτοῦ τὸν Ἀλέξανδρον ἀφέληται, μηδέν ἐστιν·
12 ἰδίᾳ δὲ καὶ τοῦ Κρατεροῦ πικρῶς καθήψατο, καὶ συναγαγὼν αὐτοὺς καὶ διαλλάξας, ἐπώμοσε τὸν Ἄμμωνα καὶ
τοὺς ἄλλους θεούς, ἦ μὴν μάλιστα φιλεῖν ἀνθρώπων
ἁπάντων ἐκείνους· ἂν δὲ πάλιν αἴσθηται διαφερομένους,
ἀποκτενεῖν ἀμφοτέρους ἢ τὸν ἀρξάμενον. ὅθεν ὕστερον

Quanto alla vicenda con Rossane,[139] che egli vide giovane e bella mentre partecipava alle danze durante un banchetto, fu una vicenda d'amore, ma parve convenire perfettamente alla sua azione politica. Infatti i barbari furono incoraggiati dal matrimonio che stringeva con loro uno stretto legame, e si affezionarono oltremodo ad Alessandro perché, controllatissimo in questo campo, egli non volle neppure avvicinare questa donna, la sola che lo vinse, senza la sanzione della legge. Vedendo che tra gli amici più intimi Efestione[140] lo approvava e si uniformava al suo comportamento, mentre Cratero[141] rimaneva legato alle tradizioni, trattava con i Persiani servendosi del primo e si valeva del secondo per i rapporti con Greci e Macedoni; in generale amava moltissimo il primo e moltissimo onorava il secondo, ritenendo, e anche spesso ripetendo, che Efestione era amico di Alessandro, e Cratero invece era amico del re. Anche per questo essi erano segretamente gelosi uno dell'altro, e spesso litigavano. Una volta, durante la spedizione in India, vennero alle mani e estrassero le spade, e mentre gli amici spalleggiavano questo o quello, arrivò di gran carriera Alessandro e rimproverò apertamente Efestione definendolo folle e sciocco perché non capiva che senza il favore di Alessandro egli non era nulla; in privato poi attaccò duramente anche Cratero. Poi li chiamò ambedue, li riconciliò e giurò su Ammone e sugli altri dei di aver affetto per loro più che per qualsiasi altro uomo: ma se si fosse di nuovo accorto di loro dissensi li avrebbe uccisi tutti e due, o almeno il provoca-

[139] Rossane, il cui nome significa «piccola stella», era la figlia di Ossiarte, un nobile della Battriana. Tutte le fonti concordano nell'affermare che Alessandro fu preso dalla grande bellezza della donna. Il figlio che ella gli diede, Alessandro IV, nacque dopo la morte del padre.
[140] Coetaneo di Alessandro, compì dopo il 330 una brillante carriera militare, godendo sempre della simpatia del re.
[141] Forse il più eccezionale soldato nell'esercito di Alessandro. Cominciò la spedizione come comandante di un reparto e divenne poi di fatto il comandante in seconda dopo Alessandro. Nel 324 fu incaricato di riportare in Macedonia i veterani e di sostituire Antipatro.

οὐδὲ παίζοντες εἰπεῖν τι πρὸς ἀλλήλους οὐδὲ πρᾶξαι λέγονται.

48. Φιλώτας δ' ὁ Παρμενίωνος ἀξίωμα μὲν εἶχεν ἐν τοῖς Μακεδόσι μέγα· καὶ γὰρ ἀνδρεῖος ἐδόκει καὶ καρτερικὸς εἶναι, φιλόδωρος δὲ καὶ φιλέταιρος ⟨ὡς⟩ μετ' αὐτὸν 2 Ἀλέξανδρον οὐδείς. λέγεται γοῦν ὅτι τῶν συνήθων τινὸς αἰτοῦντος ἀργύριον, ἐκέλευσε δοῦναι· φήσαντος δὲ τοῦ διοικητοῦ μὴ ἔχειν, „τί λέγεις;" εἶπεν „οὐδὲ ποτήριον 3 ἔχεις οὐδ' ἱμάτιον;" ὄγκῳ δὲ φρονήματος καὶ βάρει πλούτου καὶ τῇ περὶ τὸ σῶμα θεραπείᾳ καὶ διαίτῃ χρώμενος ἐπαχθέστερον ἢ κατ' ἰδιώτην, καὶ τοῦτο δὴ τὸ σεμνὸν καὶ ὑψηλὸν οὐκ ἐμμελῶς, ἀλλ' ἄνευ χαρίτων τῷ σολοίκῳ καὶ παρασήμῳ μιμούμενος, ὑποψίαν ⟨εἶχε⟩ καὶ φθόνον, ὥστε καὶ Παρμενίωνά ποτ' εἰπεῖν πρὸς αὐτόν· 4 „ὦ παῖ, χείρων μοι γίνου." πρὸς δ' αὐτὸν Ἀλέξανδρον ἐκ πάνυ πολλῶν χρόνων ἐτύγχανε διαβεβλημένος. ὅτε γὰρ τὰ περὶ Δαμασκὸν ἑάλω χρήματα Δαρείου νικηθέντος ἐν Κιλικίᾳ, πολλῶν σωμάτων κομισθέντων εἰς τὸ στρατόπεδον, εὑρέθη γύναιον ἐν τοῖς αἰχμαλώτοις, τῷ μὲν γένει Πυδναῖον, εὐπρεπὲς δὲ τὴν ὄψιν· ἐκαλεῖτο δ' Ἀντι-5 γόνη· τοῦτ' ἔσχεν ὁ Φιλώτας. οἷα δὲ νέος πρὸς ἐρωμένην καὶ σὺν οἴνῳ πολλὰ φιλότιμα καὶ στρατιωτικὰ παρρησιαζόμενος ἑαυτοῦ τὰ μέγιστα τῶν ἔργων ἀπέφαινε καὶ τοῦ πατρός, Ἀλέξανδρον δὲ μειράκιον ἀπεκάλει, δι' αὐτοὺς τὸ 6 τῆς ἀρχῆς ὄνομα καρπούμενον. ταῦτα τῆς γυναικὸς ἐκφερούσης πρός τινα τῶν συνήθων, ἐκείνου δ' ὡς εἰκὸς πρὸς ἕτερον, περιῆλθεν εἰς Κρατερὸν ὁ λόγος, καὶ λαβὼν τὸ 7 γύναιον εἰσήγαγε κρύφα πρὸς Ἀλέξανδρον. ἀκούσας δ' ἐκεῖνος ἐκέλευσε φοιτᾶν εἰς ταὐτὸ τῷ Φιλώτᾳ καὶ πᾶν ὅ τι ἂν ἐκπύθηται τούτου, πρὸς αὐτὸν ἀπαγγέλλειν βαδίζουσαν.

tore. Si dice che per questo in seguito essi non fecero né dissero nulla l'un contro l'altro, neppure per scherzo.

48. Filota,[142] figlio di Parmenione, godeva di grande considerazione presso i Macedoni; lo si riteneva infatti forte e coraggioso e nessuno, dopo Alessandro, era tanto generoso e affezionato agli amici. Si dice che una volta uno 2 degli amici gli chiese del denaro, ed egli ordinò di dargliene; ma il tesoriere disse di non averne, ed egli: «Ma che dici?» sbottò «Non hai nemmeno una coppa o un mantello?» Però viveva con altezzoso atteggiamento, immerso 3 nelle ricchezze, con una cura della persona e un tenor di vita ben al di là del sopportabile per una persona normale, e allora in particolare, assumendo un atteggiamento autoritario e superbo, senza misura, senza grazia, con un che di grossolano e di malaccorto, si attirò sospetto e antipatia, tanto che persino Parmenione gli disse una volta: «O figlio, cerca d'essere più umile!».

Già da molto tempo egli era oggetto di accuse presso 4 Alessandro. Quando, vinto Dario in Cilicia, fu fatto bottino dei suoi beni a Damasco, molti prigionieri furono portati nell'accampamento, e tra essi c'era una donna, proveniente da Pidna, di bell'aspetto, che si chiamava Antigone. Filota se la prese, e come un giovanetto di fronte 5 all'amata, sproloquiando tra un bicchiere e l'altro di azioni belliche di gran rilievo, attribuiva a sé e al padre le più grandi imprese e definiva Alessandro un ragazzotto che godeva del titolo di re grazie a loro. La donna ne riferì 6 ad un amico e quello, come capita, ad un altro, finché la notizia giunse a Cratero. Questi fece venire la donna e segretamente la portò ad Alessandro. Alessandro stette 7 a sentire tutto e poi le ordinò di continuare la relazione con Filota e di venire a riferirgli tutto ciò che avesse sentito contro di lui.

---

[142] Il figlio più anziano di Parmenione, che comandava sin dall'inizio della spedizione la compagnia dei cavalieri.

49. Ὁ μὲν οὖν Φιλώτας ἐπιβουλευόμενος οὕτως ἠγνόει καὶ συνῆν τῇ Ἀντιγόνῃ, πολλὰ καὶ πρὸς ὀργὴν καὶ μεγαλαυχίαν κατὰ τοῦ βασιλέως ῥήματα καὶ λόγους ἀνεπιτηδείους προϊέμενος. ὁ δ' Ἀλέξανδρος, καίπερ καρτερᾶς ἐνδείξεως κατὰ τοῦ Φιλώτου προσπεσούσης, ἐκαρτέρησε σιωπῇ καὶ κατέσχεν, εἴτε θαρρῶν τῇ Παρμενίωνος εὐνοίᾳ πρὸς αὐτόν, εἴτε δεδιὼς τὴν δόξαν αὐτῶν καὶ τὴν δύναμιν.

3 Ἐν δὲ τῷ τότε χρόνῳ Μακεδὼν ὄνομα Λίμνος ἐκ Χαλαίστρας [χαλεπῶς] ἐπιβουλεύων Ἀλεξάνδρῳ, Νικόμαχόν τινα τῶν νέων, πρὸς ὃν αὐτὸς ἐρωτικῶς εἶχεν, ἐπὶ τὴν κοινωνίαν τῆς πράξεως παρεκάλει. τοῦ δὲ μὴ δεξαμένου, φράσαντος δὲ τἀδελφῷ ⟨Κε⟩βαλίνῳ τὴν πεῖραν, ἐλθὼν ἐκεῖνος πρὸς Φιλώταν ἐκέλευσεν εἰσάγειν αὐτοὺς πρὸς Ἀλέξανδρον, ὡς περὶ ἀναγκαίων ἔχοντας ἐντυχεῖν καὶ μεγάλων. ὁ δὲ Φιλώτας, ὅ τι δὴ παθὼν (ἄδηλον γάρ ἐστιν), οὐ παρῆγεν αὐτούς, ὡς πρὸς ἄλλοις μείζοσι γινομένου τοῦ βασιλέως· καὶ τοῦτο δὶς ἐποίησεν. οἱ δὲ καθ' ὑπ[ερ]οψίαν ἤδη τοῦ Φιλώτου τραπόμενοι πρὸς ἕτερον καὶ δι' ἐκείνου τῷ Ἀλεξάνδρῳ προσαχθέντες, πρῶτον μὲν τὰ τοῦ Λίμνου κατεῖπον, ἔπειτα παρεδήλωσαν ἡσυχῇ τὸν Φιλώταν ὡς ἀμελήσειεν αὐτῶν δὶς ἐντυχόντων. καὶ τοῦτο δὴ σφόδρα παρώξυνε τὸν Ἀλέξανδρον, καὶ τοῦ πεμφθέντος ἐπὶ τὸν Λίμνον, ὡς ἠμύνετο συλλαμβανόμενος, ἀποκτείναντος αὐτόν, ἔτι μᾶλλον διεταράχθη, τὸν ἔλεγχον ἐκπεφευγέναι τῆς ἐπιβουλῆς νομίζων, καὶ πικρῶς ἔχων πρὸς τὸν Φιλώταν ἐπεσπάσατο τοὺς πάλαι μισοῦντας αὐτόν, ἤδη φανερῶς λέγοντας, ὡς ῥαθυμία τοῦ βασιλέως εἴη Λίμνον οἰομένου Χαλαιστραῖον ἄνθρωπον ἐπιχειρῆσαι τολμήματι τοσούτῳ καθ' αὑτόν· ἀλλὰ τοῦτον μὲν ὑπηρέτην εἶναι, μᾶλλον δ' ὄργανον ἀπὸ μείζονος ἀρχῆς ἀφιέμενον, ἐν ἐκείνοις δὲ τὴν ἐπιβουλὴν ζητητέον οἷς μάλιστα ταῦτα λανθάνειν

49. Filota non sapeva di essere controllato così, e continuava la relazione con Antigone lasciandosi andare a molte espressioni e discorsi sconvenienti contro il re, per ira e per vanteria. Alessandro, dal canto suo, pur avendo forti testimonianze contro Filota, sopportava in silenzio, contenendosi, sia che fidasse nella benevolenza di Parmenione nei suoi riguardi, sia che temesse il credito di cui i due godevano e la loro forza. Ma in quel momento un Macedone di nome Limno di Calestra,[143] nell'organizzare una congiura contro Alessandro, invitò a partecipare all'azione un certo Nicomaco, un giovane di cui egli era innamorato. Quello non accettò, anzi parlò della congiura al fratello Cebalino, con il quale venne da Filota e lo pregò di presentarli ad Alessandro perché dovevano informarlo di problemi gravi e urgenti. Filota, però, non si sa perché, non li volle introdurre, asserendo che il re era impegnato in altri più gravi affari. Il fatto si ripeté due volte. Questi allora, sospettando di Filota, si rivolsero a un'altra persona, e per suo mezzo furono ricevuti da Alessandro; gli parlarono prima di tutto di Limno e poi, senza assumere toni accusatori, fecero sapere che Filota per due volte non aveva considerato la loro richiesta. Alessandro si irritò molto per questo e quando poi seppe che l'uomo mandato ad arrestare Limno lo aveva ucciso perché si opponeva all'arresto, montò su tutte le furie perché si rendeva conto che gli era sfuggita la prova del complotto. Adirato contro Filota, fece allora venire coloro che da tempo lo odiavano, i quali dicevano ormai apertamente che era dabbenaggine del re il credere che Limno, un uomo di Calestra, avesse messo mano a un'impresa del genere da solo; egli era certamente soltanto una comparsa, anzi uno strumento mosso da qualcuno che stava più in alto, e che bisognava cercare le fila dell'insidia tra coloro cui, soprattutto, giovava che le cose passassero sotto si-

---

[143] Città di Macedonia, alla foce dell'Assio.

10 συνέφερε. τοιούτοις λόγοις καὶ ὑπονοίαις ἀναπετάσαντος
τὰ ὦτα τοῦ βασιλέως, ἐπῆγον ἤδη μυρίας κατὰ τοῦ
11 Φιλώτου διαβολάς. ἐκ τούτου δὲ συλληφθεὶς ἀνεκρίνετο,
τῶν ἑταίρων ἐφεστώτων ταῖς βασάνοις, Ἀλεξάνδρου δὲ
12 κατακούοντος ἔξωθεν αὐλαίας παρατεταμένης· ὅτε δὴ
καί φασιν αὐτὸν εἰπεῖν, οἰκτρὰς καὶ ταπεινὰς τοῦ Φιλώτου
φωνὰς καὶ δεήσεις τοῖς περὶ τὸν Ἡφαιστίωνα προσφέ-
ροντος· „οὕτω δὴ μαλακὸς ὢν ὦ Φιλώτα καὶ ἄνανδρος
ἐπεχείρεις πράγμασι τηλικούτοις;“
13 Ἀποθανόντος δὲ τοῦ Φιλώτου, καὶ Παρμενίωνα πέμψας
εὐθὺς εἰς Μηδίαν ἀνεῖλεν, ἄνδρα πολλὰ μὲν Φιλίππῳ
συγκατεργασάμενον, μόνον δ᾽ ἢ μάλιστα τῶν πρεσβυτέρων
φίλων Ἀλέξανδρον εἰς Ἀσίαν ἐξορμήσαντα διαβῆναι, τριῶν
δ᾽ υἱῶν οὓς ἔσχεν ἐπὶ τῆς στρατιᾶς δύο μὲν ἐπιδόντα πρότερον ἀποθανόντας, τῷ δὲ τρίτῳ συναναιρεθέντα.

14 Ταῦτα πραχθέντα πολλοῖς τῶν φίλων φοβερὸν ἐποίησε
τὸν Ἀλέξανδρον, μάλιστα δ᾽ Ἀντιπάτρῳ, καὶ πρὸς Αἰτω-
15 λοὺς ἔπεμψε κρύφα, πίστεις διδοὺς καὶ λαμβάνων. ἐφοβοῦντο γὰρ Ἀλέξανδρον Αἰτωλοὶ διὰ τὴν Οἰνιαδῶν ἀνά-
στασιν, ἣν πυθόμενος οὐκ Οἰνιαδῶν ἔφη παῖδας, ἀλλ᾽ αὐτὸν ἐπιθήσειν δίκην Αἰτωλοῖς.

50. Οὐ πολλῷ δ᾽ ὕστερον συνηνέχθη καὶ τὰ περὶ
Κλεῖτον, οὕτω μὲν ἁπλῶς πυθομένοις τῶν κατὰ Φιλώ-
2 ταν ἀγριώτερα· λόγῳ μέντοι συντιθέντες ἅμα καὶ τὴν
αἰτίαν καὶ τὸν καιρόν, οὐκ ἀπὸ γνώμης, ἀλλὰ δυστυχίᾳ
τινὶ ταῦθ᾽ εὑρίσκομεν πεπραγμένα τοῦ βασιλέως, ὀργὴν
καὶ μέθην πρόφασιν τῷ Κλείτου δαίμονι παρασχόντος.
3 ἐπράχθη δ᾽ οὕτως. ἧκόν τινες ὀπώραν Ἑλληνικὴν ἀπὸ
θαλάσσης τῷ βασιλεῖ κομίζοντες. ὁ δὲ θαυμάσας τὴν
ἀκμὴν καὶ τὸ κάλλος, ἐκάλει τὸν Κλεῖτον, ἐπιδεῖξαι καὶ
4 μεταδοῦναι βουλόμενος. ὁ δὲ θύων μὲν ἐτύγχανεν, ἀφεὶς
δὲ τὴν θυσίαν ἐβάδιζε, καὶ τρία τῶν κατεσπεισμένων
5 προβάτων ἐπηκολούθησαν αὐτῷ. πυθόμενος δ᾽ ὁ βασι-

lenzio. Il re diede ascolto a tali discorsi e sospetti, e giun- 10
sero allora a lui moltissime accuse contro Filota. In con- 11
seguenza di ciò Filota fu arrestato e interrogato: assiste-
vano alla tortura gli amici del re mentre lo stesso Alessandro ascoltava stando dietro una tenda. Si dice che 12
quando Filota rivolse ad Efestione umili e lamentose preghiere, Alessandro abbia detto: «Tu, o Filota, pur così
vile e pauroso, ti accingevi a un'impresa così grande?».

Dopo che Filota fu messo a morte, Alessandro mandò 13
messi in Media e fece uccidere Parmenione, che aveva cooperato con Filippo in molte imprese e che, solo tra i vecchi
amici, o più di tutti gli altri, aveva sollecitato il Macedone
a passare in Asia; dei suoi tre figli ne aveva visti morire
due nella spedizione, mentre il terzo morì con lui. Questi 14
fatti resero Alessandro temibile a molti dei suoi amici e
soprattutto ad Antipatro, il quale mandò segretamente
messi agli Etoli per chiedere e dare delle garanzie per un'alleanza. Gli Etoli infatti temevano Alessandro da quando 15
avevano massacrato gli Eniadi:[144] in quell'occasione infatti egli aveva detto che non i figli degli Eniadi, ma lui
stesso avrebbe compiuto la vendetta.

50. Non molto dopo[145] si ebbe l'uccisione di Clito, ancor più crudele della vicenda di Filota, a stare alla semplice narrazione; ma se riflettendo si considerano insieme e 2
la causa e il momento, troviamo che non fu un fatto intenzionale, ma derivante dalla sfortuna del re che nell'ebbrezza e nell'ira offrì un pretesto al cattivo genio di Clito. Le cose andarono così: erano giunti dalla costa alcuni 3
uomini a portare al re dei frutti di Grecia. Egli, pieno di
ammirazione per la loro freschezza e bellezza, chiamò Clito per mostrarglieli e per offrirgliene una parte. Ma Clito 4
stava facendo un sacrificio che lasciò a mezzo per venire;
e lo seguirono tre pecore su cui già erano state fatte le

[144] Gli abitanti di Eniade, una città dell'Acarnania.
[145] Il fatto relativo a Clito è dell'autunno del 328 e ha luogo a Ma-
racanda, in Sogdiana.

λεὺς ἀνεκοινοῦτο τοῖς μάντεσιν Ἀριστάνδρῳ καὶ Κλεομένει
τῷ Λάκωνι· φησάντων δὲ πονηρὸν εἶναι τὸ σημεῖον, ἐκέλευ-
6 σεν ἐκθύσασθαι κατὰ τάχος ὑπὲρ τοῦ Κλείτου· καὶ γὰρ
αὐτὸς ἡμέρᾳ τρίτῃ κατὰ τοὺς ὕπνους ἰδεῖν ὄψιν ἄτοπον·
δόξαι γὰρ αὐτῷ τὸν Κλεῖτον μετὰ τῶν Παρμενίωνος υἱῶν
ἐν μέλασιν ἱματίοις καθέζεσθαι, τεθνηκότων ἁπάντων.
7 οὐ μὴν ἔφθασεν ὁ Κλεῖτος ἐκθυσάμενος, ἀλλ᾽ εὐθὺς ἐπὶ
τὸ δεῖπνον ἧκε, τεθυκότος τοῦ βασιλέως Διοσκούροις.
8 πότου δὲ νεανικοῦ συρραγέντος, ᾔδετο ποιήματα Πρανί-
χου τινός, ὡς δέ φασιν ἔνιοι Πιερίωνος, εἰς τοὺς στρατη-
γοὺς πεποιημένα τοὺς ἔναγχος ἡττημένους ὑπὸ τῶν βαρ-
9 βάρων ἐπ᾽ αἰσχύνῃ καὶ γέλωτι. τῶν δὲ πρεσβυτέρων
δυσχεραινόντων καὶ λοιδορούντων τόν τε ποιητὴν καὶ
τὸν ᾄδοντα, τοῦ δ᾽ Ἀλεξάνδρου καὶ τῶν περὶ αὐτὸν ἡδέως
ἀκροωμένων καὶ λέγειν κελευόντων, ὁ Κλεῖτος ἤδη μεθύων, καὶ φύσει τραχὺς ὢν πρὸς ὀργὴν καὶ αὐθάδης,
ἠγανάκτει μάλιστα, φάσκων οὐ καλῶς ἐν βαρβάροις καὶ
πολεμίοις ὑβρίζεσθαι Μακεδόνας, πολὺ βελτίονας τῶν
10 γελώντων, εἰ καὶ δυστυχίᾳ κέχρηνται. φήσαντος δὲ τοῦ
Ἀλεξάνδρου τὸν Κλεῖτον αὑτῷ συνηγορεῖν, δυστυχίαν
11 ἀποφαίνοντα τὴν δειλίαν, ἐπαναστὰς ὁ Κλεῖτος „αὕτη
μέντοι σ᾽“ εἶπεν „ἡ δειλία τὸν ἐκ θεῶν, ἤδη τῷ Σπιθριδάτου ξίφει τὸν νῶτον ἐπιτρέποντα, περιεποίησε, καὶ τῷ
Μακεδόνων αἵματι καὶ τοῖς τραύμασι τούτοις ἐγένου
τηλικοῦτος, ὥστ᾽ Ἄμμωνι σαυτὸν εἰσποιεῖν, ἀπειπάμενος
Φίλιππον.“

51. Παροξυνθεὶς οὖν ὁ Ἀλέξανδρος „ἦ ταῦτ᾽“ εἶπεν
„ὦ κακὴ κεφαλὴ σὺ περὶ ἡμῶν ἑκάστοτε λέγων καὶ
2 διαστασιάζων Μακεδόνας χαιρήσειν νομίζεις;“ „ἀλλ᾽ οὐδὲ
νῦν“ ἔφη „χαίρομεν Ἀλέξανδρε, τοιαῦτα τέλη τῶν πόνων

aspersioni. Il re, quando venne a conoscenza del fatto, ne 5
parlò agli indovini Aristandro e Cleomene, lo spartano,
che dissero che si trattava di presagi ostili: allora Alessandro ordinò di fare subito un sacrificio di espiazione per
la buona salute di Clito. Egli stesso infatti due giorni pri- 6
ma aveva avuto in sogno una visione strana: gli era parso
che Clito, vestito di nero, stesse seduto con i figli di Parmenione, che erano tutti morti. Comunque non appena 7
ebbe compiuto i sacrifici Clito venne a pranzo dal re che
per parte sua aveva fatto un sacrificio ai Dioscuri. Nel colmo del banchetto, quando il vino scorreva a fiotti, furo- 8
no cantati i versi di un certo Pranico[146] (o, come dicono
altri, Pierione), composti per ridicolizzare e schernire i generali che poco prima erano stati sconfitti dai barbari. I 9
convitati più anziani si risentirono e davano addosso al
poeta e al cantante, mentre Alessandro e i suoi ascoltavano volentieri e insistevano che si continuasse; Clito, che
era già ubriaco (egli era per natura irascibile e superbo),
se la prese ancora di più, dicendo che non stava bene che
i Macedoni fossero insultati in mezzo a nemici e barbari,
giacché erano molto migliori di chi li prendeva in giro,
anche se non avevano avuto fortuna. Ma Alessandro dis- 10
se che Clito parlava per sé quando definiva sfortuna la
viltà, e allora Clito, balzando in piedi, urlò: «Veramente 11
questa viltà salvò te, discendente da dei, quando voltavi
le spalle alla spada di Spitridate,[147] e per il sangue dei
Macedoni e per queste ferite tu sei diventato tale da pretenderti figlio di Ammone e rinnegare tuo padre Filippo».

51. Punto sul vivo Alessandro disse: «Credi tu, o disgraziato, che continuando a dire questo di me e sobillando i Macedoni avrai di che essere lieto?». «Ma neppure 2
ora» ribatté l'altro «siamo contenti, o Alessandro, di ri-

---

[146] Certamente uno dei poeti che accompagnavano Alessandro.
[147] Allusione al pericolo corso da Alessandro alla battaglia del Granico per la quale vd. *supra* cap. 16.

κομιζόμενοι, μακαρίζομεν δὲ τοὺς ἤδη τεθνηκότας, πρὶν
ἐπιδεῖν Μηδικαῖς ῥάβδοις ξαινομένους Μακεδόνας, καὶ
3 Περσῶν δεομένους ἵνα τῷ βασιλεῖ προσέλθωμεν." τοιαῦτα
τοῦ Κλείτου παρρησιαζομένου, καὶ τῶν περὶ Ἀλέξανδρον
ἀντανισταμένων καὶ λοιδορούντων αὐτόν, οἱ πρεσβύτεροι
4 κατέχειν ἐπειρῶντο τὸν θόρυβον. ὁ δ᾽ Ἀλέξανδρος ἀπο-
στραφεὶς πρὸς Ξενόδοχον τὸν Καρδιανὸν καὶ τὸν Κολο-
φώνιον Ἀρτέμιον, ,,οὐ δοκοῦσιν" εἶπεν ,,ὑμῖν οἱ Ἕλληνες
ἐν τοῖς Μακεδόσιν ὥσπερ ἐν θηρίοις ἡμίθεοι περιπατεῖν;"
5 τοῦ δὲ Κλείτου μὴ εἴκοντος, ἀλλ᾽ εἰς μέσον ⟨ἐᾶν⟩ ἃ βούλεται λέγειν τὸν Ἀλέξανδρον κελεύοντος, ἢ μὴ καλεῖν ἐπὶ
δεῖπνον ἄνδρας ἐλευθέρους καὶ παρρησίαν ἔχοντας, ἀλλὰ
μετὰ βαρβάρων ζῆν καὶ ἀνδραπόδων, οἳ τὴν Περσικὴν
ζώνην καὶ τὸν διάλευκον αὐτοῦ χιτῶνα προσκυνήσουσιν,
οὐκέτι φέρων τὴν ὀργὴν Ἀλέξανδρος, μήλων παρακειμένων
6 ἑνὶ βαλὼν ἔπαισεν αὐτὸν καὶ τὸ ἐγχειρίδιον ἐζήτει. τῶν
δὲ σωματοφυλάκων ἑνὸς Ἀριστοφάνους φθάσαντος ὑφ-
ελέσθαι, καὶ τῶν ἄλλων περιεχόντων καὶ δεομένων, ἀναπηδήσας ἀνεβόα Μακεδονιστὶ καλῶν τοὺς ὑπασπιστάς·
τοῦτο δ᾽ ἦν σύμβολον θορύβου μεγάλου· καὶ τὸν σαλ-
πιγκτὴν ἐκέλευσε σημαίνειν καὶ πὺξ ἔπαισεν ὡς διατρί-
7 βοντα καὶ μὴ βουλόμενον. οὗτος μὲν οὖν ὕστερον εὐδοκί-
μησεν, ὡς τοῦ μὴ συνταραχθῆναι τὸ στρατόπεδον αἰτιώ-
8 τατος γενόμενος. τὸν δὲ Κλεῖτον οὐχ ὑφιέμενον οἱ φίλοι
μόλις ἐξέωσαν τοῦ ἀνδρῶνος· ὁ δὲ κατ᾽ ἄλλας θύρας αὖθις
εἰσῄει, μάλ᾽ ὀλιγώρως καὶ θρασέως Εὐριπίδου τὰ ἐξ
Ἀνδρομάχης ἰαμβεῖα ταῦτα περαίνων (693)

cevere tale ricompensa dalle nostre fatiche, e anzi repu-
tiamo felici quelli che già sono morti prima di vedere i Macedoni battuti dalle verghe dei Medi e costretti a suppli-
care i Persiani per poter avvicinarsi al loro re.» Clito dis- 3
se questo con franchezza estrema, e gli amici di Alessandro gli si levarono contro e lo insultavano, mentre i più
anziani cercavano di placare il tumulto. Alessandro, ri- 4
voltosi a Senodoco di Cardia e Artemio di Colofone disse: «Non vi pare che i Greci tra i Macedoni siano come
semidei che passeggiano tra le bestie?». Ma Clito non ce- 5
deva, anzi impose ad Alessandro di lasciargli dire apertamente quel che pensava, oppure di non invitare a pranzo
uomini liberi franchi nel parlare, e vivere invece con schiavi
o barbari che si inginocchiassero dinnanzi alla sua cintu- .
ra persiana e alla sua tunica bianca. Allora Alessandro non
si contenne più e presa una delle mele che si trovavano
sul tavolo gliela scagliò contro e lo colpì, e intanto andava cercando il pugnale. Aristofane, uno della sua guardia 6
del corpo, lo prevenne e glielo sottrasse, mentre gli altri
gli si facevano intorno e lo pregavano; ma egli balzò in
piedi e urlando in Macedone,[148] chiamò gli scudieri (questo era il segno di grande tumulto) e diede ordine al trom-
bettiere di suonare la tromba; colui però indugiava e voleva rifiutarsi, ed egli lo colpì con un pugno. Questo sol- 7
dato in seguito fu tenuto in grande considerazione, perché era stato la causa prima della non diffusione del tumulto nell'accampamento. Intanto gli amici, a fatica, al- 8
lontanarono dalla sala Clito, che non intendeva cedere.
Egli comunque rientrò da un'altra porta, recitando con
tanta impertinenza quanta audacia quel passo euripideo
tratto dall'*Andromaca*:

[148] È stato molto discusso il problema della lingua macedone. Alcuni studiosi parlano del macedone come di un dialetto dorico; altri come
di un dialetto nord-occidentale di tipo primitivo.

οἴμοι, καθ᾽ Ἑλλάδ᾽ ὡς κακῶς νομίζεται
* * * * * * * * * *

9 οὕτω δὴ λαβὼν παρά τινος τῶν δορυφόρων Ἀλέξανδρος
αἰχμήν, ἀπαντῶντα τὸν Κλεῖτον αὐτῷ καὶ παράγοντα τὸ
10 πρὸ τῆς θύρας παρακάλυμμα διελαύνει. πεσόντος δὲ μετὰ
στεναγμοῦ καὶ βρυχήματος, εὐθὺς ἀφῆκεν ὁ θυμὸς αὐτόν,
11 καὶ γενόμενος παρ᾽ ἑαυτῷ, καὶ τοὺς φίλους ἰδὼν ἀφώνους
ἑστῶτας, ἑλκύσασθαι μὲν ἐκ τοῦ νεκροῦ τὴν αἰχμὴν
ἔφθασε, παῖσαι δ᾽ ἑαυτὸν ὁρμήσας παρὰ τὸν τράχηλον
ἐπεσχέθη, τῶν σωματοφυλάκων τὰς χεῖρας αὐτοῦ λαβόν-
των καὶ τὸ σῶμα βίᾳ παρενεγκόντων εἰς τὸν θάλαμον.

52. Ἐπεὶ δὲ τήν τε νύκτα κακῶς κλαίων διήνεγκε, καὶ
τὴν ἐπιοῦσαν ἡμέραν ἤδη τῷ βοᾶν καὶ θρηνεῖν ἀπειρηκὼς
ἄναυδος ἔκειτο, βαρεῖς ἀναφέρων στεναγμούς, δείσαντες
2 οἱ φίλοι τὴν ἀποσιώπησιν εἰσῆλθον βίᾳ. καὶ τῶν μὲν
ἄλλων οὐ προσίετο τοὺς λόγους, Ἀριστάνδρου δὲ τοῦ
μάντεως ὑπομιμνήσκοντος αὐτὸν τήν τ᾽ ὄψιν ἣν εἶδε περὶ
τοῦ Κλείτου καὶ τὸ σημεῖον, ὡς δὴ πάλαι καθειμαρμένων
τούτων, ἔδοξεν ἐνδιδόναι.

3 Διὸ Καλλισθένην τε τὸν φιλόσοφον παρεισήγαγον,
Ἀριστοτέλους οἰκεῖον ὄντα, καὶ τὸν Ἀβδηρίτην Ἀνάξαρχον.
4 ὃν Καλλισθένης μὲν ἠθικῶς ἐπειρᾶτο καὶ πράως ὑπο-
δυόμενος τῷ λόγῳ καὶ περιϊὼν ἀλύπως λαβέσθαι τοῦ
πάθους, ὁ δ᾽ Ἀνάξαρχος ἰδίαν τινὰ πορευόμενος ἐξ ἀρχῆς
ὁδὸν ἐν φιλοσοφίᾳ, καὶ δόξαν εἰληφὼς ὑπεροψίας καὶ
ὀλιγωρίας τῶν συνήθων, εὐθὺς εἰσελθὼν ἀνεβόησεν·
5 „οὗτός ἐστιν Ἀλέξανδρος, εἰς ὃν ἡ οἰκουμένη νῦν ἀπο-
βλέπει· ὁ δ᾽ ἔρριπται κλαίων ὥσπερ ἀνδράποδον, ἀνθρώπων νόμον καὶ ψόγον δεδοικώς, οἷς αὐτὸν προσήκει νόμον

«Ohimè! che cattivi costumi ci sono in Grecia!»[149]

Alessandro strappò ad uno degli scudieri la lancia, e mentre Clito gli veniva incontro scostando la tenda davanti alla porta, lo trapassò da parte a parte. Clito cadde gemendo e urlando e subito sbollì l'ira di Alessandro. Rientrato in sé, visti gli amici che erano rimasti lì, senza parole, cercò di estrarre dal cadavere la lancia e di configgersela nel collo, ma ne fu impedito: le sue guardie del corpo gli afferrarono le mani e a forza lo portarono nella sua camera.

52. Passò malamente la notte piangendo, e il giorno dopo, ormai spossato dal gridare e lamentarsi, se ne stette muto, solo emettendo profondi lamenti: allora gli amici, allarmati per il suo silenzio, entrarono a forza. Non voleva ascoltare i discorsi di nessuno, ma quando l'indovino Aristandro gli ricordò il sogno che egli aveva avuto su Clito e il presagio, e cioè che da tempo tutto ciò era stato fissato dal destino, allora parve calmarsi. Gli amici introdussero nella tenda il filosofo Callistene,[150] familiare di Aristotele, e Anassarco di Abdera. Callistene cercò di placare il suo dolore con tatto e mitezza, facendo appello alla ragione e usando circonlocuzioni per non ridestare l'afflizione. Anassandro invece, che procedeva fin da principio su una sua strada particolare in filosofia, e aveva fama di sprezzare, o di non considerare, i colleghi, appena entrato disse ad alta voce: «Questo è quell'Alessandro cui ora tutto il mondo guarda! egli è lì disteso piangente come uno schiavo e teme la legge e il biasimo degli uomini, proprio lui che dovrebbe essere per gli altri regola e legge,

[149] Eur. *Andromaca* 693. Non è inverisimile che Clito conoscesse la poesia di Euripide, considerata la permanenza del poeta in Macedonia alla corte di Archelao.
[150] Callistene di Olinto, nipote di Aristotele, venne con lo zio alla corte di Macedonia, invitato forse per la sua fama di storico. Seguì Alessandro nella spedizione e scrisse una *Storia* molto criticata per il suo tono adulatorio.

εἶναι καὶ ὅρον τῶν δικαίων, ἐπείπερ ἄρχειν καὶ κρατεῖν
νενίκηκεν, ἀλλὰ μὴ δουλεύειν ὑπὸ κενῆς δόξης κεκρατη-
6 μένον." „οὐκ οἶσθ'" εἶπεν „ὅτι τὴν Δίκην ἔχει πάρεδρον
ὁ Ζεὺς καὶ τὴν Θέμιν, ἵνα πᾶν τὸ πραχθὲν ὑπὸ τοῦ
7 κρατοῦντος θεμιτὸν ᾖ καὶ δίκαιον;" τοιούτοις τισὶ λόγοις
χρησάμενος ὁ Ἀνάξαρχος, τὸ μὲν πάθος ἐκούφισε τοῦ
βασιλέως, τὸ δ ἦθος εἰς πολλὰ χαυνότερον καὶ παρανο-
μώτερον ἐποίησεν, αὐτὸν δὲ δαιμονίως ἐνήρμοσε, καὶ τοῦ
Καλλισθένους τὴν ὁμιλίαν, οὐδ' ἄλλως ἐπίχαριν διὰ τὸ
αὐστηρὸν οὖσαν, προσδιέβαλε.

8 Λέγεται δέ ποτε παρὰ δεῖπνον ὑπὲρ ὡρῶν καὶ κράσεως
τοῦ περιέχοντος λόγων ὄντων τὸν Καλλισθένην, μετ-
έχοντα δόξης τοῖς [δὲ] λέγουσι τἀκεῖ μᾶλλον εἶναι ψυχρὰ
καὶ δυσχείμερα τῶν Ἑλληνικῶν, ἐναντιουμένου τοῦ Ἀνα-
9 ξάρχου καὶ φιλονικοῦντος, εἰπεῖν· „ἀλλὰ μὴν ἀνάγκη
σοὶ ταῦτ' ἐκείνων ὁμολογεῖν ⟨εἶναι⟩ ψυχρότερα· σὺ γὰρ
ἐκεῖ μὲν ἐν τρίβωνι διεχείμαζες, ἐνταῦθα δὲ τρεῖς ἐπι-
βεβλημένος δάπιδας κατάκεισαι." τὸν μὲν οὖν Ἀνάξαρχον
καὶ τοῦτο προσπαρώξυνε.

53. Τοὺς δ' ἄλλους σοφιστὰς καὶ κόλακας ὁ Καλλισθένης ἐλύπει, σπουδαζόμενος μὲν ὑπὸ τῶν νέων διὰ τὸν
λόγον, οὐχ ἧττον δὲ τοῖς πρεσβυτέροις ἀρέσκων διὰ τὸν
βίον, εὔτακτον ὄντα καὶ σεμνὸν καὶ αὐτάρκη καὶ βεβαιοῦντα
τὴν λεγομένην τῆς ἀποδημίας πρόφασιν, ὅτι τοὺς πολίτας
καταγαγεῖν καὶ κατοικίσαι πάλιν τὴν πατρίδα φιλοτιμού-
2 μενος ἀνέβη πρὸς Ἀλέξανδρον. φθονούμενος δὲ διὰ τὴν
δόξαν, ἔστιν ἃ καὶ καθ' αὑτοῦ τοῖς διαβάλλουσι παρεῖχε,
τάς τε κλήσεις τὰ πολλὰ διωθούμενος, ἔν τε τῷ συνεῖναι
βαρύτητι καὶ σιωπῇ δοκῶν οὐκ ἐπαινεῖν οὐδ' ἀρέσκεσθαι
τοῖς γινομένοις, ὥστε καὶ τὸν Ἀλέξανδρον εἰπεῖν ἐπ'
αὐτῷ (Eurip. fr. 905 N.²)·

dato che ha vinto per comandare e dominare, e non per essere schiavo e essere dominato da una vana opinione». E aggiunse: «Non sai che Zeus ha al suo fianco Diche e **6** Temi, affinché tutto quel che fa sia giusto e legittimo?». Con discorsi di questo genere Anassandro attenuò il dolo- **7** re del re ma gli rese l'animo più vano e meno rispettoso della legge in molte circostanze; quanto a sé gli si attaccò in modo eccezionale e fece sì che Alessandro disprezzasse la compagnia di Callistene, che non era per altro grade- vole, data la sua austerità. Si dice che una volta a tavola, **8** mentre si parlava delle stagioni, e della temperatura del- l'aria, Callistene era dell'idea di quanti affermavano che lì faceva freddo e c'era maltempo più che in Grecia, e Anassandro polemicamente gli si opponeva; e quello: «Ma **9** tu devi riconoscere che qui fa più freddo che là; infatti tu là passavi l'inverno con un mantello logoro, mentre qui dormi con tre coperte». Anche questa battuta irritò Anas- sandro ulteriormente.

53. Gli altri sofisti e adulatori vedevano di malocchio Callistene perché era tenuto in gran conto dai giovani per la sua eloquenza, e allo stesso modo piaceva ai vecchi per il suo modo di vivere, che era ordinato, serio, sobrio e che dava conferma al motivo dichiarato del suo viaggio, e cioè che egli era venuto da Alessandro con l'intento di ricondurre in patria i concittadini e ivi farli abitare nella città riedificata.[151] Invidiato per la sua fama, talora of- **2** friva motivi d'accusa contro se stesso, per lo più rifiutan- do gli inviti, e quando invece li accettava, dimostrando con il silenzio e con atteggiamento severo di non lodare quanto avveniva né di compiacersene, cosicché anche Ales- sandro diceva di lui:

[151] Dice altrove Plutarco (*Mor.* 1043 D) che Callistene era venu- to al seguito di Alessandro per ottenere la riedificazione della sua patria Olinto, così come Aristotele aveva ottenuto che fosse riedificata Sta- gira.

μισῶ σοφιστήν, ὅστις οὐχ αὑτῷ σοφός.

3   Λέγεται δέ ποτε πολλῶν παρακεκλημένων ἐπὶ τὸ δεῖπνον ἐπαινέσαι κελευσθεὶς ἐπὶ τοῦ ποτηρίου Μακεδόνας
ὁ Καλλισθένης οὕτως εὐροῆσαι πρὸς τὴν ὑπόθεσιν, ὥστ'
ἀνισταμένους κροτεῖν καὶ βάλλειν τοὺς στεφάνους ἐπ'
4 αὐτόν· εἰπεῖν οὖν τὸν Ἀλέξανδρον ὅτι, κατ' Εὐριπίδην
(Bacch. 266 sq.), τὸν λαβόντα τῶν λόγων

        καλὰς ἀφορμὰς οὐ μέγ' ἔργον εὖ λέγειν·

„ἀλλ' ἔνδειξαι“ φάναι „τὴν σαυτοῦ δύναμιν ἡμῖν κατηγορήσας Μακεδόνων, ἵνα καὶ βελτίους γένωνται μα-
5 θόντες ἃ πλημμελοῦσιν.“ οὕτω δὴ τὸν ἄνδρα πρὸς τὴν
παλινῳδίαν τραπόμενον πολλὰ παρρησιάσασθαι κατὰ τῶν
Μακεδόνων, καὶ τὴν Ἑλληνικὴν στάσιν αἰτίαν ἀποφήναντα
τῆς γενομένης περὶ Φίλιππον αὐξήσεως καὶ δυνάμεως,
εἰπεῖν·

        ἐν δὲ διχοστασίῃ καὶ ὁ πάγκακος ἔλλαχε τιμῆς·

6 ἐφ' ᾧ πικρὸν καὶ βαρὺ τοῖς Μακεδόσιν ἐγγενέσθαι μῖσος,
καὶ τὸν Ἀλέξανδρον εἰπεῖν, ὡς οὐ τῆς δεινότητος ὁ Καλλισθένης, ἀλλὰ τῆς δυσμενείας Μακεδόσιν ἀπόδειξιν δέδωκε.

54. Ταῦτα μὲν οὖν ὁ Ἕρμιππός φησι (FHG III 47)
τὸν ἀναγνώστην τοῦ Καλλισθένους Στροῖβον Ἀριστοτέλει
διηγεῖσθαι, τὸν δὲ Καλλισθένην συνέντα τὴν ἀλλοτριό-
τητα τοῦ βασιλέως δὶς ἢ τρὶς ἀπιόντα πρὸς αὐτὸν εἰπεῖν
(Il. 21, 107)·

        κάτθανε καὶ Πάτροκλος, ὅπερ σέο πολλὸν ἀμείνων.

2 οὐ φαύλως οὖν εἰπεῖν ἔοικεν ὁ Ἀριστοτέλης, ὅτι Καλλισθένης λόγῳ μὲν ἦν δυνατὸς καὶ μέγας, νοῦν δ' οὐκ εἶχεν.

164

«Odio il saggio che non è saggio per sé».[152] Si dice che 3
una volta in un banchetto affollato, invitato a celebrare
con un brindisi i Macedoni, fu talmente d'ispirazione felice nel trattare il tema che i presenti si alzarono ad ap-
plaudirlo e a lanciargli corone, e Alessandro disse, citan-
do Euripide, che per chi inizia a parlare «non è difficile
parlare bene se si hanno buoni soggetti»;[153] e poi aggiun- 4
se: «Dacci prova della tua abilità parlando male dei Macedoni, perché essi possano migliorare venendo a conoscenza dei loro difetti». Allora Callistene si volse a fare 5
un discorso al tutto diverso e parlò a lungo, con grande
chiarezza, contro i Macedoni, e dimostrò che la discordia
dei Greci era la causa dell'accrescersi della potenza di Filippo, aggiungendo:

«nella sedizione civile anche lo scellerato ottiene onore»;

di qui ne venne nei Macedoni un accentuato, acuto odio 6
contro di lui, e Alessandro disse che Callistene aveva dato prova non di abilità oratoria, ma di malevolenza contro i Macedoni.

54. Dice Ermippo[154] che Stroibo, lettore di Callistene,
riferì questo ad Aristotele, e che Callistene, accortosi del-
l'avversione del re, due o tre volte nel congedarsi da lui
disse:

«morì anche Patroclo, che di te fu molto migliore».[155]

Sembra allora che non sia stata definizione stolta quella 2
di Aristotele quando disse che Callistene era abile e gran
parlatore, ma non aveva buon senso. Però rifiutando de- 3

---

[152] Si tratta di una massima contenuta in un frammento di Euripide.
[153] Eur. *Bacch.* 266 sg.
[154] Ermippo di Smirne, della fine del terzo secolo a.C., uno scrittore di biografie, discepolo di Callimaco.
[155] Hom. *Il.*21, 107. Queste parole sono rivolte da Achille a Licao-
ne, figlio di Priamo.

3 Ἀλλὰ τήν γε προσκύνησιν ἰσχυρῶς ἀπωσάμενος καὶ
φιλοσόφως, καὶ μόνος ἐν φανερῷ διελθὼν ἃ κρύφα πάντες
οἱ βέλτιστοι καὶ πρεσβύτατοι τῶν Μακεδόνων ἠγανά-
κτουν, τοὺς μὲν Ἕλληνας αἰσχύνης ἀπήλλαξε μεγάλης,
καὶ μείζονος Ἀλέξανδρον, ἀποτρέψας τὴν προσκύνησιν,
αὐτὸν δ᾽ ἀπώλεσεν, ἐκβιάσασθαι δοκῶν μᾶλλον ἢ πεῖσαι
4 τὸν βασιλέα. Χάρης δ᾽ ὁ Μιτυληναῖός φησι (FGrH 125 F 18a)
τὸν Ἀλέξανδρον ἐν τῷ συμποσίῳ πιόντα φιάλην προτεῖναί
τινι τῶν φίλων· τὸν δὲ δεξάμενον πρὸς ἑστίαν ἀναστῆναι,
καὶ πιόντα προσκυνῆσαι πρῶτον, εἶτα φιλῆσαι τὸν Ἀλέξ-
5 ανδρον [ἐν τῷ συμποσίῳ] καὶ κατακλιθῆναι. πάντων δὲ
τοῦτο ποιούντων ἐφεξῆς, τὸν Καλλισθένην λαβόντα τὴν
φιάλην, οὐ προσέχοντος τοῦ βασιλέως, ἀλλ᾽ Ἡφαιστίωνι
6 προσδιαλεγομένου, πιόντα προσιέναι φιλήσοντα· Δημη-
τρίου δὲ τοῦ προσονομαζομένου Φείδωνος εἰπόντος „ὦ
βασιλεῦ, μὴ φιλήσῃς· οὗτος γάρ σε μόνος οὐ προσεκύνησε,"
διακλῖναι τὸ φίλημα τὸν Ἀλέξανδρον, τὸν δὲ Καλλισθένην
μέγα φθεγξάμενον εἰπεῖν· „φιλήματι τοίνυν ἔλασσον
ἔχων ἄπειμι."

55. Τοιαύτης ὑπογινομένης ἀλλοτριότητος, πρῶτον μὲν
Ἡφαιστίων ἐπιστεύετο λέγων, ὅτι συνθέμενος πρὸς αὐτὸν
ὁ Καλλισθένης προσκυνῆσαι, ψεύσαιτο τὴν ὁμολογίαν·
2 ἔπειτα Λυσίμαχοι καὶ Ἅγνωνες ἐπεφύοντο, φάσκοντες
περιϊέναι τὸν σοφιστὴν ὡς ἐπὶ καταλύσει τυραννίδος μέγα
φρονοῦντα, καὶ συντρέχειν πρὸς αὐτὸν τὰ μειράκια καὶ
3 περιέπειν, ὡς μόνον ἐλεύθερον ἐν τοσαύταις μυριάσι. διὸ
καὶ τῶν περὶ Ἑρμόλαον ἐπιβουλευσάντων τῷ Ἀλεξάνδρῳ
καὶ φανερῶν γενομένων, ἔδοξαν ἀληθέσιν ὅμοια κατηγο-

cisamente, in coerenza alla sua filosofia, di prosternarsi di fronte a lui,[156] e affermando apertamente, lui solo, quello che tutti i migliori e più anziani Macedoni lamentavano segretamente, risparmiò una gran vergogna ai Greci, e una più grande allo stesso Alessandro, distogliendolo da questa idea dell'adorazione, ma rovinò se stesso perché parve avesse forzato il re più che persuaderlo.

Carete di Mitilene dice che Alessandro una volta, in un **4** banchetto, dopo aver bevuto, tese la coppa a un amico: questi la prese, si alzò rivolgendosi verso il fuoco sacro, e dopo aver bevuto, prima si prosternò davanti ad Alessandro, poi lo baciò e quindi tornò al suo posto.

Tutti, uno dopo l'altro, fecero lo stesso, e Callistene, **5** presa la coppa, mentre il re non badava a lui ma conversava con Efestione, bevve e si avvicinò per baciarlo. Allora Demetrio soprannominato Feidone disse: «O re, non **6** baciarlo: costui è il solo che non si è prosternato di fronte a te!», e il re rifiutò il bacio e Callistene disse ad alta voce: «Me ne andrò dunque con un bacio in meno».

55. Sorse così questo dissenso, e si credette dapprima ad Efestione che diceva che Callistene, accordatosi con lui di fare atto di venerazione al re, non mantenne poi la promessa; poi i vari Lisimaco e Agnone ingrandirono la co- **2** sa, affermando che quel sofista andava in giro vantandosi di dissolvere la tirannide e dicendo che i giovani accorrevano a lui e lo onoravano come il solo uomo libero tra tante migliaia di servi. Perciò quando Ermolao[157] tramò **3** contro Alessandro e fu scoperto, parve che muovessero

---

[156] L'atto della *proskynesis* è comune in Persia ad un inferiore nei riguardi del superiore e a tutti i Persiani nei riguardi del re. Esso consiste originariamente nel portare la mano destra alla bocca ed inviare un bacio alla persona onorata e più tardi nell'abbassarsi calandosi sulle ginocchia.
[157] Ermolao, giovane di nobile famiglia, appartenente al corpo dei paggi reali, percosso dal re, mal sopportando la vergogna, sobillato dall'amico Sostrato, ordì con lui un complotto per uccidere il sovrano. Questa è la cosiddetta congiura dei paggi, del 327.

ρεῖν οἱ διαβάλλοντες, ὡς τῷ μὲν προβαλόντι, πῶς ἂν
ἐνδοξότατος γένοιτ᾽ ἄνθρωπος, εἶπεν ,,ἂν ἀποκτείνῃ τὸν
4 ἐνδοξότατον,‟ τὸν δ᾽ Ἑρμόλαον ἐπὶ τὴν πρᾶξιν παροξύνων ἐκέλευε μὴ δεδιέναι τὴν χρυσῆν κλίνην, ἀλλὰ
μνημονεύειν ὅτι καὶ νοσοῦντι καὶ τιτρωσκομένῳ πρόσεισιν
5 ἀνθρώπῳ. καίτοι τῶν περὶ Ἑρμόλαον οὐδεὶς οὐδὲ διὰ τῆς
6 ἐσχάτης ἀνάγκης τοῦ Καλλισθένους κατεῖπεν. ἀλλὰ καὶ
Ἀλέξανδρος αὐτὸς εὐθὺς Κρατερῷ γράφων καὶ Ἀττάλῳ
καὶ Ἀλκέτα φησὶ τοὺς παῖδας βασανιζομένους ὁμολογεῖν,
7 ὡς αὐτοὶ ταῦτα πράξειαν, ἄλλος δ᾽ οὐδεὶς συνειδείη. ὕστερον δὲ γράφων πρὸς Ἀντίπατρον καὶ τὸν Καλλισθένην
συνεπαιτιασάμενος, ,,οἱ μὲν παῖδες‟ φησὶν ,,ὑπὸ τῶν
Μακεδόνων κατελεύσθησαν, τὸν δὲ σοφιστὴν ἐγὼ κολάσω
καὶ τοὺς ἐκπέμψαντας αὐτὸν καὶ τοὺς ὑποδεχομένους ταῖς
πόλεσι τοὺς ἐμοὶ ἐπιβουλεύοντας,‟ ἄντικρυς ἔν γε τούτοις
8 ἀποκαλυπτόμενος πρὸς Ἀριστοτέλην· καὶ γὰρ ἐτέθραπτο
Καλλισθένης παρ᾽ αὐτῷ διὰ τὴν συγγένειαν, ἐξ Ἡροῦς
9 γεγονώς, ἀνεψιᾶς Ἀριστοτέλους. ἀποθανεῖν δ᾽ αὐτὸν οἱ
μὲν ὑπ᾽ Ἀλεξάνδρου κρεμασθέντα λέγουσιν, οἱ δ᾽ ἐν πέδαις δεδεμένον καὶ νοσήσαντα, Χάρης δὲ (FGrH 125 F 15)
μετὰ τὴν σύλληψιν ἑπτὰ μῆνας φυλάττεσθαι δεδεμένον,
ὡς ἐν τῷ συνεδρίῳ κριθείη παρόντος Ἀριστοτέλους· ἐν
αἷς δ᾽ ἡμέραις Ἀλέξανδρος [ἐν Μαλλοῖς Ὀξυδράκαις]
ἐτρώθη περὶ τὴν Ἰνδίαν, ἀποθανεῖν ὑπέρπαχυν γενόμενον
καὶ φθειριάσαντα.

56. Ταῦτα μὲν οὖν ὕστερον ἐπράχθη. Δημάρατος δ᾽ ὁ
Κορίνθιος ἤδη πρεσβύτερος ὢν ἐφιλοτιμήθη πρὸς Ἀλέξανδρον ἀναβῆναι· καὶ θεασάμενος αὐτὸν εἶπε μεγάλης
ἡδονῆς ἐστερῆσθαι τοὺς Ἕλληνας, ὅσοι τεθνήκασι πρὶν
2 ἰδεῖν Ἀλέξανδρον ἐν τῷ Δαρείου θρόνῳ καθήμενον. οὐ
μὴν ἐπὶ πλέον γε τῆς πρὸς αὐτὸν εὐνοίας τοῦ βασιλέως

accuse attendibili coloro che affermavano che Callistene aveva risposto a lui, che gli chiedeva come avrebbe potuto diventare famosissimo: «Basta che tu uccida l'uomo più famoso»; e incitando Ermolao all'azione lo aveva invitato a non temere un letto d'oro, ma a ricordare che si avvicinava ad un uomo soggetto a malattie e a ferite. Eppure nessuno dei complici di Ermolao, neanche sotto le più gravi torture, fece il nome di Callistene. E poi anche lo stesso Alessandro, scrivendo subito a Cratero, ad Attalo e ad Alceta, dice che i giovani sottoposti a tortura avevano asserito di aver agito da soli, senza complicità di alcuno. In seguito, scrivendo ad Antipatro e coinvolgendo nell'accusa Callistene, afferma: «I giovani furono lapidati dai Macedoni, ma io punirò il filosofo e coloro che lo hanno mandato e coloro che hanno accolto nelle città quanti cospiravano contro di me». Evidentemente qui Alessandro faceva allusione ad Aristotele. Callistene infatti era stato allevato in casa di Aristotele per ragioni di parentela, essendo figlio di Ero, cugina di Aristotele. Alcuni dicono che Callistene morì impiccato per ordine di Alessandro, altri invece che morì in carcere di malattia, e Carete dice che dopo l'arresto fu tenuto in carcere sette mesi per essere giudicato in consiglio plenario alla presenza di Aristotele, ma che nei giorni nei quali Alessandro fu ferito in India [tra i Malli Ossidraci][158], morì di obesità e di ftiriasi.

56. Ma questo, a dire il vero, avvenne più tardi.[159] Anche Demarato di Corinto, che già era piuttosto anziano, fu preso dal desiderio di raggiungere Alessandro, e quando lo vide disse che i Greci che erano morti prima di vederlo assiso sul trono di Dario erano stati privati di un grande piacere. Però egli non godette a lungo della bene-

[158] È da ritenersi una glossa inserita indebitamente nel testo, in quanto non vi sarebbe concordanza cronologica: la congiura è del 327, mentre l'attacco ai Malli Ossidraci è del 325.
[159] La morte di Callistene deve essersi verificata verso la fine del 327.

ἀπέλαυσεν, ἀλλ' ἐξ ἀρρωστίας ἀποθανὼν ἐκηδεύθη μεγαλοπρεπῶς, καὶ τάφον ἔχωσεν ὁ στρατὸς ἐπ' αὐτῷ τῇ
περιμέτρῳ μέγαν, ὕψος δὲ πηχῶν ὀγδοήκοντα· τὰ δὲ
λείψανα τέθριππον κεκοσμημένον λαμπρῶς ἐπὶ θάλασσαν
κατεκόμισε.

57. Μέλλων δ' ὑπερβάλλειν εἰς τὴν Ἰνδικὴν ὡς ἑώρα
πλήθει λαφύρων τὴν στρατιὰν ἤδη βαρεῖαν καὶ δυσκίνητον
οὖσαν, ἅμ' ἡμέρᾳ συνεσκευασμένων τῶν ἁμαξῶν πρώτας μὲν ὑπέπρησε τὰς αὐτοῦ καὶ ⟨τὰς⟩ τῶν ἑταίρων,
μετὰ δὲ ταύτας ἐκέλευσε καὶ ταῖς τῶν Μακεδόνων
2 ἐνεῖναι πῦρ. καὶ τοῦ πράγματος τὸ βούλευμα μεῖζον
ἐφάνη καὶ δεινότερον ἢ τὸ ἔργον· ὀλίγους μὲν γὰρ ἠνίασεν,
οἱ δὲ πλεῖστοι βοῇ καὶ ἀλαλαγμῷ μετ' ἐνθουσιασμοῦ, τὰ
μὲν ἀναγκαῖα τοῖς δεομένοις μεταδιδόντες, τὰ δὲ περιόντα
τῆς χρείας αὐτοὶ κατακαίοντες καὶ διαφθείροντες, ὁρμῆς
3 καὶ προθυμίας ἐνεπίμπλασαν τὸν Ἀλέξανδρον. ἤδη δὲ καὶ
φοβερὸς ἦν καὶ ἀπαραίτητος κολαστὴς τῶν πλημμελούντων·
καὶ γὰρ Μένανδρόν τινα τῶν ἑταίρων ἄρχοντα φρουρίου
καταστήσας, ὡς οὐκ ἐβούλετο μένειν, ἀπέκτεινε, καὶ τῶν
ἀποστάντων βαρβάρων Ὀρσοδάτην αὐτὸς κατετόξευσε.
4 προβάτου δὲ τεκόντος ἄρνα περὶ τῇ κεφαλῇ σχῆμα καὶ
χρῶμα τιάρας ἔχοντα καὶ διδύμους ἑκατέρωθεν αὐτῆς,
βδελυχθεὶς τὸ σημεῖον ἐκαθάρθη μὲν ὑπὸ τῶν Βαβυλω-
νίων, οὓς ἐξ ἔθους ἐπήγετο πρὸς τὰ τοιαῦτα, διελέχθη δὲ
πρὸς τοὺς φίλους, ὡς οὐ δι' αὐτόν, ἀλλὰ δι' ἐκείνους ταράτ-
τοιτο, μὴ τὸ κράτος εἰς ἀγεννῆ καὶ ἄναλκιν ἄνθρωπον
5 ἐκλιπόντος αὐτοῦ περιστήσῃ τὸ δαιμόνιον. οὐ μὴν ἀλλὰ
βέλτιόν τι σημεῖον γενόμενον τὴν ἀθυμίαν ἔλυσεν. ὁ γὰρ
ἐπὶ τῶν στρωματοφυλάκων τεταγμένος ἀνὴρ Μακεδὼν
ὄνομα Πρόξενος, τῇ βασιλικῇ σκηνῇ χώραν ὀρύττων παρὰ

volenza del re, perché morì di malattia e fu seppellito con gran magnificenza: l'esercito gli eresse un tumulo di grandi dimensioni, dell'altezza di ottanta cubiti, e una quadriga splendidamente adorna portò le sue ceneri al mare.

57. Quando stava per passare in India,[160] Alessandro vide che il suo esercito era ormai gravato dalla massa delle prede e si muoveva con difficoltà; perciò all'alba, quando i carri erano ormai pronti, fece bruciare innanzi tutto i suoi e quelli degli amici e poi ordinò di appiccare il fuoco anche a quelli degli altri Macedoni. La decisione apparve più difficile e grave che non la sua effettuazione: pochi infatti ne furono angustiati mentre i più accolsero questa misura con grida e applausi entusiastici, e diedero il necessario a chi ne aveva bisogno, mentre bruciarono o rovinarono essi stessi il superfluo, in tal modo riempiendo Alessandro di ardimento e di zelo. Egli era già allora terribile e implacabile punitore dei trasgressori. Ad esempio fece uccidere Menandro, un amico che egli aveva posto al comando di una guarnigione, perché non ci volle restare, e personalmente uccise con una freccia Orsodate, uno dei barbari che s'era ribellato.

In quel tempo una pecora partorì un agnello che aveva attorno al capo un qualcosa che sembrava, per forma e per colore, una tiara, con due testicoli a ciascun lato; inorridito del presagio Alessandro si fece purificare dai Babilonesi,[161] che d'abitudine portava con sé per simili evenienze, e agli amici diceva che era sconvolto non per sé ma per loro, per timore che una volta che fosse venuto a mancare, il demone desse il potere a un uomo non nobile e senza coraggio. Comunque un miglior presagio che gli si presentò gli tolse ogni preoccupazione. Infatti un Macedone di nome Prosseno, preposto a quanti erano addetti

2

3

4

5

[160] Alla fine della primavera del 327.
[161] I sacerdoti babilonesi, che i Romani chiamavano Caldei.

τὸν Ὦξον ποταμόν, ἀνεκάλυψε πηγὴν ὑγροῦ λιπαροῦ καὶ
6 πιμελώδους· ἀπαντλουμένου δὲ τοῦ πρώτου, καθαρὸν
ἀνέβλυζεν ἤδη καὶ διαυγές [ἔλαιον], οὔτ' ὀσμῇ δοκοῦν
ἐλαίου διαφέρειν οὔτε γεύσει, στιλπνότητά τε καὶ λιπαρό-
τητα παντάπασιν ἀπαράλλακτον, καὶ ταῦτα τῆς χώρας
7 μηδ' ἐλαίας φερούσης. λέγεται μὲν οὖν καὶ τὸν Ὦξον
αὐτὸν εἶναι μαλακώτατον ὕδωρ, ὥστε τὸ δέρμα τοῖς
8 λουομένοις ἐπιλιπαίνειν. οὐ μὴν ἀλλὰ ⟨καὶ⟩ θαυμαστῶς
Ἀλέξανδρος ἡσθεὶς δῆλός ἐστιν ἐξ ὧν γράφει πρὸς Ἀντίπατρον, ἐν τοῖς μεγίστοις τοῦτο τῶν ἀπὸ τοῦ θεοῦ γεγο-
9 νότων αὐτῷ τιθέμενος. οἱ δὲ μάντεις ἐνδόξου μὲν στρατείας, ἐπιπόνου δὲ καὶ χαλεπῆς τὸ σημεῖον ἐποιοῦντο·
πόνων γὰρ ἀρωγὴν ἔλαιον ἀνθρώποις ὑπὸ θεοῦ δεδόσθαι.

58. Πολλοὶ μὲν οὖν κατὰ τὰς μάχας αὐτῷ κίνδυνοι
συνέπεσον, καὶ τραύμασι νεανικοῖς ἀπήντησε, τὴν δὲ
πλείστην φθορὰν ἀπορίαι τῶν ἀναγκαίων καὶ δυσκρασίαι
2 τοῦ περιέχοντος ἀπειργάσαντο τῆς στρατιᾶς. αὐτὸς δὲ
τόλμῃ τὴν τύχην ὑπερβαλέσθαι καὶ τὴν δύναμιν ἀρετῇ
φιλοτιμούμενος, οὐδὲν ᾤετο τοῖς θαρροῦσιν ἀνάλωτον
3 οὐδ' ὀχυρὸν εἶναι τοῖς ἀτόλμοις. λέγεται δὲ τὴν Σισιμί-
θρου πολιορκῶν πέτραν, ἀπότομον οὖσαν καὶ ἀπρόσβατον,
ἀθυμούντων τῶν στρατιωτῶν, ἐρωτῆσαι τὸν Ὀξυάρτην,
4 ποῖός τις αὐτὸς εἴη τὴν ψυχὴν ὁ Σισιμίθρης. φήσαντος δὲ
τοῦ Ὀξυάρτου δειλότατον ἀνθρώπων, ,,λέγεις σύ γε"
φάναι ,,τὴν πέτραν ἁλώσιμον ἡμῖν εἶναι· τὸ γὰρ ἄρχον
αὐτῆς οὐκ ὀχυρόν ἐστι." ταύτην μὲν οὖν ἐκφοβήσας τὸν
5 Σισιμίθρην ἔλαβεν. ἑτέρᾳ δ' ὁμοίως ἀποτόμῳ προσβαλὼν

al guardaroba, scavando presso il fiume Osso[162] per piantarvi la tenda reale, scoprì una fonte di liquido grasso e oleoso. Esaurito il primo fiotto, fluiva ormai olio puro 6 e trasparente che non sembrava diverso dall'olio d'oliva, né per odore né per gusto, e gli era del tutto simile per densità e colore; e tutto ciò nonostante la regione non avesse piante d'olivo. Si dice per altro che il fiume Osso ha 7 un'acqua molto grassa, tanto che rende lucida la pelle di quanti vi prendono un bagno. Comunque si vede chiaramente che Alessandro ne fu assai compiaciuto da quanto 8 scrive ad Antipatro, là ove asserisce che questo fu uno dei segni più grandi che gli vennero dal dio. Gli indovini lo 9 considerarono il segno di una spedizione gloriosa ma aspra e faticosa: infatti l'olio è stato dato dagli dei agli uomini come ristoro delle fatiche.

58. In effetti durante le battaglie Alessandro corse parecchi rischi e riportò dolorose ferite, ma i danni maggiori all'esercito li produsse la mancanza di viveri e l'avversità del clima. Lo stesso re, volendo superare con il coraggio l'opposizione della fortuna e con la virtù la forza bruta, riteneva che nulla è invincibile per chi ha audacia, né è sicuro per chi è vile. Si dice che nell'assediare la scoscesa e inaccessibile rocca di Sisimitro,[163] mentre i soldati erano sfiduciati, chiese a Ossiarte[164] che carattere aveva Sisimitro; Ossiarte gli disse che era un uomo estremamente pauroso, e Alessandro: «Allora tu dici che si può prendere la rocca, dato che non è forte chi ne è il signore». Di fatto atterrì Sisimitro e conquistò la rocca. Lanciandosi all'attacco di un'altra rocca ugualmente scoce-

---

[162] Al confine tra la Battriana e la Sogdiana. Si tratta qui praticamente della scoperta di una fonte di petrolio.
[163] È chiamata nelle fonti anche la rocca di Choriene.
[164] Padre di Rossane, era uno dei nobili della Battriana. Resistette ad Alessandro finché questi gli catturò la moglie e le figlie. In seguito, nel 326, fu nominato satrapo di Parapamisade, e continuò ad amministrare la satrapia anche dopo la morte di Alessandro.

⟨ἔχων⟩ τοὺς νεωτέρους τῶν Μακεδόνων, Ἀλέξανδρόν τινα καλούμενον προσαγορεύσας, „ἀλλὰ σοί γ᾽" εἶπεν „ἀνδρα-γαθεῖν προσήκει καὶ διὰ τὴν ἐπωνυμίαν." ἐπεὶ δὲ λαμπρῶς

6 ὁ νεανίας ἀγωνιζόμενος ἔπεσεν, οὐ μετρίως ἐδήχθη. τῇ δὲ καλουμένῃ Νύσῃ τῶν Μακεδόνων ὀκνούντων προσάγειν (καὶ γὰρ ποταμὸς ἦν πρὸς αὐτῇ βαθύς), ἐπιστὰς „τί γάρ;" εἶπεν „ὁ κάκιστος ἐγὼ νεῖν οὐκ ἔμαθον;" καὶ ἤδη

7 ἔχων τὴν ἀσπίδα περᾶν ἠθέλησεν. *** ἐπεὶ δὲ καταπαύσαν-τος τὴν μάχην αὐτοῦ παρῆσαν ἀπὸ τῶν πολιορκουμένων [πόλεων] πρέσβεις δεησόμενοι, πρῶτον μὲν ὀφθεὶς ἀθερά-πευτος ἐν τοῖς ὅπλοις, ἐξέπληξεν αὐτούς· ἔπειτα προσ-κεφαλαίου τινὸς αὐτῷ κομισθέντος, ἐκέλευσε λαβόντα

8 καθίσαι τὸν πρεσβύτατον· Ἄκουφις ἐκαλεῖτο. θαυμάσας οὖν τὴν [λαμ]πρότητα καὶ φιλανθρωπίαν ὁ Ἄκουφις

9 ἠρώτα, τί βούλεται ποιοῦντας αὐτοὺς ἔχειν φίλους. φήσαν-τος δὲ τοῦ Ἀλεξάνδρου „σὲ μὲν ἄρχοντα καταστήσαντας αὐτῶν, πρὸς δ᾽ ἡμᾶς πέμψαντας ἑκατὸν ἄνδρας τοὺς ἀρίστους," γελάσας ὁ Ἄκουφις „ἀλλὰ βέλτιον" εἶπεν „ἄρξω βασιλεῦ, τοὺς κακίστους πρὸς σὲ πέμψας μᾶλλον ἢ τοὺς ἀρίστους."

59. Ὁ δὲ Ταξίλης λέγεται μὲν τῆς Ἰνδικῆς ἔχειν μοῖραν οὐκ ἀποδέουσαν Αἰγύπτου τὸ μέγεθος, εὔβοτον δὲ καὶ καλλίκαρπον ἐν τοῖς μάλιστα, σοφὸς δέ τις ἀνὴρ εἶναι

2 καὶ τὸν Ἀλέξανδρον ἀσπασάμενος „τί δεῖ πολέμων" φάναι „καὶ μάχης ἡμῖν Ἀλέξανδρε πρὸς ἀλλήλους, εἰ μήθ᾽ ὕδωρ ἀφαιρησόμενος ἡμῶν ἀφῖξαι, μήτε τροφὴν ἀναγκαίαν, ὑπὲρ ὧν μόνων ἀνάγκη διαμάχεσθαι νοῦν

3 ἔχουσιν ἀνθρώποις; τοῖς δ᾽ ἄλλοις χρήμασι καὶ κτήμασι λεγομένοις, εἰ μέν εἰμι κρείττων, ἕτοιμος εὖ ποιεῖν, εἰ

4 δ᾽ ἥττων, οὐ φεύγω χάριν ἔχειν εὖ παθών." ἡσθεὶς οὖν ὁ Ἀλέξανδρος καὶ δεξιωσάμενος αὐτόν, „ἦ που νομίζεις"

sa con parecchi giovani macedoni, rivoltosi ad uno che si chiamava Alessandro, disse: «A te s'addice essere valoroso, anche per il nome che porti». Il giovane combatté splendidamente e morì sul campo, e il re ne fu molto colpito.

Quando i Macedoni esitavano a muovere contro una cit- 6 tà chiamata Nisa perché davanti ad essa c'era un fiume profondo, fermatosi disse: «Perché mai io, individuo insignificante, non ho imparato a nuotare?», e volle attraversare addirittura con lo scudo in mano... Quando poi, 7 concluso il combattimento, gli si presentarono dei messi che venivano da parte degli assediati per supplicarlo, innanzi tutto li impressionò perché lo videro ancora armato e in disordine; poi, quando gli fu portato un cuscino, volle che lo prendesse il più vecchio e vi si sedesse: costui si chiamava Acufi. Acufi fu preso da ammirazione per la 8 mitezza e cordialità di Alessandro e gli chiese che cosa dovevano fare per essergli amici. Alessandro disse: «Faccia- 9 no te loro capo e mi mandino i loro cento uomini migliori». E Acufi ridendo: «Certo governerò meglio, o re, se ti manderò i peggiori, non i migliori».

59. Si dice che Tassile[165] regnasse su una parte dell'India non inferiore per estensione all'Egitto, quanto mai adatta all'allevamento del bestiame e fertilissima. Tassile era un uomo saggio, e salutando Alessandro gli disse: «Che bisogno abbiamo di scontri armati noi, o Alessan- 2 dro, se non sei venuto per levarci l'acqua o il cibo necessario, le uniche cose per le quali devono necessariamente lottare gli uomini assennati? Per quanto riguarda gli altri 3 cosiddetti beni e possessi, se ne ho, sono pronto a darne, se non ne ho, non rifiuto di riceverne, serbando poi riconoscenza». Piacquero ad Alessandro queste parole, e stret- 4

---

[165] Veramente Taxila è il nome della regione e Tassile è il nome ufficiale di chi la governa. Si tratta del territorio tra Indo e Idaspe, a venti miglia a nord dell'odierna Rawalpindi. Il nome proprio di questo re ci è noto da Curzio Rufo: si chiamava Omphis.

ἔφη „δίχα μάχης ἔσεσθαι τὴν ἔντευξιν ἡμῖν ἀπὸ τοιούτων
λόγων καὶ φιλοφροσύνης; ἀλλ᾽ οὐδέν σοι πλέον· ἐγὼ γὰρ
ἀγωνιοῦμαι πρὸς σὲ καὶ διαμαχοῦμαι ταῖς χάρισιν, ὥς
5 μου χρηστὸς ὢν μὴ περιγένῃ.'' λαβὼν δὲ δῶρα πολλὰ καὶ
δοὺς πλείονα, τέλος χίλια τάλαντα νομίσματος αὐτῷ
προέπιεν· ἐφ᾽ οἷς τοὺς μὲν φίλους ἰσχυρῶς ἐλύπησε, τῶν
δὲ βαρβάρων πολλοὺς ἐποίησεν ἡμερωτέρως ἔχειν πρὸς
αὐτόν.

6 Ἐπεὶ δὲ τῶν Ἰνδῶν οἱ μαχιμώτατοι μισθοφοροῦντες ἐπε-
φοίτων ταῖς πόλεσιν ἐρρωμένως ἀμύνοντες, καὶ πολλὰ τὸν
Ἀλέξανδρον ἐκακοποίουν, σπεισάμενος ἔν τινι πόλει πρὸς
7 αὐτούς, ἀπιόντας ἐν ὁδῷ λαβὼν ἅπαντας ἀπέκτεινε. καὶ
τοῦτο τοῖς πολεμικοῖς ἔργοις αὐτοῦ, τὰ ἄλλα νομίμως
καὶ βασιλικῶς πολεμήσαντος, ὥσπερ κηλὶς πρόσεστιν.

8 Οὐκ ἐλάσσονα δὲ τούτων οἱ φιλόσοφοι πράγματα παρέσχον αὐτῷ, τούς τε προστιθεμένους τῶν βασιλέων κα-
κίζοντες, καὶ τοὺς ἐλευθέρους δήμους ἀφιστάντες. διὸ
καὶ τούτων πολλοὺς ἐκρέμασε.

60. Τὰ δὲ πρὸς Πῶρον αὐτὸς ἐν ταῖς ἐπιστολαῖς ὡς
ἐπράχθη γέγραφε. φησὶ γάρ, ἐν μέσῳ τῶν στρατοπέδων
τοῦ Ὑδάσπου ῥέοντος, ἀντιπρώρους ἱστάντα τοὺς ἐλέφαν-
2 τας ἀεὶ τὸν Πῶρον ἐπιτηρεῖν τὴν διάβασιν. αὐτὸν μὲν
οὖν καθ᾽ ἡμέραν ἑκάστην ψόφον ποιεῖν καὶ θόρυβον ἐν
τῷ στρατοπέδῳ πολύν, ἐθίζοντα τοὺς βαρβάρους μὴ φο-
3 βεῖσθαι· νυκτὸς δὲ χειμερίου καὶ ἀσελήνου λαβόντα τῶν
πεζῶν μέρος, ἱππεῖς δὲ τοὺς κρατίστους, καὶ προελθόντα

ta la mano al re disse: «Credi davvero che il nostro incontro dopo tali benevole parole si concluderà senza battaglia? Certo non tu vincerai: io infatti lotterò contro di te e contenderò in favori, affinché tu non mi superi in generosità». Così ricevette parecchi doni e altri, in maggior numero, ne diede, e alla fine gli donò mille talenti in monete e con ciò turbò molto gli amici ma ottenne che molti barbari fossero meglio disposti verso di lui. Intanto gli Indiani più bellicosi si presentavano come mercenari alle varie città, le difendevano con forza e cagionavano molti danni ad Alessandro; egli alla fine siglò con loro un patto in una città, ma mentre si ritiravano di lì, li sorprese in marcia e li uccise tutti.[166] Questa è come una macchia che sta sulle azioni militari di Alessandro, dato che per solito egli combatteva con regale rispetto delle norme. Fastidi non inferiori a questi gli procurarono i filosofi, tanto con l'insultare i re che gli si arrendevano quanto con il sobillargli contro i popoli liberi. Egli allora ne fece impiccare parecchi.

60. Lo svolgimento della campagna contro Poro[167] ci è narrato dallo stesso Alessandro nelle sue lettere. Egli racconta che scorreva tra i due accampamenti il fiume Idaspe, e Poro sempre teneva di fronte al guado gli elefanti per controllare l'attraversamento del fiume. Quanto a sé, egli ogni giorno voleva si producesse grande rumore nell'accampamento, e suscitava grande tumulto per abituare i barbari a non darsene pensiero; poi, in una notte senza luna e tempestosa, prese una parte dei fanti e i migliori cavalieri e procedendo lungo la riva al di là della colloca-

[166] Secondo Arriano il massacro si originò per il fatto che, pur avendo concordato una cooperazione con lui, questi mercenari si accingevano a lasciarlo.
[167] Paurava, re di un territorio indiano al di là dell'Idaspe. Alessandro, che lo vinse, lo lasciò però a capo del suo regno. Dopo la morte di Alessandro, fu ucciso da Eudemo, un generale dell'esercito macedone.

πόρρω τῶν πολεμίων, διαπερᾶσαι πρὸς νῆσον οὐ μεγάλην.
4 ἐνταῦθα δὲ ῥαγδαίου μὲν ἐκχυθέντος ὄμβρου, πρηστήρων
δὲ πολλῶν καὶ κεραυνῶν εἰς τὸ στρατόπεδον φερομένων,
ὅμως ὁρῶν ἀπολλυμένους τινὰς καὶ συμφλεγομένους ὑπὸ
τῶν κεραυνῶν, ἀπὸ τῆς νησῖδος ἄρας προσφέρεσθαι ταῖς
5 ἀντιπέρας ὄχθαις. τραχὺν δὲ τὸν Ὑδάσπην ὑπὸ τοῦ χειμῶνος ἐπιόντα καὶ μετέωρον ἔκρηγμα ποιῆσαι μέγα, καὶ
πολὺ μέρος ἐκείνῃ φέρεσθαι τοῦ ῥεύματος, αὐτοὺς δὲ
δέξασθαι τὸ μέσον οὐ βεβαίως, ἅτε δὴ συνολισθάνον καὶ
6 περιρρηγνύμενον. ἐνταῦθα δ' εἰπεῖν φασιν αὐτόν· ,,ὦ
Ἀθηναῖοι, ἆρά γε πιστεύσαιτ' ἄν, ἡλίκους ὑπομένω κινδύνους ἕνεκα τῆς παρ' ὑμῖν εὐδοξίας;'' ἀλλὰ τοῦτο μὲν
7 Ὀνησίκριτος εἴρηκεν (FGrH 134 F 19)· αὐτὸς δέ φησι τὰς
σχεδίας ἀφέντας αὐτοὺς μετὰ τῶν ὅπλων τὸ ἔκρηγμα
διαβαίνειν, ἄχρι μαστῶν βρεχομένους, διαβὰς δὲ τῶν πεζῶν εἴκοσι σταδίους προϊππεῦσαι, λογιζόμενος, εἰ μὲν
οἱ πολέμιοι τοῖς ἵπποις προσβάλοιεν, πολὺ κρατήσειν, εἰ
δὲ κινοῖεν τὴν φάλαγγα, φθήσεσθαι τοὺς πεζοὺς αὐτῷ
8 προσγενομένους· θάτερον δὲ συμβῆναι. τῶν γὰρ ἱππέων
χιλίους καὶ τῶν ἁρμάτων ἑξήκοντα συμπεσόντα τρεψάμενος, τὰ μὲν ἅρματα λαβεῖν ἅπαντα, τῶν δ' ἱππέων ἀν-
9 ελεῖν τετρακοσίους. οὕτω δὴ συμφρονήσαντα τὸν Πῶρον,
ὡς αὐτὸς εἴη διαβεβηκὼς Ἀλέξανδρος, ἐπιέναι μετὰ πάσης
τῆς δυνάμεως, πλὴν ὅσον ἐμποδὼν εἶναι τοῖς διαβαίνουσι
10 τῶν Μακεδόνων ἀπέλιπε· φοβηθεὶς δὲ τὰ θηρία καὶ τὸ
πλῆθος τῶν πολεμίων, αὐτὸς μὲν ἐνσεῖσαι κατὰ θάτερον
11 κέρας, Κοῖνον δὲ τῷ δεξιῷ προσβαλεῖν κελεῦσαι. γενομένης δὲ τροπῆς, ἑκατέρωθεν ἀναχωρεῖν ἀεὶ πρὸς τὰ
θηρία καὶ συνειλεῖσθαι τοὺς ἐκβιαζομένους, ὅθεν ἤδη τὴν

zione dai nemici, attraversò il fiume passando su una piccola isola.[168]

Qui una pioggia violenta con molti tuoni e fulmini si abbatté sull'esercito e per quanto egli vedesse alcuni perire perché colpiti dal fulmine, si mosse dall'isoletta per passare sulla riva opposta. Ma l'Idaspe, gonfiandosi aspro per la tempesta, aveva prodotto presso la riva un gran scoscendimento e là di massima batteva la violenza della corrente; i Macedoni si trovavano al centro, ma non erano sul sicuro, perché il fondo andava smottando e aprendosi. A questo punto dicono che Alessandro pronunciasse queste parole: «O Ateniesi, credereste a quali pericoli mi espongo per guadagnarmi buona fama presso di voi?». Questo ce lo ha tramandato Onesicrito, mentre lo stesso Alessandro dice che, lasciate le zattere, con le armi passarono quello scoscendimento immersi nell'acqua fino al petto. Quando fu giunto sull'altra riva, portò la cavalleria venti stadi dinanzi ai fanti, calcolando che se i nemici lo avessero attaccato con la cavalleria avrebbe facilmente vinto; se invece muovevano la falange, i suoi fanti avrebbero avuto il tempo di raggiungerlo; comunque una delle due eventualità si verificò. Di fatto mille cavalieri e sessanta carri gli vennero contro, ed egli li volse in fuga; fece bottino di tutti i carri e uccise quattrocento cavalieri, cosicché Poro capì che Alessandro in persona aveva guidato l'attraversamento e gli marciò contro con tutto l'esercito, tranne quei soldati che lasciò ad impedire il passaggio del fiume ai rimanenti Macedoni. Ma Alessandro, temendo gli animali e il gran numero dei nemici, personalmente attaccò l'ala sinistra e ordinò a Ceno di attaccare l'ala destra. L'una e l'altra parte furono volte in fuga e sempre i fuggitivi ritirandosi si raccolsero attorno agli elefanti, e

4
5
6
7
8
9
10
11

[168] Secondo la testimonianza di Arriano, Alessandro attraversò l'Idaspe a circa 17 miglia dal suo campo, là dove il fiume tracciava un ampio gomito.

μάχην ἀναμεμειγμένην εἶναι, καὶ μόλις ὀγδόης ὥρας
ἀπειπεῖν τοὺς πολεμίους. ταῦτα μὲν οὖν ὁ τῆς μάχης
12 ποιητὴς αὐτὸς ἐν ταῖς ἐπιστολαῖς εἴρηκεν. οἱ δὲ πλεῖστοι
τῶν συγγραφέων ὁμολογοῦσι τὸν Πῶρον, ὑπεραίροντα
τεσσάρων πηχῶν σπιθαμῇ τὸ μῆκος, ἱππότου μηδὲν
ἀποδεῖν πρὸς τὸν ἐλέφαντα συμμετρίᾳ διὰ τὸ μέγεθος καὶ
τὸν ὄγκον τοῦ σώματος· καίτοι μέγιστος ἦν ὁ ἐλέφας·
13 σύνεσιν δὲ θαυμαστὴν ἐπεδείξατο καὶ κηδεμονίαν τοῦ
βασιλέως, ἐρρωμένου μὲν ἔτι θυμῷ τοὺς προσμαχομένους
ἀμυνόμενος καὶ ἀνακόπτων, ὡς δ᾽ ᾔσθετο βελῶν πλήθει
καὶ τραυμάτων κάμνοντα, δείσας μὴ περιρρυῇ, τοῖς μὲν
γόνασιν εἰς γῆν ὑφῆκε πράως ἑαυτόν, τῇ δὲ προνομαίᾳ
λαμβάνων ἀτρέμα τῶν δορατίων ἕκαστον ἐξῇρει τοῦ σώματος.

14 Ἐπεὶ δὲ ληφθέντα τὸν Πῶρον ὁ Ἀλέξανδρος ἠρώτα,
πῶς αὐτῷ χρήσηται, ,,βασιλικῶς" εἶπε· προσπυνθομένου
δὲ μή τι ⟨καὶ⟩ ἄλλο λέγει, ,,πάντ᾽" εἶπεν ,,⟨ἔν⟩εστιν ἐν
15 τῷ βασιλικῶς." οὐ μόνον οὖν ἀφῆκεν αὐτὸν ἄρχειν ὧν
ἐβασίλευε σατράπην καλούμενον, ἀλλὰ καὶ προσέθηκε
χώραν [καὶ] τῆς αὐτονόμου καταστρεψάμενος, ἐν ᾗ
πεντεκαίδεκα μὲν ἔθνη, πόλεις δὲ πεντακισχιλίας ἀξιο-
16 λόγους, κώμας δὲ παμπόλλας εἶναί φασιν· ἄλλης δὲ τρὶς
τοσαύτης Φίλιππόν τινα τῶν ἑταίρων σατράπην ἀπέδειξεν.

61. Ἐκ δὲ τῆς πρὸς Πῶρον μάχης καὶ ὁ Βουκεφάλας ἐτελεύτησεν, οὐκ εὐθύς, ἀλλ᾽ ὕστερον, ὡς οἱ πλεῖστοι
λέγουσιν, ἀπὸ τραυμάτων θεραπευόμενος, ὡς δ᾽ Ὀνησίκριτος (FGrH 134 F 20), διὰ γῆρας ὑπέρπονος γενό-
2 μενος· τριάκοντα γὰρ ἐτῶν ἀποθανεῖν αὐτόν. ἐδήχθη δ᾽
ἰσχυρῶς Ἀλέξανδρος, οὐδὲν ἄλλ᾽ ἢ συνήθη καὶ φίλον ἀπο-
βεβληκέναι νομίζων, καὶ πόλιν οἰκίσας ἐπ᾽ αὐτῷ παρὰ
3 τὸν Ὑδάσπην Βουκεφαλίαν προσηγόρευσε. λέγεται δὲ καὶ
κύνα Περίταν ὄνομα τεθραμμένον ὑπ᾽ αὐτοῦ καὶ στεργό-

di qui innanzi lo scontro fu confuso, e a stento all'ottava ora i nemici cedettero. Questo è il racconto che ci dà nelle sue lettere lo stesso Alessandro. La maggior parte degli 12 storici affermano che Poro era alto una spanna più di quattro cubiti e che per taglia fisica e compattezza di membra era altrettanto proporzionato all'elefante quanto un cavaliere al cavallo, nonostante l'elefante fosse grandissimo. Questo animale, inoltre, mise in mostra eccezionale 13 intelligenza e cura nei riguardi del re, e fin che il re fu in forze respingeva con forza gli assalitori e ne faceva strage; quando invece si accorse che il re veniva meno per il numero dei colpi che riceveva e delle ferite, temendo che gli scivolasse giù, si piegò lentamente sulle ginocchia e con la proboscide, dolcemente, prese i giavellotti che lo avevano colpito, ad uno ad uno, e glieli tolse dal corpo.

Quando Alessandro chiese a Poro prigioniero come lo 14 si dovesse trattare, quello rispose: «Da re», e alla richiesta se avesse altro da dire, aggiunse: «Nel "da re" c'è tutto». E Alessandro non solo lo lasciò re del paese su cui 15 regnava, nominandolo satrapo, ma anche gli aggiunse altre terre, dopo aver sottomesso tribù indipendenti: era un territorio che abbracciava 15 popoli, cinquemila città importanti e moltissimi villaggi; e poi conquistò altra regio- 16 ne tre volte superiore a questa per estensione, e di essa nominò satrapo Filippo, uno dei suoi amici.

61. Dopo la battaglia contro Poro morì Bucefalo; non immediatamente dopo, ma un poco più tardi, mentre lo curavano per le ferite, come i più dicono; ma Onesicrito parla di affaticamento e vecchiaia, in quanto il cavallo morì a trent'anni. Alessandro ne fu molto colpito perché ri- 2 teneva di aver perso un compagno e amico, e costruì a suo ricordo una città presso l'Idaspe chiamandola Bucefalia. Si dice che anche quando perse il cane di nome Pe- 3 rita, da lui allevato e amato, fece costruire una città che

μενον ἀποβαλών, κτίσαι πόλιν ἐπώνυμον. τοῦτο δὲ Σωτίων
φησὶ Ποτάμωνος (FGrH 147 F 1) ἀκοῦσαι τοῦ Λεσβίου.
62. Τοὺς μέντοι Μακεδόνας ὁ πρὸς Πῶρον ἀγὼν
ἀμβλυτέρους ἐποίησε, καὶ τοῦ πρόσω τῆς Ἰνδικῆς ἔτι
2 προελθεῖν ἐπέσχε. μόλις γὰρ ἐκεῖνον ὠσάμενοι, δισμυρίοις πεζοῖς καὶ δισχιλίοις ἱππεῦσι παραταξάμενον, ἀντ-
έστησαν ἰσχυρῶς Ἀλεξάνδρῳ, βιαζομένῳ καὶ τὸν Γάγγην
περᾶσαι ποταμόν, εὖρος μὲν αὐτοῦ δύο καὶ τριάκοντα
σταδίων εἶναι πυνθανόμενοι καὶ βάθος ὀργυιὰς ἑκατόν,
ἀντιπέρας δὲ τὰς ὄχθας ἀποκεκρύφθαι πλήθεσιν ὅπλων
3 καὶ ἵππων καὶ ἐλεφάντων. ἐλέγοντο γὰρ ὀκτὼ μὲν μυριάδας ἱπποτῶν, εἴκοσι δὲ πεζῶν, ἅρματα δ' ὀκτακισχίλια
καὶ μαχίμους ἐλέφαντας ἑξακισχιλίους ἔχοντες οἱ Γανδα-
4 ριτῶν καὶ Πραισίων βασιλεῖς ὑπομένειν. καὶ κόμπος οὐκ
ἦν περὶ ταῦτα. Ἀνδρόκοττος γὰρ ὕστερον οὐ πολλῷ
βασιλεύσας Σελεύκῳ πεντακοσίους ἐλέφαντας ἐδωρή-
σατο, καὶ στρατοῦ μυριάσιν ἑξήκοντα τὴν Ἰνδικὴν ἐπῆλθεν
5 ἅπασαν καταστρεφόμενος. τὸ μὲν οὖν πρῶτον ὑπὸ δυσθυ-
μίας καὶ ὀργῆς αὐτὸν εἰς τὴν σκηνὴν καθείρξας ἔκειτο,
χάριν οὐδεμίαν εἰδὼς τοῖς διαπεπραγμένοις, εἰ μὴ περά-
ϲ ϲιε τὸν Γάγγην, ἀλλ' ἐξομολόγησιν ἥττης τιθέμενος τὴν
6 ἀναχώρησιν. ὡς δ' οἵ τε φίλοι τὰ εἰκότα παρηγοροῦντες
αὐτόν, οἵ τε στρατιῶται κλαυθμῷ καὶ βοῇ προσιστάμενοι
ταῖς θύραις ἱκέτευον, ἐπικλασθεὶς ἀνεζεύγνυε, πολλὰ πρὸς
7 δόξαν ἀπατηλὰ καὶ σοφιστικὰ μηχανώμενος. καὶ γὰρ
ὅπλα μείζονα καὶ φάτνας ἵππων καὶ χαλινοὺς βαρυτέρους
8 κατασκευάσας ἀπέλιπέ τε καὶ διέρριψεν. ἱδρύσατο δὲ

---

[169] Secondo l'opinione prevalente degli studiosi Bucefalia si trovava
sulla riva destra dell'Idaspe, e Perita sulla riva sinistra.
[170] Retore nato a Mitilene circa nel 75 a.C., esercitò la professione
in Roma e fu anche scrittore di opere storiche tra le quali, oltre a una
Storia di Alessandro il Grande, si ricordano encomi di Bruto e di Cesare.
[171] Alcuni studiosi ritengono che Alessandro intendesse giungere sino all'Oceano orientale, ma può darsi che il suo intento fosse meno definito di quanto comunemente si crede.

ne ripetesse il nome.[169] Sozione dice di aver preso questa notizia da Potamone di Lesbo.[170]

62. La lotta contro Poro aveva reso i Macedoni più fiacchi, e li trattenne poi dall'avanzare ulteriormente in India:[171] dopo aver respinto a stento quel re che si era loro opposto con ventimila fanti e duemila cavalieri, resistettero decisamente ad Alessandro che intendeva forzarli a passare anche il Gange,[172] perché erano venuti a sapere che quel fiume era largo trentadue stadi e profondo cento braccia, e che la riva opposta era letteralmente ricoperta di un numero infinito di fanti, cavalieri e elefanti. Si diceva infatti che i re dei Gandariti e dei Presii[173] li attendessero con ottantamila cavalieri, duecentomila fanti, ottomila carri e seimila elefanti da battaglia. E non c'era esagerazione in queste notizie. Infatti Androcotto,[174] che poco dopo fu re, regalò a Seleuco cinquecento elefanti e con seicentomila uomini invase tutta l'India e la assoggettò.

Da principio Alessandro si chiuse nella sua tenda e lì rimase sconfortato ed adirato dicendo che non avrebbe serbato alcuna gratitudine per quanto era stato fatto fino a quel momento a meno che non si fosse attraversato il Gange: egli riteneva che il tornare indietro fosse una ammissione di sconfitta. Gli amici però lo confortarono con argomenti convincenti, e i soldati, postisi attorno alla sua tenda, con grida e lamenti lo supplicarono sino a che, convintosi, cominciò a togliere il campo escogitando comunque molti e ingannevoli artifici per innalzare la sua gloria. Infatti fece costruire[175] armi più grandi del normale e mangiatoie, e freni più pesanti del solito, e li lasciò qua

2

3

4

5

6

7

---

[172] Non si intenda che egli fosse effettivamente giunto a quel fiume, quanto piuttosto che il suo intento fosse di giungervi.

[173] Popolazioni del gran regno di Magadha sul Gange.

[174] Trascrizione greca del nome originario che sembra essere Chandragupta.

[175] Non è chiaro a che cosa precisamente si alluda; può darsi che qui si raccolgano notizie di viaggiatori.

βωμοὺς θεῶν, οὓς μέχρι νῦν οἱ Πραισίων βασιλεῖς δια-
βαίνοντες σέβονται καὶ θύουσιν Ἑλληνικὰς θυσίας.
9 Ἀνδρόκοττος δὲ μειράκιον ὢν αὐτὸν Ἀλέξανδρον εἶδε,
καὶ λέγεται πολλάκις εἰπεῖν ὕστερον, ὡς παρ' οὐδὲν
ἦλθε τὰ πράγματα λαβεῖν Ἀλέξανδρος, μισουμένου τε καὶ
καταφρονουμένου τοῦ βασιλέως διὰ μοχθηρίαν καὶ δυσ-
γένειαν.

63. Ἐντεῦθεν ὁρμήσας Ἀλέξανδρος τὴν ἔξω θάλασσαν
ἐπιδεῖν, καὶ πολλὰ πορθμεῖα κωπήρη καὶ σχεδίας πηξά-
μενος, ἐκομίζετο τοῖς ποταμοῖς ὑποφερόμενος σχολαίως.
2 ὁ δὲ πλοῦς οὐκ ἀργὸς ἦν οὐδ' ἀπόλεμος, προσβάλλων δὲ
ταῖς πόλεσι καὶ ἀποβαίνων, ἐχειροῦτο πάντα. πρὸς δὲ
τοῖς καλουμένοις Μαλλοῖς, οὕς φασιν Ἰνδῶν μαχιμωτά-
3 τους γενέσθαι, μικρὸν ἐδέησε κατακοπῆναι. τοὺς μὲν γὰρ
ἀνθρώπους βέλεσιν ἀπὸ τῶν τειχῶν ἀπεσκέδασε, πρῶτος
δὲ διὰ κλίμακος τεθείσης ἀναβὰς ἐπὶ τὸ τεῖχος, ὡς ἥ τε
κλῖμαξ συνετρίβη καὶ τῶν βαρβάρων ὑφισταμένων παρὰ
τὸ τεῖχος ἐλάμβανε πληγὰς κάτωθεν, ὀλιγοστὸς ὢν
συστρέψας ἑαυτὸν εἰς μέσους ἀφῆκε τοὺς πολεμίους, καὶ
4 κατὰ τύχην ὀρθὸς ἔστη. τιναξαμένου δὲ τοῖς ὅπλοις
ἔδοξαν οἱ βάρβαροι σέλας τι καὶ φάσμα πρὸ τοῦ σώματος
5 φέρεσθαι. διὸ καὶ τὸ πρῶτον ἔφυγον καὶ διεσκεδάσθησαν ·
ὡς δ' εἶδον αὐτὸν μετὰ δυεῖν ὑπασπιστῶν, ἐπιδραμόντες
οἱ μὲν ἐκ χειρὸς ξίφεσι καὶ δόρασι διὰ τῶν ὅπλων συνετί-
6 τρωσκον ἀμυνόμενον, εἷς δὲ μικρὸν ἀπωτέρω στάς, ἐφῆκεν
ἀπὸ τόξου βέλος οὕτως εὔτονον καὶ βίαιον, ὥστε τὸν
θώρακα διακόψαν ἐμπαγῆναι τοῖς περὶ τὸν μασθὸν ὀστέοις.
7 πρὸς δὲ τὴν πληγὴν ἐνδόντος αὐτοῦ καὶ τὸ σῶμα κάμψαν-
τος, ὁ μὲν βαλὼν ἐπέδραμε, βαρβαρικὴν μάχαιραν σπα-

e là, ed eresse altari di dei[176] che fino ai giorni nostri i re **8** dei Presii venerano, quando vi passano accanto, e sui quali fanno sacrifici alla maniera dei Greci. Androcotto, che era **9** ancora bambino, vide lo stesso Alessandro, e dicono che in seguito fosse solito ripetere che poco era mancato che Alessandro conquistasse il potere in quella regione, giacché il re del luogo era odiato e disprezzato per la sua malvagità e ignobiltà.

63. Di lì Alessandro si mosse per andare a vedere l'Oceano, e fatte costruire molte navi da trasporto fornite di remi, e zattere, si lasciava trasportare tranquillamente dalla corrente dei fiumi. Ma la navigazione non era oziosa né **2** pacifica; egli sbarcava per attaccare le varie città e assoggettare tutta la regione. Però poco mancò che fosse ucciso presso i cosiddetti Malli, che dicono essere i più bellicosi degli Indi.[177] Infatti con gli arcieri aveva allontana- **3** to dalle mura i difensori e per primo era salito, valendosi di una scala, sul muro: la scala si ruppe e i barbari che si erano appostati alla base del muro lo bersagliarono di colpi dal basso. Egli allora, rimasto solo, prese lo slancio e si buttò in mezzo ai nemici: per buona sua sorte cadde in piedi. Mentre brandiva le armi sembrò ai barbari che **4** davanti al suo corpo si muovesse una sorta di luminoso fantasma: perciò subito si sparsero in fuga; quando però **5** notarono che egli era solo con due scudieri, gli corsero addosso, e alcuni con lancia e spada cercavano di ferirlo attraverso la corazza mentre egli si difendeva; uno invece, stando un poco più dietro, gli scagliò dall'arco una **6** freccia così ben tesa e violenta che questa gli trapassò la corazza e gli si piantò nell'osso presso la mammella. Al **7** colpo egli si allentò e piegò il corpo, mentre chi lo aveva colpito gli venne sopra sguainando la spada barbara, ma

[176] Arriano ricorda la erezione di dodici altissimi altari dedicati ai dodici dei olimpici in ringraziamento dei grandi progressi realizzati.
[177] Tribù indipendenti che vivevano al nord della confluenza dell'Acesina con l'Idraote, definiti come i più bellicosi degli Indiani.

8 σάμενος, Πευκέστας δὲ καὶ Λιμναῖος προέστησαν· ὧν
πληγέντων ἑκατέρων, ὁ μὲν ἀπέθανε, Πευκέστας δ᾽
9 ἀντεῖχε, τὸν δὲ βάρβαρον Ἀλέξανδρος ἀπέκτεινεν. αὐτὸς δὲ
τραύματα πολλὰ λαβών, τέλος δὲ πληγεὶς ὑπέρῳ κατὰ τοῦ
τραχήλου, προσήρεισε τῷ τείχει τὸ σῶμα, βλέπων πρὸς
10 τοὺς πολεμίους. ἐν τούτῳ δὲ τῶν Μακεδόνων περιχυθέν-
των, ἁρπασθεὶς ἀναίσθητος ἤδη τῶν περὶ αὐτὸν ἐπὶ
11 σκηνῆς ἐκομίζετο. καὶ παραυτίκα μὲν ὡς τεθνεῶτος ἦν
λόγος ἐν τῷ στρατοπέδῳ· χαλεπῶς δὲ καὶ πολυπόνως
τὸν ὀϊστὸν ἐκπρισάντων ξύλινον ὄντα, καὶ τοῦ θώρακος
οὕτω μόλις ἀπολυθέντος, περὶ τὴν ἐκκοπὴν ἐγίνοντο τῆς
12 ἀκίδος, ἐνδεδυκυίας [ἐν] ἑνὶ τῶν ὀστέων. λέγεται δὲ τὸ
μὲν πλάτος τριῶν δακτύλων εἶναι, τὸ δὲ μῆκος τεσσάρων·
διὸ ταῖς λιποθυμίαις ἔγγιστα θανάτου συνελαυνόμενος
13 ἐξαιρουμένης αὐτῆς, ὅμως ἀνέλαβε, καὶ διαφυγὼν τὸν
κίνδυνον, ἔτι δ᾽ ἀσθενὴς ὢν καὶ πολὺν χρόνον ἐν διαίτῃ
καὶ θεραπείαις ἔχων αὐτόν, ἔξω θορυβοῦντας ὡς ᾔσθετο
ποθοῦντας αὐτὸν ἰδεῖν τοὺς Μακεδόνας, λαβὼν ἱμάτιον
14 προῆλθε, καὶ θύσας τοῖς θεοῖς αὖθις ἀνήχθη καὶ παρεκο-
μίζετο, χώραν τε πολλὴν καὶ πόλεις μεγάλας καταστρεφόμενος.

64. Τῶν δὲ Γυμνοσοφιστῶν τοὺς μάλιστα τὸν Σάββαν
ἀναπείσαντας ἀποστῆναι καὶ κακὰ πλεῖστα τοῖς Μακεδόσι παρασχόντας λαβὼν δέκα, δεινοὺς δοκοῦντας εἶναι
περὶ τὰς ἀποκρίσεις καὶ βραχυλόγους, ἐρωτήματα προῦ-
θηκεν αὐτοῖς ἄπορα, φήσας ἀποκτενεῖν τὸν μὴ ὀρθῶς
ἀποκρινάμενον πρῶτον, εἶτ᾽ ἐφεξῆς οὕτω τοὺς ἄλλους·
2 ἕνα δὲ τὸν πρεσβύτατον ἐκέλευσεν ⟨ἐπι⟩κρίνειν. ὁ μὲν
οὖν πρῶτος ἐρωτηθείς, πότερον οἴεται τοὺς ζῶντας εἶναι
πλείονας ἢ τοὺς τεθνηκότας, ἔφη τοὺς ζῶντας· οὐ[κέτι]
3 γὰρ εἶναι τοὺς τεθνηκότας. ὁ δὲ δεύτερος, πότερον τὴν

Peucesta e Limneo si buttarono dinnanzi al re: ambedue 8
furono feriti e Limneo morì; Peucesta resistette e alla fine Alessandro uccise il barbaro.

Ma egli aveva ricevuto parecchie ferite, e, infine, colpi- 9
to sul collo con una mazza, si appoggiò al muro con gli
occhi sbarrati sui nemici. A questo punto gli si fecero in- 10
torno i Macedoni, lo presero, e senza che egli avesse per-
cezione di quanto gli avveniva all'intorno lo portarono nella tenda. E subito si diffuse nel campo la voce che egli 11
fosse morto; invece, pur con fatica e cagionandogli molto dolore, segarono l'asta della freccia, che era di legno,
e così, sciolta finalmente la corazza, si diedero ad estrarre la punta, che era penetrata in un osso. Si dice che la 12
punta fosse di tre dita di larghezza e quattro di profondità: mentre gliela estraevano egli perse coscienza e fu vici-
nissimo a morire; poi però si riprese. Dichiarato fuori pe- 13
ricolo, restava però ancora debole e fu per lungo tempo
sotto controllo, a dieta; quando sentì che fuori tumultua-
vano i Macedoni, desiderosi di vederlo, indossò il mantello e uscì in pubblico a farsi vedere. E, fatto sacrificio 14
agli dei, di nuovo salpò per continuare il viaggio e sottomise una vasta regione e grandi città.

64. Fece arrestare dieci Gimnosofisti che erano stati i
massimi istigatori della ribellione di Sabba[178] ed avevano
cagionato ai Macedoni grandissimi mali, e siccome si diceva che essi fossero abili e concisi nelle risposte, propose
loro problemi insolubili dopo aver detto che avrebbe ucciso il primo che non avesse risposto rettamente e poi di
seguito gli altri; ordinò inoltre che il più vecchio di loro
facesse da giudice.[179] Al primo fu chiesto se a suo giudi- 2
zio erano più numerosi i vivi o i morti; rispose: «I vivi,
perché i morti non ci sono più». Al secondo fu chiesto 3

[178] Appare nelle altre fonti come Sambus, satrapo indiano.
[179] L'episodio delle interrogazioni rivolte ai Gimnosofisti è narrato
in due versioni fondamentali, ma è da considerarsi comunque non storico.

γῆν ἢ τὴν θάλατταν μείζονα τρέφειν θηρία, τὴν γῆν ἔφη·
4 ταύτης γὰρ μέρος εἶναι τὴν θάλατταν. ὁ δὲ τρίτος, ποῖόν
ἐστι ζῷον πανουργότατον, ὃ μέχρι νῦν, εἶπεν, ἄνθρωπος
5 οὐκ ἔγνωκεν. ὁ δὲ τέταρτος ἀνακρινόμενος, τίνι λογισμῷ
‛τὸν Σάββαν ἀπέστησεν, ἀπεκρίνατο, καλῶς ζῆν βουλό-
6 μενος αὐτὸν ἢ καλῶς ἀποθανεῖν. ὁ δὲ πέμπτος ἐρωτηθείς,
πότερον οἴεται τὴν ἡμέραν πρότερον ἢ τὴν νύκτα γεγονέναι,
7 τὴν ἡμέραν, εἶπεν, ἡμέρᾳ μιᾷ· καὶ προσεπεῖπεν οὗτος,
θαυμάσαντος τοῦ βασιλέως, ὅτι τῶν ἀπόρων ἐρωτήσεων
8 ἀνάγκη καὶ τὰς ἀποκρίσεις ἀπόρους εἶναι. μεταβαλὼν οὖν
τὸν ἕκτον ἠρώτα, πῶς ἄν τις φιληθείη μάλιστα· ἂν κρά-
9 τιστος ὤν, ἔφη, μὴ φοβερὸς ᾖ. τῶν δὲ λοιπῶν τριῶν ὁ μὲν
ἐρωτηθείς, πῶς ἄν τις ἐξ ἀνθρώπου γένοιτο θεός, εἴ τι
10 πράξειεν, εἶπεν, ὃ πρᾶξαι δυνατὸν ἀνθρώπῳ μὴ ἔστιν· ὁ
δὲ περὶ ζωῆς καὶ θανάτου, πότερον ἰσχυρότερον, ἀπ-
11 εκρίνατο τὴν ζωήν, τοσαῦτα κακὰ φέρουσαν. ὁ δὲ τελευ-
ταῖος, μέχρι τίνος ⟨ἂν⟩ ἄνθρωπον καλῶς ἔχοι ζῆν, μέχρι
12 οὗ μὴ νομίζει τὸ τεθνάναι τοῦ ζῆν ἄμεινον. οὕτω δὴ τραπόμενος πρὸς τὸν δικαστήν, ἐκέλευσεν ἀποφαίνεσθαι. τοῦ
δ’ ἕτερον ἑτέρου χεῖρον εἰρηκέναι φήσαντος, „οὐκοῦν‟ ἔφη
„καὶ σὺ πρῶτος ἀποθανῇ τοιαῦτα κρίνων.‟ „οὐκ ἄν γ’‟
εἶπεν „ὦ βασιλεῦ, εἰ μὴ σὺ ψεύδῃ, φήσας πρῶτον ἀποκτενεῖν τὸν ἀποκρινάμενον κάκιστα.‟

65. Τούτους μὲν οὖν ἀφῆκε δωρησάμενος· πρὸς δὲ
τοὺς ἐν δόξῃ μάλιστα καὶ καθ’ αὑτοὺς ἐν ἡσυχίᾳ ζῶντας
ἔπεμψεν Ὀνησίκριτον, ἀφικέσθαι δεόμενος πρὸς αὐτόν.
2 ὁ δ’ Ὀνησίκριτος ἦν φιλόσοφος τῶν Διογένει τῷ κυνικῷ
συνεσχολακότων· καί φησι (FGrH 134 F 17b) τὸν μὲν
Καλανὸν ὑβριστικῶς πάνυ καὶ τραχέως κελεύειν ἀπο-
δύντα τὸν χιτῶνα γυμνὸν ἀκροᾶσθαι τῶν λόγων· ἄλλως
δ’ οὐ διαλέξεσθαι πρὸς αὐτόν, οὐδ’ εἰ παρὰ τοῦ Διὸς
3 ἀφῖκται. τὸν δὲ Δάνδαμιν πρᾳότερον εἶναι, καὶ διακού-
σαντα περὶ Σωκράτους καὶ Πυθαγόρου καὶ Διογένους,

se dà vita ad animali più grossi il mare o la terra: rispose: «La terra, perché anche il mare è parte d'essa». Chiese 4 al terzo quale è l'animale più astuto. Rispose: «Quel che l'uomo non ha ancora conosciuto». Al quarto chiese per 5 quale ragione avesse indotto Sabba alla rivolta; rispose: «Perché volevo che vivesse nobilmente o nobilmente morisse». Al quinto fu chiesto se pensava che fosse stato pri- 6 ma il giorno o la notte: «Il giorno» disse «e precede d'un giorno». Il re rimase stupito, ed egli aggiunse: «È logico 7 che per domande impossibili ci siano risposte impossibili». Passato al sesto, Alessandro chiese come uno possa 8 farsi amare in sommo grado: «Se è potentissimo, ma non ispira timore», disse. Tra gli ultimi tre, quello interroga- 9 to su come uno da uomo potrebbe diventare dio, rispose: «Se fa quanto non è possibile che un uomo faccia». Al- 10 l'altro fu chiesto se è più forte la vita o la morte: rispose che la vita è più forte, perché sa sopportare così grandi mali; l'ultimo poi, cui chiese fin quando è bene che l'uo- 11 mo viva, rispose: «Fino a quando non ritiene che l'essere morto è meglio del vivere». Alla fine si volse al giudice 12 e lo invitò ad emanare il verdetto. Egli disse che avevano dato tutti una risposta che era l'una peggiore dell'altra, «Allora» disse Alessandro «tu morrai per primo, per questo giudizio». «No, o re» ribatté l'altro «a meno tu non avessi mentito quando dicesti che avresti messo a morte per primo colui che avesse risposto peggio».

65. Allora Alessandro concesse loro dei doni e li congedò; poi mandò Onesicrito a quei sapienti che erano in maggiore considerazione e vivevano tra loro tranquilli, e li pregò di venire da lui. Onesicrito era un filosofo della 2 scuola di Diogene cinico. Egli dice che Calano, su un tono brutale di insolenza, gli ordinò di togliersi la tunica e di ascoltare stando nudo le sue parole; in caso contrario non avrebbe parlato con lui neppure se veniva da parte di Zeus. Dandami invece fu più cortese, e dopo aver sen- 3 tito parlare di Socrate e Pitagora e Diogene, disse che gli

εἰπεῖν ὡς εὐφυεῖς μὲν αὐτῷ γεγονέναι δοκοῦσιν οἱ ἄν-
4 δρες, λίαν δὲ τοὺς νόμους αἰσχυνόμενοι βεβιωκέναι. ἄλλοι
δέ φασι τὸν Δάνδαμιν οὐδὲν εἰπεῖν ἀλλ᾽ ἢ τοσοῦτον
μόνον· „τίνος χάριν ὁ Ἀλέξανδρος ὁδὸν τοσαύτην δεῦρ᾽
5 ἦλθε;" τὸν μέντοι Καλανὸν ἔπεισεν ὁ Ταξίλης ἐλθεῖν πρὸς
Ἀλέξανδρον· ἐκαλεῖτο δὲ Σφίνης· ἐπεὶ δὲ κατ᾽ Ἰνδικὴν
γλῶτταν τῷ καλὲ προσαγορεύων ἀντὶ τοῦ χαίρειν τοὺς
ἐντυγχάνοντας ἠσπάζετο, Καλανὸς ὑπὸ τῶν Ἑλλήνων
6 ὠνομάσθη. τοῦτον δὲ λέγεται καὶ τὸ παράδειγμα τῆς
ἀρχῆς τῷ Ἀλεξάνδρῳ προθέσθαι· καταβαλὼν γὰρ ἐν
μέσῳ βύρσαν τινὰ ξηρὰν καὶ κατεσκληκυῖαν, ἐπάτησε τὸ
ἄκρον· ἡ δ᾽ εἰς ἓν πιεσθεῖσα, τοῖς ἄλλοις ἐπήρθη μέρεσι.
7 καὶ τοῦτο περιϊὼν ἐν κύκλῳ καὶ πιέζων καθ᾽ ἕκαστον
ἐδείκνυε γιγνόμενον, ἄχρι οὗ τὸ μέσον ἐπιστὰς κατέσχε,
8 καὶ πάνθ᾽ οὕτως ἠρέμησεν. ἐβούλετο δ᾽ ἡ εἰκὼν ἔνδειξις
εἶναι τοῦ τὰ μέσα δεῖν μάλιστα τῆς ἀρχῆς πιέζειν καὶ μὴ
[δὲ] μακρὰν ἀποπλανᾶσθαι τὸν Ἀλέξανδρον.

66. Ἡ δὲ διὰ τῶν ποταμῶν πρὸς τὴν θάλατταν ὑπ-
αγωγὴ μηνῶν ἑπτὰ χρόνον ἀνάλωσεν. ἐμβαλὼν δὲ ταῖς
ναυσὶν εἰς τὸν Ὠκεανόν, ἀνέπλευσε πρὸς νῆσον, ἣν Σκιλ-
2 λοῦστιν αὐτὸς ὠνόμασεν, ἕτεροι δὲ Ψιλτοῦκιν. ἐνταῦθα
δ᾽ ἀποβὰς ἔθυε τοῖς θεοῖς, καὶ τὴν φύσιν ἐπεῖδε τοῦ πελάγους καὶ τῆς παραλίας, ὅσον ἐφικτὸν ἦν· εἶτ᾽ ἐπευξάμενος
μηδένα μετ᾽ αὐτὸν ἀνθρώπων ὑπερβῆναι τοὺς ὅρους τῆς
στρατείας, ἀνέστρεψε. καὶ τὰς μὲν ναῦς ἐκέλευσε παρα-
3 πλεῖν, ἐν δεξιᾷ τὴν Ἰνδικὴν ἐχούσας, ἡγεμόνα μὲν Νέαρχον
4 ἀποδείξας, ἀρχικυβερνήτην δ᾽ Ὀνησίκριτον· αὐτὸς δὲ πεζῇ
δι᾽ Ὠρειτῶν πορευόμενος, εἰς ἐσχάτην ἀπορίαν προήχθη,
καὶ πλῆθος ἀνθρώπων ἀπώλεσε ⟨τοσοῦτον⟩, ὥστε τῆς μα-

sembrava che questi uomini fossero stati molto dotati, ma avessero vissuto con troppo ossequio delle leggi. Altri invece dicono che Dandami si limitò a dire questo: «Perché Alessandro ha fatto un così lungo viaggio per venire sin qui?». Comunque Tassile[180] persuase Calano ad andare da Alessandro. Calano si chiamava Sfine, ma siccome salutava coloro che incontrava con il termine indiano «calè» in luogo di «salve», i Greci lo avevano chiamato Calano. Dicono anche che egli abbia proposto ad Alessandro un modello di governo: infatti buttò a terra innanzi a lui una pelle di bue, secca e raggrinzita, e ne calpestò un'estremità: premuta in un punto, essa si sollevò dalle altre parti. E girando tutt'attorno ad essa e del pari calpestandola in vari punti, fece vedere che ugualmente si sollevava allo stesso modo, finché si pose al centro d'essa, ed essa rimase ferma. Questa immagine voleva dar dimostrazione della necessità che Alessandro soprattutto facesse sentire la sua presenza rimanendo al centro dell'impero, e non se ne allontanasse troppo.

66. Il viaggio verso il mare attraverso i fiumi richiese sette mesi.[181] Giunto con la flotta all'Oceano, Alessandro navigò verso un'isola che egli chiamò Scillusti e altri dicono Psiltuci. Qui sbarcò, fece sacrificio agli dei ed esaminò la natura del mare e della costa per il suo tratto accessibile. Poi ritornò sui suoi passi, dopo aver innalzato preghiere agli dei affinché nessun uomo dopo di lui oltrepassasse i limiti della sua spedizione. Alle navi ordinò di fare il periplo tenendo alla destra l'India, e pose a capo Nearco e in qualità di primo pilota Onesicrito;[182] quanto a lui, procedendo con l'esercito attraverso le terre degli Oriti, venne a trovarsi in una condizione di indigenza estrema, e perse una gran massa di uomini, tanto che non por-

---

[180] Vd. *supra* n. 165.

[181] Il racconto si riallaccia al cap. 63.

[182] Fu anche storico delle imprese di Alessandro, ma la sua storia è ritenuta di scarsa attendibilità.

χίμου δυνάμεως μηδὲ τὸ τέταρτον ἐκ τῆς Ἰνδικῆς ἀπαγα-
5 γεῖν. καίτοι δώδεκα μὲν μυριάδες ἦσαν οἱ πεζοί, τὸ δ'
6 ἱππικὸν εἰς μυρίους καὶ πεντακισχιλίους. ἀλλὰ καὶ νόσοι
χαλεπαὶ καὶ δίαιται πονηραὶ καὶ καύματα ξηρὰ καὶ πλείστους ὁ λιμὸς διέφθειρεν, ἄσπορον χώραν ἐπιόντας ἀνθρώπων κακοβίων, ὀλίγα καὶ ἀγεννῆ πρόβατα κεκτημένων,
ἃ τοὺς θαλαττίους ἰχθῦς εἰθισμένα προσφέρεσθαι σάρκα
7 μοχθηρὰν εἶχε καὶ δυσώδη. μόλις οὖν ἐν ἡμέραις ἑξήκοντα ταύτην διελθὼν καὶ τῆς Γεδρωσίας ἁψάμενος, εὐθὺς ἐν ἀφθόνοις ἦν πᾶσι, τῶν ἔγγιστα σατραπῶν καὶ
βασιλέων παρασκευασάντων.

67. Ἀναλαβὼν οὖν ἐνταῦθα τὴν δύναμιν, ἐξώρμησε
κώμῳ χρώμενος ἐφ' ἡμέρας ἑπτὰ διὰ τῆς Καρμανίας.
2 αὐτὸν μὲν οὖν ἵπποι σχέδην ἐκόμιζον ὀκτώ, μετὰ τῶν ἑταίρων ὑπὲρ θυμέλης ἐν ὑψηλῷ καὶ περιφανεῖ πλαισίῳ πεπη-
3 γυίας εὐωχούμενον συνεχῶς ἡμέρας καὶ νυκτός· ἅμαξαι δὲ
παμπληθεῖς, αἱ μὲν ἁλουργοῖς καὶ ποικίλοις περιβολαίοις,
αἱ δ' ὕλης ἀεὶ προσφάτου καὶ χλωρᾶς σκιαζόμεναι κλάδοις,
εἵποντο, τοὺς ἄλλους ἄγουσαι φίλους καὶ ἡγεμόνας, ἐστε-
4 φανωμένους καὶ πίνοντας. εἶδες δ' ἂν οὐ πέλτην, οὐ κράνος,
οὐ σάρισαν, ἀλλὰ φιάλαις καὶ ῥυτοῖς καὶ θηρικλείοις παρὰ
τὴν ὁδὸν ἅπασαν οἱ στρατιῶται κυαθίζοντες ἐκ πίθων
μεγάλων καὶ κρατήρων ἀλλήλοις προέπινον, οἱ μὲν ἐν τῷ
5 προάγειν ἅμα καὶ βαδίζειν, οἱ δὲ κατακείμενοι. πολλὴ δὲ
μοῦσα συρίγγων καὶ αὐλῶν ᾠδῆς τε καὶ ψαλμοῦ καὶ
6 βακχεία γυναικῶν κατεῖχε πάντα τόπον. τῷ δ' ἀτάκτῳ
καὶ πεπλανημένῳ τῆς πορείας παρείπετο [ταῖς φιάλαις]
καὶ παιδιὰ βακχικῆς ὕβρεως, ὡς τοῦ θεοῦ παρόντος
7 αὐτοῦ καὶ συμπαραπέμποντος τὸν κῶμον. ἐπεὶ δ' ἧκε τῆς
Γεδρωσίας εἰς τὸ βασίλειον, αὖθις ἀνελάμβανε τὴν στρα-
8 τιὰν πανηγυρίζων. λέγεται δ' αὐτὸν μεθύοντα θεωρεῖν
ἀγῶνας χορῶν, τὸν δ' ἐρώμενον Βαγώαν χορεύοντα νικῆσαι καὶ κεκοσμημένον διὰ τοῦ θεάτρου παρελθόντα
καθίσαι παρ' αὐτόν· ἰδόντας δὲ τοὺς Μακεδόνας κροτεῖν

tò fuori dell'India nemmeno la quarta parte dell'esercito: eppure i fanti erano centoventimila e quindicimila i cavalieri. Moltissimi furono uccisi da violenti malanni, da cattiva alimentazione, dal calore torrido e dalla fame: essi passavano tra terre incolte di gente miserabile che aveva poche bestie e di cattiva qualità, abituate a mangiare pesce di mare e perciò con carne cattiva e puzzolente. A stento dunque attraversò questa terra in sessanta giorni, e giunto in Gedrosia subito si trovò nell'abbondanza di ogni cosa, giacché i satrapi vicini e i re gli avevano preparato rifornimenti. 5 6 7

67. Ristorato dunque in quel luogo l'esercito, di lì mosse in processione bacchica per sette giorni attraverso la regione dei Carmani. Lo trainavano a passo lento otto cavalli, mentre egli con gli amici, continuamente, di giorno e di notte, banchettava su una piattaforma, ben fissata su un piano da ogni parte elevato e visibile, di forma rettangolare. Altri carri, numerosissimi, lo seguivano, alcuni coperti di drappi di porpora o di vari colori, altri riparati dal sole con rami sempre freschi e verdi: vi si trovavano gli altri amici e gli ufficiali, tutti col capo coronato, tutti banchettanti. Non si poteva vedere né scudo, né elmo, né sarissa; lungo tutte le strade i soldati con tazze, coppe, vasi, attingevano da grandi otri e crateri e si passavano l'un l'altro il vino, alcuni camminando, altri distesi per terra. In ogni luogo molta musica, di zampogne, di flauti, e canti e danze, e grida bacchiche delle donne. Al disordine confuso e disperso di quella marcia si accompagnavano anche i giochi tipici della licenza bacchica, quasi che il dio fosse presente e accompagnasse la festa. Quando poi giunse alla reggia di Gedrosia, di nuovo concesse riposo all'esercito per una festa collettiva. Si dice che egli assistette ubriaco alle gare dei cori e che il suo amasio Bagoa vinse nella gara di danza, e ancora in costume di scena passò attraverso il teatro e venne a sedere presso Alessandro. I Macedoni videro, applaudirono e gridando pre- 2 3 4 5 6 7 8

καὶ βοᾶν φιλῆσαι κελεύοντας, ἄχρι οὗ περιβαλὼν κατ-
εφίλησεν.

68. Ἐνταῦθα τῶν περὶ Νέαρχον ἀναβάντων πρὸς αὐτόν,
ἡσθεὶς καὶ διακούσας τὰ περὶ τὸν πλοῦν ὥρμησεν αὐτὸς
πλεύσας κατὰ τὸν Εὐφράτην στόλῳ μεγάλῳ, εἶτα περὶ
τὴν Ἀραβίαν καὶ τὴν Λιβύην παρακομισθείς, διὰ στηλῶν
2 Ἡρακλείων ἐμβαλεῖν εἰς τὴν ἐντὸς θάλασσαν, καὶ πλοῖα
παντοδαπὰ περὶ Θάψακον ἐπήγνυτο, καὶ συνήγοντο ναῦται
3 καὶ κυβερνῆται πανταχόθεν. ἡ δ' ἄνω στρατεία χαλεπὴ
γενομένη, καὶ τὸ περὶ Μαλλοὺς τραῦμα, καὶ ἡ φθορὰ
πολλὴ λεχθεῖσα τῆς δυνάμεως ἀπιστίᾳ τῆς σωτηρίας
αὐτοῦ τά θ' ὑπήκοα πρὸς ἀποστάσεις ἐπῆρε, καὶ τοῖς στρα-
τηγοῖς καὶ σατράπαις ἀδικίαν πολλὴν καὶ πλεονεξίαν καὶ
ὕβριν ⟨ἐν⟩εποίησε, καὶ ὅλως διέδραμε σάλος ἁπάντων καὶ
4 νεωτερισμός. ὅπου καὶ πρὸς Ἀντίπατρον Ὀλυμπιὰς καὶ
Κλεοπάτρα στασιάσασαι, διείλοντο τὴν ἀρχήν, Ὀλυμπιὰς
μὲν Ἤπειρον, Κλεοπάτρα δὲ Μακεδονίαν παραλαβοῦσα.
5 καὶ τοῦτ' ἀκούσας Ἀλέξανδρος βέλτιον ἔφη βεβουλεῦσθαι
τὴν μητέρα· Μακεδόνας γὰρ οὐκ ἂν ὑπομεῖναι βασι-
6 λευομένους ὑπὸ γυναικός. διὰ ταῦτα Νέαρχον μὲν αὖθις
ἐπὶ θάλασσαν ἔπεμψεν, ἐμπλῆσαι † πολεμίων ἅπασαν
ἐγνωκὼς τὴν παραλίαν, αὐτὸς δὲ καταβαίνων ἐκόλαζε
7 τοὺς πονηροὺς τῶν στρατηγῶν. τῶν δ' Ἀβουλίτου παίδων
ἕνα μὲν Ὀξυάρτην αὐτὸς ἀπέκτεινε σαρίσῃ διελάσας,
Ἀβουλίτου δὲ μηδὲν τῶν ἀναγκαίων παρασκευάσαντος,
ἀλλ' ἢ τρισχίλια τάλαντα νομίσματος αὐτῷ προσαγα-
γόντος, ἐκέλευσε τοῖς ἵπποις τὸ ἀργύριον παραβαλεῖν. ὡς
δ' οὐκ ἐγεύοντο, φήσας ,,τί οὖν ὄφελος ἡμῖν τῆς σῆς παρασκευῆς;'' καθεῖρξε τὸν Ἀβουλίτην.

tesero che egli lo baciasse, e insistettero fino a quando effettivamente Alessandro lo abbracciò e lo baciò.

68. Qui venne a lui Nearco, ed egli ne fu lieto; quando sentì il resoconto della navigazione progettò egli stesso di navigare lungo l'Eufrate con una grande flotta e poi, costeggiando l'Arabia e l'Africa, di rientrare nel Mediterraneo attraverso le colonne d'Ercole. Perciò fece allestire imbarcazioni d'ogni genere a Tapsaco, e da ogni parte si raccolsero marinai e nocchieri. Ma la marcia di ritorno, che gli era stata difficile, la ferita ricevuta combattendo contro i Malli, le perdite dell'esercito, che si diceva fossero state gravi, unite alla sfiducia nella possibilità che egli si salvasse, indussero le popolazioni sottomesse alla ribellione e suggerirono a satrapi e generali molte ingiustizie, avidità e violenza; in una parola si diffuse dappertutto uno sconquasso generale e la rivoluzione. Persino Olimpiade e Cleopatra si ribellarono ad Antipatro e si divisero il regno: Olimpiade si tenne l'Epiro e Cleopatra la Macedonia. Quando Alessandro lo venne a sapere disse che la madre aveva preso una saggia decisione: i Macedoni infatti mai avrebbero tollerato di essere governati da una donna.

A seguito di questi avvenimenti, mandò ancora Nearco al mare perché aveva deciso di scatenare guerre in tutto il litorale, mentre egli si diresse nell'interno per punire i generali colpevoli. Personalmente uccise, trafiggendolo con una lancia, Ossiarte, uno dei figli di Abulito.[183] Abulito non gli aveva preparato niente di quei rifornimenti che erano necessari, ma gli aveva fatto portare tremila talenti di argento monetato. Egli ordinò di dare questo danaro ai cavalli: essi, come è naturale, non ne mangiarono, e Alessandro dopo aver detto: «A che ci serve questo rifornimento?», fece mettere in catene Abulito.

---

[183] Membro dell'aristocrazia persiana era stato satrapo sotto Dario III; consegnò Susa e i suoi tesori ad Alessandro, che lo confermò nella sua satrapia.

69. Ἐν δὲ Πέρσαις πρῶτον μὲν ἀπέδωκε τὸ νόμισμα
ταῖς γυναιξίν, ὥσπερ εἰώθεισαν οἱ βασιλεῖς, ὁσάκις εἰς
2 Πέρσας ἀφίκοιντο, διδόναι χρυσοῦν ἑκάστῃ. καὶ διὰ τοῦτό
φασιν ἐνίους μὴ πολλάκις, Ὦχον δὲ μηδ' ἅπαξ εἰς Πέρσας
παραγενέσθαι, διὰ μικρολογίαν ἀποξενώσαντα τῆς πατρίδος ἑαυτόν.
3 Ἔπειτα τὸν Κύρου τάφον εὑρὼν διορωρυγμένον, ἀπέκτεινε τὸν ἀδικήσαντα, καίτοι Πελλαῖος ἦν οὐ τῶν
4 ἀσημοτάτων ὁ πλημμελήσας, ὄνομα Πουλαμάχος. τὴν
δ' ἐπιγραφὴν ἀναγνούς, ἐκέλευσεν Ἑλληνικοῖς ὑποχαράξαι
γράμμασιν. εἶχε δ' οὕτως· ,,ὦ ἄνθρωπε, ὅστις εἶ καὶ
ὁπόθεν ἥκεις, ὅτι μὲν γὰρ ἥξεις οἶδα, ἐγὼ Κῦρός εἰμι ὁ
Πέρσαις κτησάμενος τὴν ἀρχήν. μὴ οὖν τῆς ὀλίγης ⟨μοι⟩
5 ταύτης γῆς φθονήσῃς ἣ τοὐμὸν σῶμα περικαλύπτει." ταῦτα
μὲν οὖν ἐμπαθῆ σφόδρα τὸν Ἀλέξανδρον ἐποίησαν, ἐν νῷ
λαβόντα ⟨τῶν πραγμάτων⟩ τὴν ἀδηλότητα καὶ μεταβολήν.
6 Ὁ δὲ Κάλανος ἐνταῦθα χρόνον οὐ πολὺν ὑπὸ κοιλίας
ἐνοχληθείς, ᾐτήσατο πυρὰν αὑτῷ γενέσθαι· καὶ κομισθεὶς
ἵππῳ πρὸς αὐτήν, ἐπευξάμενος καὶ κατασπείσας ἑαυτὸν
καὶ τῶν τριχῶν ἀπαρξάμενος, ἀναβαίνων ἐδεξιοῦτο τοὺς
παρόντας τῶν Μακεδόνων καὶ παρεκάλει τὴν ἡμέραν
ἐκείνην ἡδέως γενέσθαι καὶ μεθυσθῆναι μετὰ τοῦ βασιλέως, αὐτὸν δ' ἐκεῖνον ἔφη μετ' ὀλίγον χρόνον ἐν Βαβυ-
7 λῶνι ὄψεσθαι. ταῦτα δ' εἰπών, κατακλιθεὶς καὶ συγκαλυ-
ψάμενος, οὐκ ἐκινήθη τοῦ πυρὸς πλησιάζοντος, ἀλλ' ἐν
ᾧ κατεκλίθη σχήματι, τοῦτο διατηρῶν, ἐκαλλιέρησεν
8 ἑαυτὸν τῷ πατρίῳ νόμῳ τῶν ἐκεῖ σοφιστῶν. (τοῦτο πολ-

69. In Persia per prima cosa fece distribuire danaro alle donne, come erano soliti fare i re che, ogni volta che arrivavano tra i Persiani, davano a ciascuna un pezzo d'oro.[184] (E appunto per questo dicono che alcuni ci siano 2 andati di rado e Ocho[185] addirittura mai, rendendosi straniero alla sua patria per grettezza). Poi, quando trovò violato il sepolcro di Ciro,[186] uccise il colpevole, benché fosse un uomo della nobiltà, originario di Pella, di nome Pulamaco. Letta la iscrizione che si trovava sulla tomba di 4 Ciro ordinò che la si ripetesse di sotto in caratteri greci: questo era il testo: «O uomo, chiunque tu sia e da qualunque luogo tu venga (ma che tu verrai io lo so), io sono Ciro, colui che fondò l'impero persiano. Non mi invidiare questo poco di terra che copre il mio corpo». Una simile iscrizione turbò molto Alessandro, che meditò sulla 5 incertezza e mutevolezza della vita.

In Persia Calano, che per un lasso di tempo non lungo 6 aveva sofferto dolori di ventre, chiese che gli venisse eretta una pira. Portato ivi a cavallo, dopo aver invocato gli dei e fatto le libagioni su se stesso, pose suoi capelli sulla pira come primizia di offerta e salì sul rogo dopo aver salutato i Macedoni presenti e averli invitati ad essere allegri quel giorno e a banchettare con il re che, egli disse, avrebbe di lì a poco rivisto a Babilonia. Dopo queste parole si distese sulla pira, si coprì il volto e non si mosse 7 nemmeno quando il fuoco cominciò a lambirlo, e conservando la posizione che aveva assunto da principio, si sacrificò secondo l'uso tradizionale dei sapienti di quelle regioni. Molti anni dopo un altro indiano che si trovava ad 8

---

[184] Quando Ciro si rivoltò ai Medi, i Persiani furono sconfitti da Astiage presso Pasargade e fuggirono. Ma le loro donne li rimbrottarono e li costrinsero a rinnovare la battaglia nella quale riuscirono vincitori. Ciro allora per ricompensarle istituì questo uso.

[185] Artaserse III Ocho regnò dal 358 al 338 a.C.

[186] Si trovava nel parco reale di Pasargade, l'antica capitale della Persia.

λοῖς ἔτεσιν ὕστερον ἄλλος Ἰνδὸς ἐν Ἀθήναις Καίσαρι
συνὼν ἐποίησε, καὶ δείκνυται μέχρι νῦν τὸ μνημεῖον,
Ἰνδοῦ προσαγορευόμενον).

70. Ὁ δ᾽ Ἀλέξανδρος ἀπὸ τῆς πυρᾶς γενόμενος, καὶ
συναγαγὼν πολλοὺς τῶν φίλων καὶ τῶν ἡγεμόνων ἐπὶ
2 δεῖπνον, ἀγῶνα προὔθηκε καὶ στέφανον ἀκρατοποσίας. ὁ
μὲν οὖν πλεῖστον πιὼν Πρόμαχος ἄχρι χοῶν τεσσάρων
προῆλθε· καὶ λαβὼν τὸ νικητήριον, στέφανον ταλαν-
τ⟨ιαῖ⟩ον, ἡμέρας τρεῖς ἐπέζησε· τῶν δ᾽ ἄλλων, ὡς Χάρης
φησί (FGrH 125 F 19b), τετταράκοντα καὶ εἷς ἀπέθανον
πιόντες, ἰσχυροῦ τῇ μέθῃ κρύους ἐπιγενομένου.

3 Τῶν δ᾽ ἑταίρων γάμον ἐν Σούσοις ἐπιτελῶν, καὶ λαμβάνων μὲν αὐτὸς γυναῖκα τὴν Δαρείου θυγατέρα Στάτειραν,
διανέμων δὲ τὰς ἀρίστας τοῖς ἀρίστοις, κοινὸν δὲ τῶν ἤδη
προγεγαμηκότων Μακεδόνων γάμον [καλὸν] ἑστιάσας, ἐν
ᾧ φασιν, ἐνακισχιλίων τῶν παρακεκλημένων ἐπὶ τὸ δεῖπνον
ὄντων, ἑκάστῳ χρυσῆν φιάλην πρὸς τὰς σπονδὰς δοθῆναι,
τά τ᾽ ἄλλα θαυμαστῶς ἐλαμπρύνατο, καὶ τὰ χρέα τοῖς
δανείσασιν ὑπὲρ τῶν ὀφειλόντων αὐτὸς διαλύσας, τοῦ
παντὸς ἀναλώματος ἐλάσσονος μυρίων ταλάντων ἑκατὸν
4 τριάκοντα ταλάντοις γενομένου. ἐπεὶ δ᾽ Ἀντιγένης ὁ ἑτε-
ρόφθαλμος ὡς ὀφείλων ἀπεγράψατο ψευδῶς, καὶ παρ-
αγαγών τινα φάσκοντα δεδανεικέναι πρὸς τὴν τράπεζαν
ἀπέτεισε τὸ ἀργύριον, εἶτ᾽ ἐφωράθη) ψευδόμενος, ὀργι-
σθεὶς ὁ βασιλεὺς ἀπήλασε τῆς αὐλῆς αὐτὸν καὶ παρείλετο
5 τὴν ἡγεμονίαν. ἦν δὲ λαμπρὸς ἐν τοῖς πολεμικοῖς ὁ Ἀντιγένης, καὶ ἔτι ⌈δὲ⌉ νέος ὢν, Φιλίππου πολιορκοῦντος Πέριν-
θον, ἐμπεσόντος αὐτῷ καταπελτικοῦ βέλους εἰς τὸν
ὀφθαλμόν, οὐ παρέσχε βουλομένοις ἐξελεῖν τὸ βέλος οὐδ᾽
ὑφήκατο πρὶν ὤσασθαι προσμαχόμενος καὶ κατακλεῖσαι
6 τοὺς πολεμίους εἰς τὸ τεῖχος. οὐ μετρίως οὖν τότε τὴν
ἀτιμίαν ἔφερεν, ἀλλὰ δῆλος ἦν ἑαυτὸν ὑπὸ λύπης καὶ

Atene con Cesare Augusto fece la stessa cosa: ancor oggi si mostra la tomba, detta «dell'indiano».

70. Al ritorno da quella cerimonia Alessandro, riuniti a pranzo molti amici e generali, propose una gara, con premio a chi avesse bevuto la maggior quantità di vino puro. Promaco, che fu il vincitore, arrivò a bere quattro congi;[187] dopo che ebbe preso il premio (si trattava di una corona del valore di un talento) sopravvisse tre giorni. Degli altri, dice Carete, ne morirono quarantuno per il gran freddo che presero dopo essersi ubriacati.

A Susa celebrò le nozze degli amici,[188] assegnando le ragazze migliori ai migliori di loro, ed egli stesso prese in moglie Statira, figlia di Dario;[189] per i Macedoni già sposati organizzò un banchetto collettivo, nel quale dicono che a ciascuno dei novemila invitati fu regalata, per compiere la libagione, una coppa d'oro, e anche in tutto il resto ci fu una magnificenza straordinaria. Egli stesso poi pagò ai creditori i debiti dei suoi soldati, per una somma totale di novemilaottocentosettanta talenti. Tra i debitori si era fatto inscrivere, fraudolentemente, Antigene il monocolo, e portato al banco uno che diceva d'aver fatto il prestito, si fece dare il danaro; poi però si dimostrò che aveva mentito, e il re, adirato, lo scacciò dalla corte e gli tolse il comando. Antigene era brillante come guerriero, e quando era ancora giovane e Filippo assediava Perinto,[190] colpito a un occhio dal proiettile di una catapulta, non consentì che glielo togliessero, né smise di combattere prima di aver respinto i nemici e averli costretti a rinchiudersi entro il muro. Allora dunque egli non riusciva a tollerare il disonore; era anzi evidente che per dolore e

---

[187] La quantità corrisponde a 13 litri.
[188] L'intento era quello di favorire la fusione tra Macedoni e Persiani.
[189] Figlia maggiore di Dario, chiamata da quasi tutte le fonti con il nome della madre, tranne che in Arriano, che la chiama Barsine. Fu poi uccisa da Rossane.
[190] Città nella Tracia Propontide.

βαρυθυμίας διαχρησόμενος, καὶ τοῦτο δείσας ὁ βασιλεὺς ἀνῆκε τὴν ὀργὴν καὶ τὰ χρήματ' ἔχειν ἐκέλευσεν αὐτόν.

71. Τῶν δὲ παίδων τῶν τρισμυρίων, οὓς ἀσκουμένους καὶ μανθάνοντας ἀπέλιπε, τοῖς τε σώμασιν ἀνδρείων φανέντων καὶ τοῖς εἴδεσιν εὐπρεπῶν, ἔτι δὲ καὶ ταῖς μελέταις εὐχέρειαν καὶ κουφότητα θαυμαστὴν ἐπιδειξαμένων, αὐτὸς μὲν ἥσθη, τοῖς δὲ Μακεδόσι δυσθυμία παρέστη καὶ δέος, ὡς ἧττον αὐτοῖς τοῦ βασιλέως προσέξοντος.

2 διὸ καὶ τοὺς ἀσθενεῖς καὶ πεπηρωμένους αὐτοῦ καταπέμποντος ἐπὶ θάλατταν, ὕβριν ἔφασαν εἶναι καὶ προπηλακισμόν, ἀνθρώποις ἀποχρησάμενον εἰς ἅπαντα, νῦν ἀποτίθεσθαι σὺν αἰσχύνῃ καὶ προσρίπτειν ταῖς πατρίσι καὶ

3 τοῖς γονεῦσιν, οὐ τοιούτους παραλαβόντα. πάντας οὖν ἐκέλευον ἀφιέναι καὶ πάντας ἀχρήστους νομίζειν Μακεδόνας, ἔχοντα τοὺς νέους τούτους πυρριχιστάς, σὺν οἷς

4 ἐπιὼν κατακτήσεται τὴν οἰκουμένην. πρὸς ταῦτα χαλεπῶς ὁ Ἀλέξανδρος ἔσχε, καὶ πολλὰ μὲν ἐλοιδόρησεν αὐτοὺς πρὸς ὀργήν, ἀπελάσας δὲ τὰς φυλακὰς παρέδωκε Πέρσαις, καὶ κατέστησεν ἐκ τούτων δορυφόρους καὶ ῥαβδοφόρους,

5 ὑφ' ὧν ὁρῶντες αὐτὸν παραπεμπόμενον, αὐτοὺς δ' ἀπειργομένους καὶ προπηλακιζομένους, ἐταπεινοῦντο, καὶ διδόντες λόγον εὕρισκον αὑτοὺς ὀλίγου δεῖν μανέντας ὑπὸ ζηλο-

6 τυπίας καὶ ὀργῆς. τέλος δὲ συμφρονήσαντες ἐβάδιζον ἄνοπλοι καὶ μονοχίτωνες ἐπὶ τὴν σκηνήν, μετὰ βοῆς καὶ κλαυθμοῦ παραδιδόντες ἑαυτούς, καὶ χρήσασθαι κελεύον-

7 τες ὡς κακοῖς καὶ ἀχαρίστοις. ὁ δ' οὐ προσίετο, καίπερ ἤδη μαλασσόμενος· οἱ δ' οὐκ ἀπέστησαν, ἀλλ' ἡμέρας δύο καὶ νύκτας οὕτω προσεστῶτες καὶ ὀλοφυρόμενοι καὶ

8 κοίρανον ἀνακαλοῦντες ἐκαρτέρησαν. τῇ δὲ τρίτῃ προελθὼν καὶ θεασάμενος οἰκτροὺς καὶ τεταπεινωμένους, ἐδάκρυε πολὺν χρόνον· εἶτα μεμψάμενος μέτρια καὶ προσ-

sconforto aveva in animo di uccidersi. Appunto per questo timore il re depose la sua ira, e gli lasciò tenere il danaro.

71. Intanto i trentamila ragazzi, che Alessandro aveva fatto istruire nelle lettere e nelle armi, erano diventati fisicamente vigorosi, e belli d'aspetto; inoltre davano a vedere ammirevole destrezza e agilità negli esercizi, tanto che il re ne fu lieto, ma i Macedoni erano sfiduciati e impauriti, perché pensavano che il re avrebbe tenuto loro in minor conto. Perciò, quando egli rimandò sulla costa i malati e i feriti, dissero che era un insulto, un'offesa: dopo aver sfruttato in ogni circostanza degli uomini, ora li si lasciava da parte con spregio, e li si rispediva in patria ai genitori in una condizione ben diversa da quella nella quale li si era ricevuti. Chiedevano allora di congedare tutti, di ritenere inutili tutti i Macedoni, dato che ora egli aveva questi giovani danzatori di pirrica[191] con i quali avrebbe conquistato il mondo. A questi lamenti Alessandro si irritò e nell'ira li insultò in vari modi; quindi allontanò da sé le guardie del corpo e le sostituì con dei Persiani e del pari trasse dai Persiani la sua milizia speciale. Quando i Macedoni videro che egli si faceva accompagnare da questi giovani, mentre invece essi erano tenuti lontani e trattati con sufficienza, si sentirono umiliati, e riflettendo su quanto era accaduto riconobbero che quasi erano divenuti pazzi per ira e gelosia. Allora finalmente rientrarono in sé e andarono da lui senza armi, con la sola tunica, e gridando e gemendo gli si consegnarono, invitandolo a trattarli come malvagi e irriconoscenti. Egli però non li ricevette anche se già era commosso, ed essi non se ne andarono, ma stettero là per due giorni e per due notti a lamentarsi e a invocare il loro signore. Il terzo giorno egli uscì e vistili così afflitti e in tale stato miserabile pianse a lungo; poi li rimproverò, ma con tono moderato, e li

2

3

4

5

6

7

8

[191] Danza armata di ritmo estremamente veloce.

ἀγορεύσας φιλανθρώπως, ἀπέλυσε τοὺς ἀχρήστους, δωρησάμενος μεγαλοπρεπῶς καὶ γράψας πρὸς Ἀντίπατρον,
ὅπως ἐν πᾶσι τοῖς ἀγῶσι καὶ τοῖς θεάτροις προεδρίαν
9 ἔχοντες ἐστεφανωμένοι καθέζοιντο. τῶν δὲ τεθνηκότων
τοὺς παῖδας ὀρφανοὺς ὄντας ἐμμίσθους ἐποίησεν.

72. Ὡς δ᾽ ἧκεν εἰς Ἐκβάτανα τῆς Μηδίας καὶ διῴκησε
τὰ κατεπείγοντα, πάλιν ἦν ἐν θεάτροις καὶ πανηγύρεσιν,
ἅτε δὴ τρισχιλίων αὐτῷ τεχνιτῶν ἀπὸ τῆς Ἑλλάδος ἀφιγ-
2 μένων. ἔτυχε δὲ περὶ τὰς ἡμέρας ἐκείνας Ἡφαιστίων
πυρέσσων· οἷα δὲ νέος καὶ στρατιωτικὸς οὐ φέρων ἀκριβῆ
δίαιταν, ἀλλ᾽ ⟨ἅμα⟩ τῷ τὸν ἰατρὸν Γλαῦκον ἀπελθεῖν εἰς τὸ
θέατρον περὶ ἄριστον γενόμενος καὶ καταφαγὼν ἀλεκτρυ-
όνα ἑφθὸν καὶ ψυκτῆρα μέγαν ἐκπιὼν οἴνου, κακῶς ἔσχε
3 καὶ μικρὸν διαλιπὼν ἀπέθανε. τοῦτ᾽ οὐδενὶ λογισμῷ τὸ
πάθος Ἀλέξανδρος ἤνεγκεν, ἀλλ᾽ εὐθὺς μὲν ἵππους τε
κεῖραι πάντας ἐπὶ πένθει καὶ ἡμιόνους ἐκέλευσε, καὶ τῶν
πέριξ πόλεων ἀφεῖλε τὰς ἐπάλξεις, τὸν δ᾽ ἄθλιον ἰατρὸν
ἀνεσταύρωσεν, αὐλοὺς δὲ κατέπαυσε καὶ μουσικὴν πᾶσαν
ἐν τῷ στρατοπέδῳ πολὺν χρόνον, ἕως ἐξ Ἄμμωνος ἦλθε
μαντεία, τιμᾶν Ἡφαιστίωνα καὶ θύειν ὡς ἥρωϊ παρα-
4 κελεύουσα. τοῦ δὲ πένθους παρηγορίᾳ τῷ πολέμῳ χρώμενος, ὥσπερ ἐπὶ θήραν καὶ κυνηγέσιον ἀνθρώπων ἐξῆλθε
καὶ τὸ Κοσσαίων ἔθνος κατεστρέφετο, πάντας ἡβηδὸν
ἀποσφάττων. τοῦτο δ᾽ Ἡφαιστίωνος ἐναγισμὸς ἐκαλεῖτο.
5 τύμβον δὲ καὶ ταφὴν αὐτοῦ καὶ τὸν περὶ ταῦτα κόσμον
ἀπὸ μυρίων ταλάντων ἐπιτελέσαι διανοούμενος, ὑπερβαλέσθαι δὲ τῷ φιλοτέχνῳ καὶ περιττῷ τῆς κατασκευῆς

trattò con benevolenza: congedò quelli non più adatti a sostenere una guerra, colmandoli di fastosi doni, e scrisse ad Antipatro affinché si riconoscesse loro il diritto di star seduti in prima fila in tutte le competizioni e nei teatri, con il capo coronato. Dispose poi che gli orfani dei caduti ricevessero una pensione. 9

72. Quando giunse a Ecbatana,[192] in Media, ed ebbe regolato gli affari urgenti, di nuovo si interessò di teatri e di feste, giacché gli erano giunti dalla Grecia tremila artisti.

In quei giorni Efestione era febbricitante, ma siccome 2
era un giovane guerriero, non sopportava il regime rigoroso prescrittogli, e non appena il medico Glauco se ne andò a teatro, si mise a tavola, mangiò un pollo lessato e bevve un grosso boccale di vino freddo. Naturalmente stette male, e di lì a poco morì. Alessandro non fu in grado 3
di calmare il suo dolore con nessuna considerazione: subito fece tagliare la criniera a tutti i cavalli e ai muli in segno di lutto, abbatté i merli delle mura delle città vicine, crocifisse il misero medico, non permise per lungo tempo che nel campo si sentisse musica di flauti o di qualunque altro strumento finché giunse ad Ammone un responso dell'oracolo che raccomandava di onorare Efestione e di fargli sacrifici come ad un eroe.[193] Per dimenticare quel 4
dolore Alessandro ricorse alla guerra e come se andasse a caccia di uomini sottomise le tribù dei Cossei[194] e fece uccidere tutti i giovani che erano in età di combattere. Questa strage ebbe nome di «sacrificio funebre per Efestione». Aveva in animo di spendere per la tomba, le ono- 5
ranze funebri e le decorazioni connesse, diecimila talenti, anzi anche di superare questa cifra con la costruzione di un edificio eccezionale per la sua artisticità; tra gli artisti

---

[192] Vi giunse alla fine dell'estate del 324.

[193] Alessandro aveva mandato messi all'oracolo per chiedere se doveva far sacrifici ad Efestione come ad un dio.

[194] Tribù di briganti nei monti di Susiana, a sud-ovest di Ecbatana.

τὴν δαπάνην, ἐπόθησε μάλιστα τῶν τεχνιτῶν Στασικρά-
την, μεγαλουργίαν τινὰ καὶ τόλμαν καὶ κόμπον ἐν ταῖς
6 καινοτομίαις ἐπαγγελλόμενον. οὗτος γὰρ αὐτῷ πρότερον
ἐντυχὼν ἔφη τῶν ὀρῶν μάλιστα τὸν Θράκιον Ἄθων δια-
7 τύπωσιν ἀνδρείκελον δέχεσθαι καὶ διαμόρφωσιν· ἂν οὖν
κελεύῃ, μονιμώτατον ἀγαλμάτων αὐτῷ καὶ περιφανέ-
στατον ἐξεργάσεσθαι τὸν Ἄθων, τῇ μὲν ἀριστερᾷ χειρὶ
περιλαμβάνοντα μυρίανδρον πόλιν οἰκουμένην, τῇ δὲ δεξιᾷ
σπένδοντα ποταμοῦ ῥεῦμα δαψιλὲς εἰς τὴν θάλασσαν
8 ἀπορρέοντος. ταῦτα μὲν οὖν παρῃτήσατο, πολλῷ δ᾽ ἀτο-
πώτερα καὶ δαπανηρότερα τούτων σοφιζόμενος τότε καὶ
συμμηχανώμενος τοῖς τεχνίταις διέτριβεν.

73. Εἰς δὲ Βαβυλῶνα προάγοντος αὐτοῦ, Νέαρχος
(ἀφίκετο γὰρ αὖθις εἰσπλεύσας εἰς τὸν Εὐφράτην ἐκ τῆς
μεγάλης θαλάσσης) ἔφη τινὰς ἐντυχεῖν αὐτῷ Χαλδαίους,
2 παραινοῦντας ἀπέχεσθαι Βαβυλῶνος τὸν Ἀλέξανδρον. ὁ
δ᾽ οὐκ ἐφρόντισεν, ἀλλ᾽ ἐπορεύετο, καὶ πρὸς τοῖς τείχεσι
γενόμενος, ὁρᾷ κόρακας πολλοὺς διαφερομένους καὶ τύ-
3 πτοντας ἀλλήλους, ὧν ἔνιοι κατέπεσον παρ᾽ αὐτόν. ἔπειτα
μηνύσεως γενομένης κατ᾽ Ἀπολλοδώρου τοῦ στρατηγοῦ
τῆς Βαβυλῶνος, ὡς εἴη περὶ αὐτοῦ τεθυμένος, ἐκάλει
4 Πυθαγόραν τὸν μάντιν. οὐκ ἀρνουμένου δὲ τὴν πρᾶξιν,
ἠρώτησε τῶν ἱερῶν τὸν τρόπον· φήσαντος δ᾽ ὅτι τὸ ἧπαρ
5 ἦν ἄλοβον, ,,παπαῖ'' εἶπεν, ,,ἰσχυρὸν τὸ σημεῖον.'' καὶ τὸν
Πυθαγόραν οὐδὲν ἠδίκησεν, ἤχθετο δὲ μὴ πεισθεὶς τῷ

egli preferiva a tutti Stasicrate[195] che prometteva innovazioni ricche di grandezza, audacia, fasto. Stasicrate, incontratosi precedentemente[196] con lui, aveva detto che soprattutto il monte Athos[197] in Tracia poteva essere ridotto a forma e aspetto d'uomo: se glielo ordinava egli avrebbe reso quel monte la più straordinaria e unica delle sue statue: un uomo che con la sinistra tiene una città abitata da diecimila uomini e con la destra riversa l'abbondante corrente di un fiume che sfocia nel mare. Alessandro scartò questo progetto, ma in quel tempo egli era impegnato a progettare e discutere con gli artisti molte opere molto più strane e dispendiose di quella.

73. Mentre avanzava verso Babilonia,[198] Nearco (che era nuovamente ritornato dopo aver risalito l'Eufrate nel quale era entrato dal grande mare) gli disse che aveva incontrato alcuni Caldei che consigliavano Alessandro di stare lontano da Babilonia. Egli però non se ne diede pensiero e continuava la sua marcia; giunto presso le mura vide molti corvi che lottando tra loro si beccavano a vicenda e alcuni gli caddero ai piedi. Gli fu poi presentata una denuncia contro Apollodoro, stratego di Babilonia, secondo la quale egli aveva fatto un sacrificio per conoscere il destino di Alessandro: allora convocò l'indovino Pitagora. Costui non negò il fatto e quando Alessandro gli chiese come erano le vittime, disse che era stato trovato il fegato senza lobi. «Ahimè,» disse egli «è un cattivo presagio!»; e a Pitagora non fece alcun male, ma si pentì di non aver ascoltato Nearco, e passò la maggior parte del

---

[195] Lo stesso nome ricorre in un altro passo plutarcheo, nei *Moralia* (335 c-e), ma è certo che l'architetto cui qui si allude era Dinocrate di Rodi. Può trattarsi di un errore di memoria, oppure che Stasicrate fosse un collaboratore di Dinocrate.

[196] Nel 332, quando Dinocrate ebbe l'incarico di attendere al piano di costruzione di Alessandria.

[197] La più orientale delle tre penisole che dalla Calcidica si protendono nell'Egeo.

[198] Nella primavera del 323.

Νεάρχῳ, καὶ τὰ πολλὰ τῆς Βαβυλῶνος ἔξω κατασκηνῶν
6 καὶ περιπλέων τὸν Εὐφράτην διέτριβεν. ἠνώχλει δ᾽ αὐτὸν
⟨καὶ ἄλλα⟩ σημεῖα πολλά. καὶ γὰρ λέοντα τῶν τρεφο-
μένων μέγιστον καὶ κάλλιστον ἥμερος ὄνος ἐπελθὼν καὶ
7 λακτίσας ἀνεῖλεν. ἀποδυσαμένου δ᾽⟨αὐτοῦ⟩ πρὸς ἄλειμμα
καὶ σφαῖραν [αὐτοῦ] παίζοντος, τῶν νεανίσκων οἱ ⟨συ⟩σφαι-
ρίζοντες, ὡς ἔδει πάλιν λαβεῖν τὰ ἱμάτια, καθορῶσιν
ἄνθρωπον ἐν τῷ θρόνῳ καθεζόμενον σιωπῇ, τὸ διάδημα
8 καὶ τὴν στολὴν τὴν βασιλικὴν περικείμενον. οὗτος
ἀνακρινόμενος ὅστις εἴη, πολὺν χρόνον ἄναυδος ἦν· μόλις
δὲ συμφρονήσας, Διονύσιος μὲν ἔφη καλεῖσθαι, Μεσσήνιος
δ᾽ εἶναι τὸ γένος, ἐκ δέ τινος αἰτίας καὶ κατηγορίας
ἐνταῦθα κομισθεὶς ἀπὸ θαλάσσης, πολὺν γεγονέναι χρόνον
9 ἐν δεσμοῖς· ἄρτι δ᾽ αὐτῷ τὸν Σάραπιν ἐπιστάντα τοὺς
δεσμοὺς ἀνεῖναι καὶ προαγ⟨αγ⟩εῖν δεῦρο, καὶ κελεῦσαι
λαβόντα τὴν στολὴν καὶ τὸ διάδημα καθίσαι καὶ σιωπᾶν.

74. Ταῦτ᾽ ἀκούσας ὁ Ἀλέξανδρος, τὸν μὲν ἄνθρωπον,
ὥσπερ ἐκέλευον οἱ μάντεις, ἠφάνισεν· αὐτὸς δ᾽ ἠθύμει
καὶ δύσελπις ἦν πρὸς τὸ θεῖον ἤδη καὶ πρὸς τοὺς
φίλους ὕποπτος.
2 Μάλιστα δ᾽ Ἀντίπατρον ἐφοβεῖτο καὶ τοὺς παῖδας, ὧν
Ἰόλας μὲν ἀρχιοινοχόος ἦν, ὁ δὲ Κάσανδρος ἀφῖκτο μὲν
νεωστί, θεασάμενος δὲ βαρβάρους τινὰς προσκυνοῦντας,
ἅτε δὴ τεθραμμένος Ἑλληνικῶς καὶ τοιοῦτο πρότερον
3 μηδὲν ἑωρακώς, ἐγέλασε προπετέστερον. ὁ δ᾽ Ἀλέξανδρος
ὠργίσθη, καὶ δραξάμενος αὐτοῦ τῶν τριχῶν σφόδρα ταῖς
χερσὶν ἀμφοτέραις, ἔπαισε τὴν κεφαλὴν πρὸς τὸν τοῖχον.
4 αὖθις δὲ πρὸς τοὺς κατηγοροῦντας Ἀντιπάτρου λέγειν τι
βουλόμενον τὸν Κάσανδρον ἐκκρούων, ,,τί λέγεις;'' ἔφη·

tempo fuori di Babilonia, o al campo o navigando sul-
l'Eufrate. Lo turbavano intanto altri segni. Infatti un mi- 6
te asino assalì e uccise a calci il leone più grande e più bello di quanti ne manteneva. Un'altra volta egli si spogliò 7
per ungersi con l'olio e si accinse al gioco della palla; quando fu poi il tempo di riprendere i panni per rivestirsi, i
giovani giocatori videro un uomo che sedeva in silenzio
sul trono del re, indossando il manto e il diadema reale.
Benché gli si fosse chiesto chi fosse, costui rimase in si- 8
lenzio per parecchio tempo; quando rientrò in sé disse di
chiamarsi Dionisio e di essere originario della Messenia;
per una imputazione di accusa era stato portato qui dal
litorale e per molto tempo era stato in carcere; poco pri- 9
ma però gli era apparso Serapide che gli aveva sciolto i
ceppi, l'aveva portato in quel luogo, gli aveva ordinato
di indossare manto e diadema reale e di restare in silenzio
sul trono.

74. Quando ebbe udito ciò, Alessandro fece sparire quel-
l'uomo come consigliavano gli indovini; ma egli stesso era
abbattuto e sfiduciato verso la divinità, e pieno di sospetti nei riguardi degli amici. Soprattutto aveva paura di An- 2
tipatro e dei suoi figli, tra i quali Iolao[199] era il suo primo coppiere; l'altro, Cassandro,[200] era venuto da poco e
visti alcuni barbari che si prosternavano dinnanzi al re,
dato che era di educazione greca e non aveva mai visto
nulla di simile prima, si mise a ridere rumorosamente.
Alessandro si adirò, lo afferrò per i capelli con le due ma- 3
ni e gli sbattè la testa contro il muro. Un'altra volta, in- 4
terrompendo Cassandro che voleva replicare contro coloro che accusavano Antipatro, disse: «Ma che cosa vuoi

[199] Iolao o Iolas era il più giovane dei figli di Antipatro; fu poi sospettato di avere avvelenato Alessandro (vd. *infra* 77).
[200] Era il figlio più anziano di Antipatro, ed era venuto per discol-
pare il padre di alcune accuse che gli venivano rivolte. Non è comunque
verisimile che abbia dimostrato una tale mancanza di tatto, considerata
anche la posizione nella quale si trovava.

„τοσαύτην ὁδὸν ἀνθρώπους μηδὲν ἀδικουμένους, ἀλλὰ
5 συκοφαντοῦντας ἐλθεῖν·" φήσαντος δὲ τοῦ Κασάνδρου
τοῦτ᾽ αὐτὸ σημεῖον εἶναι τοῦ συκοφαντεῖν, ὅτι μακρὰν
ἥκουσι τῶν ἐλέγχων, ἀναγελάσας ὁ Ἀλέξανδρος „ταῦτ᾽
ἐκεῖνα" ἔφη „σοφίσματα τῶν Ἀριστοτέλους εἰς ἑκάτερον
τὸν λόγον, οἰμωξομένων, ἂν καὶ μικρὸν ἀδικοῦντες τοὺς
6 ἀνθρώπους φανῆτε." τὸ δ᾽ ὅλον οὕτω φασὶ δεινὸν ἐνδῦναι
καὶ δευσοποιὸν ἐγγενέσθαι τῇ ψυχῇ τοῦ Κασάνδρου τὸ
δέος, ὥσθ᾽ ὕστερον χρόνοις πολλοῖς, ἤδη Μακεδόνων βασι-
λεύοντα καὶ κρατοῦντα τῆς Ἑλλάδος, ἐν Δελφοῖς περιπα-
τοῦντα καὶ θεώμενον τοὺς ἀνδριάντας, εἰκόνος Ἀλεξάνδρου
φανείσης ἄφνω πληγέντα φρῖξαι καὶ κραδανθῆναι τὸ
σῶμα, καὶ μόλις ἀναλαβεῖν ἑαυτόν, ἰλιγγιάσαντα πρὸς
τὴν ὄψιν.

75. Ὁ δ᾽ οὖν Ἀλέξανδρος ὡς ἐνέδωκε τότε πρὸς τὰ
θεῖα, ταραχώδης γενόμενος καὶ περίφοβος τὴν διάνοιαν,
οὐδὲν ἦν μικρὸν οὕτως τῶν ἀήθων καὶ ἀτόπων, ὃ μὴ τέρας
ἐποιεῖτο καὶ σημεῖον, ἀλλὰ θυομένων καὶ καθαιρόντων
καὶ μαντευόντων μεστὸν ἦν τὸ βασίλειον ⟨καὶ ἀναπληρούν-
2 των ἀβελτερίας καὶ φόβου τὸν Ἀλέξανδρον⟩. οὕτως ἄρα
δεινὸν μὲν ⟨ἡ⟩ ἀπιστία πρὸς τὰ θεῖα καὶ περιφρόνησις
αὐτῶν, δεινὴ δ᾽ αὖθις ἡ δεισιδαιμονία, δίκην ὕδατος ἀεὶ
πρὸς τὸ ταπεινούμενον [καὶ ἀναπληροῦν ἀβελτερίας καὶ
φόβου τὸν Ἀλέξανδρον] † γενόμενον ****.
3 Οὐ μὴν ἀλλὰ καὶ χρησμῶν γε τῶν περὶ Ἡφαιστίωνος
ἐκ θεοῦ κομισθέντων, ἀποθέμενος τὸ πένθος αὖθις ἦν ἐν
4 θυσίαις καὶ πότοις. ἑστιάσας δὲ λαμπρῶς τοὺς περὶ
Νέαρχον, εἶτα λουσάμενος ὥσπερ εἰώθει μέλλων καθεύ-

dire? Pensi che questi uomini abbiano fatto un viaggio così lungo senza essere stati trattati ingiustamente, ma siano venuti solo per presentare false accuse?». E Cassandro ri- 5
batté che proprio questa era la prova della calunnia; perché erano troppo lontani dalle prove; ma Alessandro ridendo: «Questi sono i sofismi di Aristotele, che sono validi per i due aspetti del discorso; ma se risulterà che avete fatto anche un piccolo torto a questi uomini, la pagherete cara». Per questo dicono che nell'animo di Cassan- 6
dro entrò una paura radicata e terribile, tanto che molto tempo dopo, quando già era divenuto re di Macedonia[201] e signoreggiava sulla Grecia, un giorno che era a Delfi e passeggiando ammirava delle statue, vistane ad un tratto una di Alessandro, ne fu così colpito e atterrito che gli tremarono tutte le membra e a stento si riebbe dalle vertigini che quella vista gli aveva provocato.

75. Dunque Alessandro, da quando s'era lasciato condizionare dai presagi divini, era diventato pauroso e apprensivo: non c'era fatto insolito e strano, per piccolo che fosse, che egli non considerasse fatto portentoso; la reggia era piena di gente che faceva sacrifici, o purificazioni, e traeva auspici [e riempiva Alessandro di paura e di stoltezza]. Ora, quanto è brutto il non credere agli dei e il 2
disprezzare il divino, altrettanto grave è la superstizione che, come la pioggia che sempre cade sull'afflitto [riempì di stoltezza Alessandro che era divenuto un pauroso].[202]
Comunque quando gli furono riferiti vaticini del dio ri- 3
guardanti Efestione, interruppe il lutto e di nuovo si diede a sacrifici e simposi. Così egli diede un sontuoso rice- 4
vimento per Nearco, e alla fine, fatto il bagno, si disponeva secondo il solito ad andare a letto quando fu invita-

---

[201] Cassandro assunse il titolo di re della Macedonia nel 305.
[202] Il testo è nella tradizione manoscritta certamente corrotto.

δεῖν, Μηδίου δεηθέντος ᾤχετο κωμασόμενος πρὸς αὐτόν·
5 κἀκεῖ πιὼν ὅλην τὴν ⟨νύκτα καὶ τὴν⟩ ἐπιοῦσαν ἡμέραν,
ἤρξατο πυρέττειν, οὔτε σκύφον Ἡρακλέους ἐκπιὼν οὔτ'
ἄφνω διαλγὴς γενόμενος τὸ μετάφρενον ὥσπερ λόγχῃ πε-
πληγώς, ἀλλὰ ταῦτά τινες ᾤοντο δεῖν γράφειν, ὥσπερ δρά-
ματος μεγάλου τραγικὸν ἐξόδιον καὶ περιπαθὲς πλάσαντες.
6 Ἀριστόβουλος δέ (FGrH 139 F 59) φησιν αὐτὸν πυρέττοντα
νεανικῶς, διψήσαντα δὲ σφόδρα, πιεῖν οἶνον· ἐκ τούτου
δὲ φρενιτιᾶσαι καὶ τελευτῆσαι τριακάδι Δαισίου μηνός.

76. Ἐν δὲ ταῖς ἐφημερίσιν (FGrH 117 F 3 b) οὕτως γέγραπται ⟨τὰ⟩ περὶ τὴν νόσον. ὀγδόῃ ἐπὶ δεκάτῃ Δαισίου μηνὸς
2 ἐκάθευδεν ἐν τῷ λουτρῶνι διὰ τὸ πυρέξαι. τῇ δ' ἑξῆς λουσάμενος εἰς τὸν θάλαμον μετῆλθε, καὶ διημέρευε πρὸς Μήδιον
κυβεύων. εἶτ' ὀψὲ λουσάμενος, καὶ τὰ ἱερὰ τοῖς θεοῖς ἐπι-
3 θείς, ἐμφαγὼν διὰ νυκτὸς ἐπύρεξε. τῇ εἰκάδι λουσάμενος
πάλιν ἔθυσε τὴν εἰθισμένην θυσίαν, καὶ κατακείμενος ἐν τῷ
λουτρῶνι τοῖς περὶ Νέαρχον ἐσχόλαζεν, ἀκροώμενος τὰ
4 περὶ τὸν πλοῦν καὶ τὴν μεγάλην θάλατταν. τῇ δεκάτῃ
φθίνοντος ταὐτὰ ποιήσας, μᾶλλον ἀνεφλέχθη, καὶ τὴν
νύκτα βαρέως ἔσχε, καὶ τὴν ἐπιοῦσαν ἡμέραν ἐπύρεττε
5 σφόδρα. καὶ μεταρθεὶς κατέκειτο παρὰ τὴν μεγάλην
κολυμβήθραν, ὅτε δὴ τοῖς ἡγεμόσι διελέχθη περὶ τῶν
ἐρήμων ἡγεμονίας τάξεων, ὅπως καταστήσωσι δοκι-
6 μάσαντες. ἑβδόμῃ σφόδρα πυρέττων, ἔθυσεν ἐξαρθεὶς πρὸς
τὰ ἱερά· τῶν δ' ἡγεμόνων ἐκέλευε τοὺς μεγίστους δια-
τρίβειν ἐν τῇ αὐλῇ, ταξιάρχους δὲ καὶ πεντακοσιάρχους ἔξω
7 νυκτερεύειν. εἰς δὲ τὰ πέραν βασίλεια διακομισθείς, τῇ
ἕκτῃ μικρὸν ὕπνωσεν, ὁ δὲ πυρετὸς οὐκ ἀνῆκεν· ἐπελθόντων

203 Originario di Larissa in Tessaglia, era venuto al seguito di Alessandro come amico personale; nel 323 era considerato il capo degli adulatori del re. In seguito fu accusato di aver avuto parte alla uccisione
del re, e sembra che anche per difendersi da queste accuse egli abbia scritto
le sue memorie.
204 Plutarco intende confutare la versione che dello stesso fatto dava Diodoro, secondo il quale Alessandro avrebbe bevuto grosse quantità di vino puro a ricordo della morte di Eracle, poi, riempita una grande tazza e bevutala d'un fiato, sarebbe all'improvviso uscito in grandi
gemiti come fosse stato colpito da una freccia.

to da Medio[203] ad andare da lui per un festino. Rimase 5
là a bere per tutta la notte e il giorno successivo, e lo prese un attacco di febbre. Ma non aveva bevuto alla tazza
di Eracle,[204] né lo aveva preso all'improvviso un dolore
di schiena paragonabile ad un colpo di lancia, come poi
alcuni hanno ritenuto di dover scrivere, quasi volessero
costruire la fine tragica e dolorosa di un grande dramma.
Aristobulo invece ci dice che in preda a febbre violenta, 6
colto da gran sete, Alessandro continuò a bere vino; perciò entro in delirio e morì il trentesimo giorno del mese
Daisio.[205]

76. Nel diario di corte[206] così si racconta lo sviluppo
della malattia. Il diciotto di Daisio egli dormì nella stanza da bagno perché era febbricitante. Il giorno dopo, fat- 2
to il bagno, passò nella camera da letto, e per tutto il giorno giocò a dadi con Medio. Più tardi fece il bagno, sacrificò agli dei, prese del cibo: per tutta la notte ebbe la febbre. Il giorno venti ancora fece il bagno e il consueto sa- 3
crificio, e rimasto nel bagno ascoltò Nearco che gli dava
relazione della navigazione e gli parlava del grande mare.
Passò il ventuno nello stesso modo, e ancor più gli salì 4
la febbre; la notte stette male e anche il giorno successivo
ebbe febbre alta. Poi si fece portare in una camera vicina 5
alla grande piscina, e qui parlò con i generali intorno a
quei reparti che erano rimasti privi di comandanti, per met-
tervi a capo gente esperta. Il giorno ventiquattro, dato che 6
aveva febbre alta, dovette essere trasportato a compiere
i sacrifici; egli ordinò che i più insigni generali passassero
la notte nel palazzo e fuori restassero gli ufficiali subor-
dinati, comandanti di divisioni e di compagnie. Il venti- 7
cinque fu portato nella reggia al di là del fiume: dormì
un poco, ma la febbre non scese; sopraggiunsero i gene-

---

[205] Diversa la versione ufficiale, di cui si dà notizia nel capitolo successivo, per la quale la morte sarebbe avvenuta al 28 dello stesso mese
Daisio, che corrisponde al mese attico di Targelione (maggio-giugno).
[206] Su questi diari vd. *supra* n. 92.

δὲ τῶν ἡγεμόνων ἦν ἄφωνος, ὁμοίως δὲ καὶ τὴν πέμπτην.
8 διὸ καὶ τοῖς Μακεδόσιν ἔδοξε τεθνάναι, καὶ κατεβόων
ἐλθόντες ἐπὶ τὰς θύρας, καὶ διηπειλοῦντο τοῖς ἑταίροις,
ἕως ἐβιάσαντο, καὶ τῶν θυρῶν αὐτοῖς ἀνοιχθεισῶν, ἐν
τοῖς χιτῶσι καθ᾽ ἕνα πάντες παρὰ τὴν κλίνην παρεξῆλθον.
9 ταύτης δὲ τῆς ἡμέρας οἱ περὶ Πύθωνα καὶ Σέλευκον εἰς
τὸ Σεραπεῖον ἀποσταλέντες, ἠρώτων εἰ κομίσωσιν ἐκεῖ
τὸν Ἀλέξανδρον, ὁ δὲ θεὸς κατὰ χώραν ἐᾶν ἀνεῖλε. τῇ δὲ
τρίτῃ φθίνοντος πρὸς δείλην ἀπέθανε.

77. Τούτων τὰ πλεῖστα κατὰ λέξιν ἐν ταῖς ἐφημερίσιν
οὕτως γέγραπται.

2 Φαρμακείας δ᾽ ὑποψίαν παραυτίκα μὲν οὐδεὶς ἔσχεν,
ἕκτῳ δ᾽ ἔτει φασὶ μηνύσεως γενομένης τὴν Ὀλυμπιάδα
πολλοὺς μὲν ἀνελεῖν, ἐκρῖψαι δὲ τὰ λείψανα τοῦ Ἰόλα
3 τεθνηκότος, ὡς τούτου τὸ φάρμακον ἐγχέαντος. οἱ δ᾽
Ἀριστοτέλην φάσκοντες Ἀντιπάτρῳ σύμβουλον γεγενῆ-
σθαι τῆς πράξεως καὶ ὅλως δι᾽ ἐκείνου κομισθῆναι
τὸ φάρμακον Ἁγνόθεμίν τινα διηγεῖσθαι λέγουσιν ὡς
4 Ἀντιγόνου τοῦ βασιλέως ἀκούσαντα· τὸ δὲ φάρμακον
ὕδωρ εἶναι ψυχρὸν καὶ παγετῶδες, ἀπὸ πέτρας τινὸς ἐν
Νωνάκριδι †οὔσης ἣν ὥσπερ δρόσον λεπτὴν ἀναλαμ-
βάνοντες εἰς ὄνου χηλὴν ἀποτίθενται· τῶν γὰρ ἄλλων
οὐδὲν ἀγγείων στέγει, ἀλλὰ διακόπτειν ὑπὸ ψυχρότητος
5 καὶ δριμύτητος. οἱ δὲ πλεῖστοι τὸν λόγον ὅλως οἴονται
πεπλάσθαι τὸν περὶ τῆς φαρμακείας, καὶ τεκμήριον
αὐτοῖς ἐστιν οὐ μικρόν, ὅτι τῶν ἡγεμόνων στασιασάντων
ἐφ᾽ ἡμέρας πολλὰς ἀθεράπευτον τὸ σῶμα κείμενον ἐν
τόποις θερμοῖς καὶ πνιγώδεσιν οὐδὲν ἔσχε τοιαύτης

rali, ma egli non aveva voce. E così fu anche il ventisei. Perciò i Macedoni pensarono che fosse morto, e venuti 8 alle porte della reggia gridavano e minacciavano gli amici di Alessandro finché poi ricorsero alla violenza: aperte le porte, ad uno ad uno, tutti vestiti della sola tunica sfilarono presso il suo letto. Durante quel giorno Pitone[207] e 9 Seleuco[208] furono mandati al Serapeo[209] a chiedere se dovevano portare là Alessandro: ma il dio disse di lasciarlo ove era. Il ventotto, verso sera, morì.

77. La maggior parte di queste notizie si trova scritta così, parola per parola, nel diario di corte. Nessuno ebbe 2 al momento sospetto di avvelenamento, ma raccontano che sei anni dopo, in seguito a una denuncia, Olimpiade fece mandare a morte molti e fece disperdere le ceneri di Iolao che era morto da tempo, affermando che costui aveva versato il veleno ad Alessandro. Alcuni dicono che fu 3 Aristotele a consigliare quell'azione di Antipatro, e addirittura che egli stesso procurò il veleno: questo, dicono, fu rivelato da un certo Agnotemi che l'aveva sentito dal re Antigono. Il veleno era un liquido acquoso, freddissi- 4 mo, che sgorga da una roccia che si trova in Nonacride,[210] viene raccolto come semplice rugiada e conservato in uno zoccolo d'asino. Nessun altro recipiente potrebbe conservarlo, ma si spezzerebbe, questo perché il liquido è troppo forte e freddo. I più ritengono che tutta questa 5 narrazione relativa al veleno sia un'invenzione, e non piccola prova di ciò è data dal fatto che, essendo stati per parecchi giorni in disaccordo i generali, il corpo rimase in luoghi caldi e umidi senza che lo si sottoponesse a trat-

---

[207] Personaggio di rilievo che fu poi satrapo di Media e sostenitore di Perdicca prima e in seguito di Antigono, che lo fece uccidere nel 316.
[208] Vd. *supra* n. 128.
[209] La notizia è discussa in quanto sembra che il culto greco-egiziano di Serapide sia stato istituito soltanto da Tolomeo I.
[210] Nella tradizione frequentemente si dice che il veleno con il quale fu ucciso Alessandro proveniva dallo Stige, che con la Nonacride si trova ad ovest di Pheneo nell'Arcadia del Nord.

φϑορᾶς σημεῖον, ἀλλ' ἔμεινε καθαρὸν καὶ πρόσφατον.

6 Ἡ δὲ Ῥωξάνη κύουσα μὲν ἐτύγχανε καὶ διὰ τοῦτο τιμωμένη παρὰ τοῖς Μακεδόσι· δυσζήλως δ' ἔχουσα πρὸς τὴν Στάτειραν, ἐξηπάτησεν αὐτὴν ἐπιστολῇ τινι πεπλασμένῃ παραγενέσθαι, καὶ προσαγαγοῦσα μετὰ τῆς ἀδελφῆς ἀπέκτεινε καὶ τοὺς νεκροὺς εἰς τὸ φρέαρ κατέβαλε καὶ συνέχωσεν, εἰδότος ταῦτα Περδίκκου καὶ συμπράττοντος. 7 ἦν γὰρ ἐκεῖνος εὐθὺς ἐν δυνάμει μεγίστῃ, τὸν Ἀρριδαῖον ὥσπερ δορυφόρημα τῆς βασιλείας ἐφελκόμενος, γεγονότα μὲν ἐκ γυναικὸς ἀδόξου καὶ κοινῆς Φιλίννης, ἀτελῆ δὲ τὸ φρονεῖν ὄντα διὰ σώματος νόσον, οὐ ⟨μὴν⟩ φύσει προσ- 8 πεσοῦσαν οὐδ' αὐτομάτως, ἀλλὰ καὶ πάνυ φασὶ παιδὸς ὄντος αὐτοῦ διαφαίνεσθαι χάριεν ἦθος καὶ οὐκ ἀγεννές, εἶτα μέντοι φαρμάκοις ὑπ' Ὀλυμπιάδος κακωθέντα διαφθαρῆναι τὴν διάνοιαν.

tamento, e non mostrò segni di avvelenamento, ma rimase incorrotto e fresco.

Rossane era allora incinta, e per questo era tenuta in 6 considerazione dai Macedoni; gelosa di Statira la ingannò facendola venire a sé con una lettera falsa, e la uccise insieme alla sorella: buttò poi i cadaveri in un pozzo e riempì il pozzo di terra, con la connivenza e complicità di Perdicca. Perdicca infatti raggiunse subito un grandissimo po- 7 tere, e prese con sé, come presidio del suo potere regio, Arrideo, che era il figlio di Filinna, donna d'origine oscura e volgare, ed era mentalmente minorato per una malattia che non gli era congenita né lo aveva casualmente colto; dicono anzi che da bambino egli rivelasse indole gentile 8 e nobile ma che le sue facoltà mentali furono rovinate da Olimpiade che gli aveva somministrato delle droghe.

CESARE SECONDO PLUTARCO

1. Quando Plutarco, dopo i cinquant'anni, si accinse alle *Vite parallele*, aveva già scritto le *Vite dei Cesari*, cioè degli imperatori da Augusto a Vitellio (ci restano, com'è noto, solo le vite di Galba e Otone);[1] Cesare non figurava nella lista degli imperatori, non era il fondatore dell'impero, come sarà, invece, pochi anni dopo, nelle *Vite dei Cesari* di Svetonio (sul significato di questo spostamento dirò qualche cosa in seguito). Comparirà, una ventina di anni dopo, nelle *Vite parallele*, in coppia con Alessandro Magno. Qui viene a trovarsi, in posizione eminente, in una galleria di personaggi dell'ultimo tempestoso secolo della repubblica romana, del secolo delle rivoluzioni. Circa una metà dei personaggi romani delle *Vite parallele* rientra in questo secolo: i Gracchi, Mario, Silla, Sertorio, Lucullo, Cicerone, Pompeo, Crasso, Cesare, Catone l'Uticense, Bruto, Antonio.

Non è qui opportuno cercare le ragioni della scelta di questi personaggi:[2] l'interesse per la crisi della repubbli-

---

[1] Testimonianze nel catalogo di Lampria (26; 27; 29-31; 33). Si ritiene per lo più che esse siano state scritte sotto i Flavi, più probabilmente sotto Domiziano: cfr. C.P. Jones, *Plutarch and Rome*, Oxford 1971, pp. 72 sg.; una datazione sotto Nerva è stata suggerita recentemente: cfr. J. Geiger, *Zum Bild Julius Caesars in der römischen Kaiserzeit*, «Historia» 24 (1975), pp. 450 sg.

[2] J. Geiger, *Plutarch's Parallel Lives: the Choice of Heroes*, «Hermes» 109 (1981), pp. 95 sgg., dà molto peso all'influenza di Cornelio Nepote. Nel caso di Cesare non mi pare necessario riproporre la que-

ca e della libertà è una delle ragioni per lo meno probabili; stanno in coppia con essi personaggi greci del V e IV secolo a.C. (solo Eumene, Demetrio, Agide e Cleomene sono posteriori ad Alessandro), cioè uomini politici che vanno dall'età aurea della *polis* alla fine della libertà greca sotto il dominio macedone.

La collocazione cronologica della *Vita di Cesare* nel complesso delle *Vite parallele* qui non importa molto; importerebbe di più la collocazione cronologica fra le vite che, per la materia trattata, combaciano, più o meno ampiamente, con quella di Cesare, cioè le vite di Cicerone, Pompeo, Crasso, Catone l'Uticense, Bruto, Antonio. In parte la serie cronologica dei volumi delle *Vite parallele* si ricostruisce in base ai rimandi interni dello stesso Plutarco, in parte bisogna contentarsi di deduzioni probabili.[3]

La vita di Cicerone era nel quinto volume, quella di Bruto nel dodicesimo. Nella *Vita di Cesare* è citata due volte (62,8; 68,7) la *Vita di Bruto* come già scritta; purtroppo proprio in questo caso abbiamo una testimonianza contraddittoria: in *Brut*. 9,4 è citata come già scritta la *Vita di Cesare*. Delle contraddizioni di questo genere che ricorrono nelle *Vite parallele*, non si riesce a dare spiegazione certa. Ragioni adeguate si potrebbero scorgere se si supponesse, com'è stato proposto anche recentemente,[4]

stione: il personaggio era giudicato variamente, ma la fama era altissima: porrebbe dei problemi l'esclusione, non l'inclusione.

[3] Per la storia della questione, molto intricata e difficile, cfr. K. Ziegler, *Plutarco*, trad. ital. Brescia 1965 (l'originale tedesco è l'estratto dell'ampia voce relativa allo scrittore dalla *Realencyclopädie der classischen Altertumswissenschaft* di Pauly-Wissowa), pp. 312-316; una rapida trattazione in A. Garzetti, introd. al comm. di Plutarco, *Vita Caesaris*, Firenze 1954, pp. XX sgg.; recentemente la questione è stata ripresa attentamente da C.P. Jones, *Towards a Chronology of Plutarch's Works*, «Journ. of Roman St.» 56 (1966), pp. 66-68 (a cui rimando in modo particolare); C.B.R. Pelling, *Plutarch's Method of Work in the Roman Lives*, «Journ. of Hellenic Studies» 99 (1979), pp. 75 sgg.

[4] Dal Pelling, *Plutarch's Method of Work* cit., pp. 75 sgg., spec. 80 sgg.

che Plutarco preparasse nello stesso tempo diverse vite fondate, almeno in parte, sulle stesse fonti: ma, a meno di testimonianze esplicite, riesce difficile *a priori* ammettere la stesura contemporanea di diverse vite, cioè che Plutarco si mettesse a scrivere una vita prima di averne finita un'altra. È meno difficile immaginare che le vite fossero pubblicate per gruppi e che le vite di Bruto e di Cesare rientrassero nello stesso gruppo: alcuni riferimenti interni sarebbero stati aggiunti al momento della pubblicazione;[5] ma la serie a cui si riferisce Plutarco è costituita da volumi contenenti singole coppie.[6] È difficile evitare l'ipotesi che alcuni riferimenti fossero aggiunti dall'autore stesso dopo la stesura e dopo la prima pubblicazione.[7] Oggi nessuno pensa più a interpolazioni posteriori a Plutarco: fra le citazioni e i contesti non ci sono incoerenze che inducano in sospetto. Nel caso che qui ci interessa, si può concludere con probabilità che aggiunto in un secondo momento è il riferimento a *Caes.* in *Brut.* 9,4, mentre risalgono alla prima stesura i due riferimenti al *Brut.* in *Caes.* Una buona prova è, secondo me, in *Caes.* 62,8. Le citazioni di *Brut.* 9,4 e di *Caes.* 68,7 si possono saltare senza che il racconto ne soffra; non così quella di *Caes.* 62,8: qui a proposito di Cassio che aizza Bruto contro Cesare, sono richiamate le ragioni private dell'odio di Cassio contro il dittatore, cioè torti che aveva subiti o riteneva di aver subiti, e si rimanda alla *Vita di Bruto* (cfr. 8, 5-6). Questa vita, più di quella di Cesare, richiedeva che la situazione fosse esaminata dal punto di vista dei con-

[5] È la spiegazione, che ha avuto una certa fortuna, di J. Mewaldt, *Selbstcitate in den Biographien Plutarchs*, «Hermes» 42 (1907), pp. 564-78.

[6] L'ipotesi del Mewaldt fu attaccata da C. Stoltz, *Zur relativen Chronologie der Parallelbiographien Plutarchs*, Lund 1929 (Lunds Universitets Arsskrift N.F. Adv. 1, XXV, n° 3), pp. 5-133, spec. 58-95, e le obiezioni sono oggi largamente condivise.

[7] Tesi sostenuta da C. Th. Michaelis, *De ordine vitarum parallelarum Plutarchi*, Berlin 1875, e accettata, per es., da K. Ziegler, *Plutarco* cit., pp. 313 sgg., da A. Garzetti, *introd. cit.*, p. XXI.

giurati e tenendo conto anche dei rapporti dei congiurati tra loro: a proposito di Bruto Plutarco avrà consultato testimonianze particolari e rare, come l'opuscolo (σύγγραμμα) di Empylos, retore amico di Bruto (cfr. *Brut.* 2,3), e avrà poi utilizzato il suo precedente racconto nella *Vita di Cesare*.

Meno incerto è il rapporto con la *Vita di Pompeo*. In *Caes.* 35,2 essa è citata come opera progettata, ma non ancora scritta, in *Caes.* 45,9, nel rimando alla *Vita di Pompeo* a proposito della morte del protagonista in Egitto, è usato il presente (δηλοῦμεν): di fronte all'altra testimonianza è prudente intenderlo come riferito a opera di prossima composizione, anche senza correggere, come faceva il Du Soul, il presente in futuro (δηλώσομεν). Dunque la *Vita di Pompeo* segue di poco quella di Cesare: le due vite sono progettate contemporaneamente, e contemporanea sarà stata la preparazione del materiale. Sempre in base a citazioni interne, ricorrenti in altre vite, e a qualche altro elemento, si può concludere che ancora più tardi si collocano le vite di Crasso, di Catone l'Uticense, di Antonio: dunque l'ordine cronologico è Cicerone (parecchio anteriore), Bruto, Cesare, Pompeo, Crasso, Catone l'Uticense, Antonio.[8] La questione non va sopravvalutata: la soluzione può dare qualche indizio sulle fonti e aiutare a collocare certi spostamenti di giudizio da vita a vita; ma non bisogna credere che questi spostamenti si spieghino solo con le differenze cronologiche: di più conta, per es., il punto d'osservazione, che muta col mutare del personaggio.

2. Per le biografie romane a cui mi sono riferito, Plutarco non soffriva, come per alcune biografie di personaggi della Roma arcaica, di penuria di fonti: a disposizione ce

[8] Cfr. C.P. Jones, *Towards a Chronology* cit., p. 68. Poco esatto, in questo caso, mi pare A. Garzetti, *introd. cit.*, p. XXI, che si fonda sulla trattazione, un po' disordinata, dello Ziegler (*Plutarco* cit., p. 315).

n'erano parecchie, e di vario genere, da biografie a discorsi e lettere, da opere storiche, che abbracciavano secoli o decenni, a opuscoli su singoli avvenimenti (come il *Bellum Catilinae* di Sallustio). Grande vantaggio per noi, che possiamo attingere, attraverso Plutarco, a un'informazione ricca, in gran parte perduta; ma, ovviamente, ciò rende complicata la ricerca delle fonti. È opportuno insistere preliminarmente sull'incertezza dei risultati, anche se le ricerche sono state talvolta ammirevoli per competenza, pazienza ed acume. Per una trattazione adeguata bisognerebbe affrontare anche complessivamente il problema delle fonti nelle vite da Cicerone ad Antonio;[9] ma il compito sarebbe troppo ampio ed impegnativo per questa occasione: mi limiterò alle indicazioni più probabili per la *Vita di Cesare*, pur senza chiudere del tutto l'orizzonte più largo.[10]

Una questione preliminare, più volte discussa, è se Plutarco fosse o no in grado di attingere a testi in latino; è infatti noto, da una sua testimonianza (*Demosth.* 2,2), che egli incominciò a leggere testi latini «tardi e in età avanzata»; nello stesso passo (*Demosth.* 2,3) egli aggiunge

[9] Per una ripresa della questione sotto questo aspetto cfr. soprattutto C.B.R. Pelling, *Plutarch's Method of Work* cit., e dello stesso Pelling, *Plutarch's Adaptation of His Source-Material*, «Journ. of Hellenic St.» 100 (1980), pp. 127-40.

[10] Per un'informazione rapida, ma precisa e in gran parte attendibile, cfr. A. Garzetti, *introd. cit.*, pp. XXII-XXXIII, a cui rimando anche per la bibliografia precedente, e R. Flacelière, ed. di Plutarque, *Vies*, IX. *Alexandre-César*, Paris, Les Belles Lettres, 1975, pp. 134-39; una buona storia di questa e altre questioni in Barbara Scardigli, *Die Römerbiographien Plutarchs, Ein Forschungsbericht*, München 1979, pp. 126-35 e 198-200 (note 700-743): il libro della Scardigli si distingue per le conclusioni prudenti ed equilibrate. Fra le trattazioni degli ultimi decenni segnalo in particolare H. Strasburger, *Caesars Eintritt in die Geschichte*, München 1938 (rist. anast. Darmstadt 1966; importante per il periodo anteriore al consolato); W. Steidle, *Sueton und die antike Biographie*, München 1951 («Zetemata» Heft 1), pp. 13-67; Cordula Brutscher, *Analysen zu Suetons Divus Julius und der Parallelüberlieferung*, Bern 1958 («Noctes Romanae» VIII); H. Drexler, *Divus Julius und die Parallelüberlieferung*, «Klio» 51 (1969), pp. 223-66 (discussione con Steidle e Brutscher).

che non è in grado di gustare le qualità stilistiche di un testo latino: è implicito, però, che egli riesce a leggere e a capire testi in quella lingua. Oggi se ne deduce comunemente che, se non leggeva autori latini per diletto (solo una volta, *Lucull*. 39,5, cita un poeta latino, Orazio), era in grado di leggere e utilizzare opere latine per le sue biografie: è probabile che abbia imparato il latino proprio per scrivere le biografie di personaggi romani (ciò farebbe pensare che anche le *Vite dei Cesari* le scrivesse in età avanzata, poco prima delle *Vite parallele*). Bisogna poi tener conto della possibilità che per consultazioni di opere, traduzioni, compilazioni di *excerpta* egli si servisse, secondo una consuetudine dei dotti antichi non poveri, di aiutanti, specialmente schiavi o liberti.[11] Dunque non c'è bisogno di presupporre ad ogni passo intermediari tra Plutarco e le fonti latine.

La prima domanda che vien fatto di porsi è se, nel caso di Cesare, Plutarco si servisse di una o più biografie, in latino o in greco. Io sarei incline a crederlo: in 17,7 a proposito della capacità, che Cesare aveva, di dettare contemporaneamente a più persone, egli cita, in alternativa ad una fonte di base, Oppio, cioè Caio Oppio, che di Cesare fu collaboratore, amico e biografo. Dallo stesso Oppio avrà ricavato, nello stesso capitolo (17,11), una notizia che dimostra la grande generosità di Cesare: durante un viaggio, rifugiatosi in un tugurio a causa di una tempesta, cedette a Oppio ammalato il giaciglio meno scomodo. I primi cinque o sei capitoli, cioè quelli dedicati alle vicende anteriori alla congiura di Catilina, e specialmente i primi tre (persecuzione da parte di Silla, cattura da parte dei pirati e punizione degli stessi, viaggio a Rodi per la formazione oratoria) fanno pensare a una fonte bio-

---

[11] Di questa possibilità tengono conto giustamente C.P. Jones, *Plutarch and Rome* cit., pp. 1-84, e C.B.R. Pelling, *Plutarch's Method of Work* cit., pp. 95 sg.; sulla conoscenza del latino e l'uso di aiutanti

grafica; anche gli storici davano talvolta notizie sulla giovinezza dei personaggi quando questi entravano, per così
dire, nella storia (per es., Sallustio nel caso di Giugurta),
ma la ricchezza dei dettagli è più consona a una biografia. Naturalmente non pretendo di eliminare i dubbi. Propria di una biografia sembra essere anche la conclusione
(69, 2 sgg.): Cesare viene vendicato, perché tutti i suoi uccisori vengono a loro volta uccisi entro pochi anni. Svetonio chiude la sua biografia (89) nello stesso modo, anche se alla vendetta accenna più rapidamente. Dipenden-
za di Svetonio da Plutarco è generalmente negata: dunque fonte biografica comune? o comune ricorso ad un motivo frequente nelle biografie? La vendetta postuma del-
l'eroe suggella non poche altre biografie di Plutarco: Pelopida, Eumene, Focione, Demostene, Dione, Crasso, Sertorio, Pompeo, Cicerone, Galba, Tiberio e Caio Gracco,
Coriolano;[12] si può aggiungere Arato, il cui uccisore, Filippo V di Macedonia, non fu ucciso, ma fu sconfitto e
umiliato dai Romani e visse fra orrori il resto della vita;
la vendetta continuò contro il figlio Perseo, anche lui sconfitto e poi menato in trionfo dai Romani (*Arat.* 54,2
sg.).[13] Non escludo che il motivo fosse entrato anche in
opere storiche, ma crederei biografica la prima origine e
probabile l'origine biografica anche nel caso della *Vita di
Cesare*.

Anche ammesso che Plutarco disponesse di una o più
biografie di Cesare, si può ritenere con forte probabilità
che egli le usò in misura molto limitata: ciò concorda col
metodo usato anche nelle altre *Vite parallele*, dove l'uso
di una o più opere storiche è generalmente ampio e fon-

l'essenziale era già nelle giuste considerazioni del Wilamowitz, *Reden
und Vorträge*, Dublin-Zürich 1967[5], II, pp. 258 sg.
   [12] Cfr. A. Garzetti, *introd. cit.*, p. XXXIX.
   [13] Segnalato da F. Leo, *Die griechisch-römische Biographie, nach ihrer literarischen Form*, Leipzig 1901 (rist. anast. Hildesheim 1965),
pp. 158 sg.

damentale. Probabile l'opinione, prevalsa nella ricerca da oltre un secolo, secondo cui buona parte dell'opera, cioè almeno quella che narra le guerre galliche e le guerre civili, ha come fonte principale le storie di Asinio Pollione, che andavano dal primo triumvirato sino, forse, alla battaglia di Azio (dal 60 al 31 a.C.).[14] Asinio Pollione è citato esplicitamente a 46,2 a proposito di una frase pronunciata da Cesare dopo che ebbe espugnato l'accampamento di Pompeo a Farsalo; altri buoni indizi sono in due passi dove Pollione è messo in rilievo sulla scena: egli assiste e partecipa ai dubbi di Cesare prima del passaggio del Rubicone (32,7); una volta, in Africa insieme con Cesare, intervenendo prontamente e coraggiosamente, salva la situazione fattasi pericolosissima per un attacco di sorpresa da parte di cavalieri numidi (52,8). È notevole che l'episodio è tralasciato nel *Bellum Africum*. Secondo una tendenza particolarmente viva negli storici latini[15] Asinio Pollione non trascurava nessun appiglio per inserire elementi autobiografici. Indizi come questi si potrebbero spiegare anche con un'influenza marginale; ma alla conclusione di una presenza molto più ampia, anzi fondamentale, hanno indotto le molte concordanze con Appiano, autore greco del II sec. d.C., che scrisse, tra l'altro, una storia delle guerre civili dal 60 al 35 a.C. e che non sembra dipendere da Plutarco.

Anche Tito Livio pare usato direttamente. Fra i prodigi che annunziarono in vari punti dell'impero la vittoria di Farsalo, uno si verifica a Padova: Livio è citato espressamente come fonte (47,3 sg.); è citato di nuovo a proposito di un sogno di Calpurnia che preannunziava l'uccisione di Cesare: Livio dava del sogno una versione diffe-

---

[14] La tesi, sostenuta già nel secolo scorso da grandi competenti come H. Peter ed E. Kornemann, è accettata, per es., da A. Garzetti, *introd. cit.*, pp. XXVI sg.; R. Flacelière, Plutarque, *Vies*, IX cit., p. 139; C.B.R. Pelling, *Plutarch's Method of Work* cit., pp. 84 sgg.

[15] Cfr. A. La Penna, *Aspetti del pensiero storico latino*, Torino 1983[2], pp. 51 sg.

rente da altre (63,9). Non è un caso che Livio sia citato a proposito di prodigi: sotto questo aspetto era noto come una fonte particolarmente ricca. Su questi prodigi preannunzianti la morte di Cesare, un tema che affascinava i lettori, Plutarco consultò anche altri storici: per un prodigio particolarmente fantastico cita «il filosofo» Strabone (63,3), cioè l'autore di età augustea, a noi noto specialmente per l'opera geografica, che scrisse anche un'ampia storia universale in continuazione di Polibio. Sull'ampiezza con cui furono usati Livio e Strabone è impossibile farsi un'idea: secondo qualche ipotesi sostenuta in passato sarebbe Strabone l'intermediario tra Asinio Pollione da un lato e Plutarco e Appiano dall'altro. Giustamente, invece, è stata esclusa la consultazione di Tanusio Gemino, uno storico latino che si occupò, probabilmente, del periodo da Silla alla guerra gallica: egli è citato (22,4) a proposito della controversa campagna di Cesare contro gli Usipeti e i Tencteri del 55 a.C. (Tanusio riferiva, molto probabilmente consentendo, l'opinione espressa da Catone in senato, secondo cui bisognava consegnare Cesare ai Germani per aver tradito i patti); ma Tanusio è citato allo stesso proposito da Appiano (*Celt*. 18,2-4): dunque era già citato nella fonte comune di Appiano e Plutarco.

Se dalle opere storiche in senso stretto (cioè nel senso antico) Plutarco trasse il materiale più ampio, qua e là è ricorso, per correzioni e integrazioni, a opere storiche che gli antichi ponevano in un genere inferiore, come i commentari. Nel racconto sulla congiura di Catilina egli riferisce la diceria che, dopo il dibattito in senato sulla condanna dei catilinari, alcuni giovani del seguito di Cicerone volevano ammazzare Cesare: solo un cenno negativo di Cicerone lo avrebbe salvato; ma Plutarco ritiene improbabile la notizia sull'intervento del console, perché Cicerone non ne parla nel suo scritto intorno al proprio consolato (8,3 sg.): probabilmente si riferisce non al poema *de consulatu suo*, ma al commentario in greco (ὑπόμνημα) sullo stesso argomento. Mi pare difficile negare che Plutarco abbia consultato l'opera direttamente; e ciò confermerebbe l'ipotesi che egli l'avesse usata direttamente, alcuni anni prima, nella *Vita di Cicerone* (10-23); ma tralascio qui la questione che è stata molto dibattuta, con esito incerto.[16] Invece crederei proveniente da una biografia la battuta di Cicerone che per primo diagnosticò, sotto l'aspetto mite di Cesare, la disposizione alla tirannia, eppure, quando lo vedeva così attento alla sua chioma, non riusciva a credere che si fosse ficcato in mente di distruggere lo stato (4,8). Nello scrivere la *Vita di Bruto* Plutarco doveva aver visto direttamente l'opuscolo di Empylos sull'uccisione di Cesare, a cui ho già accennato: lo fa supporre il giudizio che ne aveva dato (*Brut.* 2,3): «breve, ma non di cattiva qualità (οὐ φαῦλον)». La lettura gli sarà servita anche per la *Vita di Cesare*.

In tale contesto la questione più interessante è, naturalmente, se egli abbia usato i commentari dello stesso Cesare. A proposito delle trattative con gli Usipeti e i Tencteri è riferita dapprima la versione di Cesare e sono citati esplicitamente i commentari (ἐφημερίδες) sulla guerra gallica (*B.G.* IV 14-15); ai commentari sulla guerra civile (III 92,4 sg.) risale l'osservazione di Cesare su un fatale errore psicologico commesso da Pompeo nella battaglia di Farsalo, osservazione anche da Plutarco attribuita esplicitamente a Cesare (44,8). Tutto il racconto della battaglia di Farsalo, che è tra i più felici di Plutarco, è così vicino ai commentari da far pensare ad una lettura diretta; tuttavia mancano le prove stringenti, e la questione, molto dibattuta,[17] resta aperta.

Casi come il racconto della battaglia di Farsalo indu-

[16] Cfr. B. Scardigli, *Die Römerbiographien Plutarchs* cit., pp. 115 sg.

[17] Cfr. B. Scardigli, *Die Römerbiographien Plutarchs* cit., pp. 129 sg., Dell'utilizzazione diretta è convinto il Flacelière, Plutarque, *Vies*, IX cit., pp. 135 sg., non, per es., il Pelling, *Plutarch's Methods of Work* cit., p. 84 nota 69.

cono, però, a riflettere sul fatto che la funzione della fonte intermedia non dev'essere sopravvalutata: ci sia o no, il racconto deve a Cesare molto più che l'informazione.

Molto meno importante è sapere se Plutarco conoscesse direttamente l'*Anticato*, che cita in 3,4 e di cui dà notizia in 54,5-6. Questa notizia, come pure quella data nella *Vita di Cicerone* (39,4 sg.), non dimostra una lettura diretta; anche la caratterizzazione che Cesare dava del proprio stile, in contrapposizione all'alta eloquenza di Cicerone, come stile di soldato (*Caes*. 3,4), può essere passata facilmente dall'*Anticato* in altri autori. Ma non direi lo stesso per la citazione in *Cato minor* 36,5 e per l'altra (evidente, anche se il nome di Cesare non è fatto) in *Cato minor* 11,4: a proposito di una fase di cattivi rapporti fra Catone e Munazio Rufo (36,5), mi pare difficile che fosse lo stesso Munazio a ricordare come Cesare avesse approfittato di questo comportamento di Catone per accusarlo; né la malignità sulla ricerca dell'oro, da parte di Catone, fra le ceneri del fratello morto, poteva essere riferita facilmente da Munazio. Ma mi rendo conto dell'obiezione possibile: Munazio, o Trasea Peto che lo utilizzava, avrà polemizzato contro Cesare e riferito, quindi, passi dell'*Anticato*.

È probabile che altre fonti occasionali, per noi non identificabili, siano dietro quella trentina di passi in cui certe notizie o versioni di fatti sono riferite con un «si dice» o «dicono»;[18] non è detto che si tratti sempre di fonti dirette: è possibile, ovviamente, che talvolta versioni differenti fossero riferite nella fonte usata. Mentre è possibile che le fonti scritte usate occasionalmente fossero non poche, è difficile dimostrare l'uso di fonti orali, che Plutarco cita, in qualche raro caso, in altre vite. Tuttavia l'ipotesi è stata avanzata ragionevolmente per la notizia sul pugnale che gli Arverni presero a Cesare nella guerra di Ver-

---

[18] I passi elencati da A. Garzetti, *introd. cit.*, p. XXII.

cingetorige e che conservavano in uno dei loro templi: Plutarco riferisce (26,8) che gli Arverni ancora «ostentano»
con orgoglio quel piccolo trofeo;[19] tuttavia egli aggiunge
che Cesare sorrise di quel loro vanto e che, mentre gli amici
gli consigliavano di riprendersi il pugnale, lo lasciò agli
Arverni: questa notizia, strettamente unita all'altra, sembra provenire da una fonte scritta.

Nell'ammettere l'uso sistematico di più fonti bisogna
essere cauti, pensando alle condizioni in cui lavoravano
i dotti antichi:[20] è difficile immaginare che nello scrivere
essi seguissero sistematicamente più di un testo, cioè che
usassero più di un rotolo di papiro; invece si può essere
meno parchi, io credo, nell'ammettere l'uso occasionale,
ma diretto, di fonti secondarie: essi potevano servirsi di
excerpta raccolti, magari su tavolette, durante la preparazione del materiale, senza contare che la loro memoria
era, per necessità, più sviluppata della nostra.

Naturalmente le fonti non contano solo per l'informazione che hanno fornita al biografo, ma anche per la con-
nessione dei fatti e per la valutazione dei fatti e dei personaggi; il confronto con le tradizioni parallele talvolta ci
fa toccare con mano che anche l'elaborazione letteraria,
le immagini provengono dalla fonte: nessuna rivalutazio-
ne di Plutarco potrà riuscire persuasiva se prescinde da
questa condizione. È opportuno anche ricordare, per non
ricadere in vecchi errori, che le fonti non vanno divise nettamente in fonti favorevoli e fonti ostili. Nel caso di Cesare una tale divisione non è del tutto senza fondamento:
a partire dal consolato il personaggio fu sempre oggetto
di amore e di odio spesso esasperati; le valutazioni opposte, per ragioni che non starò qui a richiamare, continua-

[19] Cfr. C.B.R. Pelling, *Plutarch's Method of Work* cit., p. 90; *Plutarch's Adaptation of His Source-Material* cit., p. 130.
[20] Su questo problema cfr. C.B.R. Pelling, *Plutarch's Method of
Work* cit., pp. 92 sgg., che mi pare sottovaluti la possibilità dell'uso di
appunti.

rono nei secoli; neppure al tempo di Plutarco esisteva un giudizio comunemente accettato, anche se le fonti storiche conservateci presentano forti convergenze. Tuttavia già presto dopo la morte si erano formate valutazioni più eque, meno passionali: proprio Asinio Pollione, forse l'autore principale per Plutarco, un seguace di Cesare, aveva preso verso il grande personaggio un atteggiamento non ostile, ma vivacemente critico.

Oltre che dell'influenza delle fonti, per capire connessioni e valutazioni va tenuto gran conto delle convinzioni morali e politiche di Plutarco stesso, alla cui conoscenza giovano molto gli opuscoli politici compresi nei *Moralia*. Nel nostro secolo, specialmente a partire da una celebre conferenza di Wilamowitz,[21] si è sempre meglio compreso che Plutarco è molto più che un compilatore di fonti: soprattutto le biografie vanno capite come espressione di una personalità culturale non grande, ma notevole, che getta luce sul suo presente, oltre che sul passato. Giudizi su singoli fatti e personaggi e valutazioni complessive si collocano all'incrocio fra l'influenza di una tradizione culturale varia contenuta nelle fonti e l'interpretazione propria di Plutarco. Poiché della prima componente abbiamo una conoscenza lacunosa, la collocazione riesce per noi difficile e precaria. Nella breve analisi che io condurrò della biografia, guarderò molto più alla seconda componente che alla prima; d'altra parte il confronto minuto e sistematico con le tradizioni parallele sarebbe, come ho già detto, compito troppo ampio per questa occasione e dai risultati troppo incerti.

3. Plutarco raccoglieva il materiale per scrivere delle biografie. Non è un truismo: voglio dire che egli intendeva scrivere biografia, non storia. La biografia era un genere letterario diverso dalla storia, e la diversità era importan-

[21] *Plutarch als Biograph*, ora in *Reden und Vorträge* cit., pp. 247-79.

te per gli antichi. Anche se in altri tempi la differenza è stata talvolta dimenticata o sottovalutata dagli interpreti, oggi se ne tiene il dovuto conto; nell'introdurre alla lettura di Plutarco non si può fare a meno di accennarvi.

Proprio nella prefazione alle vite di Alessandro e di Cesare egli richiamava meglio l'attenzione del lettore su questa differenza. Lo scrittore si sente schiacciato dalla quantità delle loro imprese, e avverte che non intende narrarle tutte per filo e per segno, che ne accorcerà la maggior parte. La ragione che adduce non è l'opportunità di evitare un compito troppo vasto, ma il bisogno di rispondere all'esigenza propria del genere biografico, che è quella di cercare e rappresentare il carattere del personaggio (ἦϑος). Non bisogna credere che il carattere, le virtù e i vizi si dimostrino solo o specialmente nelle imprese più brillanti: sono, invece, piccoli fatti, detti, battute scherzose che rivelano il carattere meglio delle battaglie con decine di migliaia di morti, dei grandi schieramenti di eserciti, degli assedi di città. Il biografo si paragona ai pittori che si curano soprattutto dei tratti del viso e dell'aspetto rivelanti il carattere: anche lui penetrerà nei «segni dell'anima» e con essi ritrarrà la vita di ciascuno. Analogamente nella prefazione alla *Vita di Nicia* (1,5) Plutarco dichiara che non vuole gareggiare con i grandi storici nella narrazione delle imprese; del resto voler imitare uno come Tucidide sarebbe insensato. Certo, non potrà tralasciarle del tutto, e ricaverà anche da esse il modo di vita (τρόπος) e l'interna disposizione (διάϑεσις) del personaggio; ma più ricercherà quei dettagli che sfuggono alla maggior parte degli scrittori o che altri menzionano casualmente, o che si possono ricavare da iscrizioni votive o da altri documenti, per es. decreti pubblici. Non si tratta di ammucchiare materiale inutile per la curiosità, ma di secernere quello utile per capire il carattere (ἦϑος) e il modo di vita (τρόπος). Che il compito del biografo fosse più limitato e più modesto di quello dello storico, Plutarco lo pensava già al tempo delle *Vite dei Cesari* (cfr. *Galba* 1,5), ma, per quanto possiamo saperne, la distinzione era meno chiara; nelle *Vite parallele* la modestia del compito non nasconde che lo scopo perseguito dal biografo, la conoscenza dell'ethos, dell'uomo, è per Plutarco altissimo, anzi essenziale. Data questa premessa, non è giusto chiedergli una narrazione ampia e minuta dei fatti, una ricerca approfondita delle cause degli avvenimenti, né una ricostruzione del periodo storico in cui il personaggio agisce.

Nel tipo plutarcheo di biografia l'ethos emerge in massima parte dalle azioni, grandi e piccole, e da detti più o meno famosi; solo in minima parte è descritto fuori dal contesto narrativo: cioè il ritratto è in massima parte indiretto, in minima parte diretto. Com'è ben noto, questo procedimento dà alle biografie di Plutarco una struttura notevolmente diversa da quella delle biografie di Svetonio, che hanno un'ampia parte centrale costituita dalla descrizione del personaggio per rubriche, corrispondenti alle sue varie qualità e attività; partendo da questa diversità, innegabile, ma che accentuava oltre il giusto, il Leo condusse la famosa ricerca con cui ritenne di poter spiegare tutta la biografia antica con due modelli originari, il peripatetico, usato dapprima per le vite di uomini politici, e l'alessandrino, usato dapprima per le vite di scrittori. Resta al Leo il merito grandissimo di aver posto e affrontato problemi importanti, più che di averli risolti. Va molto al di là del mio compito e delle mie competenze riprendere i problemi di storia della biografia antica; basterà ricordare che oggi la tradizione appare molto più varia e complicata: i modelli originari o quelli nati dal loro sviluppo sono più di due, o, più esattamente, più che di modelli fissi, si può parlare di procedimenti, elementi strutturali, temi non rigidi che vengono variamente mescolati e ristrutturati nel corso dei secoli, sotto spinte che si producono non tanto all'interno di un sistema di forme letterarie tessute nel vuoto, ma nella storia della cultura e nella realtà politica e sociale (basti pensare al nuovo peso che la biografia assume per effetto delle grandi personalità, come Alessandro o Cesare, o dopo l'inizio del principato; e va ricordato, a onor del vero, che il grande Leo a problemi di questo genere era molto più sensibile che gli odierni ermeneuti delle tecniche letterarie).[22] Fra i procedimenti fissi vi è quello eidografico, che, largamente usato da Svetonio, non è trascurato del tutto da Plutarco. Dai brani eidografici, prima di entrare nel tessuto narrativo, incominceremo questa rapida analisi dell'opera.

Come per lo più nelle biografie di Plutarco, il brano eidografico di impegno notevole è uno solo, e, come nelle altre biografie, non è collocato a caso.[23] Se altrove, però, non sempre riesce chiaro il motivo della scelta nella collocazione, qui è meno oscuro, e la collocazione è certamente felice. Il brano (15-17) è posto nel passaggio dal consolato al proconsolato, prima che inizi la narrazione delle campagne in Gallia: è un nuovo inizio, si apre una fase nuova: Cesare imbocca, quanto a genere di vita e di attività, una nuova via, e il biografo lo sottolinea esplicitamente (15,2). Segue un elogio senza riserve del grande conquistatore, che ha superato, ora per una ragione ora per un'altra, tutti i precedenti condottieri romani, dagli Scipioni fino a Pompeo; un merito segnalato fra gli altri è la mitezza verso i vinti. L'elogio del condottiero si chiude (15,5) nel tono delle iscrizioni per i grandi personaggi romani, e probabilmente ne riecheggia lo stile; in meno

---

[22] Per la storia della biografia antica, oltre il Leo e lo Steidle già citati, segnalo W. Uxkull-Gyllenband, *Plutarch und die griechische Biographie*, Stuttgart 1927; A. Weizsäcker, *Untersuchungen über Plutarchs biographische Technik*, Berlin 1931; A. Dihle, *Studien zur griechischen Biographie*, «Abhandl. der Akad. der Wiss. in Göttingen», Philol.-hist. Kl. 37 (1956); A. Momigliano, *The Development of Greek Biography*, Cambridge (Mass.) 1971 (trad. ital. Torino 1974); S.S. Averincev, *Plutarco e la biografia antica* (in russo), Mosca 1973.

[23] Su questo problema cfr. G.A. Polman, *Chronological Biography and Akmē in Plutarch*, «Class. Philol.» 69 (1974), pp. 169-77.

di dieci anni di guerra conquistò ottocento città, sottomise trecento popolazioni, affrontò tre milioni di nemici, ne uccise un milione, ne prese prigionieri un altro milione. Il secondo tema del brano eidografico è la dimostrazione, attraverso alcuni esempi famosi di valore e di sacrificio, dell'amore e del coraggio che Cesare sapeva ispirare nei soldati (16): anche se il legame non è esplicito, Plutarco ha voluto indicare una delle ragioni importanti che spiegano il grande successo del condottiero. Come riusciva il capo a ispirare questi sentimenti? Innanzi tutto dimostrando che accumulava ricchezze non per vivere nel lusso, ma per premiare i soldati valorosi, poi affrontando qualunque rischio e qualunque fatica (17,1). L'amore del rischio non meraviglia i soldati, perché conoscono l'ambizione di Cesare (la φιλοτιμία, un termine chiave, come vedremo, nell'interpretazione plutarchea di Cesare); di più li meraviglia la resistenza alle fatiche; e qui si offre l'occasione per un rapido e parziale ritratto fisico del personaggio: gracile, delicato, di pelle bianca, soggetto ad attacchi di epilessia. L'attenzione di Plutarco al ritratto fisico è generalmente scarsa. All'incredibile resistenza alle fatiche si unisce la frugalità: il biografo illustra queste doti ampiamente, anche con un paio di aneddoti. Quello della cena a Milano condita con un unguento contiene anche una battuta significativa non solo per la frugalità, ma anche per la cortesia di Cesare: ecco uno dei casi in cui un piccolo fatto e un detto fanno capire il personaggio meglio delle imprese di guerra. L'*excursus* eidografico si chiude con l'aneddoto, che ho già avuto occasione di segnalare, su Cesare che cede il letto ad Oppio malato. Nel complesso sono notevoli l'affinità e l'analogia con un *excursus* eidografico della *Vita di Alessandro* (22-23), collocato dopo la battaglia di Isso.

Due pezzi eidografici molto più brevi si collocano, forse non per caso, verso l'inizio e verso la fine della biografia. A proposito dell'apprendistato di eloquenza presso Apollonio a Rodi (3,1) il biografo elogia le capacità oratorie di Cesare, che avrebbe potuto essere il primo oratore del suo tempo se non avesse voluto essere il primo nella politica (3,2 sg.). Dopo aver narrato ampiamente l'uccisione di Cesare e le prime vicende che seguirono fino alla partenza di Bruto e Cassio da Roma, il biografo, secondo un procedimento già comune negli storici, getta rapidamente uno sguardo sulla vita del personaggio: è morto a soli cinquantasei anni, sopravvissuto solo poco più di quattro anni a Pompeo (in realtà morì meno di quattro anni dopo di lui); di quel potere che ha inseguito per tutta la vita, attraverso tanti pericoli, ha ottenuto solo il nome; la gloria agognata gli ha fruttato l'odio dei concittadini (69,2). È implicito che la brama di potere e di gloria, la φιλοτιμία, è la connotazione di fondo dell'ἦϑος di Cesare, e che lì è la spiegazione dell'ascesa e della tragedia. È anche implicito che la sua uccisione pochi anni dopo l'uccisione di Pompeo si configura come una vendetta di Pompeo; e forse questa interpretazione prepara il passaggio alla vendetta del δαίμων di Cesare contro i suoi uccisori (89,2 sgg.).

Il ritratto diretto, come si vede, è molto limitato; la sua funzione si riduce ulteriormente se si considera che il brano eidografico più ampio (15-17) non riguarda tutta la personalità di Cesare, ma solo Cesare come capo di eserciti: è, insomma, una introduzione al racconto della guerra gallica e di quella civile. D'altra parte i pezzi eidografici non vanno considerati come *excursus* isolabili. Il racconto di Plutarco non è solo informativo, ma valutativo; ciò si può dire della massima parte degli storici e dei biografi antichi, ma Plutarco è tra quelli in cui l'interesse assiologico è più vivo (colpisce, per es., la minore intensità in Svetonio): è evidente che i brani eidografici vanno connessi col tessuto assiologico della narrazione; ma un'analisi dell'opera deve prestare attenzione anche ad eventuali scarti.

Nella narrazione non solo mancano dettagli rilevanti, ma talvolta mancano anche distinzioni fra avvenimenti e persone che nuocciono alla verità storica; la cronologia è talvolta turbata, sicché in base al solo Plutarco si avrebbe una ricostruzione degli avvenimenti poco attendibile. Queste carenze, di cui anche la *Vita di Cesare* soffre in misura tutt'altro che trascurabile,[24] non si possono spiegare e scusare in blocco con la differenza tra biografia e storia: quando non risalgono alla fonte usata (una possibilità che raramente si può scartare con certezza), la causa è in una certa trascuratezza di Plutarco nella preparazione del materiale, in una certa mancanza di acribia e di riflessione critica (anche tenuto conto dei limiti soliti della storiografia antica). Che gli errori cronologici si debbano in gran parte a trascuratezza, a confusione, è innegabile, anche perché non si vede la ragione di distinguerli nettamente da errori di altro genere (per es., errori di nomi o di indicazioni delle cariche); tuttavia per gli spostamenti cronologici bisogna esaminare di volta in volta con cura il contesto per cercare se ragioni di ordinamento o ragioni artistiche non siano operanti. Anticipo sull'analisi due o tre esempi. Il famoso aneddoto su Cesare che piange leggendo le gesta di Alessandro Magno (11,5-6), è collocato durante la propretura in Spagna del 61 a.C.; giustamente viene preferita la collocazione, che risulta dalle fonti parallele (Svetonio, *Caes.* 7,1; Cassio Dione XXXVII 52,2), durante la questura in Spagna del 69-68 a.C.: tra l'altro Cesare questore aveva press'a poco l'età di Alessandro Magno alla morte. Ma Plutarco colloca l'aneddoto accanto all'altro (11,3-4) su Cesare che preferisce essere il primo in uno sperduto villaggio delle Alpi piuttosto che il secondo a Roma: è ovvia la funzione dell'accosta-

[24] Per un elenco e una valutazione degli errori storici cfr. A. Garzetti, *introd. cit.*, pp. XL sgg.; naturalmente bisogna consultare il commento dello stesso Garzetti ai passi ivi segnalati.

mento, che illumina l'ardore di gloria di Cesare e la sua sofferenza per la passione insoddisfatta. È possibile che il biografo abbia confuso fra i due soggiorni in Spagna; ma non è escluso che egli abbia spostato senza curarsi dell'esattezza cronologica, d'importanza secondaria per una biografia: l'effetto artistico contava di più. Quando aveva accennato alla questura in Spagna (5,6), la sua attenzione era rivolta alle relazioni personali di Cesare.

La narrazione dell'acceso dibattito politico, che precedette lo scoppio della guerra civile, turba parecchio lo svolgimento reale. In Plutarco (30) Curione presenta al popolo la proposta di Cesare, secondo cui Cesare e Pompeo avrebbero dovuto deporre le loro cariche contemporaneamente; l'approvazione del popolo è entusiastica. Il tribuno Antonio legge in senato la lettera di Cesare (pare implicito che la lettera contenga la proposta di cui si è detto). Scipione, il suocero di Pompeo, propone che Cesare deponga le armi e sia dichiarato nemico pubblico. I consoli chiedono ai senatori prima se sono del parere che Pompeo deponga le armi, poi se sono del parere che le deponga Cesare: pochissimi rispondono sì alla prima domanda, quasi tutti sì alla seconda. Ma Antonio contrattacca e pone ai senatori la domanda se sono del parere che ambedue depongano le armi contemporaneamente: la risposta è massicciamente positiva. Pare che tutto questo si svolga nello stesso tempo, nell'ambito di pochissimi giorni. Si tratta, in realtà, di un dibattito che va dal 1° dicembre del 50 al 1° gennaio del 49 a.C. e che si svolge diversamente. Il 1° dicembre del 50 in senato si hanno le interrogazioni dei due consoli, con l'esito riferito anche da Plutarco; Curione (non Antonio) presenta la proposta che ambedue i contendenti depongano le armi, e la proposta viene approvata da tutti i senatori. Il 21 dicembre è Antonio (non Curione) che tiene davanti al popolo un discorso contro Pompeo. Il 1° gennaio del 49 è Curione (non Antonio) che legge in senato la lettera di Cesare contenente la proposta della contemporanea deposizione delle cariche; la proposta è bocciata massicciamente dal senato. Che qui ci sia una confusione alla base, cioè nella preparazione del materiale, è probabile; ma anche qui va ricordato che Plutarco non si proponeva di narrare lo svolgimento preciso e dettagliato del dibattito (che attraversa anche altre sedute del senato), bensì di condensare il quadro della situazione, che egli interpreta in senso favorevole al suo personaggio: sia il popolo sia, alla fine, il senato accolgono l'ultima equa proposta di Cesare. Nella *Vita di Pompeo* (58,3-6) si avrà la stessa condensazione, anzi una condensazione maggiore: tutto il dibattito si svolge in una sola seduta del senato; questa volta a leggere in senato la lettera di Cesare con la proposta della contemporanea deposizione delle cariche è, giustamente, Curione, che dopo la seduta è accolto e onorato entusiasticamente dal popolo. Nella *Vita di Antonio* (5,3-4) condensazione e confusione analoga; ma a leggere la lettera di Cesare e a presentare la proposta della contemporanea deposizione delle cariche è di nuovo Antonio; la sola precisione in più è che, prima della seduta del senato, è riferito brevemente il discorso di Antonio contro Pompeo davanti al popolo, cioè il discorso del 21 dicembre. Il caso è esemplare perché dimostra bene sia la preparazione poco accurata del biografo sia le intenzioni e il metodo narrativo. Pare che la *Vita di Antonio*, scritta più tardi, presupponga una informazione arricchita, ma il biografo ha continuato ad attenersi, in sostanza, al quadro che aveva già in mente. Senza tener conto del suo metodo narrativo, che non è quello dello storico, non si può giudicare dalla sua narrazione: non bisogna affrettarsi a concludere, come si racconta che facesse Beloch all'inizio di una delle sue lezioni romane, che «Plutarco è un cretino».

Il sogno di Pompeo prima della battaglia di Farsalo, in cui egli rivede se stesso applaudito in teatro dal popolo per le sue vittorie (42,1), ha una collocazione cronologica inesatta o, almeno, troppo vaga. Qui la narrazione plutarchea del sogno non ci è conservata interamente: il testo è probabilmente guastato da una lacuna. Nella *Vita di Pompeo* (68,2), dove il testo è sano, la cronologia è esatta: il sogno si colloca nella notte che precede la battaglia. Ma in questo caso più che in altri bisogna capire l'effetto a cui mira il biografo. Segue il quadro satirico dei pompeiani che si disputano le cariche prima della battaglia, sul cui esito non c'è neppure da discutere: mi sembra chiaro che Plutarco ha voluto contrapporre l'incertezza e la malinconia di Pompeo alla sciocca baldanza e sicumera dei suoi partigiani: non credo che si possa negare il felice effetto di questo chiaroscuro.

In questioni del genere vanno evitati, io credo, due errori opposti: l'uno che Plutarco sia un confusionario incapace di una propria *Gestaltung* narrativa;[25] l'altro che gli errori cronologici si spieghino *solo* con la *Gestaltung*; è più prudente concludere che Plutarco ha costruito secondo un suo *Kunstwollen* partendo da un'informazione poco accurata, talvolta confusa.

Per capire la selezione del materiale va ricordata una considerazione ovvia, a cui ho già accennato: la narrazione è in funzione del protagonista: essendo la narrazione concentrata su di lui, vengono eliminati anche elementi importanti per illustrare la situazione generale. La considerazione è ovvia, ma è meno facile indicare di volta in volta come la tendenza opera. Meno ovvio sarà ricordare che uno dei modelli operanti nella biografia antica è l'encomio, i cui *auctores* classici erano Senofonte e Isocrate. Nelle vite di Plutarco le tracce dell'encomio sono visibili, e la *Vita di Cesare* non fa certamente eccezione: il pezzo eidografico più ampio è, come abbiamo visto, un elogio. Per fortuna non è un elogio tutta la biografia dell'uomo

---

[25] Questa è, press'a poco, l'opinione iniqua di H. Drexler, *Divus Julius* cit., spec. pp. 227; 258.

politico: per fortuna è raro che una tendenza operi in Plutarco in modo sistematico e deformante.

4. Procediamo ad una lettura analitica dell'opera: l'analisi sarà relativamente rapida e rivolta, come ho già detto, non a saggiare, attraverso il confronto con le fonti parallele, l'attendibilità e il significato storico, ma il modo in cui il biografo ordina il suo materiale e costruisce la sua narrazione. Mi limiterò ai punti che mi sembreranno più utili a questo fine.

Pare che sia perduta la fine della *Vita di Alessandro* (che nella tradizione manoscritta precedeva, ovviamente, quella di Cesare); certamente la *Vita di Cesare* ha subito una piccola mutilazione all'inizio: il biografo doveva parlare della famiglia e della nascita, forse anche dell'infanzia. La biografia di Svetonio non ci aiuta a riempire la lacuna: per una curiosa e sfortunata coincidenza anche questa è mutila all'inizio.[26]

La narrazione, che conserviamo, incomincia dal matrimonio di Cesare con Cornelia, figlia di Cinna, il capo mariano che per pochissimi anni aveva esercitato in Italia un potere assoluto («era stato monarca», secondo l'espressione plutarchea). Il legame con la parte mariana, che risale al matrimonio della zia paterna Giulia con Mario, prende subito tutto il suo senso perché, secondo l'interpretazione tradizionale accettabile, è indicato come causa dell'avversione di Silla. Cesare osa resistere all'imposizione del dittatore, che vuole fargli ripudiare Cornelia. Il famoso detto di Silla, secondo cui nel giovane Cesare (nell'84 a.C. aveva, se accettiamo come data di nascita il 100, solo se-

---

[26] C.B.R. Pelling, *Plutarch*, Alexander *and* Caesar: *Two New Fragments?* «Class. Quarterly» n.s. 23 (67) (1973), pp. 343 sg., ritiene che all'inizio perduto della *Vita di Cesare* risalga Zonara X 11 p. 368, e alla fine della *Vita di Alessandro* Zonara IV 14 p. 304. Nel primo passo di Zonara c'è la spiegazione del nome *Caesar* dal parto cesareo (alla nascita di uno degli antenati).

dici anni) c'erano molti Marii, è la prima diagnosi del talento politico di Cesare e la prima predizione della sua grandezza futura. L'ostilità di Silla assume in Plutarco rilievo ancora maggiore, perché egli, con una deformazione inconsapevole, derivava dal bisogno di salvarsi dalle persecuzioni di Silla il primo viaggio in Asia (*Caes.* 1,7); da Svetonio (*Iul.* 2,1) sappiamo che egli vi andò per il primo servizio militare, alle dipendenze del propretore della provincia d'Asia Marco Minucio Termo. A proposito del soggiorno presso Nicomede, re di Bitinia, nessun accenno, com'è stato rilevato più volte, agl'infamanti rapporti omosessuali: al contrario di Svetonio (cfr. *Iul.* 2,1) Plutarco non si compiace di dettagli del genere (anche se non trascura i rapporti erotici dei suoi personaggi). A questo punto (1,8-2,7) il biografo colloca la famosa avventura di Cesare catturato dai pirati. La narrazione, relativamente ampia, è rilevante per capire sia l'interpretazione del personaggio sia i gusti letterari del biografo. Evidente l'insistenza sull'aspetto romanzesco dell'episodio; notevole il ritratto dell'eroe sicuro di sé e sprezzante, del prigioniero che fa da padrone, minaccia scherzando e mantiene le sue minacce. Segue il viaggio a Rodi (3,1), dove Cesare si forma come oratore alla scuola di Apollonio (che Plutarco indica come «figlio di Molone»: non si sa se l'indicazione sia esatta o se Molone sia, come in Svetonio, *Iul.* 4,1, solo un cognome[27]); la notizia serve al biografo (l'abbiamo già visto) come appiglio per un breve pezzo eidografico su Cesare oratore. Dopo il ritorno da Rodi Cesare dimostra le sue qualità oratorie nel processo che intenta contro Dolabella, e nel sostenere la causa dei Greci contro Publio Antonio (in realtà Caio Antonio, il futuro console del 63 a.C.). Incomincia qui, veramente, la vita politica di Cesare: quindi Plutarco si sofferma a questo punto sulla popolarità che il personaggio si acquista sia con

[27] Per la questione cfr. il commento di A. Garzetti a 3,1.

l'eloquenza sia con la vita fastosa, la prodigalità, rivolta ad acquistare prestigio e favore. I più non lo prendono troppo sul serio e sono sicuri che egli sarà travolto dalla rovina economica; ma alcuni capiscono già che il giovane intraprendente mira allo sconvolgimento dello stato e alla tirannia: è qui collocata la battuta di Cicerone, a cui ho già accennato, sull'accurata *coiffure* del giovane Cesare.

È ben noto che questa ricostruzione è errata nella cronologia e inattendibile: la catena degli avvenimenti si ricostruisce dalla biografia di Svetonio, più ricco di dettagli e, soprattutto, esatto nella cronologia, limpido nell'esposizione. I due processi contro Dolabella (77 a.C.) e contro Antonio (76 a.C.) precedono l'avventura presso i pirati: questa si colloca nel 75/74 a.C., mentre governatore della provincia d'Asia è il propretore Marco Iunco, menzionato dallo stesso Plutarco (2,6),[28] e rientra nello stesso viaggio in Asia in cui si pone il soggiorno a Rodi. È probabile che Plutarco sia partito da una confusione cronologica prodottasi nella preparazione del materiale; ma cerchiamo di capire come egli ha interpretato questa parte della vita del personaggio e come ha costruito la narrazione. È stato supposto più volte che, spostando la prima attività oratoria di Cesare dopo la scuola di Rodi, Plutarco abbia voluto attribuire all'insegnamento greco il merito dei successi del giovane oratore.[29] Sia o no giusta la supposizione (nel testo non vi sono indizi e io ci credo poco), non sarà questa la ragione che ha pesato di più. Anche nella tecnica biografica di Plutarco opera, sia pure in misura ridotta, la divisione per rubriche: Plutarco ha collocato sotto una prima rubrica le vicende avventurose del

[28] Oltre il commento di A. Garzetti a 1,8-2,6 cfr. ora A.M. Ward, *Caesar and the Pirates*, II: *The Elusive M. Iuncus Iunius and the Year 75/4*, «Amer. Journ. of Ancient Hist.» 2 (1977), pp. 26-36.
[29] Cfr. per es., W. Steidle, *Sueton* cit., p. 14; C.B.R. Pelling, *Plutarch's Adaptation of His Source-Material* cit., pp. 128 sg.

giovane Cesare fra Roma e Asia Minore (1-2), sotto una seconda la sua formazione oratoria e la sua prima attività forense (3-4); ma con questa attività si entra nella vita politica del personaggio: cronologicamente errata, la narrazione è, a suo modo, lineare. Ma ciò che conta di più, per Plutarco, è raffigurare attraverso le azioni l'ethos del personaggio e i primi sviluppi dell'ethos stesso. Nella giovinezza di Cesare tutto preannunzia la potenza pericolosa che egli conquisterà nella prima maturità (ritornerò in seguito su questo punto importante): Plutarco accentua con la sua tecnica narrativa questa interpretazione già comune prima di lui. Il detto di Silla e il detto di Cicerone, che non ha nessuna collocazione cronologica, si pongono su una linea unitaria. Dalla resistenza a Silla all'avventura fra i pirati emergono non solo coraggio e sicurezza di sé, ma il gusto del rischio, che contrassegnerà alcune svolte fondamentali della vita di Cesare. Alla delineazione sicura del personaggio si unisce, nei primi capitoli, il diletto della narrazione romanzesca, che tornerà in altri punti. Con l'attività forense, che è anche attività politica, si apre una nuova fase, che segna un crescendo rispetto a quella delle avventure rischiose. Con chiarezza emerge anche la posizione politica di Cesare: egli è fedele alla tradizione mariana; è implicita la continuità fra i suoi legami con i mariani e la successiva politica di corteggiamento verso il popolo. Non si può pretendere da Plutarco che ci mostri la continuità sociale fra il partito mariano e la massa urbana manovrata da Cesare. L'attività di Cesare è già colorita di demagogia e mira, sotto un aspetto mite e sorridente, alla «tirannia»; va notato, però, che l'aspirazione alla tirannia emerge in un primo momento non come caratterizzazione del narratore, ma come convinzione degli avversari, tra cui Cicerone.

Il filo che regge il racconto biografico da questo punto fino all'elezione a pontefice massimo (primi mesi del 63 a.C.), cioè da 5,1 a 7,4, non è tanto il *cursus honorum* quanto il crescendo della popolarità, che è potere e ancora più promessa di potere, popolarità perseguita con la fedeltà alla tradizione mariana e col corteggiamento del popolo, che richiede enormi spese: perciò il rilievo dato all'orazione funebre per la zia Giulia, moglie di Mario, all'orazione funebre per la moglie Cornelia, figlia di Cinna, alle spese sostenute per conquistare il favore del popolo durante l'edilità (65 a.C.), alla collocazione delle statue di Mario sul Campidoglio, alla rischiosa elezione a pontefice massimo. La sorpresa che prende nemici e amici, quando, un mattino, scoprono le splendide statue del vincitore dei Cimbri, le emozioni, le ripercussioni e i commenti politici sono evocati in un quadro relativamente ampio, impegnativo, che è anche una prova delle qualità letterarie del biografo. La battuta immaginosa di Lutazio Catulo su Cesare che ormai attacca lo stato non con cunicoli sotterranei, ma con macchine da guerra (6,6) si colloca, a un altro punto saliente, sulla stessa linea della battuta profetica di Silla e di quella di Cicerone. Torna l'accusa di «tirannia» (6,3), ma ancora come accusa degli avversari, non come caratterizzazione del narratore. Relativamente ampio è anche il racconto sull'elezione a pontefice massimo. La contesa è difficile, poiché l'avversario è Lutazio Catulo, uno dei personaggi più in vista della nobiltà. Il senso della lotta è nella battuta rivolta alla madre ansiosa e piangente: «Madre, oggi vedrai tuo figlio pontefice massimo o esule». Emerge l'ethos dell'eroe del Rubicone, che nei momenti decisivi rischia tutto per tutto. Dopo la vittoria Cesare diviene un personaggio veramente temibile per il senato e gli ottimati.

Il passaggio al racconto della congiura di Catilina (7,5) ha fatto nascere il sospetto che Plutarco collocasse l'elezione a pontefice massimo dopo l'affare di Catilina: «Per questo (ὅθεν) Pisone e Catulo incolparono Cicerone di aver risparmiato Cesare quando poteva essere incriminato per i fatti catilinari». Il sospetto è labile: probabilmente il riferimento al passato («aveva risparmiato») è fatto rispetto al momento in cui i rimproveri a Cicerone vengono mossi: dato che Cesare era diventato così temibile dopo l'elezione a pontefice massimo, bisognava, nell'affare di Catilina, approfittare dell'occasione per schiacciarlo. Certo, l'argomentazione, se è quella da me ricostruita, non è formidabile: si poteva obiettare che, proprio perché Cesare era potente per il favore popolare, era pericoloso gettarlo dalla parte di Catilina: la strategia di Cicerone, che risultò vincente, consisteva appunto nell'isolare i catilinari.

Poiché la congiura di Catilina è narrata in quattro vite (Cicerone, Cesare, Catone l'Uticense, Crasso), si può vedere come Plutarco di volta in volta seleziona e illumina i vari elementi in modo diverso. La questione più controversa e scottante era, naturalmente, il coinvolgimento o meno di Cesare nella congiura come fiancheggiatore. Qui, nella *Vita di Cesare* (7,7), è lasciato incerto se egli appoggiasse e incoraggiasse i congiurati; il suo discorso in senato per evitare la condanna a morte dei catilinari «appare» agli ascoltatori ispirato da φιλανθρωπία, ma il biografo non si arrischia ad affermare che sia veramente così (8,1). Nella *Vita di Cicerone* (20,3 sg.) Cesare al tempo della congiura è uno che si è già messo sulla via rivoluzionaria che porta al potere di uno solo (μοναρχία); i sospetti sono accentuati, ma mancano prove che diano la certezza. Il discorso di Cesare è dato come ispirato da clemenza (21,2). Nel *Cato minor* (22,4) Plutarco calcherà la mano: non si dice che Cesare abbia partecipato alla congiura, ma il discorso di Cesare è ispirato dalla sua politica rivoluzionaria e mira ad alimentare, non a spegnere, l'incendio; Catone smaschera la sua politica sovversiva e allude alla sua connivenza, anche se non pronuncia accuse precise (23,1 sg.). L'interpretazione data nella *Vita di Cesare* non si spinge ancora così avanti, benché la differenza non sia poi netta; ciò che la caratterizza, coerentemente con la precedente narrazione, è l'attenzione ai legami di Cesare col popolo. Plutarco nega, come abbiamo già visto, che Cicerone gli abbia salvato la vita all'uscita dal senato. Ciò di cui Cicerone verrà accusato, è di aver salvato Cesare per timore del δῆμος (8,4), che è attaccato a Cesare; e Plutarco sembra condividere l'interpretazione. Nella *Vita di Cicerone* (20,4) non si parla di timore del popolo, ma degli «amici» e della «potenza» di Cesare. Nella *Vita di Cesare* (8,5) si aggiunge la menzione di una seduta del senato tenuta «pochi giorni» dopo la condanna dei catilinari, a cui Cesare si reca per difendersi dai sospetti (non si sa quando collocare esattamente questa seduta); poiché la seduta è tumultuosa e si prolunga, il popolo circonda il senato elevando alte grida e reclama Cesare: il racconto della vicenda è aggiunto, evidentemente, per mostrare di quanto favore popolare e, quindi, di quanta forza godesse Cesare. Per placare il popolo Catone dovrà ricorrere a una distribuzione di frumento (8,6 sg.; cfr. *Cato minor* 26,1): una misura demagogica che Plutarco scusa con lo stato di necessità, come apparirà più chiaramente nei *Praecepta gerendae reipublicae* (24,818d).[30] In primo piano, dunque, è la lotta fra il senato e Cesare come guida amata del δῆμος.

Dopo l'affare di Catilina e prima dell'elezione al consolato (nel 60 a.C. per il 59) Cesare è sulla difensiva, e in questa posizione ce lo mostra giustamente il biografo. Nella narrazione plutarchea l'anno della pretura (62 a.C.) è occupato dallo scandalo causato da Clodio che s'introduce di nascosto in casa di Cesare durante la festa della Bona Dea, proibita agli uomini. L'episodio, narrato ampiamente (9-10), attira Plutarco per due ragioni. Egli approfitta dell'occasione per una trattazione di antiquaria su quel costume religioso romano: è superfluo ricordare i suoi interessi in questo campo; ma soprattutto lo attrae

---

[30] Una prova, mi pare, della posteriorità dei *Praecepta* rispetto al *Cato minor*.

l'aspetto romanzesco della vicenda, con le sue «peripezie» in parte comiche. Il ripudio di Pompea, giustificato con la famosa battuta sulla moglie di Cesare, dimostra nel personaggio l'orgoglio e la prontezza nell'affrontare situazioni difficili. Prima di chiudere l'episodio il biografo aggiunge una riflessione importante, che deve risalire alla fonte: Cesare ripudia la moglie per alleggerire la pressione ostile a Clodio: egli tiene conto del favore popolare per Clodio e non vuole inimicarsi il popolo. Neppure nella fase difensiva abbandona questa preoccupazione, che è centrale nella sua strategia politica.

La notizia su Cesare che, mentre si accinge a partire per la Spagna come propretore, è assediato dai creditori e salvato da Crasso (11,1-2), ci mostra di nuovo l'uomo che vive nel rischio, camminando sull'orlo della bancarotta. I due aneddoti, a cui ho già accennato, su Cesare che vuole comunque primeggiare, anche in un villaggio sperduto delle Alpi, e su Cesare che piange leggendo le gesta di Alessandro (11,3-5), non sono, io credo, collocati qui per caso: non solo dimostrano il suo ardore di gloria, ma un ardore di gloria insoddisfatto, divenuto angoscia in questa fase di ripiegamento.

Il tono encomiastico, che abbiamo rilevato nel brano eidografico più ampio, affiora già nel brano sulla propretura in Spagna (cap. 12). Cesare dimostra buone capacità di capo militare nelle campagne contro Calleci e Lusitani e anche buone capacità di governo: stabilisce la concordia nelle città ed emana alcune misure per alleggerire il peso gravante sui debitori. È opportuno ricordare il posto di primo piano che la concordia (ὁμόνοια) ha nel pensiero politico di Plutarco e, del resto, in tutto il pensiero politico antico; la concordia resta un bene importante anche quando è assicurata, senza divenire oppressione, dal dominio straniero. Le misure in favore dei debitori sono moderate, ben lontane dalla cancellazione dei debiti che «sovversivi» come i catilinari avevano richiesto a Roma: vanno, in sostanza, nello stesso senso di misure che Cesare prenderà a Roma durante la guerra civile. Nel governo della provincia Cesare si arricchisce (12,4), secondo un costume di cui Plutarco non si mostra scandalizzato: paga i debiti, ricompensa generosamente i soldati. Il lettore può aggiungere che Cesare ha di nuovo i mezzi per riprendere la sua azione politica a Roma.

Dopo il ritorno a Roma, il momento politico non richiede il rischio, ma il calcolo prudente e sottile, le manovre nascoste delle cricche politiche: Cesare si muove con abilità su questo terreno, che, del resto, non gli è nuovo: riprendendo la metafora di Catulo, potremmo dire che lascia per un momento da parte le macchine da assedio e torna a scavare cunicoli sotterranei. A Roma Cesare si ritrova di fronte l'opposizione senatoria, la cui punta d'acciaio è Catone. Dopo che è stato acclamato *imperator* dai suoi soldati (12,4), non riesce, per l'opposizione di Catone, a conciliare la candidatura al consolato con la celebrazione del trionfo (mentre la presentazione della candidatura richiedeva la presenza dentro la città, il generale vittorioso doveva restare, invece, fuori della città prima del trionfo); quindi, con abile calcolo, rinunzia al trionfo. Ora Cesare non conta solo sull'appoggio del popolo, ma anche su quello dei potenti che, per una ragione o per l'altra, sono ostili alla maggioranza della nobiltà dominante nel senato. Nel racconto plutarcheo sulla costituzione del cosiddetto primo triumvirato (tralascio di indicare le fonti con cui concorda) è Cesare a condurre e a dominare tutto il giuoco; e Plutarco non ha dubbi che, sotto le apparenze della φιλανθρωπία, il gioco sia rivoluzionario, che porti a «mutare la forma costituzionale» (13,4). L'interpretazione della manovra è quella data da Catone l'Uticense in un famoso detto: non l'inimicizia di Cesare e Pompeo aveva portato alla guerra civile, ma la loro amicizia (cioè l'accordo stretto nel primo triumvirato). Il giudizio di Catone proverrà da una fonte usata anche nella *Vita di Pompeo* (cfr. 47,3, in un contesto dove l'interpretazione catoniana del primo triumvirato è sviluppata e accentuata); non è sicuro che fosse nelle fonti usate per il *Cato minor* (ciò che vi si dice in 31,5 è diverso e si riferisce all'assegnazione delle terre durante il consolato). Il giudizio, per ovvie ragioni, dev'essere stato formulato dopo lo scoppio della guerra civile. Alla medesima fonte, forse Asinio Pollione, risalirà la collocazione dell'accordo non dopo l'elezione di Cesare a console (come risulta da altre fonti), ma prima: la stessa collocazione è, infatti, in Appiano (*Bell. civ.* II 8,28-9,34). Lo spostamento cronologico, probabilmente errato, è facilmente comprensibile: collocato prima delle elezioni, l'accordo ne spiegava il successo. Nel contesto della biografia plutarchea l'interpretazione del primo triumvirato, specialmente per il contrasto fra politica sovversiva e apparente φιλανθρωπία, è coerente con l'interpretazione data di Cesare fin dal suo primo apparire sulla scena politica (cioè nel cap.4).

Durante il consolato, però, il velo della mitezza conciliante è alquanto lacerato. Cesare, appoggiando le richieste di Pompeo per i suoi veterani e da lui appoggiato, si comporta come un violentissimo tribuno (14,2); la politica demagogica è portata avanti, contro l'opposizione del senato e quella tenace e puntigliosa di Catone, sotto la minaccia delle armi. Cesare si muove con una strategia chiara e coerente, che rinsalda il favore della plebe e i vincoli con Pompeo. Questa politica tocca, prima della partenza di Cesare per la Gallia, un culmine di vergogna: egli si allea col demagogo, col «sovversivo» Clodio per la rovina di Cicerone (qui Plutarco tralascia di spiegare l'ostilità di Cesare verso Cicerone con le ragioni addotte nella vita dell'oratore, 30, 3-4, cioè col rifiuto, da parte di quest'ultimo, di accompagnarlo come legato in Gallia). Non per caso questa sdegnosa condanna è posta nella chiusa della prima parte narrativa (cioè prima del brano eidografico che precede la narrazione della guerra gallica).

Nella narrazione successiva alla propretura in Spagna si noterà l'entrata in scena di altri personaggi: finora c'era, si può dire, solo il protagonista. Un naturale rilievo assume Catone, che spicca per la lucidità con cui vede la situazione, per l'onestà, la tenacia, il coraggio: il personaggio poteva apparire bilioso e troppo zelante, ma più tardi, troppo tardi, si sarebbe capito quanto fosse avveduto (13,6). Pompeo appare in questa fase soprattutto come un potente senza scrupoli, ma non abbastanza accorto per capire il gioco e gli scopi segreti del suo abilissimo alleato. La scena si farà più affollata dopo la guerra gallica e ancora più nell'ultima fase, dopo le guerre civili.

5. La narrazione delle campagne galliche è relativamente ampia (da 18 a 27): il rilievo in un'opera biografica appare grande specialmente nel confronto con Svetonio (*Iul.* 25), che vi dedica una quindicina di righe, quasi come un'iscrizione celebrativa. La differenza può apparire meno rilevante se si considera che Svetonio scriveva per i Romani, Plutarco per i Greci: i Romani colti conoscevano un po' tutti quelle imprese e potevano trovare facilmente testi, a cominciare dai commentari di Cesare, per una narrazione dettagliata. Tenendo l'occhio, però, alle altre biografie di Plutarco, si vedrà la ragione più importante nell'impostazione che egli dà all'opera biografica: la storia delle gesta, quando queste ci sono, ha generalmente un posto ampio e le fonti storiche prevalgono nettamente su quelle biografiche. Tuttavia anche Plutarco, a parte la brevità generale della narrazione rispetto alle fonti storiche, procede a tagli rilevanti: tutta la guerra navale contro i Veneti della Gallia, svoltasi nel 56 a.C., e le altre azioni militari dello stesso anno, sono omesse; le due spedizioni in Britannia sono condensate in una sola; meno rilevante è l'omissione delle azioni militari del 51 a.C., posteriori alla disfatta di Vercingetorige.

Anche se Plutarco non ha usato direttamente i commentari di Cesare, la loro presenza nella narrazione di Plutarco è pesante; ma credo che ciò valga, più o meno, per tutte le fonti antiche su quei grandi eventi. Benché l'enfasi sia contenuta (il biografo generalmente non ama lo stile alato), l'ammirazione è manifesta: dopo il brano eidografico precedente, la narrazione della guerra gallica è nell'opera quella più vicina all'encomio. Per fortuna non è certo scritta sistematicamente in funzione dell'illuminazione dell'ethos, ma alcuni aspetti del carattere di Cesare ne escono vividamente illuminati. Il suo ardore di gloria è la principale molla delle azioni. La campagna oltre il Reno e la spedizione nell'isola di Britannia risposero a un bisogno strategico, che Cesare non manca di segnalare, cioè il bisogno di tagliare gli afflussi di aiuti verso la Gallia, ma non fu secondario lo scopo di esaltare il proprio prestigio raggiungendo con le armi terre lontane, anche se sapeva bene che i frutti non potevano essere duraturi. A proposito della campagna oltre il Reno Plutarco sottolinea la sua brama di gloria ed esalta il capolavoro di ingegneria del ponte (22,6-7); l'attacco ai Suebi del 55 a.C. ha più successo che nel racconto dello stesso Cesare (23,1); la spedizione in Britannia è famosa per la sua audacia (23,2). Gli atti di coraggio e di audacia (τόλμη) sono segnalati con cura: la decisione di combattere a piedi, lasciato il cavallo, nella battaglia contro gli Elvezi (18,3); l'intervento diretto nella mischia nella battaglia contro i Nervii, in una situazione disperata (20,8 sg.); audacia, unita ad accortezza (δεινότης), dimostra specialmente nella grande battaglia di Alesia (27,5). In queste ultime due battaglie emerge l'uomo che rischia tutto per tutto, in un momento decisivo. In tutta la campagna del 52 egli corre sull'orlo del baratro. Vercingetorige fa scoppiare la rivolta anche contando su un indebolimento politico di Cesare a causa dell'opposizione in Roma: se la rivolta avesse retto fino allo scoppio della guerra civile, Cesare si sarebbe trovato schiacciato da due forze e i Galli sarebbero diventati per Roma un pericolo non inferiore a quello dei Cimbri (26,1-2). Ma fu allora che Cesare dimostrò tutto il suo senso del χαιρός, la capacità di cogliere il momento opportuno e decisivo: perciò il suo viaggio attraverso l'inverno delle Alpi e delle montagne della Gallia, incredibile per le difficoltà superate e la rapidità (26,3-4). Se tutti i racconti plutarchei delle campagne galliche sono lontani dalla secchezza della cronaca o del commentario, il racconto della campagna del 52 è il più vicino all'epicità storiografica antica: colpisce già l'ampiezza (circa un terzo della narrazione di tutta la guerra). Anche in questo è da vedere l'influenza, sia pure mediata, del *Bellum Gallicum* di Cesare: è noto che il libro VII è il più ampio e il più vicino, per la tecnica letteraria, alla storia nel senso degli antichi; ma ancora più sono da vedervi lo spirito e la tecnica con cui Plutarco costruisce la biografia, da un lato tagliando, selezionando, dall'altro ampliando lo spazio per i grandi eventi, per i quadri sobriamente grandiosi.

Segni di distacco critico, risalenti alle fonti, restano anche nella narrazione di Plutarco, benché siano quasi sommersi dall'adesione entusiastica (ma, ripeto, non enfatica). La vittoria sui Tigurini, alleati degli Elvezi, nel 58 a.C. assume un particolare rilievo perché si tratta della prima battaglia e del primo successo della guerra. Plutarco attribuisce il merito a Labieno, un ben noto legato di Cesare, non a Cesare stesso: ciò non risulta dal *Bellum Gallicum* (I 12) e dalle altre fonti: il modo in cui Plutarco si esprime (18,2 «i Tigurini non li sconfisse lui, ma Labieno, da lui inviato»), sembra riflettere una polemica, che deve risalire, in ultima istanza, a una fonte contemporanea alla guerra gallica. Ciò è molto più chiaro per la polemica a proposito del comportamento di Cesare verso gli Usipeti e i Tencteri (22,4), a cui ho già accennato: l'attacco, come abbiamo visto, risale a Catone. Dall'aver Plutarco riferito l'opinione di un avversario così importante non si deve dedurre che egli condanni pregiudizialmente la politica cesariana di conquiste (discussa già dai contemporanei) o, in genere, Roma conquistatrice del mondo, imperialista (secondo una tradizione abbastanza forte nella cultura greca): non ce n'è indizio nella *Vita di Cesare* né ce ne sono prove consistenti nelle altre opere.

La narrazione relativa agli anni della guerra gallica ha un'altra faccia, rivolta verso Roma, e questa è molto meno luminosa: anche la polemica a proposito della campagna contro gli Usipeti e i Tencteri si colloca su questa faccia. È da escludere che Plutarco veda la guerra gallica in funzione della lotta politica a Roma; ma questa lotta non è dimenticata, anzi ha nella narrazione un posto molto più che marginale. Negli inverni che passa, dopo ciascuna campagna militare, in Gallia Cisalpina per le cure del governo, Cesare continua a guadagnarsi il favore popolare, accontentando il più possibile i postulanti: con espressione brillante ed efficace, risalente, io credo, a una fonte contemporanea a Cesare, egli dice che Cesare sottomette i nemici con le armi dei cittadini, i cittadini con le ricchezze prese ai nemici. Questa politica demagogica e insidiosa sfugge a Pompeo (20,2). Le azioni militari del 56 a.C. restano, come abbiamo visto, fuori del racconto, ma Plutarco riempie il vuoto fra le campagne del 57 e del 55 con una rievocazione relativamente ampia del convegno di Lucca e dei nuovi accordi ivi conclusi fra i tre grandi (cap. 21). È un quadro della potenza raggiunta da Cesare; e si ha quasi l'impressione che il grande sia uno solo e che la turba di senatori e magistrati, compresi Pompeo e Crasso, formino la sua corte. Mentre a Roma il favore del popolo rende le sue vittorie ancora più splendide, qui, a Lucca, si vede come Cesare, elargendo e promettendo favori e doni, abbia conquistato quasi tutto il senato. Fra i convenuti vi sono quelli che per incarico di Cesare corrompono il popolo con le ricchezze. A Roma l'opposizione è ridotta all'impotenza: l'avversario più duro, Catone, con un'astuta manovra di Clodio, è stato spedito a Cipro con un incarico politico; i suoi rari seguaci ricorrono ad atti disperati, tanto spettacolari quanto vani, come quel Favonio che, dopo essersi opposto inutilmente in senato contro decreti favorevoli a Cesare, salta fuori dalla curia invocando ad alte grida il popolo. L'azione corruttrice di Cesare verso il senato tocca qui il suo culmine, che il narratore sottolinea con questa scena esagitata. La costanza e l'ampiezza del favore popolare si dimostrano ancora nei funerali di Giulia, nel 54 (23,5-7). Cesare riceve la notizia in un momento felice della sua azione militare, mentre sta salpando per la Britannia o dalla Britannia[31] (ma non pare che Plutarco abbia pensato qui all'invidia degli dèi). A Roma si diffonde la sensazione che, venuto meno questo grande vincolo fra Cesare e Pompeo, la malattia dello stato si stia aggravando.

6. Nella narrazione della lotta politica in Roma quella della guerra gallica non è, dunque, una parentesi: parentesi, tutt'al più, si può considerare, sotto questo aspetto, la narrazione delle rivolte di Ambiorige e di Vercingetorige (24-27). Dopo la guerra gallica Roma torna al centro del racconto.

La narrazione del violento dibattito politico che porta allo scoppio della guerra civile nel gennaio del 49 a.C. (28-31), si spiega con un drastico processo di semplificazione e con alcune confusioni dei momenti del dibattito svoltosi in senato e davanti al popolo (sulle confusioni del cap. 30 mi sono già intrattenuto). Senza entrare nei dettagli, cerchiamo di cogliere le linee direttive dell'interpretazione di Plutarco. La *Schuldfrage*, come sappiamo dal *Bellum civile* di Cesare, si accese insieme con la guerra: chi aveva portato alla rottura? Cesare aveva preparato la guerra? Ci sono pochi dubbi sulla risposta positiva di Plu-

[31] L'interpretazione di 23,5 è controversa: rimando al buon commento del Garzetti.

tarco. Dopo la morte di Crasso in Oriente Cesare aveva deciso di distruggere (καταλύειν) Pompeo, così come Pompeo aveva deciso di distruggere lui (28,1). Anche con la guerra? Pare implicito dalla riflessione che segue poco dopo (28,3): nelle guerre di Gallia Cesare si è esercitato come un atleta per la lotta futura. La differenza fra Cesare e Pompeo è che il primo si è posto questo scopo «da principio», cioè, a quanto pare, fin dall'inizio del proconsolato in Gallia, quindi già prima della morte di Crasso, l'altro, invece, a lungo convinto della propria netta superiorità, solo «da poco» aveva incominciato a temerlo e aveva deciso di distruggerlo (28,2-3). La convinzione di Plutarco su Cesare si dimostra ancora più chiaramente quando egli riferisce (29,7) l'aneddoto sul gesto sprezzante e brutale di un centurione di Cesare a Roma: davanti alla curia, saputo che i senatori hanno negato a Cesare il prolungamento del proconsolato, batte con la mano l'elsa della spada e dice: «Glielo darà questa!». La proposta, da parte di Cesare, della deposizione contemporanea delle cariche per lui e per Pompeo, ha solo un'apparenza di giustizia (30,1). Ma nel capitolo delle riflessioni introduttive alla guerra civile (cioè il 28) si delinea anche un altro orientamento di Plutarco: la corruzione politica di Roma, dove tutte le cariche si comprano apertamente comprando gli elettori, la violenza frequente, l'«anarchia» che ha fatto dello stato una nave senza nocchiero, in balia del mare: ecco le cause da cui è nato il bisogno della «monarchia», del potere di uno solo; e il bisogno si orienta verso Pompeo, che è ritenuto il male minore (29,4-6). Del resto la posizione irregolare di Pompeo, divenuto per qualche tempo, nel 52, console unico, proconsole di Spagna e d'Africa che non parte per le sue province, è quella di una «monarchia più legale» (29,7-8). Queste considerazioni da un lato fanno emergere le responsabilità di Pompeo, dall'altro attenuano le colpe di ambedue gli avversari: la «monarchia» è una conseguenza quasi necessaria della crisi morale dello stato. La narrazione condensata dei dibattiti valorizza lo spirito conciliativo di Cesare: mutilando inconsapevolmente la realtà, Plutarco fa apparire popolo e senato come consenzienti sino alla fine alla proposta di Cesare sulla deposizione contemporanea delle cariche; ma nella seduta del 1° gennaio 49, come abbiamo visto, il senato la bocciò; in seguito, nelle sedute del 6 e 7 gennaio, a cui si riferisce, senza molta precisione, il cap. 31, fu rigettata anche la richiesta di Cesare di conservare il solo governo della Gallia Cisalpina e dell'Illirico fino all'assunzione del consolato. La cacciata dal senato dei tribuni Antonio e Curione (così Plutarco invece di Cassio) è giudicata da Plutarco (31,3) come una mossa infelice, che accende di sdegno l'esercito cesariano e mette delle armi politiche nelle mani di Cesare. Non è arrischiato concludere che nell'interpretazione di Plutarco s'intersechino linee di orientamento diverse, non del tutto coerenti fra loro. Ciò non stupisce, se si pensa quante discussioni senza accordo generale ha suscitate questa *Schuldfrage*, questa come tante altre. Ciò non vuol dire che la narrazione plutarchea non abbia una sua *Gestaltung*. Ambizioni dei personaggi e malattia dello stato convergono verso lo sbocco tragico; non si vedono forze consistenti capaci di reagire: i nemici di Cesare, compreso Catone, considerano Cesare così pericoloso da accettare il protettorato di Pompeo, sperando nella possibilità di abbassarne la potenza in seguito; un certo rilievo è dato al ruolo di conciliatore di Cicerone (31,1-2), che, però, non conta nulla di fronte alla nobiltà senatoria più accanita. Nel processo che dalla morte di Crasso porta allo scoppio della guerra civile, i momenti di svolta segnati da Plutarco sembrano due. Il primo si ha quando Pompeo vede Curione agire freneticamente in favore di Cesare con la corruzione e il prestigio di Cesare salire dopo che Emilio Paolo, uno dei due consoli del 50 a.C., restaura splendidamente la basilica Emilia (29,3); allora egli si fa restituire da Cesare le due legioni prestategli

(29,4), e l'arrivo di questi legionari contribuisce in misura notevole, nell'interpretazione di Plutarco, a metterlo sulla via dell'errore: essi gli danno l'illusione che Cesare manchi del sostegno del proprio esercito (29,4-5). L'altro momento di svolta è segnato dalla conclusione dei dibattiti, con la clamorosa cacciata dei due tribuni. Nella narrazione parallela della *Vita di Pompeo* (54-59) i dati sono selezionati diversamente e talvolta spostati (qualche caso abbiamo visto a proposito di *Caes.* 30), ma gli orientamenti dell'interpretazione di Plutarco non sono diversi, i personaggi sono illuminati nello stesso modo: Cesare è deciso alla guerra (*Pomp.* 58,2); in Pompeo la sottovalutazione delle forze di Cesare, il disprezzo si accompagnano ad una vanitosa sicumera (*Pomp.* 54,1; 57,3-5).

Mentre la narrazione delle tumultuose vicende che hanno portato alla guerra civile, è condensata nel modo che si è detto, quella del passaggio del Rubicone è ampia, diffusa, e assume un rilievo di primo piano (32): il contrasto col *Bellum civile* di Cesare (I 8,1), dove il Rubicone non è neppure menzionato, non poteva essere più netto. Chi volesse sostenere l'uso diretto del *Bellum civile* troverebbe più indizi favorevoli che sull'uso diretto del *Bellum Gallicum*; eppure l'influenza dei commentari sulla guerra gallica è massiccia e trova poche limitazioni; nella narrazione della guerra civile, invece, la fonte storica intermedia (o le fonti) pesa sulla biografia di Plutarco molto di più (anche se ciò non vale per tutti i punti: non vale, ad esempio, per il racconto delle operazioni militari a Farsalo). L'ampiezza e il rilievo dati al passaggio del Rubicone non si spiegano solo con le fonti: decisiva è la tecnica letteraria di Plutarco, che condensa alcuni periodi e seleziona i momenti a cui dare risalto; alle fonti, però, risalgono non solo gli elementi della scena, ma, in parte, anche il modo di illuminarli. Il passaggio del Rubicone già ai contemporanei e, quindi, nella storiografia di poco posteriore alla morte di Cesare doveva apparire come la svolta più importante nella sua vita: ben presto dovevano essere fiorite le notizie di prodigî: Plutarco è sobrio, limitandosi a riferire (32,9) quella sul sogno in cui Cesare, nella notte che precede il fatale passaggio, si unisce incestuosamente con la madre (simbolo della patria): il biografo, o una fonte, sposta a questo punto saliente un prodigio che nella versione originaria (ricavabile da Svetonio, *Iul.* 7,2; Cassio Dione XLI 24,2) era collocato durante la questura in Spagna (cioè nel 68 a.C.). Più che all'alone prodigioso, però, Plutarco dà rilievo alla psicologia del personaggio: sereno, imperturbabile, lieto nella giornata anteriore al passaggio, prima del momento decisivo è spaventato dalla grandezza e dall'audacia della propria azione e ondeggia a lungo nel dubbio, sia in silenzio sia consultandosi con gli amici presenti. Nella biografia plutarchea è la prima volta che vediamo Cesare ondeggiante nel dubbio; ma alla fine è l'uomo del gioco rischioso che prevale. Si tratta, è ovvio, del momento culminante nella vita dell'eroe che gioca d'azzardo col destino; nella biografia di Plutarco, però, si colloca sulla linea coerente dell'ethos da lui tracciato. Dramma del protagonista e alone prodigioso segnano, pur senza nessuna rottura, una fase nuova nell'elaborazione letteraria di questa biografia.

Finito, per ora, il dramma del protagonista, scoppia, dopo la presa di Rimini, il dramma di massa: spavento, fuga tumultuosa di folle attraverso l'Italia, da città a città e verso Roma; Roma inondata da masse di gente e caduta nell'anarchia (33,1-4). Nel *Bellum civile* Cesare è molto pignolo nel riferire i suoi reiterati tentativi di conciliazione col partito avverso; la narrazione di Plutarco è concentrata sul dramma di massa, uno dei più agitati e grandiosi nella sua opera biografica, pari ad alcuni che conosciamo in Livio. Il turbamento investe e travolge Pompeo, assalito da molte accuse; incapace di imporre una sua strategia, benché superiore di forze, abbandona Roma: e qui incomincia, all'interno della biografia di Cesare, il dramma di Pompeo, ammalato di indecisione, guidato dalle pressioni dei suoi amici politici più che da se stesso, volto verso un passato di gloria che il presente distrugge, malinconico e rassegnato al destino. Il dramma prenderà uno sviluppo organico nella *Vita di Pompeo*, una delle opere letterariamente più felici del biografo, ma le linee di interpretazione del personaggio sono presenti anche nella *Vita di Cesare*.

Il dramma di massa continua, ma molto attenuato, nella fuga da Roma di una parte dei magistrati, a cominciare dai consoli, e del senato (34,1-3); nella paura fugge anche gente che non è ostile a Cesare: Roma è come una nave in tempesta, che i nocchieri disperati non sono capaci di guidare. L'avversione a Cesare, comunque, è forte e diffusa, se c'è gente che considera patria l'esilio e Roma come l'accampamento del conquistatore (34,4); prova eloquente il passaggio di Labieno, il legato più stimato di Cesare, dalla parte di Pompeo (34,5). Il dramma di massa si attenua ulteriormente per le notizie che arrivano sulla clemenza di Cesare verso gli avversari; colpisce specialmente il trattamento generoso verso Domizio, dopo la conquista di Corfinio. Quando Cesare verrà a Roma dopo la fuga di Pompeo da Brindisi, troverà la città più calma di quanto se l'aspettasse (35,4).

La drastica selezione degli avvenimenti del 49 a.C. è molto indicativa del metodo di costruzione di Plutarco; la narrazione delle vicende militari è molto sommaria e non molto esatta (per es., in 35,2 Pompeo parte da Brindisi prima dell'arrivo di Cesare, mentre in realtà Cesare era arrivato davanti alla città alcuni giorni prima); la guerra in Spagna contro Afranio e Varrone è sbrigata in poche righe, benché, come Plutarco dice esplicitamente (36,2), essa fosse ricca di peripezie; della conquista di Marsiglia nessuna menzione. Invece il biografo dà spazio, come abbiamo visto, a drammatiche scene di massa e rilievo al brutale scontro di Cesare col tribuno Metello per impadronirsi dell'erario pubblico (35,6-11). Perché tanto ri-

lievo? Perché in questo episodio si rivela che sotto la φιλανθρωπία di Cesare, sotto la clemenza vi sono il disprezzo della legalità e l'uso cinico della violenza: egli si sente
pienamente padrone di ciò che ha conquistato con le armi: nessuno può imporgli il rispetto di alcuna legge. L'e-
pisodio si colloca, nella linea tracciata da Plutarco, come
un punto saliente sulla via che porta alla tirannia; anzi il
conquistatore agisce già come un tiranno.

Quando l'azione si sposta nell'Epiro, il metodo di selezione cambia: per la narrazione delle vicende militari del
49 e 48 il procedimento è simile a quello usato per la guerra
di Gallia, ma spinto molto più in là: quasi tutto lo spazio
è dato alla campagna che si chiude con la battaglia di Farsalo (37-47). Un filo essenziale, che regge la narrazione,
è il gioco rischioso dell'eroe col destino. Un accenno a un
passo diplomatico verso Pompeo consigliato dal suocero
Pisone (37,1), un accenno alla nomina a dittatore e poi
a console e alle misure politiche adottate a Roma, fra cui
quelle per attenuare il peso dei debiti (37,2); poi il passaggio dell'Adriatico nel cuore dell'inverno (37,3). L'esercito ha spesso osato tutto con lui e per lui, ma, a questo
punto, dovendo attraversare il mare in pieno inverno e iniziare, mentre è spossato dalle fatiche e dalle sofferenze,
un'altra campagna molto rischiosa, è spaventato dall'audacia del suo capo: il malcontento è espresso da Plutarco
in un monologo (37,6-7), e il ricorso a questa tecnica significa che siamo a un punto drammaticamente alto della
narrazione. Ancora un dramma di massa; e la massa è mu-
tevole nelle sue emozioni. Quando, arrivati a Brindisi, i
soldati sanno che il capo è partito, i sentimenti si rove-
sciano: il rancore cade; subentra un sentimento di colpa,
come se, ritardando la marcia verso Brindisi, avessero tradito il loro capo (37,8); e dalle alture lungo la costa guar-
dano verso il mare, spiando con ansia l'arrivo di navi con
cui raggiungere Cesare in Epiro: quadro degno di un grande narratore di storia (37,9). L'episodio è attestato solo

da Plutarco. Si sospetta che egli, nella sua scarsa cura per la cronologia, abbia spostato a questo punto la notizia sull'ammutinamento delle truppe a Piacenza (avvenuto nel novembre del 49): non è facile credere che egli abbia inventato tutto, ma neppure lo escluderei. Comunque, sono di Plutarco l'adattamento della scena alla situazione e l'elaborazione drammatica. Su questa elaborazione hanno influito forse momenti simili della storia di Alessandro Magno, specialmente quello narrato da Plutarco in *Alex.* 62. I soldati macedoni, già spossati dalla guerra contro Poro, sono restii ad attraversare il Gange, mentre sulla sponda opposta è addensato l'esercito enorme di Androcotto; Alessandro, sdegnato, si ritira nella sua tenda e allora i soldati gli si affollano intorno per placare la sua ira. L'esito è diverso, perché Alessandro muta il suo progetto, rinunziando alla battaglia contro Androcotto.

A questo episodio segue un altro ancora più drammatico, di cui è protagonista di nuovo Cesare come eroe del rischio: è l'episodio di Cesare che di notte, nella tempesta, cerca di attraversare l'Adriatico per tornare a Brindisi e far passare senza indugi il resto dell'esercito in Epiro: l'episodio, in cui ricorre il famoso detto «Tu porti Cesare e la Fortuna di Cesare» (38). Altro detto importante, naturalmente, per capire l'ethos: l'audacia nel rischiare si fonda sulla sicurezza nel proprio destino. Che Cesare alla fine rinunci, non sembra contare molto per il narratore. È importante anche la conclusione: i soldati, che erano in ansia, accolgono il capo con gioia, ma sono amareggiati perché egli non ha avuto abbastanza fiducia in loro, sì da affrontare il nemico senza aspettare il resto dell'esercito. L'episodio doveva avere già rilievo nelle fonti storiche che il biografo usava, ma la sobria ricchezza di dettagli e di colori, la costruzione drammatica sono una nuova prova sicura del suo metodo di selezione e della sua arte. Vi tornerò su, per un momento, più in là.

La narrazione delle operazioni militari dall'arrivo di

Antonio, con il resto dell'esercito, in Epiro fino alla battaglia di Farsalo si delinea come una grande «peripezia», nel senso greco della parola, cioè come una pericolosa avventura che passa per estremi opposti. Il biografo, dopo aver messo in rilievo le gravissime difficoltà dell'esercito di Cesare, ridotto alla carestia, e la sua incredibile resistenza ai disagi, che spaventa i pompeiani come se avessero di fronte delle bestie feroci (39,3), arriva rapidamente alla pesante sconfitta di Durazzo. Lo svolgimento delle operazioni è lasciato da parte: in primo piano sono il rischio mortale corso da Cesare per il suo coraggio (mentre cerca di impedire la fuga dei suoi soldati, per poco non viene ucciso da uno di essi, «grande e robusto») e le conseguenze psicologiche della sconfitta su Cesare. Ritirato sotto la sua tenda, passa «la più opprimente di tutte le sue notti», cercando invano una via d'uscita dalla situazione disperata (39,9). Si rimprovera d'aver puntato sullo scontro a Durazzo, in una zona per lui logisticamente difficilissima e in una situazione favorevole a Pompeo, mentre avrebbe potuto scegliere la Macedonia e la Tessaglia, adatte ai rifornimenti: la notizia, attendibile, colpisce chi ricorda quanti sforzi avesse fatti Cesare nel *Bellum civile* per attenuare la sconfitta e i suoi errori; Asinio Pollione, che aveva partecipato ai fatti e li conosceva bene, difficilmente avrà condiviso le giustificazioni di Cesare. La coloritura drammatica di Plutarco, che accentua nel protagonista il senso di ἀπορία, cioè di difficoltà inestricabile (39,10), è evidente, ma non sembra deformare la situazione. La fortuna di Cesare è, questa volta, nell'incapacità di Pompeo, che non sa sfruttare la sua vittoria, incapacità che il primo illumina drasticamente con un altro dei suoi detti famosi. Oltre che la differenza fra i due capi, dalla narrazione emerge la differenza fra i due eserciti, l'uno abituato a tutte le fatiche, l'altro a una vita comoda: anche quest'ultimo contrasto è importante per caratterizzare la situazione fino a Farsalo.

Il giudizio che Cesare dette di Pompeo, nella famosa battuta dopo Durazzo, non va identificato, però, col giudizio di Plutarco. Dalla sua narrazione traspare abbastanza chiaramente la stima per la prudenza di Pompeo, che punta soprattutto sul logoramento dell'esercito di Cesare (40), le cui condizioni sono aggravate dall'insorgere di una pestilenza causata dalla cattiva alimentazione; le responsabilità del disastro ricadono su un gruppo di senatori, tra i quali, però, non c'è questa volta Catone, che sottovalutano le forze di Cesare e sono impazienti della vittoria; dietro il contrasto di strategia v'è un contrasto politico: i senatori anticesariani sopportano male la supremazia di Pompeo, non vogliono un «monarca» invece di un altro (41,1-5). Impaziente è, come sarà detto più tardi, anche la cavalleria pompeiana, spavalda per il suo numero e per le sue splendide armi (42,3): ciò non è rilevato a caso: paradossalmente, la cavalleria si dimostrerà il punto debole dello schieramento pompeiano a Farsalo. Tuttavia Cesare ha il tempo di riprendersi, specialmente con la conquista di Gonfi, dalle difficoltà logistiche; contribuisce alla ripresa la guarigione dalla peste per effetto di un'ubriacatura, fortuna inattesa, evento strano, che non viene presentato come miracoloso (41,8), ma che s'inquadra bene in questa narrazione di «peripezie».

Plutarco non è troppo rapido in questa parte della narrazione che segue la battaglia di Durazzo, perché mira a delineare con chiarezza la situazione delle forze in campo prima del grande evento, la battaglia di Farsalo: Pompeo triste, prudente, restio a una battaglia campale, ma incapace di resistere alle pressioni dei suoi; un'*élite* politica senatoria, che, incapace di valutare le forze in campo, dà la vittoria per scontata e litiga per spartirsi le cariche da arraffare a Roma dopo il ritorno (qui il biografo fa suo un famoso quadro satirico che proviene, mediatamente o direttamente, dal *Bellum civile* di Cesare); un esercito pompeiano imponente, ma caratterizzato da vanità e sicumera; un esercito cesariano ben preparato, agguerrito, che attende con ardore lo scontro decisivo. E Cesare? Cesare mira allo scontro decisivo e vi arriva ben preparato, ma non ha scelto di propria iniziativa il momento preciso: accetta la battaglia quando si è già preparato per mettersi in marcia verso una località vicina (43,7). Prima, però, egli ha saggiato la volontà e il morale delle sue truppe e sa che esse sono pronte: avendo egli chiesto se vogliono aspettare i rinforzi o battersi subito, i soldati hanno scelto senza esitare, con grida entusiastiche, la seconda proposta (43,1-3). Il rischio è ponderato, ma, impegnando il proprio esercito contro un nemico più che doppio per numero, con mille cavalieri contro settemila, senza aspettare i rinforzi, Cesare si riconferma, in questa battaglia che decide di tutta la guerra, come l'eroe del rischio. Mentre l'indicazione e la valutazione delle forze in campo servono a spiegare la battaglia, la grandiosità dell'evento è sottolineata dai prodigî, che Plutarco riferisce dalle fonti con relativa ampiezza. I prodigî dalla parte di Cesare (43,3-6) hanno, com'è naturale, lo spazio più ampio, anche ammesso (ma non è affatto certo) che qualcuno in più fosse riferito dalla parte di Pompeo nella lacuna che segue a 42,1: la conclusione è sicura perché altri prodigî preannunzianti la vittoria di Cesare, verificatisi altrove, sono riferiti dopo la narrazione della battaglia (47). Inquadrata, dunque, dai prodigî, questa narrazione si fonda, sia pure mediatamente, su quella razionale e limpida dei commentari di Cesare e, nonostante qualche svista (per es., a 44,4 e 45,7 Pompeo è collocato all'ala destra del suo esercito, mentre era in realtà alla sinistra), dà un'idea chiara dello svolgimento delle operazioni (44-46). Conserva il giusto rilievo lo stratagemma usato da Cesare per mettere fuori gioco la numerosa cavalleria pompeiana, ammassata sull'ala sinistra, e per aggirare questa parte dello schieramento nemico (45,2-6). Proviene da Cesare il rilievo dato al fattore psicologico, ignorato da Pompeo (cfr. 44,8, dove Cesare è citato esplicitamente); da Cesare la splendida menzione d'onore del centurione Crastino (44,9-11): anche la sceneggiatura del dialogo è la stessa. Probabile, invece, l'impronta di Plutarco nel quadro della prostrazione di Pompeo dopo la sconfitta (45,7-9); la rappresentazione dell'uomo completamente travolto dagli avvenimenti, qui come nella *Vita di Pompeo*, è la punta estrema dell'interpretazione plutarchea del personaggio come incapace di imporre la propria volontà al suo partito e di dominare le situazioni: l'ethos è tragicamente coerente. Con la fuga di Pompeo la battaglia non è chiusa. Al quadro tragico di Pompeo sconfitto non si contrappone un quadro della letizia del vincitore: Cesare, davanti alla carneficina che non è ancora finita, piange e cerca di giustificarsi gettando la responsabilità sugli avversari politici, che volevano portare in giudizio il conquistatore della Gallia (46,1). La scena proviene da Asinio Pollione, esplicitamente citato. Plutarco non è certamente soddisfatto delle giustificazioni del vincitore: per lui la scena è soprattutto la testimonianza dell'orrore a cui portano le guerre civili, la distruzione della concordia. Breve è la notizia sulla clemenza usata da Cesare verso i vinti; con lo sguardo volto al futuro, il narratore dà rilievo alla gioia con cui Cesare, fra i nemici che si sono salvati, ritrova Bruto, che aveva cercato con ansia (46,4).

7. Prima dell'arrivo di Cesare in Egitto, Plutarco segnala la libertà da lui accordata alla Tessaglia (in realtà si trattò della sola città di Farsalo) e a Cnido in Asia Minore, la remissione di un terzo dei tributi alla provincia d'Asia (48,1): il dotto di Cheronea è molto sensibile a queste misure liberali del governo romano verso i Greci. L'episodio di Cesare che storna gli occhi quando l'egiziano Teodoto gli offre la testa di Pompeo, e piange, episodio che sarebbe divenuto famosissimo e che poteva servire come prova dell'umanità del vincitore, offriva l'appiglio per

una scena di alto pathos (simile a quella della morte di Pompeo nella vita relativa), ma Plutarco lo riferisce rapidamente e sobriamente (48,2); è però messa abbastanza in rilievo la clemenza verso i vinti, che è un *Leit-motiv* insistente nel *Bellum civile* di Cesare. Le vicende, che portano Pompeo alla morte, sono omesse, perché il biografo entro breve tempo le avrebbe narrate ampiamente nella *Vita di Pompeo*.

La narrazione della campagna d'Egitto non dà un'idea neppure approssimativa delle operazioni militari e del teatro in cui si svolgono. Il biografo, invece, con arte sobria, ma fine, fa sentire la capitale egiziana come il regno pericoloso dell'intrigo; il materiale è selezionato col gusto del romanzesco: in primo piano sulla scena sono l'intrigante Potino, che alla fine viene ucciso, e la giovane misteriosa Cleopatra, che seduce Cesare e che finisce per diventare regina; una curiosità paradossale bene intonata col resto è la scoperta della congiura di Achilla e Potino da parte del barbiere di Cesare, uomo che spicca per la sua mancanza di coraggio. Si aggiunga l'introduzione di Cleopatra nel palazzo reale, impacchettata fra coperte (49,1). Nel regno pericoloso dell'intrigo Cesare mantiene una buona vigilanza. Nelle operazioni militari, riferite rapidamente, spiccano le peripezie più emozionanti: l'incendio che si estese anche alla biblioteca (49,6), il salvataggio a nuoto, con i commentari in mano (49,7-8). Quest'ultimo episodio s'inserisce bene nella linea di una vita che corre più volte sull'orlo della rovina. Un semplice compendio anche per la campagna in Asia Minore contro Farnace (50), tuttavia meno vago che per la guerra alessandrina. La punta luminosa del compendio è nel celebre motto *Veni, vidi, vici*, che, come Plutarco si rende ben conto, è parecchio sciupato nella traduzione greca.

Dopo la fine della guerra alessandrina la scena si sposta, com'è inevitabile, fra Roma e i teatri delle guerre civili. Adottando a questo punto, per conto nostro, il criterio delle rubriche, incominciamo dalle campagne militari. Neppure per la campagna d'Africa (del 46 a.C.) Plutarco si propone di dare una narrazione dettagliata e continua delle operazioni militari prima della battaglia decisiva, quella di Tapso: egli seleziona e mette in rilievo dettagli curiosi e «peripezie». È una curiosità comica il modo in cui Cesare si difende contro un oracolo, secondo il quale uomini della stirpe degli Scipioni sarebbero sempre stati vittoriosi in Africa (si ricordi che le truppe pompeiane ora erano sotto il comando di uno Scipione, suocero di Pompeo): nelle battaglie mette in prima fila un discendente oscuro e insignificante della famiglia degli Scipioni (52,5-6): una buffonata, ma Plutarco non esclude la possibilità che Cesare prendesse sul serio l'oracolo. Una volta i cavalieri di Cesare sono attaccati di sorpresa dai Numidi, perché si sono incantati ad ammirare lo *show* di un danzatore e flautista africano (52,7). C'è anche un momento di rischio supremo, superato per un pelo dal coraggio e dalla prontezza di Cesare: l'accampamento sta per essere conquistato d'assalto, e la guerra sarebbe finita, se il capo e con lui Asinio Pollione dal vallo non avessero fermato la fuga del proprio esercito (52,8). In un'altra battaglia Cesare raddrizza una situazione difficile: mentre le truppe sono in fuga, egli afferra per il collo l'aquilifero e, con uno dei suoi motti famosi, lo fa girare verso i nemici (52,9).

L'attenzione si sofferma sulla battaglia di Tapso, ma l'evento è afferrato con uno sguardo d'insieme. È uno dei casi in cui Cesare sfrutta al massimo, oltre l'acume strategico, la sua rapidità: con rapida marcia attraversa dei boschi e con rapidi assalti travolge tre campi nemici, uno dopo l'altro, in poche ore. Nei commentari Cesare aveva valorizzato adeguatamente la propria celerità d'azione; non si può dire lo stesso di Plutarco, ma anche lui se ne ricorda, naturalmente, a proposito della campagna contro Farnace. La battaglia continua con una strage di fuggitivi: questa volta la clemenza di Cesare non si manifesta (ma pare che la notizia data da Plutarco, 54,7, sia esagerata). Questo racconto sommario, ma molto animato, il biografo ricavava dalla sua fonte storica principale (forse Asinio Pollione), probabilmente più dettagliata; ma una notizia divergente gli proveniva da altra fonte, secondo cui Cesare non aveva partecipato alla battaglia a causa di un attacco di epilessia (53,5-6). La notizia, falsa perché contraddetta dall'autore del *Bellum Africum* che fu testimone diretto, potrebbe provenire da una biografia: la narrazione biografica è più attenta a notizie di questo genere, e l'epilessia è stata menzionata nel brano eidografico (17,2), dove la fonte biografica è probabile; ma è inutile azzardare congetture.

Dalla fine della guerra in Africa solo il suicidio di Catone a Utica è ritenuto degno di essere riferito (54,1-2): riferito, non narrato, anche perché Plutarco avrà avuto già in progetto la *Vita di Catone*. Prendere vivo l'avversario più accanito e più autorevole sarebbe stato un successo per la sua φιλοτιμία. Nella rapida notizia non si tralascia, naturalmente, un altro dei detti famosi di Cesare, che invidia Catone morto, perché gli ha invidiato la gloria di salvargli la vita. Questo detto offre l'appiglio ad alcune riflessioni, che costituiscono un breve sviluppo digressivo (54,3-6). Come s'accorda questo detto con l'aggressività dimostrata nell'*Anticato*? D'altra parte la clemenza usata da Cesare verso Cicerone, Bruto e moltissimi altri dimostra che l'atteggiamento verso Catone, se non si fosse ucciso, non sarebbe stato diverso: in verità, conclude Plutarco, il libello contro Catone non fu ispirato dall'odio, ma dall'amore di gloria (φιλοτιμία), dall'estrema cura del proprio prestigio: l'encomio di quell'avversario era un'accusa contro il vincitore. Il biografo si preoccupa di ricondurre anche l'*Anticato* all'ethos dell'autore.

Il racconto della spedizione in Spagna (del 45 a.C.) contro i figli di Pompeo si riduce ad uno sguardo d'insieme sulla battaglia decisiva di Munda. Essa si conclude con un'altra strage di nemici (più di trentamila) e con poche perdite dell'esercito cesariano (circa mille, anche se sono i soldati migliori); ma anche questa volta la battaglia è una «peripezia», un grande momento sulla linea della vita rischiosa. Di nuovo il senso del rischio è inciso in detti famosi del protagonista: in un momento grave della battaglia Cesare corre tra le file dei suoi soldati gridando che non lo consegnino nelle mani di quei ragazzi (i giovani figli di Pompeo); uscendo dal campo di battaglia, dichiara agli amici che tante volte ha combattuto per la vittoria, questa volta ha combattuto per la vita (56,2-3). È significativo che anche l'ultima battaglia di Cesare sia combattuta sull'orlo dell'abisso. Seguono brevi notizie sulla diversa sorte dei figli di Pompeo (56,6).

E ora seguiamo il filo dell'azione di governo a Roma. Nel primo soggiorno nella capitale (agosto e settembre del 47 a.C.) Plutarco colloca (51) la seconda nomina di Cesare a dittatore, il superamento di un grave ammutinamento militare, distribuzioni di danaro e di terre ai soldati. In realtà Cesare era stato nominato dittatore prima della partenza da Alessandria, la distribuzione di terre avvenne nel 46, dopo la campagna d'Africa, il danaro dovette essere pagato più tardi: si ritrova la scarsa cura di Plutarco per la cronologia, causata forse da confusioni nella raccolta del materiale. La seconda dittatura, avendo durata annuale, non ha precedenti costituzionali (51,1):[32] è implicito che si tratta di un altro passo verso la tirannide. Ma ciò che più conta per il biografo, in questo momento dell'arco della vita, è l'apparire di nubi nei rapporti fra Cesare e gran parte dei cittadini abitanti nella capitale: oltre a ingiustizie attribuitegli nel modo di comporre la sedizione militare, i vizi di suoi seguaci in vista, come Dola-

---

[32] La questione, però, è stata dibattuta: cfr. la bibliografia citata da Garzetti nel comm. a 51,1.

bella, Mazio, Antonio, fanno ricadere accuse su Cesare stesso; ma per i suoi disegni politici egli non può fare a meno di quei disonesti: il capo è prigioniero dei suoi partigiani (51,2-4). La narrazione del soggiorno successivo alla campagna d'Africa (dal giugno all'agosto del 46) è concentrata sulla celebrazione del trionfo, evocato con lo stile delle iscrizioni di *elogia* (55,2), e sui grandi divertimenti offerti al popolo, banchetti e spettacoli (55,4). È implicito che qui bisogna riconoscere il corruttore del popolo messo già in luce in altre occasioni. Segue un censimento della popolazione, che dà circa 150.000 cittadini, invece dei 320.000 di prima (55,5): è un errore di Plutarco: in realtà queste sono le cifre degli iscritti alle *frumentationes*. Egli ne ricava una riflessione sulle conseguenze disastrose, sui vuoti aperti dalle guerre civili (55,6). È probabile che questo amaro commento sia contrapposto di proposito all'esultanza del trionfo.

La scena si fissa a Roma definitivamente dopo il ritorno dalla Spagna. Il trionfo che ora viene celebrato, un trionfo non su capi di altre genti o re barbari, ma su cittadini romani, anzi sui due figli del migliore dei Romani, suscita a Roma dolore profondo, che il biografo esprime e chiaramente fa proprio: si approfondisce, per una ragione diversa e molto più grave, il solco tra Cesare e il popolo che il biografo ha mostrato a proposito del soggiorno del 47.

8. Col ritorno definitivo dopo la spedizione di Spagna si apre l'ultima fase della vita di Cesare: fase brevissima, ma la più discussa, specialmente da parte degli storici moderni. Plutarco deve avere usato a questo punto fonti più numerose che per le parti precedenti ed essersi trovato di fronte ad orientamenti diversi nell'interpretazione sia di singoli punti sia dell'insieme. Sull'interpretazione complessiva Plutarco non ha dubbi: il potere di Cesare è di fatto una tirannide ed egli aspira al titolo esplicito di re; ma la narrazione è ricca di ombre e di luci.

269

I Romani si piegano, rassegnati, alla Fortuna di Cesare: accettano il potere di uno solo (μοναρχία), perché è la sola via d'uscita dall'incubo delle guerre civili: siamo vicini al concetto, che ho già segnalato, secondo cui la «monarchia» ha come causa l'anarchia. La dittatura a vita è una tirannide dichiarata, perché è un potere non soggetto a controlli e senza limiti di tempo (57,1), un potere che esorbita dalla tradizione romana. Il biografo volge un momento lo sguardo all'indietro per mostrare come si è arrivati a questo punto. Si è incominciato da onori ancora contenuti dentro «l'ambito dell'umano», proposti dallo stesso Cicerone (57,2); responsabili della degenerazione sono per Plutarco gli adulatori, non meno dei nemici, che vogliono screditare il vincitore. Ma ecco le luci: una clemenza amplissima, la restaurazione della statua di Pompeo, il rifiuto della guardia del corpo (57,4-7). Il tiranno, secondo il *cliché* tradizionale, incuteva paura e viveva nella paura: questa accusa non poteva essere mossa a Cesare. È difficile leggere esattamente le valutazioni del biografo: non ci sono riserve esplicite sulla clemenza di Cesare, ma seguono (57,8) le notizie sui benefici al popolo (banchetti, distribuzioni di frumento, fondazione di colonie, fra cui Cartagine e Corinto): ricompare il corteggiatore del popolo, e ciò potrebbe gettare un'ombra anche sulle misure precedenti; ma è difficile dare consistenza a un tale sospetto.

Una prova inequivocabile del dominio sullo stato da parte del vincitore è nel completo controllo delle magistrature, distribuite per il presente e per alcuni anni da venire secondo una strategia che mira a formare un'*élite* di governo obbediente al capo (58,1); in questa prassi arriva anche a punte ridicole, come la nomina di Caninio Rebilo a console per l'ultimo giorno del 45, misura che fu bollata con una delle battute più sarcastiche di Cicerone (58,2-3). Plutarco pone questa pedanteria nella strategia volta a guadagnare il favore dell'*élite* politica, ma non sembra vedervi una caricatura sprezzante della legalità.

Il pieno controllo del potere a Roma e nell'impero non sazia la φιλοτιμία di Cesare. Il biografo torna a insistere su questa caratteristica dell'ethos del suo personaggio e la configura come una malattia psicologica: ogni mèta raggiunta serve solo a infiammare di nuovo il desiderio di gloria: Plutarco definisce questa passione (πάθος) o questa malattia una «invidia di sé», una sorta di rivalità fra ciò che è fatto e ciò che è da fare (58,4-5). Il vincitore di tante guerre è afferrato da una nuova smania di disegni grandiosi: il più grandioso è la spedizione contro i Parti, che dovrebbe continuare, dopo la vittoria, con una spedizione dal Mar Caspio alla Gallia, attraverso la Scizia e la Germania. Plutarco coglie anche la strategia politica di questo disegno, il cui scopo è creare un grande scudo per proteggere l'impero dell'est al nord, coprendo quelli che erano effettivamente, come la storia doveva dimostrare, i punti più vulnerabili (58,6-7). Si aggiungono i progetti di grandi opere pubbliche, in Grecia e specialmente nel Lazio (58,8-10). Il biografo inserisce a questo punto la trattazione della riforma del calendario, che offre l'appiglio a una piccola digressione di antiquaria (59). La collocazione cronologica, com'è ben noto, non è esatta: la riforma fu attuata nel 46 a.C., dopo la campagna d'Africa, non nel 45 o 44, dopo quella di Spagna; ma, giustamente, gl'interpreti non hanno incriminato il biografo per questo. Direi che ha agito di nuovo il criterio delle rubriche, a cui ho accennato prima: l'illustrazione del calendario è collocata dopo le notizie sui progetti di lavori pubblici per affinità di tema: il pezzo sul soggiorno a Roma dopo la campagna d'Africa (55) era stato dedicato tutto al trionfo. Il narratore trova anche il modo (e anche questo è stato notato) di agganciare alla trattazione sul calendario il ritorno all'analisi della situazione politica: anche questa riforma suscita invidie e critiche malevole, come la battuta di Cicerone sui movimenti degli astri per decreto: neppure Plutarco la trova giusta, ma la riferisce come segno di insofferenza contro il potere illimitato di Cesare (59,6).

In verità si tratta di un odio sempre più profondo, e la causa è «l'aspirazione al regno» che Cesare manifesta (60,1). Su questo punto molto controverso, fra gli storici moderni ancora più che fra gli antichi, Plutarco non ha dubbi: l'aspirazione al regno è reale, e approfondisce il solco fra lui e il popolo, mentre offre un ottimo appiglio ai nemici che tramano nell'ombra. L'interpretazione è del tutto coerente con quella che Plutarco ha data del personaggio, della sua vita come sviluppo patologico, se si vuole, ma naturale della sua φιλοτιμία; in particolare l'amore del regno si pone come culmine di un crescendo verso la tirannide, i cui momenti più vicini sono l'assunzione della dittatura annuale (51,1) e l'assunzione della dittatura a vita (57,1). Credo, però, che per spiegare la narrazione di Plutarco si debba ammettere la compresenza di questa interpretazione di fondo con un'altra interpretazione divergente, più favorevole a Cesare, contemporanea agli avvenimenti, che dava più rilievo alle iniziative degli adulatori e dei nemici occulti, oggettivamente collaboranti: qualche cosa di simile a ciò che ho detto a proposito della *Schuldfrage* sullo scoppio della guerra civile. Il lavoro di sutura fatto da Plutarco, se si tiene conto delle difficoltà, ha dato risultati non infelici. La divulgazione dell'oracolo, secondo cui solo un re può vincere i Parti, non è attribuita al dittatore stesso, ma a seguaci che vogliono farne un re (60,2). Sono ancora questi seguaci che lo salutano re al suo ritorno dalle *feriae Latinae* celebrate in Albalonga: vedendo il popolo sconvolto da questo atto, Cesare si sente in grave disagio e proclama che egli è Cesare, non re (60,3). L'interpretazione è lasciata aperta: Cesare sopporta male l'audacia dei suoi seguaci troppo zelanti o la cattiva accoglienza da parte del popolo? Ciò che segue fa supporre che Plutarco interpreti nel primo modo. Quando magistrati, senato e popolo si recano in corteo da Cesare per offrirgli onoranze straordinarie, egli resta seduto: un atto che viene interpretato come espressione di disprezzo ed irrita e affligge tutti i partecipanti al corteo. Cesare addurrà poi come scusa la sua malattia (deve trattarsi di nuovo dell'epilessia). La scusa non è ritenuta valida dal biografo: «ma le cose non andarono veramente così»: egli pensa che Cesare volesse fermamente alzarsi: crede che a trattenerlo seduto fu Cornelio Balbo, uno degli adulatori (60,7-8). Certo, Cesare cedette all'adulatore; ma Plutarco mette di nuovo l'accento sull'iniziativa degli adulatori. In tutta la scena il dittatore si mostra restio ad accogliere nuovi onori straordinari. Dice dapprima che i suoi onori vanno ridotti, non accresciuti. Quando avverte l'effetto raggelante del proprio atteggiamento su senato e popolo, ha un gesto drammatico, non saprei se teatrale o dettato dalla disperazione di chi è addolorato dallo *hiatus* che vede aprirsi fra sé e il popolo, dal crescente isolamento e si sente scivolare sulla via della rovina: si scopre il collo e si dichiara pronto a farsi sgozzare da chi lo vorrà. Dovrebbe essere il segno del suo netto rifiuto a procedere sulla via degli onori straordinari, contro la tradizione romana. L'interpretazione del biografo resta oscura; probabile, tuttavia, che senta il gesto come un presagio tragico. La collocazione a questo punto pare preferibile a quella che Plutarco darà al gesto nella *Vita di Antonio* (12,4), cioè durante le feste dei Lupercali: forse confusione della memoria, forse anche volontà di condensazione (nella *Vita di Antonio* la scena del corteo è omessa): più che ignoranza della cronologia, subordinazione ad effetti d'arte.

Qui, nella *Vita di Cesare*, le ragioni dell'arte sono pienamente soddisfatte dall'accostamento della scena dei Lupercali alla scena del corteo: si presentano gli stessi problemi, gli stessi contrasti, ma a un grado di tensione più alta, perché qui, con l'offerta insistente del diadema regale, la questione del regno è messa a fuoco sulla scena.

Contenuta la digressione antiquaria sui Lupercali (61,1-3); si nota, naturalmente, nel dotto greco, l'accenno discreto all'origine arcadica del rito. La sceneggiatura di questo famoso episodio è semplice, e nello stesso tempo efficace e spettacolare: in mezzo alla folla festante, i due tentativi, da parte del console Antonio, di fare accettare a Cesare il diadema, seguiti da rari applausi; i due rifiuti da parte di Cesare, accolti da applausi unanimi (61,5-6); degna di una regia teatrale è l'alternanza nella scena di massa. Essendo chiaro che il popolo rifiuta a larghissima maggioranza il regno, Cesare fa offrire il diadema a Giove Capitolino. La scena è servita a sondare gli umori del popolo; ma il sondaggio è un'iniziativa degli «adulatori» o una manovra di Cesare? Ciò che segue immediatamente, fa propendere questa volta per la seconda soluzione. Le statue di Cesare sono state incoronate con diademi regali; i tribuni della plebe Flavio e Marullo fanno togliere i diademi. Il popolo li acclama con entusiasmo, dando loro l'appellativo di Bruto, colui che aveva cacciato da Roma l'ultimo re. La reazione di Cesare è pesante e offensiva: destituisce i due tribuni chiamandoli anche lui Bruti, cioè bestioni: l'irrisione col rovesciamento semantico ricorda il personaggio dei detti famosi (61,8-10). Dal racconto dovrebbe riuscire chiaro che Cesare è irritato dal rifiuto della plebe e che non può scacciare da sé «l'amore del regno». Questa conclusione è del tutto coerente con l'interpretazione della scena del corteo, secondo la quale, come abbiamo visto, è l'adulatore Balbo a fare assumere a Cesare un atteggiamento sprezzante? A me pare che lo scarto sia innegabile: è un indizio di incertezze derivanti da opposte interpretazioni note a Plutarco o alle sue fonti, incertezze che non investono il giudizio generale sull'aspirazione al regno, ma che impediscono una piena coerenza di tutti i momenti della narrazione.

Il gioco semantico sul nome di Bruto prepara in qualche modo l'entrata in scena di Marco Bruto, il discendente del fondatore della repubblica (62,1): il giovane uomo politico è presentato con notizie sulla famiglia, sui rapporti con Cesare, sulle sue vicende politiche: da ciò si capisce che il personaggio assumerà da ora in poi un ruolo di primo piano. Da ora in poi la *Gestaltung* drammatica del racconto storico è accurata e sicura. Avendo già scritto la *Vita di Bruto*, Plutarco avrebbe potuto essere sbrigativo e rimandare alla biografia precedente; ma così avrebbe mutilato la nuova e tradito il compito della biografia in generale, che non ha tanto lo scopo di informare, quanto di delineare un ethos in tutto il suo sviluppo e dare il dovuto rilievo alla morte del personaggio; dal punto di vista letterario avremmo avuto un dramma senza catastrofe. È comprensibile che nella *Vita di Cesare* si rimandasse per la morte di Pompeo alla relativa biografia; era inaccettabile che si rimandasse alla *Vita di Bruto* per la morte di Cesare. Ciò che viene omesso è il racconto dettagliato dell'organizzazione della congiura, attraverso i contatti dei congiurati fra loro (cfr. *Brut.* 8-12), ma i capi della congiura, Bruto e Cassio, conservano il loro rilievo. L'iniziativa parte da Cassio: è lui a svegliare e pungolare la φιλοτιμία virtuosa di Bruto, che assume, però, il ruolo più autorevole. Cesare non è privo di informazioni e di sospetti, ma non riesce a scacciare da sé la fiducia nella virtù del giovane (62,6-10).

A salvare Cesare dalla morte non solo non valgono i sospetti, ma neppure i molti prodigî. Plutarco, che ne trovava in abbondanza nelle fonti (a questo proposito, come si ricorderà, è citato di nuovo, esplicitamente, Livio), li riferisce ampiamente (64): non solo essi accentuano le «peripezie» dell'ultimo atto del dramma, ma illuminano la grandiosità tragica dell'evento. L'altro evento annunziato da prodigî è stato, come si ricorderà, la battaglia di Farsalo, la catastrofe della tragedia delle guerre civili; l'analogia, comunque, non va spinta troppo in là, rischiando di cadere nei giochi futili degli ermeneuti strutturalisti. Anche dopo le guerre la vita di Cesare cammina rischiosamente lungo il precipizio; ma, mentre prima affrontava il pericolo consapevolmente e decisamente e lo vinceva con la sua audacia, ora, per la prima volta, gli va incontro in parte inconsapevole, in parte inquieto. Senza l'inquietudine, senza le esitazioni del protagonista le «peripezie» della tragedia sarebbero ridotte, l'attesa del lettore cadrebbe: vale a dire che Plutarco rinunzierebbe a una componente essenziale della sua narrazione biografica. Solo si può dire che le «peripezie» sono semplificate, con procedimento lineare, rispetto alla *Vita di Bruto* (14-16). Calpurnia e alcuni indovini hanno convinto Cesare a non recarsi in senato (63,11). È l'intervento di Decimo Bruto a convincerlo in senso contrario (64). All'intervento Plutarco dà ampio rilievo: è una *suasoria* abile, che punta sulla φιλοτιμία di Cesare (il senato si prepara a proclamarlo re fuori d'Italia e ad attribuirgli il privilegio di portare il diadema nelle province), sul suo senso dell'opportunità politica (non andare significherebbe mancare di riguardo al senato), sul suo senso della dignità (egli apparirebbe come asservito alle paure di una donna). Sia pure in forma indiretta, abbiamo una di quelle orazioni con cui gli storici antichi amavano ornare le loro opere da Tucidide in poi, ma che Plutarco usa raramente e nella *Vita di Cesare* solo a questo punto. Non è facile capire perché qui egli vi sia ricorso: forse perché il discorso di Decimo Bruto è la mossa decisiva che spinge Cesare verso la morte. La *suspense* riprende, quando uno schiavo cerca di raggiungere Cesare, appena uscito di casa, per informarlo (64,6), ed ha l'ultimo momento culminante, a cui il biografo dà molto rilievo (65), nell'episodio del dotto Artemidoro di Cnido: egli riesce a consegnare a Cesare il libello rivelatore, ma Cesare non riesce a leggerlo. Le possibilità di salvezza si sono chiuse. Dunque le «peripezie» fra la decisione dei congiurati e la scena dell'uccisione si concentrano nel giorno delle Idi di marzo, nel contrasto fra il discorso di Decimo Bruto da un lato e tre spinte contrastanti dall'altro (Calpurnia, il servo, Artemidoro): anche qui un processo di semplificazione e condensazione.

Prima di passare alla scena dell'uccisione, il biografo si ferma per una riflessione, per indicare quello che è, secondo lui, il segno chiaro della volontà divina in questa tragedia: prima d'ora si poteva pensare a uno svolgimento cieco, casuale; ma il fatto che Cesare sia stato ucciso ai piedi della statua di Pompeo, nella curia da lui costruita, dimostra che la vicenda è stata condotta da un δαίμων, che è, implicitamente, un dèmone vendicatore (66,1): è una circostanza che dimostra più degli stessi prodigî. L'uccisione di Cesare, così com'è narrata da Plutarco, non è fulminea, né il ritmo dell'azione è incalzante: dal primo colpo, quello di Casca, al colpo di Bruto la rappresentazione sembra data al rallentatore: ciò risponde a una tecnica deliberata, e non significa affatto fiacchezza narrativa. La scena si svolge tra una folla di senatori, paralizzati dalla sorpresa e dal terrore; quindi i congiurati non incontrano nessun ostacolo: Cesare è stretto da un cerchio di spade nude, rivolte al viso: si dibatte come una belva fra le mani degli uccisori. L'immagine della belva, che risalirà alla fonte, giacché è anche in Appiano, *B.C.* II 16, 117, potrebbe far pensare al tiranno come bestia feroce, secondo l'immagine platonica, che aveva avuto una diffusione enorme: ma la rappresentazione di Plutarco è ispirata dalla pietà, non dall'esecrazione. Per i congiurati l'uccisione del tiranno è una specie di rito, con una coloritura religiosa che poi si riflette anche nel lessico usato da Plutarco (un aspetto che andrebbe illustrato a parte): perciò tutti debbono partecipare al sacrificio, ciascuno deve vibrare almeno un colpo, «gustare il sangue» della vittima (66,11). L'accanimento degli assalitori è febbrile, tanto che si feriscono anche tra loro. La reazione della vittima è tanto energica quanto confusa, ma crolla alla vista di Bruto: Plutarco ha messo in piena luce, e affidato ai secoli, l'atto

277

umanissimo di Cesare che, nel vedere Bruto fra gli assalitori, si copre con la toga il viso nell'orrore e nella rassegnazione. Manca in Plutarco il celebre *Tu quoque, Brute, fili mi*, tramandatoci da Svetonio (*Iul.* 82,2) e da Cassio Dione (XLIV 19,5): la ragione molto probabile è che il biografo non l'abbia trovato nelle sue fonti: non c'è in Appiano (*B.C.* II 16,117) (nonostante una lacuna nel testo, non può restare dubbio): sembra veramente difficile che l'abbia omesso di proposito. Il sangue della vittima bagna il piedistallo della statua di Pompeo, e sembra che Pompeo, mentre il corpo del suo nemico è disteso ai suoi piedi e ancora palpita trafitto da ventitré colpi, guardi dall'alto la propria vendetta. Questa fine della scena richiama evidentemente l'inizio e la pone nettamente sotto il segno del δαίμων.

La biografia non finisce con la morte del personaggio. Nelle *Vite parallele* il procedimento è tutt'altro che eccezionale. Plutarco, oltre a discutere talvolta del modo della morte e delle differenti versioni a proposito, si occupa generalmente della sepoltura; in alcuni casi si estende alla situazione creatasi dopo la morte, alle sue conseguenze immediate.[33] Per es., la *Vita di Alessandro*, che è in coppia con questa di Cesare, arriva oltre la sepoltura, fino alle vicende dei familiari di Alessandro: è probabile che delle notizie sui familiari conserviamo solo una parte e che la fine della biografia, come ha proposto K. Ziegler, sia perduta (insieme con l'inizio della *Vita di Cesare*). Nel *Cato minor* al suicidio seguono le risonanze dell'evento in Utica, la sepoltura, la reazione di Cesare; all'indicazione dell'età del morto seguono notizie sul figlio e sulla figlia, anche perché il biografo vuol fare notare la curiosa diversi-

---

[33] Una parte di questi problemi è trattata, anche se in modo non del tutto soddisfacente, da N.I. Barbu, *Les procédés de la peinture des caractères et la vérité historique dans les biographies de Plutarque*, tesi Strasbourg-Paris 1933, Paris 1934 (rist. anast. Roma 1976), pp. 214-23.

tà di carattere tra i figli e il padre. Nella *Vita di Cesare*, benché potesse rimandare alla *Vita di Bruto*, Plutarco ha ritenuto opportuno, o necessario, continuare sino alla sepoltura e alla vendetta postuma.

L'effetto dell'evento sulla città è sconvolgente (67,1): un'altra scena agitata di massa, dove il gusto della storiografia tragica, per quanto contenuto, mi pare innegabile. Rapida la notizia su Antonio e Lepido, i partigiani di Cesare più in vista, che si nascondono (67,2); più diffusa, naturalmente, la narrazione relativa a Bruto e i suoi amici. La situazione è caratterizzata dall'atteggiamento neutrale e conciliativo di popolo e senato: il popolo ha pietà per Cesare, riverenza per Bruto; il senato decreta onori divini per Cesare, lascia a Bruto e ai suoi amici tutte le cariche loro destinate. Caratteristica del metodo e del gusto di Plutarco è l'attenzione a un fatto secondario, ma curioso: Caio Ottavio e Lentulo Spintere si aggiungono ai congiurati dopo il successo, vantandosi di aver partecipato all'uccisione di Cesare: di questo vanto infondato pagheranno la pena, uccisi da Antonio e Ottaviano. Qui c'entra il moralismo del biografo. La situazione si rovescia dopo che è stato letto al popolo il testamento di Cesare e che il popolo ha visto il suo corpo sfigurato dalle ferite: uno scoppio di furore, la cremazione del corpo con materiale strappato dal foro, la caccia agli assassini (68,1): nuova scena da storiografia tragica. Anche qui, però, l'attenzione si ferma su un fatto secondario, ma curioso e paradossale: il linciaggio di Cinna, seguace di Cesare (quasi certamente il poeta),[34] scambiato con un altro Cinna, che aveva partecipato alla congiura (68,3-6). Essendo divenuta la situazione pericolosa per i congiurati, Bruto e Cassio abbandonano Roma: solo a questo punto si rimanda, per la continuazione, alla *Vita di Bruto*. Si vede chiaramente

---

[34] Cfr. il mio commento a Ovidio, *Ibis* 539 sg. (Firenze 1957), dove è accettata l'interpretazione di Housman.

come il biografo ha organizzato la narrazione, succinta rispetto alla *Vita di Bruto* (18-21), ma più ampia di quella che sarà data nella *Vita di Antonio* (14,9-15,1). In quest'ultima si racconta come la folla s'infiammi per l'orazione funebre di Antonio: si sarà notato che del celebre discorso non c'è menzione nella *Vita di Cesare* (o il biografo non ne aveva ancora notizia o ha ritenuto non necessario ricordarlo in questa biografia). Il narratore semplifica, mettendo in primo piano il contrasto fra la situazione di calma creatasi dopo l'uccisione di Cesare e la tempesta scoppiata in occasione dei funerali; opera anche il motivo, così diffuso nella cultura antica, dell'emotività e instabilità della folla. Nell'una e nell'altra situazione è ricordato un fatto secondario, ma strano; fra i due fatti si potrebbe escogitare un rapporto (si tratta di un errore in ambedue i casi), ma è meglio non perdersi in sottigliezze futili.

L'indicazione dell'età, a cui, come abbiamo già visto, viene agganciato un brevissimo pezzo eidografico (69,1), ha la stessa collocazione che, per es., nel *Cato minor*. Del pezzo finale, che dà ampie notizie sulla vendetta postuma di Cesare, ho già detto qualche cosa, ma non è superfluo tornarci su un momento. Per Plutarco non è un'appendice, ma un suggello necessario, perché illumina la funzione primaria del dèmone, qui (69,2) indicato meglio come dèmone personale di Cesare. La sua presenza, come si ricorderà, è stata segnalata all'inizio della scena dell'uccisione (66,1). Ciò non vuol dire che egli fosse assente nel resto della vita, ma è dalla vicenda della morte in poi che la sua presenza è evidente e dominante. Un segno della sua presenza nella vendetta: Cassio si uccide con lo stesso pugnale con cui ha colpito Cesare (69,3); ma il personaggio che il dèmone segue inesorabilmente, sino a Filippi, è Bruto, il capo morale della congiura. Il racconto su Bruto e il dèmone di Cesare ha un fascino fantastico che è superfluo sottolineare, ma per Plutarco conta di più il senso religioso che esso dà alla tragedia. Ad avvolgere in un alone religioso la narrazione contribuiscono i prodigî seguiti alla morte: il narratore li ha collocati fra la notizia sulla morte di Cassio e il racconto su Bruto e il dèmone, perché fosse quest'ultimo racconto a suggellare, in modo religiosamente e artisticamente significativo, tutta la biografia.

9. Dopo questa analisi sommaria cerchiamo, brevemente, di guardare e caratterizzare l'opera nel suo complesso.

Benché l'importanza dei «piccoli fatti» per caratterizzare il personaggio sia sottolineata da Plutarco, come abbiamo visto, proprio nella prefazione alla vita di Alessandro e di Cesare, non si può dire che in quest'ultima essi abbiano molto peso. I «piccoli fatti» si ricavano più dalla vita privata che dalla vita pubblica; ma nella sfera privata di Cesare Plutarco entra raramente. Si può far rientrare in questa sfera, e certamente non nella vita intima, l'avventura con i pirati. Lo scandalo di Clodio è solo in parte un affare privato, poiché è un grosso pericolo per la carriera di Cesare e il racconto pone anche il problema rilevante dei suoi rapporti con l'aristocratico sovversivo. S'intravvedono in qualche punto l'eleganza e l'effeminatezza, ma non si sa niente dei rapporti omosessuali; il «seduttore calvo» non entra in questa biografia, benché i rapporti con le signore dell'aristocrazia avessero qualche funzione politica. Servilia è ricordata (62,1) come madre di Bruto, ma non compare come amante di Cesare; eppure il biografo conosceva bene la notizia, come risulta dal *Brutus* (5,1-3) e dal *Cato minor*, dove (24,1-2) è implicita in un divertente aneddoto. L'ultima moglie, Calpurnia, ha un notevole rilievo, ma solo nel dramma che prepara il grande evento politico della morte. Nel pezzo eidografico più ampio, forse più influenzato da fonti biografiche, l'attenzione si ferma anche su aspetti della vita quotidiana, come la frugalità, la cortesia, la disposizione a sopportare disagi per aiutare gli altri (abbiamo già sottolineato in 17,11 l'aneddoto sulla sua sollecitudine per Oppio); tutto questo, però, riguarda più la vita pubblica che quella privata, giacché serve soprattutto a illuminare i rapporti del capo con i soldati e i collaboratori, a spiegare l'amore e l'entusiasmo che sapeva suscitare. Tutt'al più si può aggiungere che certi aspetti all'inizio avranno interessato più il biografo che lo storico: non sto a ripetere la congettura che ho avanzata sull'origine biografica delle notizie intorno all'epilessia. L'importanza dei «piccoli segni» che rivelano il carattere è sottolineata anche nella biografia di Catone l'Uticense (24,1; cfr. anche 37,5); ma qui veramente la vita privata ha un ampio spazio e fa blocco con quella pubblica: Catone è un modello di vita coerente sia nelle lotte politiche sia nelle piccole cose di ogni giorno (un po' come Aristide per i Greci).

Nell'ambito quasi onnicomprensivo della vita pubblica conservano, però, un rilievo essenziale aneddoti ed episodi singoli, segnalati per il loro carattere straordinario (mi riferisco specialmente agli atti di valore del capo e dei suoi gregari) o per qualche paradossalità di altro genere. Avendoli segnalati quasi tutti, tralascio qui di enumerarli. Rilievo ancora maggiore hanno i detti famosi, non ultima espressione della grandezza di Cesare. Nella *Vita di Cicerone* erano raccolti in gran parte in un pezzo a sé: Plutarco disponeva di una raccolta di apoftegmi del grande oratore, mentre probabilmente un'opera del genere non ha usato per Cesare: quindi nella *Vita di Cesare* ogni detto memorabile è collocato nel suo contesto narrativo, talvolta nel vivo dell'azione. Nella biografia il protagonista si delinea come un eroe dalla parola incisiva e decisiva, illuminante, non come un uomo arguto, spiritoso. L'attenzione agli aneddoti e ai detti famosi è ispirata in parte da curiosità, ma il fine di illuminare l'ethos del personaggio è generalmente mantenuto.

Materiale di questo genere ormai da secoli prima di Plutarco, cioè da Erodoto e dalla storiografia ionica, più decisamente dopo il V secolo a.C., era entrato nella storiografia vera e propria prima ancora che nella biografia, dove avrebbe avuto più largo spazio; su Cesare Plutarco ne trovava certamente molto anche nelle opere storiche; ma in questa biografia prevalgono in larga misura gli elementi più propri della grande storia, cioè di quella che si suole indicare come storia pragmatica. Nelle *Vite parallele* il caso non è affatto eccezionale. Anche se, per la scarsezza del materiale, non possiamo ricostruire la storia della biografia prima di Plutarco (il problema, comunque, resta fuori dai compiti di questa breve trattazione), si può ritenere senza troppi rischi che egli ha dato alla storia pragmatica molto più spazio dei biografi precedenti: probabilmente fino al punto di determinare un salto di qualità. La *Vita di Cesare* è fra quelle in cui il peso della storiografia in senso stretto è particolarmente forte. Dunque soprattutto dagli elementi «pragmatici» dobbiamo ricostruire, seguendo anche le indicazioni esplicite del biografo, l'ethos del personaggio.

Anche da una scorsa rapida dell'opera si vede quanto diversamente siano illuminati il condottiero di eserciti e il *leader* politico. Alla funzione encomiastica della biografia, che aveva radici nelle origini stesse di questo genere letterario, ho già accennato; e abbiamo anche visto che in questo caso essa si applica al conquistatore, al vincitore di tante battaglie, specialmente al vincitore dei Galli. Anche se Plutarco menziona le accuse mosse a proposito della campagna contro gli Usipeti e i Tencteri, il condottiero resta senza macchia: egli conquista quella gloria, il cui amore è la caratteristica di fondo della sua personalità. Tra le condizioni primarie del successo sono la devozione e l'amore dei soldati, che il capo, rinunziando per sé alle ricchezze conquistate, rinsalda con larghi donativi. Potremmo aspettarci che il moralista vedesse in questa prassi una forma di corruzione; ma non è così: la accosta, invece, alla frugalità di Cesare, e questa virtù si unisce bene a una grande resistenza alle fatiche, più ammirevole in un corpo non particolarmente robusto. L'amore dei soldati e dei collaboratori è conquistato anche con la mitezza e gentilezza dei modi; con queste qualità ben s'accorda la clemenza verso i vinti (cfr. spec. 15,4). Ma più di queste qualità emerge il coraggio, anzi l'amore del rischio (17,2 τὸ φιλοκίνδυνον). Non c'è amore gratuito del rischio, anzi talvolta l'audacia è richiesta dalla situazione come unico rimedio possibile; e in nessun caso si può dire che l'audacia sia cieca. Questo è implicito anche nel ritratto indiretto di Plutarco; e tuttavia egli lascia molto in ombra, anzi non afferra bene questo aspetto della personalità: lo stratega lucido, eccezionale lo vediamo emergere solo nella battaglia di Farsalo, dove i commentari di Cesare, direttamente o indirettamente, sono seguiti da vicino. Il danno non è di poco conto, né per il biografo né per lo storico; ma non è il caso di calcare la mano su riserve del genere: i racconti di battaglie spettacolari, in cui il senso dello svolgimento strategico è perduto, non sono certo rari negli storici antichi. Plutarco rileva meglio, anche se non mette in primo piano, la celerità e la prontezza del condottiero (specialmente nel passo eidografico: cfr. 17,5).

L'amore della gloria e l'amore del rischio sono le caratteristiche che meglio uniscono il condottiero militare al *leader* politico; ma già questa coincidenza fa risaltare la diversità d'illuminazione. Il termine φιλοτιμία, che esprime la caratteristica di fondo del personaggio, non è privo di ambiguità: propriamente «amore di onore», ma il senso oscilla fra quello di «ambizione», con sfumature anche fortemente negative, e quello di puro ardore di gloria; s'intende che nel caso di un uomo politico gloria e potere spesso coincidono e che l'amore del potere spesso corrompe quello della gloria. In Cesare questa caratteristica di fondo, vale a dire questo nocciolo della sua natura, si manifesta fin dall'adolescenza, e fin dall'inizio della sua carriera politica è, agli occhi di Plutarco, un vizio: l'ambizione non ha limiti morali e legali e porta allo sconvolgimento dell'assetto tradizionale dello stato, assetto che è, per Plutarco, l'unico giusto: lo sbocco, sistematicamente voluto fin da principio, è la tirannide, cioè l'eliminazione della democrazia (nel senso in cui la intende Plutarco) per instaurare il potere di uno solo. Dittatura, dittatura a vita, regno (βασιλεία) sono forme sempre più chiare e accentuate della tirannia; anche la guerra in Gallia viene collocata in parte in questa prospettiva, come conquista del prestigio militare necessario per il dominio dello stato.

Quali i mezzi usati nella marcia verso la tirannide? Essenzialmente tre. Innanzi tutto la corruzione sistematica del popolo, che richiede ingenti mezzi finanziari; a questa prassi si unisce strettamente la lotta per misure politiche in favore del popolo, specialmente distribuzioni di terre e fondazioni di colonie. Nella condanna della «demagogia» (è questo il termine antico che Plutarco usa: cfr. 20,2) non si va troppo per il sottile: la corruzione elettorale non è delitto più grave della politica tradizionale dei *populares*, della proposta di leggi agrarie. Cesare si pone sulla linea dei tribuni sovversivi; tuttavia Plutarco non lo presenta mai come un altro Catilina: si sa che accuse del genere erano comparse in scritti di Cicerone, almeno dopo l'uccisione del tiranno. La politica demagogica ha pieno successo: fino alla vittoria su Pompeo, Cesare può contare su un largo seguito popolare. Quando la pressione popolare non basta a piegare il senato, Cesare ricorre senza scrupoli alla violenza. La partecipazione alla congiura di Catilina resta, anche per Plutarco, dubbia; ma la violenza di piazza è largamente usata durante il consolato, e, prima di lasciare Roma, Cesare ha predisposto l'attacco di Clodio contro Cicerone. Il terzo mezzo è l'alleanza con i potenti dell'opposizione antisenatoria: nel demagogo ora allettante ora violento c'è un calcolatore politico freddo e sottile, anche se Plutarco lo fa emergere molto meno del demagogo.

Va però ribadito a questo punto che l'interpretazione plutarchea del *leader* politico non è affatto massiccia e sistematica, presenta, anzi, notevoli incertezze e oscillazioni. Dapprima egli sembra condividere sulla φιλανθρωπία di Cesare la diffidenza che attribuisce a Cicerone: essa è una maschera della politica sovversiva (4,8; 13,4); ma sulla famosa clemenza di Cesare (ἐπιείκεια, a cui è affine πρᾳότης, cioè *mansuetudo*) non emergono riserve: non solo quando è usata verso i Galli (15,4), ma anche quando è usata verso i vinti delle guerre civili (46,4; 48,4); non pare ambiguo il giudizio che Plutarco dà sul comportamento di Cesare, sotto questo aspetto, dopo la fine delle guerre civili (57,4-7): il tempio della Clemenza fu un riconoscimento «non sconveniente» della sua mitezza. Il tono non è da encomio, ma sembra voler eliminare molte ombre. In due questioni capitali, come abbiamo visto, le responsabilità di Cesare sono attenuate, anche se chiaramente riconosciute: egli volle la guerra civile, ma la voleva anche Pompeo, e, d'altra parte, l'anarchia richiedeva come rimedio necessario il potere di uno solo; egli mirava al regno, ma molto pesarono le spinte sia di adulatori sia di nemici. Nelle altre vite che toccano gli stessi temi (cioè nelle vite di Pompeo, Catone l'Uticense, Bruto, Antonio), la condanna del *leader* sovversivo, aspirante alla tirannide, è talvolta più accentuata (cfr., per es., *Cato minor* 22,4-5; 26,1; 41,1); un'analisi minuta, che qui non mi propongo, potrebbe mettere in luce differenze di sfumature, ma non mi pare che nel giudizio complessivo di Cesare vi siano spostamenti rilevanti da biografia a biografia: la stessa condanna, ma anche, specialmente sul secondo punto, le stesse attenuanti e le stesse oscillazioni. Le incertezze si spiegano, come ho già detto, con la molteplicità delle fonti e ancora più con le difficoltà intrinseche dei problemi, ma sono anche un segno dell'onestà del biografo, che non ha forzato troppo l'informazione disponibile per adattarla a schemi e giudizi preconcetti. Il *cliché* del tiranno, già usato contro Cesare da Cicerone negli ultimi scritti, non ha quasi nessuna influenza nella biografia plutarchea: Cesare non si distingue per crudeltà; non governa col terrore e non vive nel terrore, anzi fra i detti famosi anche Plutarco riferisce (57,7) quello secondo cui «è meglio morire una volta sola che aspettare sempre di morire»; non è presentato come empio, anzi le prove di incredulità e di aperto disprezzo della religione, che Svetonio sottolinea più volte (*Iul.* 59,1; 77,2; 81,9), sono da Plutarco tralasciate o messe in ombra.

Resta, ed è importante, la deformazione di fondo: l'aspirazione alla tirannide risale fino agli inizi della carriera politica; la tirannide è, insieme con la gloria, lo scopo perseguito sistematicamente fino alla morte. La deformazione non è di Plutarco, ma, più o meno, di tutta la tradizione antica. L'interpretazione era stata elaborata nella stessa lotta politica contro Cesare, in particolare dai capi più influenti del senato, come Catulo e Catone (le testimonianze ricorrono anche in questa *Vita di Cesare* e in altre biografie di Plutarco); la condivise e sviluppò Cicerone: in una lettera, non conservataci, ad un certo Axio, scrisse che «Cesare nel consolato aveva consolidato il regno che si era proposto da edile» (la testimonianza ci è stata trasmessa da Svetonio, *Iul.* 9,2). L'imperatore romano si presentava come *princeps*, non come *rex*; Augusto, per insistere su questa distinzione, non ci tenne a liberare il padre adottivo dall'accusa di tirannia, e l'accusa rimase salda sotto l'impero. Per indicare fino a che punto l'interpretazione sia stata scossa dalla storiografia moderna occorrerebbe un grosso libro, che per ora non mi propongo di scrivere; ma è evidente che una deformazione affine è durata fino a tempi recenti e dura, in parte, ancora oggi: risale a pochi decenni fa l'affascinante interpretazione di

Carcopino, che quasi ci mostra un Cesare concepito nel grembo materno insieme col disegno della monarchia universale. Solo faticosamente emerge nella storiografia dei nostri tempi la figura, più attendibile, di un Cesare che sale alla ribalta della storia solo col consolato e che formula i suoi progetti di volta in volta, tenendo conto delle nuove situazioni: non un eroe afferrato misticamente dalla propria missione imperiale, ma un grande politico pragmatico, flessibile, lucido, molto attento a capire la situazione e a cogliere il momento opportuno (il καιρός).[35] Per Plutarco, però, va aggiunta una considerazione importante: l'interpretazione comunemente accettata si trovava a convergere in lui col concetto dell'ethos unitario, organico del personaggio: facendo risalire l'aspirazione alla tirannide fino all'inizio della carriera politica, si aveva una splendida applicazione del concetto peripatetico (almeno in origine) che era alla base della biografia e che in questo caso spingeva a ritrovare in tutto il corso della vita la malattia dell'ambizione e dell'amor di gloria.

Fino a che punto per Plutarco la natura originaria si mantenga costante, fino a che punto subisca, pur senza rinnegarsi, mutamenti o crisi o se addirittura si rovesci, è questione aperta; e, naturalmente, andrebbe affrontata nel contesto della storiografia e della filosofia antica. Senza entrare in questo terreno immenso, del resto non molto esplorato finora, e da esplorare con l'uso di concetti aggiornati di psicologia,[36] mi limiterò ad alcune considerazioni provvisorie sulla *Vita di Cesare*. È uno dei casi in cui la natura originaria (amore della potenza e della gloria, amore del rischio) si mantiene più salda. Lo sviluppo è pienamente fedele alle origini, e si delinea come un cre-

---

[35] Sotto questo aspetto resta importante, e si distingue per acume e limpidezza, il libretto di H. Strasburger, *Caesars Eintritt in die Geschichte* cit.

[36] Qualche orientamento utile si ha da Ch. Gill, *The Question of Character-Development: Plutarch and Tacitus*, «Class. Quart.» 33 (1983), pp. 469-87.

scendo, anche se il biografo non si preoccupa di fissare fasi distinte; l'ascesa politica può subire degli arresti, come succede dopo la repressione della congiura di Catilina, ma l'ambizione non si spegne: si può dire, tutt'al più, che è vissuta con più sofferenza. Ci si aspetterebbe che si spegnesse o si attenuasse per i successi; ma è proprio il contrario, e questo è il paradosso di fondo del Cesare plutarcheo: prima di morire concepisce e prepara la grandiosa impresa contro i Parti; proprio a questo punto, come abbiamo visto, Plutarco mette in piena luce il carattere passionale, quasi patologico, del suo amore di gloria (58,4-7).

Un concetto a cui gli storici antichi ricorrono talvolta per spiegare mutamenti più o meno radicali nel comportamento di certi personaggi (un caso classico è quello di Tiberio) è che la natura perversa viene soffocata per tempi anche lunghi da certi ritegni, da certi ostacoli esterni e che esplode, o, comunque, si rivela, una volta rimossi gli ostacoli: dunque non mutamento del carattere, ma rivelazione del vero carattere originario. Non è il caso di Cesare; tutt'al più si può ricordare cha la sua ambizione è nascosta, per un certo tempo, dalla mitezza e gentilezza del comportamento: è questione di tattica, non di repressione dei propri istinti. Come si vede dagli aneddoti che Plutarco colloca nell'anno della propretura in Spagna, Cesare non nasconde il suo ardore di gloria. I mutamenti di rilievo si producono non nel suo carattere, ma nello scontro con le circostanze esterne. Nello sviluppo della sua passione insaziabile c'è una dialettica fatale, che porta ad una rottura, ad una contraddizione: l'incapacità di segnare un limite alla propria volontà di potenza porta alla perdita di quel favore popolare che è sempre stato, prima dell'esercito e poi accanto all'esercito, la sua grande forza: lo *hiatus* comincia ad aprirsi al ritorno di Cesare dall'Egitto, si approfondisce in modo irreparabile dopo la fine della guerra civile; il distacco del popolo va di pari passo con l'assunzione di cariche straordinarie e si manifesta chiaramente contro le intenzioni di instaurare il *regnum*. La contraddizione si apre dopo la vittoria sui nemici armati, il declino incomincia dopo il trionfo. Cesare è ucciso quando è già isolato dal suo popolo, che tornerà ad amarlo con furore dopo la sua morte, ed è ucciso per mano di amici e seguaci. Nella fedeltà alla propria natura il Cesare di Plutarco non conosce la sazietà di potenza e di gloria o la stanchezza, dovuta anche a malattia, che alcuni storici o biografi gli attribuivano nell'antichità e che doveva poi caratterizzarlo in alcune tragedie moderne (cfr. Svetonio, *Iul.* 86).[37]

Rappresentare l'ethos attraverso le azioni e i detti non significa necessariamente spiegare lo svolgimento della vita o, magari, della storia con l'ethos di uno o più personaggi. Certo, la ricerca dell'ethos coincideva in parte con una spiegazione dei comportamenti e delle azioni attraverso le passioni e le intenzioni degli uomini. Fissare in che misura ciò si sia verificato nella filosofia e nella storiografia è compito vastissimo che qui tralascio; capire i rapporti e le azioni umane partendo dalla natura dell'uomo, immutabile o restia ai mutamenti, era esigenza del pensiero peripatetico e, già prima, dello storico Tucidide. In parte ciò vale anche per Plutarco in quanto biografo, giacché la base più larga della sua narrazione è pur sempre una storiografia pragmatica; ma è da escludere che egli intenda spiegare la vita di un uomo, e tanto meno la storia, prevalentemente in base al carattere. La presenza divina è sottolineata dai prodigî. L'assenza di prodigî fino a tutta la guerra gallica e la presenza a partire dallo scoppio della guerra civile sembra dividere la biografia in due parti

[37] Sulla tradizione relativa alla malattia, che sarebbe documentabile anche da raffigurazioni su monete, cfr. ora un opuscolo di S. Macchi e G. Reggi, *Le condizioni di salute di Cesare nel 44 a.C.*, Lugano 1986. L'opuscolo è utile anche per il confronto puntuale fra le tradizioni storiche antiche relative ad alcuni episodi precedenti la morte.

diverse. Non c'è bisogno di ricordare di nuovo l'influenza, per quanto riguarda i prodigî, di Livio e, forse, anche di Asinio Pollione; ma è evidente l'interesse del platonico Plutarco per manifestazioni del genere, per l'alone religioso degli eventi. Più netta è l'impronta plutarchea nella presenza del dèmone che vigila sulla morte di Cesare e sulla vendetta: chiunque abbia una certa dimestichezza con lo scrittore di Cheronea, pensa alla sua demonologia. Nella biografia il dèmone interviene poco prima della morte: nel *De genio Socratis* (24, 593f) il dèmone interviene in particolare quando l'anima è alla fine di un ciclo di vite, dopo varie reincarnazioni; ma nel caso di Cesare il compito del dèmone non è proprio quello di salvare. Da ciò non si deve dedurre che il dèmone sia stato introdotto dal biografo: la leggenda correva già poco dopo la morte di Cesare e di Bruto, e su di essa era ricalcata una leggenda a proposito di Cassio Parmense, un altro degli uccisori di Cesare, che nella notte, poco prima di essere assassinato, vide apparire in sogno il suo «cattivo dèmone» (Valerio Massimo I 7,7).

Qualche elemento in più per caratterizzare Cesare avrebbe potuto darci il confronto (la σύγκρισις) con Alessandro. È noto che Plutarco aggiunge generalmente un confronto a ciascuna coppia di biografie; ma proprio nel caso di Alessandro e Cesare il confronto finale manca (gli altri casi sono Temistocle-Camillo, Focione-Catone minore, Pirro-Mario). Il pezzo è andato perduto? o non è stato mai scritto? Impossibile rispondere con un minimo di certezza. Si è congetturato che sia andato perduto, ma che larghe tracce si possano ritrovare nel confronto fra Cesare e Alessandro con cui Appiano chiude il II libro delle *Guerre civili* (21, 149-153).[38] La congettura è tutt'altro

---

[38] L'ipotesi è stata sostenuta con impegno ed acume da S. Costanza, *La synkrisis nello schema biografico di Plutarco*, «Messana». Studi diretti da M. Catalano, IV, Messina 1956, pp. 125-56. Appiano nel confronto richiama anche episodi che in Plutarco sono tralasciati: l'ostacolo non è insuperabile, ma, naturalmente, indebolisce l'ipotesi.

che sicura: il confronto fra i due grandi personaggi era un luogo comune della retorica antica; nel confronto finale Plutarco di solito insiste sulle differenze fra i due personaggi, riservando le somiglianze a un pezzo collocato prima della coppia di biografie (pezzo anch'esso mancante per la coppia Alessandro-Cesare), mentre Appiano parla quasi solo delle somiglianze; la questione va inquadrata in quella più ampia dei rapporti fra Plutarco e Appiano: non è stato dimostrato che il secondo dipenda dal primo. Anche ammesso che il pezzo sia andato perduto, non ce ne dorremo molto: i confronti finali delle *Vite parallele*, anche se ammirati da Montaigne, non brillano per acume e risentono non poco delle banalità di una tradizione retorica. Una facile conferma a Plutarco, che troviamo in Appiano, è l'accentuazione della φιλοτιμία, dell'audacia, della celerità, della prontezza nell'affrontare i pericoli (II 21,149). Una considerazione importante scoraggia dal ricercare le riflessioni di Plutarco in Appiano: il confronto di Appiano riguarda i due personaggi come condottieri di eserciti ed è solo encomiastico. Se Plutarco ha veramente scritto il confronto, non si sarà limitato alle lodi. Un buon indizio è in un passo della *Vita di Antonio* (6,3), scritta dopo quella di Cesare: qui Cesare, il conquistatore insaziabile, è accostato rapidamente ad Alessandro e a Ciro: «lo spingeva contro tutta l'umanità lo stesso impulso che prima aveva spinto anche Alessandro e, più anticamente, Ciro: l'amore insaziabile di potenza e il desiderio folle di essere il primo e il più grande». Come si vede, non è proprio un encomio.

10. Il racconto di Plutarco, come ho già accennato, è rappresentazione e valutazione insieme; e la valutazione è orientata da principî che, come generalmente negli antichi, sono nello stesso tempo politici e morali. Il biografo può avere incertezze, oscillare nella valutazione di per-

sonaggi e singoli fatti, non nei principî. La *Vita di Cesare* è tra quelle che coinvolgono di più l'autore nei giudizi. È ovvio che la condanna della tirannide, cioè del potere arbitrario concentrato in una sola persona, coincide col pieno favore per una forma di governo fondata su un senato aristocratico e, in misura molto minore, su assemblee popolari, forma che egli riconosceva nella repubblica romana quale era stata prima che la corruzione morale la portasse all'anarchia. Una tale forma di governo poteva essere classificata, secondo Plutarco, come «democrazia», ma Plutarco non vi cercava la garanzia dell'uguaglianza dei cittadini né un progresso qualsiasi verso l'uguaglianza: è ben noto il suo culto per il regime spartano. Capace di governare è solo l'*élite* dei migliori, cioè dei più saggi, che coincidono, in realtà, coi più ricchi. La massa, spinta da istinti irrazionali, va repressa e frenata; ogni rivendicazione economica (spartizione di terre, alleviamento o cancellazione dei debiti, distribuzioni eccessive di viveri) e ogni aspirazione a decidere di cose importanti in assemblee popolari, va respinta. Sono questi i concetti, i modelli politici che sono dietro alla condanna di Cesare come demagogo, sobillatore delle masse, tribuno sovversivo, all'insistenza sulla corruzione della plebe con largizioni e spettacoli, oltre che con le distribuzioni di terre fatte votare dalle assemblee. Plutarco non auspica, però, una repressione violenta delle aspirazioni della plebe: preferisce nettamente l'opera di persuasione affidata a un'*élite* autorevole, senza escludere concessioni parziali in situazioni difficili. Si accorda con questo atteggiamento politico, anche se ha una portata più ampia, la forte valorizzazione della φιλανθρωπία, cioè della buona disposizione a comprendere e ad aiutare gli altri senza mutare i rapporti sociali e politici. È una virtù che valorizza anche in Cesare, benché non la riconosca sempre come genuina, e che fa da contrappeso, sia pure debolmente, alla condanna del corruttore della plebe. È superfluo aggiungere che questo bagaglio di idee non ha niente di originale, che lo si trova già tutto nell'ultimo secolo della repubblica romana e, secoli prima, in una parte del pensiero politico delle città greche; ma Plutarco assimila quelle idee banali con profonda convinzione; senza di esse, comunque, non si capisce l'interpretazione che egli dà dei personaggi romani nel secolo delle rivoluzioni.[39]

L'interpretazione di Cesare in base a questi concetti è ancora corrente nel periodo in cui Plutarco scrive. All'inizio di questa introduzione ho accennato a uno spostamento che per la collocazione del personaggio si verifica nel periodo di Traiano: egli si trova collocato più volte all'inizio della lista degli imperatori: le testimonianze letterarie (Plinio il Giovane, *Epist*. V 3,5; Tacito, *Ann*. XIII 3; Appiano, *praef*. alla *Storia romana*, 6) sono confermate da testimonianze numismatiche e dall'inclusione di Cesare nella lista degli imperatori che figura nel giuramento dei soldati. Questa collocazione non è del tutto ignota a Plutarco: in *Num*. 19,6 Augusto è il secondo imperatore. Naturalmente è Svetonio che consacra lo spostamento in un nuovo canone dei *Caesares*. Tutto questo è notevole, ma non va sopravvalutato. Il giudizio su Cesare non subisce nessun mutamento radicale. Non mi propongo qui un confronto, neppure sommario, della biografia di Plutarco con quella di Svetonio;[41] ma credo di poter affermare che il giudizio di Svetonio non è molto più positivo

---

[39] Per un'illustrazione complessiva chiara, anche se non particolarmente illuminante, delle idee politiche di Plutarco rimando a G.J.D. Aalders H: Wzn, *Plutarch's Political Thought*, Verhandelingen der Koninklijke Nederlandse Akademie van Wetenschappen, Nieuwe Reeks, Deel 116, Amsterdam-Oxford-New York 1982. Molto di utile, con una comprensione più acuta del contesto sociale e politico, in C.P. Jones, *Plutarch and Rome* cit.

[40] Cfr. J. Geiger, *Zum Bild Julius Caesars* cit.

[41] Il confronto è svolto adeguatamente da W. Steidle, *Sueton und die antike Biographie* cit., pp. 13-67, ma andrebbe ridiscusso: le differenze non sono segnalate in modo convincente (del resto tutta l'interpretazione di Svetonio data dallo Steidle suscita alcuni dubbi).

che quello di Plutarco: il corteggiatore della plebe, il tribuno sovversivo emerge molto meno, ma l'accusa di *dominatio*, che non differisce da quella di tirannia, è chiaramente condivisa da Svetonio (cfr. *Iul.* 76-79); egli non si dissocia da quanti ritengono che Cesare sia stato *iure caesus* (*Iul.* 76,1) e sulla *dominatio* dà una lunga lista di prove.

Ma proprio sul tirannicidio il giudizio era stato incerto, oscillante in età imperiale, prima di Plutarco e Svetonio, anzi v'era stato, a proposito, un dibattito impegnativo. Senza tracciarne una storia, mi limito a poche testimonianze. Al tempo di Tiberio lo storico Cremuzio Cordo esaltava Bruto e chiamava Cassio l'ultimo dei Romani (Tacito, *Ann.* IV 34,1); ma era diffusa la condanna che li bollava come *latrones* e *parricidae* (Tacito, *Ann.* IV 34,7). Velleio Patercolo (II 56-57) non è molto esplicito nella condanna, ma dà al lettore l'impressione che Cesare per la sua clemenza non meritava una simile sorte. Complicato e significativo è l'atteggiamento di Seneca.[42] Secondo *De ira* (III 30,4-5) Cesare è ucciso dagli amici un tempo più devoti perché, anche se liberalissimo, non può saziare le loro speranze insaziabili. In seguito il giudizio su Cesare non è così favorevole (anche se resta sempre diverso da quello di Lucano), ma l'azione di Bruto e dei congiurati viene considerata senza incertezze come un errore politico. Bruto, che pure in altre cose fu un grand'uomo, agì allora sotto la spinta di un'illusione. Temeva il nome di re, mentre la monarchia, se il re è giusto, è il migliore dei regimi (e Bruto doveva saperlo dall'insegnamento degli Stoici). Credeva che si potesse restaurare la libertà in Roma, mentre c'era solo la possibilità di cambiare padrone; il ritorno alla libertà, al punto a cui era arrivata la corruzione morale della città, era ormai impossibile (*De ben.*

---

[42] Per una trattazione adeguata rimando a Miriam T. Griffin, *Seneca. A Philosopher in Politics*, Oxford 1976, pp. 182-201.

II 20). Catone l'Uticense resta sempre per Seneca un esempio ammirevole di vita stoica, quasi oggetto di un culto, che fu molto vivo nel primo secolo dell'impero; ma sulle possibilità di restaurare uno stato libero egli errava non meno di Bruto: «Che vuoi, Catone? Oramai non si tratta della libertà: da tempo è andata in rovina. La questione è se Cesare o Pompeo debba essere padrone dello stato: che c'entri tu con tale contesa? In questo dramma non hai alcun ruolo. Si tratta di scegliere un padrone: che t'importa chi dei due vinca? È possibile che vinca il migliore, non è possibile che non sia il peggiore colui che avrà vinto». Anche Plutarco sa che Pompeo, se avesse vinto, sarebbe stato padrone assoluto dello stato, ma non rivolgerebbe a Catone o a Bruto un'apostrofe del genere. A proposito di Cesare non si trova neppure in Plutarco (naturalmente bisogna tener conto anche della *Vita di Bruto*) un'esaltazione del tirannicidio, ma tanto meno esso è condannato come errore o come assassinio.

Ma in che senso, in che misura i valori, gl'ideali da «repubblica» aristocratica erano veramente attuali? È una domanda a cui non è facile rispondere. Plutarco né è né pretende di essere un eroe che lotta per la libertà contro la tirannia: la lettura dei suoi molti opuscoli, specialmente di quelli politici, ci mostra un intellettuale saggio, moderato, pacifico, soddisfatto del regime politico in cui vive. Nessuna velleità di rivolta contro il dominio romano, nessuna riserva sul regime del principato; dominio romano e monarchia non sono accettati con rassegnazione come un male inevitabile, ma con netta soddisfazione, perché garantiscono la pace fra i popoli governati, la difesa contro i nemici esterni, la concordia sociale. Plutarco non concepisce libertà che vada senza concordia, e concordia significa garanzia dei privilegi economici e politici per le *élites* locali; dalla sua opera, per chi sappia leggerla, emergono chiaramente la saldatura, il reciproco appoggio fra governo romano, ai cui magistrati spettano le decisioni più importanti, ed *élites* sociali ed intellettuali delle province, alle quali non era chiuso neppure l'accesso al senato romano.[43] Dunque la condanna della tirannide, il culto degli eroi «repubblicani» sono valori puramente libreschi, elementi di una tradizione mummificata? Sarebbe interpretazione troppo semplicistica. Innanzi tutto va presupposta l'impostazione ideologica del principato, per cui il *princeps* non è *rex*, ma *vindex libertatis*, restauratore dell'ordine e della concordia nella *res publica*: impostazione che non è stata messa in discussione da Augusto in poi e di cui ad Augusto si riconosceva il merito (solo poteva essere condannata la sua opera anteriore alla guerra aziaca, cioè l'opera del giovane triumviro, e la condanna è accettata da Plutarco).[44] Il culto di Catone e dei tirannicidi poteva dar fastidio, e anche essere perseguitato dai principi più tirannici, come Tiberio, Caligola, Domiziano, ma generalmente era tollerato. D'altra parte il platonico Plutarco pensava anche lui, come Seneca, che il regno può essere un regime giusto, anzi è il migliore se il re è giusto; se nella *Vita di Cesare* la βασιλεία equivale a tirannide, è perché il termine, che traduce *regnum*, si colora, in quel contesto storico, dell'avversione, tradizionale e costante nei secoli della repubblica, al *regnum* identificato con la tirannide di Tarquinio il Superbo. Ma, per Plutarco, non è tanto di questo terreno ideologico che bisogna tener conto: pesa molto di più la sua esperienza politica locale. Sotto l'impero romano, che governa attraverso l'accordo con le aristocrazie delle province e cerca di evitare una repressione sistematica (la usa, se mai, in difesa di quelle aristocrazie), le città greche grandi e piccole godono di una certa autonomia: hanno il loro consiglio aristocratico, talvolta anche assemblee popolari, do-

[43] Molto di giusto a questo proposito nel libro di C.P. Jones, *Plutarch and Rome* cit., spec. pp. 43; 110; 112.
[44] Cfr. C.P. Jones, *Plutarch and Rome* cit., pp. 79 sg.

ve, in ambito limitato, si discute (o si finge di discutere) e si decide. In questo ambito gli antichi valori e ideali della *polis* classica e della Roma repubblicana hanno una loro vita reale: limitata quanto si vuole, ma reale; ed è naturale che il culto intellettuale della Grecia classica esalti quella vitalità oltre la funzione reale. Nella prassi politica Plutarco è ben consapevole dei limiti e non sogna impossibili ritorni; talvolta, anzi, negli scritti politici (particolarmente nei *Praecepta gerendae reipublicae*), pare fin troppo realista (o «machiavellico», come talvolta si è detto); ma nella rievocazione del passato i limiti, naturalmente, si presentano molto meno. Agli estremi il biografo degli eroi e l'aristocratico di Cheronea impegnato nel governo della sua piccola città e nei contatti coi potenti di Roma sono diversi; ma solo agli estremi: in una misura tutt'altro che insignificante le due esperienze combaciano in modo non fittizio. Fissare la misura è, come ben s'intende, questione delicata e difficile.[45]

11. Anche se si vuole ammettere che l'ethos sia l'asse della biografia plutarchea, bisogna aggiungere che non tutto ruota intorno a quell'asse, che non tutto è funzionalizzato alla costruzione dell'ethos. A rigore, una parte notevole della storia pragmatica, che Plutarco accoglie, riuscirebbe superflua all'interpretazione del carattere: vale a dire che interesse filosofico della ricostruzione dell'ethos e interesse storico in parte combaciano, ma che rimane pur sempre uno scarto. Uno scarto analogo, e forse più ampio, rimane fra l'interesse filosofico e gli interessi letterari del narratore: Plutarco ha una sua vocazione artistica che in parte è funzionalizzata alla ricostruzione del-

[45] Una messa a fuoco molto notevole in P. Desideri, *La vita politica cittadina nell'impero: lettura dei* Praecepta gerendae reipublicae *e dell'*An seni respublica gerenda sit, in corso di pubblicazione in «Athenaeum». Il Desideri accentua forse troppo lo scarto fra le due esperienze. Si tenga conto anche degli studi ivi citati.

l'ethos, in parte è autonoma. L'artista narratore non riceve oggi, mi pare, tutta l'attenzione che merita; io non pretendo di supplire alla lacuna, ma solo di indicare alcuni aspetti della narrazione nella *Vita di Cesare*.

Specialmente negli aneddoti e nel racconto dei «piccoli fatti» Plutarco è fedele a un gusto della narrazione minuta, vivace, briosa, di lontana ascendenza ionica, ma ereditata, probabilmente, nella biografia fin dalle origini. Anche nella *Vita di Cesare* ve ne sono alcune prove eccellenti, che ho già segnalate. Il racconto su Cesare presso i pirati dovrebbe avere un posto di rilievo nella storia della novellistica antica. Cesare, sicuro di sé, esprime in crescendo il disprezzo per i suoi carcerieri: impone il silenzio quando vuole dormire (2,2), legge loro le sue poesie e li tratta come ignoranti e barbari perché non sanno apprezzarle (2,4). Il disprezzo non si manifesta tanto in modi arroganti quanto con lo scherzo: i pirati si divertono; troppo tardi si accorgono quanto le minacce scherzose fossero serie e il loro divertimento pericoloso (2,7). Divertente anche il modo in cui Cesare elude la cupidigia del propretore Iunco (2,6-7). Può apprezzare meglio la vivacità novellistica di questo racconto chi lo paragona con quello parallelo di Svetonio (*Iul.* 4, 2-3). Svetonio è, a sua volta, scrittore di doti notevoli, ma in questo caso, pur informando limpidamente, pur non riuscendo arido, è molto meno articolato e vivo di Plutarco. Solo ci dorremo che Plutarco abbia tralasciato un dettaglio per noi gustoso. Svetonio in un'altra parte della sua biografia (74,1) precisa che Cesare, per non fare soffrire troppo i pirati, li fece sgozzare prima della crocifissione che aveva promessa. Per Svetonio non si tratta di un particolare curioso: si tratta di una prova molto seria che Cesare fu *in ulciscendo natura lenissimus*.

Un'altra felice novella plutarchea è il racconto su Clodio alla festa della Bona Dea: una commedia dettagliata, dal ritmo piano, ma di grande naturalezza e vivacità: l'entrata furtiva del giovane imberbe con l'aiuto di un'ancella, l'errare per la grande casa cercando di sfuggire alla luce, la scoperta da parte di un'altra ancella, il gioco di parole non voluto, il tumulto (a questo punto da commedia *motoria*) che scoppia in casa, il rapido diffondersi della notizia dello scandalo per la città (10, 1-6). Anche in questo caso è utile il confronto con Svetonio (*Iul.* 74,4), che riferisce la notizia per dare un'altra prova della disposizione di Cesare a perdonare e per citare il famoso detto sui familiari che devono essere insospettabili (in Svetonio, in modo meno attendibile e meno felice, il riferimento va ai familiari in genere, non alla sola moglie). Tralascio di tornare sui colori novellistici che acquista a tratti il racconto della vicenda di Cesare in Egitto. Per una parte del pubblico la biografia ha una funzione simile a quella del romanzo e della novella, che sostituisce in una certa misura il teatro quando questo decade e la letteratura scritta prevale su quella orale. Il fine pedagogico di Plutarco non esclude la funzione dell'intrattenimento.

Nelle *Vite parallele* e in alcuni opuscoli Plutarco si dimostra evocatore attento, limpido, vivace di costumi, riti, cerimonie: anche questo è di lontana ascendenza ionica. Nella *Vita di Cesare* le prove non sono tra le migliori, ma neppure sono trascurabili: per es., la descrizione dei riti per la Bona dea (9,4-8), quella della festa dei Lupercali (61,1-3). Non si possono richiedere le stesse qualità letterarie alla dotta trattazione sulla riforma del calendario (59).

Alcuni storici, da Tucidide in poi, e alcuni storici latini come Livio e, probabilmente, Asinio Pollione avevano dato alla storiografia pragmatica un certo splendore epico: Plutarco lo ereditò in parte. Nella *Vita di Cesare* non abbiamo le prove più sicure, ma ci sono descrizioni di battaglie o di preparativi di guerra notevoli per il ritmo incalzante o per la terribile grandiosità dello spettacolo. Per es., l'attacco fulmineo contro i Belgi, la strage che ne segue, tale che i soldati romani attraversano paludi e fiumi sulle masse di cadaveri (20,5); l'attacco a sorpresa dei Nervii e la successiva tumultuosa battaglia in mezzo alla foresta, sull'orlo della rovina per i soldati romani; solo con uno sforzo sovrumano essi riescono a piegare la resistenza accanita dei Nervii, che si fanno tagliare a pezzi quasi tutti (20,7-9). La rivolta del 52 a.C., dopo che i semi sono stati gettati di nascosto per lungo tempo, esplode in modo febbrile, nel cuore delle foreste coperte di neve, oltre i fiumi gelati e le pianure diventate, per lo straripamento delle acque, come stagni immensi (25,3-5); segue poco dopo (26,3-4) il racconto della rapida marcia di Cesare in pieno inverno. Forse il quadro epico più grandioso della biografia è quello che, nel racconto della battaglia di Alesia, segue alla sconfitta dei Galli che avevano attaccato dall'esterno: né i soldati romani che attaccano Alesia, né gli assediati ne sanno niente; i Romani se ne accorgono quando le urla di pianto degli uomini e i lamenti funebri delle donne s'innalzano dalla città: gli assediati hanno visto, al di là degli attaccanti, mucchi di scudi ornati d'argento e d'oro, di corazze insanguinate, di coppe e tende galliche che gli altri Romani hanno conquistato come preda. La narrazione delle guerre civili offre meno sotto questo aspetto; tuttavia è un grande quadro di battaglia quello della fuga precipitosa dei cesariani a Durazzo, che il loro capo tenta, disperatamente, di fermare (39,5-7); e un racconto innalzato da un pathos eroico, eppure privo di enfasi, è quello del sacrificio del centurione Crastino a Farsalo (44,9-12).

Tuttavia l'eredità più ricca e più caratterizzante, che alla biografia plutarchea viene dalla storiografia, è quella che risale alla storiografia tragica. I conti di Plutarco con la storiografia di questo tipo sono difficili a farsi, e, per quanto ne so, il compito non è stato ancora affrontato con impegno; non è certo il caso di farlo basandosi solo sulla *Vita di Cesare*: mi limiterò a sfiorare il problema.

È probabile che Plutarco conoscesse la polemica di Polibio, da lui utilizzato in alcune vite, contro la storiografia tragica; è probabile che ad essa guardasse con qualche diffidenza; qualche volta mostra di temere e di condannare la «teatralità».[46] È escluso che egli intendesse porsi come erede di quel tipo di storiografia; ma, per quanto filtrata, l'eredità resta, ed è ben visibile. Al centro del racconto plutarcheo è l'uomo, non la situazione o il periodo storico, e l'uomo non solo come ethos e modello (positivo o negativo), ma anche con le sue speranze, le sue ansie, le sue emozioni. Abbiamo visto Cesare spaventato, prima del passaggio del Rubicone, dalla grandezza della propria impresa, ondeggiante nel dubbio prima di gettare il dado (32,5-7), angosciato dopo la sconfitta di Durazzo (39,9); abbiamo visto Pompeo paralizzato dall'angoscia dopo la fuga della sua cavalleria a Farsalo (45,7-9). Non torno sul racconto drammatico dell'ammutinamento e del pentimento dei soldati che debbono imbarcarsi a Brindisi in pieno inverno (37): credo di aver detto l'essenziale, ma un'analisi minuta non sarebbe sprecata, perché della storiografia tragica, come ho già detto, qui è presente anche la tecnica, specialmente nel monologo collettivo. Il dramma di Calpurnia prima delle idi di marzo ha meno rilievo di quanto non ci aspetteremmo; ma chi ricorda, della *Vita di Bruto*, il dramma di Porcia, la moglie del protagonista, durante la preparazione della congiura, non dubiterà della sensibilità di Plutarco per la donna come personaggio tragico. Uno dei mezzi famosi usati dalla storiografia tragica per «scuotere» il lettore erano le scene patetiche di massa: mi pare certo che si ponga in questa tradizione e in questo gusto l'evocazione dello sconvolgimento dell'Italia dopo il passaggio del Rubicone, pezzo che ho già se-

---

[46] Su questo problema cfr. Ph. De Lacy, *Biography and Tragedy in Plutarch*, «Amer. Journ. of Philol.» 73 (1952), pp. 159-71, che si sofferma soprattutto sulla *Vita di Demetrio*.

gnalato. La prima immagine è quella del cataclisma: sono spalancate le porte della guerra, che si abbatte su tutta la terra e il mare, e, insieme con i confini, sono sconvolte le leggi dello stato (33,1). Per rievocare le fughe in massa dominano le immagini dell'inondazione e della tempesta; lo sconvolgimento è caratterizzato dall'urto di passioni opposte e violente: letizia inquieta, dolore e terrore (33,2-3). A questo quadro si può accostare quello della confusione e del panico per l'uccisione di Cesare: l'ondata si riversa dal senato nella città; tra l'accorrere di gente verso il senato per vedere il misfatto e il ritorno di gente in preda all'emozione (67,1) si forma come un turbine. Più terribile, ed efficacemente evocata, è la scena della folla che esplode di dolore e furore dopo la lettura del testamento di Cesare e la vista del corpo deturpato; tutta l'azione, cremazione, corsa all'incendio e ai linciaggi, si pone in una sola ondata tempestosa (68,1-2): tempestosa e, naturalmente, irrazionale: il linciaggio di Cinna (68,3-6) serve anche a sottolineare la cecità della folla. La tempesta è tale da travolgere anche la fermezza e il coraggio di Bruto e Cassio, che fuggono dalla città entro pochi giorni (68,7). Una buona prova della capacità di *Gestaltung* artistica da parte di Plutarco.

Credo, però, che l'impronta della storiografia tragica vada al di là di singoli pezzi come questi. Nella mia rapida lettura ho cercato di mettere in evidenza come le «peripezie» forniscano compagini strutturali alla narrazione (ma sarebbe deformante un'interpretazione sistematica in questa chiave). Ciò risulta particolarmente chiaro nella *Gestaltung* della campagna del 48 a.C., ma vale anche per altre parti della biografia: la fuga sotto il regime sillano, l'avventura fra i pirati, l'elezione a pontefice massimo, le vicende connesse alla congiura di Catilina, la fuga dai debitori alla partenza per la propretura in Spagna ecc. La *Vita di Cesare* si colloca alla felice convergenza fra il gusto della storiografia tragica per le «peripezie» e l'interpretazione del personaggio come eroe del rischio. Tra le scene che più efficacemente testimoniano questo aspetto dell'opera, è quella, famosa, del tentato attraversamento dell'Adriatico in barca (38), a cui ho già accennato. La partenza di Cesare travestito da schiavo, di notte, di nascosto, è sottolineata perché è essenziale nel dramma il contrasto con la rivelazione al barcaiolo, il colpo di scena tra l'infuriare della tempesta. L'impresa audace è una sfida contro la natura, e perciò il narratore si sofferma relativamente a lungo sullo scoppio imprevisto e sulle cause della tempesta. Anche l'incontro finale, al ritorno, con i soldati curiosi e amareggiati per la sfiducia del capo è in chiave con la costruzione drammatica dell'episodio. Il confronto con Appiano (*B.C.*. II 9,57), Lucano (V 497-702), Cassio Dione (XLI 46,2-4) dimostra che Plutarco trovava già una drammatizzazione nelle fonti (Asinio Pollione e Livio), ma dimostra pure i gusti e l'arte narrativa del biografo. Lucano, dando all'episodio una grandiosità cosmica, batte una via propria, che qui non importa valutare. Plutarco drammatizza senza enfasi, e con grande misura costruisce una scena di grande movimento e di pathos non troppo teatrale: Appiano e Dione risultano scrittori scialbi di fronte a lui. Anche se non possiamo condividere l'entusiasmo di tanti lettori illustri, possiamo capire il fascino che egli ha fatto sentire per tanti secoli.

In qualche punto, che ho già illustrato, le «peripezie» ricordano quelle della novella o della commedia, ma generalmente è il pathos della tragedia, o, meglio, della storiografia tragica, che è presente nell'opera. E ben si avverte che almeno un soffio dello spirito tragico della Grecia classica spira nel racconto della congiura e della morte. Il segno del destino ineluttabile era indicato certamente già nelle fonti vicine all'avvenimento: per es., Velleio Patercolo (II, 57,2 sg.), dopo aver ricordato alcuni degli avvertimenti che non valsero a salvare Cesare, commenta: «Ma veramente la forza ineluttabile dei fati corrompe la prudenza di tutti quelli di cui vuole rovesciare la fortuna». Probabilmente anche la presenza del dèmone, come abbiamo visto, era stata avvertita presto; ma senza la religiosità di Plutarco, senza il suo senso tragico del destino, che la sua credenza platonica nella provvidenza non aveva sradicato, la morte di Cesare non sarebbe diventata quella misteriosa e grandiosa tragedia che ha acceso la fantasia dei poeti moderni.

La forte impronta della storiografia tragica andrà illustrata con altre *Vite parallele*: anche sotto questo aspetto le vite dei personaggi romani hanno un posto di rilievo; ma andranno presi in considerazione anche alcuni degli opuscoli, specialmente il *De genio Socratis*, dove i dialoghi sul dèmone s'intrecciano con le vicende rischiose della congiura tebana contro i dominatori spartani, ricche di sospetti, ansie, colpi di scena. Per ora voglio sottolineare che Plutarco ha mantenuto vitalità all'eredità della storiografia tragica grazie alla sua misura, alla sua sobrietà, cioè eliminando gli eccessi emotivi e spettacolari. La stessa misura, del resto, ha usato per frenare altre tendenze divergenti della sua arte narrativa, come il gusto novellistico e l'amore per la grandezza epica. Così è riuscito ad amalgamarle in un tessuto abbastanza vario, ma senza differenze stridenti. La forza più efficace di armonizzazione è nello stile, che il pathos talvolta innalza, ma senza impennate ardite, e che raramente cade nella sciattezza e mai nell'artificiosità futile, non rara nei nuovi sofisti. La cura, con cui Plutarco evita lo iato, potrebbe far pensare a una presenza pedantesca e opprimente della retorica; ma non è così: lo stile di Plutarco non è molto elaborato; non fa sentire il tormento della prosa lambiccata, e neppure quello della grande arte (cioè, per intenderci, né quello di Apuleio né quello di Tacito); ma la sua prosa, diseguale come elaborazione ed efficacia, comunque molto raramente opaca, è la prosa di un narratore artista, non di un retore. Mi limito a questa brevissima rivendicazione, anche perché la lingua e lo stile di Plutarco sono, se non erro, gli aspetti meno studiati della sua amplissima opera.

ANTONIO LA PENNA

TAVOLA CRONOLOGICA

100 (101?) a.C. Nascita di Cesare.

84 *Flamen Dialis*. Nozze con Cornelia, figlia di Cinna.

83 Nascita della figlia Giulia.

80 Cesare ottiene la corona civica nella presa di Mitilene.

77 Cesare sostiene l'accusa contro il sillano Cn. Cornelio Dolabella in un processo per concussione.

76 Accusa contro C. Antonio.

75-74 Studi di retorica a Rodi presso Molone.

75 Sequestrato dai pirati e liberato.

73 Pontefice e tribuno militare.

68 Questura di Cesare in Spagna.

67 La *lex Gabinia* conferisce a Pompeo poteri straordinari per la guerra contro i pirati.

66 La *lex Manilia* affida a Pompeo il comando della guerra contro Mitridate. Congiura di Catilina.

65 Censura di Crasso. Cesare edile curule; giochi splendidi.

63 Cesare pontefice massimo. Pompeo in Oriente: sconfitta di Mitridate e caduta di Gerusalemme. Consolato di

307

Cicerone. Viene respinta la *lex agraria* di Rullo. Seconda congiura di Catilina. Cesare si pronuncia contro la pena di morte dei catilinari.

62 Sconfitta e morte di Catilina. Pretura di Cesare. Ritorno di Pompeo in Italia. Scandalo provocato da P. Clodio in occasione della festa della Bona Dea in casa di Cesare. Divorzio dalla terza moglie, Pompeia.

61 Cesare propretore nella Spagna ulteriore. Proclamato *imperator*.

60 Ritorno di Cesare dalla Spagna. Patto fra Crasso, Cesare e Pompeo (primo triumvirato).

59 Consolato di Cesare (insieme all'ottimate C. Calpurnio Bibulo) e sua attività legislativa (due leggi agrarie a favore dei veterani di Pompeo e dei cittadini nullatenenti; riduzione di un terzo del canone d'appalto sulle imposte asiatiche; *lex Iulia de repetundis*, che stabiliva un controllo sui governatori delle province). Pompeo sposa Giulia. La *lex Vatinia* assegna a Cesare il governo della Gallia Cisalpina e dell'Illirico (su proposta di Pompeo il senato aggiunge la Gallia Transalpina). Matrimonio con Calpurnia.

58-51 Campagne di Cesare in Gallia: vittoria su Ariovisto, due spedizioni in Britannia, sconfitta di Vercingetorige.

58 Tribunato di Clodio ed esilio di Cicerone in Grecia.

57 Lotte tra Clodio e Milone.

56 Convegno di Lucca e riconferma del triumvirato.

55 Crasso e Pompeo consoli per la seconda volta. Rinnovo del proconsolato di Cesare.

54 Pompeo governa da Roma la Spagna per mezzo di legati. Morte di Giulia. Non si tengono elezioni consolari.

53 Sconfitta di Crasso a Carre nella guerra contro i Parti. Morte di Crasso.

52 Uccisione di Clodio. Pompeo console *sine collega*. Processo di Milone.

49 Inizia la guerra civile. Cesare passa il Rubicone e giunge a Roma. Pompeo lascia l'Italia e fugge in Grecia.

48 Cesare console per la seconda volta. Spostamento in Grecia del teatro della guerra. Battaglia di Farsalo. Morte di Pompeo in Egitto.

48-47 Guerra Alessandrina.

47 Cesare viene nominato dittatore, Marco Antonio *magister equitum*. Sconfitta di Farnace, re del Ponto. Partenza di Cesare per l'Africa.

46 Cesare console per la terza volta. Campagna in Africa. Battaglia di Tapso. Suicidio di Catone. Creazione della provincia romana di Africa Nova. Trionfo sulla Gallia, l'Egitto, il Ponto e l'Africa. Dittatore per dieci anni. Riforma del calendario. Partenza di Cesare per la Spagna.

45 Battaglia di Munda e definitiva sconfitta dei Pompeiani. Cesare rientra a Roma, celebrando il suo quinto trionfo.

44 Cesare dittatore a vita poco prima della progettata campagna partica. Morte di Cesare (idi di marzo).

CESARE

[ΚΑΙΣΑΡ]

1. Τὴν Κίννα τοῦ μοναρχήσαντος θυγατέρα Κορνηλίαν ὡς ἐπεκράτησε Σύλλας οὔτ᾽ ἐλπίσιν οὔτε φόβῳ δυνηθεὶς ἀποσπάσαι Καίσαρος, ἐδήμευσε τὴν φερνὴν αὐτῆς. 2 αἰτία δὲ Καίσαρι τῆς πρὸς Σύλλαν ἀπεχθείας ἡ πρὸς Μάριον οἰκειότης ἦν· Ἰουλίᾳ γὰρ πατρὸς ἀδελφῇ Καίσαρος ὁ πρεσβύτερος συνῴκει Μάριος, ἐξ ἧς ἐγεγόνει Μάριος 3 ὁ νεώτερος, ἀνεψιὸς ὢν Καίσαρος. ὡς δ᾽ ὑπὸ πλήθους φόνων ἐν ἀρχῇ καὶ δι᾽ ἀσχολίας ὑπὸ Σύλλα παρορώμενος οὐκ ἠγάπησεν, ἀλλὰ μετιὼν ἱερωσύνην εἰς τὸν δῆμον προῆλθεν οὔπω πάνυ μειράκιον ὤν, ταύτης μὲν ἐκπεσεῖν 4 αὐτὸν ὑπεναντιωθεὶς Σύλλας παρεσκεύασε· περὶ δ᾽ ἀναιρέσεως βουλευόμενος, ἐνίων λεγόντων ὡς οὐκ ἔχοι λόγον ἀποκτιννύναι παῖδα τηλικοῦτον, οὐκ ἔφη νοῦν ἔχειν αὐτούς, εἰ μὴ πολλοὺς ἐν τῷ παιδὶ τούτῳ Μαρίους ἐνορῶσι. 5 ταύτης τῆς φωνῆς ἀνενεχθείσης πρὸς Καίσαρα, συχνὸν μέν τινα χρόνον πλανώμενος ἐν Σαβίνοις ἔκλεπτεν ἑαυτόν· 6 ἔπειτα δι᾽ ἀρρωστίαν εἰς οἰκίαν ἑτέραν μετακομιζόμενος

---

[1] Lucio Cornelio Silla, famoso uomo politico. Questore nel 108 prese parte alla guerra giugurtina; console nell'88 ebbe il comando della guerra contro Mitridate. Tornato in Italia nell'83 divenne in breve padrone di Roma e dell'Italia. Dittatore nell'81 con poteri eccezionali, depose volontariamente questa magistratura nel 79 e morì nel marzo dell'anno successivo.

1. Quando Silla[1] arrivò al potere, non poté né con lusinghe né con il terrore staccare da Cesare Cornelia, la figlia di quel Cinna[2] che era stato dittatore; perciò ne confiscò la dote. Cesare era ostile a Silla perché apparteneva **2** alla famiglia di Mario:[3] infatti Mario il vecchio aveva sposato Giulia, sorella del padre di Cesare, e da essa aveva avuto Mario il giovane, che era cugino di Cesare. Da **3** principio Silla, impegnato nel fare massacri, non s'era curato di Cesare, il quale però non era rimasto tranquillo: infatti quando ancora era giovanetto si presentò al popolo per richiedere una magistratura sacerdotale e Silla gli si oppose facendo in modo che non venisse eletto. Più tardi Silla meditava di mandarlo a morte, e gli si opposero alcuni asserendo che non metteva conto mandare a morte **4** un ragazzo di quell'età: egli ribatté che non avevano senno se non vedevano in quel giovane molti Marii. La voce **5** fu riferita a Cesare che per un certo tempo rimase nascosto in Sabina spostandosi qua e là; poi, una notte, mentre **6** veniva trasportato, perché ammalato, in un'altra casa,

[2] L. Cornelio Cinna fu console per un quadriennio senza interruzione a partire dall'87: in pratica questo periodo equivalse a una dittatura. Fu fiero avversario di Silla.
[3] G. Mario, nato ad Arpino, di gente plebea, vincitore della guerra contro Giugurta, contro i Cimbri e i Teutoni, fu console per sette volte (nel 107, dal 104 al 100, nell'86) e iniziatore di una riforma militare che portò alla creazione di un esercito professionale: di qui derivarono conseguenze di vitale importanza per lo stato.

κατὰ νύκτα, περιπίπτει στρατιώταις τοῦ Σύλλα διερευνω-
μένοις ἐκεῖνα τὰ χωρία καὶ τοὺς κεκρυμμένους συλλαμ-
7 βάνουσιν. ὧν τὸν ἡγεμόνα Κορνήλιον πείσας δυσὶ ταλάντοις, ἀφείθη, καὶ καταβὰς εὐθὺς ἐπὶ θάλατταν ἐξέπλευσεν
8 εἰς Βιθυνίαν πρὸς Νικομήδην τὸν βασιλέα. παρ᾽ ᾧ δια-
τρίψας χρόνον οὐ πολύν, εἶτ᾽ ἀποπλέων, ἁλίσκεται περὶ
τὴν Φαρμακοῦσσαν νῆσον ὑπὸ πειρατῶν, ἤδη τότε στόλοις
μεγάλοις καὶ σκάφεσιν ἀπλέτοις κατεχόντων τὴν θάλατταν.

2. Πρῶτον μὲν οὖν αἰτηθεὶς ὑπ᾽ αὐτῶν λύτρα εἴκοσι
τάλαντα, κατεγέλασεν ὡς οὐκ εἰδότων ὃν ᾑρήκοιεν, αὐτὸς
2 δ᾽ ὡμολόγησε πεντήκοντα δώσειν· ἔπειτα τῶν περὶ αὐτὸν
ἄλλον εἰς ἄλλην διαπέμψας πόλιν ἐπὶ τὸν τῶν χρημάτων
πορισμόν, ἐν ἀνθρώποις φονικωτάτοις Κίλιξι μεθ᾽ ἑνὸς
φίλου καὶ δυοῖν ἀκολούθοιν ἀπολελειμμένος, οὕτω
καταφρονητικῶς εἶχεν, ὥστε πέμπων ὁσάκις ἀναπαύοιτο
3 προσέταττεν αὐτοῖς σιωπᾶν. ἡμέραις δὲ τεσσαράκοντα
δυεῖν δεούσαις, ὥσπερ οὐ φρουρούμενος ἀλλὰ δορυφορούμενος ὑπ᾽ αὐτῶν, ἐπὶ πολλῆς ἀδείας συνέπαιζε καὶ
4 συνεγυμνάζετο, καὶ ποιήματα γράφων καὶ λόγους τινὰς
ἀκροαταῖς ἐκείνοις ἐχρῆτο, καὶ τοὺς μὴ θαυμάζοντας
ἄντικρυς ἀπαιδεύτους καὶ βαρβάρους ἀπεκάλει, καὶ σὺν
γέλωτι πολλάκις ἠπείλησε κρεμᾶν αὐτούς· οἱ δ᾽ ἔχαιρον,
ἀφελείᾳ τινὶ καὶ παιδιᾷ τὴν παρρησίαν ταύτην νέμοντες.
5 ὡς δ᾽ ἧκον ἐκ Μιλήτου τὰ λύτρα καὶ δοὺς ἀφείθη, πλοῖα
πληρώσας εὐθὺς ἐκ τοῦ Μιλησίων λιμένος ἐπὶ τοὺς λῃστὰς
ἀνήγετο, καὶ καταλαβὼν ἔτι πρὸς τῇ νήσῳ ναυλοχοῦντας,

---

[4] Plutarco si rivolge a un pubblico di lettori greci e fa riferimento a
unità monetarie greche: nel caso in questione a una unità di conto, non
di conio. Il valore del talento greco è equivalente a seimila denarii latini. Non è possibile, in tempi di inflazione come gli attuali, determinare
il valore reale corrispondente.
[5] Cornelio Fagita, un liberto di Silla.
[6] Questa notizia, come anche la successiva riguardante la prigionia
presso i pirati, non è cronologicamente in una collocazione esatta. Plutarco cade in errore perché riassume fortemente. Infatti Cesare si recò
in Bitinia non per fuggire Silla ma per compiere il suo primo servizio

cadde nelle mani di alcuni soldati di Silla che perlustravano quei luoghi alla ricerca di chi vi si nascondesse. Riuscì 7 a cavarsela perché corruppe con due talenti[4] il capo di quei soldati, Cornelio,[5] e subito scese al mare e partì per la Bitinia[6] per rifugiarsi dal re Nicomede.[7] Qui non rimase per molto tempo: sulla via del ritorno fu fatto prigioniero presso l'isola di Farmacussa[8] dai pirati che già a quel tempo dominavano il mare con grandi mezzi e çon un numero spropositato di imbarcazioni.

2. Gli chiesero innanzitutto di pagare un riscatto di venti talenti, ed egli, deridendoli quasi che non sapessero chi 2 avevano preso, promise che ne avrebbe pagati cinquanta; poi mandò quelli che stavano con lui, chi in una città chi in un'altra, a procurarsi il danaro, e rimase con un amico e due servi tra quei ferocissimi Cilici[9] comportandosi con tale altezzosità che ogni volta che andava a riposare mandava a ordinare loro di tacere. Per trentotto giorni scherzò e si esercitò con loro in assoluta tranquillità, come se 3 quelli gli facessero non da custodi ma da guardie del corpo; scriveva poesie e discorsi, e glieli faceva ascoltare, e 4 se non glieli applaudivano li chiamava bruscamente illetterati e barbari, e spesso, ridendo, minacciò di impiccarli; anch'essi ne ridevano, attribuendo questa franchezza al carattere semplice e incline allo scherzo. Ma quando 5 giunse da Mileto il prezzo del riscatto, e lo versò, e fu liberato, subito allestì delle navi, e dal porto di Mileto venne contro i pirati: li sorprese mentre ancora erano all'an-

militare, né fu fatto prigioniero dai pirati sulla via del ritorno, ma parecchi anni dopo.
[7] Nicomede III Epifane Filopatore, amico dei Romani e perciò nemico di Mitridate, fu rimesso sul trono di Bitinia da Silla nell'85. Morì nel 74 e lasciò per testamento il suo regno ai Romani.
[8] Farmacussa è un'isola posta di fronte al Promontorio Posidio, presso Mileto; oggi Farmakonisi.
[9] I Cilici furono i pirati più famosi dell'impero romano, a quel tempo al sommo della loro potenza; li sradicherà Pompeo di lì a poco, con la ben nota guerra piratica del 67.

6 ἐκράτησε τῶν πλείστων. καὶ τὰ μὲν χρήματα λείαν
ἐποιήσατο, τοὺς δ᾽ ἄνδρας ἐν Περγάμῳ καταθέμενος εἰς
τὸ δεσμωτήριον, αὐτὸς ἐπορεύθη πρὸς τὸν διέποντα τὴν
Ἀσίαν Ἰουγκον, ὡς ἐκείνῳ προσῆκον ὄντι στρατηγῷ
7 κολάσαι τοὺς ἑαλωκότας. ἐκείνου δὲ καὶ τοῖς χρήμασιν
ἐποφθαλμιῶντος (ἦν γὰρ οὐκ ὀλίγα), καὶ περὶ τῶν
αἰχμαλώτων σκέψεσθαι φάσκοντος ἐπὶ σχολῆς, χαίρειν
ἐάσας αὐτὸν ὁ Καῖσαρ εἰς Πέργαμον ᾤχετο, καὶ προαγα-
γὼν τοὺς λῃστὰς ἅπαντας ἀνεσταύρωσεν, ὥσπερ αὐτοῖς
δοκῶν παίζειν ἐν τῇ νήσῳ προειρήκει πολλάκις.

3. Ἐκ δὲ τούτου τῆς Σύλλα δυνάμεως ἤδη μαραι-
νομένης καὶ τῶν οἴκοι καλούντων αὐτόν, ἔπλευσεν εἰς
Ῥόδον ἐπὶ σχολὴν πρὸς Ἀπολλώνιον τὸν τοῦ Μόλωνος,
οὗ καὶ Κικέρων ἠκρόατο, σοφιστεύοντος ἐπιφανῶς καὶ
2 τὸν τρόπον ἐπιεικοῦς εἶναι δοκοῦντος. λέγεται δὲ καὶ
φῦναι πρὸς λόγους πολιτικοὺς ὁ Καῖσαρ ἄριστα καὶ δια-
πονῆσαι φιλοτιμότατα τὴν φύσιν, ὡς τὰ δευτερεῖα μὲν
3 ἀδηρίτως ἔχειν, τὸ δὲ πρωτεῖον, ὅπως τῇ δυνάμει καὶ
τοῖς ὅπλοις πρῶτος εἴη μᾶλλον [ἀλλ᾽] ἀσχοληθείς, ἀφεῖναι, πρὸς ὅπερ ἡ φύσις ὑφηγεῖτο τῆς ἐν τῷ λέγειν δεινότητος, ὑπὸ στρατειῶν καὶ πολιτείας, ᾗ κατεκτήσατο
4 τὴν ἡγεμονίαν, οὐκ ἐξικόμενος. αὐτὸς δ᾽ οὖν ὕστερον
ἐν τῇ πρὸς Κικέρωνα περὶ Κάτωνος ἀντιγραφῇ παραι-
τεῖται, μὴ στρατιωτικοῦ λόγον ἀνδρὸς ἀντεξετάζειν πρὸς
δεινότητα ῥήτορος εὐφυοῦς καὶ σχολὴν ἐπὶ τοῦτο πολλὴν
ἄγοντος.

4. Ἐπανελθὼν δ᾽ ἀπὸ τῆς Ἑλλάδος εἰς Ῥώμην, Δολο-

cora presso l'isola e ne catturò la maggior parte. Delle ric- **6** chezze fece bottino, gli uomini li mise in carcere a Pergamo e andò direttamente dal governatore d'Asia Iunco, in quanto a lui spettava, in forza del suo ufficio, di punire i prigionieri. Ma quello aveva messo l'occhio sulle ricchez- **7** ze, che erano tante, e diceva che avrebbe pensato ai prigionieri con calma; Cesare allora lo lasciò perdere e tornò a Pergamo, ove, tratti fuori dal carcere i ladroni, li crocifisse tutti, come aveva spesso loro predetto nell'isola, apparentemente scherzando.

3. Poi, quando ormai la potenza di Silla stava declinando, e da casa lo richiamavano, venne a Rodi, presso Apollonio Molone[10] che era stato maestro anche di Cicerone, ed era retore famoso, celebrato per i suoi incorrotti costumi. Dicono che Cesare avesse ottime disposizioni naturali per l'oratoria politica e che coltivasse questa inclinazione con molta diligenza, tanto che raggiunse incontestabilmente il secondo posto: al primo aveva rinunciato **3** perché si era prefisso piuttosto di raggiungere il primato nell'attività politica e militare, non conseguendo così quel primato nell'eloquenza, cui lo portava la natura, a causa delle campagne militari e dell'attività civile con la quale arrivò al potere. Egli stesso, più tardi, nella risposta pole- **4** mica al *Catone*[11] di Cicerone, chiede di non confrontare il discorso di un militare con la raffinata ricercatezza di un retore ben dotato che ha dedicato molto tempo a questa attività.

4. Ritornato a Roma[12] sostenne l'accusa contro Dola-

---

[10] Maestro di retorica, originario di Alabanda in Caria, tenne scuola a Rodi e per breve tempo a Roma. Ebbe come discepoli Cesare e Cicerone.

[11] Opera di esaltazione di Catone scritta dopo la morte dell'eroe in Utica dietro pressante esortazione di Bruto. Fu composta nel luglio del 46.

[12] Nel 78, non appena era stato informato della morte di Silla, che era scomparso nel marzo di quell'anno.

βέλλαν ἔκρινε κακώσεως ἐπαρχίας, καὶ πολλαὶ τῶν
2 πόλεων μαρτυρίας αὐτῷ παρέσχον. ὁ μὲν οὖν Δολο-
βέλλας ἀπέφυγε τὴν δίκην, ὁ δὲ Καῖσαρ, ἀμειβόμενος
τὴν Ἑλλάδα τῆς προθυμίας, συνηγόρευσεν αὐτῇ Πόπλιον
Ἀντώνιον διωκούσῃ δωροδοκίας ἐπὶ Λευκούλλου Μάρκου
3 τοῦ Μακεδονίας στρατηγοῦ. καὶ τοσοῦτον ἴσχυσεν, ὥστε
τὸν Ἀντώνιον ἐπικαλέσασθαι τοὺς δημάρχους, σκηψά-
μενον οὐκ ἔχειν τὸ ἴσον ἐν τῇ Ἑλλάδι πρὸς Ἕλληνας.
4 ἐν δὲ Ῥώμῃ πολλὴ μὲν ἐπὶ τῷ λόγῳ περὶ τὰς συνηγορίας
αὐτοῦ χάρις ἐξέλαμπε, πολλὴ δὲ τῆς περὶ τὰς δεξιώσεις
καὶ ὁμιλίας φιλοφροσύνης εὔνοια παρὰ τῶν δημοτῶν
5 ἀπήντα, θεραπευτικοῦ παρ᾽ ἡλικίαν ὄντος. ἦν δέ τις καὶ
ἀπὸ δείπνων καὶ τραπέζης καὶ ὅλως τῆς περὶ τὴν δίαιταν
λαμπρότητος αὐξανομένη κατὰ μικρὸν αὐτῷ δύναμις εἰς
6 τὴν πολιτείαν. ἦν τὸ πρῶτον οἱ φθονοῦντες οἰόμενοι
ταχὺ τῶν ἀναλωμάτων ἐπιλιπόντων ἐξίτηλον ἔσεσθαι,
7 περιεώρων ἀνθοῦσαν ἐν τοῖς πολλοῖς· ὀψὲ δ᾽ ᾔσθοντο,
μεγάλης καὶ δυσανατρέπτου γενομένης καὶ βαδιζούσης
ἄντικρυς ἐπὶ τὴν τῶν ὅλων μεταβολήν, ὡς οὐδεμίαν
ἀρχὴν πράγματος ⟨οὕτως⟩ ἡγητέον μικράν, ἣν οὐ ταχὺ
ποιεῖ μεγάλην τὸ ἐνδελεχές, ἐκ τοῦ καταφρονηθῆναι τὸ
8 μὴ κωλυθῆναι λαβοῦσαν. ὁ γοῦν πρῶτος ὑπιδέσθαι δοκῶν
αὐτοῦ καὶ φοβηθῆναι τῆς πολιτείας ὥσπερ θαλάττης τὰ
διαγελῶντα καὶ τὴν ἐν τῷ φιλανθρώπῳ καὶ ἱλαρῷ κεκρυμ-
μένην δεινότητα τοῦ ἤθους καταμαθὼν Κικέρων ἔλεγε

bella[13] per aver male amministrato la provincia, e molte città greche gli offrirono la loro testimonianza. Dolabella evitò la condanna, e Cesare, per ricambiare il favore alle città greche, le assistette in giudizio quando accusarono Publio Antonio[14] di corruzione davanti a Marco Lucullo,[15] governatore di Macedonia. Ebbe, in quell'occasione, tale efficacia che Antonio fece appello ai tribuni, adducendo a motivazione di non essere su un piano di parità in Grecia di fronte ai Greci. In Roma egli riscuoteva gran favore per la sua eloquenza nelle cause e molta benevolenza gli veniva dai cittadini per la sua affabilità nel salutare e nel conversare, dato che egli era cortese ben al di là della sua età. Aveva anche una certa autorità politica che gli si accresceva a poco a poco e gli derivava dai pranzi che imbandiva, dalla sua tavola, e in generale dalla raffinatezza del suo modo di vivere. I suoi avversari politici, da principio, ritenendo che ben presto, quando gli fossero venuti a mancare i danari, questa autorità sarebbe svanita, permettevano che prendesse piede tra la gente; però quando essa era divenuta grande e difficile da abbattere, e anzi procedeva direttamente al sovvertimento generale, si accorsero, ma tardi, che non si deve ritenere trascurabile all'inizio nessuna azione, che rapidamente diventa grande se è continua, e che poi diviene irresistibile se non viene considerata per quel che è. Il primo che sembra aver sospettato e temuto la bonaccia dell'attività politica di Cesare come quella del mare, e aver temuto la potenza del suo carattere, dissimulata dal tono ilare e affabile, fu Cicerone, che disse di vedere un intendimento ti-

2

3

4

5

6

7

8

---

[13] Cn. Cornelio Dolabella, console nell'81, era stato poi proconsole in Macedonia; accusato da Cesare di concussione nel 77 fu difeso da Cotta e Ortensio, e venne assolto.

[14] È qui errato il prenome in quanto si tratta di C. Antonio Hibrida, che fu console con Cicerone nel 63. Il processo cui qui si allude fu discusso nel 76, ma non in Grecia come qui è erroneamente asserito.

[15] Un altro errore, in quanto M. Lucullo era quell'anno *praetor peregrinus* e non esplicava alcuna funzione magistratuale in provincia.

τοῖς ἄλλοις ἅπασιν ἐπιβουλεύμασιν αὐτοῦ καὶ πολιτεύ-
9 μασι τυραννικὴν ἐνορᾶν διάνοιαν· ,,ἀλλ᾽ ὅταν'' ἔφη ,,τὴν
κόμην οὕτω διακειμένην περιττῶς ἴδω, κἀκεῖνον ἑνὶ
δακτύλῳ κνώμενον, οὔ μοι δοκεῖ πάλιν οὗτος ἄνθρωπος
εἰς νοῦν ἂν ἐμβαλέσθαι τηλικοῦτον κακόν, ἀναίρεσιν τῆς
Ῥωμαίων πολιτείας.'' ταῦτα μὲν οὖν ὕστερον.

5. Τοῦ δὲ δήμου πρώτην μὲν ἀπόδειξιν τῆς πρὸς αὐτὸν
εὐνοίας ἔλαβεν, ὅτε πρὸς Γάιον Ποπίλιον ἐρίσας ὑπὲρ
2 χιλιαρχίας πρότερος ἀνηγορεύθη· δευτέραν δὲ καὶ κατα-
φανεστέραν, ὅτε τῆς Μαρίου γυναικὸς Ἰουλίας ἀποθανούσης, ἀδελφιδοῦς ὢν αὐτῆς, ἐγκώμιόν τε λαμπρὸν ἐν
ἀγορᾷ διῆλθε, καὶ περὶ τὴν ἐκφορὰν ἐτόλμησεν εἰκόνας
Μαρίων προθέσθαι, τότε πρῶτον ὀφθείσας μετὰ τὴν ἐπὶ
3 Σύλλα πολιτείαν, πολεμίων τῶν ἀνδρῶν κριθέντων. ἐπὶ
τούτῳ γὰρ ἐνίων καταβοησάντων τοῦ Καίσαρος, ὁ δῆμος
ἀντήχησε, λαμπρῷ δεξάμενος κρότῳ καὶ θαυμάσας
ὥσπερ ἐξ Ἅιδου διὰ χρόνων πολλῶν ἀνάγοντα τὰς Μαρίου
4 τιμὰς εἰς τὴν πόλιν. τὸ μὲν οὖν ἐπὶ γυναιξὶ πρεσβυτέραις
λόγους ἐπιταφίους διεξιέναι πάτριον ἦν Ῥωμαίοις,
⟨ἐπὶ⟩ νέαις δ᾽ οὐκ ὂν ἐν ἔθει, πρῶτος εἶπε Καῖσαρ ἐπὶ τῆς
5 ἑαυτοῦ γυναικὸς ἀποθανούσης. καὶ τοῦτ᾽ ἤνεγκεν αὐτῷ
χάριν τινὰ καὶ συνεδημαγώγησε τῷ πάθει τοὺς πολλοὺς ὡς
6 ἥμερον ἄνδρα καὶ περίμεστον ἤθους ἀγαπᾶν. θάψας δὲ
τὴν γυναῖκα, ταμίας εἰς Ἰβηρίαν ἑνὶ τῶν στρατηγῶν
Βέτερι συνεξῆλθεν, ὃν αὐτόν τε τιμῶν ἀεὶ διετέλεσε, καὶ
7 τὸν υἱὸν αὐτοῦ πάλιν αὐτὸς ἄρχων ταμίαν ἐποίησε. γενό-

[16] Il fatto è del 73, quando Cesare ritornò dall'Asia.

[17] L'orazione funebre per Giulia, sorella di C. Giulio Cesare padre del dittatore, fu pronunciata nel 69 a.C. Era abituale presso le famiglie nobili tenere pubblicamente queste *laudationes funebres*.

[18] Nello stesso anno 69 Cesare tenne il discorso per Cornelia, figlia di Cinna, che egli aveva sposato nell'84 e da cui ebbe l'unica figlia Giulia, che andò poi sposa a Pompeo nel 59. Anche questa *laudatio*, come

rannico in tutti i suoi pensieri e in tutte le sue azioni politiche; «ma» aggiungeva «quando vedo i suoi capelli così ben curati, e lo vedo grattarsi la testa con un dito, davvero non mi pare che questo uomo possa concepire un pensiero così funesto, e cioè la distruzione della costituzione romana.» Ma di questo si parlerà più avanti. 9

5. Ebbe la prima dimostrazione del favor popolare quando, in concorrenza con Gaio Popilio per il tribunato militare, risultò eletto per primo;[16] la seconda, e più evidente, quando alla morte di Giulia, moglie di Mario, egli, che ne era il nipote, tenne nel foro uno splendido elogio[17] e osò esporre, durante il trasporto funebre, le statue di Mario: era la prima volta allora che le si vedeva dopo la dominazione di Silla, dato che quegli uomini erano stati dichiarati nemici dello stato. Proprio per questo alcuni diedero addosso a Cesare, ma il popolo espresse chiaramente il suo favore, accogliendolo con applausi e esprimendo la sua ammirazione come se riconducesse dall'Ade in città, dopo molto tempo, i ricordi di Mario. 2 3

Pronunziare dei discorsi funebri per donne anziane era tradizionale in Roma, ma non era in uso per le donne giovani; Cesare per primo tenne un discorso di celebrazione della sua giovane moglie,[18] e questo gli guadagnò del favore, oltre alla partecipazione al suo lutto dei più, presi d'affetto per un uomo che era mansueto e pieno di buoni sentimenti. Dopo la morte della moglie andò in Spagna, come questore[19] di uno dei pretori, Vetere,[20] che egli poi tenne sempre in onore, e il cui figlio scelse come suo questore quando a sua volta egli fu pretore. Dopo quella ma- 4 5 6 7

la precedente per la zia, aveva lo scopo di esaltare la parte mariana: così Cesare intendeva guadagnarsi il favore popolare.

[19] I questori detenevano in origine il potere giudiziario; in seguito si interessarono di questioni finanziarie. Quando erano assegnati ai governi delle province, come qui, le loro funzioni erano più ampie.

[20] C. Antistio Vetere fu propretore nella Spagna Ulteriore nel 69-68.

μενος δ' ἀπὸ τῆς ἀρχῆς ἐκείνης, τρίτην ἠγάγετο γυναῖκα
Πομπηΐαν, ἔχων ἐκ Κορνηλίας θυγατέρα τὴν ὕστερον
Πομπηΐῳ Μάγνῳ γαμηθεῖσαν.

8 Χρώμενος δὲ ταῖς δαπάναις ἀφειδῶς, καὶ δοκῶν μὲν
ἐφήμερον καὶ βραχεῖαν ἀντικαταλλάττεσθαι μεγάλων
ἀναλωμάτων δόξαν, ὠνούμενος δὲ ταῖς ἀληθείαις τὰ
μέγιστα μικρῶν, λέγεται πρὶν εἰς ἀρχήν τινα καθίστασθαι
χιλίων καὶ τριακοσίων γενέσθαι χρεωφειλέτης ταλάντων.
9 ἐπεὶ δὲ τοῦτο μὲν ὁδοῦ τῆς Ἀππίας ἀποδειχθεὶς ἐπι-
μελητὴς πάμπολλα χρήματα προσανάλωσε τῶν ἑαυτοῦ,
τοῦτο δ' ἀγορανομῶν ζεύγη μονομάχων τριακόσια καὶ
εἴκοσι παρέσχε, καὶ ταῖς ἄλλαις περί τε θέατρα καὶ πομπὰς
καὶ δεῖπνα χορηγίαις καὶ πολυτελείαις τὰς πρὸ αὐτοῦ
κατέκλυσε φιλοτιμίας, οὕτω διέθηκε τὸν δῆμον, ὡς
καινὰς μὲν ἀρχάς, καινὰς δὲ τιμὰς ζητεῖν ἕκαστον αἷς
αὐτὸν ἀμείψαιντο.

6. Δυεῖν δ' οὐσῶν ἐν τῇ πόλει στάσεων, τῆς μὲν ἀπὸ
Σύλλα μέγα δυναμένης, τῆς δὲ Μαριανῆς, ἣ τότε κατ-
επτήχει καὶ διέσπαστο κομιδῇ ταπεινὰ πράττουσα, ταύτην
ἀναρρῶσαι καὶ προσαγαγέσθαι βουλόμενος, ἐν ταῖς ἀγο-
ρανομικαῖς φιλοτιμίαις ἀκμὴν ἐχούσαις εἰκόνας ἐποιήσατο Μαρίου κρύφα καὶ Νίκας τροπαιοφόρους, ἃς φέρων
2 νυκτὸς εἰς τὸ Καπιτώλιον ἀνέστησεν. ἅμα δ' ἡμέρα τοὺς
θεασαμένους μαρμαίροντα πάντα χρυσῷ καὶ τέχνῃ
κατεσκευασμένα περιττῶς (διεδήλου δὲ γράμμασι τὰ
Κιμβρικὰ κατορθώματα) θάμβος ἔσχε τῆς τόλμης τοῦ
ἀναθέντος (οὐ γὰρ ἦν ἄδηλος), ταχὺ δὲ περιιὼν ὁ λόγος
3 ἤθροιζε πάντας ἀνθρώπους πρὸς τὴν ὄψιν. ἀλλ' οἱ μὲν
ἐβόων τυραννίδα πολιτεύεσθαι Καίσαρα, νόμοις καὶ δόγ-
μασι κατορωρυγμένας ἐπανιστάντα τιμάς, καὶ τοῦτο

gistratura sposò in terze nozze Pompea:[21] egli già aveva da Cornelia una figlia, che andò poi sposa a Pompeo Magno. Giacché spendeva senza misura dando l'impressione di ricavare fama transitoria e limitata pur con l'esborso di grosse somme di danaro (in realtà si guadagnava tutto con poca spesa), a quanto si dice, ancor prima di aver ottenuto un incarico pubblico risultava aver debiti per milletrecento talenti. Ma quando, eletto curatore della via Appia,[22] ci spese moltissimo del suo denaro, e, nominato edile,[23] presentò trecentoventi coppie di gladiatori e, con le altre fastose spese relative a teatri, processioni, pranzi, ebbe oscurato le magnificenze dei magistrati precedenti, suscitò nel popolo un tale stato d'animo che tutti cercavano di compensarlo con nuove cariche e nuovi onori.

6. C'erano in quel momento in città due fazioni: quella Sillana, in auge, e quella Mariana, dimessa e divisa, veramente in cattive condizioni. Egli volle risollevare questa e conciliarsela, e quando la sua carica di edile lo poneva in somma luce, fece fare nascostamente delle statue di Mario e delle Vittorie portatrici di trofeo, e di notte le fece trasportare sul Campidoglio, ove vennero innalzate. La mattina successiva coloro che videro tutte quelle statue, rilucenti d'oro e costruite con arte sopraffina (le iscrizioni ricordavano le vittorie sui Cimbri), furono presi d'ammirazione per l'audacia di chi le aveva fatte collocare (si sapeva bene chi fosse), e presto la voce si sparse e accorsero tutti a vedere. Ma alcuni si diedero a gridare che Cesare praticava una politica tirannica, riesumando onori che erano stati affossati da deliberazioni legali, e che questa

---

[21] Cesare aveva sposato in prime nozze Cossutia, della quale nulla si sa, poi Cornelia, per la quale vd. *supra*, e nel 67 Pompeia, figlia di Q. Pompeo Rufo, console nell'88, e di Cornelia, figlia di Silla.

[22] Non si tratta di una vera magistratura: chi ne era investito sovrintendeva alla funzionalità della via.

[23] Nel 65. Le funzioni essenziali degli edili sono: la cura del mercato e quindi dell'approvvigionamento della città; della pubblica circolazione e dell'incolumità dagli incendi; degli spettacoli.

πεῖραν ἐπὶ τὸν δῆμον εἶναι, προμαλαττόμενον εἰ τετιθάσ-
σευται ταῖς φιλοτιμίαις ὑπ' αὐτοῦ καὶ δίδωσι παίζειν
4 τοιαῦτα καὶ καινοτομεῖν· οἱ δὲ Μαριανοὶ παραθαρρύ-
ναντες ἀλλήλους, πλήθει τε θαυμαστὸν ὅσοι διεφάνησαν
5 ἐξαίφνης, καὶ κρότῳ κατεῖχον τὸ· Καπιτώλιον· πολλοῖς
δὲ καὶ δάκρυα τὴν Μαρίου θεωμένοις ὄψιν ὑφ' ἡδονῆς
ἐχώρει, καὶ μέγας ἦν ὁ Καῖσαρ ἐγκωμίοις αἱρόμενος, ὡς
ἀντὶ πάντων ἄξιος εἷς ὁ ἀνὴρ τῆς Μαρίου συγγενείας.
6 συναχθείσης δὲ περὶ τούτων τῆς βουλῆς, Κάτλος Λουτά-
τιος, ἀνὴρ εὐδοκιμῶν τότε μάλιστα Ῥωμαίων, ἀναστὰς
καὶ κατηγορήσας Καίσαρος ἐπεφθέγξατο τὸ μνημονευ-
όμενον· „οὐκέτι" γὰρ „ὑπονόμοις" ἔφη „Καῖσαρ, ἀλλ'
7 ἤδη μηχαναῖς αἱρεῖ τὴν πολιτείαν." ἐπεὶ δ' ἀπολογησά-
μενος πρὸς ταῦτα Καῖσαρ ἔπεισε τὴν σύγκλητον, ἔτι
μᾶλλον οἱ θαυμάζοντες αὐτὸν ἐπήρθησαν, καὶ παρεκε-
λεύοντο μηδενὶ τοῦ φρονήματος ὑφίεσθαι· πάντων γὰρ
ἑκόντι τῷ δήμῳ περιέσεσθαι καὶ πρωτεύσειν.

7. Ἐν δὲ τούτῳ καὶ Μετέλλου τοῦ ἀρχιερέως τελευτήσαντος, καὶ τὴν ἱερωσύνην περιμάχητον οὖσαν
Ἰσαυρικοῦ καὶ Κάτλου μετιόντων, ἐπιφανεστάτων ἀνδρῶν καὶ μέγιστον ἐν ⟨τῇ⟩ βουλῇ δυναμένων, οὐχ ὑπεῖξεν
αὐτοῖς ὁ Καῖσαρ, ἀλλὰ καταβὰς εἰς τὸν δῆμον ἀντιπαρ-
2 ήγγελλεν. ἀγχωμάλου δὲ τῆς σπουδῆς φαινομένης, ὁ
Κάτλος, ἀπὸ μείζονος ἀξίας μᾶλλον ὀρρωδῶν τὴν ἀδηλότητα, προσέπεμψε πείθων ἀποστῆναι τὸν Καίσαρα τῆς

era una prova per controllare se il popolo, in precedenza addomesticato, era stato conquistato dalle sue larghezze e gli concedeva di scherzare in tal modo e di introdurre innovazioni. I Mariani invece, facendosi coraggio a vicenda, apparvero all'improvviso in pubblico straordinariamente numerosi, e riempirono il Campidoglio dei loro applausi. Molti piangevano di consolazione vedendo le statue di Mario, e si levava una gran lode per Cesare, salutato come l'unico della discendenza di Mario che ne fosse degno. Il senato allora si riunì a discutere di questo episodio, e Lutazio Catulo,[24] che a quel tempo era particolarmente stimato tra i Romani, si levò ad accusare Cesare pronunziando quella famosa frase: «Cesare cerca di arrivare al potere non più con gallerie, ma con macchine da guerra». Cesare si difese di fronte a queste accuse e persuase il senato; i suoi ammiratori si ringalluzzirono ancor di più e lo esortarono a non cedere di fronte ad alcuno, giacché col favore del popolo avrebbe superato tutti e sarebbe diventato il primo.

7. Era morto in quel tempo anche Metello il pontefice massimo,[25] e aspiravano a quella carica, molto ambita, Isaurico[26] e Catulo, uomini molto in vista e potentissimi in senato. Cesare non cedette di fronte a loro, ma si presentò al popolo per avanzare la sua candidatura. Sembrava che il favor popolare fosse bilanciato, e Catulo, che per essere di maggior dignità più temeva l'incertezza dei risultati, mandò un intermediario a persuadere Cesare a ri-

---

[24] C. Lutazio Catulo, console nel 78, di parte aristocratica, esercitò contro Cesare quell'ostilità che suo padre aveva manifestato contro Mario; al tempo di Catilina, unitamente a Catone, sostenne in senato la posizione più severa di condanna dei congiurati.

[25] Q. Cecilio Metello Pio, console nell'80 e pontefice massimo dall'82, guerreggiò con successo in Spagna tra il 79 e il 72 contro Sertorio. Morì nel 63.

[26] P. Servilio Vatia Isaurico, console nel 79, era stato procuratore in Cilicia nel 78-75, e ivi operò contro i pirati. Come censore nel 55-54 restaurò gli argini del Tevere dopo una rovinosa inondazione.

φιλοτιμίας ἐπὶ πολλοῖς χρήμασιν· ὁ δὲ καὶ πλείω προσ-
8 δανεισάμενος ἔφη διαγωνιεῖσθαι. τῆς δ᾽ ἡμέρας ἐνστάσης,
καὶ τῆς μητρὸς ἐπὶ τὰς θύρας αὐτὸν οὐκ ἀδακρυτὶ
προπεμπούσης, ἀσπασάμενος αὐτήν, „ὦ μῆτερ“ εἶπε,
4 „τήμερον ἢ ἀρχιερέα τὸν υἱὸν ἢ φυγάδα ὄψει.“ διενε-
χθείσης δὲ τῆς ψήφου καὶ γενομένης ἁμίλλης, ἐκράτησε
καὶ παρέσχε τῇ βουλῇ καὶ τοῖς ἀρίστοις φόβον ὡς ἐπὶ
πᾶν θρασύτητος προάξων τὸν δῆμον.

5 Ὅθεν οἱ περὶ Πίσωνα καὶ Κάτλον ᾐτιῶντο Κικέρωνα,
φεισάμενον Καίσαρος ἐν τοῖς περὶ Κατιλίναν λαβὴν παρα-
6 σχόντος. ὁ γὰρ δὴ Κατιλίνας οὐ μόνον τὴν πολιτείαν
μεταβαλεῖν, ἀλλ᾽ ὅλην ἀνελεῖν τὴν ἡγεμονίαν καὶ πάντα
τὰ πράγματα συγχέαι διανοηθείς, αὐτὸς μὲν ἐξέπεσε,
περιπταίσας ἐλάττοσιν ἐλέγχοις πρὸ τοῦ τὰς ἐσχάτας
αὐτοῦ βουλὰς ἀποκαλυφθῆναι, Λέντλον δὲ καὶ Κέθηγον ἐν
7 τῇ πόλει διαδόχους ἀπέλιπε τῆς συνωμοσίας· οἷς εἰ μὲν
κρύφα παρεῖχέ τι θάρσους καὶ δυνάμεως ὁ Καῖσαρ, ἄδηλόν
ἐστιν, ἐν δὲ τῇ βουλῇ κατὰ κράτος ἐξελεγχθέντων, καὶ
Κικέρωνος τοῦ ὑπάτου γνώμας ἐρωτῶντος περὶ κολά-
σεως ἕκαστον, οἱ μὲν ἄλλοι μέχρι Καίσαρος θανατοῦν
8 ἐκέλευον, ὁ δὲ Καῖσαρ ἀναστὰς λόγον διῆλθε πεφρον-
τισμένον, ὡς ἀποκτεῖναι μὲν ἀκρίτους ἄνδρας ἀξιώματι
καὶ γένει λαμπροὺς οὐ δοκεῖ πάτριον οὐδὲ δίκαιον εἶναι
9 μὴ μετὰ τῆς ἐσχάτης ἀνάγκης· εἰ δὲ φρουροῖντο δεθέντες
ἐν πόλεσι τῆς Ἰταλίας, ἃς ἂν αὐτὸς ἕληται Κικέρων, μέχρι
⟨ἂν⟩ οὗ καταπολεμηθῇ Κατιλίνας, ὕστερον ἐν εἰρήνῃ καὶ
καθ᾽ ἡσυχίαν περὶ ἑκάστου τῇ βουλῇ γνῶναι παρέξειν.

tirarsi da quella contesa, offrendogli grandi somme di danaro; Cesare, che ne aveva chieste a prestito di maggiori, rispose che avrebbe mantenuto la candidatura. Quando 3 venne quel giorno, la madre lo accompagnò alla porta, non senza piangere, ed egli la abbracciò dicendo: «Madre, oggi vedrai tuo figlio pontefice massimo o esule». Conclusasi la votazione ci fu nello spoglio dei voti un te- 4 sta a testa, ma alla fine egli prevalse, e senato e ottimati temevano che avrebbe portato il popolo a qualsiasi eccesso. Per questo Pisone e Catulo incolparono Cicerone di 5 aver risparmiato Cesare quando poteva essere incriminato per i fatti catilinari. Catilina infatti aveva meditato non 6 solo di cambiare il sistema istituzionale, ma addirittura di sovvertire tutto lo stato; era dovuto uscire di città a seguito di imputazioni minori, prima che si svelassero le sue peggiori intenzioni, e aveva lasciato in città, a dirigere la congiura, Lentulo[27] e Cetego[28]. Non si sa se Cesare abbia 7 loro offerto di nascosto qualche aiuto e sostegno morale, ma quando in senato essi furono duramente smascherati e Cicerone chiese a ciascuno il parere in ordine alla punizione da stabilire, tutti fino a Cesare proposero la pena 8 di morte, Cesare invece si alzò e fece un discorso ben meditato, affermando che non gli sembrava né giusto né conforme alla tradizione patria mandare a morte senza un regolare processo uomini di spicco per prestigio e nascita, tranne che in caso di estrema necessità; se li si fosse tenuti 9 imprigionati nelle città d'Italia[29] scelte dallo stesso console fino a quando Catilina fosse stato definitivamente sconfitto, in seguito, in pace, tranquillamente il senato avrebbe potuto deliberare su ciascuno di loro.

---

[27] P. Cornelio Lentulo Sura, console nel 71, era poi stato espulso dal senato, ma nel 63 era pretore. Fu il più illustre dei congiurati lasciati da Catilina in città.
[28] C. Cornelio Cetego, forse questore l'anno della congiura catilinaria cui partecipò. Morì alle none di dicembre del 63.
[29] Così si soleva fare con gli ostaggi di popoli stranieri.

8. Οὕτω δὲ τῆς γνώμης φιλανθρώπου φανείσης καὶ τοῦ λόγου δυνατῶς ἐπ᾽ αὐτῇ ῥηθέντος, οὐ μόνον οἱ μετὰ τοῦτον ἀνιστάμενοι προσετίθεντο, πολλοὶ δὲ καὶ τῶν πρὸ αὐτοῦ τὰς εἰρημένας γνώμας ἀπειπάμενοι πρὸς τὴν ἐκείνου μετέστησαν, ἕως ἐπὶ Κάτωνα τὸ πρᾶγμα καὶ

2 Κάτλον περιῆλθε. τούτων δὲ νεανικῶς ἐναντιωθέντων, Κάτωνος δὲ καὶ τὴν ὑπόνοιαν ἅμα τῷ λόγῳ συνεπερείσαντος αὐτῷ καὶ συγκατεξαναστάντος ἐρρωμένως, οἱ μὲν ἄνδρες ἀποθανούμενοι παρεδόθησαν, Καίσαρι δὲ τῆς βουλῆς ἐξιόντι πολλοὶ τῶν Κικέρωνα φρουρούντων τότε

3 νέων γυμνὰ τὰ ξίφη συνδραμόντες ἐπέσχον. ἀλλὰ Κουρίων τε λέγεται τῇ τηβέννῳ περιβαλὼν ὑπεξαγαγεῖν, αὐτός θ᾽ ὁ Κικέρων ὡς οἱ νεανίσκοι προσέβλεψαν ἀνανεῦσαι, φοβηθεὶς τὸν δῆμον, ἢ τὸν φόνον ὅλως ἄδικον καὶ παρά-

4 νομον ἡγούμενος. τοῦτο μὲν οὖν οὐκ οἶδ᾽ ὅπως ὁ Κικέρων, εἴπερ ἦν ἀληθές, ἐν τῷ περὶ τῆς ὑπατείας οὐκ ἔγραψεν· αἰτίαν δ᾽ εἶχεν ὕστερον ὡς ἄριστα τῷ καιρῷ τότε παρασχόντι κατὰ τοῦ Καίσαρος μὴ χρησάμενος, ἀλλ᾽ ἀποδειλιάσας ⟨πρὸς⟩ τὸν δῆμον, ὑπερφυῶς περιεχόμενον τοῦ

5 Καίσαρος· ὅς γε καὶ μετ᾽ ὀλίγας ἡμέρας, εἰς τὴν βουλὴν εἰσελθόντος αὐτοῦ καὶ περὶ ὧν ἐν ὑποψίαις ἦν ἀπολογουμένου καὶ περιπίπτοντος θορύβοις πονηροῖς, ἐπειδὴ πλείων τοῦ συνήθους ἐγίγνετο τῇ βουλῇ καθεζομένῃ χρόνος, ἐπῆλθε μετὰ κραυγῆς καὶ περιέστη τὴν σύγκλητον, ἀπαιτῶν τὸν ἄνδρα καὶ κελεύων ἀφεῖναι.

8. Il parere esposto era apparso equilibrato, il discorso che lo sosteneva abile, tanto che coloro che si levarono a parlare in seguito lo appoggiarono, e non solo essi, ma anche molti di coloro che già avevano espresso prima il loro parere ripresero la parola per accedere alla sua posizione, fino a che la parola fu data a Catone[30] e a Catulo. Costoro si opposero con foga giovanile: Catone in particolare insorse vigorosamente e con il suo discorso lasciò trapelare un certo sospetto sul conto di Cesare: gli incriminati furono consegnati al carnefice mentre molti dei giovani, che in quel momento stavano attorno a Cicerone come una guardia del corpo, corsero a protendere le spade nude contro Cesare che usciva dal senato. Si dice che Curione[31] lo abbia sottratto al pericolo coprendolo con la sua toga, e che Cicerone abbia fatto cenno di no quando i giovani guardarono a lui, o per paura del popolo o perché riteneva un'eventuale uccisione del tutto ingiusta e illegale. L'episodio, se pure era vero, Cicerone, non so come, non lo ha ricordato nella sua opera relativa al suo consolato;[32] comunque in seguito lo si incolpò di non aver sfruttato quell'ottima occasione che gli si era presentata contro Cesare, ma di aver avuto paura del popolo che era eccezionalmente legato a Cesare.

Infatti di lì a pochi giorni Cesare venne in senato a difendersi per ciò di cui era sospettato, e ne derivò un tremendo putiferio; e siccome la seduta durava assai più tempo di quanto non fosse usuale, il popolo si fece avanti urlando, circondò l'edificio e pretese, anzi ordinò, che si la-

2

3

4

5

[30] M. Porcio Catone, pronipote del Censore, pretore nel 54, detto l'Uticense perché si uccise in Utica per non cadere nelle mani di Cesare. Fu idealizzato dalla tradizione come l'eroe di libertà per antonomasia.
[31] C. Scribonio Curione, console del 76, convinto aristocratico, votò contro Catilina. Parlò in favore di Clodio al suo processo, e divenne poi amico di Cesare e avversario di Cicerone.
[32] Cicerone scrisse sul suo consolato un *Commentarium* in greco, cui qui probabilmente allude Plutarco, e un poema *De consulatu suo* composto più tardi in latino.

6 Διὸ καὶ Κάτων φοβηθεὶς μάλιστα τὸν ἐκ τῶν ἀπόρων νεωτερισμόν, οἳ τοῦ παντὸς ὑπέκκαυμα πλήθους ἦσαν ἐν τῷ Καίσαρι τὰς ἐλπίδας ἔχοντες, ἔπεισε τὴν σύγκλητον 7 ἀπονεῖμαι σιτηρέσιον αὐτοῖς ἔμμηνον, ἐξ οὗ δαπάνης μὲν ἑπτακόσιαι πεντήκοντα μυριάδες ἐνιαύσιοι προσεγένοντο τοῖς ἄλλοις ἀναλώμασι, τὸν μέντοι μέγαν ἐν τῷ παρόντι φόβον ἔσβεσε περιφανῶς τὸ πολίτευμα τοῦτο καὶ [τὸ] πλεῖστον ἀπέρρηξε τῆς Καίσαρος δυνάμεως καὶ διεσκέδασεν ἐν καιρῷ, στρατηγεῖν μέλλοντος καὶ φοβερωτέρου διὰ τὴν ἀρχὴν ὄντος.

9. Οὐ μὴν ἀπέβη τι ταραχῶδες ἀπ' αὐτῆς, ἀλλὰ καὶ τύχη τις ἄχαρις τῷ Καίσαρι συνηνέχθη περὶ τὸν οἶκον. 2 Πόπλιος Κλώδιος ἦν ἀνὴρ γένει μὲν εὐπατρίδης καὶ πλούτῳ καὶ λόγῳ λαμπρός, ὕβρει δὲ καὶ θρασύτητι τῶν 3 ἐπὶ βδελυρίᾳ περιβοήτων οὐδενὸς δεύτερος. οὗτος ἤρα Πομπηίας τῆς Καίσαρος γυναικός, οὐδ' αὐτῆς ἀκούσης, ἀλλὰ φυλακαί τε τῆς γυναικωνίτιδος ἀκριβεῖς ἦσαν, ἥ τε μήτηρ τοῦ Καίσαρος Αὐρηλία γυνὴ σώφρων περιέπουσα τὴν νύμφην ἀεὶ χαλεπὴν καὶ παρακεκινδυνευμένην αὐτοῖς ἐποίει τὴν ἔντευξιν.

4 Ἔστι δὲ Ῥωμαίοις θεὸς ἣν Ἀγαθὴν ὀνομάζουσιν, ὥσπερ Ἕλληνες Γυναικείαν, καὶ Φρύγες μὲν οἰκειούμενοι Μίδα μητέρα τοῦ βασιλέως γενέσθαι φασί, Ῥωμαῖοι δὲ νύμφην δρυάδα Φαύνῳ συνοικήσασαν, Ἕλληνες δὲ τῶν 5 Διονύσου μητέρων τὴν ἄρρητον. ὅθεν ἀμπελίνοις τε τὰς

---

[33] P. Clodio Pulcro, il famoso tribuno della plebe del 58, era in quell'anno 62 questore designato. L'episodio qui raccontato è del dicembre 62.

[34] Figlia di M. Aurelio Cotta, console del 119. Donna di alto sentire è detta dalla tradizione concorde ottima madre.

sciasse uscire il suo eroe. Allora anche Catone ebbe pau- **6**
ra, soprattutto di un rivolgimento che nascesse dagli indi-
genti, che sono la parte infiammabile di ogni massa popolare, e che riponevano allora le loro speranze in Cesare; persuase pertanto il senato a concedere loro una distribuzione mensile di grano. Alle spese annuali dello stato si aggiunse un ulteriore gravame di sette milioni e cin-
quecentomila dramme, ma in compenso questa deliberazione troncò la grande paura del momento e attenuò di
molto il potere di Cesare, e lo disperse proprio al momento
giusto, quando egli stava per diventare pretore ed era più
temibile proprio per questa carica.

9. Durante la sua pretura non si verificò nessun episodio turbolento, ma gli capitò un fatto sgradevole in ambito familiare.

C'era un uomo di nobile origine, famoso per le sue ric- **2**
chezze e per la sua abilità oratoria, di nome Publio Clodio,[33] a nessuno dei più celebrati delinquenti secondo per
protervia e prepotenza. Costui era innamorato di Pom- **3**
peia, moglie di Cesare, e anch'ella spasimava per lui; ma
in casa di Cesare i controlli degli appartamenti delle donne erano accurati, e Aurelia, la madre di Cesare,[34] donna saggia che badava con attenzione alla nuora, rendeva
sempre difficili e rischiosi per i due gli incontri.

Ma i Romani onorano una dea che chiamano Bona, così **4**
come i Greci la chiamano Ginecea: i Frigi, che la rivendi-
cano a sé, dicono che sia stata la madre del re Mida, mentre per i Romani è la driade che si unì a Fauno, e per i
Greci quella delle madri di Dioniso di cui non si pronuncia il nome. Per questo quando ne celebrano la festa[35] ri- **5**

---

[35] La cerimonia cui qui si allude rientra nella celebrazione dei riti misterici in onore della dea Bona, chiamati *Damia*. Si tratta di uno dei tanti
culti importati dalla Grecia, ma che ha diffusione pressoché generale nel-
l'area del Mediterraneo, pur con lievi differenze. Il rito si compie la prima settimana di dicembre in casa di un magistrato *cum imperio*. Cesare
era quell'anno pontefice massimo e per di più pretore.

σκηνὰς κλήμασιν ἑορτάζουσαι κατερέφουσι, καὶ δράκων
6 ἱερὸς παρακαθίδρυνται τῇ θεῷ κατὰ τὸν μῦθον. ἄνδρα δὲ
προσελθεῖν οὐ θέμις οὐδ᾽ ἐπὶ τῆς οἰκίας γενέσθαι τῶν
ἱερῶν ὀργιαζομένων, αὐταὶ δὲ καθ᾽ ἑαυτὰς αἱ γυναῖκες
πολλὰ τοῖς Ὀρφικοῖς ὁμολογοῦντα δρᾶν λέγονται περὶ
7 τὴν ἱερουργίαν. ὅταν οὖν ὁ τῆς ἑορτῆς καθήκῃ χρόνος,
**** ὑπατεύοντος ἢ στρατηγοῦντος ἀνδρός, αὐτὸς μὲν
ἐξίσταται καὶ πᾶν τὸ ἄρρεν, ἡ δὲ γυνὴ τὴν οἰκίαν παρα-
8 λαβοῦσα διακοσμεῖ. καὶ τὰ μέγιστα νύκτωρ τελεῖται,
παιδιᾶς ἀναμεμειγμένης ταῖς παννυχίσι, καὶ μουσικῆς
ἅμα πολλῆς παρούσης.

10. Ταύτην τότε τὴν ἑορτὴν τῆς Πομπηΐας ἐπιτε-
λούσης, ὁ Κλώδιος οὔπω γενειῶν, καὶ διὰ τοῦτο λήσειν
οἰόμενος, ἐσθῆτα καὶ σκευὴν ψαλτρίας ἀναλαβὼν ἐχώρει,
2 νέᾳ γυναικὶ τὴν ὄψιν ἐοικώς· καὶ ταῖς θύραις ἐπιτυχὼν
ἀνεῳγμέναις, εἰσήχθη μὲν ἀδεῶς ὑπὸ τῆς συνειδυίας
θεραπαινίδος, ἐκείνης δὲ προδραμούσης, ὡς τῇ Πομπηΐᾳ
φράσειε, καὶ γενομένης διατριβῆς, περιμένειν μὲν ὅπου
κατελείφθη τῷ Κλωδίῳ μὴ καρτεροῦντι, πλανωμένῳ δ᾽ ἐν
οἰκίᾳ μεγάλῃ καὶ περιφεύγοντι τὰ φῶτα προσπεσοῦσα
τῆς Αὐρηλίας ἀκόλουθος, ὡς δὴ γυνὴ γυναῖκα παίζειν
προὐκαλεῖτο, καὶ μὴ βουλόμενον εἰς τὸ μέσον εἷλκε, καὶ
3 τίς ἐστι καὶ πόθεν ἐπυνθάνετο. τοῦ δὲ Κλωδίου φήσαντος
Ἄβραν περιμένειν Πομπηΐας, αὐτὸ τοῦτο καλουμένην, καὶ
τῇ φωνῇ γενομένου καταφανοῦς, ἡ μὲν ἀκόλουθος εὐθὺς
ἀπεπήδησε κραυγῇ πρὸς τὰ φῶτα καὶ τὸν ὄχλον, ἄνδρα
πεφωρακέναι βοῶσα, τῶν δὲ γυναικῶν διαπτοηθεισῶν,
ἡ Αὐρηλία τὰ μὲν ὄργια τῆς θεοῦ κατέπαυσε καὶ συνεκά-
λυψεν, αὐτὴ δὲ τὰς θύρας ἀποκλεῖσαι κελεύσασα περιῄει
4 τὴν οἰκίαν ὑπὸ λαμπάδων, ζητοῦσα τὸν Κλώδιον. εὑρίσκεται δ᾽ εἰς οἴκημα παιδίσκης ᾗ συνεισῆλθε καταπεφευ-
γώς, καὶ γενόμενος φανερὸς ὑπὸ τῶν γυναικῶν ἐξελαύνε-
5 ται διὰ τῶν θυρῶν. τὸ δὲ πρᾶγμα καὶ νυκτὸς εὐθὺς αἱ
γυναῖκες ἀπιοῦσαι τοῖς αὑτῶν ἔφραζον ἀνδράσι, καὶ μεθ᾽

coprono le tende con tralci di vite, e in ossequio al mito si pone accanto alla dea un serpente sacro. Quando si ce- **6** lebrano i sacri misteri della dea non è consentito che un uomo vi partecipi e neppure che sia nella casa, ma le donne da sole, per quel che si dice, compiono nel rito molte azioni analoghe a quelle dei misteri orfici. Quando dun- **7** que viene il tempo della festa**** la moglie di colui che è console o pretore prende in mano la casa e la prepara per il rito, mentre il marito ne esce e con lui tutti i maschi della famiglia. I riti più importanti si celebrano durante la **8** notte, e alla veglia notturna si mescolano giochi e musica in quantità.

10. In quell'anno dunque celebrava la festa Pompeia, e Clodio, che ancora era imberbe e perciò pensava di passare inosservato, venne con l'abbigliamento e gli strumenti di una flautista, simile nell'aspetto a una giovane donna. Trovò le porte aperte e fu tranquillamente introdotto da **2** un'ancella che era al corrente della relazione; colei corse avanti per informare Pompeia e intanto passò un poco di tempo; Clodio non seppe attendere là dove era stato lasciato, e girando per la grande casa evitava i luoghi illuminati e venne ad imbattersi in un'ancella di Aurelia. Costei, presolo per una donna, lo invitò al gioco, e trovando resistenza lo trasse in mezzo alla stanza chiedendo chi fosse e donde venisse. Clodio rispose che stava aspettando **3** «abra», cioè l'ancella favorita di Pompeia, che proprio si chiamava così, ma dalla voce fu scoperto.

La schiava subito corse, urlando, ove era la luce e ove stava una folla di donne, e gridò di aver scoperto un uomo: tutte rimasero sconvolte e Aurelia subito fece interrompere il rito, ricoprì gli arredi sacri, ordinò di chiudere le porte e al lume di lucerne si aggirò per tutta la casa alla ricerca di Clodio. Lo si trovò nella camera della ragazzi- **4** na che l'aveva fatto entrare e, riconosciuto, fu cacciato dalla porta. Quella stessa notte, andando a casa, le don- **5** ne riferirono il fatto ai loro mariti, e il giorno dopo la

ἡμέραν ἐχώρει διὰ τῆς πόλεως λόγος, ὡς ἀθέσμοις ἐπι-
κεχειρηκότος τοῦ Κλωδίου καὶ δίκην οὐ τοῖς ὑβρισμένοις
μόνον, ἀλλὰ καὶ τῇ πόλει καὶ τοῖς θεοῖς ὀφείλοντος.

6 Ἐγράψατο μὲν οὖν τὸν Κλώδιον εἷς τῶν δημάρχων
ἀσεβείας, καὶ συνέστησαν ἐπ' αὐτὸν οἱ δυνατώτατοι τῶν
ἀπὸ τῆς βουλῆς, ἄλλας τε δεινὰς ἀσελγείας καταμαρτυ-
ροῦντες, καὶ μοιχείαν ἀδελφῆς ἢ Λευκούλλῳ συνῳκήκει.

7 πρὸς δὲ τὰς τούτων σπουδὰς ὁ δῆμος ἀντιτάξας ἑαυτὸν
ἤμυνε τῷ Κλωδίῳ καὶ μέγα πρὸς τοὺς δικαστὰς ὄφελος

8 ἦν, ἐκπεπληγμένους καὶ δεδοικότας τὸ πλῆθος. ὁ δὲ
Καῖσαρ ἀπεπέμψατο μὲν εὐθὺς τὴν Πομπηΐαν, μάρτυς
δὲ πρὸς τὴν δίκην κληθείς, οὐδὲν ἔφη τῶν λεγομένων κατὰ

9 τοῦ Κλωδίου γιγνώσκειν. ὡς δὲ τοῦ λόγου παραδόξου
φανέντος ὁ κατήγορος ἠρώτησε „πῶς οὖν ἀπεπέμψω
τὴν γυναῖκα;" „ὅτι" ἔφη „τὴν ἐμὴν ἠξίουν μηδ' ὑπονοη-

10 θῆναι." ταῦθ' οἱ μὲν οὕτω φρονοῦντα τὸν Καίσαρα λέγουσιν εἰπεῖν, οἱ δὲ τῷ δήμῳ χαριζόμενον, ὡρμημένῳ σῴζειν

11 τὸν Κλώδιον. ἀποφεύγει δ' οὖν τὸ ἔγκλημα, τῶν πλείστων δικαστῶν συγκεχυμένοις τοῖς γράμμασι τὰς γνώμας
ἀποδόντων, ὅπως μήτε παρακινδυνεύσωσιν ἐν τοῖς πολλοῖς
καταψηφισάμενοι, μήτ' ἀπολύσαντες ἀδοξήσωσι παρὰ
τοῖς ἀρίστοις.

11. Ὁ δὲ Καῖσαρ εὐθὺς ἀπὸ τῆς στρατηγίας τῶν
ἐπαρχιῶν τὴν Ἰβηρίαν λαβών, ὡς ἦν δυσδιάθετον αὐτῷ
τὸ περὶ τοὺς δανειστάς, ἐνοχλοῦντας ἐξιόντι καὶ κατα-
βοῶντας, ἐπὶ Κράσσον κατέφυγε, πλουσιώτατον ὄντα
Ῥωμαίων, δεόμενον δὲ τῆς Καίσαρος ἀκμῆς καὶ θερμό-

2 τητος ἐπὶ τὴν πρὸς Πομπήϊον ἀντιπολιτείαν. ἀναδεξα-

voce correva tra la gente: Clodio aveva compiuto azione sacrilega e ne doveva soddisfazione non soltanto agli offesi, ma anche alla città e agli dei. Un tribuno della plebe **6** allora presentò un'accusa di empietà contro Clodio, e i senatori più influenti si levarono contro di lui accusandolo di altre gravi nefandezze e tra l'altro di incesto con la sorella, che era la sposa di Lucullo. Di fronte a simili tentativi degli aristocratici il popolo si schierò dalla parte di **7** Clodio e lo difendeva, e grande era la pressione sui giudici che erano sbigottiti e temevano la massa. Cesare dal canto **8** suo subito ripudiò la moglie, ma citato in giudizio per il processo, disse di non sapere niente di quanto si riferiva contro Clodio. Il discorso appariva paradossale, e l'accusatore gli chiese: «Come mai allora hai ripudiato tua **9** moglie?», ed egli: «Perché pensavo giusto che di mia moglie neppure si sospettasse». C'è chi dice che egli abbia **10** detto questo perché questo era il suo pensiero; altri che lo facesse per compiacere il popolo che voleva salvo Clodio. Costui fu dunque prosciolto dall'acccusa, perché la **11** maggior parte dei giudici espresse il proprio parere in forma non decifrabile,[36] per non correre rischi tra il popolo nel caso avessero dato voto di condanna, e non essere malfamati presso gli aristocratici nel caso lo avessero assolto.

11. Subito dopo la pretura Cesare ebbe la provincia di Spagna; ma egli non sapeva come risolvere il problema dei suoi creditori che ostacolavano la sua partenza e gli manifestavano contro; si rivolse perciò a Crasso,[37] che era il più ricco dei Romani e che aveva bisogno dell'energia e della passione di Cesare per la sua lotta contro Pom-

---

[36] Ma Cicerone ci informa che trentuno giudici votarono per la assoluzione e venticinque per la condanna.

[37] M. Licinio Crasso detto Dives, collega di Pompeo nel consolato nel 71, provò sempre per lui antipatia, sino a quando li riconciliò Cesare in occasione del cosiddetto primo triumvirato. Console nel 55, ottenne per l'anno successivo la provincia di Siria e il comando della guerra contro i Parti. Morì a Carre nel 53.

μένου δὲ τοῦ Κράσσου τοὺς μάλιστα χαλεποὺς καὶ ἀπαρ-
αιτήτους τῶν δανειστῶν, καὶ διεγγυήσαντος ὀκτακοσίων
καὶ τριάκοντα ταλάντων οὕτως ἐξῆλθεν ἐπὶ τὴν ἐπ-
3 αρχίαν. λέγεται δὲ τὰς Ἄλπεις ὑπερβάλλοντος αὐτοῦ καὶ
πολίχνιόν τι βαρβαρικόν, οἰκούμενον ὑπ᾽ ἀνθρώπων
παντάπασιν ὀλίγων καὶ λυπρόν, παρερχομένου, τοὺς
ἑταίρους ἅμα γέλωτι καὶ μετὰ παιδιᾶς ,,ἦ που‟ φάναι
,,κἀνταῦθά τινές εἰσιν ὑπὲρ ἀρχῶν φιλοτιμίαι καὶ περὶ
πρωτείων ἅμιλλαι καὶ φθόνοι τῶν δυνατῶν πρὸς ἀλλή-
4 λους;‟ τὸν δὲ Καίσαρα σπουδάσαντα πρὸς αὐτοὺς εἰ-
πεῖν· ,,ἐγὼ μὲν ⟨μᾶλλον ἂν⟩ ἐβουλόμην παρὰ τούτοις
εἶναι [μᾶλλον] πρῶτος ἢ παρὰ Ῥωμαίοις δεύτερος.‟
5 ὁμοίως δὲ πάλιν ἐν Ἰβηρίᾳ σχολῆς οὔσης ἀναγινώσκοντά
τι τῶν περὶ Ἀλεξάνδρου γεγραμμένων σφόδρα γενέσθαι
6 πρὸς ἑαυτῷ πολὺν χρόνον, εἶτα καὶ δακρῦσαι· τῶν δὲ
φίλων θαυμασάντων τὴν αἰτίαν εἰπεῖν· ,,οὐ δοκεῖ ὑμῖν
ἄξιον εἶναι λύπης, εἰ τηλικοῦτος μὲν ὢν Ἀλέξανδρος ἤδη
τοσούτων ἐβασίλευεν, ἐμοὶ δὲ λαμπρὸν οὐδὲν οὔπω πέ-
πρακται;‟

12. Τῆς γοῦν Ἰβηρίας ἐπιβὰς εὐθὺς ἦν ἐνεργός, ὥσθ᾽
ἡμέραις ὀλίγαις δέκα σπείρας συναγαγεῖν πρὸς ταῖς
πρότερον οὔσαις εἴκοσι, καὶ στρατεύσας ἐπὶ Καλαϊκοὺς
καὶ Λυσιτανοὺς κρατῆσαι καὶ προελθεῖν ἄχρι τῆς ἔξω
θαλάσσης, τὰ μὴ πρότερον ὑπακούοντα Ῥωμαίοις ἔθνη
2 καταστρεφόμενος. θέμενος δὲ τὰ τοῦ πολέμου καλῶς, οὐ
χεῖρον ἐβράβευε τὰ τῆς εἰρήνης, ὁμόνοιάν τε ταῖς πόλεσι
καθιστὰς καὶ μάλιστα τὰς τῶν χρεωφειλετῶν καὶ δανει-
3 στῶν ἰώμενος διαφοράς. ἔταξε γὰρ τῶν προσιόντων τοῖς
ὀφείλουσι καθ᾽ ἕκαστον ἐνιαυτὸν δύο μὲν μέρη τὸν
δανειστὴν ἀναιρεῖσθαι, τῷ δὲ λοιπῷ χρῆσθαι τὸν δεσπό-
4 την, ἄχρι ἂν οὕτως ἐκλυθῇ τὸ δάνειον. ἐπὶ τούτοις
εὐδοκιμῶν, ἀπηλλάγη τῆς ἐπαρχίας, αὐτός τε πλούσιος
γεγονὼς καὶ τοὺς στρατιώτας ὠφεληκὼς ἀπὸ τῶν στρα-

peo. Crasso accettò di pagare i creditori più pressanti e 2
inflessibili, e diede garanzie per ottocentotrenta talenti,
e così Cesare poté partire per la provincia. Nell'attraver- 3
sare le Alpi passò per un villaggio barbaro, abitato da po-
chissime persone, malridotto; gli amici, ridendo e scherzando, dicevano: «Anche qui ci sono ambizioni per arrivare al potere, e contese per ottenere il primo posto, e invidie dei potenti tra loro?». E Cesare, parlando sul serio,
disse loro: «Vorrei essere il primo tra costoro piuttosto 4
che il secondo a Roma». Similmente un'altra volta, in Spa- 5
gna, in un momento di riposo, si diede a leggere un libro
sulle imprese di Alessandro, e per parecchio tempo rimase concentrato in se stesso, poi anche pianse; gli amici, 6
colpiti, gliene chiesero il motivo, ed egli: «Non vi pare che
valga la pena di addolorarsi se Alessandro alla mia età già
regnava su tante persone, mentre io non ho ancora fatto
nulla di notevole?».

12. Quando fu giunto in Spagna, subito si diede al lavoro e in pochi giorni raccolse dieci coorti oltre alle venti
che già c'erano; fece poi una spedizione contro i Calaici[38]
e i Lusitani,[39] li vinse e andò fino al mare esterno, sotto-
mettendo popoli che prima non erano mai stati soggetti
ai Romani. Dopo aver bene sistemato le operazioni belli- 2
che, non meno bene amministrava i problemi della pace,
rendendo concordi le città e soprattutto sanando i dissensi fra debitori e creditori. Dispose infatti che il creditore 3
togliesse ogni anno al debitore i due terzi del prodotto,
e gli lasciasse da fruire il restante, fino a che così fosse
pagato il debito. Con questo procedere si guadagnò buo- 4
na fama, e quando si allontanò dalla provincia[40] era diventato ricco, aveva arricchito i soldati con le spedizioni

---

[38] Abitavano l'attuale Galizia, nel nord-ovest della Spagna.
[39] Erano stanziati in parte dell'attuale Portogallo.
[40] Nel giugno del 60.

τειῶν, καὶ προσηγορευμένος αὐτοκράτωρ ὑπ' αὐτῶν.

13. Ἐπεὶ δὲ τοὺς μὲν μνωμένους θρίαμβον ἔξω δια-
τρίβειν ἔδει, τοὺς δὲ μετιόντας ὑπατείαν παρόντας ἐν
τῇ πόλει τοῦτο πράττειν, ἐν τοιαύτῃ γεγονὼς ἀντινομίᾳ,
καὶ πρὸς αὐτὰς τὰς ὑπατικὰς ἀφιγμένος ἀρχαιρεσίας,
ἔπεμψε πρὸς τὴν σύγκλητον αἰτούμενος αὐτῷ δοθῆναι
2 παραγγέλλειν εἰς ὑπατείαν ἀπόντι διὰ τῶν φίλων. Κάτωνος
δὲ πρῶτον μὲν ἰσχυριζομένου τῷ νόμῳ πρὸς τὴν ἀξίωσιν,
εἶθ' ὡς ἑώρα πολλοὺς τεθεραπευμένους ὑπὸ τοῦ Καίσαρος
ἐκκρούσαντος τῷ χρόνῳ τὸ πρᾶγμα καὶ τὴν ἡμέραν ἐν
τῷ λέγειν κατατρίψαντος, ἔγνω τὸν θρίαμβον ἀφεὶς ὁ
3 Καῖσαρ ἔχεσθαι τῆς ὑπατείας· καὶ παρελθὼν εὐθὺς ὑπο-
δύεται πολίτευμά τι πάντας ἀνθρώπους ἐξαπατῆσαν πλὴν
Κάτωνος· ἦν δὲ τοῦτο διαλλαγὴ Πομπηΐου καὶ Κράσσου,
4 τῶν μέγιστον ἐν τῇ πόλει δυναμένων· οὓς συναγαγὼν ὁ
Καῖσαρ εἰς φιλίαν ἐκ διαφορᾶς καὶ τὴν ἀπ' ἀμφοῖν συν-
ενεγκάμενος ἰσχὺν εἰς ἑαυτόν, ἔργῳ φιλάνθρωπον ἔχοντι
5 προσηγορίαν ἔλαθε μεταστήσας τὴν πολιτείαν. οὐ γάρ,
ὡς οἱ πλεῖστοι νομίζουσιν, ἡ Καίσαρος καὶ Πομπηΐου
διαφορὰ τοὺς ἐμφυλίους ἀπειργάσατο πολέμους, ἀλλὰ
μᾶλλον ἡ φιλία, συστάντων ἐπὶ καταλύσει τῆς ἀριστο-
κρατίας τὸ πρῶτον, εἶθ' οὕτως καὶ πρὸς ἀλλήλους δια-
6 στάντων. Κάτωνι δὲ πολλάκις τὰ μέλλοντα προθεσπίζοντι
περιῆν δυσκόλου μὲν ἀνθρώπου τότε καὶ πολυπράγμονος,
ὕστερον δὲ φρονίμου μέν, οὐκ εὐτυχοῦς δὲ συμβούλου
λαβεῖν δόξαν.

14. Οὐ μὴν ἀλλ' ὁ Καῖσαρ ἐν μέσῳ τῆς Κράσσου
καὶ Πομπηΐου φιλίας ⟨ὥσπερ⟩ δορυφορούμενος ἐπὶ τὴν
2 ὑπατείαν προήχθη· καὶ λαμπρῶς ἀναγορευθεὶς μετὰ
Καλπουρνίου Βύβλου καὶ καταστὰς εἰς τὴν ἀρχήν, εὐθὺς

ed era stato da loro salutato con il titolo di *Imperator*.[41]

13. Coloro che aspiravano al trionfo dovevano attendere fuori di città, quelli che erano candidati al consolato
dovevano agire operando in città: Cesare, trovatosi in questa situazione contraddittoria, e per di più giunto a Roma
proprio al tempo delle elezioni consolari, mandò a chiedere al senato il permesso di concorrere al consolato per
mezzo di amici, stando lui assente. Ma Catone in un pri- 2
mo tempo faceva leva sulla legge per opporsi, poi, quando vide che molti erano stati addomesticati da Cesare, ri-
tardava la cosa lasciando passare del tempo, riempiendo
la giornata di discorsi, tanto che Cesare decise di lasciar
perdere il trionfo e tenersi al consolato. Entrato in città 3
subito si impegnò in una macchinazione politica[42] che
trasse in inganno tutti fuor che Catone: si trattava della
riconciliazione di Pompeo e Crasso che avevano in città
il massimo potere. Cesare li fece incontrare, da nemici li 4
fece diventare amici e convogliò su di sé la potenza di ambedue, e con un atto che era definito di umanità mutò,
senza che alcuno se ne accorgesse, la forma costituzionale. Di fatto non fu, come i più credono, la discordia di 5
Cesare e Pompeo che diede origine alle guerre civili, ma
piuttosto la loro concordia, giacché si coalizzarono dapprima per distruggere l'aristocrazia, e poi allo stesso modo litigarono tra loro. A Catone, che spesso prediceva quel 6
che sarebbe avvenuto, toccò allora di guadagnarsi la fama di uomo scorbutico e attaccabrighe, più tardi di consigliere saggio ma non fortunato.

14. Comunque Cesare, scortato dall'amicizia di Crasso e di Pompeo, si presentò alle elezioni consolari e, bril-
lantemente eletto[43] con Calpurnio Bibulo,[44] non appena 2

[41] Titolo onorifico concesso per acclamazione dai soldati al loro generale dopo una vittoria: egli lo manteneva fino al termine della carica
o fino al trionfo.
[42] È la organizzazione del cosiddetto primo triumvirato.
[43] Anno 59.
[44] M. Calpurnio Bibulo era già stato collega di Cesare nell'edilità e
nella pretura.

εἰσέφερε νόμους οὐχ ὑπάτῳ προσήκοντας, ἀλλὰ δημάρχῳ τινὶ θρασυτάτῳ, πρὸς ἡδονὴν τῶν πολλῶν κληρουχίας 3 τινὰς καὶ διανομὰς χώρας εἰσηγούμενος. ἐν δὲ τῇ βουλῇ τῶν καλῶν τε καὶ ἀγαθῶν ἀντικρουσάντων, πάλαι δεόμενος προφάσεως ἀνακραγὼν καὶ μαρτυράμενος, ὡς εἰς τὸν δῆμον ἄκων ἐξελαύνοιτο, θεραπεύσων ἐκεῖνον ἐξ ἀνάγκης ὕβρει καὶ χαλεπότητι τῆς βουλῆς, πρὸς αὐτὸν‾ 4 ἐξεπήδησε. καὶ περιστησάμενος ἔνθεν μὲν Κράσσον, ἔνθεν δὲ Πομπήϊον, ἠρώτησεν εἰ τοὺς νόμους ἐπαινοῖεν· ἐπαινεῖν δὲ φασκόντων, παρεκάλει βοηθεῖν ἐπὶ τοὺς ἐνίστασθαι 5 μετὰ ξιφῶν ἀπειλοῦντας. ἐκεῖνοι δ᾽ ὑπισχνοῦντο· Πομπήϊος δὲ καὶ προσεπεῖπεν, ὡς ἀφίξοιτο πρὸς τὰ ξίφη μετὰ 6 τοῦ ξίφους καὶ θυρεὸν κομίζων. ἐπὶ τούτῳ τοὺς μὲν ἀριστοκρατικοὺς ἠνίασεν, οὐκ ἀξίαν τῆς περὶ αὐτὸν αἰδοῦς οὐδὲ τῇ πρὸς τὴν σύγκλητον εὐλαβείᾳ πρέπουσαν, ἀλλὰ μανικὴν καὶ μειρακιώδη φωνὴν ἀκούσαντας, ὁ δὲ δῆμος ἥσθη.

7 Καῖσαρ δὲ μειζόνως ἔτι τῆς Πομπηΐου δυνάμεως ἐπιδραττόμενος, ἣν γὰρ αὐτῷ Ἰουλία θυγάτηρ ἐγγεγυημένη Σερουϊλίῳ Καιπίωνι, ταύτην ἐνεγγύησε Πομπηΐῳ, τὴν δὲ Πομπηΐου τῷ Σερουϊλίῳ δώσειν ἔφησεν, οὐδ᾽ αὐτὴν ἀνέγγυον οὖσαν, ἀλλὰ Φαύστῳ τῷ Σύλλα παιδὶ 8 καθωμολογημένην. ὀλίγῳ δ᾽ ὕστερον Καῖσαρ ἠγάγετο Καλπουρνίαν θυγατέρα Πείσωνος, τὸν δὲ Πείσωνα κατέστησεν ὕπατον εἰς τὸ μέλλον, ἐνταῦθα δὴ καὶ σφόδρα μαρτυρομένου Κάτωνος καὶ βοῶντος οὐκ ἀνεκτὸν εἶναι γάμοις διαμαστροπευομένης τῆς ἡγεμονίας, καὶ διὰ γυναίων εἰς ἐπαρχίας καὶ στρατεύματα καὶ δυνάμεις ἀλλήλους ἀντεισαγόντων.

9 Ὁ μὲν οὖν συνάρχων τοῦ Καίσαρος Βύβλος, ἐπεὶ κωλύων τοὺς νόμους οὐδὲν ἐπέραινεν, ἀλλὰ πολλάκις ἐκινδύνευε μετὰ Κάτωνος ἐπὶ τῆς ἀγορᾶς ἀποθανεῖν. ἐγκλεισ(

---

[45] Lex Iulia agraria, detta anche Campana perché riguardava tra l'altro il territorio campano.

[46] Cn. Pompeo Magno, console nel 70, vincitore della guerra contro i pirati nel 67 e della guerra contro Mitridate nel 63, formò con Cesare e Crasso nel 60 il primo triumvirato. Venuto in dissidio con Cesare

fu entrato in carica, presentò proposte di legge[45] che non si addicevano a un console quanto piuttosto a un tribuno della plebe particolarmente audace; infatti per compiacere il popolo proponeva fondazione di colonie e distribuzione di terre. Gli si opposero in senato gli ottimati, ed 3 egli, che da tempo cercava un pretesto, cominciò protestando a gridare che contro voglia, anzi a forza era spinto in braccio al popolo, di necessità favorendolo, per la violenza e l'insensibilità del senato; e di fatto uscì di fronte al popolo. Qui si pose a lato Crasso e Pompeo,[46] e chie- 4 se alla folla se approvava le leggi; avutane risposta positiva invitò a venirgli in aiuto contro quelli che minacciavano di opporsi con la forza. La folla promise il suo aiuto 5 e Pompeo aggiunse che sarebbe venuto contro le spade con la spada e lo scudo. Questa frase addolorò gli otti- 6 mati che avevano sentito un'espressione non degna della stima che nutrivano per lui e non confacente al rispetto per il senato, ma il popolo ne provò piacere. Cercando 7 di guadagnarsi ancor di più l'autorità di Pompeo; Cesare fidanzò a lui la figlia Giulia, che era già fidanzata a Servilio Cepione,[47] e disse che avrebbe dato a Servilio la figlia di Pompeo, che non era neppur essa libera, ma già promessa a Fausto, figlio di Silla. Poco dopo Cesare spo- 8 sò Calpurnia,[48] la figlia di Pisone, che egli fece designare come console per l'anno seguente, cosicché con forza Catone protestò gridando che non era tollerabile che lo stato fosse prostituito a matrimoni, e che valendosi di donnette si dividessero tra loro le province, le cariche militari, le cariche pubbliche. Bibulo, collega di Cesare, dato 9 che la sua opposizione alle leggi non concludeva nulla, anzi spesso con Catone corse il rischio di morire nel foro, si

si indusse alla lotta armata che si concluse con la sua sconfitta a Farsalo. Fuggito in Egitto, ivi fu ucciso per ordine di Tolomeo.
[47] Personaggio oscuro; solo si sa che favorì l'azione politica di Cesare opponendosi al collega Bibulo.
[48] Figlia di L. Calpurnio Pisone Cesonino, che fu console nel 58.

10 μενος οἴκοι τὸν τῆς ἀρχῆς χρόνον διετέλεσε. Πομπήϊος δὲ γήμας εὐθὺς ἐνέπλησε τὴν ἀγορὰν ὅπλων καὶ συνεπεκύρου τῷ δήμῳ τοὺς νόμους, Καίσαρι δὲ τὴν ἐντὸς Ἄλπεων καὶ τὴν ἐκτὸς ἅπασαν Κελτικήν, προσθεὶς τὸ Ἰλλυρικόν,
11 μετὰ ταγμάτων τεσσάρων εἰς πενταετίαν. Κάτωνα μὲν οὖν ἐπιχειρήσαντα τούτοις ἀντιλέγειν ἀπῆγεν εἰς φυλακὴν ὁ Καῖσαρ, οἰόμενος αὐτὸν ἐπικαλέσεσθαι τοὺς δημάρχους·
12 ἐκείνου δ᾽ ἀφώνου βαδίζοντος, ὁρῶν ὁ Καῖσαρ οὐ μόνον τοὺς κρατίστους δυσφοροῦντας, ἀλλὰ καὶ τὸ δημοτικὸν αἰδοῖ τῆς Κάτωνος ἀρετῆς σιωπῇ καὶ μετὰ κατηφείας ἑπόμενον, αὐτὸς ἐδεήθη κρύφα τῶν δημάρχων ἑνὸς ἀφ-
13 ελέσθαι τὸν Κάτωνα. τῶν δ᾽ ἄλλων συγκλητικῶν ὀλίγοι παντάπασιν αὐτῷ συνῄεσαν εἰς βουλήν, οἱ δὲ λοιποὶ
14 δυσχεραίνοντες ἐκποδὼν ἦσαν. εἰπόντος δὲ Κωνσιδίου τινὸς τῶν σφόδρα γερόντων, ὡς φοβούμενοι τὰ ὅπλα καὶ τοὺς στρατιώτας οὐ συνέρχοιντο, ,,τί οὖν‟ ἔφη [ὁ]
15 Καῖσαρ ,,οὐ καὶ σὺ ταῦτα δεδιὼς οἰκουρεῖς;‟ καὶ ὁ Κωνσίδιος εἶπεν· ,,ὅτι με ποιεῖ μὴ φοβεῖσθαι τὸ γῆρας· ὁ γὰρ ἔτι λειπόμενος βίος οὐ πολλῆς ὀλίγος ὢν δεῖται προνοίας.‟

16 Αἴσχιστον δὲ τῶν τότε πολιτευμάτων ἔδοξεν ἐν τῇ Καίσαρος ὑπατείᾳ δήμαρχον αἱρεθῆναι Κλώδιον ἐκεῖνον, ὑφ᾽ οὗ τὰ περὶ τὸν γάμον καὶ τὰς ἀπορρήτους παρενο-
17 μήθη παννυχίδας. ᾑρέθη δ᾽ ἐπὶ τῇ Κικέρωνος καταλύσει,

chiuse in casa e qui passò il restante tempo della sua carica. Pompeo, subito dopo il matrimonio, riempì il foro di armati, fece approvare dal popolo le leggi e fece assegnare a Cesare la Gallia Cisalpina, tutta la Gallia Transalpina, e in più l'Illirico, con quattro legioni, per cinque anni.[49] Catone tentò di opporsi a tutto questo, e Cesare lo fece arrestare pensando che avrebbe fatto appello ai tribuni della plebe;[50] ma quello si avviò in silenzio, e Cesare, vedendo che non solo gli ottimati erano colpiti, ma anche parte del popolo, per rispetto alla virtù di Catone, lo seguiva in silenzio e a testa bassa, pregò di nascosto uno dei tribuni che sottraesse Catone all'arresto. Degli altri senatori proprio pochi andavano con Catone in senato; tutti gli altri, disgustati se ne stavano lontano. Considio, uno dei senatori molto anziani, gli disse che i suoi colleghi non venivano perché temevano le armi e i soldati, e Cesare: «Perché allora non te ne stai in casa anche tu per questi timori?», ma Considio ribattendo: «Perché la vecchiaia mi consente di non temere; il poco tempo che mi resta non necessita di grandi precauzioni».

Ma di tutte le deliberazioni politiche durante il consolato di Cesare la più turpe parve l'elezione a tribuno della plebe di quel Clodio che aveva contaminato le leggi del matrimonio e quelle relative ai misteri notturni. Ma Clodio fu eletto perché si distruggesse Cicerone, e Cesare non

10

11

12

13

14

15

16

17

---

[49] Nonostante gli ottimati avessero tentato di far assegnare ai consoli di quell'anno province di minima importanza, il popolo approvò la legge proposta dal tribuno della plebe P. Vatinio per la quale si assegnavano a Cesare per cinque anni la Cisalpina e l'Illirico con tre legioni; i senatori aggiunsero per di più la Transalpina per timore che gliela concedesse il popolo se essi l'avessero negata.
[50] Per chiedere che ponessero in atto il loro diritto di *intercessio*, quell'istituto giuridico per il quale i tribuni della plebe potevano vietare le misure che a loro giudizio fossero contrarie all'interesse della plebe o dell'intera comunità.

καὶ Καῖσαρ οὐ πρότερον ἐξῆλθεν ἐπὶ τὴν στρατιάν, ἢ
καταστασιάσαι Κικέρωνα μετὰ Κλωδίου καὶ συνεκβαλεῖν
ἐκ τῆς Ἰταλίας.

15. Τοιαῦτα μὲν οὖν λέγεται γενέσθαι τὰ πρὸ τῶν
2 Γαλατικῶν. ὁ δὲ τῶν πολέμων οὓς ἐπολέμησε μετὰ ταῦτα
καὶ τῶν στρατειῶν αἷς ἡμερώσατο τὴν Κελτικὴν χρόνος,
ὥσπερ ἄλλην ἀρχὴν λαβόντος αὐτοῦ καὶ καταστάντος εἰς
ἑτέραν τινὰ βίου καὶ πραγμάτων καινῶν ὁδόν, οὐκ ἔστιν
ὅτου τῶν μάλιστα τεθαυμασμένων ἐφ᾽ ἡγεμονίᾳ καὶ
μεγίστων γεγονότων ἀπολείποντα πολεμιστὴν καὶ στρα-
3 τηλάτην ἀπέδειξεν αὐτόν· ἀλλ᾽ εἴτε Φαβίους καὶ Σκιπίω-
νας καὶ Μετέλλους καὶ τοὺς κατ᾽ αὐτὸν ἢ μικρὸν ἔμπροσθεν αὐτοῦ, Σύλλαν καὶ Μάριον ἀμφοτέρους τε Λευκούλ-
λους, ἢ καὶ Πομπήϊον αὐτόν, οὗ κλέος ὑπουράνιον ᾔθει
4 τότε παντοίας περὶ πόλεμον ἀρετῆς, παραβάλοι τις, αἱ
Καίσαρος ὑπερβάλλουσι πράξεις, τὸν μὲν χαλεπότητι
τόπων ἐν οἷς ἐπολέμησε, τὸν δὲ μεγέθει χώρας ἣν προσ-
εκτήσατο, τὸν δὲ πλήθει καὶ βίᾳ πολεμίων οὓς ἐνίκησε,
τὸν δ᾽ ἀτοπίαις καὶ ἀπιστίαις ἠθῶν ἃ καθωμίλησε, τὸν
δ᾽ ἐπιεικείᾳ καὶ πρᾳότητι πρὸς τοὺς ἁλισκομένους, τὸν
5 δὲ δώροις καὶ χάρισι πρὸς τοὺς συστρατευομένους· πάντας
δὲ τῷ πλείστας μεμαχῆσθαι μάχας καὶ πλείστους ἀνῃρη-
κέναι τῶν ἀντιταχθέντων. ἔτη γὰρ οὐδὲ δέκα πολεμήσας
περὶ Γαλατίαν, πόλεις μὲν ὑπὲρ ὀκτακοσίας κατὰ κράτος

si allontanò da Roma[51] per la sua azione militare prima di aver messo in difficoltà Cicerone con l'aiuto di Clodio, e di averlo cacciato d'Italia.

15. Questi, a quanto si dice, i fatti precedenti l'impresa di Gallia. Il periodo delle guerre che combatté in seguito,[52] e delle spedizioni con le quali assoggettò la Transalpina, quasi che egli avesse iniziato un sistema nuovo e si fosse messo in una diversa strada di vita e di azioni nuove, lo rivelò come combattente e stratega inferiore a nessuno dei grandissimi o di quelli che furono soprattutto ammirati per le capacità strategiche. Se uno confrontasse i Fabii, gli Scipioni, i Metelli[53] o quelli che esistettero ai tempi suoi o poco prima, come Silla e Mario e i due Luculli o anche lo stesso Pompeo la cui fama fioriva allora sino alle stelle per ogni virtù bellica, troverebbe che le azioni di Cesare sono superiori: all'uno fu superiore per la difficoltà dei luoghi nei quali combatté; all'altro per la estensione delle terre che conquistò; all'altro per numero e forza dei nemici che superò; all'altro ancora per la stranezza e la difficoltà dei costumi con i quali venne a contatto, e a quell'altro per la mitezza e la condiscendenza nei riguardi dei vinti; all'altro per i donativi e i favori nei riguardi dei commilitoni; a tutti poi per il numero delle battaglie combattute e il numero degli avversari eliminati. Pur non avendo combattuto in Gallia nemmeno dieci anni, egli conquistò a forza più di ottocento città, assoggettò trecento po-

[51] Uscito di carica, Cesare non partì subito per la Gallia Cisalpina a lui assegnata, ma rimase con l'esercito per tre mesi davanti alle porte di Roma per sostenere eventualmente l'azione di Clodio che aveva proposto una legge che comminava l'esilio a Cicerone. Una volta che essa fu approvata, il 20 di marzo, egli partì.

[52] La fonte principale per la storia dell'impresa di Gallia è naturalmente rappresentata dai *Commentarii de bello Gallico*, stesi dallo stesso Cesare.

[53] Sono questi i nomi di alcune delle più celebrate *gentes* che diedero allo stato romano personaggi di singolare rilievo in tutta l'età repubblicana.

εἷλεν, ἔθνη δ᾽ ἐχειρώσατο τριακόσια, μυριάσι δὲ παρατα
ξάμενος κατὰ μέρος τριακοσίαις, ἑκατὸν μὲν ἐν χερσὶ
διέφθειρεν, ἄλλας δὲ τοσαύτας ἐζώγρησεν.

16. Εὐνοίᾳ δὲ καὶ προθυμίᾳ στρατιωτῶν ἐχρήσατο
τοσαύτῃ περὶ αὐτόν, ὥστε τοὺς ἑτέρων μηδὲν ἐν ταῖς
ἄλλαις στρατείαις διαφέροντας ἀμάχους καὶ ἀνυποστά
τους φέρεσθαι πρὸς πᾶν δεινὸν ὑπὲρ τῆς Καίσαρος δόξης.
2 οἷος ἦν τοῦτο μὲν Ἀκίλιος, ὃς ἐν τῇ περὶ Μασσαλίαν
ναυμαχίᾳ νεὼς πολεμίας ἐπιβεβηκώς, τὴν μὲν δεξιὰν
ἀπεκόπη χεῖρα μαχαίρᾳ, τῇ δ᾽ ἀριστερᾷ τὸν θυρεὸν
οὐκ ἀφῆκεν, ἀλλὰ τύπτων εἰς τὰ πρόσωπα τοὺς πολεμίους
3 ἀπέστρεψε πάντας καὶ τοῦ σκάφους ἐπεκράτησε· τοῦτο
δὲ Κάσσιος Σκεύας, ὃς ἐν τῇ περὶ Δυρράχιον μάχῃ τὸν
ὀφθαλμὸν ἐκκοπεὶς τοξεύματι, τὸν δ᾽ ὦμον ὑσσῷ καὶ τὸν
μηρὸν ἑτέρῳ διεληλαμένος, τῷ δὲ θυρεῷ βελῶν ἑκατὸν
καὶ τριάκοντα πληγὰς ἀναδεδεγμένος, ἐκάλει τοὺς πολε
4 μίους ὡς παραδώσων ἑαυτόν. δυεῖν δὲ προσιόντων τοῦ
μὲν ἀπέκοψε τὸν ὦμον τῇ μαχαίρᾳ, τὸν δὲ κατὰ τοῦ
προσώπου πατάξας ἀπέστρεψεν, αὐτὸς δὲ διεσώθη, τῶν
5 οἰκείων περισχόντων. ἐν δὲ Βρεττανίᾳ τῶν πολεμίων
εἰς τόπον ἑλώδη καὶ μεστὸν ὑδάτων ἐμπεσοῦσι τοῖς πρώ
τοις ταξιάρχοις ἐπιθεμένων, στρατιώτης, Καίσαρος αὐ
τοῦ τὴν μάχην ἐφορῶντος, ὠσάμενος εἰς μέσους καὶ πολλὰ
καὶ περίοπτα τόλμης ἀποδειξάμενος ἔργα, τοὺς μὲν
6 ταξιάρχους ἔσωσε τῶν βαρβάρων φυγόντων, αὐτὸς δὲ
χαλεπῶς ἐπὶ πᾶσι διαβαίνων ἔρριψεν ἑαυτὸν εἰς ῥεύματα
τελματώδη, καὶ μόλις ἄνευ τοῦ θυρεοῦ, τὰ μὲν νηχό
7 μενος τὰ δὲ βαδίζων, διεπέρασε. θαυμαζόντων δὲ τῶν

poli, si schierò in tempi diversi contro tre milioni di uomini, ne uccise un milione in battaglia e altrettanti ne fece prigionieri.

16. I soldati erano così ben disposti nei suoi riguardi e tanto animosi che quelli che nelle precedenti spedizioni non differivano per niente dagli altri, diventavano irresistibili e insuperabili di fronte a ogni pericolo per la gloria di Cesare. Tale fu Acilio, che nella battaglia navale di Marsiglia,[54] salito su una nave nemica, vistosi privato della destra da una spada, non abbandonò con la sinistra lo scudo, ma colpendo nel volto i nemici li volse in fuga tutti quanti e mantenne il potere della nave; e tale fu Cassio Sceva che nella battaglia di Durazzo[55] perse un occhio perché colpito da una freccia, ebbe la spalla trapassata da un giavellotto e la coscia da un altro, e sullo scudo ricevette centotrenta colpi di frecce: in tali condizioni chiamava i nemici quasi volesse arrendersi. Gli si accostarono due: del primo colpì con la spada una spalla; l'altro lo volse in fuga ferendolo in volto, ed egli si salvò, accolto dai compagni che si erano fatti intorno. Una volta in Britannia[56] i nemici diedero addosso ai centurioni dei primi manipoli[57] che erano andati a finire in un luogo paludoso e pieno di acqua: un soldato, sotto gli occhi di Cesare, spintosi in mezzo ai nemici, dopo aver dato a vedere molti e notevoli atti di valore, salvò i centurioni dopo aver messo in fuga i nemici e poi, a fatica passando dopo tutti gli altri, si buttò nella corrente fangosa e un po' camminando, un po' nuotando, a fatica, senza lo scudo, passò. Mentre quelli che stavano attorno a Cesare, pieni di am-

2

3

4

5

6

7

---

[54] Due battaglie navali furono combattute a Marsiglia: il 27 giugno e il 31 luglio 49. A nessuna delle due assistette Cesare.

[55] Fu combattuta il 25 giugno del 48; Cassio Sceva per questa sua azione fu promosso da Cesare centurione del primo manipolo.

[56] Cesare condusse due spedizioni in Britannia: una nel 55 e l'altra l'anno successivo. Non sappiamo a quale delle due vada riferito questo episodio, né si conosce per certo il nome di questo soldato: in alcune fonti egli appare come Scevio, in altre come Scefio.

[57] Erano i principali ufficiali di carriera dell'esercito romano.

περὶ τὸν Καίσαρα καὶ μετὰ χαρᾶς καὶ κραυγῆς ἀπαντώντων, αὐτὸς εὖ μάλα κατηφὴς καὶ δεδακρυμένος προσέπεσε τῷ Καίσαρι, συγγνώμην αἰτούμενος ἐπὶ τῷ προέσθαι
8 τὸν θυρεόν. ἐν δὲ Λιβύῃ ναῦν ἑλόντες οἱ περὶ Σκιπίωνα Καίσαρος, ἐν ᾗ Γράνιος Πέτρων ἐπέπλει ταμίας ἀποδεδειγμένος, τοὺς μὲν ἄλλους ἐποιοῦντο λείαν, τῷ δὲ
9 ταμίᾳ διδόναι τὴν σωτηρίαν ἔφασαν, ὁ δ᾽ εἰπών, ὅτι τοῖς Καίσαρος στρατιώταις οὐ λαμβάνειν, ἀλλὰ διδόναι σωτηρίαν ἔθος ἐστίν, ἑαυτὸν τῷ ξίφει πατάξας ἀνεῖλε.

17. Τὰ δὲ τοιαῦτα λήματα καὶ τὰς φιλοτιμίας αὐτὸς ἀνέθρεψε καὶ κατεσκεύασε Καῖσαρ, πρῶτον μὲν τῷ χαρίζεσθαι καὶ τιμᾶν ἀφειδῶς, ἐνδεικνύμενος ὅτι τὸν πλοῦτον οὐκ εἰς τρυφὴν ἰδίαν οὐδ᾽ ἰδίας ἡδυπαθείας ἐκ τῶν πολέμων ἀθροίζει, κοινὰ δ᾽ ἆθλα τῆς ἀνδραγαθίας παρ᾽ αὐτῷ φυλασσόμενα ἀπόκειται καὶ μέτεστιν ἐκείνῳ τοῦ πλουτεῖν ὅσα τοῖς ἀξίοις τῶν στρατιωτῶν δίδωσιν· ἔπειτα τῷ πάντα μὲν κίνδυνον ἑκὼν ὑφίστασθαι, πρὸς μηδένα δὲ
2 τῶν πόνων ἀπαγορεύειν. τὸ μὲν οὖν φιλοκίνδυνον οὐκ ἐθαύμαζον αὐτοῦ διὰ τὴν φιλοτιμίαν· ἡ δὲ τῶν πόνων ὑπομονὴ παρὰ τὴν τοῦ σώματος δύναμιν ἐγκαρτερεῖν δοκοῦντος ἐξέπληττεν, ὅτι καὶ τὴν ἕξιν ὢν ἰσχνός, καὶ τὴν σάρκα λευκὸς καὶ ἁπαλός, καὶ τὴν κεφαλὴν νοσώδης, καὶ τοῖς ἐπιληπτικοῖς ἔνοχος (ἐν Κορδύβῃ πρῶτον αὐτῷ τοῦ
3 πάθους ὡς λέγεται τούτου προσπεσόντος), οὐ μαλακίας ἐποιήσατο τὴν ἀρρωστίαν πρόφασιν, ἀλλὰ θεραπείαν τῆς ἀρρωστίας τὴν στρατείαν, ταῖς ἀτρύτοις ὁδοιπορίαις καὶ ταῖς εὐτελέσι διαίταις καὶ τῷ θυραυλεῖν ἐνδελεχῶς καὶ ταλαιπωρεῖν ἀπομαχόμενος τῷ πάθει καὶ τὸ σῶμα τηρῶν
4 δυσάλωτον. ἐκοιμᾶτο μὲν γὰρ τοὺς πλείστους ὕπνους ἐν ὀχήμασιν ἢ φορείοις, εἰς πρᾶξιν τὴν ἀνάπαυσιν κατατιθέ

mirazione gli andavano incontro gioiosamente gridando, egli, con gli occhi bassi, piangendo, si buttò ai piedi di Cesare chiedendo perdono per aver buttato via lo scudo. In Africa dei soldati di Scipione avevano preso una nave 8 di Cesare sulla quale si trovava Granio Petrone eletto questore, e avevano fatto prigionieri tutti gli altri, mentre avevano detto di concedere la libertà al questore; ma costui 9 disse che i soldati di Cesare erano abituati a dare, non a ricevere la salvezza, e si colpì con la spada uccidendosi.[58]

17. Era lo stesso Cesare a favorire e alimentare simile spirito di coraggio e tale desiderio di gloria, innanzi tutto compiacendo i soldati e premiandoli senza risparmio, dimostrando così che egli non raccoglieva danaro dalle guerre per lusso privato o per soddisfare le sue voglie, ma che esso si trovava presso di lui custodito come premio comune del valore, e che egli ne aveva parte in quanto ne distribuiva ai soldati degni; in secondo luogo poi col partecipare volontariamente ad ogni azione rischiosa e coll'accettare qualsiasi fatica. Conoscendo il suo desiderio 2 di gloria non si stupivano del suo amore per il rischio; colpiva invece la sua resistenza alle fatiche, giacché sembrava che egli si sottoponesse agli sforzi al di là delle possibilità fisiche: era esile di complessione, bianco e tenero di carnagione, soggetto a emicranie e ad attacchi epilettici (si dice che il primo attacco di questo male lo ebbe a Cordova).[59] Comunque egli non prese questa sua debolezza 3 a giustificazione di vita molle, anzi considerò l'attività militare una cura di questa debolezza, contrastando i suoi malanni con lunghissime marce, mangiando frugalmente, dormendo sempre all'aperto, faticando, e così mantenendo il corpo inattaccabile ai mali. Dormiva per lo più 4 in carri o in lettighe, utilizzando il riposo per l'azione, di

---

[58] L'episodio avvenne probabilmente nel 47, nel corso della guerra contro i Pompeiani.
[59] Città dell'*Hispania Ulterior*, sul fiume Beti.

μενος, ᾠχεῖτο δὲ μεθ' ἡμέραν ἐπὶ τὰ φρούρια καὶ τὰς
πόλεις καὶ τοὺς χάρακας, ἑνὸς αὐτῷ συγκαθημένου παιδὸς
τῶν ὑπογράφειν ἅμα διώκοντος εἰθισμένων, ἑνὸς δ' ἐξ-
5 όπισθεν ἐφεστηκότος στρατιώτου ξίφος ἔχοντος. συντόνως
δ' ἤλαυνεν οὕτως, ὥστε τὴν πρώτην ἔξοδον ἀπὸ Ῥώμης
6 ποιησάμενος ὀγδοαῖος ἐπὶ τὸν Ῥοδανὸν ἐλθεῖν. τὸ μὲν
οὖν ἱππεύειν ἐκ παιδὸς ἦν αὐτῷ ῥᾴδιον· εἴθιστο γὰρ εἰς
τοὐπίσω τὰς χεῖρας ἀπάγων καὶ τῷ νώτῳ περιπλέκων
7 ἀνὰ κράτος ἐλαύνειν τὸν ἵππον. ἐν ἐκείνῃ δὲ τῇ στρατείᾳ
προσεξήσκησεν ἱππαζόμενος τὰς ἐπιστολὰς ὑπαγορεύειν
καὶ δυσὶν ὁμοῦ γράφουσιν ἐξαρκεῖν, ὡς δ' Ὄππιός φησι
8 (HRR II 48), καὶ πλείοσι. λέγεται δὲ καὶ τὸ διὰ γραμμάτων
τοῖς φίλοις ὁμιλεῖν Καίσαρα πρῶτον μηχανήσασθαι, τὴν
κατὰ πρόσωπον ἔντευξιν ὑπὲρ τῶν ἐπειγόντων τοῦ καιροῦ
διά τε πλῆθος ἀσχολιῶν καὶ τῆς πόλεως τὸ μέγεθος μὴ
9 περιμένοντος. τῆς δὲ περὶ τὴν δίαιταν εὐκολίας κἀκεῖνο
ποιοῦνται σημεῖον, ὅτι τοῦ δειπνίζοντος αὐτὸν ἐν Μεδιο-
λάνῳ ξένου Οὐαλερίου Λέοντος παραθέντος ἀσπάραγον
καὶ μύρον ἀντ' ἐλαίου καταχέαντος, αὐτὸς μὲν ἀφελῶς
10 ἔφαγε, τοῖς δὲ φίλοις δυσχεραίνουσιν ἐπέπληξεν. „ἤρκει
γὰρ" ἔφη „τὸ μὴ χρῆσθαι τοῖς ἀπαρέσκουσιν· ὁ δὲ τὴν
11 τοιαύτην ἀγροικίαν ἐξελέγχων αὐτός ἐστιν ἄγροικος." ἐν
ὁδῷ δέ ποτε συνελασθεὶς ὑπὸ χειμῶνος εἰς ἔπαυλιν ἀνθρώπου πένητος, ὡς οὐδὲν εὗρε πλέον οἰκήματος ἑνὸς γλίσ-
χρως ἕνα δέξασθαι δυναμένου, πρὸς τοὺς φίλους εἰπών, ὡς
τῶν μὲν ἐντίμων παραχωρητέον εἴη τοῖς κρατίστοις, τῶν
δ' ἀναγκαίων τοῖς ἀσθενεστάτοις, Ὄππιον ἐκέλευσεν
ἀναπαύσασθαι· αὐτὸς δὲ μετὰ τῶν ἄλλων ὑπὸ τῷ προ-
στεγίῳ τῆς θύρας ἐκάθευδεν.

---

[60] Partito da Roma il 20 marzo del 58, non appena seppe che era stato decretato l'esilio di Cicerone, giunse otto giorni dopo a Ginevra: ce
lo conferma lo stesso Cesare nella sua opera.
[61] C. Oppio, amico di Cesare, del quale fu anche biografo. Alcuni
gli attribuiscono la redazione del *Bellum Africum* e del *Bellum Hispa-
niense* a noi giunti tra le opere cesariane.
[62] Svetonio, nella biografia di Cesare, specifica così: «... lettere nelle quali se doveva riferire qualcosa in modo segreto, ricorse a sistemi

giorno andava a controllare i presidi, le città, le fortifica-
zioni, e gli stava vicino uno schiavo di quelli abituati a
scrivere sotto dettatura anche durante il viaggio, e dietro
stava un soldato con la spada. Procedeva poi con tale ra- 5
pidità che quando uscì ʋa prima volta da Roma[60] nel giro di otto giorni fu al Rodano. Andare a cavallo gli era 6
facile fino da fanciullo: era solito infatti spingere di gran
carriera il cavallo con le mani intrecciate dietro la schiena. Durante quella spedizione si esercitò a dettare le lette- 7
re, stando a cavallo, a due scrivani contemporaneamente,
o come dice Oppio,[61] anche a più. Si dice anche che Ce- 8
sare per primo abbia cercato di comunicare con gli amici
per mezzo di lettere cifrate,[62] quando il momento particolare non gli consentiva di discutere personalmente su argomenti urgenti, sia per il gran numero degli impegni che
per la grandezza della città. Della sua temperanza nel vit- 9
to adducono questo esempio: quando a Milano Valerio
Leone, suo ospite, lo invitò a pranzo e gli servì asparagi
conditi con unguento aromatico, anziché con olio, egli ne
mangiò tranquillamente e criticò gli amici che erano disgustati: «Bastava» egli disse «non mangiare ciò che non 10
piaceva; chi ha da ridire su questa rusticità è egli stesso
rustico». Una volta durante un viaggio, costretto dalla 11
tempesta a rifugiarsi nella capanna di un uomo povero,
non trovando altro che una stanzetta che poteva ospitare
a stento una sola persona, disse che quando si trattava di
onore bisognava cedere ai potenti, ma se si trattava di necessità bisognava privilegiare i più deboli; quindi ordinò
che lì riposasse Oppio: con gli altri egli passò la notte sotto il tettuccio della porta.

particolari, cioè con un ordine di lettere tale per cui non risultava parola intelligibile; se uno vuol capire intenda ad esempio la quarta lettera,
cioè D, come A, e così via».

18. Ἀλλὰ γὰρ ὁ μὲν πρῶτος αὐτῷ τῶν Κελτικῶν πολέμων πρὸς Ἑλβηττίους συνέστη καὶ Τιγυρίνους, οἳ τὰς αὐτῶν δώδεκα πόλεις καὶ κώμας τετρακοσίας ἐμπρήσαντες, ἐχώρουν πρόσω διὰ τῆς ὑπὸ Ῥωμαίους Γαλατίας, ὥσπερ πάλαι Κίμβροι καὶ Τεύτονες, οὔτε τόλμαν ἐκείνων ὑποδεέστεροι δοκοῦντες εἶναι, καὶ πλῆθος ὁμαλεῖς, τριάκοντα μὲν αἱ πᾶσαι μυριάδες ὄντες, εἴκοσι δ᾽ 2 αἱ μαχόμεναι μιᾶς δέουσαι. τούτων Τιγυρίνους μὲν οὐκ αὐτός, ἀλλὰ Λαβιηνὸς πεμφθεὶς ὑπ᾽ αὐτοῦ περὶ τὸν Ἄραρα ποταμὸν συνέτριψεν, Ἑλβηττίων δ᾽ αὐτῷ πρός τινα πόλιν φίλην ἄγοντι τὴν στρατιὰν καθ᾽ ὁδὸν ἀπροσδοκήτως ἐπιθεμένων, φθάσας ἐπὶ χωρίον καρτερὸν κατέφυγε. 3 κἀκεῖ συναγαγὼν καὶ παρατάξας τὴν δύναμιν, ὡς ἵππος αὐτῷ προσήχθη, ,,τούτῳ μὲν" ἔφη ,,νικήσας χρήσομαι πρὸς τὴν δίωξιν, νῦν δ᾽ ἴωμεν ἐπὶ τοὺς πολεμίους," καὶ 4 πεζὸς ὁρμήσας ἐνέβαλε. χρόνῳ δὲ καὶ χαλεπῶς ὠσάμενος τὸ μάχιμον, περὶ ταῖς ἁμάξαις καὶ τῷ χάρακι τὸν πλεῖστον ἔσχε πόνον, οὐκ αὐτῶν μόνων ὑφισταμένων ἐκεῖ καὶ μαχομένων, ἀλλὰ καὶ παῖδες αὐτῶν καὶ γυναῖκες ἀμυνόμενοι μέχρι θανάτου συγκατεκόπησαν, ὥστε τὴν μάχην μόλις 5 εἰς μέσας νύκτας τελευτῆσαι. καλῷ δὲ τῷ τῆς νίκης ἔργῳ κρεῖττον ἐπέθηκε τὸ συνοικίσαι τοὺς διαφυγόντας ἐκ τῆς μάχης τῶν [παρόντων] βαρβάρων καὶ καταναγκάσαι τὴν χώραν ἀναλαβεῖν ἣν ἀπέλιπον καὶ τὰς πόλεις ἃς διέφθει- 6 ραν, ὄντας ὑπὲρ δέκα μυριάδας. ἔπραξε δὲ τοῦτο δεδιὼς μὴ τὴν χώραν ἔρημον γενομένην οἱ Γερμανοὶ διαβάντες κατάσχωσι.

19. Δεύτερον δὲ πρὸς Γερμανοὺς ἄντικρυς ὑπὲρ Κελτῶν

---

[63] Iniziò forse nel giugno del 58. Gli Elvezi erano una popolazione gallica che aveva sede tra Giura, Rodano, Reno e lago Lemano; era divisa in quattro *pagi* uno dei quali era il *pagus Tigurinus*.

[64] È la cosiddetta Gallia Narbonense, istituita come provincia nel 120, che prese nome dalla colonia *Narbo Martius* fondata nel 118.

[65] Tribù germaniche che tra il 113 e il 101 misero a soqquadro la Narbonense e la Cisalpina: i Teutoni furono bloccati da Mario nel 105 ad *Aquae Sextiae* e i Cimbri invece, sempre da Mario, nel 101 presso Vercelli.

18. La prima delle guerre galliche[63] fu contro gli Elvezi e i Tigurini, che dopo aver bruciato le loro dodici città e i quattrocento villaggi, muovevano attraverso la Gallia romana[64] come avevano fatto un tempo i Cimbri e i Teutoni,[65] senza essere apparentemente inferiori a loro in coraggio ma essendo pari per numero, e cioè trecentomila in totale, di cui centonovantamila combattenti. I Tigurini non li sconfisse lui, ma Labieno,[66] da lui inviato, presso il fiume Arar; quanto agli Elvezi gli si buttarono addosso improvvisamente mentre egli era in marcia per portare l'esercito verso una città amica:[67] egli li prevenne e si rifugiò in una postazione fortificata. Qui riunì le sue forze, le dispose in ordine, e quando gli fu portato il cavallo disse: «Me ne servirò dopo la vittoria per l'inseguimento; ora andiamo contro i nemici»; e muovendosi a piedi andò all'assalto. Respinto il nemico a fatica e dopo parecchio tempo, la più grossa difficoltà la incontrò presso i carri e il vallo, giacché là combattevano e resistevano non soltanto i soldati, ma anche i loro figli e le mogli, che si difesero fino alla morte: furono tutti assieme uccisi, cosicché la battaglia finì a stento a mezzanotte. Ad un esito vittorioso così positivo aggiunse una conclusione ancora migliore: radunò i barbari sfuggiti alla battaglia, che erano ancora più di centomila, e li costrinse a riprendere la terra che avevano abbandonato e le città che avevano distrutte. Questo fece perché temeva che i Germani passassero a conquistare la terra rimasta inabitata.

19. Per una diretta difesa dei Galli sostenne la sua seconda guerra,[68] contro i Germani, anche se in preceden-

---

[66] T. Labieno, il famoso braccio destro di Cesare nella guerra gallica, il quale passò poi a Pompeo nella guerra civile. Cesare, con estrema signorilità, gli mandò il bagaglio abbandonato nel campo cesariano: vd. *infra* cap. 34.

[67] Si tratta di Bibracte, originaria capitale degli Edui, attuale Mont-Beuvray.

[68] Ancora nell'estate del 58.

ἐπολέμησε, καίτοι τὸν βασιλέα πρότερον αὐτῶν Ἀριόβιστον
2 ἐν Ῥώμῃ σύμμαχον πεποιημένος· ἀλλ᾽ ἦσαν ἀφόρητοι τοῖς
ὑπηκόοις αὐτοῦ γείτονες, καὶ καιροῦ παραδόντος οὐκ
ἂν ἐδόκουν ἐπὶ τοῖς παροῦσιν ἀτρεμήσειν, ἀλλ᾽ ἐπινεμή-
3 σεσθαι καὶ καθέξειν τὴν Γαλατίαν. ὁρῶν δὲ τοὺς ἡγεμόνας
ἀποδειλιῶντας, καὶ μάλισθ᾽ ὅσοι τῶν ἐπιφανῶν καὶ νέων
αὐτῷ συνεξῆλθον, ὡς δὴ τρυφῇ χρησόμενοι καὶ χρη-
ματισμῷ τῇ μετὰ Καίσαρος στρατείᾳ, συναγαγὼν εἰς
ἐκκλησίαν ἐκέλευσεν ἀπιέναι καὶ μὴ κινδυνεύειν παρὰ
4 γνώμην, οὕτως ἀνάνδρως καὶ μαλακῶς ἔχοντας· αὐτὸς δ᾽
ἔφη τὸ δέκατον τάγμα μόνον παραλαβὼν ἐπὶ τοὺς βαρβάρους πορεύσεσθαι, μήτε κρείττοσι μέλλων Κίμβρων
μάχεσθαι πολεμίοις, μήτ᾽ αὐτὸς ὢν Μαρίου χείρων
5 στρατηγός. ἐκ τούτου τὸ μὲν δέκατον τάγμα πρεσβευτὰς
ἔπεμψε πρὸς αὐτόν, χάριν ἔχειν ὁμολογοῦντες, τὰ δ᾽ ἄλλα
τοὺς ἑαυτῶν ἐκάκιζον ἡγεμόνας, ὁρμῆς δὲ καὶ προθυμίας
γενόμενοι πλήρεις ἅπαντες ἠκολούθουν ὁδὸν ἡμερῶν
πολλῶν, ἕως ἐν διακοσίοις τῶν πολεμίων σταδίοις
6 κατεστρατοπέδευσαν. ἦν μὲν οὖν ὅ τι καὶ πρὸς τὴν
ἔφοδον αὐτὴν ἐτέθραυστο τῆς τόλμης τοῦ Ἀριοβίστου.
7 Γερμανοῖς γὰρ ἐπιθήσεσθαι Ῥωμαίους, ὧν ἐπερχομένων
οὐκ ἂν ἐδόκουν ὑποστῆναι, [δ] μὴ προσδοκήσας, ἐθαύμαζε
τὴν Καίσαρος τόλμαν, καὶ τὸν στρατὸν ἑώρα τεταραγμένον.
8 ἔτι δὲ μᾶλλον αὐτοὺς ἤμβλυνε τὰ μαντεύματα τῶν ἱερῶν
γυναικῶν, αἳ ποταμῶν δίναις προσβλέπουσαι καὶ ῥευμάτων
ἑλιγμοῖς καὶ ψόφοις τεκμαιρόμεναι προεθέσπιζον, οὐκ
9 ἐῶσαι μάχην θέσθαι πρὶν ἐπιλάμψαι νέαν σελήνην. ταῦτα
τῷ Καίσαρι πυνθανομένῳ καὶ τοὺς Γερμανοὺς ἡσυχάζοντας
ὁρῶντι καλῶς ἔχειν ἔδοξεν ἀπροθύμοις οὖσιν αὐτοῖς συμβα-

[69] Re degli Svevi, strinse nel 59, quando era console lo stesso Cesare, un'alleanza con i Romani che riconosceva le conquiste da lui fatte
in Gallia. Ma nel 58 Cesare si guastò con lui, e contro di lui condusse
una campagna che ci è narrata nel primo libro del *de bello Gallico*.

za, in Roma, si era fatto alleato il loro re Ariovisto;[69] ma 2
i Germani erano vicini insopportabili per i suoi alleati, e
se si fosse presentata loro l'occasione non si sarebbero ac-
contentati di quanto avevano ma uscendo dai loro territori si sarebbero impadroniti della Gallia. Quando Cesa- 3
re vide che i suoi ufficiali erano impauriti, soprattutto
quanti dell'aristocrazia e dei giovani lo avevano accompagnato per vivere bellamente e valersi del danaro da ricavare dalla spedizione, riunitili in assemblea, ordinò che
non si esponessero a rischi illogicamente e se ne andasse-
ro, giacché erano così fiacchi e molli; egli con la sola de- 4
cima legione sarebbe andato contro i barbari, dovendo affrontare dei nemici che non erano superiori ai Cimbri, e
non essendo personalmente inferiore a Mario. Immedia- 5
tamente la decima legione gli mandò una delegazione a
manifestargli il suo compiacimento, mentre le altre tac-
ciavano di viltà i loro comandanti, e tutti, pieni di coraggio e di entusiasmo, gli andarono dietro per una marcia
di parecchi giorni fino a che posero il campo a duecento
stadi dai nemici.[70] Parte dell'audacia di Ariovisto svanì 6
proprio per questo avvicinarsi. Egli infatti, che non si sarebbe aspettato che i Romani assalissero i Germani, al cui 7
sopraggiungere non sembrava che avrebbero potuto resistere, si stupì del coraggio di Cesare, e vide il suo esercito
sconvolto. Ma ancor di più abbattevano il loro animo i 8
vaticini delle sacerdotesse[71] che, osservando i vortici dei
fiumi e deducendo i loro auspici dall'esame dei rumori e
dai giri delle correnti, non permettevano che si attaccasse
battaglia prima della luna nuova. Quando Cesare venne 9
a sapere questo, vedendo che i Germani se ne stavano tranquilli, ritenne opportuno attaccarli mentre erano sfiduciati

[70] L'episodio dell'allocuzione agli ufficiali incerti avvenne nel campo presso Vesontio; muovendo di lì Cesare giunse a circa 36 km (200
stadi) da Ariovisto, nella valle del Reno, forse in alta Alsazia.
[71] Sappiamo da più fonti che presso i Germani era usuale far pro-
nunciare vaticini da donne, e ben note sono le profetesse dei Germani
nel I secolo d.C.

λεῖν μᾶλλον, ἢ τὸν ἐκείνων ἀναμένοντα καιρὸν καθῆσθαι.
10 καὶ προσβολὰς ποιούμενος τοῖς ἐρύμασι καὶ λόφοις ἐφ᾽
11 ὧν ἐστρατοπέδευον, ἐξηγρίαινε καὶ παρώξυνε καταβάντας
11 πρὸς ὀργὴν διαγωνίσασθαι. γενομένης δὲ λαμπρᾶς τροπῆς
αὐτῶν, ἐπὶ σταδίους τετρακοσίους ἄχρι τοῦ Ῥήνου διώξας,
κατέπλησε τοῦτο πᾶν νεκρῶν τὸ πεδίον καὶ λαφύρων.
12 Ἀριόβιστος δὲ φθάσας μετ᾽ ὀλίγων διεπέρασε τὸν Ῥῆνον·
ἀριθμὸν δὲ νεκρῶν μυριάδας ὀκτὼ γενέσθαι λέγουσι.

20. Ταῦτα διαπραξάμενος, τὴν μὲν δύναμιν ἐν Ση-
κουανοῖς ἀπέλιπε διαχειμάσουσαν, αὐτὸς δὲ τοῖς ἐν
Ῥώμῃ προσέχειν βουλόμενος εἰς τὴν περὶ Πάδον Γαλατίαν κατέβη, τῆς αὐτῷ δεδομένης ἐπαρχίας οὖσαν· ὁ γὰρ
καλούμενος Ῥουβίκων ποταμὸς ἀπὸ τῆς ὑπὸ ταῖς Ἄλπεσι
2 Κελτικῆς ὁρίζει τὴν ἄλλην Ἰταλίαν. ἐνταῦθα καθήμενος
ἐδημαγώγει, πολλῶν πρὸς αὐτὸν ἀφικνουμένων, διδοὺς
ὧν ἕκαστος δεηθείη καὶ πάντας ἀποπέμπων, τὰ μὲν
3 ἔχοντας ἤδη παρ᾽ αὐτοῦ, τὰ δ᾽ ἐλπίζοντας. καὶ παρὰ τὸν
ἄλλον δὲ πάντα τῆς στρατείας χρόνον ἐλάνθανε τὸν
Πομπήϊον ἐν μέρει νῦν μὲν τοὺς πολεμίους τοῖς τῶν
πολιτῶν ὅπλοις καταστρεφόμενος, νῦν δὲ τοῖς ἀπὸ τῶν
πολεμίων χρήμασιν αἱρῶν τοὺς πολίτας καὶ χειρούμενος.
4 Ἐπεὶ δὲ Βέλγας ἤκουσε, δυνατωτάτους Κελτῶν καὶ
τὴν τρίτην ἁπάσης τῆς Κελτικῆς νεμομένους, ἀφεστάναι,
πολλὰς δή τινας μυριάδας ἐνόπλων ἀνδρῶν ἠθροικότας,
5 ἐπιστρέψας εὐθὺς ἐχώρει τάχει πολλῷ, καὶ πορθοῦσι
τοὺς συμμάχους Γαλάτας ἐπιπεσὼν τοῖς πολεμίοις, τοὺς
μὲν ἀθρουστάτους καὶ πλείστους αἰσχρῶς ἀγωνισαμένους
τρεψάμενος ἐφθειρεν, ὥστε καὶ λίμνας καὶ ποταμοὺς
βαθεῖς τοῖς Ῥωμαίοις νεκρῶν πλήθει περατοὺς γενέσθαι·

[72] Il confronto con un passo di Cesare (de b.g. 1, 40) consente di fissare la data al 18 settembre del 58.
[73] Per quel che riguarda la lunghezza di questa fuga le fonti danno
dati contrastanti: Cesare parla di cinquemila passi (8 km circa), Orosio
di cinquantamila passi (80 km circa). 400 stadi sono circa 80 km.

piuttosto che rimanere inoperoso attendendo il loro momento favorevole. E muovendo all'assalto dei ripari e delle 10 colline sulle quali stavano accampati, li stuzzicò, e li spinse a scendere e a combattere furiosamente.[72] Ne derivò una 11 loro famosa fuga:[73] egli li inseguì per quattrocento stadi sino al Reno e riempì tutta la pianura di cadaveri e di spoglie. Ariovisto con pochi riuscì a passare il Reno: dicono 12 ci siano stati ottantamila morti.

20. Compiuta questa impresa lasciò l'esercito a svernare nel paese dei Sequani[74] e, volendo spostare la sua attenzione su quanto accadeva in Roma, venne nella Cisalpina, che faceva parte della provincia a lui affidata: divide il resto d'Italia dalla Gallia che sta sotto le Alpi il fiume chiamato Rubicone.[75] Qui fermatosi faceva la sua po- 2 litica, e siccome molti venivano a lui, dava a ciascuno quel che chiedeva, e rimandava tutti o contenti di quel che avevano avuto o con la speranza di avere poi. E durante tut- 3 to il tempo della spedizione, senza che se ne avvedesse Pompeo, alternatamente ora sconfiggeva i nemici con le armi dei cittadini, ora invece con le ricchezze tolte ai nemici rendeva a lui sottomessi i cittadini. Quando però sentì 4 che i Belgi, che erano i piu potenti dei Galli e abitavano la terza parte della intera regione, si erano ribellati e avevano raccolto molte migliaia di uomini armati, subito si volse ad accorrere colà in gran fretta;[76] piombò sui nemici che stavano mettendo a sacco le terre degli alleati Galli 5 e volse in fuga e fece a pezzi i più compatti e numerosi che avevano combattuto male, tanto che paludi e fiumi profondi divennero transitabili per i Romani per via del

[74] Popolazione gallica stanziata tra l'Arar e il Giura con capitale Vesontio.
[75] Segnava il confine tra l'Italia e la Gallia Cisalpina. È controversa l'identificazione: si pensa all'Uso, o al Fiumicino, o al Pisciatello.
[76] Campagna del 57. Il nome Belgi indica riassuntivamente le popolazioni del nord-est della Gallia, tra Senna, Marna, Reno e Mar del Nord.

6 τῶν δ' ἀποστάντων οἱ μὲν παρωκεάνιοι πάντες ἀμαχεὶ
προσεχώρησαν, ἐπὶ δὲ τοὺς ἀγριωτάτους καὶ μαχιμω-
7 τάτους τῶν τῇδε, Νερβίους, ἐστράτευσεν· οἵπερ εἰς συμ-
μιγεῖς δρυμοὺς κατῳκημένοι, γενεὰς δὲ καὶ κτήσεις ἔν
τινι βυθῷ τῆς ὕλης ἀπωτάτω θέμενοι τῶν πολεμίων,
αὐτοὶ τῷ Καίσαρι, ποιουμένῳ χάρακα καὶ μὴ προσδεχο-
μένῳ τηνικαῦτα τὴν μάχην, ἑξακισμύριοι τὸ πλῆθος ὄντες
αἰφνιδίως προσέπεσον, καὶ τοὺς μὲν ἱππεῖς ἐτρέψαντο,
τῶν δὲ ταγμάτων τὸ δωδέκατον καὶ τὸ ἕβδομον περι-
8 σχόντες, ἅπαντας ἀπέκτειναν τοὺς ταξιάρχους. εἰ δὲ μὴ
Καῖσαρ ἁρπάσας τὸν θυρεὸν καὶ διασχὼν τοὺς πρὸ αὐτοῦ
μαχομένους, ἐνέβαλε τοῖς βαρβάροις, καὶ ἀπὸ τῶν ἄκρων
τὸ δέκατον κινδυνεύοντος αὐτοῦ κατέδραμε καὶ διέκοψε
τὰς τάξεις τῶν πολεμίων, οὐδεὶς ἂν δοκεῖ περιγενέσθαι·
9 νῦν δὲ τῇ Καίσαρος τόλμῃ τὴν λεγομένην ὑπὲρ δύναμιν
μάχην ἀγωνισάμενοι, τρέπονται μὲν οὐδ' ὣς τοὺς Νερ-
10 βίους, κατακόπτουσι δ' ἀμυνομένους· πεντακόσιοι γὰρ ἀπὸ
μυριάδων ἓξ σωθῆναι λέγονται, βουλευταὶ δὲ τρεῖς ἀπὸ
τετρακοσίων.

21. Ταῦθ' ἡ σύγκλητος πυθομένη πεντεκαίδεχ' ἡμέρας
ἐψηφίσατο θύειν τοῖς θεοῖς καὶ σχολάζειν ἑορτάζοντας,
2 ὅσας ἐπ' οὐδεμιᾷ νίκῃ πρότερον. καὶ γὰρ ὁ κίνδυνος ἐφάνη
μέγας ἐθνῶν ἅμα τοσούτων ἀναρραγέντων, καὶ τὸ
νίκημα λαμπρότερον, ὅτι Καῖσαρ ἦν ὁ νικῶν, ἡ πρὸς ἐκεῖνον εὔνοια τῶν πολλῶν ἐποίει.

3 Καὶ γὰρ αὐτὸς εὖ θέμενος τὰ κατὰ τὴν Γαλατίαν,
πάλιν ἐν τοῖς περὶ Πάδον χωρίοις διεχείμαζε, συσκευαζό-

gran numero di cadaveri. Tutti i ribelli che abitavano lungo **6**
la riva dell'Oceano gli si arresero senza combattere; invece condusse una spedizione contro i Nervii,[77] che erano i
più fieri e combattivi di questa regione. Essi che abitava- **7**
no in fitti boschi e avevano collocato in un recesso della
selva, molto lontano dai nemici, i figli e i beni, in numero
di sessantamila, all'improvviso si buttarono addosso a Cesare che stava costruendo un vallo e che non voleva in quel
momento combattere: volsero in fuga i cavalieri e circondarono la settima e la dodicesima legione, e uccisero tutti
i centurioni. Se Cesare, afferrato lo scudo e fattosi largo **8**
tra quelli che combattevano dinnanzi a lui, non si fosse
scagliato contro i barbari e la decima legione, dalle colline, vistolo in pericolo, non fosse corsa giù e non avesse
fatto a pezzi le file dei nemici, nessuno, a quanto sembra,
si sarebbe salvato; ora invece per l'audacia di Cesare, com- **9**
battendo, come si dice, al di là delle proprie forze, neppur così volsero in fuga i Nervii, ma li massacrarono mentre essi resistevano: si dice che se ne siano salvati cinque- **10**
cento da sessantamila, e di quattrocento anziani soltanto
tre.

21. Quando il senato ne fu informato deliberò che si
facessero sacrifici di ringraziamento agli dei e ci fossero
feste per quindici giorni,[78] quanti mai per nessuna vittoria precedente. Infatti il pericolo era apparso grande, per **2**
essersi sollevate contemporaneamente popolazioni così numerose, ed essendo risultato vincitore Cesare, la benevolenza che i più nutrivano nei suoi confronti rendeva ancor più splendida la vittoria. Egli intanto, dopo aver si- **3**
stemato le cose in Gallia, di nuovo passava l'inverno nella valle del Po, e preparava la sua azione politica in Ro-

---

[77] Popolazione situata al centro della regione dei Belgi, tra Sambre e Schelda.
[78] Di norma, per vittorie riportate da consoli o da ex-consoli, si de-
cretavano feste per cinque giorni; quando Pompeo sconfisse Mitridate
si deliberarono feste per dieci giorni. Più tardi, per la vittoria di Cesare
in Spagna, si arrivò a stabilire un periodo di feste di sessanta giorni.

4 μενος τὴν πόλιν. οὐ γὰρ μόνον οἱ τὰς ἀρχὰς παραγγέλ-
λοντες, ἐκείνῳ χρώμενοι χορηγῷ καὶ τοῖς παρ᾽ ἐκείνου
χρήμασι διαφθείροντες τὸν δῆμον, ἀνηγορεύοντο καὶ
5 πᾶν ἔπραττον ὃ τὴν ἐκείνου δύναμιν αὔξειν ἔμελλεν, ἀλλὰ
καὶ τῶν ἐπιφανεστάτων ἀνδρῶν καὶ μεγίστων οἱ πλεῖστοι
συνῆλθον πρὸς αὐτὸν εἰς Λούκαν, Πομπήϊός τε καὶ
Κράσσος, καὶ Ἄππιος ὁ τῆς Σαρδόνος ἡγεμών, καὶ Νέ-
πως ὁ τῆς Ἰβηρίας ἀνθύπατος, ὥστε ῥαβδούχους μὲν
ἑκατὸν εἴκοσι γενέσθαι, συγκλητικοὺς δὲ πλείονας ἢ δια-
6 κοσίους. βουλὴν δὲ θέμενοι διεκρίθησαν ἐπὶ τούτοις·
ἔδει Πομπήϊον μὲν καὶ Κράσσον ὑπάτους ἀποδειχθῆναι,
Καίσαρι δὲ χρήματα καὶ πενταετίαν ἄλλην ἐπιμετρηθῆναι
7 τῆς στρατηγίας. ὃ καὶ παραλογώτατον ἐφαίνετο τοῖς νοῦν
ἔχουσιν· οἱ γὰρ τοσαῦτα χρήματα παρὰ Καίσαρος λαμβάνοντες ὡς οὐκ ἔχοντι διδόναι τὴν βουλὴν ἔπειθον, μᾶλλον
8 δ᾽ ἠνάγκαζον, ἐπιστένουσαν οἷς ἐψηφίζοντο, Κάτωνος μὲν
οὐ παρόντος, ἐπίτηδες γὰρ αὐτὸν εἰς Κύπρον ἀπεδιο-
πομπήσαντο, Φαωνίου δ᾽, ὃς ἦν ζηλωτὴς Κάτωνος, ὡς
οὐδὲν ἐπέραινεν ἀντιλέγων, ἐξαλλομένου διὰ θυρῶν καὶ
9 βοῶντος εἰς τὸ πλῆθος. ἀλλὰ προσεῖχεν οὐδείς, τῶν μὲν
Πομπήϊον αἰδουμένων καὶ Κράσσον, οἱ δὲ πλεῖστοι,
Καίσαρι χαριζόμενοι καὶ πρὸς τὰς ἀπ᾽ ἐκείνου ζῶντες
ἐλπίδας, ἡσύχαζον.

22. Τραπόμενος δ᾽ αὖθις ὁ Καῖσαρ ἐπὶ τὰς ἐν τῇ Κελτικῇ
δυνάμεις, πολὺν καταλαμβάνει πόλεμον ἐν τῇ χώρᾳ, δύο
Γερμανικῶν ἐθνῶν μεγάλων ἐπὶ κατακτήσει γῆς ἄρτι τὸν
Ῥῆνον διαβεβηκότων· Οὐσίπας καλοῦσι τοὺς ἑτέρους, τοὺς·
2 δὲ Τεντερίτας. περὶ δὲ τῆς πρὸς τούτους γενομένης μάχης ὁ
μὲν Καῖσαρ ἐν ταῖς ἐφημερίσι (b. G. 4, 11—13) γέγραφεν, ὡς

[79] Incontro del 56. Cesare poté partecipare perché Lucca era fuori
dei confini d'Italia, e in tale situazione rimase fino al tempo d'Augusto.
   [80] Appio Claudio Pulcro, pretore nel 57 e poi console nel 54, era nel
56 propretore della Sardegna.
   [81] Q. Cecilio Metello Nepote, console nel 57, era quell'anno procuratore della Spagna.
   [82] E furono effettivamente consoli nel successivo anno 55.
   [83] La proroga del potere in provincia fu concessa a partire dal primo marzo del 54.

ma. Infatti non solo quelli tra i candidati che si valevano **4**
del suo appoggio, e che col danaro da lui ricevuto cor-
rompevano il popolo, ottenevano le varie cariche pubbliche e facevano tutto ciò che potesse accrescere il suo potere, ma anche si erano riuniti presso di lui a Lucca[79] tutti **5**
i cittadini più potenti e di maggior autorità: Pompeo, Crasso, Appio propretore della Sardegna,[80] Nepote, proconsole di Spagna:[81] in complesso centoventi littori e più di
duecento senatori. Qui si tenne consiglio e queste furono **6**
le deliberazioni: Pompeo e Crasso sarebbero stati eletti
consoli;[82] Cesare avrebbe avuto prorogato l'incarico in
provincia per altri cinque anni[83] e avrebbe ottenuto altro
denaro. Questa apparve a chi aveva senno la deliberazio- **7**
ne più illogica: coloro che ricevevano da Cesare tante ricchezze inducevano il senato a dargliene, quasi che egli non
ne avesse, anzi lo costringevano, mentre esso era riluttan-
te. Non era presente Catone,[84] che appunto per questo **8**
era stato mandato a Cipro, e Favonio,[85] che era il porta-
voce di Catone, dato che per quanto si opponesse non riusciva a nulla, corse fuori urlando verso il popolo. Nessu- **9**
no lo stette a sentire, alcuni per rispetto verso Pompeo
e Crasso; i più, invece, per compiacere Cesare e perché
riponevano in lui le loro speranze, rimasero tranquilli.[86]

22. Cesare, tornato di nuovo al suo esercito in Gallia,[87]
trovò nella regione una grande guerra giacché due potenti popoli germanici avevano da poco attraversato il Reno
per impadronirsi di nuove terre: si tratta degli Usipi e dei
Tenteriti. Sulla battaglia combattuta contro di essi Cesa- **2**
re, nei *Commentari*, scrive che i barbari, che erano in trat-

---

[84] Dall'anno 58 si trovava a Cipro. Ivi era stato mandato a seguito
di una proposta avanzata da Clodio nel quadro delle misure predispo-
ste da Cesare per allontanare da Roma nel periodo della sua assenza tutti
coloro che potevano fargli ombra.
[85] Tribuno della plebe nel 60, fu forse pretore nel 49.
[86] La notizia è confusa e mal si collega con quanto precede.
[87] Al principio del 55.

οἱ βάρβαροι διαπρεσβευόμενοι πρὸς αὐτὸν ἐν σπονδαῖς
ἐπιϑοῖντο καϑ᾽ ὁδόν, καὶ διὰ τοῦτο τρέψαιντο τοὺς αὐτοῦ
πεντακισχιλίους ὄντας ἱππεῖς ὀκτακοσίοις τοῖς ἐκείνων,
3 μὴ προσδοκῶντας· εἶτα πέμψειαν ἑτέρους πρὸς αὐτὸν αὖϑις
ἐξαπατῶντας, οὓς κατασχὼν ἐπαγάγοι τοῖς βαρβάροις τὸ
στράτευμα, τὴν πρὸς οὕτως ἀπίστους καὶ παρασπόνδους
4 πίστιν εὐήϑειαν ἡγούμενος. Τανύσιος δὲ λέγει (HRR II 50)
Κάτωνα, τῆς βουλῆς ἐπὶ τῇ νίκῃ ψηφιζομένης ἑορτὰς καὶ
ϑυσίας, ἀποφήνασϑαι γνώμην, ὡς ἐκδοτέον ἐστὶ τὸν
Καίσαρα τοῖς βαρβάροις, ἀφοσιουμένους τὸ παρασπόνδημα
ὑπὲρ τῆς πόλεως καὶ τὴν ἀρὰν εἰς τὸν αἴτιον τρέποντας.
5 τῶν δὲ διαβάντων αἱ μὲν κατακοπεῖσαι τεσσαράκοντα
μυριάδες ἦσαν, ὀλίγους δὲ τοὺς ἀποπεράσαντας αὖϑις
ὑπεδέξαντο Σούγαμβροι, Γερμανικὸν ἔϑνος.

6   Καὶ ταύτην λαβὼν αἰτίαν ἐπ᾽ αὐτοὺς ὁ Καῖσαρ, ἄλλως
δὲ ⟨καὶ⟩ δόξης ἐφιέμενος [καὶ] τοῦ πρῶτος ἀνϑρώπων
στρατῷ διαβῆναι, τὸν Ῥῆνον ἐγεφύρου, πλάτος τε πολὺν
ὄντα καὶ κατ᾽ ἐκεῖνο τοῦ χρόνου μάλιστα πλημμυροῦντα
καὶ τραχὺν καὶ ῥοώδη, καὶ τοῖς καταφερομένοις στελέχεσι
καὶ ξύλοις πληγὰς καὶ σπαραγμοὺς ἐνδιδόντα κατὰ τῶν
7 ἐρειδόντων τὴν γέφυραν. ἀλλὰ ταῦτα προβόλοις ξύλων
μεγάλων διὰ τοῦ πόρου καταπεπηγότων ἀναδεχόμενος,
καὶ χαλινώσας τὸ προσπῖπτον ῥεῦμα τῷ ζεύγματι, πί-
στεως πάσης ϑέαμα κρεῖττον ἐπεδείξατο τὴν γέφυραν
ἡμέραις δέκα συντελεσϑεῖσαν.

23. Περαιώσας δὲ τὴν δύναμιν, οὐδενὸς ὑπαντῆσαι
τολμήσαντος, ἀλλὰ καὶ τῶν ἡγεμονικωτάτων τοῦ Γερ-
μανικοῦ Σονήβων εἰς βαϑεῖς καὶ ὑλώδεις αὐλῶνας
ἀνασκευασαμένων, πυρπολήσας μὲν τὴν τῶν πολεμίων,
ϑαρρύνας δὲ τοὺς ἀεὶ τὰ Ῥωμαίων ἀσπαζομένους,

tative con lui lo assalirono in marcia, durante la tregua e perciò con ottocento dei loro volsero in fuga cinquemila suoi cavalieri che non se l'aspettavano; in seguito gli 3 mandarono altri messi per ingannarlo, ma egli li trattenne e condusse l'esercito contro i barbari, ritenendo che il mantenersi leali con gente così infida e traditrice fosse una ingenuità. Tanusio[88] dice che Catone, quando il senato 4 deliberò per quella vittoria sacrifici e feste, fu dell'idea che si dovesse consegnare ai barbari Cesare per purificare dello spergiuro la città e volgere la maledizione degli dei sul colpevole. Di quanti avevano attraversato il Reno ne 5 furono uccisi quattrocentomila; i pochi che ritornarono furono accolti dai Sigambri, un popolo germanico. Preso 6 a pretesto questo fatto per muovere contro di loro, e anche perché aspirava alla gloria di essere il primo uomo ad attraversare il Reno con un esercito, Cesare costruì un ponte, per quanto il fiume fosse in quel punto molto largo e con una corrente particolarmente rapida e vorticosa, e nonostante che tronchi e detriti trasportati a valle urtassero i sostegni del ponte e li portassero via. Ma contro queste 7 evenienze provvide con ripari di grandi tronchi conficcati nel guado, con i quali frenò l'impeto della corrente: in dieci giorni, spettacolo superiore ad ogni aspettativa, pose in opera il ponte completo.[89]

23. Fatto passare l'esercito sull'altra riva trovò che nessuno osava farglisi contro, anzi gli Svevi, che erano i più bellicosi dei Germani, si erano ritirati nei profondi recessi delle selve;[90] egli mise a fuoco le terre dei nemici, incoraggiò quelli che erano sempre stati dalla parte dei Ro-

---

[88] Tanusio Gemino fu storico di marcata tendenza anticesariana.

[89] L'opera, celebrata come un prodigio di ingegneria militare, fu compiuta nell'estate del 55 in un luogo imprecisato, probabilmente tra Coblenza e Bonn; per i particolari tecnici se ne veda la descrizione dataci dallo stesso Cesare in *de b.g.* 4, 16-19.

[90] Cesare afferma (*de b.g.* 4, 19) che gli Svevi si erano ritirati non già per paura, ma per fare adunata di tutte le forze per attaccare i Romani.

ἀνεχώρησεν αὖθις εἰς τὴν Γαλατίαν, εἴκοσι δυεῖν δεούσας ἡμέρας ἐν τῇ Γερμανικῇ διατετριφώς.

2 Ἡ δ' ἐπὶ τοὺς Βρεττανοὺς στρατεία τὴν μὲν τόλμαν εἶχεν ὀνομαστήν· πρῶτος γὰρ εἰς τὸν ἑσπέριον Ὠκεανὸν ἐπέβη στόλῳ, καὶ διὰ τῆς Ἀτλαντικῆς θαλάττης στρατὸν 3 ἐπὶ πόλεμον κομίζων ἔπλευσε· καὶ νῆσον ἀπιστουμένην ὑπὸ μεγέθους, καὶ πολλὴν ἔριν παμπόλλοις συγγραφεῦσι παρασχοῦσαν, ὡς ὄνομα καὶ λόγος οὐ γενομένης οὐδ' οὔσης πέπλασται, κατασχεῖν ἐπιθέμενος, προήγαγεν ἔξω 4 τῆς οἰκουμένης τὴν Ῥωμαίων ἡγεμονίαν. δὶς δὲ διαπλεύσας εἰς τὴν νῆσον ἐκ τῆς ἀντιπέρας Γαλατίας, καὶ μάχαις πολλαῖς κακώσας τοὺς πολεμίους μᾶλλον ἢ τοὺς ἰδίους ὠφελήσας (οὐδὲν γὰρ ὅ τι καὶ λαβεῖν ἦν ἄξιον ἀπ' ἀνθρώπων κακοβίων καὶ πενήτων), οὐχ οἷον ἐβούλετο τῷ πολέμῳ τέλος ἐπέθηκεν, ἀλλ' ὁμήρους λαβὼν παρὰ τοῦ βασιλέως καὶ ταξάμενος φόρους, ἀπῆρεν ἐκ τῆς νήσου.

5 Καὶ καταλαμβάνει γράμματα μέλλοντα διαπλεῖν [πρὸς] αὐτὸν ἀπὸ τῶν ἐν Ῥώμῃ φίλων, δηλοῦντα τὴν τῆς θυγατρὸς αὐτοῦ τελευτήν· τελευτᾷ δὲ τίκτουσα παρὰ 6 Πομπηίῳ. καὶ μέγα μὲν αὐτὸν ἔσχε Πομπήιον, μέγα δὲ Καίσαρα πένθος, οἱ δὲ φίλοι συνεταράχθησαν, ὡς τῆς ἐν εἰρήνῃ καὶ ὁμονοίᾳ τἆλλα νοσοῦσαν τὴν πολιτείαν φυλαττούσης οἰκειότητος λελυμένης· καὶ γὰρ ⟨καὶ⟩ τὸ βρέφος εὐθὺς οὐ πολλὰς ἡμέρας μετὰ τὴν μητέρα διαζῆσαν 7 ἐτελεύτησε. τὴν μὲν οὖν Ἰουλίαν βίᾳ τῶν δημάρχων ἀράμενον τὸ πλῆθος εἰς τὸ Ἄρειον ἤνεγκε πεδίον, κἀκεῖ κηδευθεῖσα κεῖται.

24. Τοῦ δὲ Καίσαρος μεγάλην ἤδη τὴν δύναμιν οὖσαν

[91] Due furono le spedizioni in Britannia: la prima mosse il 5 ottobre del 55 e si concluse dopo venti giorni; la seconda si ebbe nel luglio del 54. Le fonti insistono sull'audacia dell'impresa, essendo evidentemente influenzate dal fatto che quella regione a quel tempo era sconosciuta.

mani e ritornò poi in Gallia, dopo essere stato diciotto giorni in Germania. La spedizione contro i Britanni[91] fu celebrata per l'audacia dimostrata: per primo infatti Cesare si spinse con una flotta nell'Oceano occidentale e navigò nell'Atlantico portando un esercito a combattere; e movendo alla conquista di un'isola di non nota grandezza e che fece discutere a lungo moltissimi storici,[92] (tanto che si è parlato di nome o di finzione di cosa non esistita e non esistente), estese il dominio romano al di fuori della terra conosciuta. Fece due volte la traversata giungendo nell'isola dall'antistante Gallia e in molte battaglie recò danni ai nemici più di quanto non avvantaggiasse i suoi (non c'era infatti nulla che valesse la pena di prendere a uomini che vivevano malamente nell'indigenza); ma non concluse la guerra come avrebbe voluto: se ne venne via dall'isola dopo aver ricevuto ostaggi dal re e aver imposto un tributo. Mentre si accingeva a far la traversata lo raggiunse una lettera inviatagli dagli amici di Roma, che gli annunciava la morte di sua figlia: ella era morta di parto in casa di Pompeo.[93] Ne furono molto addolorati tanto Pompeo che Cesare; ma ne furono sconvolti gli amici, convinti che si fosse sciolta quella relazione di parentela che manteneva nella pace e nella concordia lo stato che era nel resto in difficoltà; subito infatti morì anche il figlio, sopravvissuto alla madre non molti giorni. Il popolo, contro il volere dei tribuni, portò il cadavere di Giulia nel Campo Marzio, ove giace sepolto.

24. Cesare fu costretto a dividere il suo esercito, che or-

[92] Polemiche sulla natura della Britannia sono ricordate ancora in età severiana, quando, come dice Cassio Dione (39, 50, 3-4) si dimostrò che la Britannia è un'isola. Ma già l'avevano definita tale Cesare e Cicerone e Tacito. Nella poesia e nella retorica questa regione era enfatizzata come posta agli estremi limiti della terra.

[93] Giulia morì nel settembre del 54. Molte fonti ne parlano, anche per le conseguenze politiche che ne sortirono, essendosi allentati i rapporti tra Pompeo e Cesare.

εἰς πολλὰ κατ' ἀνάγκην χειμάδια διελόντος, αὐτοῦ δὲ
πρὸς τὴν Ἰταλίαν ὥσπερ εἰώθει τραπομένου, πάντα μὲν
αὖθις ἀνερρήγνυντο τὰ τῶν Γαλατῶν, καὶ στρατοὶ μεγάλοι
περιϊόντες ἐξέκοπτον τὰ χειμάδια καὶ προσεμάχοντο τοῖς
2 χαρακώμασι τῶν Ῥωμαίων· οἱ δὲ πλεῖστοι καὶ κράτιστοι
τῶν ἀποστάντων μετ' Ἀμβιόριγος Κότταν μὲν αὐτῷ
3 στρατοπέδῳ καὶ Τιτύριον διέφθειραν, τὸ δ' ὑπὸ Κικέρωνι
τάγμα μυριάσιν ἓξ περισχόντες ἐπολιόρκουν, καὶ μικρὸν
ἀπέλιπον ᾑρηκέναι κατὰ κράτος, συντετρωμένων ἁπάντων
4 καὶ παρὰ δύναμιν ὑπὸ προθυμίας ἀμυνομένων. ὡς δ' ἠγ-
γέλθη ταῦτα τῷ Καίσαρι μακρὰν ὄντι, ταχέως ἐπιστρέψας
καὶ συναγαγὼν ἑπτακισχιλίους τοὺς σύμπαντας, ἠπείγετο
5 τὸν Κικέρωνα τῆς πολιορκίας ἐξαιρησόμενος. τοὺς δὲ
πολιορκοῦντας οὐκ ἔλαθεν, ἀλλ' ἀπήντων ὡς ἀναρπασό-
6 μενοι, τῆς ὀλιγότητος καταφρονήσαντες. κἀκεῖνος ἐξ-
απατῶν ὑπέφευγεν ἀεί, καὶ χωρία λαβὼν ἐπιτηδείως
ἔχοντα πρὸς πολλοὺς μαχομένῳ μετ' ὀλίγων, φράγνυται
στρατόπεδον, καὶ μάχης ἔσχε τοὺς ἑαυτοῦ πάσης, ἀν-
αγαγεῖν δὲ τὸν χάρακα καὶ τὰς πύλας ἀποικοδομεῖν ὡς
7 δεδοικότας ἠνάγκαζε, καταφρονηθῆναι στρατηγῶν, μέχρι
οὗ σποράδην ὑπὸ θράσους προσβάλλοντας ἐπεξελθὼν
ἐτρέψατο, καὶ πολλοὺς αὐτῶν διέφθειρε.

25. Τοῦτο τὰς πολλὰς ἀποστάσεις τῶν ἐνταῦθα Γαλατῶν
κατεστόρεσε, καὶ τοῦ χειμῶνος αὐτὸς ἐπιφοιτῶν τε
2 πανταχόσε καὶ προσέχων ὀξέως τοῖς νεωτερισμοῖς. καὶ γὰρ
ἧκεν ἐξ Ἰταλίας ἀντὶ τῶν ἀπολωλότων αὐτῷ τρία τάγματα,

mai era assai numeroso, in più quartieri invernali,[94] e venne, come era solito, in Italia: di nuovo si sollevò tutta la Gallia, e grandi masse di soldati, aggirandosi per la regione tagliavano fuori i quartieri romani e assalivano le difese. La massa più numerosa e potente dei rivoltosi, guidata da Ambiorige,[95] massacrò Cotta col suo esercito e Titurio,[96] poi circondò con sessantamila uomini la legione di Cicerone, e poco mancò che la catturasse a forza, quando ormai tutti erano feriti e si difendevano con un coraggio che andava al di là delle possibilità umane. Quando ne fu data notizia a Cesare, che si trovava parecchio lontano, subito invertì la marcia e, raccolti settemila uomini si mosse di gran fretta per liberare Cicerone[97] dall'assedio. Gli assedianti se ne avvidero e gli andarono incontro convinti di poterlo annientare, tenendo in poco conto l'esiguità delle sue forze. Egli li trasse in inganno continuamente sfuggendo loro, finché, giunto in un luogo adatto al combattimento di pochi contro molti, pose un campo fortificato. Nell'intento di essere poco considerato dai nemici, trattenne i suoi da qualunque scaramuccia e li costrinse, come se avessero paura, a innalzare il vallo e rafforzare le porte, finché, uscito contro i nemici che per eccesso di confidenza venivano avanti a gruppi, li volse in fuga, e molti ne uccise.

25. Questo episodio pose fine alle molte ribellioni dei Galli di quelle zone; Cesare inoltre in quell'inverno si spostò da ogni parte, e stava molto attento alle insurrezioni che si preparavano. Gli erano infatti giunte dall'Italia tre legioni in sostituzione degli uomini perduti: due gliele prestò delle sue Pompeo, e una era formata di reclute raccol-

---

[94] Fatti dell'inverno 54/53; comunque quindici giorni dopo che gli eserciti si furono ritirati negli accampamenti invernali, scoppiò la rivolta.
[95] Uno dei due re degli Eburoni.
[96] L. Aurunculeio Cotta e Q. Titurio Sabino sono due legati di Cesare; il primo d'essi scrisse una relazione sulla spedizione in Britannia.
[97] Si tratta di Q. Tullio Cicerone, il fratello dell'oratore.

Πομπηΐου μὲν ἐκ τῶν ὑφ' αὐτὸν δύο χρήσαντος, ἓν δὲ
νεοσύλλεκτον ἐκ τῆς περὶ Πάδον Γαλατίας.

3 Πόρρω δὲ τούτων αἱ πάλαι καταβεβλημέναι κρύφα
καὶ νεμόμεναι διὰ τῶν δυνατωτάτων ἀνδρῶν ἐν τοῖς
μαχιμωτάτοις γένεσιν ἀρχαὶ τοῦ μεγίστου καὶ κινδυνω-
δεστάτου τῶν ἐκεῖ πολέμων ἀνεφαίνοντο, ῥωσθεῖσαι πολλῇ
μὲν ἡλικίᾳ καὶ πανταχόθεν ⟨ἐν⟩ ὅπλοις ἀθροισθείσῃ,
μεγάλοις δὲ πλούτοις εἰς ταὐτὸ συνενεχθεῖσιν, ἰσχυραῖς
4 δὲ πόλεσι, δυσεμβόλοις δὲ χώραις. τότε δὲ καὶ χειμῶνος ὥρα πάγοι ποταμῶν, καὶ νιφετοῖς ἀποκεκρυμμένοι
δρυμοί, καὶ πεδία χειμάρροις ἐπιλελιμνασμένα, καὶ πῇ
μὲν ἀτέκμαρτοι βάθει χιόνος ἀτραποί, πῇ δὲ δι' ἑλῶν καὶ
ῥευμάτων παρατρεπομένων ἀσάφεια πολλὴ τῆς πορείας,
παντάπασιν ἐδόκουν ἀνεπιχείρητα Καίσαρι τὰ τῶν ἀφ-
5 ισταμένων ποιεῖν. ἀφειστήκει μὲν οὖν πολλὰ φῦλα, πρόσχημα δ' ἦσαν Ἀρβέρνοι καὶ Καρνουτῖνοι, τὸ δὲ σύμπαν
αἱρεθεὶς κράτος εἶχε τοῦ πολέμου Οὐεργεντόριξ, οὗ τὸν
πατέρα Γαλάται τυραννίδα δοκοῦντα πράττειν ἀπέκτειναν.

26. Οὗτος οὖν εἰς πολλὰ διελὼν τὴν δύναμιν μέρη,
καὶ πολλοὺς ἐπιστήσας ἡγεμόνας, ᾠκειοῦτο τὴν πέριξ
ἅπασαν ἄχρι τῶν πρὸς τὸν Ἄραρα κεκλιμένων, διανοούμενος, ἤδη τῶν ἐν Ῥώμῃ συνισταμένων ἐπὶ Καίσαρα,
2 σύμπασαν ἐγείρειν τῷ πολέμῳ Γαλατίαν. ὅπερ εἰ μικρὸν
ὕστερον ἔπραξε, Καίσαρος εἰς τὸν ἐμφύλιον ἐμπεσόντος
πόλεμον, οὐκ ἂν ἐλαφρότεροι τῶν Κιμβρικῶν ἐκείνων
3 φόβοι τὴν Ἰταλίαν κατέσχον. νυνὶ δ' ὁ πᾶσι μὲν ἄριστα
χρῆσθαι [δοκῶν] τοῖς πρὸς πόλεμον, μάλιστα δὲ καιρῷ
πεφυκὼς Καῖσαρ ἅμα τῷ πυθέσθαι τὴν ἀπόστασιν ἄρας

---

[98] Cioè lontano dalla Gallia Belgica. La sollevazione contro i Romani
iniziò nella Gallia centrale e precisamente a Cenabum, odierna Orléans.
Le popolazioni più inclini alla ribellione erano i *Carnutes* e gli *Arverni*.
La narrazione di quella guerra occupa tutto il 7° libro del *de bello Gallico*.

[99] I primi ad aggiungersi alla sedizione furono i Senoni, i Parisii, i
Pittoni, i Cadurci, i Turoni, gli Aulerci, i Lemovici: poi le popolazioni
della costa dell'Oceano e infine i Biturigi.

[100] Un Arverno, figlio di Celtillo, giovane estremamente valido.

te nella Gallia Cisalpina. Intanto lontano di qui[98] cominciavano ad apparire i primi sintomi, da tempo subdolamente diffusi e coltivati da personaggi autorevolissimi tra le genti più bellicose, della guerra più grande e più rischiosa che colà fu combattuta: questi esordi erano rafforzati da molti giovani che da ogni parte convenivano in armi, da grandi ricchezze accumulate per questo, dalla forza delle città e dalla inaccessibilità delle regioni. In quel momento, per di più, nel cuor dell'inverno, i fiumi ghiacciati, le foreste sprofondate nella neve, le pianure allagate dai torrenti, e ora le strade indefinibili per la neve, ora l'incertezza assoluta del procedere tra paludi e fiumi straripati sembravano rendere del tutto inattaccabili a Cesare le regioni degli insorti. Alla testa dei molti popoli che si erano ribellati[99] c'erano Arverni e Carnuti; al sommo comando della guerra era stato eletto Vercingetorige,[100] il cui padre i Galli avevano ucciso perché sembrava aspirare alla tirannide.

26. Vercingetorige, diviso l'esercito in più reparti e preposti a ciascuno d'essi parecchi comandanti, cercava di conciliarsi tutte le regioni circostanti sino al declivio dell'Arar,[101] pensando di spingere alla guerra tutta la Gallia, mentre intanto a Roma si era formata una opposizione a Cesare.[102] Se avesse realizzato il suo disegno poco dopo, quando Cesare fu impegnato nelle guerre civili, si sarebbero diffusi in Italia timori non inferiori a quelli del tempo delle guerre cimbriche.[103] Ora invece Cesare, che per natura sapeva sfruttare meravigliosamente gli strumenti di guerra, e soprattutto sapeva cogliere le occasioni, non appena seppe della ribellione, levato il campo, si mise in

[101] Forse si allude agli Edui, il cui territorio si estendeva appunto sino all'Arar.

[102] Un segno evidente del salire di una opposizione a Cesare è dato dall'assassinio di Clodio avvenuto il 20 gennaio 52.

[103] I Cimbri, che mettevano a ferro e fuoco la Cisalpina, furono distrutti ai Campi Raudii nel 101 da Mario e Catulo.

ἐχώρει, αὐταῖς ταῖς ὁδοῖς ἃς διῆλθε καὶ βίᾳ καὶ τάχει
τῆς πορείας διὰ τοσούτου χειμῶνος ἐπιδειξάμενος τοῖς
βαρβάροις, ὡς ἄμαχος αὐτοῖς καὶ ἀήττητος ἔπεισι στρα-
4 τός. ὅπου γὰρ ἄγγελον ἢ γραμματοφόρον διαδῦναι τῶν
παρ' αὐτοῦ χρόνῳ πολλῷ ἦν ἄπιστον, ἐνταῦθα μετὰ
πάσης ἑωρᾶτο τῆς στρατιᾶς ἅμα χώρας λυμαινόμενος
αὐτῶν καὶ ἐκκόπτων τὰ χωρία, καταστρεφόμενος πόλεις,
5 ἀναλαμβάνων τοὺς μετατιθεμένους, μέχρι καὶ τὸ τῶν
Ἐδούων ἔθνος ἐξεπολεμώθη πρὸς αὐτόν, οἳ τὸν ἄλλον
χρόνον ἀδελφοὺς ἀναγορεύοντες αὐτοὺς Ῥωμαίων καὶ
τιμώμενοι διαπρεπῶς, τότε δὲ τοῖς ἀποστάταις προσγενό-
μενοι, πολλὴν τῇ Καίσαρος στρατιᾷ παρέστησαν ἀθυ-
6 μίαν. διόπερ καὶ κινήσας ἐκεῖθεν ὑπερέβαλε τὰ Λιγγο-
νικά, βουλόμενος ἅψασθαι τῆς Σηκουανῶν, φίλων ὄντων
καὶ προκειμένων τῆς Ἰταλίας πρὸς τὴν ἄλλην Γαλατίαν.
7 ἐνταῦθα δ' αὐτῷ τῶν πολεμίων ἐπιπεσόντων καὶ περισχόντων μυριάσι πολλαῖς, ὁρμήσας διαγωνίσασθαι τοῖς
μὲν ὅλοις καταπολεμῶν ἐκράτησε, χρόνῳ πολλῷ καὶ
8 φόνῳ καταβιασάμενος τοὺς βαρβάρους· ἔδοξε δὲ κατ'
ἀρχάς τι καὶ σφαλῆναι, καὶ δεικνύουσιν Ἀρβέρνοι ξιφίδιον
πρὸς ἱερῷ κρεμάμενον, ὡς δὴ Καίσαρος λάφυρον· ὃ
θεασάμενος αὐτὸς ὕστερον ἐμειδίασε, καὶ τῶν φίλων
καθελεῖν κελευόντων οὐκ εἴασεν, ἱερὸν ἡγούμενος.
   27. Οὐ μὴν ἀλλὰ τότε τῶν διαφυγόντων οἱ πλεῖστοι
2 μετὰ τοῦ βασιλέως εἰς πόλιν Ἀλησίαν συνέφυγον. καὶ
πολιορκοῦντι ταύτην Καίσαρος δοκοῦσαν ἀνάλωτον εἶναι

[104] Cesare si trovava in Italia al momento dell'inizio della ribellione
e si mosse immediatamente per tornare in Gallia.
   [105] Il tradimento degli Edui si verificò mentre Cesare si trovava davanti a Gergovia, e perciò verso la metà di maggio.
   [106] Anche se Plutarco non la nomina espressamente, si tratta di Gergovia.
   [107] L'intenzione era dunque di avvicinarsi alla Narbonense per difen-
derla; sembra implicito in ciò una rinuncia completa alla difesa della
Gallia. I Sequani dal canto loro erano in rivolta, mentre i Lingoni rimasero sempre fedeli a Roma.

marcia, [104] e già con gli itinerari che prescelse e con la perentorietà e velocità della marcia, pur in un inverno così rigido, fece capire ai barbari che stava per venire su di loro un esercito irresistibile e invincibile. Là dove era incredibile che giungesse un suo messo o un suo corriere in molto tempo, colà appariva egli stesso con tutto il suo esercito per saccheggiare le terre, distruggere i castelli, cingere d'assedio città, raccogliere quelli che passavano dalla sua parte, fino a che scesero in campo contro di lui anche gli Edui,[105] che prima si definivano fratelli dei Romani ed erano tenuti in grande considerazione; ora essi, aggregandosi ai ribelli, fecero nascere molto sconforto nell'esercito di Cesare. Perciò egli si mosse di lì,[106] superò le terre dei Lingoni desiderando raggiungere la zona dei Sequani[107] che gli erano amici e che rispetto al resto della Gallia erano vicini all'Italia. Qui [108] gli vennero addosso i nemici e lo circondarono con molte migliaia di uomini; iniziato il combattimento, nel complesso risultò vincitore, avendo respinto dopo lungo tempo con grande strage i nemici; ma dapprincipio era sembrato che in qualche punto ci fossero difficoltà: gli Arverni infatti ostentano un pugnale esposto in un tempio che dicono tolto a Cesare. Egli lo vide, in seguito, e sorrise; e mentre gli amici volevano indurlo a toglierlo, egli non consentì, perché lo riteneva sacro.

27. La maggior parte di coloro che in quel momento riuscirono a fuggire si recarono con il re ad Alesia.[109] E mentre Cesare la assediava (la città sembrava imprendi-

---

[108] Il luogo è all'estremo sud della terra dei Lingoni: Cesare non aveva ancora raggiunto il territorio dei Sequani. Nella battaglia i Galli impegnarono la loro cavalleria, mentre dal canto loro i Romani misero in campo dieci legioni rafforzate da cavalleria germanica. Sconfitti, i Galli si rinchiusero con Vercingetorige in Alesia. Lo scontro è forse del luglio del 52.
[109] Identificata con l'odierna Mont-Auxois (ma altri la pensa diversamente), era nel paese dei Mandubii. Sembra che la città fosse stata in precedenza attrezzata per la difesa, e che quindi fosse previsto il confluirvi delle genti ribelli.

371

μεγέθει τε τειχῶν καὶ πλήθει τῶν ἀπομαχομένων ἐπι-
3 πίπτει παντὸς λόγου μείζων κίνδυνος ἔξωθεν. ὃ γὰρ ἦν
ἐν Γαλατίᾳ κράτιστον, ἀπὸ τῶν ἐθνῶν ἀθροισθὲν ἐν
4 ὅπλοις ἧκον ἐπὶ τὴν Ἀλησίαν, τριάκοντα μυριάδες· αἱ δ᾽ ἐν
αὐτῇ τῶν μαχομένων οὐκ ἐλάττονες ἦσαν ἑπτακαίδεκα
μυριάδων, ὥστ᾽ ἐν μέσῳ πολέμου τοσούτου τὸν Καίσαρα
κατειλημμένον καὶ πολιορκούμενον ἀναγκασθῆναι διττὰ
τείχη προβαλέσθαι, τὸ μὲν πρὸς τὴν πόλιν, τὸ δ᾽ ἀπὸ
τῶν ἐπεληλυθότων, ὡς εἰ συνέλθοιεν αἱ δυνάμεις, κομιδῇ
5 διαπεπραγμένων τῶν καθ᾽ αὑτόν. διὰ πολλὰ μὲν οὖν
εἰκότως ὁ πρὸς Ἀλησίᾳ κίνδυνος ἔσχε δόξαν, ὡς ἔργα
τόλμης καὶ δεινότητος οἷα τῶν ἄλλων ἀγώνων οὐδεὶς
παρασχόμενος· μάλιστα δ᾽ ἄν τις θαυμάσειε τὸ λαθεῖν
τοὺς ἐν τῇ πόλει Καίσαρα τοσαύταις μυριάσι ταῖς ἔξω
συμβαλόντα καὶ περιγενόμενον, μᾶλλον δὲ καὶ τῶν Ῥω-
6 μαίων τοὺς τὸ πρὸς τῇ πόλει τεῖχος φυλάττοντας. οὐ γὰρ
πρότερον ᾔσθοντο τὴν νίκην, ἢ κλαυθμὸν ἐκ τῆς Ἀλησίας
ἀνδρῶν καὶ κοπετὸν γυναικῶν ἀκουσθῆναι, θεασαμένων
ἄρα κατὰ θάτερα μέρη πολλοὺς μὲν ἀργύρῳ καὶ χρυσῷ
κεκοσμημένους θυρεούς, πολλοὺς δ᾽ αἵματι πεφυρμένους
θώρακας, ἔτι δ᾽ ἐκπώματα καὶ σκηνὰς Γαλατικὰς ὑπὸ
7 τῶν Ῥωμαίων εἰς τὸ στρατόπεδον κομιζομένας. οὕτως
ὀξέως ἡ τοσαύτη δύναμις ὥσπερ εἴδωλον ἢ ὄνειρον
ἠφάνιστο καὶ διεπεφόρητο, τῶν πλείστων ἐν τῇ μάχῃ
8 πεσόντων. οἱ δὲ τὴν Ἀλησίαν ἔχοντες, οὐκ ὀλίγα πράγματα
παρασχόντες ἑαυτοῖς καὶ Καίσαρι, τέλος παρέδοσαν
9 ἑαυτούς. ὁ δὲ τοῦ σύμπαντος ἡγεμὼν πολέμου Οὐεργεντόριξ ἀναλαβὼν τῶν ὅπλων τὰ κάλλιστα καὶ κοσμήσας τὸν

[110] Naturalmente il muro esterno fu preparato prima che giungesse-
ro le forze esterne, giacché Cesare era stato informato del disegno di
Vercingetorige da prigionieri e da informatori.

bile sia per l'ampiezza delle mura che per la massa dei difensori), dall'esterno gli piombò addosso un pericolo più grande di quanto si possa descrivere. Infatti quanto v'era 3 di meglio in Gallia, convenendo in armi da tutte le genti, in numero di trecentomila uomini, si era riunito attorno ad Alesia; i combattenti nell'interno della città non erano 4 meno di centosettantamila, cosicché Cesare, preso in mezzo a uno scontro di tale entità e assediato, era costretto a costruire due cinte murarie,[110] una rivolta verso la città e l'altra verso i sopravvenuti, perché se i due eserciti si fossero riuniti le sue truppe sarebbero state rapidamente annientate. Per molti motivi dunque fu giustamente glo- 5 riosa l'impresa di Alesia, e diede origine ad azioni di coraggio e di intelligenza quali nessuna altra battaglia; ma soprattutto ci si deve dichiarare ammirati del fatto che quelli in città non si accorsero che Cesare aveva attaccato con felice esito tante migliaia di soldati della cerchia esterna,[111] e ancor più che non se ne siano accorti i Romani impegnati a presidiare il muro della città. Essi infatti non 6 si resero conto della vittoria se non quando udirono i lamenti degli uomini da Alesia e il pianto delle donne che avevano visto dall'altra parte molti scudi adorni d'oro e d'argento, molte corazze imbrattate di sangue e inoltre coppe e tende galliche portate dai Romani nel campo. Co- 7 sì, rapidamente, un esercito tanto grande si era dissolto ed era scomparso come un fantasma o un sogno, giacché i più erano morti in battaglia. Quelli che presidiavano Ale- 8 sia, dopo aver procurato tanti fastidi a se stessi e a Cesare, alla fine si arresero.[112] Il capo di tutta la guerra, Ver- 9 cingetorige, indossò le sue armi migliori, adornò il caval-

---

[111] L'informazione non è esatta in quanto all'interno della città assediata si conosceva il piano generale e si sapeva che ci sarebbe stata un'azione combinata da Vercingetorige dall'interno e di Vercassivellauno dall'esterno. La notizia è valida soltanto per il momento finale, quando dall'alto delle mura di Alesia ci si rese conto della rotta di Vercassivellauno.
[112] Forse il 27 settembre del 52.

10 ἵππον, ἐξιππάσατο διὰ τῶν πυλῶν· καὶ κύκλῳ περὶ τὸν
Καίσαρα καθεζόμενον ἐλάσας, εἶτ᾽ ἀφαλόμενος τοῦ ἵππου,
τὴν μὲν πανοπλίαν ἀπέρριψεν, αὐτὸς δὲ καθίσας ὑπὸ
πόδας τοῦ Καίσαρος ἡσυχίαν ἦγεν, ἄχρι οὗ παρεδόθη
φρουρησόμενος ἐπὶ τὸν θρίαμβον.

28. Καίσαρι δὲ πάλαι μὲν ἐδέδοκτο καταλύειν Πομπήϊον, ὥσπερ ἀμέλει κἀκείνῳ τοῦτον· Κράσσου γὰρ ἐν
Πάρθοις ἀπολωλότος, ὃς ἦν ἔφεδρος ἀμφοῖν, ἀπελείπετο
τῷ μὲν ὑπὲρ τοῦ γενέσθαι μεγίστῳ τὸν ὄντα καταλύειν,
2 τῷ δ᾽ ἵνα μὴ πάθῃ τοῦτο, προαναιρεῖν ὃν ἐδεδοίκει. τοῦτο
δὲ Πομπηΐῳ μὲν ἐξ ὀλίγου φοβεῖσθαι παρέστη, τέως
ὑπερορῶντι Καίσαρος, ὡς οὐ χαλεπὸν ἔργον, ὃν αὐτὸς
3 ηὔξησε, καταλυθῆναι πάλιν ὑπ᾽ αὐτοῦ· Καῖσαρ δ᾽ ἀπ᾽
ἀρχῆς ὑπόθεσιν ταύτην πεποιημένος, [ἐπὶ] τῶν ἀνταγωνι-
στῶν ὥσπερ ἀθλητὴς ἑαυτὸν ἀποστήσας μακρὰν καὶ τοῖς
Κελτικοῖς ἐγγυμνασάμενος πολέμοις, ἐπήσκησε μὲν τὴν
δύναμιν, ηὔξησε δὲ τὴν δόξαν, ἀπὸ τῶν ἔργων εἰς ἀντίπαλον
4 ἀρθεῖσ⟨αν⟩ τοῖς Πομπηΐου κατορθώμασι, λαμβάνων
προφάσεις, τὰς μὲν αὐτοῦ Πομπηΐου, τὰς δὲ τῶν καιρῶν
ἐνδιδόντων καὶ τῆς ἐν Ῥώμῃ κακοπολιτείας, δι᾽ ἣν οἱ μὲν
ἀρχὰς μετιόντες ἐν μέσῳ θέμενοι τραπέζας ἐδέκαζον
ἀναισχύντως τὰ πλήθη, κατῄει δ᾽ ὁ δῆμος ἔμμισθος, οὐ
ψήφοις ὑπὲρ τοῦ δεδωκότος, ἀλλὰ τόξοις καὶ ξίφεσι καὶ
5 σφενδόναις ἁμιλλώμενος. αἵματι δὲ καὶ νεκροῖς πολλάκις
αἰσχύναντες τὸ βῆμα διεκρίθησαν, ἐν ἀναρχίᾳ τὴν πόλιν
ὥσπερ ⟨ναῦν⟩ ἀκυβέρνητον ὑποφερομένην ἀπολιπόντες,
ὥστε τοὺς νοῦν ἔχοντας ἀγαπᾶν, εἰ πρὸς μηδὲν αὐτοῖς
χεῖρον, ἀλλ᾽ ⟨ἢ⟩ μοναρχίαν ἐκ τοσαύτης παραφροσύνης
6 καὶ τοσούτου κλύδωνος ἐκπεσεῖται τὰ πράγματα. πολλοὶ
δ᾽ ἦσαν οἱ καὶ λέγειν ἐν μέσῳ τολμῶντες ἤδη, πλὴν ὑπὸ

lo e uscì di gran carriera dal campo; compì un giro attor- 10
no a Cesare seduto e poi, balzato di sella, si tolse l'armatura, si sedette ai piedi di Cesare e se ne stette tranquillo
finché fu dato da custodire per il trionfo.[113]

28. Cesare aveva deciso da tempo di chiudere la partita
con Pompeo, e certo Pompeo aveva deciso da tempo di
annullare Cesare; da quando infatti era morto combattendo contro i Parti Crasso, che era in attesa di subentra-
re a uno di loro, Cesare, per diventare grandissimo, doveva togliere di mezzo Pompeo che già lo era, e Pompeo,
per evitare questa evenienza, doveva uccidere prima Cesare, di cui aveva paura. Pompeo aveva da poco comin- 2
ciato a temere il suo avversario, del quale prima non si
curava perché non credeva difficile abbassare di nuovo colui che egli stesso aveva innalzato; Cesare dal canto suo 3
aveva da principio preparato questo piano, e allontanan-
dosi di molto come un atleta che prende le distanze dai
suoi avversari, nella pratica delle guerre galliche aveva al-
lenato l'esercito, accresciuto la sua fama e con le sue imprese s'era levato in alto ad eguagliare le imprese di Pompeo. Egli coglieva i pretesti che in parte gli erano offerti 4
da Pompeo, in parte dalle circostanze e dal malgoverno
in Roma, per effetto del quale gli aspiranti a cariche pubbliche mettevano i banchi per strada e spudoratamente cor-
rompevano le masse, e la gente prezzolata scendeva poi
a combattere per chi la pagava non con il voto, ma con
archi, spade e fionde. Spesso i contendenti si separarono 5
dopo aver contaminato la tribuna con il sangue e con i
cadaveri, lasciando la città nell'anarchia, come una nave
senza nocchiero sbattuta qua e là, tanto che chi aveva senno era contento se da tale condizione illogica e da una così grave tempesta poteva derivare loro niente di peggio del
potere tirannico. Molti erano anche coloro che osavano 6
apertamente dire che non si poteva guarire quella situa-

[113] Cesare celebrò quel trionfo nel 46. Vercingetorige fu poi giustiziato.

μοναρχίας ἀνήκεστον εἶναι τὴν πολιτείαν, καὶ τὸ φάρμακον τοῦτο χρῆναι τοῦ πρᾳοτάτου τῶν ἰατρῶν ἀνασχέσθαι
7 προσφέροντος, ὑποδηλοῦντες ⟨δὴ⟩ τὸν Πομπήϊον. ἐπεὶ δὲ κἀκεῖνος λόγῳ παραιτεῖσθαι καλλωπιζόμενος, ἔργῳ παντὸς μᾶλλον ἐπέραινεν ἐξ ὧν ἀναδειχθήσοιτο δικτάτωρ, συμφρονήσαντες οἱ περὶ Κάτωνα πείθουσι τὴν γερουσίαν ὕπατον αὐτὸν ἀποδεῖξαι μόνον, ὡς μὴ βιάσαιτο δικτάτωρ
8 γενέσθαι, νομιμωτέρᾳ μοναρχίᾳ παρηγορηθείς. οἱ δὲ καὶ χρόνον ἐπεψηφίσαντο τῶν ἐπαρχιῶν· δύο δ᾽ εἶχεν, Ἰβηρίαν καὶ Λιβύην σύμπασαν, ἃς διῴκει πρεσβευτὰς ἀποστέλλων καὶ στρατεύματα τρέφων, οἷς ἐλάμβανεν ἐκ τοῦ δημοσίου ταμιείου χίλια τάλαντα καθ᾽ ἕκαστον ἐνιαυτόν.

29. Ἐκ τούτου Καῖσαρ ὑπατείαν ἐμνᾶτο πέμπων καὶ χρόνον ὁμοίως τῶν ἰδίων ἐπαρχιῶν. τὸ μὲν οὖν πρῶτον Πομπηΐου σιωπῶντος, οἱ περὶ Μάρκελλον καὶ Λέντλον ἠναντιοῦντο, μισοῦντες ἄλλως Καίσαρα καὶ τοῖς ἀναγκαίοις οὐκ ἀναγκαῖα προστιθέντες εἰς ἀτιμίαν αὐτοῦ καὶ
2 προπηλακισμόν. Νεοκωμίτας γὰρ ἔναγχος ὑπὸ Καίσαρος ἐν Γαλατίᾳ κατῳκισμένους ἀφῃροῦντο τῆς πολιτείας, καὶ Μάρκελλος ὑπατεύων ἕνα τῶν ἐκεῖ βουλευτῶν εἰς Ῥώμην ἀφικόμενον ᾐκίσατο ῥάβδοις, ἐπιλέγων ὡς ταῦτα τοῦ μὴ Ῥωμαῖον εἶναι παράσημα προστίθησιν αὐτῷ, καὶ δεικνύειν
3 ἀπιόντα Καίσαρι κελεύει. μετὰ δὲ Μάρκελλον, ἤδη Καίσαρος τὸν Γαλατικὸν πλοῦτον ἀρύεσθαι ῥύδην ἀφεικότος

114 La proposta fu ratificata dai comizi centuriati il 24 del mese intercalare del 52.
115 Ciò avvenne subito dopo le elezioni consolari, ma la deliberazione che fu presa, in qualunque modo la si sia presa, era in contrasto con una deliberazione fatta approvare tempo prima dallo stesso Pompeo, per la quale non era consentito di assumere comandi in provincia a meno di cinque anni dalla carica assunta in città. La proroga cui qui si allude fu di cinque anni; Pompeo avrebbe dovuto tenere gli incarichi fino alla fine del 46.
116 L'esame di altre fonti consente di interpretare il dato plutarcheo nel senso che Cesare chiedeva un prolungamento del comando nella provincia sino alla fine del 49, per poter poi rivestire, nel successivo anno 48, la carica di console, cui chiedeva di poter presentare la candidatura anche se assente da Roma.

zione se non con il ricorso alla monarchia, e che bisognava accettare questo rimedio dato che lo offriva un medico mitissimo (e alludevano a Pompeo). E poiché questi, **7** mentre a parole si dava le arie di rifiutare, di fatto operava per essere eletto dittatore, Catone, d'accordo con gli amici, persuase il senato a nominarlo console unico[114] affinché non cercasse con la forza di diventare dittatore e si accontentasse di questa carica più legale. I senatori gli **8** prorogarono anche gli incarichi in provincia;[115] egli ne aveva due: la Spagna e l'intera Africa, che amministrava per mezzo di legati con eserciti, per i quali ogni anno attingeva al tesoro pubblico mille talenti.

29. Allora anche Cesare mandò ad annunciare la sua candidatura al consolato e chiese allo stesso modo la proroga degli incarichi provinciali.[116] Per primi, mentre Pompeo taceva, manifestarono la loro opposizione Marcello[117] e Lentulo,[118] che odiavano Cesare e che per disonorarlo e insultarlo non solo fecero il necessario, ma anche il non necessario. Essi infatti tolsero la cittadinan **2** za agli abitanti di Novum Comum,[119] colonia di recente fondata in Gallia da Cesare, e il console Marcello fece percuotere con le verghe uno dei senatori comaschi venuti a Roma, aggiungendo che gli cagionava questi lividi come segno del suo non essere Romano:[120] andasse da Cesare a mostrarli. Dopo il consolato di Marcello, poiché Cesa **3** re permise di attingere a piene mani alla ricchezza della Gallia a tutti quelli che facevano politica, e aveva condo-

---

[117] M. Claudio Marcello, console nel 51, cominciò un'azione politica, poi non riuscita, per togliere la provincia a Cesare già a partire dal 1° marzo del 50, e parimenti per abrogargli la concessione offertagli da Pompeo di presentare la candidatura al consolato rimanendo assente. Anche per questa seconda azione egli non sortì l'effetto desiderato.

[118] L. Cornelio Lentulo Crure, console nel 49 fu sempre ostile a Cesare, a partire dal processo a Clodio del 61.

[119] Odierna Como; ripopolata con cinquemila uomini, dei quali cinquecento nobilissimi Greci, fu eretta a colonia romana da Cesare in forza dei poteri a lui concessi col plebiscito proposto dal tribuno della plebe P. Vatinio nel 59.

[120] Il cittadino romano gode della piena immunità, e quindi anche quella dalle pene corporali. Un magistrato di una colonia diventa cittadino a pieno titolo per il solo fatto di essere magistrato.

πᾶσι τοῖς πολιτευομένοις, καὶ Κουρίωνα μὲν δημαρχοῦντα
πολλῶν ἐλευθερώσαντος δανείων, Παύλῳ δ' ὑπατεύοντι
χίλια καὶ πεντακόσια τάλαντα δόντος, ἀφ' ὧν καὶ τὴν
βασιλικὴν ἐκεῖνος, ὀνομαστὸν ἀνάθημα, τῇ ἀγορᾷ προσ-
4 εκόσμησεν, ἀντὶ τῆς Φουλβίας οἰκοδομηθεῖσαν, οὕτω δὴ
φοβηθεὶς τὴν σύστασιν ὁ Πομπήϊος ἀναφανδὸν ἤδη δι'·
ἑαυτοῦ καὶ τῶν φίλων ἔπραττεν ἀποδειχθῆναι διάδοχον
Καίσαρι τῆς ἀρχῆς, καὶ πέμπων ἀπῄτει τοὺς στρατιώτας
οὓς ἔχρησεν αὐτῷ πρὸς τοὺς Κελτικοὺς ἀγῶνας. ὁ δ'
5 ἀποπέμπει, δωρησάμενος ἕκαστον ἄνδρα πεντήκοντα καὶ
διακοσίαις δραχμαῖς. οἱ δὲ τούτους Πομπηΐῳ κομίσαντες
εἰς μὲν τὸ πλῆθος οὐκ ἐπιεικεῖς οὐδὲ χρηστοὺς κατέσπειραν
λόγους ὑπὲρ τοῦ Καίσαρος, αὐτὸν δὲ Πομπήϊον ἐλπίσι
κεναῖς διέφθειραν, ὡς ποθούμενον ὑπὸ τῆς Καίσαρος
στρατιᾶς, καὶ τὰ μὲν ἐνταῦθα διὰ φθόνον πολιτείας
ὑπούλου μόλις ἔχοντα, τῆς δ' ἐκεῖ δυνάμεως ἑτοίμης
ὑπαρχούσης αὐτῷ, κἂν μόνον ὑπερβάλωσιν εἰς 'Ιταλίαν,
εὐθὺς ἐσομένης πρὸς ἐκεῖνον· οὕτως γεγονέναι τὸν
Καίσαρα πλήθει στρατειῶν λυπηρὸν αὐτοῖς καὶ φόβῳ
6 μοναρχίας ὕποπτον. ἐπὶ τούτοις Πομπήϊος ἐχαυνοῦτο, καὶ
παρασκευῆς μὲν ἠμέλει στρατιωτῶν, ὡς μὴ δεδοικώς,
λόγοις δὲ καὶ γνώμαις κατεπολιτεύετο τῷ δοκεῖν Καίσαρα
7 **** καταψηφιζόμενος· ὧν ἐκεῖνος οὐδὲν ἐφρόντιζεν,
ἀλλὰ καὶ λέγεταί τινα τῶν ἀφιγμένων παρ' αὐτοῦ ταξιάρχων, ἑστῶτα πρὸ τοῦ βουλευτηρίου καὶ πυθόμενον

nato molti debiti al tribuno della plebe Curione,[121] e al console Paolo[122] aveva concesso millecinquecento talenti, con parte dei quali egli adornò il foro con quella basilica, un monumento ben noto, edificata al posto della basilica Fulvia, allora Pompeo, temendo la coalizione, impegnandosi apertamente in persona propria e per mezzo di amici, fece in modo che fosse eletto un successore a Cesare nel comando, e mandò a chiedere che gli restituisse quei soldati che gli aveva prestato per le guerre in Gallia.[123] Cesare li rimandò dopo aver donato a ciascun uomo duecentocinquanta dramme. Coloro che riportarono queste legioni a Pompeo diffusero tra la gente discorsi né benevoli né riguardosi sul conto di Cesare, e fuorviarono lo stesso Pompeo facendogli balenare vane speranze: dicevano che l'esercito di Cesare lo ammirava e che se qui egli riusciva a stento a barcamenarsi per l'invidia dei politici, l'esercito di là era invece per lui e appena fosse passato in Italia subito sarebbe stato dalla sua parte, tanto odioso era diventato per loro Cesare a causa delle numerose attività militari, e tanto sospetto perché voleva diventare (essi lo temevano) re. Per questo Pompeo era fiducioso e trascurava la preparazione dei soldati come se non avesse paura, e faceva la sua campagna contro Cesare con discorsi in senato e con proposte di legge **** provocandone la condanna. Di tutto ciò Cesare non si dava pensiero; dicono anzi che un centurione mandato da lui, stando dinnanzi alla curia, quando venne a sapere che il senato

4

5

6

7

---

[121] C. Scribonio Curione, tribuno della plebe, fu dapprima contrario a Cesare e poi passò dalla sua parte perché, a quanto dicono le fonti, fu corrotto con danaro.

[122] L. Emilio Paolo, console nel 50, al pari di Curione sarebbe stato guadagnato a Cesare dal danaro.

[123] Episodio dell'estate del 50. Il senato volle rafforzare l'esercito in Siria con una legione tolta a Cesare e una tolta a Pompeo. Pompeo concesse al senato la legione che egli aveva prestato a Cesare, il quale così ne venne a perdere due contemporaneamente. Le due legioni poi non partirono mai per la Siria, e fu allora chiaro che si trattava di una manovra anticesariana.

ὡς οὐ δίδωσιν ἡ γερουσία Καίσαρι χρόνον τῆς ἀρχῆς, „ἀλλ' αὕτη" φάναι „δώσει", κρούσαντα τῇ χειρὶ τὴν λαβὴν τῆς μαχαίρας.

30. Οὐ μὴν ἀλλ' ἤ γε παρὰ Καίσαρος ἀξίωσις τὸ πρόσχημα τῆς δικαιολογίας λαμπρὸν εἶχεν· ἠξίου γὰρ αὐτός τε καταθέσθαι τὰ ὅπλα, καὶ Πομπηίου ταὐτὸ πράξαντος ἀμφοτέρους ἰδιώτας γενομένους εὑρίσκεσθαί τι παρὰ τῶν πολιτῶν ἀγαθόν, ὡς τοὺς αὐτὸν μὲν ἀφαιρουμένους, ἐκείνῳ δ' ἣν εἶχε βεβαιοῦντας δύναμιν, ἕτερον
2 διαβάλλοντας ἕτερον κατασκευάζειν τύραννον. ταῦτα προκαλούμενος ἐν τῷ δήμῳ Κουρίων ὑπὲρ Καίσαρος ἐκροτεῖτο λαμπρῶς, οἱ δὲ καὶ στεφάνους ἐπ' αὐτὸν ὥσπερ
3 ἀθλητὴν ἀνθοβολοῦντες ἠφίεσαν. Ἀντώνιος δὲ δημαρχῶν Καίσαρος ὑπὲρ τούτων ἐπιστολὴν κομισθεῖσαν εἰς τὸ
4 πλῆθος ἐξήνεγκε καὶ ἀνέγνω βίᾳ τῶν ὑπάτων. ἐν δὲ τῇ βουλῇ Σκιπίων μὲν ὁ Πομπηίου πενθερὸς εἰσηγήσατο γνώμην, ἂν ἐν ἡμέρᾳ ῥητῇ μὴ κατάθηται τὰ ὅπλα Καίσαρ,
5 ἀποδειχθῆναι πολέμιον αὐτόν. ἐρωτώντων δὲ τῶν ὑπάτων εἰ δοκεῖ Πομπήϊον ἀφεῖναι τοὺς στρατιώτας, καὶ πάλιν εἰ δοκεῖ Καίσαρα, τῇ μὲν ὀλίγοι παντάπασι, τῇ δὲ πάντες παρ' ὀλίγους προσέθεντο· τῶν δὲ περὶ Ἀντώνιον πάλιν ἀξιούντων ἀμφοτέρους τὴν ἀρχὴν ἀφεῖναι, πάντες ὁμαλῶς
6 προσεχώρησαν. ἀλλ' ἐκβιαζομένου Σκιπίωνος, καὶ Λέντλου τοῦ ὑπάτου βοῶντος ὅπλων δεῖν πρὸς ἄνδρα λῃστήν, οὐ ψήφων, τότε μὲν διελύθησαν καὶ μετεβάλοντο τὰς ἐσθῆτας ἐπὶ πένθει διὰ τὴν στάσιν.

non concedeva a Cesare la proroga del comando in provincia, abbia battuta con la mano sull'elsa della spada dicendo: «Gliela darà questa!».

30. La richiesta di Cesare aveva comunque una spicca-
ta parvenza di giustizia: egli infatti proponeva di deporre
personalmente le armi, e che lo stesso facesse Pompeo;
quando poi ambedue fossero diventati privati cittadini
avrebbero dovuto ricevere dal popolo qualche riconoscimento; quelli che volevano togliere a lui l'esercito e con-
fermare a Pompeo quello che aveva, accusavano l'uno di
essere tiranno, ma dotavano l'altro di mezzi per esserlo.
Quando Curione, parlando al popolo per Cesare, fece que- 2
ste proposte, lo applaudirono entusiasticamente e alcuni
gli lanciarono corone di fiori, come a un atleta. Il tribuno 3
della plebe Antonio lesse al popolo,[124] nonostante la opposizione dei consoli, una lettera di Cesare che trattava
di questo argomento. Ma in senato Scipione, suocero di 4
Pompeo,[125] propose di dichiarare Cesare nemico pubblico se non avesse deposto le armi entro un certo giorno.
Quando i consoli chiesero se sembrava opportuno che 5
Pompeo congedasse il suo esercito, e poi ripeterono la domanda per Cesare, nel primo caso i favorevoli furono pochissimi, e nel secondo quasi tutti; quando però Antonio
propose di nuovo che ambedue lasciassero i loro incarichi, tutti insieme approvarono. Ma Scipione si oppose con 6
violenza e il console Lentulo, alzando la voce, disse che
ci volevano le armi contro un brigante, e non i voti: allora sciolsero la seduta e per la sedizione, in segno di lutto,
cambiarono le vesti.

---

[124] Notizia inesatta in quanto non Antonio, che era egli pure tribuno della plebe e che sarebbe diventato triumviro, ma Curione lesse in
senato e non al popolo la lettera di Cesare.
[125] Q. Cecilio Metello Pio Scipione, passato tra i Metelli per adozione
(si chiamava P. Cornelio Scipione Nasica), console nel 52. Suocero di
Pompeo egli parlava per il genero che si trovava fuori Roma presso l'e-
sercito.

31. Ἐπεὶ δὲ παρὰ Καίσαρος ἧκον ἐπιστολαὶ μετριάζειν δοκοῦντος (ἠξίου γὰρ ἀφεὶς τὰ ἄλλα πάντα τὴν ἐντὸς Ἄλπεων καὶ τὸ Ἰλλυρικὸν μετὰ δυεῖν ταγμάτων αὐτῷ δοθῆναι, μέχρι οὗ τὴν δευτέραν ὑπατείαν μέτεισι), καὶ Κικέρων ὁ ῥήτωρ, ἄρτι παρὼν ἐκ Κιλικίας καὶ διαλλαγὰς πράττων, ἐμάλαττε τὸν Πομπήϊον, ὁ δὲ τἆλλα συγχω-
2 ρῶν τοὺς στρατιώτας ἀφῄρει, καὶ Κικέρων μὲν ἔπειθε τοὺς Καίσαρος φίλους συνενδόντας ἐπὶ ταῖς εἰρημέναις ἐπαρχίαις καὶ στρατιώταις μόνοις ἑξακισχιλίοις ποιεῖσθαι τὰς διαλύσεις, Πομπηΐου δὲ καμπτομένου καὶ διδόντος, οἱ περὶ Λέντλον οὐκ εἴων ὑπατεύοντες, ἀλλὰ καὶ τῆς βουλῆς Ἀντώνιον καὶ Κουρίωνα προπηλακίσαντες ἐξή-
3 λασαν ἀτίμως, τὴν εὐπρεπεστάτην Καίσαρι τῶν προ-φάσεων αὐτοὶ μηχανησάμενοι καὶ δι᾽ ἧς μάλιστα τοὺς στρατιώτας παρώξυνεν, ἐπιδεικνύμενος ἄνδρας ἐλλογίμους καὶ ἄρχοντας ἐπὶ μισθίων ζευγῶν πεφευγότας ἐν ἐσθῆσιν οἰκετικαῖς· οὕτω γὰρ ἀπὸ Ῥώμης σκευάσαντες ἑαυτοὺς διὰ φόβον ὑπεξῇεσαν.

32. Ἦσαν μὲν οὖν περὶ αὐτὸν οὐ πλείους ἱππέων τρια-κοσίων καὶ πεντακισχιλίων ὁπλιτῶν· τὸ γὰρ ἄλλο στρά-τευμα πέραν Ἄλπεων ἀπολελειμμένον ἔμελλον ἄξειν οἱ
2 πεμφθέντες. ὁρῶν δὲ τὴν ἀρχὴν ὧν ἐνίστατο πραγμάτων καὶ τὴν ἔφοδον οὐ πολυχειρίας δεομένην ἐν τῷ παρόντι μᾶλλον ἢ θάμβει τε τόλμης καὶ τάχει καιροῦ καταληπτέαν οὖσαν (ἐκπλήξειν γὰρ ἀπιστούμενος ῥᾷον ἢ βιάσεσθαι
3 μετὰ παρασκευῆς ἐπελθών), τοὺς μὲν ἡγεμόνας καὶ τα-ξιάρχους ἐκέλευσε μαχαίρας ἔχοντας ἄνευ τῶν ἄλλων ὅπλων κατασχεῖν Ἀρίμινον, τῆς Κελτικῆς μεγάλην πόλιν, ὡς ἐνδέχεται μάλιστα φεισαμένους φόνου καὶ ταραχῆς,

31. Arrivarono poi delle lettere inviate da Cesare che sembrava assumere posizioni moderate (egli infatti chiedeva che, lasciato tutto il resto, gli si dessero la Cisalpina e l'Illirico con due coorti, fino a quando fosse stato eletto console per la seconda volta), e l'oratore Cicerone, che **2** era da poco tornato dalla Cilicia[126] e cercava di far da paciere, operò per addolcire Pompeo il quale, pur facendo concessioni su tutto, persisteva nel voler togliere a Cesare i soldati. Cicerone cercava anche di persuadere gli amici di Cesare ad accontentarsi delle province di cui si è detto e di solo seimila soldati; anche Pompeo stava per cedere e far concessioni, ma il console Lentulo non consentì che si concludesse il patto e cacciò dal senato, insultandoli inonorevolmente, Antonio e Curione, fornendo a Cesare il **3** più bel pretesto con il quale egli eccitò soprattutto i soldati, facendo loro vedere uomini di grande prestigio e magistrati fuggiti in abiti servili su carri presi a nolo: così infatti essi si erano travestiti fuggendo da Roma per paura.

32. Egli dunque non aveva con sé più di trecento cavalieri e cinquemila fanti;[127] il resto dell'esercito era rimasto al di là delle Alpi e lo avrebbero qui trasferito ufficiali appositamente inviati.[128] Vedendo comunque che l'inizio **2** dell'impresa cui si accingeva al momento di avvio non comportava subito l'utilizzo di molti uomini quanto piuttosto richiedeva rapidità d'esecuzione e straordinaria audacia (avrebbe cagionato maggior danno ai nemici se fosse piombato su di loro inaspettatamente anziché se fosse giunto dopo una lunga preparazione), ordinò a tribuni e **3** centurioni di occupare Rimini, una grande città della Gallia, valendosi soltanto delle spade, senza le altre armi, e

---

[126] Cicerone tornò a Roma dalla Cilicia, ove era stato proconsole, il 4 gennaio. La sua assenza da Roma fu di diciotto mesi.
[127] Cesare aveva infatti con sé soltanto la tredicesima legione.
[128] La consistenza delle forze cesariane in Gallia Belgica era di quattro legioni agli ordini di Trebonio e quattro nel territorio degli Edui agli ordini di Fabio.

4 Ὀρτησίῳ δὲ τὴν δύναμιν παρέδωκεν. αὐτὸς δὲ τὴν μὲν
ἡμέραν διῆγεν ἐν φανερῷ, μονομάχοις ἐφεστὼς γυμναζο-
μένοις καὶ θεώμενος· μικρὸν δὲ πρὸ ἑσπέρας θεραπεύσας
τὸ σῶμα, καὶ παρελθὼν εἰς τὸν ἀνδρῶνα, καὶ συγγενόμενος βραχέα τοῖς παρακεκλημένοις ἐπὶ τὸ δεῖπνον, ἤδη
συσκοτάζοντος ἐξανέστη, [καὶ] τοὺς μὲν ἄλλους φιλο-
φρονηθεὶς καὶ κελεύσας περιμένειν αὐτὸν ὡς ἐπανελευσό-
μενον, ὀλίγοις δὲ τῶν φίλων προείρητο μὴ κατὰ τὸ αὐτὸ
5 πάντας, ἄλλον δ' ἄλλῃ διώκειν. αὐτὸς δὲ τῶν μισθίων
ζευγῶν ἐπιβὰς ἑνός, ἤλαυνεν ἑτέραν τινὰ πρῶτον ὁδόν·
εἶτα πρὸς τὸ Ἀρίμινον ἐπιστρέψας, ὡς ἦλθεν ἐπὶ τὸν
διορίζοντα τὴν ἐντὸς Ἄλπεων Γαλατίαν ἀπὸ τῆς ἄλλης
Ἰταλίας ποταμὸν (Ῥουβίκων καλεῖται), καὶ λογισμὸς
αὐτὸν εἰσῄει, μᾶλλον ἐγγίζοντα τῷ δεινῷ καὶ περιφερό-
6 μενον τῷ μεγέθει τῶν τολμωμένων, ἔσχετο δρόμου, καὶ
τὴν πορείαν ἐπιστήσας, πολλὰ μὲν αὐτὸς ἐν ἑαυτῷ διήνεγκε σιγῇ τὴν γνώμην ἐπ' ἀμφότερα μεταλαμβάνων, καὶ
7 τροπὰς ἔσχεν αὐτῷ τότε ⟨τὸ⟩ βούλευμα πλείστας· πολλὰ
δὲ καὶ τῶν φίλων τοῖς παροῦσιν, ὧν ἦν καὶ Πολλίων
Ἀσίνιος, συνδιηπόρησεν, ἀναλογιζόμενος ἡλίκων κακῶν
ἄρξει πᾶσιν ἀνθρώποις ἡ διάβασις, ὅσον τε λόγον αὐτῆς
8 τοῖς αὖθις ἀπολείψουσι. τέλος δὲ μετὰ θυμοῦ τινος ὥσπερ
ἀφεὶς ἑαυτὸν ἐκ τοῦ λογισμοῦ πρὸς τὸ μέλλον, καὶ τοῦτο
δὴ τὸ κοινὸν τοῖς εἰς τύχας ἐμβαίνουσιν ἀπόρους καὶ τόλμας
προοίμιον ὑπειπὼν ,,ἀνερρίφθω κύβος,'' ὥρμησε πρὸς τὴν
διάβασιν, καὶ δρόμῳ τὸ λοιπὸν ἤδη χρώμενος, εἰσέπεσε
9 πρὸ ἡμέρας εἰς τὸ Ἀρίμινον, καὶ κατέσχε. λέγεται δὲ τῇ

di astenersi il più possibile dal provocare uccisioni e dal cagionar tumulto, e affidò l'esercito ad Ortensio.[129] Egli **4** passò quella giornata in pubblico, assistendo alle esercitazioni di alcuni gladiatori; poco prima di sera fece un bagno e poi venne nella sala del banchetto ove rimase per un poco con quelli che aveva invitato a cena, e si alzò da tavola quando già faceva buio. Allora salutò tutti e li invitò ad attenderlo come se dovesse tornare, ma a pochi aveva detto prima di seguirlo, non però tutti insieme, bensì chi per una strada e chi per un'altra. Egli salì su un carro **5** preso a nolo e si mosse dapprima in una direzione; poi però mutò strada e scese verso Rimini. Quando giunse al fiume che segna il confine tra la Cisalpina e il resto d'Italia (si tratta del Rubicone) e gli venne fatto di riflettere, dato che era più vicino al pericolo ed era turbato dalla grandezza dell'impresa che stava per compiere, moderò **6** la corsa; poi si fermò, e in silenzio, a lungo, tra sé e sé meditò il pro e il contro. In quel momento mutò spessissimo parere e esaminò molti problemi con gli amici presenti, tra i quali era anche Asinio Pollione:[130] rifletteva **7** sull'entità dei mali cui avrebbe dato origine per tutti gli uomini quel passaggio, e quanta fama ne avrebbe lasciato ai posteri. Alla fine, con impulso, come se muovendo **8** dal ragionamento si lanciasse verso il futuro, pronunciando questo che è un detto comune a chi si accinge a un'impresa difficile e audace: «si getti il dado», si accinse ad attraversare il fiume e di lì in seguito, procedendo con grande velocità, prima di giorno si buttò su Rimini e la conquistò. Dicono che la notte precedente il passaggio del **9**

[129] Q. Ortensio Ortalo, il figlio del grande oratore che fu incontrastato principe del foro prima dell'avvento di Cicerone.
[130] C. Asinio Pollione, console del 40, fu sempre fedele seguace di Cesare e con lui partecipò alla campagna di Gallia, alla battaglia di Farsalo e alle guerre d'Africa e di Spagna contro gli ultimi pompeiani. Ritiratosi poi a vita privata non partecipò alla guerra civile di Antonio e Ottaviano; scrisse una *Storia delle guerre civili* che è andata perduta.

προτέρᾳ νυκτὶ τῆς διαβάσεως ὄναρ ἰδεῖν ἔκθεσμον· ἐδόκει γὰρ αὐτὸς τῇ ἑαυτοῦ μητρὶ μείγνυσθαι τὴν ἄρρητον μεῖξιν.

33. Ἐπεὶ δὲ κατελήφθη τὸ Ἀρίμινον, ὥσπερ ἀνεῳγμένου τοῦ πολέμου πλατείαις πύλαις ἐπὶ πᾶσαν ὁμοῦ τὴν γῆν καὶ θάλασσαν, καὶ συγκεχυμένων ἅμα τοῖς ὅροις τῆς ἐπαρχίας τῶν νόμων τῆς πόλεως, οὐκ ἄνδρας ἄν τις ᾠήθη καὶ γυναῖκας ὥσπερ ἄλλοτε σὺν ἐκπλήξει δια-φοιτᾶν τῆς Ἰταλίας, ἀλλὰ τὰς πόλεις αὐτὰς ἀνισταμένας 2 φυγῇ διαφέρεσθαι δι' ἀλλήλων, τὴν δὲ Ῥώμην ὥσπερ ὑπὸ ῥευμάτων πιμπλαμένην φυγαῖς τῶν πέριξ δήμων καὶ μεταστάσεσιν, οὔτ' ἄρχοντι πεῖσαι ῥᾳδίαν οὖσαν οὔτε λόγῳ καθεκτήν, ἐν πολλῷ κλύδωνι καὶ σάλῳ μικρὸν 3 ἀπολιπεῖν αὐτὴν ὑφ' αὑτῆς ἀνατετράφθαι. πάθη γὰρ ἀντίπαλα καὶ βίαια κατεῖχε κινήματα πάντα τόπον· οὔτε γὰρ τὸ χαῖρον ἡσυχίαν ἦγεν, ἀλλὰ τῷ δεδοικότι καὶ λυπουμένῳ κατὰ πολλὰ συμπίπτον ἐν μεγάλῃ πόλει καὶ 4 θρασυνόμενον ὑπὲρ τοῦ μέλλοντος δι' ἐρίδων ἦν, αὐτόν τε Πομπήϊον ἐκπεπληγμένον ἄλλος ἀλλαχόθεν ἐτάραττε, τοῖς μὲν ὡς ηὔξησε Καίσαρα καθ' ἑαυτοῦ καὶ τῆς ἡγεμο-νίας εὐθύνας ὑπέχοντα, τῶν δ' ὅτι παρείκοντα καὶ προτει-νόμενον εὐγνώμονας διαλύσεις ἐφῆκε τοῖς περὶ Λέντλον 5 ὑβρίσαι κατηγορούντων. Φαώνιος δ' αὐτὸν ἐκέλευε τῷ ποδὶ κτυπεῖν τὴν γῆν, ἐπεὶ μεγαληγορῶν ποτε πρὸς τὴν σύγκλητον οὐδὲν εἴα πολυπραγμονεῖν οὐδὲ φροντίζειν ἐκείνους τῆς ἐπὶ τὸν πόλεμον παρασκευῆς· αὐτὸς γὰρ ὅταν ἐπίῃ ˙ κρούσας τὸ ἔδαφος τῷ ποδὶ στρατευμάτων 6 ἐμπλήσειν τὴν Ἰταλίαν. οὐ μὴν ἀλλὰ καὶ τότε πλήθει δυνάμεως ὑπερέβαλλεν ὁ Πομπήϊος τὴν Καίσαρος· εἴασε

Rubicone egli fece un sogno mostruoso: gli parve di congiungersi incestuosamente con sua madre.

33. Presa Rimini, quasi che alla guerra si fossero aperte ampie porte su tutta la terra e sul mare, e con i confini della provincia si fossero travolte anche le leggi della città, nessuno avrebbe detto che, come in altri casi, singoli uomini e donne sconvolti si aggirassero per l'Italia, ma che intere città levatesi in fuga passassero le une attraverso le altre; Roma che si era riempita di una massa di gente che si spostava fuggendo dal circostante contado, gente che non era incline ad obbedire all'autorità, né poteva essere tenuta a freno dalla ragione, in quel grande e tempestoso rivolgimento poco mancò che si distruggesse da sola. Ovunque dominavano passioni contrapposte e violenti moti; non stavano tranquilli quelli che erano contenti di come andavano le cose; ma quando si imbattevano, come capita nelle grandi città, in molti luoghi in coloro che temevano ed erano afflitti, attaccavano briga manifestando ulteriori certezze per il futuro; c'era chi attaccava lo stesso Pompeo, che era sconvolto, con questa o quella argomentazione, gli uni perché aveva ingrandito Cesare contro il suo stesso interesse e quello dello stato, e ne era responsabile; altri invece lo accusavano di aver consentito a Lepido di ingiuriare altezzosamente Cesare quando questi aveva fatto delle concessioni offrendo un ragionevole compromesso. E Favonio lo esortava a battere col piede la terra, perché una volta con tono superbo aveva detto in senato che non era necessario che essi si preoccupassero o si dessero molto da fare per i preparativi di guerra: qualora essa fosse scoppiata egli avrebbe riempito di truppe l'Italia battendo la terra col piede. Comunque anche in quel momento per numero di soldati Pompeo era superiore a Cesare.[131] Nessuno però gli consentì di attuare

[131] All'inizio della guerra civile, come si è visto, Cesare poteva contare in Italia su cinquemila uomini, mentre Pompeo aveva a disposizione due legioni stanziate sulla via di Capua a sud di Roma, e alcuni contingenti ricavati dai nuovi reclutamenti in corso.

δ᾽ οὐδεὶς τὸν ἄνδρα χρήσασθαι τοῖς ἑαυτοῦ λογισμοῖς, ἀλλ᾽ ὑπ᾽ ἀγγελμάτων πολλῶν καὶ ψευδῶν καὶ φόβων, ὡς ἐφεστῶτος ἤδη τοῦ πολέμου καὶ πάντα κατέχοντος, εἴξας καὶ συνεκκρουσθεὶς τῇ πάντων φορᾷ ψηφίζεται ταραχὴν ὁρᾶν καὶ τὴν πόλιν ἐξέλιπε, κελεύσας ἕπεσθαι τὴν γερουσίαν καὶ μηδένα μένειν τῶν πρὸ τῆς τυραννίδος ᾑρημένων τὴν πατρίδα καὶ τὴν ἐλευθερίαν.

34. Οἱ μὲν οὖν ὕπατοι μηδ᾽ ἃ νόμος ἐστὶ πρὸ ἐξόδου θύσαντες ἔφυγον, ἔφευγον δὲ καὶ τῶν βουλευτῶν οἱ πλεῖστοι, τρόπον τινὰ δι᾽ ἁρπαγῆς ἀπὸ τῶν ἰδίων ὅ τι 2 τύχοιεν ὥσπερ ἀλλοτρίων λαμβάνοντες. εἰσὶ δ᾽ οἳ καὶ σφόδρα τὰ Καίσαρος ᾑρημένοι πρότερον ἐξέπεσον ὑπὸ θάμβους τότε τῶν λογισμῶν, καὶ συμπαρηνέχθησαν οὐδὲν 3 δεόμενοι τῷ ῥεύματι τῆς φορᾶς ἐκείνης. οἰκτρότατον δὲ τὸ θέαμα τῆς πόλεως ἦν, ἐπιφερομένου τοσούτου χειμῶνος ὥσπερ νεὼς ὑπὸ κυβερνητῶν ἀπαγορευόντων πρὸς τὸ 4 συντυχὸν ἐκπεσεῖν κομιζομένης. ἀλλὰ καίπερ οὕτως τῆς μεταστάσεως οἰκτρᾶς οὔσης, τὴν μὲν φυγὴν οἱ ἄνθρωποι πατρίδα διὰ Πομπήϊον ἡγοῦντο, τὴν δὲ Ῥώμην ὡς Καί- 5 σαρος στρατόπεδον ἐξέλιπον· ὅπου καὶ Λαβιηνός, ἀνὴρ ἐν τοῖς μάλιστα φίλος Καίσαρος καὶ πρεσβευτὴς γεγονὼς καὶ συνηγωνισμένος ἐν πᾶσι προθυμότατα τοῖς Κελτικοῖς πολέμοις, τότ᾽ ἐκεῖνον ἀποδρὰς ἀφίκετο πρὸς Πομπήϊον· ἀλλὰ τούτῳ μὲν καὶ τὰ χρήματα καὶ τὰς ἀποσκευὰς 6 ἀπέπεμψεν ὁ Καῖσαρ. Δομιτίῳ δ᾽ ἡγουμένῳ σπειρῶν τριάκοντα καὶ κατέχοντι Κορφίνιον ἐπελθὼν παρεστρατοπέδευσεν· ὁ δ᾽ ἀπογνοὺς τὰ καθ᾽ ἑαυτόν, ᾔτησε τὸν ἰατρὸν οἰκέτην ὄντα φάρμακον, καὶ λαβὼν τὸ δοθὲν ἔπιεν 7 ὡς τεθνηξόμενος. μετ᾽ ὀλίγον δ᾽ ἀκούσας τὸν Καίσαρα

i suoi piani: sollecitato da parecchie notizie, anche false, e dalla paura, quasi che la guerra già incombesse e si diffondesse ovunque, cedendo all'impeto altrui e lasciandosene trascinare, proclamò lo stato di emergenza[132] e lasciò la città, dopo aver ordinato ai senatori di seguirlo: non rimanesse in città nessuno di quelli che alla tirannide preferivano la libertà della patria.[133]

34. I consoli fuggirono senza neanche compiere i sacrifici che si fanno di norma prima di uscire dalla città; fuggì anche la maggior parte dei senatori prendendo con sé quel che potevano delle loro cose, davvero come se arraffassero cose d'altri. Anche certuni, che prima erano stati [2] decisamente fautori di Cesare, per lo spavento persero in quel momento la testa e senza alcun bisogno si lasciarono trascinare dalla corrente di quel fiume impetuoso. Miser- [3] rimo era lo spettacolo che la città offriva come una nave che, nell'accavallarsi di una grave tempesta, viene portata da nocchieri disperati a sfasciarsi contro il primo ostacolo. Ma per quanto fosse così miserevole l'esodo, essi [4] consideravano patria l'esilio a motivo di Pompeo, e lasciavano Roma come se fosse il campo di Cesare; persino [5] Labieno, uno dei più fidati amici di Cesare, che era stato suo legato e con estremo coraggio aveva combattuto al suo fianco in tutte le guerre galliche, in quel momento lo abbandonò e fuggì presso Pompeo; Cesare gli mandò dietro il danaro e il bagaglio. Venuto a contatto con Domi- [6] zio[134] che occupava Corfinio con trenta coorti gli si accampò a fianco; e quello disperando della sua sorte chiese al medico, che era uno schiavo, un veleno, e lo bevve con l'intento di morire. Di lì a poco, quando sentì che Ce- [7]

---

[132] Non risulta da altre fonti che sia stata presa una simile decisione. Probabilmente Plutarco ha male interpretato la sua fonte.

[133] Pompeo partì immediatamente dopo la seduta del Senato, la sera del 17 gennaio, e il giorno seguente lo seguì la maggior parte dei senatori.

[134] L. Domizio Enobarbo console dell'anno 54, cognato di Catone, occupava Corfinio quando vi giunse Cesare, il 15 febbraio.

θαυμαστῇ τινι φιλανθρωπίᾳ χρῆσθαι πρὸς τοὺς ἑαλωκότας, αὐτὸς αὑτὸν ἀπεθρήνει καὶ τὴν ὀξύτητα τοῦ βου-
8 λεύματος ᾐτιᾶτο. τοῦ δ' ἰατροῦ θαρρύναντος αὐτόν, ὡς
ὑπνωτικόν, οὐ θανάσιμον πεπωκότα, περιχαρὴς ἀναστὰς ἀπῄει πρὸς Καίσαρα, καὶ λαβὼν δεξιάν, αὖθις
9 διεξέπεσε πρὸς Πομπήϊον. ταῦτ' εἰς τὴν Ῥώμην ἀπαγ-
γελλόμενα τοὺς ἀνθρώπους ἡδίους ἐποίει, καί τινες φυ-
γόντες ἀνέστρεψαν.

35. Ὁ δὲ Καῖσαρ τήν τε τοῦ Δομιτίου στρατιὰν παρέλαβε, καὶ τοὺς ἄλλους, ὅσους ἐν ταῖς πόλεσι Πομπηΐῳ
στρατολογουμένους ἔφθασε καταλαβών. πολὺς δὲ γεγονὼς
2 ἤδη καὶ φοβερός, ἐπ' αὐτὸν ἤλαυνε Πομπήϊον. ὁ δ' οὐκ
ἐδέξατο τὴν ἔφοδον, ἀλλ' εἰς Βρεντέσιον φυγών, τοὺς
μὲν ὑπάτους πρότερον ἔστειλε μετὰ δυνάμεως εἰς Δυρράχιον, αὐτὸς δ' ὀλίγον ὕστερον ἐπελθόντος Καίσαρος ἐξέπλευσεν, ὡς ἐν τοῖς περὶ ἐκείνου γραφησομένοις τὰ καθ'
ἕκαστον δηλωθήσεται (c. 62, 2–6).

3 Καίσαρι δὲ βουλομένῳ μὲν εὐθὺς διώκειν ἀπορία νεῶν
ἦν, εἰς δὲ τὴν Ῥώμην ἀνέστρεψε, γεγονὼς ἐν ἡμέραις
4 ἑξήκοντα πάσης ἀναιμωτὶ τῆς Ἰταλίας κύριος. ἐπεὶ δὲ
καὶ τὴν πόλιν εὗρε μᾶλλον ἢ προσεδόκα καθεστῶσαν καὶ
τῶν ἀπὸ βουλῆς ἐν αὐτῇ συχνούς, τούτοις μὲν ἐπιεικῆ
καὶ δημοτικὰ διελέχθη, παρακαλῶν αὐτοὺς [καὶ] πρὸς
Πομπήϊον ἀποστέλλειν ἄνδρας ἐπὶ συμβάσεσι πρεπούσαις·
5 ὑπήκουσε δ' οὐδείς, εἴτε φοβούμενοι Πομπήϊον ἐγκατα-
λελειμμένον, εἴτε μὴ νομίζοντες οὕτω Καίσαρα φρονεῖν,
ἀλλ' εὐπρεπείᾳ λόγων χρῆσθαι.

6 Τοῦ δὲ δημάρχου Μετέλλου κωλύοντος αὐτὸν ἐκ τῶν
ἀποθέτων χρήματα λαμβάνειν καὶ νόμους τινὰς προ-

---

[135] Tra essi sei coorti che trovò di presidio ad Alba Fucens, e tre coorti che gli giunsero da Tarracina con il pretore P. Rutilio Lupo.
[136] Lo stesso giorno della presa di Corfinio muovendo attraverso la
regione dei Marrucini, dei Frentani e dei Larinati, marciò contro Pompeo per impedirgli di allontanarsi dall'Italia.
[137] Pompeo vi arrivò il 25 febbraio.
[138] Si tratta di C. Claudio Marcello e di L. Cornelio Lentulo Crure.

sare era straordinariamente benevolo nei riguardi dei prigionieri, si dispiacque di se stesso e si dolse dell'avventatezza della decisione. Ma il medico lo rassicurò con il dirgli che non aveva bevuto un veleno ma un ipnotico; egli allora, lieto, si alzò, andò da Cesare, gli strinse la destra e nuovamente passò a Pompeo. Queste notizie, riferite a Roma, tranquillizzarono i cittadini; alcuni che erano fuggiti rientrarono in città.

35. Cesare prese con sé i soldati di Domizio e quanti altri riuscì a raggiungere nelle altre città già arruolati per Pompeo.[135] Quando ormai le sue forze erano divenute consistenti e minacciose, mosse proprio contro Pompeo.[136] Questi non accettò lo scontro e fuggì verso Brindisi,[137] e di lì mandò prima a Durazzo i consoli[138] con l'esercito; egli salpò poco dopo, quando sopraggiunse Cesare, come appunto spiegherò particolareggiatamente nella biografia che lo riguarda.[139] Cesare voleva subito porsi all'inseguimento, ma non aveva navi;[140] tornò allora a Roma:[141] in sessanta giorni, senza spargimento di sangue, era diventato padrone di tutta l'Italia. Trovò la città più ordinata di quanto non si aspettasse, e in essa parecchi senatori: fece loro un discorso benevolo e conciliante e li esortò a mandar messi a Pompeo per un accordo conveniente; nessuno però accolse l'invito, o per paura di Pompeo che avevano abbandonato, o perché convinti che Cesare non la pensasse davvero così, ma facesse solo dei bei discorsi.

Così, quando Metello, tribuno della plebe, voleva impedirgli di attingere danaro dal tesoro pubblico[142] e gli ci-

---

[139] Cesare arrivò a Brindisi il 9 marzo con sei legioni, e Pompeo salpò di lì il 17 dello stesso mese.

[140] Cesare conquistò Brindisi il 18 marzo, ma trovò soltanto due navi giacché Pompeo era salpato con tutte le altre. Per conseguenza Cesare fu costretto a rivolgere altrove la sua azione.

[141] Vi giunse il 31 marzo.

[142] Esso era custodito nel *sanctius aerarium* entro il tempio di Saturno.

φέροντος, οὐκ ἔφη τὸν αὐτὸν ὅπλων καὶ νόμων καιρὸν
7 εἶναι· „σὺ δ' εἰ τοῖς πραττομένοις δυσκολαίνεις, νῦν μὲν
ἐκποδὼν ἄπιθι· παρρησίας γὰρ οὐ δεῖται πόλεμος· ὅταν
δὲ κατάθωμαι τὰ ὅπλα συμβάσεων γενομένων, τότε
8 παριὼν δημαγωγήσεις.“ „καὶ ταῦτ'“ ἔφη „λέγω τῶν
ἐμαυτοῦ δικαίων ὑφιέμενος· ἐμὸς γὰρ εἶ καὶ σὺ καὶ πάν-
9 τες ὅσους εἴληφα τῶν πρὸς ἐμὲ στασιασάντων.“ ταῦτα
πρὸς τὸν Μέτελλον εἰπών, ἐβάδιζε πρὸς τὰς θύρας τοῦ
ταμιείου. μὴ φαινομένων δὲ τῶν κλειδῶν, χαλκεῖς μετα-
10 πεμψάμενος ἐκκόπτειν ἐκέλευεν. αὖθις δ' ἐνισταμένου τοῦ
Μετέλλου καί τινων ἐπαινούντων, διατεινάμενος ἠπείλη-
σεν ἀποκτενεῖν αὐτόν, εἰ μὴ παύσαιτο παρενοχλῶν· „καὶ
τοῦτ'“ ἔφη „μειράκιον οὐκ ἀγνοεῖς ὅτι μοι δυσκολώτερον
11 ἦν εἰπεῖν ἢ πρᾶξαι.“ οὗτος ὁ λόγος τότε καὶ Μέτελλον
ἀπελθεῖν ἐποίησε καταδείσαντα, καὶ τὰ ἄλλα ῥᾳδίως αὐτῷ
καὶ ταχέως ὑπηρετεῖσθαι πρὸς τὸν πόλεμον.

36. Ἐστράτευσε δ' εἰς Ἰβηρίαν, πρότερον ἐγνωκὼς
τοὺς περὶ Ἀφράνιον καὶ Βάρρωνα Πομπηΐου πρεσβευτὰς
ἐκβαλεῖν, καὶ τὰς ἐκεῖ δυνάμεις καὶ τὰς ἐπαρχίας ὑφ'
αὐτῷ ποιησάμενος, οὕτως ἐπὶ Πομπήϊον ἐλαύνειν, μηδένα
2 κατὰ νώτου τῶν πολεμίων ὑπολιπόμενος. κινδυνεύσας δὲ
καὶ τῷ σώματι πολλάκις κατ' ἐνέδρας καὶ τῷ στρατῷ
μάλιστα διὰ λιμόν, οὐκ ἀνῆκε πρότερον διώκων καὶ προκαλούμενος καὶ περιταφρεύων τοὺς ἄνδρας ἢ κύριος βίᾳ
γενέσθαι τῶν στρατοπέδων καὶ τῶν δυνάμεων. οἱ δ'
ἡγεμόνες ᾤχοντο πρὸς Πομπήϊον φεύγοντες.

37. Ἐπανελθόντα δ' εἰς Ῥώμην Καίσαρα Πείσων μὲν
ὁ πενθερὸς παρεκάλει πρὸς Πομπήϊον ἀποστέλλειν ἄνδρας
ὑπὲρ διαλύσεως, Ἰσαυρικὸς δὲ Καίσαρι χαριζόμενος ἀντεῖ-

---

[143] Con ogni verisimiglianza si allude a quelle leggi che stabilivano
non essere lecito toccare l'oro, riposto nell'erario durante l'invasione
gallica del 387 a.C.

[144] Esse erano in mano ai consoli.

[145] Cesare partì il 6 aprile lasciando la responsabilità del governo della città al *praefectus urbi* M. Emilio Lepido, e il comando delle truppe
in Italia al tribuno M. Antonio col titolo di propretore.

tava determinate leggi,[143] egli ribatté che il tempo delle armi non coincide con quello delle leggi: «Se non ti piace quanto avviene, ora vattene; la guerra non ha bisogno di libertà di parola; quando poi sarò giunto ad un accordo e avrò deposto le armi, allora verrai a fare il demagogo». E aggiunse: «Dico questo rinunciando ai miei diritti; perché siete in mio potere tu e tutti quegli altri miei avversari che ho preso». Detto questo si avvicinò alla porta del tesoro; ma non c'erano le chiavi,[144] e allora, mandati a chiamare dei fabbri, ordinò di sfondarla. Ancora si oppose Metello spalleggiato da alcuni, e allora, alzando la voce, minacciò di ucciderlo se non smetteva di infastidirlo: «Tu sai» disse «o ragazzino, che è per me più difficile dirlo che farlo». Questa frase in quel momento costrinse Metello a ritirarsi atterrito; poi fu fornito a Cesare rapidamente e facilmente tutto ciò che serviva per la guerra.

36. Portò poi la guerra in Spagna,[145] avendo deciso innanzi tutto di cacciarne i legati di Pompeo, Afranio[146] e Varrone,[147] e una volta sottomessi a sé quegli eserciti e quelle province muovere contro Pompeo senza avere alle spalle alcun nemico. Personalmente rischiò spesso di esser fatto prigioniero negli agguati, mentre l'esercito corse il pericolo di restare senza cibo; ma non smise di inseguire, provocare e assediare i nemici fino a che si impadronì a forza del loro accampamento e dell'esercito. I capi fuggirono presso Pompeo.

37. Quando Cesare tornò a Roma,[148] il suocero Pisone lo esortò a mandare messi a Pompeo per una riconciliazione, ma si oppose Isaurico, per compiacere Cesare.

---

[146] L. Afranio fu console nel 60.
[147] M. Terenzio Varrone Reatino, il più grande erudito della letteratura latina. Arresosi a Cesare fu da lui preposto alla direzione della prima biblioteca pubblica. Proscritto dal secondo triumvirato fu poi graziato e trascorse il resto della sua vita negli studi.
[148] Ai primi di dicembre del 49: nel ritorno dalla Spagna ricevette la resa di Marsiglia.

2 πεν. αἱρεθεὶς δὲ δικτάτωρ ὑπὸ τῆς βουλῆς, φυγάδας τε
κατήγαγε καὶ τῶν ἐπὶ Σύλλα δυστυχησάντων τοὺς παῖδας
ἐπιτίμους ἐποίησε, καὶ σεισαχθείᾳ τινὶ τόκων ἐκούφιζε
τοὺς χρεωφειλέτας, ἄλλων τε τοιούτων ἥψατο πολιτευμάτων **** οὐ πολλῶν, ἀλλ᾽ ἐν ἡμέραις ἕνδεκα τὴν μὲν
μοναρχίαν ἀπειπάμενος, ὕπατον δ᾽ ἀναδείξας ἑαυτὸν καὶ
3 Σερουΐλιον Ἰσαυρικόν, εἴχετο τῆς στρατείας. καὶ τὰς μὲν
ἄλλας δυνάμεις καθ᾽ ὁδὸν ἐπειγόμενος παρῆλθεν, ἱππεῖς
δ᾽ ἔχων λογάδας ἑξακοσίους καὶ πέντε τάγματα, χειμῶνος
ἐν τροπαῖς ὄντος, ἱσταμένου Ἰαννουαρίου μηνὸς (οὗτος
δ᾽ ἂν εἴη Ποσειδεὼν Ἀθηναίοις) ἀφῆκεν εἰς τὸ πέλαγος·
4 καὶ διαβαλὼν τὸν Ἰόνιον Ὤρικον καὶ Ἀπολλωνίαν αἱρεῖ,
τὰ δὲ πλοῖα πάλιν ἀπέπεμψεν εἰς Βρεντέσιον ἐπὶ τοὺς
5 ὑστερήσαντας τῇ πορείᾳ στρατιώτας. οἱ δ᾽ ἄχρι μὲν
καθ᾽ ὁδὸν ἦσαν, ἅτε δὴ καὶ παρηκμακότες ἤδη τοῖς
σώμασι καὶ πρὸς τὰ πλήθη τῶν πόνων ἀπειρηκότες, ἐν
6 αἰτίαις εἶχον τὸν Καίσαρα· ,,ποῖ δὴ καὶ πρὸς τί πέρας
ἡμᾶς οὗτος ὁ ἀνὴρ καταθήσεται περιφέρων καὶ χρώμενος
ὥσπερ ἀτρύτοις καὶ ἀψύχοις ἡμῖν; καὶ σίδηρος ἐξέκαμε
πληγαῖς, καὶ θυρεοῦ φειδώ τίς ἐστιν ἐν χρόνῳ τοσούτῳ καὶ
7 θώρακος. οὐδ᾽ ἀπὸ τῶν τραυμάτων ἄρα λογίζεται Καῖσαρ,
ὅτι θνητῶν μὲν ἄρχει, θνητὰ δὲ πεφύκαμεν πάσχειν καὶ
ἀλγεῖν; ὥραν δὲ χειμῶνος καὶ πνεύματος ἐν θαλάττῃ
καιρὸν οὐδὲ θεῷ βιάζεσθαι δυνατόν· ἀλλ᾽ οὗτος παραβάλλεται, καθάπερ οὐ διώκων πολεμίους, ἀλλὰ φεύγων.''
8 τοιαῦτα λέγοντες ἐπορεύοντο σχολαίως εἰς τὸ Βρεντέσιον·

Eletto dittatore dal senato,[149] richiamò gli esuli, ridiede 2
i diritti civili ai figli dei proscritti da Silla, attenuò il gravame dei debitori con la riduzione degli interessi, e mise
mano ad altri provvedimenti del genere,[150]... anche se
non molti; poi nel giro di undici giorni[151] rinunciò a questa carica, nominò console se stesso e Servilio Isaurico,
e si dedicò alla attività militare contro Pompeo. Affret- 3
tando la marcia superò tutto l'esercito e con seicento cavalieri scelti e cinque legioni, in pieno solstizio d'inverno,
e cioè al principio di gennaio (questo mese in Atene corrisponde al Poseideone), si imbarcò[152] e, attraversato lo Io-
nio, prese Orico e Apollonia donde rimandò a Brindisi le 4
navi a prelevare i soldati che erano rimasti indietro nella
marcia. Mentre erano per strada, essi, che erano già avanti 5
negli anni e stanchi per la lunga attività militare, avevano
da ridire contro Cesare: «Dove mai, a che limite quest'uo- 6
mo ci lascerà riposare, egli che ci porta in giro e ci usa
come fossimo oggetti inanimati e insensibili? Anche il ferro
si consuma con i colpi, e in un tempo così lungo si conce-
de del riposo anche allo scudo e alla corazza. Dunque nep- 7
pure dalle ferite Cesare considera che comanda su uomini mortali e che naturalmente possiamo patire e soffrire
soltanto ciò che rimane nell'ambito dell'umano? Neppure un dio può fare violenza alla stagione dell'inverno e al
tempo del vento che spira sul mare: costui invece si espo-
ne al rischio quasi che non stia inseguendo nemici ma stia
fuggendo dinnanzi a loro». Tra queste mormorazioni mar- 8
ciavano di fretta verso Brindisi; quando vi giunsero tro-

[149] La notizia è inesatta in quanto egli era già dittatore in forza di
una legge dell'ottobre precedente, proposta dal pretore M. Lepido. Con-
trariamente alla tradizione egli non nominò un *magister equitum*.
[150] Da ricordare particolarmente la concessione della cittadinanza ai
Transpadani.
[151] Da intendersi: da quando era tornato in Roma, e non da quando
aveva ottenuto la carica.
[152] Il 4 gennaio del 48. Il corrispondente mese ateniese di Poseideone, sesto mese dell'anno ateniese, comprende parte del dicembre e parte
del gennaio romano.

ὡς δ' ἐλθόντες εὗρον ἀνηγμένον τὸν Καίσαρα, ταχὺ πάλιν
αὖ μεταβαλόντες ἐκάκιζον ἑαυτούς, προδότας ἀποκαλοῦντες τοῦ αὐτοκράτορος, ἐκάκιζον δὲ καὶ τοὺς ἡγεμόνας,
9 οὐκ ἐπιταχύναντας τὴν πορείαν. καθήμενοι δ' ἐπὶ τῶν
ἄκρων, πρὸς τὸ πέλαγος καὶ τὴν Ἤπειρον ἀπεσκόπουν τὰς
ναῦς, ἐφ' ὧν ἔμελλον περαιοῦσθαι πρὸς ἐκεῖνον.

38. Ἐν δ' Ἀπολλωνίᾳ Καῖσαρ οὐκ ἔχων ἀξιόμαχον
τὴν μεθ' ἑαυτοῦ δύναμιν, βραδυνούσης δὲ τῆς ἐκεῖθεν
ἀπορούμενος καὶ περιπαθῶν, δεινὸν ἐβούλευσε βούλευμα,
κρύφα πάντων εἰς πλοῖον ἐμβὰς τὸ μέγεθος δωδεκά-
σκαλμον ἀναχθῆναι πρὸς τὸ Βρεντέσιον, τηλικούτοις
στόλοις περιεχομένου τοῦ πελάγους ὑπὸ τῶν πολεμίων.
2 νυκτὸς οὖν ἐσθῆτι θεράποντος ἐπικρυψάμενος ἐνέβη,
καὶ καταβαλὼν ἑαυτὸν ὥς τινα τῶν παρημελημένων
3 ἡσύχαζε. τοῦ δ' Ἀῴου ποταμοῦ τὴν ναῦν ὑποφέροντος εἰς
τὴν θάλασσαν, τὴν μὲν ἑωθινὴν αὖραν, ἣ παρεῖχε τηνικαῦτα περὶ τὰς ἐκβολὰς γαλήνην, ἀπωθοῦσα πόρρω τὸ
κῦμα, πολὺς πνεύσας πελάγιος διὰ νυκτὸς ἀπέσβεσε·
4 πρὸς δὲ τὴν πλημμύραν τῆς θαλάττης καὶ τὴν ἀντίβασιν
τοῦ κλύδωνος ἀγριαίνων ὁ ποταμός, καὶ τραχὺς ἅμα
καὶ κτύπῳ μεγάλῳ καὶ σκληραῖς ἀνακοπτόμενος δίναις,
ἄπορος ἦν βιασθῆναι τῷ κυβερνήτῃ, καὶ μεταβαλεῖν
5 ἐκέλευσε τοὺς ναύτας, ὡς ἀποστρέψων τὸν πλοῦν. αἰσθόμενος δ' ὁ Καῖσαρ ἀναδείκνυσιν ἑαυτόν, καὶ τοῦ κυβερνήτου
λαβόμενος τῆς χειρός, ἐκπεπληγμένου πρὸς τὴν ὄψιν,
„ἴθι" ἔφη „γενναῖε, τόλμα καὶ δέδιθι μηδέν· Καίσαρα
6 φέρεις καὶ τὴν Καίσαρος Τύχην συμπλέουσαν." ⟨εὐθὺς
οὖν ἐπ⟩ελάθοντο τοῦ χειμῶνος οἱ ναῦται, καὶ ταῖς κώπαις
ἐμφύντες ἐβιάζοντο πάσῃ προθυμίᾳ τὸν ποταμόν· ὡς δ'
ἦν ἄπορα, δεξάμενος πολλὴν θάλατταν ἐν τῷ στόματι
καὶ κινδυνεύσας, συνεχώρησε μάλ' ἄκων τῷ κυβερνήτῃ

varono che Cesare era salpato, e subito, mutato atteggiamento, maledicevano se stessi definendosi traditori del loro comandante, e se la prendevano con i loro ufficiali che non avevano affrettato la marcia. Seduti sugli scogli cercavano sul mare, dalla parte dell'Epiro, le navi con le quali sarebbero stati trasportati verso di lui.

38. In Apollonia[153] intanto Cesare, non avendo forze che potessero sostenere una battaglia perché quelle rimaste al di qua dell'Adriatico ritardavano, si trovava in difficoltà e angustie; prese allora una decisione rischiosa, e cioè di imbarcarsi di nascosto su una nave a dodici remi e venire a Brindisi, nonostante il mare fosse presidiato dai nemici con flotte di grossa entità. Si imbarcò dunque di notte, avvolto in una veste da schiavo, e buttatosi in un canto come un uomo qualunque, se ne stava tranquillo. Il fiume Aoo portava la nave verso il mare, ma era caduta la brezza del mattino che in quella stagione produceva, verso la foce, la bonaccia, respingendo lontano le onde del mare: infatti per tutta la notte c'era stato un forte vento dal mare. Il fiume lottava contro la marea montante e l'urto contrario delle onde, e con gran fragore e vortici paurosi era risospinto all'indietro; era impossibile per il nocchiero venirne fuori, e allora ordinò ai marinai di mutar rotta, come se volesse tornare indietro. Cesare se ne accorse e si fece conoscere, e presa la mano del nocchiero, che era sbigottito a quella vista, gli disse: «Va', o generoso, osa e non temere; tu porti Cesare e la Fortuna di Cesare che naviga con lui». E i marinai subito si scordarono della tempesta e, attaccatisi ai remi, con ogni volontà cercavano di far forza contro il fiume; ma era davvero impossibile, perché la nave imbarcava molta acqua e alla foce correva il rischio di affondare; e così Cesare consentì con

[153] Veramente Cesare non poté conquistare la città perché prevenuto da Pompeo, e si stanziò un poco a nord, sulle rive del fiume Apsus, tra Apollonia e Durazzo. Qui egli rimase per più di due mesi, praticamente inattivo.

7 μεταβαλεῖν. ἀνιόντι δ᾽ αὐτῷ κατὰ πλῆθος ἀπήντων οἱ
στρατιῶται, πολλὰ μεμφόμενοι καὶ δυσπαθοῦντες, εἰ μὴ
πέπεισται καὶ σὺν αὐτοῖς μόνοις ἱκανὸς εἶναι νικᾶν, ἀλλ᾽
ἄχθεται καὶ παραβάλλεται διὰ τοὺς ἀπόντας, ὡς ἀπιστῶν
τοῖς παροῦσιν.

39. Ἐκ τούτου κατέπλευσε μὲν Ἀντώνιος, ἀπὸ Βρεντε-
σίου τὰς δυνάμεις ἄγων, θαρρήσας δὲ Καῖσαρ προὐκαλεῖτο Πομπήϊον, ἱδρυμένον ἐν καλῷ καὶ χορηγούμενον
ἔκ τε γῆς καὶ θαλάττης ἀποχρώντως, αὐτὸς ἐν οὐκ
ἀφθόνοις διάγων κατ᾽ ἀρχάς, ὕστερον δὲ καὶ σφόδρα
2 πιεσθεὶς ἀπορίᾳ τῶν ἀναγκαίων, ἀλλὰ ῥίζαν τινὰ κό-
πτοντες οἱ στρατιῶται καὶ γάλακτι φυρῶντες προσ-
εφέροντο, καί ποτε καὶ διαπλάσαντες ἐξ αὐτῆς ἄρτους
καὶ ταῖς προφυλακαῖς τῶν πολεμίων ἐπιδραμόντες ἔβαλ-
λον εἴσω καὶ διερρίπτουν, ἐπιλέγοντες ὡς ἄχρι ἂν
ἡ γῆ τοιαύτας ἐκφέρῃ ῥίζας, οὐ παύσονται πολιορκοῦντες
3 Πομπήϊον. ὁ μέντοι Πομπήϊος οὔτε τοὺς ἄρτους οὔτε
τοὺς λόγους εἴα τούτους ἐκφέρεσθαι πρὸς τὸ πλῆθος·
ἠθύμουν γὰρ οἱ στρατιῶται, τὴν ἀγριότητα καὶ τὴν
ἀπάθειαν τῶν πολεμίων ὥσπερ θηρίων ὀρρωδοῦντες.
4 Ἀεὶ δέ τινες περὶ τοῖς ἐρύμασι τοῖς Πομπηΐου μάχαι σπο-
ράδες ἐγίγνοντο, καὶ περιῆν πάσαις ὁ Καῖσαρ πλὴν μιᾶς, ἐν ᾗ
τροπῆς γενομένης μεγάλης ἐκινδύνευσεν [μὲν] ἀπολέσαι τὸ
5 στρατόπεδον. Πομπηΐου γὰρ προσβαλόντος οὐδεὶς ἔμεινεν,
ἀλλὰ καὶ τάφροι κατεπίμπλαντο κτεινομένων, καὶ περὶ
τοῖς αὐτῶν χαρακώμασι καὶ περιτειχίσμασιν ἔπιπτον
6 ἐλαυνόμενοι προτροπάδην. Καῖσαρ δ᾽ ὑπαντιάζων ἐπειρᾶτο

rammarico al nocchiero di tornare indietro. Gli vennero 7
incontro in massa al ritorno i soldati, che erano molto abbattuti e gli rimproveravano di non aver creduto di poter
vincere anche con loro soli, anzi di essersi preoccupato e
d'aver corso dei rischi per degli assenti, come se non si
fidasse dei presenti.

39. In seguito però giunse Antonio[154] che portava da
Brindisi l'esercito a Cesare, ed egli, ormai fiducioso, pro-
vocava allo scontro Pompeo che era in buona posizione
ed era rifornito in quantità sufficiente dalla terra e dal mare, mentre per parte sua invece egli da principio non nuotava nell'abbondanza, e in seguito fu anche in grosse difficoltà per mancanza del necessario. I soldati comunque 2
tiravano avanti triturando certe radici e mescolandole al
latte, e una volta ne fecero anche dei pani, che buttarono
qua e là entro i presidi dei nemici cui si erano rapidamente avvicinati, aggiungendo che non avrebbero smesso di
assediare Pompeo fino a che la terra produceva di simili
radici. Pompeo dal canto suo non permetteva che alla 3
truppa si parlasse né di questi pani né di questi discorsi,
giacché i soldati erano demoralizzati e temevano l'asprezza
e l'insensibilità dei nemici che apparivano a loro come bestie feroci. Presso le difese di Pompeo si svolgevano sem- 4
pre combattimenti sporadici, e sempre prevaleva Cesare,
fuorché in uno[155] nel quale, verificatasi una grande fuga,
egli corse il rischio di perdere l'accampamento. Infatti ad 5
un assalto di Pompeo nessuno resistette, i fossati si riempivano di cadaveri e molti cacciati in fuga disordinata ca-
devano vicino alla palizzata e al terrapieno. Cesare oppo- 6

[154] Antonio arrivò con le truppe il 27 marzo e sbarcò a Ninfeo presso Lisso, in Dalmazia: portava con sé quattro legioni e 1300 cavalieri;
mandò in un secondo momento parte delle navi a rilevare a Brindisi gli
altri soldati e cavalieri.
[155] Lo scontro cui qui Plutarco allude è quello del 17 luglio, conseguente a una serie di scaramucce sostanzialmente risoltesi in quei mesi
con esiti alterni. Ma questa volta le truppe di Cesare incapparono in una
grossa sconfitta.

μὲν ἀναστρέφειν τοὺς φεύγοντας, ἐπέραινε δ' οὐδέν, ἀλλ'
ἐπιλαμβανομένου τῶν σημείων ἀπερρίπτουν οἱ κομίζοντες,
ὥστε δύο καὶ τριάκοντα λαβεῖν τοὺς πολεμίους, αὐτὸς δὲ
7 παρὰ μικρὸν ἦλθεν ἀποθανεῖν. ἀνδρὶ γὰρ μεγάλῳ καὶ
ῥωμαλέῳ φεύγοντι παρ' αὐτὸν ἐπιβαλὼν τὴν χεῖρα, μένειν
ἐκέλευσε καὶ στρέφεσθαι πρὸς τοὺς πολεμίους· ὁ δὲ μεστὸς
ὢν ταραχῆς παρὰ τὸ δεινόν, ἐπήρατο τὴν μάχαιραν ὡς
καθιξόμενος, φθάνει δ' ὁ τοῦ Καίσαρος ὑπασπιστὴς
8 ἀποκόψας αὐτοῦ τὸν ὦμον. οὕτω δ' ἀπέγνω ⟨τότε⟩ τὰ καθ'
αὑτόν, ὥστ' ἐπεὶ Πομπήϊος ὑπ' εὐλαβείας τινὸς ἢ τύχης
ἔργῳ μεγάλῳ τέλος οὐκ ἐπέθηκεν, ἀλλὰ καθείρξας εἰς τὸν
χάρακα τοὺς φεύγοντας ἀνεχώρησεν, εἶπεν ἄρα πρὸς τοὺς
φίλους ἀπιὼν ὁ Καῖσαρ· ,,σήμερον ἂν ἡ νίκη παρὰ τοῖς
9 πολεμίοις ἦν, εἰ τὸν νικῶντα εἶχον.'' αὐτὸς δὲ παρελθὼν
εἰς τὴν σκηνὴν καὶ κατακλιθείς, νύκτα πασῶν ἐκείνην
ἀνιαροτάτην διήγαγεν ἐν ἀπόροις λογισμοῖς, ὡς κακῶς
ἐστρατηγηκώς, ὅτι καὶ χώρας ἐπικειμένης βαθείας καὶ
πόλεων εὐδαιμόνων τῶν Μακεδονικῶν καὶ Θετταλικῶν,
ἐάσας ἐκεῖ περισπάσαι τὸν πόλεμον ἐνταῦθα καθέζοιτο
πρὸς θαλάττῃ, ναυκρατούντων τῶν πολεμίων πολιορκού-
μενος τοῖς ἀναγκαίοις μᾶλλον ἢ τοῖς ὅπλοις πολιορκῶν.
10 Οὕτω δὴ ῥιπτασθεὶς καὶ ἀδημονήσας πρὸς τὴν ἀπορίαν καὶ χαλεπότητα τῶν παρόντων, ἀνίστη τὸν στρατόν,
11 ἐπὶ Σκιπίωνα προάγειν εἰς Μακεδονίαν ἐγνωκώς· ἢ
γὰρ ἐπισπάσεσθαι Πομπήϊον, ὅπου μαχεῖται μὴ χορ-
ηγούμενος ὁμοίως ἀπὸ τῆς θαλάττης, ἢ περιέσεσθαι
μεμονωμένου Σκιπίωνος.

40. Τοῦτο τὴν Πομπηΐου στρατιὰν ἐπῆρε καὶ τοὺς
περὶ αὐτὸν ἡγεμόνας ὡς ἡττημένου καὶ φεύγοντος ἔχε-

nendosi cercava di mandare indietro chi fuggiva, ma non otteneva risultati, anzi, quando cercava di trattenere le insegne, gli alfieri le buttavano via tanto che i nemici ne conquistarono trentadue e poco mancò che egli morisse. Aveva infatti messo la mano su un uomo grande e robusto che fuggendo gli passava di fianco, e gli impose di fermarsi e di volgersi contro il nemico; quello, sconvolto dinnanzi al pericolo, alzò la spada con l'intenzione di colpire, ma lo scudiero di Cesare lo prevenne colpendolo alla spalla. In quel momento egli disperò della sua condizione al punto che quando Pompeo o per prudenza o per caso non portò a compimento quella grande azione, ma si ritirò dopo aver rinchiuso entro il vallo i fuggenti, venendosene via disse agli amici: «I nemici oggi avrebbero avuto la vittoria se avessero avuto chi sa vincere». Venuto poi alla sua tenda si coricò e passò quella notte, che fu la più opprimente di tutte le sue notti, in pensieri incerti, nella convinzione di aver fatto un errore strategico perché, per quanto ci fosse lì vicino un'ampia regione con le felici città di Macedonia e Tessaglia, non aveva spostato là la guerra, ma rimaneva qui presso il mare dove i nemici avevano il sopravvento, essendo più assediato dalle difficoltà di quanto non assediasse i nemici con le armi. Così agitato e turbato per la mancanza di viveri e la difficoltà della situazione, mosse l'esercito avendo deciso di portarlo in Macedonia contro Scipione;[156] o infatti si sarebbe tirato dietro Pompeo in luoghi ove quello avrebbe combattuto non egualmente rifornito dal mare, o avrebbe sconfitto Scipione se fosse stato lasciato solo.

40. Questo episodio spinse soldati e ufficiali di Pompeo ad inseguire Cesare quasi che fosse ormai vinto e vol-

---

[156] L'esercito di Metello Scipione (vd. *supra* cap. 30) proveniva dalla Siria ed era formato da due legioni oltre che da rinforzi di cavalleria: lo tenevano sotto controllo la legione di C. Cassio Longino e le due di Cn. Domizio Calvino che appunto a tale scopo Cesare aveva colà mandato.

2 σθαι Καίσαρος. αὐτὸς μὲν γὰρ εὐλαβῶς εἶχε Πομπήϊος
ἀναρρῖψαι μάχην περὶ τηλικούτων, καὶ παρεσκευασμένος
ἄριστα πᾶσι πρὸς τὸν χρόνον, ἠξίου τρίβειν καὶ μαραίνειν
3 τὴν τῶν πολεμίων ἀκμήν, βραχεῖαν οὖσαν. τὸ γάρ τοι
μαχιμώτατον τῆς Καίσαρος δυνάμεως ἐμπειρίαν μὲν εἶχε
καὶ τόλμαν ἀνυπόστατον πρὸς τοὺς ἀγῶνας, ἐν δὲ ταῖς
πλάναις καὶ ταῖς στρατοπεδείαις καὶ τειχοφυλακοῦντες
καὶ νυκτεγερτοῦντες ἐξέκαμνον ὑπὸ γήρως, καὶ βαρεῖς
ἦσαν τοῖς σώμασι πρὸς τοὺς πόνους, δι᾽ ἀσθένειαν ἐγκατα-
4 λείποντες τὴν προθυμίαν. τότε δὲ καί τι νόσημα λοιμῶδες
ἐλέχθη, τὴν ἀτοπίαν τῆς διαίτης ποιησάμενον ἀρχήν, ἐν
τῇ στρατιᾷ περιφέρεσθαι τῇ Καίσαρος, καὶ τὸ μέγιστον,
οὔτε χρήμασιν ἐρρωμένος οὔτε τροφῆς εὐπορῶν, χρόνου
βραχέος ἐδόκει περὶ αὑτῷ καταλυθήσεσθαι.

41. Διὰ ταῦτα Πομπήϊον μάχεσθαι μὴ βουλόμενον μόνος
ἐπῄνει Κάτων φειδοῖ τῶν πολιτῶν· ὅς γε καὶ τοὺς πεσόν-
τας ἐν τῇ μάχῃ τῶν πολεμίων εἰς χιλίους τὸ πλῆθος
γενομένους ἰδών, ἀπῆλθεν ἐγκαλυψάμενος καὶ καταδα-
2 κρύσας. οἱ δ᾽ ἄλλοι πάντες ἐκάκιζον τὸν Πομπήϊον
φυγομαχοῦντα καὶ παρώξυνον, Ἀγαμέμνονα καὶ βασιλέα
βασιλέων ἀποκαλοῦντες, ὡς δὴ μὴ βουλόμενον ἀποθέσθαι
τὴν μοναρχίαν, ἀλλ᾽ ἀγαλλόμενον ἡγεμόνων τοσούτων
3 ἐξηρτημένων αὐτοῦ καὶ φοιτώντων ἐπὶ σκηνήν. Φαώνιος
δὲ τὴν Κάτωνος παρρησίαν ὑποποιούμενος μανικῶς,
ἐσχετλίαζεν εἰ μηδὲ τῆτες ἔσται τῶν περὶ Τουσκλάνον
4 ἀπολαῦσαι σύκων διὰ τὴν Πομπηΐου φιλαρχίαν. Ἀφράνιος
δὲ (νεωστὶ γὰρ ἐξ Ἰβηρίας ἀφῖκτο κακῶς στρατηγήσας)
διαβαλλόμενος ἐπὶ χρήμασι προδοῦναι τὸν στρατόν,
ἠρώτα διὰ τί πρὸς τὸν ἔμπορον οὐ μάχονται τὸν ἐωνημένον
5 παρ᾽ αὐτοῦ τὰς ἐπαρχίας. ἐκ τούτων ἁπάντων συνελαυνόμενος ἄκων εἰς μάχην ὁ Πομπήϊος ἐχώρει τὸν Καίσαρα
6 διώκων.

Ὁ δὲ τὴν μὲν ἄλλην πορείαν χαλεπῶς ἤνυσεν, οὐδενὸς

to in fuga. Pompeo, infatti, andava cauto ad esporsi ad 2
una battaglia che comportava un rischio tanto alto, e dato che era ottimamente pronto sotto ogni punto di vista
per vincere alla distanza, riteneva opportuno logorare e
fiaccare la forza dei nemici che già era ridotta. Infatti è 3
certo che i più bellicosi soldati di Cesare avevano esperienza e irresistibile coraggio negli scontri, ma nelle marce di trasferimento, e quando si trattava di porre il campo e di presidiare le mura e di vegliare la notte erano fiacchi perché anziani, fisicamente appesantiti di fronte alle
fatiche, e perdevano per debolezza il coraggio. Si diffuse 4
in quel tempo la voce che divampasse nel campo di Cesare una pestilenza originata dalla irregolarità del vitto, e,
quel che contava di più, che Cesare non avendo né denaro né agio di provviste si sarebbe in breve tempo rovinato
da solo.

41. Per questi motivi Pompeo non voleva combattere;
il solo Catone lo appoggiava perché voleva che si rispar-
miassero delle vite; egli infatti, quando aveva visto dei nemici che erano caduti in battaglia (circa mille), s'era co-
perto il capo e si era allontanato piangendo. Ma tutti gli 2
altri sparlavano di Pompeo che voleva evitare la battaglia,
e lo pungevano sul vivo definendolo Agamennone e re dei
re, quasi che non volesse deporre il potere assoluto ma
andasse orgoglioso di tanti comandanti che dipendevano
da lui e andavano di frequente alla sua tenda. Favonio, 3
che dissennatamente cercava di imitare la franchezza di
Catone, lamentava che neppure quell'anno avrebbe potuto assaporare i fichi di Tusculo per l'ambizione di Pompeo; Afranio (era da poco arrivato dalla Spagna ove era 4
stato sconfitto), accusato di aver venduto l'esercito per danaro, chiedeva perché non combattevano contro quel mer-
cante che aveva comperato da lui le province. Sospinto 5
da tutti costoro, contro voglia, Pompeo scendeva in campo ponendosi all'inseguimento di Cesare. Questi intanto 6
compì la prima parte della marcia a fatica, dato che nes-

παρέχοντος ἀγοράν, ἀλλὰ πάντων καταφρονούντων διὰ
7 τὴν ἔναγχος ἧτταν· ὡς δ' εἷλε Γόμφους Θεσσαλικὴν πόλιν,
οὐ μόνον ἔθρεψε τὴν στρατιάν, ἀλλὰ καὶ τοῦ νοσήματος
8 ἀπήλλαξε παραλόγως. ἀφθόνῳ γὰρ ἐνέτυχον οἴνῳ, καὶ
πιόντες ἀνέδην, εἶτα χρώμενοι κώμοις καὶ βακχεύοντες
ἀνὰ τὴν ὁδὸν ἐκ μέθης, διεκρούσαντο καὶ παρήλλαξαν τὸ
πάθος, εἰς ἕξιν ἑτέραν τοῖς σώμασι μεταπεσόντες.

42. Ὡς δ' εἰς τὴν Φαρσαλίαν ἐμβαλόντες ἀμφότεροι
κατεστρατοπέδευσαν, ὁ μὲν Πομπήϊος αὖθις εἰς τὸν
ἀρχαῖον ἀνεκρούετο λογισμὸν τὴν γνώμην, ἔτι καὶ φασμά-
των οὐκ αἰσίων προσγενομένων καὶ καθ' ὕπνον ὄψεως·
ἐδόκει γὰρ ἑαυτὸν ὁρᾶν ἐν τῷ θεάτρῳ κροτούμενον ὑπὸ
2 Ῥωμαίων. οἱ δὲ περὶ αὐτὸν οὕτω θρασεῖς ἦσαν καὶ τὸ
νίκημα ταῖς ἐλπίσι προειληφότες, ὥστε φιλονικεῖν ὑπὲρ
τῆς Καίσαρος ἀρχιερωσύνης Δομίτιον καὶ Σπινθῆρα καὶ
Σκιπίωνα διαμιλλωμένους ἀλλήλοις, πέμπειν δὲ πολλοὺς εἰς Ῥώμην, μισθουμένους καὶ προκαταλαμβάνοντας
οἰκίας ὑπατεύουσι καὶ στρατηγοῦσιν ἐπιτηδείους, ὡς
3 εὐθὺς ἄρξοντες μετὰ τὸν πόλεμον. μάλιστα δ' ἐσφάδαζον
οἱ ἱππεῖς ἐπὶ τὴν μάχην, ἠσκημένοι περιττῶς ὅπλων
λαμπρότησι καὶ τροφαῖς ἵππων καὶ κάλλεσι σωμάτων,
μέγα φρονοῦντες καὶ διὰ τὸ πλῆθος, ἑπτακισχίλιοι πρὸς
4 χιλίους τοὺς Καίσαρος ὄντες. ἦν δὲ καὶ τὸ τῶν πεζῶν
πλῆθος οὐκ ἀγχώμαλον, ἀλλὰ τετρακισμύριοι καὶ πεντα-
κισχίλιοι παρετάττοντο δισμυρίοις καὶ δισχιλίοις.

43. Ὁ δὲ Καῖσαρ τοὺς στρατιώτας συναγαγών, καὶ
προειπὼν ὡς δύο μὲν αὐτῷ τάγματα Κορνιφίκιος ἄγων
ἐγγύς ἐστιν, ἄλλαι δὲ πεντεκαίδεκα σπεῖραι μετὰ Καλη-
νοῦ κάθηνται περὶ Μέγαρα καὶ Ἀθήνας, ἠρώτησεν εἴτε

---

157 Dopo la sconfitta di Durazzo Cesare si era ritirato, inseguito dalla
cavalleria di Pompeo, e attraverso l'Epiro e l'Atamania era giunto, il
31 luglio, a Gonfi.
158 Dopo aver conquistato Gonfi, Cesare giunse nella piana di Farsalo il 3 agosto e lì attese Pompeo, il quale lo avéva inseguito da Durazzo ma passando per altra strada, e cioè per la via Egnatia, era giunto
a Larissa verso la fine di luglio e di lì si era spostato nella valle dell'Eni-

suno gli forniva rifornimenti e anzi tutti lo beffeggiavano
per la precedente sconfitta; ma quando prese Gonfi, città 7
della Tessaglia,[157] non solo poté nutrire l'esercito, ma anche lo liberò dalla pestilenza in modo abbastanza paradossale. Avevano infatti trovato del vino in gran quanti- 8
tà, ne bevvero a dismisura, poi gavazzando e folleggian-
do lungo la strada perché ubriachi, si liberarono di quel
male e i loro corpi si trovarono in una condizione diversa.

42. Quando, direttisi ambedue a Farsalo,[158] vi ebbero
posto il campo, Pompeo di nuovo rivolse il pensiero al
suo vecchio disegno, anche perché gli si erano presentati
presagi non favorevoli oltre a una visione notturna: gli
sembrava infatti di vedersi applaudito in teatro dai Romani. Ma chi gli stava attorno era così fiducioso nelle sue 2
speranze, così sicuro della vittoria che, tra loro discuten-
do, Domizio e Spintere e Scipione si disputavano il ponti-
ficato massimo di Cesare, e molti mandarono loro incaricati a Roma a prenotare e comperare case adatte a consoli e pretori, convinti che dopo la guerra avrebbero rivesti-
to quelle cariche.[159] Ma soprattutto i cavalieri smaniava- 3
no per venire allo scontro, essi che erano preparati molto
bene, imponenti nel fisico, con armi splendide e cavalli
ben nutriti; andavano superbi anche del loro numero, giacché erano settemila contro i mille di Cesare. Anche il nu- 4
mero dei fanti non era equilibrato: quarantacinquemila
da una parte contro ventiduemila dall'altra.

43. Cesare allora raccolse i soldati e dopo averli avvisa-
ti che si stavano avvicinando le due legioni di Cornificio[160] mentre altre quindici coorti agli ordini di Caleno
erano accampate tra Megara e Atene,[161] chiese se voleva-

peo, ponendo il campo a trenta stadi (circa 6 km.) da quello di Cesare.
[159] Il fatto è ricordato da Cesare nel *de bello civ.* 3, 82-83. Per Domizio e Lentulo Spintere vd. *supra* cap. 34; per Metello cap. 30.
[160] Q. Cornificio, questore con *imperium* di propretore, era stato
mandato con due legioni nell'Illirico e lì si trovava ancora dopo la battaglia di Farsalo.
[161] Q. Fufio Caleno si trovava in Acaia con una legione e mezza. Nessuna legione venne per la battaglia; era evidentemente un artificio cui
ricorse Cesare per eccitare i suoi soldati.

βούλονται περιμένειν ἐκείνους, εἶτ᾽ αὐτοὶ διακινδυνεῦσαι
2 καθ᾽ ἑαυτούς. οἱ δ᾽ ἀνεβόησαν δεόμενοι μὴ περιμένειν,
ἀλλὰ μᾶλλον ὅπως τάχιστα συνίασιν εἰς χεῖρας τοῖς
3 πολεμίοις τεχνάζεσθαι καὶ στρατηγεῖν. ποιουμένῳ δὲ
καθαρμὸν αὐτῷ τῆς δυνάμεως καὶ θύσαντι τὸ πρῶτον
ἱερεῖον εὐθὺς ὁ μάντις ἔφραζε, τριῶν ἡμερῶν μάχῃ κριθή-
4 σεσθαι πρὸς τοὺς πολεμίους. ἐρομένου δὲ τοῦ Καίσαρος,
εἰ καὶ περὶ τοῦ τέλους ἐνορᾷ τι τοῖς ἱεροῖς εὔσημον,
„αὐτὸς ἄν“ ἔφη „σὺ τοῦτο βέλτιον ὑποκρίναιο σαυτῷ·
μεγάλην γὰρ οἱ θεοὶ μεταβολὴν καὶ μετάπτωσιν ἐπὶ τὰ
ἐναντία τῶν καθεστώτων δηλοῦσιν, ὥστ᾽ εἰ μὲν εὖ
πράττειν ἡγῇ σεαυτὸν ἐπὶ τῷ παρόντι, τὴν χείρονα προσ-
5 δόκα τύχην· εἰ δὲ κακῶς, τὴν ἀμείνονα.“ τῇ δὲ πρὸ τῆς
μάχης νυκτὶ τὰς φυλακὰς ἐφοδεύοντος αὐτοῦ περὶ τὸ
μεσονύκτιον, ὤφθη λαμπὰς οὐρανίου πυρός, ἣν ὑπερενε-
χθεῖσαν τὸ Καίσαρος στρατόπεδον λαμπρὰν καὶ φλογώδη
6 γενομένην ἔδοξεν εἰς τὸ Πομπηίου καταπεσεῖν. ἑωθινῆς δὲ
φυλακῆς καὶ πανικὸν τάραχον ᾔσθοντο γιγνόμενον παρὰ
7 τοῖς πολεμίοις. οὐ μὴν μαχεῖσθαί γε κατ᾽ ἐκείνην προσεδόκα τὴν ἡμέραν, ἀλλ᾽ ὡς ἐπὶ Σκοτούσσης ὁδεύσων
ἀνεζεύγνυεν.

44. Ἐπεὶ δὲ τῶν σκηνῶν ἤδη καταλελυμένων οἱ σκοποὶ
προσίππευσαν αὐτῷ, τοὺς πολεμίους ἐπὶ μάχῃ καταβαίνειν
ἀπαγγέλλοντες, περιχαρὴς γενόμενος καὶ προσευξάμενος
τοῖς θεοῖς, παρέταττε τὴν φάλαγγα, τὴν τάξιν τριπλῆν
2 ποιῶν. καὶ τοῖς μὲν μέσοις ἐπέστησε Καλβῖνον Δομίτιον,

no attenderli o affrontare la battaglia da soli. Essi allora 2
levarono alte grida pregando di non attendere, ma di fare
in modo, inventando qualche stratagemma, di venire a battaglia al più presto con i nemici. E mentre egli faceva la 3
purificazione dell'esercito e sacrificava la prima vittima,[162] subito l'indovino disse che nel giro di tre giorni vi
sarebbe stato uno scontro risolutivo con i nemici. Cesare 4
chiese se vedeva in quelle vittime qualche buon segno anche per il risultato, e l'aruspice: «Potresti tu stesso rispondere meglio di me» disse; «gli dei infatti indicano una grossa modificazione, anzi uno stravolgimento della condizione attuale, cosicché se tu ritieni di star bene attualmente,
aspettati una situazione peggiore; e così all'opposto». La 5
notte precedente la battaglia, mentre verso mezzanotte
controllava i posti di guardia, fu vista una massa di fuoco nel cielo che passò luminosa e fiammeggiante sul campo di Cesare e parve cadere nel campo di Pompeo. Nel 6
turno del mattino ci si accorse del diffondersi presso i nemici di un grande timor panico. Tuttavia Cesare non s'a- 7
spettava la battaglia per quel giorno,[163] anzi tolse il campo per andare verso Scotussa.[164]

44. Ed ecco che quando ormai le tende erano state
tolte[165] vennero a lui di gran carriera gli esploratori a riferire che i nemici scendevano in campo; ne fu particolarmente lieto, e, fatte preghiere agli dei, dispose l'esercito
su tre file.[166] A quella centrale mise a capo Domizio Cal- 2

---

[162] Nessuna azione civile o militare iniziava senza un atto di propi-
ziazione o un atto divinatorio.
[163] Tutti i calendari antichi, concordemente, danno il 9 agosto del 48.
[164] Località a nord-est di Farsalo.
[165] Si seguiva normalmente questa procedura: ad un primo segnale
di tromba si toglievano le tende; al secondo si caricavano i giumenti,
e al terzo l'esercito si metteva in marcia.
[166] Nella piana dell'Enipeo, sulla riva sinistra del fiume.

τῶν δὲ κεράτων τὸ μὲν εἶχεν Ἀντώνιος, αὐτὸς δὲ τὸ δεξιόν,
3 ἐν τῷ δεκάτῳ τάγματι μέλλων μάχεσθαι. κατὰ τοῦτο δὲ
τοὺς τῶν πολεμίων ἱππεῖς ἀντιταττομένους ὁρῶν, καὶ
δεδοικὼς τὴν λαμπρότητα καὶ τὸ πλῆθος αὐτῶν, ἀπὸ τῆς
ἐσχάτης τάξεως ἀδήλως ἐκέλευσε περιελθεῖν πρὸς ἑαυτὸν
ἓξ σπείρας καὶ κατόπιν ἔστησε τοῦ δεξιοῦ, διδάξας ἃ χρὴ
ποιεῖν ὅταν οἱ τῶν πολεμίων ἱππεῖς προσφέρωνται.
4 Πομπήϊος δὲ τὸ μὲν αὐτὸς εἶχε τῶν κεράτων, τὸ δ᾽
εὐώνυμον Δομίτιος, τοῦ δὲ μέσου Σκιπίων ἦρχεν ὁ
5 πενθερός. οἱ δ᾽ ἱππεῖς ἅπαντες ἐπὶ τὸ ἀριστερὸν ἔρρισαν,
ὡς τὸ δεξιὸν κυκλωσόμενοι τῶν πολεμίων καὶ λαμπρὰν
6 περὶ αὐτὸν τὸν ἡγεμόνα ποιησόμενοι τροπήν· οὐδὲν γὰρ
ἀνθέξειν βάθος ὁπλιτικῆς φάλαγγος, ἀλλὰ συντρίψεσθαι
καὶ καταρράξεσθαι πάντα τοῖς ἐναντίοις ἐπιβολῆς ἅμα
τοσούτων ἱππέων γενομένης.
7 Ἐπεὶ δὲ σημαίνειν ἔμελλον ἀμφότεροι τὴν ἔφοδον,
Πομπήϊος μὲν ἐκέλευσε τοὺς ὁπλίτας ἑστῶτας ἐν προ-
βολῇ καὶ μένοντας ἀραρότως δέχεσθαι τὴν ἐπιδρομὴν τῶν
8 πολεμίων, μέχρι ἂν ὑσσοῦ βολῆς ἐντὸς γένωνται. Καῖσαρ δὲ
καὶ περὶ τοῦτο διαμαρτεῖν φησιν αὐτόν (b. c. 3, 92, 4. 5),
ἀγνοήσαντα τὴν μετὰ δρόμου καὶ φορᾶς ἐν ἀρχῇ γινομένην
σύρραξιν, ὡς ἔν τε ταῖς πληγαῖς βίαν προστίθησι, καὶ
συνεκκαίει τὸν θυμὸν ἐκ ⟨τοῦ ἀ⟩παντᾶν ἀναρριπιζόμενον.
9 Αὐτὸς δὲ κινεῖν τὴν φάλαγγα μέλλων καὶ προϊὼν ἐπ᾽
ἔργον ἤδη, πρῶτον ὁρᾷ τῶν ταξιάρχων ἄνδρα πιστὸν

vino,[167] alla sinistra Antonio, mentre egli stesso con la decima legione si pose all'ala destra. Quando vide che da questa parte erano schierati di fronte a lui i cavalieri nemici,[168] temendone il numero e l'efficienza, ordinò che senza dar nell'occhio sei coorti venissero a lui movendo dall'ultima fila e le collocò dietro l'ala destra, dopo aver loro spiegato cosa dovevano fare quando i cavalieri nemici fossero venuti all'assalto. Guidava l'ala destra Pompeo,[169] al centro stava suo suocero Scipione e alla sinistra Domizio. Tutti i cavalieri intanto si ammucchiavano alla sinistra, con l'intento di circondare l'ala destra dei nemici e provocare una marcata fuga proprio dove era il comandante: infatti non avrebbe resistito uno schieramento anche profondo di fanteria, ma essendoci contemporaneamente l'assalto di tanti cavalieri, presso gli avversari tutto si sarebbe scompigliato e spezzato. Quando da ambo le parti si stava per dare il segnale di battaglia, Pompeo ordinò ai fanti di stare in posizione e, saldamente piantati sui piedi, ricevere l'assalto dei nemici finché fossero giunti a tiro di giavellotto.[170] Cesare dice che anche in questo egli sbagliò, ignorando che quell'urto che si accompagna alla corsa e allo slancio al principio di una battaglia, come aggiunge violenza ai colpi, così infiamma l'ardore ravvivato dallo scontrarsi.

Accingendosi a muovere l'esercito e disponendosi ormai all'azione, Cesare vide un centurione primipilo, uo-

3

4

5

6

7

8

9

---

[167] Cn. Domizio Calvino era stato console nel 53.
[168] Essi erano comandati dall'antico luogotenente di Cesare, cioè T. Labieno.
[169] La notizia è errata. Cesare stesso assicura che Pompeo stava con Domizio Enobarbo all'ala sinistra, proprio di fronte a Cesare. L'ala destra era invece comandata da L. Cornelio Lentulo Crure, console del 49 o da P. Cornelio Lentulo Spintere, console nel 57.
[170] Cesare (de bello civ. 3, 92) assicura che questo fu un consiglio di C. Valerio Triario che intendeva in tal modo costringere a una più lunga corsa i soldati di Cesare e farli giungere spossati al contatto con i Pompeiani. Ma i Cesariani trovarono automaticamente la contromisura.

αὐτῷ καὶ πολέμων ἔμπειρον, ἐπιθαρσύνοντα τοὺς ὑφ᾽
10 αὐτῷ καὶ προκαλούμενον εἰς ἅμιλλαν ἀλκῆς. τοῦτον
ὀνομαστὶ προσαγορεύσας, „τί ἐλπίζομεν“ εἶπεν „ὦ Γάϊε
Κρασσίνιε, καὶ πῶς [τι] θάρσους ἔχομεν;“ ὁ δὲ Κρασσί-
νιος ἐκτείνας τὴν δεξιὰν καὶ μέγα βοήσας, „νικήσομεν“
ἔφη „λαμπρῶς ὦ Καῖσαρ· ἐμὲ δ᾽ ἢ ζῶντα τήμερον ἢ
11 τεθνηκότα ἐπαινέσεις.“ ταῦτ᾽ εἰπὼν πρῶτος ἐμβάλλει τοῖς
πολεμίοις δρόμῳ, συνεπισπασάμενος τοὺς περὶ ἑαυτὸν
12 ἑκατὸν καὶ εἴκοσι στρατιώτας. διακόψας δὲ τοὺς πρώτους, καὶ πρόσω χωρῶν φόνῳ πολλῷ καὶ βιαζόμενος
ἀνακόπτεται ξίφει πληγεὶς διὰ τοῦ στόματος, ὥστε καὶ
τὴν ἀκμὴν ὑπὲρ τὸ ἰνίον ἀνασχεῖν.

45. Οὕτω δὲ τῶν πεζῶν κατὰ τὸ μέσον συρραγέντων
καὶ μαχομένων, ἀπὸ τοῦ κέρατος οἱ ἱππεῖς τοῦ Πομπηΐου
σοβαρῶς ἐπήλαυνον, εἰς κύκλωσιν τοῦ δεξιοῦ τὰς ἴλας
2 ἀναχεόμενοι· καὶ πρὶν ἢ προσβαλεῖν αὐτούς, ἐκτρέχουσιν
αἱ σπεῖραι παρὰ Καίσαρος, οὐχ ὥσπερ εἰώθεσαν ἀκοντί-
σμασι χρώμενοι τοῖς ὑσσοῖς, οὐδὲ μηροὺς παίοντες ἐκ
χειρὸς ἢ κνήμας τῶν πολεμίων, ἀλλὰ τῶν ὄψεων ἐφιέμενοι
καὶ τὰ πρόσωπα συντιτρώσκοντες, ὑπὸ Καίσαρος δεδι-
3 δαγμένοι τοῦτο ποιεῖν, ἐλπίζοντος ἄνδρας οὐ πολλὰ πολέμοις οὐδὲ τραύμασιν ὡμιληκότας, νέους δὲ καὶ κομῶντας
ἐπὶ κάλλει καὶ ὥρᾳ, μάλιστα τὰς τοιαύτας πληγὰς ὑπ-
όψεσθαι καὶ μὴ μενεῖν, τὸν ἐν τῷ παρόντι κίνδυνον ἅμα
4 καὶ τὴν αὖθις αἰσχύνην δεδοικότας. ὃ δὴ καὶ συνέβαινεν·
οὐ γὰρ ἠνείχοντο τῶν ὑσσῶν ἀναφερομένων, οὐδ᾽ ἐτόλμων
ἐν ὀφθαλμοῖς τὸν σίδηρον ὁρῶντες, ἀλλ᾽ ἀπεστρέφοντο
5 καὶ συνεκαλύπτοντο, φειδόμενοι τῶν προσώπων· καὶ
τέλος οὕτως ταράξαντες ἑαυτοὺς ἐτράποντο φεύγειν,
6 αἴσχιστα λυμηνάμενοι τὸ σύμπαν. εὐθὺς γὰρ οἱ μὲν
νενικηκότες τούτους ἐκυκλοῦντο τοὺς πεζοὺς καὶ κατὰ
7 νώτου προσπίπτοντες ἔκοπτον. Πομπήϊος δ᾽ ὡς κατεῖδεν
ἀπὸ θατέρου τοὺς ἱππεῖς φυγῇ σκεδασθέντας, οὐκέτ᾽
ἦν ὁ αὐτὸς οὐδ᾽ ἐμέμνητο Πομπήϊος ὢν Μᾶγνος, ἀλλ᾽
ὑπὸ θεοῦ μάλιστα βλαπτομένῳ τὴν γνώμην ἐοικὼς [ἢ

mo a lui fidato ed esperto di guerra, che incoraggiava i
suoi soldati e li invitava a gareggiare in valore. Chiaman- 10
dolo per nome gli disse: «O Gaio Crassinio, che cosa si
spera? e come stiamo a coraggio?». Crassinio protenden-
do la destra, a gran voce: «Sarà una splendida vittoria»
disse «o Cesare; di me poi, vivo o morto, oggi dirai bene». Detto questo si slancia per primo di corsa contro i 11
nemici trascinando con sé i suoi centoventi soldati. Tra- 12
volti i primi nemici, procede di slancio aprendosi un var-
co con forza e facendo gran strage, ma crolla per un colpo di spada infertogli in bocca: la punta dell'arma gli fuoruscì dalla nuca.

45. Lo scontro delle fanterie avvenne dunque al centro,
e mentre continuava la battaglia, alla sinistra, i cavalieri
di Pompeo si muovevano con impeto spiegando gli squadroni per accerchiare l'ala destra dei Cesariani; ma prima 2
che si lanciassero all'assalto, ecco che corrono fuori le
coorti di Cesare, non però servendosi, come erano solite,
dei giavellotti da lanciare da lontano, né cercando di colpire da vicino la coscia o il polpaccio dei nemici, ma mi-
rando agli occhi e cercando di colpire il volto, per ordine 3
di Cesare che riteneva che uomini senza tanta esperienza
di guerra o di ferite, giovani, fieri della loro bellezza e giovinezza, avrebbero avuto paura soprattutto di questi colpi e non avrebbero resistito, atterriti dal pericolo presente oltre che dalla prospettiva di uno sfregio permanente.
Accadde proprio così: essi infatti non resistevano di fronte 4
alle lance puntate in alto, né tolleravano di vedere dinnanzi ai loro occhi il ferro, ma si voltavano e si coprivano
la testa per proteggere il volto; alla fine in gran confusio- 5
ne si volsero in fuga producendo vergognosamente una
rovina generale. Subito infatti i vincitori accerchiarono i 6
fanti e assalendoli alle spalle li fecero a pezzi. Quando dal- 7
l'altra parte Pompeo vide i cavalieri sparsi in fuga, non
fu più in sé, né si ricordò di essere Pompeo Magno, ma
simile ad uno colpito nella mente da un dio, si ritirò in

διὰ θείας ἥττης τεθαμβημένος], ἄφθογγος ᾤχετ᾽ ἀπιὼν
ἐπὶ σκηνήν, καὶ καθεζόμενος ἐκαραδόκει τὸ μέλλον, ἄχρι
οὗ τροπῆς ἁπάντων γενομένης ἐπέβαινον οἱ πολέμιοι τοῦ
8 χάρακος καὶ διεμάχοντο πρὸς τοὺς φυλάττοντας. τότε
δ᾽ ὥσπερ ἔννους γενόμενος, καὶ ταύτην μόνην ὥς φασι
φωνὴν ἀφεὶς „οὐκοῦν καὶ ἐπὶ τὴν παρεμβολήν;" ἀπεδύ-
σατο μὲν τὴν ἐναγώνιον καὶ στρατηγικὴν ἐσθῆτα, φεύ-
9 γοντι δὲ πρέπουσαν μεταλαβὼν ὑπεξῆλθεν. ἀλλ᾽ οὗτος
μὲν οἵαις ὕστερον χρησάμενος τύχαις, ὅπως τε παραδοὺς
ἑαυτὸν τοῖς Αἰγυπτίοις ἀνδράσιν ἀνῃρέθη, δηλοῦμεν ἐν
τοῖς περὶ ἐκείνου γράμμασιν (c. 73 sqq.).

46. Ὁ δὲ Καῖσαρ ὡς ἐν τῷ χάρακι τοῦ Πομπηίου
γενόμενος τούς τε κειμένους νεκροὺς ἤδη τῶν πολεμίων
εἶδε καὶ τοὺς ἔτι κτεινομένους, εἶπεν ἄρα στενάξας·
„τοῦτ᾽ ἐβουλήθησαν, εἰς τοῦτό μ᾽ ἀνάγκης ὑπηγάγοντο,
ἵνα Γάιος Καῖσαρ ὁ μεγίστους πολέμους κατορθώσας, εἰ
προηκάμην τὰ στρατεύματα, κἂν κατεδικάσθην." ταῦτά
2 φησι Πολλίων Ἀσίνιος (HRR II 68) τὰ ῥήματα Ῥωμαϊστὶ
μὲν ἀναφθέγξασθαι τὸν Καίσαρα παρὰ τὸν τότε καιρόν,
3 Ἑλληνιστὶ δ᾽ ὑφ᾽ αὑτοῦ γεγράφθαι· τῶν δ᾽ ἀποθανόντων
τοὺς πλείστους οἰκέτας γενέσθαι, περὶ τὴν κατάληψιν τοῦ
χάρακος ἀναιρεθέντας, στρατιώτας δὲ μὴ πλείους ἑξακισ-
4 χιλίων πεσεῖν. τῶν δὲ ζώντων ἁλόντων κατέμειξε τοὺς
πλείστους ὁ Καῖσαρ εἰς ⟨τὰ ἑαυτοῦ⟩ τάγματα· πολλοῖς
δὲ καὶ τῶν ἐπιφανῶν ἄδειαν ἔδωκεν, ὧν καὶ Βροῦτος ἦν ὁ
κτείνας αὐτὸν ὕστερον, ἐφ᾽ ᾧ λέγεται μὴ φαινομένῳ μὲν
ἀγωνιᾶσαι, σωθέντος δὲ καὶ παραγενομένου πρὸς αὐτὸν
ἡσθῆναι διαφερόντως.

47. Σημείων δὲ πολλῶν γενομένων τῆς νίκης ἐπιφανέ-

silenzio nella tenda e aspettava, lì seduto, lo svolgersi degli avvenimenti, fino a che, verificatasi la rotta generale, i nemici assalirono il vallo e combatterono contro i difensori. Allora, come se rientrasse in sé, e, a quanto dicono, con questa sola frase: «Ma dunque, anche nel campo?», si tolse la veste ufficiale da comandante, ne indossò una più adatta alla fuga, e se ne andò di nascosto.[171] **8**

Quale sia stata la sua vicenda ulteriore, come fu ucciso **9** dopo che si consegnò agli Egiziani, lo narrerò nella sua biografia.

46. Quando Cesare entrò nel campo di Pompeo e vide a terra dei nemici già morti, e altri che venivano uccisi, gemendo disse: «Lo hanno voluto, e mi hanno portato a questa necessità: se avessi congedato l'esercito, sarei stato addirittura condannato io, Giulio Cesare, che ho vinto guerre grandissime». Asinio Pollione dice che in questa **2** occasione Cesare pronunciò queste parole in latino, mentre egli le ha trascritte in greco; aggiunge che la maggior **3** parte dei morti erano servi, uccisi al momento della conquista del campo, e che dei soldati non ne caddero più di seimila.[172] Cesare inserì poi nelle sue legioni la maggior **4** parte dei prigionieri; concesse il perdono a molti, anche molto in vista; tra costoro ci fu quel Bruto che poi lo uccise,[173] a proposito del quale si dice che Cesare era in angustie perché non compariva, e che dimostrò poi in modo evidente la sua gioia quando, sano e salvo, gli comparve davanti.

47. Tra i molti prodigi che annunziarono la vittoria, il

[171] Si mosse per la via che porta a Larissa accompagnato da pochi soldati: secondo Appiano, l'autore delle *Guerre Civili*, soltanto quattro.
[172] Ma Cesare (*de bello civ.* 3, 94) afferma che i morti furono quindicimila, ventiquattromila i prigionieri e inoltre furono catturate 180 insegne e nove aquile.
[173] M. Giunio Bruto, figlio della sorellastra di Catone Servilia, fu più tardi governatore della Cisalpina nel 46 e pretore urbano nel 44: divenne l'anima della congiura anticesariana.

2 στατον ἱστορεῖται τὸ περὶ Τράλλεις. ἐν γὰρ ἱερῷ Νίκης
ἀνδριὰς εἱστήκει Καίσαρος, καὶ τὸ περὶ αὐτῷ χωρίον
αὐτό τε στερεὸν φύσει καὶ λίθῳ σκληρῷ κατεστρωμένον
ἦν ἄνωθεν· ἐκ τούτου λέγουσιν ἀνατεῖλαι φοίνικα παρὰ
3 τὴν βάσιν τοῦ ἀνδριάντος. ἐν δὲ Παταβίῳ Γάιος Κορνήλιος,
ἀνὴρ εὐδόκιμος ἐπὶ μαντικῇ, Λιβίου τοῦ συγγραφέως
πολίτης καὶ γνώριμος, ἐτύγχανεν ἐπ᾽ οἰωνοῖς καθήμενος
4 ἐκείνην τὴν ἡμέραν. καὶ πρῶτον μέν, ὡς Λίβιός φησι,
τὸν καιρὸν ἔγνω τῆς μάχης, καὶ πρὸς τοὺς παρόντας
εἶπεν ὅτι καὶ δὴ περαίνεται τὸ χρῆμα καὶ συνίασιν εἰς
5 ἔργον οἱ ἄνδρες. αὖθις δὲ πρὸς τῇ θέᾳ γενόμενος καὶ τὰ
σημεῖα κατιδών, ἀνήλατο μετ᾽ ἐνθουσιασμοῦ βοῶν·
6 „νικᾷς ὦ Καῖσαρ.'' ἐκπλαγέντων δὲ τῶν παρατυχόντων,
περιελὼν τὸν στέφανον ἀπὸ τῆς κεφαλῆς ἐνώμοτος ἔφη
μὴ πρὶν ἐπιθήσεσθαι πάλιν, ἢ τῇ τέχνῃ μαρτυρῆσαι τὸ
ἔργον. ταῦτα μὲν οὖν ὁ Λίβιος οὕτως γενέσθαι κατα-
βεβαιοῦται.

48. Καῖσαρ δὲ τῷ Θετταλῶν ἔθνει τὴν ἐλευθερίαν
ἀναθεὶς νικητήριον, ἐδίωκε Πομπήιον· ἁψάμενος δὲ τῆς
Ἀσίας, Κνιδίους τε Θεοπόμπῳ τῷ συναγαγόντι τοὺς μύ-
θους (FGrH 21 T 4) χαριζόμενος ἠλευθέρωσε, καὶ πᾶσι
τοῖς τὴν Ἀσίαν κατοικοῦσι τὸ τρίτον τῶν φόρων ἀνῆκεν.
2 εἰς δ᾽ Ἀλεξάνδρειαν ἐπὶ Πομπηίῳ τεθνηκότι καταχθείς,
Θεόδοτον μὲν ἀπεστράφη, τὴν Πομπηίου κεφαλὴν
προσφέροντα, τὴν δὲ σφραγῖδα δεξάμενος τοῦ ἀνδρὸς
3 κατεδάκρυσεν· ὅσοι δὲ τῶν ἑταίρων αὐτοῦ καὶ συνήθων
πλανώμενοι κατὰ τὴν χώραν ἑαλώκεσαν ὑπὸ τοῦ βασιλέως,
4 πάντας εὐεργέτησε καὶ προσηγάγετο. τοῖς δὲ φίλοις εἰς
Ῥώμην ἔγραφεν, ὅτι τῆς νίκης ἀπολαύοι τοῦτο μέγιστον
καὶ ἥδιστον, τὸ σῴζειν τινὰς ἀεὶ τῶν πεπολεμηκότων
πολιτῶν αὐτῷ.

---

[174] Città della Caria che parteggiava per Cesare.
[175] Più propriamente la libertà fu concessa soltanto a Farsalo, in
quanto la Tessaglia già era libera dal 196, con sola eccezione appunto
di Farsalo.
[176] Cesare iniziò l'inseguimento il giorno 10 agosto e già il 13 era vicino ad Amfipoli, donde la mattina stessa Pompeo era salpato per l'Asia.

più famoso si verificò a Tralles.[174] Nel tempio della Vit- 2
toria c'era una statua di Cesare, attorno alla quale il luogo, già compatto per natura, era stato pavimentato con
pietra dura. Dicono che da questo sasso fuoruscì, presso
la base della statua, una palma. A Padova Gaio Corne- 3
lio, un famoso indovino che era concittadino dello storico Livio e da lui conosciuto, era quel giorno casualmente
intento all'osservazione del volo degli uccelli. Innanzi tut- 4
to, come riferisce Livio, egli intuì il momento della battaglia e disse ai presenti che ci si avviava alla soluzione e
che gli uomini erano venuti alle mani. Dedicatosi poi di 5
nuovo all'osservazione e considerati i segni, balzò in piedi con entusiasmo gridando «Tu vinci, o Cesare!». I pre- 6
senti rimasero sbigottiti, ed egli, toltasi la corona dal capo, giurò che non se la sarebbe rimessa prima che la realtà non avesse confermato il presagio. Livio assicura che
avvenne così.

48. Concessa la libertà ai Tessali[175] a ricordo della vittoria, Cesare si diede a inseguire Pompeo;[176] giunto in
Asia concesse la libertà ai Cnidi per atto di compiacenza
verso il mitografo Teopompo,[177] e a tutti gli abitanti d'A-
sia condonò un terzo delle imposte. Giunto ad Alessan- 2
dria dopo la morte di Pompeo,[178] distolse lo sguardo da
Teodoto[179] che gliene portava il capo, e ricevendo il sigillo di quell'uomo pianse: beneficò e prese con sé quanti 3
degli amici e compagni di Pompeo erano stati catturati
dal re mentre andavano vagando per quelle terre. Scrisse 4
poi agli amici a Roma affermando che dalle sue vittorie
questo era il più gran piacere che ricavava: sempre il salvare qualcuno di quelli che gli erano stati avversari. Della 5

[177] C. Giulio Teopompo, originario di Cnido, famoso mitografo.
[178] Cesare vi giunse ai primi d'ottobre, quando già Pompeo era stato ucciso (a Pelusio il 28 settembre), proditoriamente, per ordine di Tolomeo che intendeva ingraziarsi il vincitore.
[179] Teodoto di Chio era retore e maestro del giovane re Tolomeo
XIV; fu il consigliere su cui ricadde la responsabilità principale della uccisione di Pompeo.

5 Τὸν δ᾽ αὐτόθι πόλεμον οἱ μὲν οὐκ ἀναγκαῖον, ἀλλ᾽
ἔρωτι Κλεοπάτρας ἄδοξον αὐτῷ καὶ κινδυνώδη γενέσθαι
λέγουσιν, οἱ δὲ τοὺς βασιλικοὺς αἰτιῶνται, καὶ μάλιστα
τὸν εὐνοῦχον Ποθεινόν, ὃς πλεῖστον δυνάμενος, καὶ
Πομπήϊον μὲν ἀνῃρηκὼς ἔναγχος, ἐκβεβληκὼς δὲ Κλεο-
6 πάτραν, κρύφα μὲν ἐπεβούλευε τῷ Καίσαρι — καὶ διὰ
τοῦτό φασιν αὐτὸν ἀρξάμενον ἔκτοτε διανυκτερεύειν ἐν
τοῖς πότοις ἕνεκα φυλακῆς τοῦ σώματος —, φανερῶς δ᾽
οὐκ ἦν ἀνεκτός, ἐπίφθονα πολλὰ καὶ πρὸς ὕβριν εἰς τὸν
7 Καίσαρα λέγων καὶ πράττων. τοὺς μὲν γὰρ στρατιώτας
τὸν κάκιστον μετρουμένους καὶ παλαιότατον σῖτον ἐκέλευσεν ἀνέχεσθαι καὶ στέργειν ἐσθίοντας τὰ ἀλλότρια,
πρὸς δὲ τὰ δεῖπνα σκεύεσιν ἐχρῆτο ξυλίνοις καὶ κεραμεοῖς,
ὡς τὰ χρυσᾶ καὶ ἀργυρᾶ πάντα Καίσαρος ἔχοντος εἴς τι
8 χρέος. ὤφειλε γὰρ ὁ τοῦ βασιλεύοντος τότε πατὴρ Καίσαρι χιλίας ἑπτακοσίας πεντήκοντα μυριάδας, ὧν τὰς
μὲν ἄλλας ἀνῆκε τοῖς παισὶν αὐτοῦ πρότερον ὁ Καῖσαρ,
τὰς δὲ χιλίας ἠξίου τότε λαβὼν διαθρέψαι τὸ στράτευμα.
9 τοῦ δὲ Ποθεινοῦ νῦν μὲν αὐτὸν ἀπιέναι καὶ τῶν μεγάλων
ἔχεσθαι πραγμάτων κελεύοντος, ὕστερον δὲ κομιεῖσθαι
μετὰ χάριτος, εἰπὼν ὡς Αἰγυπτίων ἐλάχιστα δέοιτο
συμβούλων, κρύφα τὴν Κλεοπάτραν ἀπὸ τῆς χώρας μετ-
επέμπετο.

49. Κἀκείνη παραλαβοῦσα τῶν φίλων Ἀπολλόδωρον
τὸν Σικελιώτην μόνον, εἰς ἀκάτιον μικρὸν ἐμβᾶσα, τοῖς
2 μὲν βασιλείοις προσέσχεν ἤδη συσκοτάζοντος· ἀπόρου
δὲ τοῦ λαθεῖν ὄντος ἄλλως, ἡ μὲν εἰς στρωματόδεσμον

guerra che combatté in Egitto alcuni dicono che essa non fu necessaria, ma che, combattuta per amore di Cleopatra, gli procurò pericoli e disonore; altri invece incolpano i cortigiani, e in particolare l'eunuco Potino che era potentissimo[180] e che, dopo aver fatto uccidere da poco Pompeo, allontanata Cleopatra, tramava insidie contro Cesare; dicono che appunto per questo Cesare cominciò 6 a passare la notte in festini, per sua sicurezza; Potino era chiaramente insopportabile, e faceva e diceva molte cose offensive nei riguardi di Cesare per suscitargli contro odio.

Infatti ai soldati che ricevevano il grano peggiore e più 7 vecchio ordinò di sopportare e di accontentarsi, giacché mangiavano quanto non era loro, e per i pranzi usava utensili di legno o di terracotta, asserendo che Cesare si era preso tutto il vasellame d'oro e d'argento a garanzia di un suo credito. È vero che il padre del regnante di quel 8 momento aveva con Cesare un debito di diciassette milioni e mezzo di dramme, delle quali Cesare ne chiedeva allora dieci milioni per mantenere il suo esercito, mentre già da tempo aveva condonato il resto ai figli.[181] Potino ora 9 gli consigliava di andarsene per dedicarsi alle sue grandi imprese, aggiungendo che in seguito avrebbe riavuto tutto il suo con i ringraziamenti, ma Cesare disse che non aveva assolutamente bisogno di consiglieri egizi, e segretamente fece tornare Cleopatra dalla campagna.[182]

49. Cleopatra prese con sé un solo amico, Apollodoro Siceliota, si imbarcò su un piccolo battello e quando già era buio si avvicinò al palazzo reale; siccome non era possibile sfuggire in altro modo alla vista altrui, si dispose 2

[180] Anche Potino, come Teodoto, aveva consigliato la uccisione di Pompeo, nella speranza che fatto questo Cesare non avesse più motivo di mettere piede in Egitto.

[181] Il debito risaliva al 59 a.C., quando il console Cesare aveva fatto approvare una legge per la quale Tolomeo era riconosciuto re d'Egitto, alleato e amico del popolo romano. Tolomeo si era allora impegnato a ricompensare i suoi protettori.

[182] Cleopatra era stata mandata in esilio qualche mese prima da Potino.

ἐνδῦσα προτείνει μακρὰν ἑαυτήν, ὁ δ' Ἀπολλόδωρος
ἱμάντι συνδήσας τὸν στρωματόδεσμον εἰσκομίζει διὰ
3 θυρῶν πρὸς τὸν Καίσαρα. καὶ τούτῳ τε πρώτῳ λέγεται τῷ
τεχνήματι τῆς Κλεοπάτρας ἁλῶναι λαμυρᾶς φανείσης, καὶ
τῆς ἄλλης ὁμιλίας καὶ χάριτος ἥττων γενόμενος, διαλλάξαι
4 πρὸς τὸν ἀδελφὸν ὡς συμβασιλεύσουσαν. ἔπειτα δ' ἐπὶ
ταῖς διαλλαγαῖς ἑστιωμένων ἁπάντων, οἰκέτης Καίσαρος
κουρεύς, διὰ δειλίαν ᾗ πάντας ἀνθρώπους ὑπερέβαλεν
οὐδὲν ἐῶν ἀνεξέταστον, ἀλλ' ὠτακουστῶν καὶ πολυπραγ-
μονῶν, συνῆκεν ἐπιβουλὴν Καίσαρι πραττομένην ὑπ' Ἀχιλλᾶ
5 τοῦ στρατηγοῦ καὶ Ποθεινοῦ τοῦ εὐνούχου. φωράσας
δ' ὁ Καῖσαρ, φρουρὰν μὲν περιέστησε τῷ ἀνδρῶνι, τὸν δὲ
Ποθεινὸν ἀνεῖλεν· ὁ δ' Ἀχιλλᾶς φυγὼν εἰς τὸ στρατόπεδον
περιίστησιν αὐτῷ βαρὺν καὶ δυσμεταχείριστον πόλεμον,
6 ὀλιγοστῷ τοσαύτην ἀμυνομένῳ πόλιν καὶ δύναμιν. ἐν ᾧ
πρῶτον μὲν ἐκινδύνευσεν ὕδατος ἀποκλεισθείς· αἱ γὰρ
διώρυχες ἀπῳκοδομήθησαν ὑπὸ τῶν πολεμίων· δεύτερον
δὲ περικοπτόμενος τὸν στόλον, ἠναγκάσθη διὰ πυρὸς ἀπ-
ώσασθαι τὸν κίνδυνον, ὃ καὶ τὴν μεγάλην βιβλιοθήκην ἐκ
7 τῶν νεωρίων ἐπινεμόμενον διέφθειρε· τρίτον δὲ περὶ τῇ
Φάρῳ μάχης συνεστώσης, κατεπήδησε μὲν ἀπὸ τοῦ
χώματος εἰς ἀκάτιον καὶ παρεβοήθει τοῖς ἀγωνιζομένοις,
ἐπιπλεόντων δὲ πολλαχόθεν αὐτῷ τῶν Αἰγυπτίων, ῥίψας
ἑαυτὸν εἰς τὴν θάλασσαν ἀπενήξατο μόλις καὶ χαλεπῶς.

lunga e distesa in un sacco da coperte che Apollodoro legò con una cinghia, e passando attraverso le porte, trasportò a Cesare.[183] Dicono che Cesare fu colpito da questo primo stratagemma di Cleopatra, che gli apparve disinvolta, e affascinato dalla sua conversazione e dalla sua grazia, la riconciliò con il fratello associandola al regno. Quando ci fu il gran pranzo per celebrare la riconciliazione, un servo di Cesare, un barbiere che per ombrosità, nella quale superava tutti, non lasciava nulla senza controllo, ma anzi a tutto poneva mano e a tutto accostava l'orecchio, ebbe sentore di un'insidia che si tramava contro Cesare da parte di Achilla, comandante delle truppe, e dell'eunuco Potino. Accertatosi del fatto, Cesare fece circondare la sala da un presidio e fece uccidere Potino.[184] Achilla fuggì nell'accampamento e suscitò una guerra aspra e difficile con Cesare che dovette difendersi con un numero esiguo di soldati contro una città e un esercito così forti.[185] Il primo pericolo lo corse perché rimase senza acqua, in quanto le condutture erano state interrotte dai nemici; il secondo quando venne a rischio di perdere la flotta e fu costretto ad appiccare quell'incendio che, diffondendosi dall'arsenale alla grande biblioteca, la distrusse;[186] il terzo quando, accesasi una mischia presso l'isola di Faro, saltò dalla diga in una barca e cercava di portare aiuto ai suoi che lottavano, ma accorrendo da ogni parte gli Egiziani contro di lui, fu costretto a buttarsi in acqua e

3

4

5

6

7

[183] Questo ritorno, che ha molto dell'operetta, è della seconda metà dell'ottobre del 48.

[184] La notizia appare errata: Cesare afferma che fu ucciso dopo il primo scontro con le truppe di Achilla.

[185] Alla fine di ottobre del 48 Achilla marciò su Alessandria e vi entrò; Cesare si rinchiuse nel palazzo reale e riuscì a respingere tutti gli assalti restando in attesa di rinforzi che gli avrebbero alla fine consentito il successo.

[186] La famosa Biblioteca annessa al Museo, vero monumento della civiltà ellenistica che consentì la sopravvivenza del pensiero e della poesia greca. In quell'incendio secondo alcune fonti perirono quattrocentomila volumi; secondo altre ben settecentomila.

8 ὅτε καὶ λέγεται βιβλίδια κρατῶν πολλὰ μὴ προέσθαι
βαλλόμενος καὶ βαπτιζόμενος, ἀλλ' ἀνέχων ὑπὲρ τῆς
θαλάσσης τὰ βιβλίδια, τῇ ἑτέρᾳ χειρὶ νήχεσθαι· τὸ δ'
9 ἀκάτιον εὐθὺς ἐβυθίσθη. τέλος δὲ τοῦ βασιλέως πρὸς
τοὺς πολεμίους ἀποχωρήσαντος, ἐπελθὼν καὶ συνάψας
μάχην ἐνίκησε, πολλῶν πεσόντων αὐτοῦ τε τοῦ βασι-
10 λέως ἀφανοῦς γενομένου. καταλιπὼν δὲ τὴν Κλεοπάτραν
βασιλεύουσαν Αἰγύπτου καὶ μικρὸν ὕστερον ἐξ αὐτοῦ
τεκοῦσαν υἱόν, ὃν Ἀλεξανδρεῖς Καισαρίωνα προσηγό-
ρευον, ὥρμησεν ἐπὶ Συρίας.

50. Κἀκεῖθεν ἐπιὼν τὴν Ἀσίαν, ἐπυνθάνετο Δομίτιον μὲν ὑπὸ Φαρνάκου τοῦ Μιθριδάτου παιδὸς ἡττη-
μένον ἐκ Πόντου πεφευγέναι σὺν ὀλίγοις, Φαρνάκην δὲ
τῇ νίκῃ χρώμενον ἀπλήστως, καὶ Βιθυνίαν ἔχοντα καὶ
Καππαδοκίαν, Ἀρμενίας ἐφίεσθαι τῆς μικρᾶς καλουμέ-
νης, καὶ πάντας ἀνιστάναι τοὺς ταύτῃ βασιλεῖς καὶ τε-
2 τράρχας. εὐθὺς οὖν ἐπὶ τὸν ἄνδρα τρισὶν ἤλαυνε τάγμασι,
καὶ περὶ πόλιν Ζῆλαν μάχην μεγάλην συνάψας αὐτὸν
μὲν ἐξέβαλε τοῦ Πόντου φεύγοντα, τὴν δὲ στρατιὰν
3 ἄρδην ἀνεῖλε· καὶ τῆς μάχης ταύτης τὴν ὀξύτητα καὶ τὸ
τάχος ἀναγγέλλων εἰς Ῥώμην πρός τινα τῶν φίλων
Μάτιον ἔγραψε τρεῖς λέξεις· „ἦλθον, εἶδον, ἐνίκησα.‟
4 Ῥωμαϊστὶ δ' αἱ λέξεις, εἰς ὅμοιον ἀπολήγουσαι σχῆμα
ῥήματος, οὐκ ἀπίθανον τὴν βραχυλογίαν ἔχουσιν.

51. Ἐκ τούτου διαβαλὼν εἰς Ἰταλίαν ἀνέβαινεν εἰς
Ῥώμην, τοῦ μὲν ἐνιαυτοῦ καταστρέφοντος εἰς ὃν ᾕρητο
δικτάτωρ τὸ δεύτερον, οὐδέποτε πρότερον τῆς ἀρχῆς
ἐκείνης ἐνιαυσίου γενομένης· εἰς δὲ τοὐπιὸν ⟨ἔτος⟩ ὕπατος

---

187 La vittoria definitiva è del 27 marzo del 47.
188 Cleopatra fu associata al regno con il fratello minore Tolomeo XV.
189 Il figlio di Cesare e di Cleopatra sarebbe nato il 29 agosto del 47.
190 Domizio fu sconfitto a Nicopolis nel dicembre del 48 da Farnace, figlio di Mitridate; rimasto neutrale nella guerra tra Cesare e Pompeo ritenne opportuno, dopo la battaglia di Farsalo, recuperare le terre
che erano state sottratte al padre da Pompeo, e così invase Cappadocia
e piccola Armenia. Domizio gli intimò di lasciare le terre occupate, e
quando egli non lasciò l'Armenia gli venne contro; ma fu sconfitto.

con grande stento si salvò a nuoto. Si dice che in quel- 8
l'occasione egli avesse in mano molte carte, e per quanto
fosse preso di mira e si dovesse immergere non le lasciò,
ma con una mano teneva quei fogli fuor d'acqua e con
l'altra nuotava; la barca intanto fu presto affondata. Alla fine il re si unì ai nemici: Cesare lo inseguì e lo vinse 9
in battaglia;[187] ci furono molti morti e anche il re scomparve. In seguito Cesare mosse verso la Siria lasciando sul 10
trono d'Egitto Cleopatra[188] che poco dopo gli partorì un
figlio che gli Alessandrini chiamarono Cesarione.[189]

50. Di lì passato in Asia, Cesare venne a sapere che Domizio, sconfitto da Farnace, figlio di Mitridate,[190] era
fuggito dal Ponto con pochi compagni, mentre Farnace,
che già occupava la Bitinia e la Cappadocia, sfruttando
la vittoria senza alcun senso della misura, aspirava alla
cosiddetta piccola Armenia e ne sobillava tutti i re e tetrar-
chi. Subito marciò contro di lui con tre legioni e dopo una 2
gran battaglia presso Zela[191] lo fece fuggire dal Ponto e
distrusse totalmente il suo esercito. Nell'annunziare a Ro- 3
ma la straordinaria rapidità di questa spedizione, scrisse
al suo amico Mazio tre sole parole: «Venni, vidi, vinsi».
In latino queste parole, che terminano allo stesso modo, 4
rappresentano un modello di concisione.[192]

51. Dopo questi fatti, ritornato in Italia,[193] venne a
Roma[194] mentre finiva quell'anno nel quale era stato eletto dittatore per la seconda volta:[195] questa carica mai prima era stata annuale. Fu eletto console per l'anno succes-

---

[191] Città sul Ponto polemoniaco ove si combatté la battaglia il 2 agosto del 47.
[192] Svetonio ci dice che il motto fu poi portato nel trionfo che Cesare celebrò per quella vittoria.
[193] Il 26 settembre del 46 sbarcò a Taranto, e qui si incontrò con Cicerone.
[194] Vi giunse ai primi di ottobre.
[195] Questa carica gli fu decretata dopo la battaglia di Farsalo ed egli
la assunse nell'ottobre del 48 ad Alessandria. Si scelse come *magister
equitum* Antonio.

2 ἀπεδείχθη. καὶ κακῶς ἤκουσεν, ὅτι τῶν στρατιωτῶν
στασιασάντων καὶ δύο στρατηγικοὺς ἄνδρας ἀνελόντων,
Κοσκώνιον καὶ Γάλβαν, ἐπετίμησε μὲν αὐτοῖς τοσοῦτον
ὅσον ἀντὶ στρατιωτῶν πολίτας προσαγορεῦσαι, χιλίας δὲ
διένειμεν ἑκάστῳ δραχμὰς καὶ χώραν τῆς Ἰταλίας ἀπ-
3 εκλήρωσε πολλήν. ἦν δ' αὐτοῦ διαβολὴ καὶ ἡ Δολοβέλλα
μανία, καὶ ἡ Ματίου φιλαργυρία, καὶ μεθύων Ἀντώνιος
καὶ [Κορφίνιος] τὴν Πομπηΐου σκευωρούμενος οἰκίαν καὶ
μετοικοδομῶν, ὡς ἱκανὴν οὐκ οὖσαν. ἐπὶ τούτοις γὰρ
4 ἐδυσφόρουν Ῥωμαῖοι· Καῖσαρ δὲ διὰ τὴν ὑπόθεσιν τῆς
πολιτείας οὐκ ἀγνοῶν οὐδὲ βουλόμενος ἠναγκάζετο
χρῆσθαι τοῖς ὑπουργοῦσι.

52. Τῶν δὲ περὶ Κάτωνα καὶ Σκιπίωνα μετὰ τὴν ἐν
Φαρσάλῳ μάχην εἰς Λιβύην φυγόντων κἀκεῖ, τοῦ βασιλέως Ἰόβα βοηθοῦντος αὐτοῖς, ἠθροικότων δυνάμεις
ἀξιολόγους, ἔγνω στρατεύειν ὁ Καῖσαρ ἐπ' αὐτούς·
2 καὶ περὶ τροπὰς χειμερινὰς διαβὰς εἰς Σικελίαν, καὶ
βουλόμενος εὐθὺς ἀποκόψαι τῶν περὶ αὐτὸν ἡγεμόνων
ἅπασαν ἐλπίδα μελλήσεως καὶ διατριβῆς, ἐπὶ τοῦ κλύ-
σματος ἔπηξε τὴν ἑαυτοῦ σκηνήν, καὶ γενομένου πνεύματος ἐμβὰς ἀνήχθη μετὰ τρισχιλίων πεζῶν καὶ ἱππέων
3 ὀλίγων. ἀποβιβάσας δὲ τούτους καὶ λαθών, ἀνήχθη
πάλιν, ὑπὲρ τῆς μείζονος ὀρρωδῶν δυνάμεως, καὶ κατὰ
θάλατταν οὖσιν ἤδη προστυχών, κατήγαγεν ἅπαντας εἰς
4 τὸ στρατόπεδον. πυνθανόμενος δὲ χρησμῷ τινι παλαιῷ
θαρρεῖν τοὺς πολεμίους, ὡς προσῆκον ἀεὶ τῷ Σκιπιώ-
νων γένει κρατεῖν ἐν Λιβύῃ, χαλεπὸν εἰπεῖν εἴτε φλαυ-

---

196 Una sedizione dei soldati, preoccupante, si ebbe nel gennaio del
47: lamentavano di non ricevere la paga. Sopita per poco, si rinnovò
nel settembre. Cesare pensò di sopirla ancora mandando il pretore Sallustio a promettere un supplemento di donativi per 1000 denari. Ma Sallustio non ebbe successo; anzi i soldati si incamminarono lungo la via
che portava a Roma e in cammino uccisero Cosconio, che era stato tribuno della plebe nel 59, e P. Sulpicio Galba che fu pontefice massimo
nel 57. Cesare calmò la sedizione praticamente minacciando di ridurre
i soldati allo stato di cittadini.
197 La distribuzione avvenne nel 46, dopo la conclusione della campagna d'Africa.
198 P. Cornelio Dolabella, tribuno della plebe nel 47 e console suf-

sivo. Ora si cominciò a muovergli critiche, perché a se- 2
guito di una rivolta militare nella quale erano stati uccisi
due ufficiali di rango pretorio, Cosconio e Galba, egli limitò la punizione semplicemente al chiamare gli ammuti-
nati cittadini anziché soldati,[196] e distribuì a ciascun soldato mille dramme e assegnò loro molte terre d'Italia.[197]
Gli rinfacciavano anche le stranezze di Dolabella,[198] l'a- 3
vidità di Mazio, il fatto che Antonio fosse attaccato al vino e avesse abbattuto la casa di Pompeo per ricostruir-
la,[199] affermando che non era abbastanza grande per lui.
I Romani erano dispiaciuti di questo, ma Cesare, pur non 4
ignorando ciò, per i suoi fini politici, era costretto contro
voglia a valersi di simili aiutanti.[200]

52. Catone e Scipione[201] dopo la battaglia di Farsalo
erano fuggiti con i loro seguaci in Africa, e lì con l'aiuto
del re Giuba[202] avevano raccolto forze consistenti; Cesare
decise di muovere contro di loro e venuto in Sicilia verso 2
il solstizio d'inverno, volendo subito troncare le speranze
di rinvio o di indugio che i suoi ufficiali nutrivano, mise
le sue tende proprio in riva al mare: quando si levò il vento si imbarcò con tremila fanti e pochi cavalieri. Fatti sbar- 3
care questi, di nuovo si mise per mare, segretamente, temendo per il grosso dell'esercito che incontrò in navigazione e che portò con il resto al campo. Qui venne a sape- 4
re che i nemici fidavano in un antico oracolo secondo il
quale sempre la schiatta degli Scipioni avrebbe prevalso in

fectus nel 44, si era fatto promotore, durante il suo tribunato, di una
riduzione degli affitti e aveva proposto uno sgravio, se non proprio una
cancellazione, dei debiti.

[199] Antonio, di cui si criticava la vita eccessivamente dissipata, aveva acquistato i beni di Pompeo che erano stati messi all'asta, senza per
altro poi pagare il corrispettivo.

[200] Dovendo preparare la spedizione d'Africa, Cesare non poteva fare concessioni ai suoi critici.

[201] Q. Cecilio Metello Scipione, suocero di Pompeo, comandava a Farsalo il centro dell'esercito pompeiano. Morirà suicida in Africa dopo la
battaglia di Munda, avendo guidato quella guerra come generale supremo.

[202] Giuba I, figlio di Iempsale II re di Numidia e Getulia, fu sempre
ostile a Cesare; famoso per la sua arroganza e crudeltà, nella campagna
d'Africa del 46 si uccise in Zama dopo la battaglia di Tapso, prima di
essere raggiunto da Cesare vittorioso.

ρίζων ἐν παιδιᾷ τινι τὸν Σκιπίωνα, στρατηγοῦντα τῶν
5 πολεμίων, εἴτε καὶ σπουδῇ τὸν οἰωνὸν οἰκειούμενος, ἦν
γὰρ καὶ παρ᾽ αὐτῷ τις ἄνθρωπος, ἄλλως μὲν εὐκατα-
φρόνητος καὶ παρημελημένος, οἰκίας δὲ τῆς Ἀφρικανῶν,
Σκιπίων ἐκαλεῖτο Σαλλουΐτων, τοῦτον ἐν ταῖς μάχαις
προέταττεν ὥσπερ ἡγεμόνα τῆς στρατιᾶς, ἀναγκαζό-
μενος πολλάκις ἐξάπτεσθαι τῶν πολεμίων καὶ φιλο-
6 μαχεῖν. ἦν γὰρ οὔτε σῖτος τοῖς ἀνδράσιν ἄφθονος οὔθ᾽
ὑποζυγίοις χιλός, ἀλλὰ βρύοις ἠναγκάζοντο θαλαττίοις,
ἀποπλυθείσης τῆς ἁλμυρίδος, ὀλίγην ἄγρωστιν ὥσπερ
7 ἥδυσμα παραμειγνύντες, ἐπάγειν τοὺς ἵππους. οἱ γὰρ
Νομάδες, ἐπιφαινόμενοι πολλοὶ καὶ ταχεῖς ἑκάστοτε, κατεῖχον τὴν χώραν· καί ποτε τῶν Καίσαρος ἱππέων σχολὴν ἀγόντων (ἔτυχε γὰρ αὐτοῖς ἀνὴρ Λίβυς ἐπιδεικνύμενος ὄρχησιν ἅμα καὶ μοναυλῶν θαύματος ἀξίως), οἱ
μὲν ἐκάθηντο τερπόμενοι, τοῖς παισὶ τοὺς ἵππους ἐπι-
τρέψαντες, ἐξαίφνης δὲ περιελθόντες ἐμβάλλουσιν οἱ
πολέμιοι, καὶ τοὺς μὲν αὐτοῦ κτείνουσι, τοῖς δ᾽ εἰς τὸ
8 στρατόπεδον προτροπάδην ἐλαυνομένοις συνεισέπεσον. εἰ
δὲ μὴ Καῖσαρ αὐτός, ἅμα δὲ Καίσαρι Πολλίων Ἀσίνιος,
βοηθοῦντες ἐκ τοῦ χάρακος ἔσχον τὴν φυγήν, διεπέ-
9 πρακτ᾽ ἂν ὁ πόλεμος. ἔστι δ᾽ ὅτε καὶ καθ᾽ ἑτέραν μάχην
ἐπλεονέκτησαν οἱ πολέμιοι συμπλοκῆς γενομένης, ἐν ᾗ
Καῖσαρ τὸν ἀετοφόρον φεύγοντα λέγεται κατασχὼν ἐκ
τοῦ αὐχένος ἀναστρέψαι καὶ εἰπεῖν· ,,ἐνταῦθ᾽ εἰσὶν οἱ
πολέμιοι.‘‘

53. Τούτοις μέντοι τοῖς προτερήμασιν ἐπήρθη Σκιπίων μάχῃ κριθῆναι, καὶ καταλιπὼν χωρὶς μὲν Ἀφράνιον, χωρὶς δ᾽ Ἰόβαν, δι᾽ ὀλίγου στρατοπεδεύοντας,
αὐτὸς ἐτείχιζεν ὑπὲρ λίμνης ἔρυμα τῷ στρατοπέδῳ περὶ
πόλιν Θάψον, ὡς εἴη πᾶσιν ἐπὶ τὴν μάχην ὁρμητήριον
2 καὶ καταφυγή. πονουμένου δ᾽ αὐτοῦ περὶ ταῦτα Καῖσαρ
ὑλώδεις τόπους καὶ προσβολὰς ἀφράστους ἔχοντας

Africa: ed è difficile dire se volesse farsi gioco di Scipione, capo dei nemici, oppure volesse sul serio conciliarsi il vaticinio, ma siccome aveva nel suo esercito uno della casata di Scipione (per altro un uomo oscuro e lasciato da parte), di nome Scipione Salvitto,[203] lo pose sempre nelle battaglie in prima fila come capo dell'esercito, dato che spesso era costretto a venire a contatto dei nemici e a combattere. Non c'era infatti cibo sufficiente per tutti gli uomini, né foraggio per gli animali; essi erano costretti a nutrire i cavalli con piante marine, dopo averne deterso la salsedine, mescolandovi poca erba per dare un po' di sapore. I Numidi infatti presidiavano quella regione apparendo ogni volta celermente e in gran numero; una volta, mentre i cavalieri di Cesare erano in riposo e, affidati i cavalli ai garzoni, sedevano divertendosi (un africano faceva per loro dimostrazione di danza e intanto suonava il flauto in modo mirabile), all'improvviso i nemici li circondano, e gli si buttano addosso, e alcuni li uccidono lì, e ne inseguono altri che fuggono verso il campo in rotta. E se lo stesso Cesare, e con lui Asinio Pollione, accorsi in aiuto dal vallo non avessero frenato la fuga, la guerra si sarebbe conclusa allora. Anche un'altra volta si venne alle mani e i nemici ebbero il sopravvento: in quel caso si dice che Cesare, preso per il collo l'aquilifero che fuggiva, lo fece voltare e gli disse: «Là sono i nemici!».

53. Scipione fu indotto da questi successi a venire a battaglia decisiva; e lasciati da un lato Afranio e dall'altro Giuba, accampati a breve distanza, si diede a fortificare un luogo per il campo al di là del lago, vicino alla città di Tapso, perché fosse il punto di partenza per la battaglia e il luogo di rifugio per tutti. E mentre egli era affaccendato in tutto ciò, Cesare, superati con incredibile velocità luoghi selvosi che presentavano impensate uscite,

---

[203] Non si sa nulla di costui; c'è questione anche per quel che riguarda il nome.

ἀμηχάνῳ τάχει διελθών, τοὺς μὲν ἐκυκλοῦτο, τοῖς δὲ
3 προσέβαλλε κατὰ στόμα. τρεψάμενος δὲ τούτους, ἐχρῆτο
τῷ καιρῷ καὶ τῇ ῥύμῃ τῆς τύχης, ὑφ᾽ ἧς αὐτοβοεὶ μὲν
ᾕρει τὸ Ἀφρανίου στρατόπεδον, αὐτοβοεὶ δὲ φεύγοντος
4 Ἰόβα διεπόρθει τὸ τῶν Νομάδων· ἡμέρας δὲ μιᾶς μέρει
μικρῷ τριῶν στρατοπέδων ἐγκρατὴς γεγονὼς καὶ πεντα-
κισμυρίους τῶν πολεμίων ἀνῃρηκώς, οὐδὲ πεντήκοντα
5 τῶν ἰδίων ἀπέβαλεν. οἱ μὲν ⟨οὖν⟩ ταῦτα περὶ τῆς μάχης
ἐκείνης ἀναγγέλλουσιν· οἱ δ᾽ οὔ φασιν αὐτὸν ἐν τῷ ἔργῳ
γενέσθαι, συντάττοντος δὲ τὴν στρατιὰν καὶ διακοσ-
6 μοῦντος ἅψασθαι τὸ σύνηθες νόσημα· τὸν δ᾽ εὐθὺς
αἰσθόμενον ἀρχομένου, πρὶν ἐκταράττεσθαι καὶ καταλαμβάνεσθαι παντάπασιν ὑπὸ τοῦ πάθους τὴν αἴσθησιν
ἤδη σειομένην, εἴς τινα τῶν πλησίον πύργων κομισθῆναι
7 καὶ διαγαγεῖν ἐν ἡσυχίᾳ. τῶν δὲ πεφευγότων ἐκ τῆς
μάχης ὑπατικῶν καὶ στρατηγικῶν ἀνδρῶν οἱ μὲν ἑαυτοὺς
διέφθειραν ἁλισκόμενοι, συχνοὺς δὲ Καῖσαρ ἔκτεινεν
ἁλόντας.

54. Κάτωνα δὲ λαβεῖν ζῶντα φιλοτιμούμενος, ἔσπευδε
πρὸς Ἰτύκην· ἐκείνην γὰρ παραφυλάττων τὴν πόλιν,
2 οὐ μετέσχε τοῦ ἀγῶνος. πυθόμενος δ᾽ ὡς ἑαυτὸν ὁ ἀνὴρ
διεργάσαιτο, δῆλος μὲν ἦν δηχθείς, ἐφ᾽ ᾧ δ᾽ ἄδηλον·
εἶπε δ᾽ οὖν· ,,ὦ Κάτων, φθονῶ σοι τοῦ θανάτου· καὶ γὰρ
3 σὺ ἐμοὶ τῆς ⟨σῆς⟩ σωτηρίας ἐφθόνησας.‘‘ ὁ μὲν οὖν μετὰ
ταῦτα γραφεὶς ὑπ᾽ αὐτοῦ πρὸς Κάτωνα τεθνεῶτα λόγος
οὐ δοκεῖ πράως ἔχοντος οὐδ᾽ εὐδιαλλάκτως σημεῖον εἶναι·
πῶς γὰρ ἂν ἐφείσατο ζῶντος, εἰς ἀναίσθητον ἐκχέας
4 ὀργὴν τοσαύτην; τῇ δὲ πρὸς Κικέρωνα καὶ Βροῦτον αὐτοῦ
καὶ μυρίους ἄλλους τῶν πεπολεμηκότων ἐπιεικείᾳ
τεκμαίρονται καὶ τὸν λόγον ἐκεῖνον οὐκ ἐξ ἀπεχθείας,
ἀλλὰ φιλοτιμίᾳ πολιτικῇ συντετάχθαι διὰ τοιαύτην
5 αἰτίαν. ἔγραψε Κικέρων ἐγκώμιον Κάτωνος, ὄνομα τῷ
λόγῳ θέμενος Κάτωνα· καὶ πολλοῖς ὁ λόγος ἦν διὰ

circondò una parte dei nemici, altri ne assalì frontalmente. Dopo aver volto in fuga questi, sfruttò la favorevole 3 opportunità che la sorte gli offriva, e così al primo assalto conquistò il campo di Afranio e ugualmente al primo impeto saccheggiò il campo dei Numidi, mentre Giuba si diede alla fuga: così, in una piccola parte di un sol giorno, 4 divenne padrone di tre campi, tolse di mezzo cinquantamila nemici e dei suoi non ne perse nemmeno cinquanta. Così riferiscono alcune fonti su questa battaglia; ma altre 5 dicono che Cesare non prese parte all'assalto, perché mentre schierava in ordine l'esercito fu colto da un attacco epilettico; egli si accorse di quanto gli succedeva prima di 6 uscir di sé e di esser totalmente sopraffatto dal male, e quando ormai le sue facoltà vacillavano si fece portare in una delle torri vicine e se ne stette lì tranquillo. Tra gli 7 ex-consoli e gli ex-pretori scampati alla battaglia alcuni si uccisero al momento della cattura, parecchi ne fece uccidere Cesare dopo che furon fatti prigionieri.

54. Poi s'affrettò verso Utica, desiderando prender vivo Catone il quale, preposto alla difesa di quella città, non aveva preso parte allo scontro. Quando Cesare venne a 2 sapere che si era ucciso, ne fu manifestamente colpito, non si sa perché, e disse: «Catone, ti invidio la morte perché mi hai tolto la possibilità di salvarti!». Ma l'opera che dopo questi fatti egli scrisse contro Catone morto non sembra espressione d'un uomo mite e conciliante: come avrebbe risparmiato Catone vivo se tanto livore ha scaricato su di lui morto? Dalla benevolenza usata verso Cicerone, Bruto, e moltissimi altri dei suoi avversari, alcuni deducono che anche quell'opera non fu scritta per astio, ma per un gioco politico, e precisamente per questo motivo. Cicerone aveva scritto un encomio di Catone, intitolandolo *Cato*;[204] il libro era ricercatissimo, come è naturale,

[204] Opera di esaltazione di Catone l'Uticense, scritta dietro pressanti insistenze di Bruto da Cicerone, che la completò nel luglio del 46.

σπουδῆς, ὡς εἰκός, ὑπὸ τοῦ δεινοτάτου τῶν ῥητόρων εἰς
6 τὴν καλλίστην πεποιημένος ὑπόθεσιν. τοῦτ᾽ ἠνία Καίσαρα,
κατηγορίαν αὐτοῦ νομίζοντα τὸν τοῦ τεθνηκότος δι᾽ αὐτὸν
ἔπαινον. ἔγραψεν οὖν πολλάς τινας κατὰ τοῦ Κάτωνος
αἰτίας συναγαγών· τὸ δὲ βιβλίον Ἀντικάτων ἐπιγέ-
γραπται, καὶ σπουδαστὰς ἔχει τῶν λόγων ἑκάτερος διὰ
Καίσαρα καὶ Κάτωνα πολλούς.

55. Ἀλλὰ γὰρ ὡς ἐπανῆλθεν εἰς Ῥώμην ἀπὸ Λιβύης,
πρῶτον μὲν ὑπὲρ τῆς νίκης ἐμεγαληγόρησε πρὸς τὸν
δῆμον, ὡς τοσαύτην κεχειρωμένος χώραν, ὅση παρέξει
καθ᾽ ἕκαστον ἐνιαυτὸν εἰς τὸ δημόσιον σίτου μὲν εἴκοσι
μυριάδας Ἀττικῶν μεδίμνων, ἐλαίου δὲ λιτρῶν μυριάδας
2 τριακοσίας. ἔπειτα θριάμβους κατήγαγε ⟨τὸν Κελτικόν⟩,
τὸν Αἰγυπτιακόν, τὸν Ποντικόν, τὸν Λιβυκόν, οὐκ ἀπὸ
3 Σκιπίωνος, ἀλλ᾽ ἀπ᾽ Ἰόβα δῆθεν τοῦ βασιλέως. τότε
καὶ Ἰόβας, υἱὸς ὢν ἐκείνου κομιδῇ νήπιος, ἐν τῷ θριάμβῳ
παρήχθη, μακαριωτάτην ἁλοὺς ἅλωσιν, ⟨ὡς⟩ ἐκ βαρβά-
ρου καὶ Νομάδος Ἑλλήνων τοῖς πολυμαθεστάτοις ἐν-
αρίθμιος γενέσθαι συγγραφεῦσι.

4 Μετὰ δὲ τοὺς θριάμβους ⟨τοῖς⟩ στρατιώταις τε μεγάλας
δωρεὰς ἐδίδου, καὶ τὸν δῆμον ἀνελάμβανεν ἑστιάσεσι καὶ
θέαις, ἑστιάσας μὲν ἐν δισμυρίοις καὶ δισχιλίοις τρικλί-
νοις ὁμοῦ σύμπαντας, θέας δὲ καὶ μονομάχων καὶ ναυμάχων ἀνδρῶν παρασχὼν ἐπὶ τῇ θυγατρὶ Ἰουλίᾳ πάλαι
τεθνεώσῃ.

5 Μετὰ δὲ τὰς θέας γενομένων τιμήσεων, ἀντὶ τῶν
προτέρων δυεῖν καὶ τριάκοντα μυριάδων ἐξητάσθησαν αἱ

---

[205] Alcune fonti la intitolano *Anticatones*. L'opera fu scritta, probabilmente in due libri, nel 45, nel campo di Munda. Cesare la scrisse
con evidente intento polemico; contrapponendosi a Cicerone che aveva
inteso esaltare un eroe repubblicano. È probabile che Cesare abbia utilizzato un libello anticatoniano scritto nel 56 da Metello Scipione.
[206] Misura greca di capacità corrispondente a sei modii romani, e cioè
poco più di 50 litri.
[207] Una libbra romana equivale a 327 grammi.
[208] Questi trionfi furono celebrati nell'agosto del 46. La precisazione, e cioè che il trionfo per l'impresa d'Africa si celebrò su Giuba e non

perché scritto dall'oratore più abile su un tema bellissi- **6**
mo. Questo angustiava Cesare che riteneva un'accusa mossa a sé l'elogio di un uomo morto per causa sua. Raccolse
allora molte accuse contro Catone e le pubblicò: il libro
si intitola *Anticato*.[205] Ognuno dei due volumi ha molti
appassionati, in grazia rispettivamente di Catone e di Cesare.

55. Quando tornò a Roma dall'Africa, innanzi tutto esal-
tò dinnanzi al popolo la sua vittoria per aver assoggettato
una regione tanto vasta che avrebbe fornito ogni anno al-
l'erario pubblico duecentomila medimni attici[206] di grano
e tre milioni di libbre[207] d'olio. Poi celebrò il trionfo sulla **2**
Gallia, l'Egitto, il Ponto, l'Africa, non però per Scipione ma per il re Giuba.[208] In quell'occasione nel corteo **3**
trionfale avanzò anche il figlio di lui, il giovanissimo Giuba,[209] cui toccò una felicissima prigionia giacché da Nu-
mida e barbaro fu poi annoverato tra gli storici greci di
maggior cultura. Dopo i trionfi Cesare distribuì grandi donativi ai soldati[210] e si conciliò il popolo con banchetti e **4**
spettacoli: ci fu un convito con ventiduemila triclini in totale; inoltre organizzò spettacoli di gladiatori e naumachie
in ricordo di sua figlia Giulia da tempo morta.[211]

Dopo le feste ci fu il censimento;[212] e in luogo dei pre- **5**
cedenti trecentoventimila cittadini ne furono censiti cen-

[su Scipione, si rende necessaria perché non era mai avvenuto che si celebrasse un trionfo su un cittadino romano. Ma l'anno dopo, rompendo
la tradizione, Cesare celebrerà il trionfo sui figli di Pompeo.

[209] Giuba II, il futuro scrittore in lingua greca, re di Mauritania dal
25 per volere di Augusto, sposerà nel 19 la figlia di Antonio e Cleopatra
che aveva nome Cleopatra Selene.

[210] Era costume che il trionfatore distribuisse donativi ai soldati; Cesare assegnò terre ai veterani, diede a ciascun soldato 5000 denari, il doppio ai centurioni, il quadruplo ai tribuni e ai prefetti della cavalleria.

[211] Giulia era morta di parto otto anni prima, nel dare alla luce un
figlio a Pompeo, cui era andata sposa nel quadro degli accordi di Lucca. Questi giochi funebri hanno un chiaro significato politico.

[212] È verosimile che Plutarco abbia male interpretato la sua fonte,
in quanto non vi fu un censimento generale, ma si operò una riduzione
degli aventi diritto a frumentazione, cioè a distribuzione gratuita di frumento. Essi passarono da 320mila a 150 mila. Dal *Monumentum Ancy-
ranum* non risulta che ci sia stato alcun censimento dal 70 al 28 a.C.

6 πᾶσαι πεντεκαίδεκα. τηλικαύτην ἡ στάσις ἀπειργάσατο
[συμ]φθορὰν καὶ τοσοῦτον ἀπανάλωσε τοῦ δήμου μέρος,
ἔξω λόγου τιθεμένοις τὰ κατασχόντα τὴν ἄλλην Ἰταλίαν
ἀτυχήματα καὶ τὰς ἐπαρχίας.

56. Συντελεσθέντων δὲ τούτων ὕπατος ἀποδειχθεὶς
τὸ τέταρτον, εἰς Ἰβηρίαν ἐστράτευσεν ἐπὶ τοὺς Πομπηΐου
παῖδας, νέους μὲν ὄντας ἔτι, θαυμαστὴν δὲ τῷ πλήθει
στρατιὰν συνειλοχότας καὶ τόλμαν ἀποδεικνυμένους
ἀξιόχρεων πρὸς ἡγεμονίαν, ὥστε κίνδυνον τῷ Καίσαρι
2 περιστῆσαι τὸν ἔσχατον. ἡ δὲ μεγάλη μάχη περὶ πόλιν
συνέστη Μοῦνδαν, ἐν ᾗ Καῖσαρ ἐκθλιβομένους ὁρῶν
τοὺς ἑαυτοῦ καὶ κακῶς ἀντέχοντας, ἐβόα διὰ τῶν ὅπλων
καὶ τῶν τάξεων περιθέων, εἰ μηδὲν αἰδοῦνται, λαβόντας
3 αὐτὸν ἐγχειρίσαι τοῖς παιδαρίοις. μόλις δὲ προθυμίᾳ
πολλῇ τοὺς πολεμίους ὠσάμενος, ἐκείνων μὲν ὑπὲρ
τρισμυρίους διέφθειρε, τῶν δ' ἑαυτοῦ χιλίους ἀπώλεσε
4 τοὺς ἀρίστους. ἀπιὼν δὲ μετὰ τὴν μάχην πρὸς τοὺς φίλους
εἶπεν, ὡς πολλάκις μὲν ἀγωνίσαιτο περὶ νίκης, νῦν δὲ
5 πρῶτον περὶ ψυχῆς. ταύτην τὴν μάχην ἐνίκησε τῇ τῶν
Διονυσίων ἑορτῇ, καθ' ἣν λέγεται καὶ Πομπήϊος Μᾶγνος
ἐπὶ τὸν πόλεμον ἐξελθεῖν· διὰ μέσου δὲ χρόνος ἐνιαυτῶν
6 τεσσάρων διῆλθε. τῶν δὲ Πομπηΐου παίδων ὁ μὲν νεώτερος διέφυγε, τοῦ δὲ πρεσβυτέρου μεθ' ἡμέρας ὀλίγας
Δείδιος ἀνήνεγκε τὴν κεφαλήν.

7 Τοῦτον ἔσχατον Καῖσαρ ἐπολέμησε τὸν πόλεμον· ὁ δ'
ἀπ' αὐτοῦ καταχθεὶς θρίαμβος ὡς οὐδὲν ἄλλο Ῥωμαίους
8 ἠνίασεν. οὐ γὰρ ἀλλοφύλους ἡγεμόνας οὐδὲ βαρβάρους
βασιλεῖς κατηγωνισμένον, ἀνδρὸς δὲ Ῥωμαίων κρατίστου
τύχαις κεχρημένου παῖδας καὶ γένος ἄρδην ἀνῃρηκότα
ταῖς τῆς πατρίδος ἐπιπομπεύειν συμφοραῖς οὐ καλῶς
9 εἶχεν, ἀγαλλόμενον ἐπὶ τούτοις ὧν μία καὶ πρὸς θεοὺς

---

213 Cn. Pompeo Magno che era allora tra i 30 e i 34 anni, e S. Pompeo Magno che aveva allora 29 anni.
214 Odierna Montilla: la battaglia vi fu combattuta il 17 marzo del 45.
215 Data l'asprezza della battaglia la cifra delle perdite di Cesare è
certamente ridotta.

tocinquantamila: tale rovina la guerra civile aveva prodot- 6
to e tanta parte di cittadini aveva distrutto, a non calcola-
re le disgrazie che si erano abbattute sul resto d'Italia e
sulle province.

56. Quando tutto ciò fu compiuto, nominato console
per la quarta volta, portò la guerra in Spagna contro i figli di Pompeo,[213] che erano ancor giovani, ma avevano
raccolto un esercito di straordinaria grandezza e mettevano in mostra un'audacia degna del comando, tanto che
posero Cesare in estremo pericolo. La grande battaglia si 2
combatté presso la città di Munda:[214] qui Cesare, vedendo i suoi malamente resistere e ripiegare, passando tra le
schiere armate gridava se non si vergognavano di darlo
nelle mani di due ragazzini. Dopo che ebbe respinto a fa- 3
tica, con grande coraggio, i nemici, ne uccise più di trentamila e dei suoi perse i mille migliori.[215] Venendosene via 4
dopo la battaglia, disse agli amici che spesso aveva lottato per la vittoria, ma ora, per la prima volta, per la vita.
Vinse questa battaglia il giorno dei *Liberalia*,[216] proprio 5
quel giorno nel quale si dice che Pompeo Magno sia uscito da Roma per iniziare la guerra: erano passati quattro
anni. Il più giovane dei figli di Pompeo fuggì; del più 6
anziano Didio riportò la testa di lì a pochi giorni. Questa 7
fu l'ultima guerra che Cesare combatté; il trionfo che ne
celebrò turbò i Romani come nessun altro. Non era bello 8
che egli, che non aveva sconfitto capi stranieri o re barbari, ma che aveva distrutto completamente i figli e la stirpe del più forte e più sventurato dei Romani, celebrasse
un trionfo sulle sventure della patria, e per di più si van- 9
tasse di un'azione che aveva come unica giustificazione di

---

[216] Feste in onore di Libero (Dioniso nella mitologia ateniese) che si
celebrano il 17 marzo. Non v'è però corrispondenza precisa con le feste
dionisiache ateniesi. Anche l'accostamento cronologico, qui sottolineato da Plutarco, non è esatto in quanto Pompeo uscì da Roma il 17 gennaio 49, e lasciò invece Brindisi il 17 marzo 49.

καὶ πρὸς ἀνθρώπους ἀπολογία τὸ μετ᾽ ἀνάγκης πεπρᾶ-
χθαι, καὶ ταῦτα πρότερον μήτ᾽ ἄγγελον μήτε γράμματα
δημοσίᾳ πέμψαντα περὶ νίκης ἀπὸ τῶν ἐμφυλίων πολέμων,
ἀλλ᾽ ἀπωσάμενον αἰσχύνῃ τὴν δόξαν.

57. Οὐ μὴν ἀλλὰ καὶ πρὸς τὴν τύχην τοῦ ἀνδρὸς
ἐγκεκλικότες, καὶ δεδεγμένοι τὸν χαλινόν, καὶ τῶν ἐμφυλίων πολέμων καὶ κακῶν ἀναπνοὴν ἡγούμενοι τὴν
μοναρχίαν, δικτάτορα μὲν αὐτὸν ἀπέδειξαν διὰ βίου·
τοῦτο δ᾽ ἦν ὁμολογουμένη [μὲν] τυραννίς, τῷ ἀνυπευθύ-
2 νῳ τῆς μοναρχίας τὸ ἀκατάπαυστον προσλαβούσης· τιμὰς
δὲ τὰς πρώτας Κικέρωνος εἰς τὴν βουλὴν γράψαντος,
ὧν ἁμῶς γέ πως ἀνθρώπινον ἦν τὸ μέγεθος, ἕτεροι προστιθέντες ὑπερβολὰς καὶ διαμιλλώμενοι πρὸς ἀλλήλους,
ἐξειργάσαντο καὶ τοῖς πραοτάτοις ἐπαχθῆ τὸν ἄνδρα καὶ
λυπηρὸν γενέσθαι διὰ τὸν ὄγκον καὶ τὴν ἀτοπίαν τῶν
3 ψηφιζομένων, οἷς οὐδὲν ἧττον οἴονται συναγωνίσασθαι
τῶν κολακευόντων Καίσαρα τοὺς μισοῦντας, ὅπως ὅτι
πλείστας κατ᾽ αὐτοῦ προφάσεις ἔχωσι καὶ μετὰ μεγί-
4 στων ἐγκλημάτων ἐπιχειρεῖν δοκῶσιν. ἐπεὶ τά γ᾽ ἄλλα,
τῶν ἐμφυλίων αὐτῷ πολέμων πέρας ἐσχηκότων, ἀνέγκλητον
⟨ἑαυτὸν⟩ παρεῖχε· καὶ τό γε τῆς Ἐπιεικείας ἱερὸν οὐκ
ἀπὸ τρόπου δοκοῦσι χαριστήριον ἐπὶ τῇ πραότητι ψηφί-
5 σασθαι. καὶ γὰρ ἀφῆκε πολλοὺς τῶν πεπολεμηκότων
πρὸς αὐτόν, ἐνίοις δὲ καὶ ἀρχὰς καὶ τιμάς, ὡς Βρούτῳ
καὶ Κασσίῳ, προσέθηκεν· ἐστρατήγουν γὰρ ἀμφότεροι·
6 καὶ τὰς Πομπηίου καταβεβλημένας εἰκόνας οὐ περιεῖδεν,
ἀλλ᾽ ἀνέστησεν, ἐφ᾽ ᾧ καὶ Κικέρων εἶπεν, ὅτι Καῖσαρ
7 τοὺς Πομπηίου στήσας ἀνδριάντας τοὺς ἰδίους ἔπηξε. τῶν

fronte agli dei e agli uomini d'essere stata compiuta di necessità; inoltre prima non aveva mai mandato ufficialmente nunzi o lettere per informare di una vittoria dal teatro delle guerre civili, ma ne aveva ricusato la gloria per vergogna.

57. Comunque, piegatisi dinnanzi alla fortuna di quell'uomo e accettatone il freno, ritenendo che la monarchia fosse un sollievo ai mali delle guerre civili, i Romani lo elessero dittatore a vita;[217] ciò equivaleva, per comune consenso, a una tirannide, perché a questo potere monarchico si aggiungeva la perpetuità nel tempo oltre allo svincolo da ogni imposizione di rendiconto. Cicerone propose al senato i primi onori, la cui grandezza era pur sempre, in certo senso, nell'ambito dell'umano: altri, facendo a gara tra loro ad aggiungere esagerati riconoscimenti, fecero in modo che quell'uomo divenisse odioso e insopportabile anche alle persone moderate, appunto per la esagerazione e la insensatezza delle deliberazioni prese. Per la concessione di questi onori si crede che abbiano collaborato non meno degli adulatori di Cesare anche coloro che lo odiavano, per avere il maggior numero possibile di pretesti contro di lui e perché sembrasse che ponevano mano all'azione sulla base di gravissime accuse.

Almeno per quanto riguarda il resto, dopo che ebbe posto termine alle guerre civili, si mostrò irreprensibile, e i fatti dimostrano che i Romani giustamente hanno eretto il tempio della Clemenza in rendimento di grazie per la sua mitezza. Infatti egli lasciò liberi molti di quelli che avevano combattuto contro di lui, e ad alcuni concesse cariche e onori, come a Bruto e Cassio: divennero infatti tutti e due pretori. E non tollerò che restassero abbattute le statue di Pompeo,[218] ma le fece raddrizzare, e perciò anche Cicerone disse che, erigendo le statue di Pompeo, Cesare aveva consolidato le proprie.

[217] Il titolo ufficiale fu *dictator perpetuus* e gli fu conferito nel febbraio del 44, prima delle feste *Lupercalia*.

[218] C'è notizia di una statua equestre di Pompeo che si trovava sui Rostri insieme a quella di Silla, e che fu abbattuta nel 48 dopo la battaglia di Farsalo.

δὲ φίλων ἀξιούντων αὐτὸν δορυφορεῖσθαι καὶ πολλῶν
ἐπὶ τοῦτο παρεχόντων ἑαυτούς, οὐχ ὑπέμεινεν, εἰπὼν ὡς
8 βέλτιόν ἐστιν ἅπαξ ἀποθανεῖν ἢ ἀεὶ προσδοκᾶν. τὴν δ᾽
εὔνοιαν ὡς κάλλιστον ἅμα καὶ βεβαιότατον ἑαυτῷ περι-
βαλλόμενος φυλακτήριον, αὖθις ἀνελάμβανε τὸν δῆμον
ἑστιάσεσι καὶ σιτηρεσίοις, τὸ δὲ στρατιωτικὸν ἀποικίαις,
ὧν ἐπιφανέστατοι Καρχηδὼν καὶ Κόρινθος ἦσαν, αἷς καὶ
πρότερον τὴν ἅλωσιν καὶ τότε τὴν ἀνάληψιν ἅμα καὶ κατὰ
τὸν αὐτὸν χρόνον ἀμφοτέραις γενέσθαι συνέτυχε.

58. Τῶν δὲ δυνατῶν τοῖς μὲν ὑπατείας καὶ στρατηγίας εἰς τοὐπιὸν ἐπηγγέλλετο, τοὺς δ᾽ ἄλλαις τισὶν
ἐξουσίαις καὶ τιμαῖς παρεμυθεῖτο, πᾶσι δ᾽ ἐλπίζειν
2 ἐνεδίδου, μνηστευόμενος ἄρχειν ἑκόντων· ὡς καὶ Μαξί-
μου τοῦ ὑπάτου τελευτήσαντος εἰς τὴν περιοῦσαν ἔτι
τῆς ἀρχῆς μίαν ἡμέραν ὕπατον ἀποδεῖξαι Κανίνιον
3 Ῥεβίλιον. πρὸς ὃν ὡς ἔοικε πολλῶν δεξιώσασθαι καὶ
προπέμψαι βαδιζόντων, ὁ Κικέρων· ,,σπεύδωμεν‘‘ ἔφη,
,,πρὶν φθάσῃ τῆς ὑπατείας ἐξελθὼν ὁ ἄνθρωπος.‘‘
4 Ἐπεὶ δὲ τὸ φύσει μεγαλουργὸν αὐτοῦ καὶ φιλότιμον
αἱ πολλαὶ κατορθώσεις οὐ πρὸς ἀπόλαυσιν ἔτρεπον τῶν
πεπονημένων, ἀλλ᾽ ὑπέκκαυμα καὶ θάρσος οὖσαι πρὸς τὰ
μέλλοντα μειζόνων ἐνέτικτον ἐπινοίας πραγμάτων καὶ
5 καινῆς ἔρωτα δόξης, ὡς ἀποκεχρημένῳ τῇ παρούσῃ, τὸ
μὲν πάθος οὐδὲν ἦν ἕτερον ἢ ζῆλος αὐτοῦ καθάπερ ἄλλου
καὶ φιλονικία τις ὑπὲρ τῶν μελλόντων πρὸς τὰ πεπραγ-
6 μένα, παρασκευὴ δὲ καὶ γνώμη στρατεύειν μὲν ἐπὶ

Per quanto gli amici lo invitassero a cingersi di una guar 7
dia del corpo e molti si offrissero per questo servizio, non
lo volle, affermando che è meglio morire una volta sola
che aspettare sempre di morire. Cingendosi dunque di be 8
nevolenza come del presidio migliore e più sicuro, di nuovo
si conciliava il popolo con banchetti e con distribuzione
di viveri, e i soldati con delle colonie,[219] delle quali le più
famose furono Cartagine e Corinto, cui toccò in antico
di essere conquistate assieme nello stesso anno e assieme
essere poi riedificate.[220]

58. Quanto poi agli ottimati, agli uni prometteva per
il futuro consolati e preture, di altri si conciliava il favore
con altre cariche e onori, a tutti dava speranze da coltiva-
re, desiderando governare con il consenso; quando ad 2
esempio morì il console Massimo nominò console per l'ultimo giorno dell'anno di carica che ancora restava, Caninio Rebilo. Molti, a quanto sembra, si mossero per con 3
gratularsi con lui e accompagnarlo, e Cicerone disse: «Af-
frettiamoci, prima che non ci scappi uscendo di carica».

Poiché i molti successi non volgevano la sua naturale 4
ambizione e l'ansia di grandi imprese a godere di quel che
otteneva, ma come un incitamento e uno sprone verso
il futuro gli suggerivano di ideare maggiori imprese e di
aspirare a nuova gloria, quasi che fosse ormai sazio di
quelle che godeva, il suo stato d'animo non era altro che 5
invidia di sé, quasi che fosse un altro, e tensione verso il
da farsi per superare il già fatto. Egli aveva in animo di 6

---

[219] Conciliarsi l'esercito con deduzione di colonie rientrava nel disegno politico di Cesare: egli sapeva bene che in tal modo si recidevano
alla radice le possibilità di rivoluzione di una categoria di persone che
per il genere di vita che aveva condotto diventava piuttosto insofferente
e non molto disponibile a reinserirsi in una vita borghese. Oltre a Cartagine e Corinto, tra le colonie si ricordano Capua, Calatia e Casilinum
in Italia; Phares in Egitto; Narbona e Arles in Gallia e forse Berythus
in Siria.

[220] Distrutte ambedue nel 146 a.C.: Cartagine da Scipione l'Africano Minore; Corinto da Lucio Mummio.

Πάρθους, καταστρεψαμένῳ δὲ τούτους καὶ δι᾽ Ὑρκα-
νίας παρὰ τὴν Κασπίαν θάλασσαν καὶ τὸν Καύκασον
ἐκπεριελθόντι τὸν Πόντον εἰς τὴν Σκυθικὴν ἐμβαλεῖν
7 καὶ τὰ περίχωρα Γερμανοῖς καὶ Γερμανίαν αὐτὴν ἐπι-
δραμόντι διὰ Κελτῶν ἐπανελθεῖν εἰς Ἰταλίαν, καὶ συν-
άψαι τὸν κύκλον τοῦτον τῆς ἡγεμονίας τῷ πανταχόθεν
8 Ὠκεανῷ περιορισθείσης. διὰ μέσου δὲ τῆς στρατείας
τόν τε Κορίνθιον Ἰσθμὸν ἐπεχείρει διασκάπτειν, † Ἀνιη-
νὸν ἐπὶ τούτῳ προχειρισάμενος, καὶ τὸν Τίβεριν εὐθὺς
ἀπὸ τῆς πόλεως ὑπολαβὼν διώρυχι βαθείᾳ καὶ περι-
κλάσας ἐπὶ τὸ Κιρκαῖον ἐμβαλεῖν εἰς τὴν πρὸς Ταρρα-
κίνῃ θάλατταν, ἀσφάλειαν ἅμα καὶ ῥᾳστώνην τοῖς δι᾽
9 ἐμπορίας φοιτῶσιν εἰς Ῥώμην μηχανώμενος· πρὸς δὲ
τούτοις τὰ μὲν ἕλη τὰ περὶ Πωμεντῖνον καὶ Σητίαν ἐκ-
τρέψας, πεδίον ἀποδεῖξαι πολλαῖς ἐνεργὸν ἀνθρώπων
10 μυριάσι, τῇ δ᾽ ἔγγιστα τῆς Ῥώμης θαλάσσῃ κλεῖθρα διὰ
χωμάτων ἐπαγαγών, καὶ τὰ τυφλὰ καὶ δύσορμα τῆς
Ὠστιανῆς ἠϊόνος ἀνακαθηράμενος, λιμένας ἐμποιήσα-
σθαι καὶ ναύλοχα πρὸς τοσαύτην ἀξιόπιστα ναυτιλίαν.
καὶ ταῦτα μὲν ἐν παρασκευαῖς ἦν.

59. Ἡ δὲ τοῦ ἡμερολογίου διάθεσις καὶ διόρθωσις
τῆς περὶ τὸν χρόνον ἀνωμαλίας, φιλοσοφηθεῖσα χαριέντως ὑπ᾽ αὐτοῦ καὶ τέλος λαβοῦσα, γλαφυρωτάτην παρ-
2 έσχε χρείαν. οὐ γὰρ μόνον ἐν τοῖς παλαιοῖς πάνυ χρόνοις τεταραγμέναις ἐχρῶντο Ῥωμαῖοι ταῖς τῶν μηνῶν
πρὸς τὸν ἐνιαυτὸν περιόδοις, ὥστε τὰς θυσίας καὶ τὰς
ἑορτὰς ὑποφερομένας κατὰ μικρὸν εἰς ἐναντίας ἐκπε-

[221] Cesare coltivava da tempo l'idea di una spedizione contro i Parti
per eliminare definitivamente la minaccia sull'Asia Minore e per riscat-
tare il disastro di Carre nel 54 nel quale era morto Crasso. La guerra
fu deliberata al principio del 44, con una previsione di durata di tre anni; secondo Appiano era già fissata la data della partenza per il 18
marzo.
[222] Lavori di prosciugamento di quella zona erano stati fatti dal console M. Cornelio Cetego nel 160 a.C.; dopo gli interventi di Cesare lavori similari furono organizzati da Augusto senza risultati apprezzabili;
se ne interessarono anche Nerva e Traiano, e da ultimo, nell'antichità,
Teodorico.

preparare una spedizione contro i Parti,[221] e dopo averli assoggettati ed aver fatto il giro attorno al Ponto attraverso l'Ircania e lungo il Caspio e il Caucaso, penetrare in Scizia e attraversati i luoghi vicini ai Germani e la stessa Germania ritornare in Italia passando per la Gallia, concludendo così questo cerchio dell'impero, limitato da ogni parte dall'Oceano. Nel mezzo della preparazione di questa spedizione cominciò a tagliare l'istmo di Corinto, avendone dato incarico ad Anieno, e intanto pensava di deviare il Tevere subito a sud della città, con un profondo canale, e piegatolo verso il Circeo farlo fluire in mare presso Terracina, procurando così agio e sicurezza a coloro che per commercio erano soliti venire a Roma. Pensava inoltre di bonificare le paludi di Pomezia e Sezze,[222] e ricavarne una piana dove potessero lavorare molte migliaia di uomini e, costruendo dighe per tener lontano il mare in quelle parti nelle quali era più vicino alla città, bonificato il litorale di Ostia ove è impraticabile, farvi porti e ancoraggi adatti a un così forte movimento di navi.[223] Tutto ciò era in allestimento.

59. La riforma del calendario e la correzione dell'errore verificatosi nel computo del tempo, studiata ed effettuata con ingegnosità da lui, arrecò un'utilità pratica assai apprezzata.[224] Infatti non solo nei tempi molto antichi per i Romani le coincidenze dei mesi con i tempi dell'anno erano fuor di posto, cosicché feste religiose e sacrifici a poco a poco slittando eran venute a cadere in sta-

---

[223] L'opera fu poi mandata ad effetto da Claudio.
[224] La riforma fu posta in atto nel 46. La rendevano da tempo necessaria la constatazione della non corrispondenza tra il tempo reale (le stagioni) e il tempo ufficiale, e anche il fatto che soli depositari della conoscenza della cronologia erano i sacerdoti: ai *Pontifices* infatti secondo la *lex Acilia* del 191 era stato dato pieno controllo sul calendario, con potere di inserire o meno, a loro arbitrio, i mesi intercalari. È chiaro che questo diritto dava adito a strumentazioni politiche.

3 πτωκέναι τοῖς χρόνοις ὥρας, ἀλλὰ καὶ περὶ τὴν τότ'
οὖσαν ἡλικίαν οἱ μὲν ἄλλοι παντάπασι τούτων ἀσυλλο-
γίστως εἶχον, οἱ δ' ἱερεῖς μόνοι τὸν καιρὸν εἰδότες
ἐξαίφνης καὶ προησθημένου μηδενὸς τὸν ἐμβόλιμον
4 προσέγραφον μῆνα, Μερκηδόνιον ὀνομάζοντες· ὃν Νο-
μᾶς ὁ βασιλεὺς πρῶτος ἐμβαλεῖν λέγεται, μικρὰν καὶ
διατείνουσαν οὐ πόρρω βοήθειαν ἐξευρὼν τῆς περὶ τὰς
ἀποκαταστάσεις πλημμελείας, ὡς ἐν τοῖς περὶ ἐκείνου
5 γέγραπται (c. 18). Καῖσαρ δὲ τοῖς ἀρίστοις τῶν φιλοσόφων
καὶ μαθηματικῶν τὸ πρόβλημα προθείς, ἐκ τῶν ὑποκειμένων ἤδη μεθόδων ἔμειξεν ἰδίαν τινὰ καὶ διηκριβωμένην
μᾶλλον ἐπανόρθωσιν, ᾗ χρώμενοι μέχρι νῦν Ῥωμαῖοι
δοκοῦσιν ἧττον ἑτέρων σφάλλεσθαι περὶ τὴν ἀνωμαλίαν.
6 οὐ μὴν ἀλλὰ καὶ τοῦτο τοῖς βασκαίνουσι καὶ βαρυνομένοις
τὴν δύναμιν αἰτίας παρεῖχε· Κικέρων γοῦν ὁ ῥήτωρ ὡς
ἔοικε, φήσαντός τινος αὔριον ἐπιτελεῖν Λύραν, „ναὶ"
εἶπεν, „ἐκ διατάγματος", ὡς καὶ τοῦτο πρὸς ἀνάγκην
τῶν ἀνθρώπων δεχομένων.

60. Τὸ δ' ἐμφανὲς μάλιστα μῖσος καὶ θανατηφόρον
ἐπ' αὐτὸν ὁ τῆς βασιλείας ἔρως ἐξειργάσατο, τοῖς μὲν
πολλοῖς αἰτία πρώτη, τοῖς δ' ὑπούλοις πάλαι πρόφασις
2 εὐπρεπεστάτη γενομένη. καίτοι καὶ λόγον τινὰ κατέσπειραν
εἰς τὸν δῆμον οἱ ταύτην Καίσαρι τὴν τιμὴν προξενοῦντες,
ὡς ἐκ γραμμάτων Σιβυλλείων ἁλώσιμα τὰ Πάρθων
φαίνοιτο Ῥωμαίοις σὺν βασιλεῖ στρατευομένοις ἐπ'
3 αὐτούς, ἄλλως ἀνέφικτ' ὄντα· καὶ καταβαίνοντος ἐξ

gioni opposte al loro giusto tempo, ma anche in relazione 3
alla stessa età contemporanea la gran massa era assolutamente all'oscuro del computo del tempo e solo i sacerdoti, essendone al corrente, all'improvviso e senza che nessuno ne fosse informato inserivano il mese intercalare che
chiamavano Marcedonio. Si dice che per primo il re Nu- 4
ma lo avesse introdotto, avendo inventato questo piccolo
rimedio, che non era sufficiente, all'errore del ciclo periodico degli astri, come ho già scritto nella sua biografia.

Cesare propose il problema ai migliori filosofi e mate- 5
matici,[225] e muovendo da metodi già esistenti, mise insieme una riforma particolare e più corretta, valendosi della
quale sembra che sino ad ora i Romani sbaglino meno d'altri riguardo alla irregolare misura dell'anno. Ciò nondi- 6
meno anche questo fatto diede motivo agli invidiosi e dis-
sidenti per muovere le loro accuse; così, a quanto pare,
l'oratore Cicerone, quando uno disse che il giorno dopo
sarebbe sorta la Lira, disse: «Sì, secondo l'ordine», volendo dire che gli uomini accettavano per costrizione anche questo.

60. Ma l'odio più vibrante e che l'avrebbe portato a
morte glielo produsse l'aspirazione al regno, che fu per
il popolo la causa prima per odiarlo, e invece per quelli
che da tempo lo avversavano il pretesto migliore. Coloro 2
che volevano concedere questo onore a Cesare diffusero
tra la gente questa voce, e cioè che secondo i libri Sibil-
lini[226] i Parti potevano essere vinti da Romani che li avessero attaccati sotto il comando di un re, altrimenti erano

---

[225] Le fonti parlano genericamente di Egizi (così Cassio Dione), o di
Sosigene, esperto di astronomia (Plinio il Vecchio) o dello scriba M. Flavio
(Macrobio). Non pare credibile che ci sia stato apporto personale dello
stesso Cesare, né che egli abbia scritto, come alcune fonti tramandano,
un trattato sui fondamenti astronomici della sua riforma.
[226] Una collezione di oracoli acquistati, secondo la tradizione, da
Tarquinio il Superbo da una Sibilla della colonia euboica di Cuma, che
non erano consultati per conoscere il futuro, ma per sapere in qual modo si potessero placare gli dei.

Ἄλβης Καίσαρος εἰς τὴν πόλιν, ἐτόλμησαν αὐτὸν ἀσπά-
σασθαι βασιλέα· τοῦ δὲ δήμου διαταραχθέντος, ἀχθε-
σθεὶς ἐκεῖνος οὐκ ἔφη βασιλεύς, ἀλλὰ Καῖσαρ καλεῖσθαι,
καὶ γενομένης πρὸς τοῦτο πάντων σιωπῆς, οὐ πάνυ
4 φαιδρὸς οὐδ᾽ εὐμενὴς παρῆλθεν. ἐν δὲ συγκλήτῳ τιμάς
τινας ὑπερφυεῖς αὐτῷ ψηφισαμένων, ἔτυχε μὲν ὑπὲρ τῶν
ἐμβόλων καθεζόμενος, προσιόντων δὲ τῶν ὑπάτων καὶ
τῶν στρατηγῶν, ἅμα δὲ καὶ τῆς βουλῆς ἁπάσης ἑπομένης,
οὐχ ὑπεξαναστάς, ἀλλ᾽ ὥσπερ ἰδιώταις τισὶ χρηματίζων
ἀπεκρίνατο συστολῆς μᾶλλον ἢ προσθέσεως τὰς τιμὰς
δεῖσθαι. καὶ τοῦτ᾽ οὐ μόνον ἠνίασε τὴν βουλήν, ἀλλὰ καὶ
τὸν δῆμον, ὡς ἐν τῇ βουλῇ τῆς πόλεως προπηλακιζο-
μένης, καὶ μετὰ δεινῆς κατηφείας ἀπῆλθον εὐθὺς οἷς
6 ἐξῆν μὴ παραμένειν, ὥστε κἀκεῖνον ἐννοήσαντα παρα-
χρῆμα μὲν οἴκαδε τραπέσθαι καὶ βοᾶν πρὸς τοὺς φίλους
ἀπαγαγόντα τοῦ τραχήλου τὸ ἱμάτιον, ὡς ἕτοιμος εἴη
τῷ βουλομένῳ τὴν σφαγὴν παρέχειν, ὕστερον δὲ προ-
7 φασίζεσθαι τὴν νόσον· οὐ γὰρ ἐθέλειν τὴν αἴσθησιν
ἀτρεμεῖν τῶν οὕτως ἐχόντων, ὅταν ἱστάμενοι διαλέγωνται
πρὸς ὄχλον, ἀλλὰ σειομένην ταχὺ καὶ περιφερομένην
8 ἰλίγγους ἐπισπᾶσθαι καὶ καταλαμβάνεσθαι. τότε δ᾽ οὐκ
εἶχεν οὕτως, ἀλλὰ καὶ πάνυ βουλόμενον αὐτὸν ὑπεξανα-
στῆναι τῇ βουλῇ λέγουσιν ὑπό του τῶν φίλων, μᾶλλον
δὲ κολάκων, Κορνηλίου Βάλβου, κατασχεθῆναι φήσαντος·
„οὐ μεμνήσῃ Καῖσαρ ὤν, οὐδ᾽ ἀξιώσεις ὡς κρείττονα
θεραπεύεσθαι σεαυτόν;“
61. Ἐπιγίνεται τούτοις τοῖς προσκρούσμασιν ὁ τῶν

invincibili. Per questo, quando Cesare scese da Alba in 3
città,[227] osarono acclamarlo re; ma siccome il popolo aveva cominciato a tumultuare, egli, seccato, disse che non
si chiamava re, ma Cesare: fattosi un generale silenzio egli
passò oltre, né lieto né ben disposto. In senato gli aveva- 4
no decretato onori eccezionali, ed egli era casualmente seduto sui Rostri[228] quando gli si avvicinarono consoli e
pretori e tutto il senato al seguito: egli non si alzò, ma come se trattasse con privati cittadini affermò che si sarebbero dovuti diminuire, e non già accrescere quegli onori.
Questo non solo irritò il senato ma anche il popolo, con- 5
vinto che nel senato era stata offesa tutta la città, e coloro cui era possibile non rimanere se ne andarono molto
abbattuti, tanto che anch'egli se ne avvide e tornò subito 6
a casa, e scostando il mantello dal collo diceva che era
pronto a lasciarsi colpire da chi lo volesse. Più tardi però
addusse a sua giustificazione la malattia: diceva che le fa- 7
coltà di chi è colpito non sono più salde, quando si sta in
piedi a parlare di fronte a una folla, ma sono subito scos-
se e fuorviate, e si è colti da vertigini, e si esce di senno.
Ma le cose non andarono veramente così: egli avrebbe vo- 8
luto alzarsi di fronte al senato, ma, a quanto si dice, uno
degli amici, o meglio degli adulatori, Cornelio Balbo, lo
trattenne dicendogli: «Ricordati che sei Cesare, e ritieni
che sia giusto che ti si onori come superiore».

61. A queste difficoltà si aggiunse l'offesa fatta ai tri-

---

[227] L'episodio va collocato al 26 gennaio del 44, quando Cesare tornò a Roma dopo aver assistito in Alba alle *feriae Latinae*, antiche feste
della lega latina che si tenevano sulla sommità del monte Albano in onore
di *Juppiter Latiaris*. Usualmente celebrate tra aprile e giugno furono quel-
l'anno anticipate perché Cesare doveva partire per la spedizione contro
i Parti.
[228] Tribuna degli oratori, nel Foro, che prende nome dagli ornamenti
rappresentati dalle prue (*rostra*) delle navi catturate ad Anzio nella battaglia navale del 338 a.C.

δημάρχων προπηλακισμός. ἦν μὲν γὰρ ἡ τῶν Λουπερκα-
λίων ἑορτή, περὶ ἧς πολλοὶ γράφουσιν ὡς ποιμένων τὸ
παλαιὸν εἴη, καί τι καὶ προσήκει τοῖς Ἀρκαδικοῖς Λυκαίοις.
2 τῶν δ᾽ εὐγενῶν νεανίσκων καὶ ἀρχόντων πολλοὶ διαθέουσιν
ἀνὰ τὴν πόλιν γυμνοί, σκύτεσι λασίοις τοὺς ἐμποδὼν ἐπὶ
3 παιδιᾷ καὶ γέλωτι παίοντες· πολλαὶ δὲ καὶ τῶν ἐν τέλει
γυναικῶν ἐπίτηδες ἀπαντῶσαι παρέχουσιν ὥσπερ ἐν
διδασκάλου τὼ χεῖρε ταῖς πληγαῖς, πεπεισμέναι πρὸς
εὐτοκίαν κυούσαις, ἀγόνοις δὲ πρὸς κύησιν ἀγαθὸν εἶναι.
4 ταῦτα Καῖσαρ ἐθεᾶτο, καθήμενος ὑπὲρ τῶν ἐμβόλων
ἐπὶ δίφρου χρυσοῦ, θριαμβικῷ κόσμῳ κεκοσμημένος.
5 Ἀντώνιος δὲ τῶν θεόντων τὸν ἱερὸν δρόμον εἰς ἦν· καὶ γὰρ
ὑπάτευεν· ὡς οὖν εἰς τὴν ἀγορὰν ἐνέβαλε καὶ τὸ πλῆθος
αὐτῷ διέστη, φέρων διάδημα στεφάνῳ δάφνης περιπεπλεγ-
μένον ὤρεξε τῷ Καίσαρι· καὶ γίνεται κρότος οὐ λαμπρός,
6 ἀλλ᾽ ὀλίγος ἐκ παρασκευῆς. ἀπωσαμένου δὲ τοῦ Καίσαρος,
ἅπας ὁ δῆμος ἀνεκρότησεν· αὖθις δὲ προσφέροντος,
7 ὀλίγοι, καὶ μὴ δεξαμένου, πάλιν ἅπαντες. οὕτω δὲ τῆς
πείρας ἐξελεγχομένης, Καῖσαρ μὲν ἀνίσταται, τὸν στέ-
8 φανον εἰς τὸ Καπιτώλιον ἀπενεχθῆναι κελεύσας. ὤφθησαν
δ᾽ ἀνδριάντες αὐτοῦ διαδήμασιν ἀναδεδεμένοι βασιλικοῖς,
καὶ τῶν δημάρχων δύο, Φλάουϊος καὶ Μάρυλλος, ἐπελ-
θόντες ἀπέσπασαν, καὶ τοὺς ἀσπασαμένους βασιλέα τὸν
Καίσαρα πρώτους ἐξευρόντες ἀπῆγον εἰς τὸ δεσμωτήριον.
9 ὁ δὲ δῆμος εἵπετο κροτῶν καὶ Βρούτους ἀπεκάλει τοὺς
ἄνδρας, ὅτι Βροῦτος ἦν ὁ καταλύσας τὴν τῶν βασιλέων
διαδοχὴν καὶ τὸ κράτος εἰς βουλὴν καὶ δῆμον ἐκ μοναρχίας
10 καταστήσας. ἐπὶ τούτῳ Καῖσαρ παροξυνθείς, τὴν μὲν
ἀρχὴν ἀφείλετο τῶν περὶ τὸν Μάρυλλον, ἐν δὲ τῷ κατηγο-
ρεῖν αὐτῶν ἅμα καὶ τὸν δῆμον ἐφυβρίζων, πολλάκις

buni della plebe. Era la festa dei Lupercali,[229] a proposito della quale molti scrivono che era in antico una festa di pastori, e che ha una qualche relazione con le feste Licee dell'Arcadia. Molti giovani nobili, e anche magistrati, corrono nudi per la città colpendo per gioco e per ridere, con cinghie di cuoio peloso, i passanti; molte donne, anche dell'aristocrazia, si offrono ai colpi, come gli scolari a scuola offrono le mani alle percosse, convinte che se sono incinte sarà fortunato il parto, se sono sterili concepiranno. Cesare osservava la cerimonia seduto sui Rostri su un seggio d'oro, in abbigliamento trionfale. Antonio era uno dei partecipanti alla corsa sacra (egli era console); quando dunque entrò nel foro e la folla si aprì innanzi a lui, porse a Cesare un diadema intrecciato con una corona d'alloro. Si levò un applauso, non scrosciante, ma sommesso, come se fosse preparato. Cesare respinse la corona e tutto il popolo applaudì; quando di nuovo Antonio offerse la corona, pochi applaudirono, e di nuovo applaudirono tutti quando Cesare la rifiutò. La prova ebbe questo risultato, e Cesare levatosi ordinò di portare la corona sul Campidoglio. Poi si videro le sue statue adorne di diademi regali, e due tribuni della plebe, Flavio e Marullo, vennero a toglierli: ricercarono poi coloro che per primi avevano salutato Cesare come re e li condussero in carcere. Il popolo li seguiva applaudendo, e li chiamava Bruti, perché era stato Bruto che aveva posto fine alla monarchia e ne aveva trasferito il potere al senato e al popolo. Ma Cesare per questo si irritò, ed esonerò dalla carica Marullo e il suo collega, e nell'accusarli, schernendo an-

2

3

4
5

6

6
8

9

10

---

[229] Cerimonia religiosa tra le più antiche, celebrata il 15 febbraio, ritenuta da alcuni propiziatrice della fertilità femminile, da altri relitto di antica festa pastorale volta alla difesa dei greggi, da altri ancora cerimonia per tenere lontane le anime dei trapassati.

Βρούτους τε καὶ Κυμαίους ἀπεκάλει τοὺς ἄνδρας.

62. *Οὕτω δὴ τρέπονται πρὸς Μᾶρκον Βροῦτον οἱ πολλοί, γένος μὲν ἐκεῖθεν εἶναι δοκοῦντα πρὸς πατέρων, καὶ τὸ πρὸς μητρὸς δ᾽ ἀπὸ Σερουιλίων, οἰκίας ἑτέρας*
2 *ἐπιφανοῦς, γαμβρὸν δὲ καὶ ἀδελφιδοῦν Κάτωνος. τοῦτον ἐξ ἑαυτοῦ μὲν ὁρμῆσαι πρὸς κατάλυσιν τῆς μοναρχίας*
3 *ἤμβλυνον αἱ παρὰ Καίσαρος τιμαὶ καὶ χάριτες. οὐ γὰρ μόνον ἐσώθη περὶ Φάρσαλον ἀπὸ τῆς Πομπηΐου φυγῆς, οὐδὲ πολλοὺς τῶν ἐπιτηδείων ἔσωσεν ἐξαιτησάμενος,*
4 *ἀλλὰ καὶ πίστιν εἶχε μεγάλην παρ᾽ αὐτῷ. καὶ στρατηγιῶν μὲν ἐν ταῖς τότε τὴν ἐπιφανεστάτην ἔλαβεν, ὑπατεύειν δ᾽ ἔμελλεν εἰς τέταρτον ἔτος, ἐρίσαντος Κασσίου προ-*
5 *τιμηθείς. λέγεται γὰρ ὁ Καῖσαρ εἰπεῖν, ὡς δικαιότερα μὲν λέγοι Κάσσιος, αὐτὸς μέντοι Βροῦτον οὐκ ἂν παρέλθοι*
6 *καί ποτε καὶ διαβαλλόντων τινῶν τὸν ἄνδρα, πραττο- μένης ἤδη τῆς συνωμοσίας, οὐ προσέσχεν, ἀλλὰ τοῦ σώματος τῇ χειρὶ θιγὼν ἔφη πρὸς τοὺς διαβάλλοντας· „ἀναμενεῖ τοῦτο τὸ δέρμα Βροῦτος,“ ὡς ἄξιον μὲν ὄντα τῆς ἀρχῆς δι᾽ ἀρετήν, διὰ δὲ τὴν ἀρετὴν οὐκ ἂν ἀχάριστον*
7 *καὶ πονηρὸν γενόμενον. οἱ δὲ τῆς μεταβολῆς ἐφιέμενοι καὶ πρὸς μόνον ἐκεῖνον ἢ πρῶτον ἀποβλέποντες, αὐτῷ μὲν οὐκ ἐτόλμων διαλέγεσθαι, νύκτωρ δὲ κατεπίμπλασαν γραμμάτων τὸ βῆμα καὶ τὸν δίφρον, ἐφ᾽ οὗ στρατηγῶν ἐχρημάτιζεν, ὧν ἦν τὰ πολλὰ τοιαῦτα· „καθεύδεις ὦ*
8 *Βροῦτε“ καὶ „οὐκ εἶ Βροῦτος.“ ὑφ᾽ ὧν ὁ Κάσσιος αἰσθό- μενος διακινούμενον ἡσυχῇ τὸ φιλότιμον αὐτοῦ, μᾶλλον*

che il popolo, continuava a chiamarli Bruti e Cumani.[230]

62. Così tutti si volgono a Bruto che sembrava discendere, per parte di padre, dall'antico Bruto e per parte di madre dai Servili, un'altra casata famosa, ed era genero e nipote di Catone. Ma gli impedivano di prendere l'iniziativa di dissolvere il potere monarchico, onori e favori che gli erano venuti da parte di Cesare. Non solo infatti egli era stato salvato a Farsalo dopo la fuga di Pompeo, e non solo per sua intercessione erano stati salvati molti suoi amici, ma per di più egli godeva di grande fiducia presso Cesare. Così in quell'anno, tra coloro che erano pretori, egli ebbe la pretura di maggior prestigio,[231] e sarebbe stato console di lì a tre anni, essendo stato preferito al suo concorrente Cassio.[232] Si dice che Cesare avesse affermato che Cassio ragionava meglio, ma che non sarebbe comunque passato davanti a Bruto. Una volta, quando già era in corso la congiura, alcuni denunciarono Bruto a Cesare, ma egli non prestò fede e indicando con la mano se stesso disse agli accusatori: «Bruto aspetterà questo corpo», intendendo dire che egli era degno, per la sua virtù, del potere, ma appunto per la sua virtù non sarebbe stato né irriconoscente né malvagio. Ma coloro che aspiravano al rivolgimento di regime, e guardavano a lui solo, o a lui per primo, non osavano parlargliene direttamente, ma di notte riempivano di scritte la sua tribuna e il seggio sul quale da pretore amministrava la giustizia; la maggior parte di queste scritte diceva: «Tu dormi, o Bruto»; «Non sei Bruto». A seguito di tutto ciò Cassio si accorse che l'ambizione di Bruto andava a poco a poco

[230] L'intento è chiaramente spregiativo: Bruto etimologicamente ha il senso di «tonto», «stupido»; sui Cumani correvano battute feroci: si sarebbero accorti, ad es., solo trecento anni dopo la fondazione d'abitare una città sul mare, perché solo allora imposero una tassa sul porto.
[231] Nel 44 Bruto fu pretore urbano, nonostante avesse maggior diritto a rivestire quella carica Cassio, che fu invece *praetor peregrinus*.
[232] C. Cassio Longino, cognato di Bruto, dalla tradizione concorde è presentato come ispiratore e principale organizzatore della congiura.

ἢ πρότερον ἐνέκειτο καὶ παρώξυνεν, αὐτὸς ἰδίᾳ τι καὶ
μίσους ἔχων πρὸς τὸν Καίσαρα δι᾽ αἰτίας ἃς ἐν τοῖς περὶ
9 Βρούτου γεγραμμένοις δεδηλώκαμεν (c. 8, 5. 6). εἶχε μέντοι
καὶ δι᾽ ὑποψίας ὁ Καῖσαρ αὐτόν, ὥστε καὶ πρὸς τοὺς φίλους
εἰπεῖν ποτε· ,,τί φαίνεται βουλόμενος ὑμῖν Κάσσιος; ἐμοὶ
10 μὲν γὰρ οὐ λίαν ἀρέσκει, λίαν ὠχρὸς ὤν.‘‘ πάλιν δὲ
λέγεται περὶ Ἀντωνίου καὶ Δολοβέλλα διαβολῆς πρὸς
αὐτὸν ὡς νεωτερίζοιεν ἐλθούσης, ,,οὐ πάνυ‘‘ φάναι
,,τούτους δέδοικα τοὺς παχεῖς καὶ κομήτας, μᾶλλον δὲ
τοὺς ὠχροὺς καὶ λεπτοὺς ἐκείνους‘‘, Κάσσιον λέγων καὶ
Βροῦτον.

63. Ἀλλ᾽ ἔοικεν οὐχ οὕτως ἀπροσδόκητον ὡς ἀφύλακτον
εἶναι τὸ πεπρωμένον, ἐπεὶ καὶ σημεῖα θαυμαστὰ καὶ
2 φάσματα φανῆναι λέγουσι. σέλα μὲν οὖν οὐράνια καὶ
κτύπους νύκτωρ πολλαχοῦ διαφερομένους καὶ καται-
ροντας εἰς ἀγορὰν ⟨ἀν⟩ημέρους ὄρνιθας οὐκ ἄξιον ἴσως
3 ἐπὶ πάθει τηλικούτῳ μνημονεῦσαι· Στράβων δ᾽ ὁ φιλόσοφος ἱστορεῖ (FGrH 91 F 19) πολλοῖς μὲν ἀνθρώπους
διαπύρους ἐπιφερομένους φανῆναι, στρατιώτου δ᾽ ἀνδρὸς
οἰκέτην ἐκ τῆς χειρὸς ἐκβαλεῖν πολλὴν φλόγα καὶ δοκεῖν
καίεσθαι τοῖς ὁρῶσιν, ὡς δ᾽ ἐπαύσατο, μηδὲν ἔχειν κακὸν
4 τὸν ἄνθρωπον· αὐτῷ δὲ Καίσαρι θύοντι τὴν καρδίαν
ἀφανῆ γενέσθαι τοῦ ἱερείου, καὶ δεινὸν εἶναι τὸ τέρας·
5 οὐ γὰρ ἂν φύσει γε συστῆναι ζῷον ἀκάρδιον. ἔστι δὲ
καὶ ταῦτα πολλῶν ἀκοῦσαι διεξιόντων, ὥς τις αὐτῷ μάντις
ἡμέρᾳ Μαρτίου μηνὸς ἣν Εἰδοὺς Ῥωμαῖοι καλοῦσι
6 προείποι μέγαν φυλάττεσθαι κίνδυνον, ἐλθούσης δὲ τῆς
ἡμέρας προϊὼν ὁ Καῖσαρ εἰς τὴν σύγκλητον ἀσπασάμενος

riscaldandosi, e più di prima insistentemente lo incitava, anche perché egli aveva personalmente qualche motivo d'odio contro Cesare per le ragioni che ho esposto nella biografia di Bruto. Cesare comunque nutriva qualche sospetto su di lui, tanto che una volta disse agli amici: «Che vi pare che mediti Cassio? a me non piace tanto: è troppo pallido». Un'altra volta, a proposito di un'accusa di sedizione rivolta contro Antonio e Dolabella,[233] egli disse: «Non ho paura di questi che son grassi e con i capelli ben curati, bensì di quegli altri, pallidi e magri», intendendo alludere a Bruto e Cassio.

63. Ma sembra davvero che quel che è fissato non sia tanto inatteso quanto inevitabile, giacché dicono che allora furono segni prodigiosi e apparizioni. Forse non val la pena di ricordare per un fatto di tale rilievo fuochi celesti e rumori notturni segnalati in parecchi luoghi, e uccelli solitari che scendevano nel foro; Strabone il filosofo racconta che a molti apparvero uomini infuocati che si lanciavano gli uni contro gli altri, e che il servo d'un soldato emise dalla mano una grossa fiamma: a quelli che osservavano sembrava che bruciasse, ma quando il fuoco cessò, quell'uomo non aveva alcun danno. Lo stesso Cesare, mentre sacrificava, non trovò il cuore della vittima; ed era questo un segno di malaugurio, dato che in natura non potrebbe esistere un animale senza cuore. Si può anche avere la testimonianza di molti che raccontano che un indovino gli aveva predetto di guardarsi da un gran pericolo in quel giorno del mese di marzo che i Romani chiamano idi; venuto quel giorno, Cesare entrando in senato[234] salutò l'indovino e prendendolo in giro disse:

[233] Afferma Cicerone (*Phil.* 2,34) che già nell'estate del 45, nella Gallia Narbonense, Trebonio aveva cercato di attirare Antonio nel complotto; proprio perché Antonio non aveva rivelato la macchinazione, pur non condividendola, sarebbe poi stato risparmiato alle idi di marzo.

[234] Diversamente dal solito la riunione non si tenne quel giorno nella Curia, che si trova nel foro, ma in una delle esedre della Curia Pompeia, vicina al teatro di Pompeo.

προσπαίξειε τῷ μάντει φάμενος· „αἱ μὲν δὴ Μάρτιαι
Εἰδοὶ πάρεισιν", ὁ δ' ἡσυχῇ πρὸς αὐτὸν εἴποι· „ναί,
7 πάρεισιν, ἀλλ' οὐ παρεληλύθασι." πρὸ μιᾶς δ' ἡμέρας
Μάρκου Λεπίδου δειπνίζοντος αὐτόν, ἔτυχε μὲν ἐπιστολαῖς
ὑπογράφων ὥσπερ εἰώθει κατακείμενος· ἐμπεσόντος δὲ
λόγου, ποῖος ἄρα τῶν θανάτων ἄριστος, ἅπαντας φθάσας
8 ἐξεβόησεν· „ὁ ἀπροσδόκητος." μετὰ ταῦτα κοιμώμενος
ὥσπερ εἰώθει παρὰ τῇ γυναικί, πασῶν ἅμα τῶν θυρῶν τοῦ
δωματίου καὶ τῶν θυρίδων ἀναπεταννυμένων, διαταρα-
χθεὶς ἅμα τῷ κτύπῳ καὶ τῷ φωτὶ καταλαμπούσης τῆς
σελήνης, ᾔσθετο τὴν Καλπουρνίαν βαθέως μὲν καθεύ-
δουσαν, ἀσαφεῖς δὲ φωνὰς καὶ στεναγμοὺς ἀνάρθρους
9 ἀναπέμπουσαν ἐκ τῶν ὕπνων· ἐδόκει δ' ἄρα κλαίειν
ἐκεῖνον ἐπὶ ταῖς ἀγκάλαις ἔχουσα κατεσφαγμένον· οἱ δ'
οὔ φασι τῇ γυναικὶ ταύτην γενέσθαι τὴν ὄψιν, ἀλλ', ἦν γάρ
τι τῇ Καίσαρος οἰκίᾳ προσκείμενον οἷον ἐπὶ κόσμῳ καὶ
σεμνότητι τῆς βουλῆς ψηφισαμένης ἀκρωτήριον, ὡς
Λίβιος ἱστορεῖ, τοῦτ' ὄναρ ἡ Καλπουρνία θεασαμένη
10 καταρρηγνύμενον ἔδοξε ποτνιᾶσθαι καὶ δακρύειν. ἡμέρας δ'
οὖν γενομένης ἐδεῖτο τοῦ Καίσαρος, εἰ μὲν οἷόν τε, μὴ
προελθεῖν, ἀλλ' ἀναβαλέσθαι τὴν σύγκλητον· εἰ δὲ τῶν
ἐκείνης ὀνείρων ἐλάχιστα φροντίζει, σκέψασθαι διὰ
11 μαντικῆς ἄλλης καὶ ἱερῶν περὶ τοῦ μέλλοντος. εἶχε δέ
τις ὡς ἔοικε κἀκεῖνον ὑποψία καὶ φόβος· οὐδένα γὰρ
γυναικισμὸν ἐν δεισιδαιμονίᾳ πρότερον κατεγνώκει τῆς
Καλπουρνίας, τότε δ' ἑώρα περιπαθοῦσαν.
12 Ὡς δὲ καὶ πολλὰ καταθύσαντες οἱ μάντεις ἔφρασαν
αὐτῷ δυσιερεῖν, ἔγνω πέμψας Ἀντώνιον ἀφεῖναι τὴν
σύγκλητον.
64. Ἐν δὲ τούτῳ Δέκιμος Βροῦτος ἐπίκλησιν Ἀλβῖνος,

«Le idi di marzo son giunte»; e quello tranquillamente: «Sì, ma non sono ancora passate». Il giorno prima, Marco Lepido lo aveva invitato a pranzo: egli, come era solito fare, firmava delle lettere stando disteso a mensa, e caduto il discorso su qual fosse la morte migliore, anticipò l'intervento di tutti esclamando: «L'inattesa». Dopo cena si coricò, come era solito, accanto alla moglie; ed ecco che contemporaneamente si spalancarono tutte le porte e le finestre della camera: sconvolto dal rumore e dalla luce della luna che brillava,[235] s'accorse che Calpurnia dormiva profondamente, ma nel sonno emetteva voci confuse e lamenti inarticolati: le sembrava infatti di piangere il marito tenendolo tra le braccia ucciso. Alcuni invece dicono che la donna non ebbe questa visione; le parve invece di lamentarsi e piangere per aver visto crollare una fastigio che stava sulla casa di Cesare,[236] aggiuntovi per ornamento ed onore in seguito a deliberazione del senato, come racconta Livio. La mattina successiva ella pregò Cesare di non uscire, se era possibile, ma di rimandare la seduta del senato; se però non faceva alcun conto dei suoi sogni, almeno indagasse il futuro mediante altri sacrifici di divinazione. A quanto sembra un certo sospetto e timore presero anche Cesare: precedentemente infatti non aveva notato in Calpurnia alcuna debolezza femminile derivante da scrupoli religiosi, mentre ora la vedeva oltremodo sconvolta.

Quando, pur dopo aver fatto molti sacrifici, gli indovini dissero che i segni non erano per lui favorevoli, decise di mandare Antonio a sciogliere il senato.

64. In questo momento Decimo Bruto, soprannomina-

7

8

9

10

11

12

---

[235] Gli astronomi hanno calcolato che la luna doveva essere all'ultimo quarto, e che perciò dovette sorgere quella notte parecchio tardi; il fatto sarebbe quindi da collocarsi verso il mattino.
[236] Cesare abitava in quel momento nella dimora ufficiale del pontefice massimo, e cioè nella *Regia* che si trovava all'estremità orientale del foro, tra la via Sacra e il tempio di Vesta.

πιστευόμενος μὲν ὑπὸ Καίσαρος, ὥστε καὶ δεύτερος ὑπ᾽
αὐτοῦ κληρονόμος γεγράφθαι, τοῖς δὲ περὶ Βροῦτον τὸν
2 ἕτερον καὶ Κάσσιον μετέχων τῆς συνωμοσίας, φοβηθεὶς
μὴ τὴν ἡμέραν ἐκείνην διακρουσαμένου τοῦ Καίσαρος
ἔκπυστος ἡ πρᾶξις γένηται, τούς τε μάντεις ἐχλεύαζε καὶ
καθήπτετο τοῦ Καίσαρος, ὡς αἰτίας καὶ διαβολὰς ἑαυτῷ
κτωμένου πρὸς τὴν σύγκλητον, ἐντρυφᾶσθαι δοκοῦσαν·
3 ἥκειν μὲν γὰρ αὐτὴν κελεύσαντος ἐκείνου, καὶ προθύμους
εἶναι ψηφίζεσθαι πάντας, ὅπως τῶν ἐκτὸς Ἰταλίας ἐπαρχιῶν βασιλεὺς ἀναγορεύοιτο καὶ φοροίη διάδημα τὴν ἄλ-
4 λην ἐπιὼν γῆν ⟨τε⟩ καὶ θάλασσαν· εἰ δὲ φράσει τις αὐτοῖς
καθεζομένοις νῦν μὲν ἀπαλλάττεσθαι, παρεῖναι δ᾽ αὖθις,
ὅταν ἐντύχῃ βελτίοσιν ὀνείροις Καλπουρνία, τίνας ἔσεσθαι
5 λόγους παρὰ τῶν φθονούντων; ἢ τίνα τῶν φίλων ἀνέξεσθαι
διδασκόντων ὡς οὐχὶ δουλεία ταῦτα καὶ τυραννίς ἐστιν;
ἀλλ᾽ εἰ δοκεῖ πάντως, ἔφη, τὴν ἡμέραν ἀφοσιώσασθαι,
βέλτιον αὐτὸν παρελθόντα καὶ προσαγορεύσαντα τὴν
6 βουλὴν ὑπερθέσθαι. ταῦθ᾽ ἅμα λέγων ὁ Βροῦτος ἦγε τῆς
χειρὸς λαβόμενος τὸν Καίσαρα. καὶ μικρὸν μὲν αὐτῷ
προελθόντι τῶν θυρῶν οἰκέτης ⟨τις⟩ ἀλλότριος ἐντυχεῖν
προθυμούμενος, ὡς ἡττᾶτο τοῦ περὶ ἐκεῖνον ὠθισμοῦ
καὶ πλήθους, βιασάμενος εἰς τὴν οἰκίαν παρέδωκεν
ἑαυτὸν τῇ Καλπουρνίᾳ, φυλάττειν κελεύσας ἄχρι ἂν
ἐπανέλθῃ Καῖσαρ, ὡς ἔχων μεγάλα πράγματα κατειπεῖν
πρὸς αὐτόν.

to Albino,[237] che godeva la fiducia di Cesare tanto che era stato da lui inserito tra i secondi eredi,[238] ma che anche partecipava alla congiura con l'altro Bruto e Cassio, temendo che se Cesare avesse lasciato passare quel giorno la congiura potesse essere scoperta, scherniva gli indovini e criticava Cesare dicendo che egli attirava su di sé accuse e calunnie da parte del senato cui sembrava di essere trattato con boria; esso si era riunito per suo ordine ed erano tutti pronti a votare perché egli avesse il nome di re[239] nelle province fuori di Italia e portasse la corona regale quando ivi viaggiava per terra e per mare. Se ora qualcuno avesse a dire ai senatori che stavano in seduta di sciogliere la riunione e ritrovarsi poi quando Calpurnia avesse avuto migliori sogni, quali sarebbero stati i discorsi degli invidiosi? O chi avrebbe tollerato gli amici di Cesare se avessero tentato di dire che questa non era la schiavitù degli uni e la tirannia dell'altro? Ma, aggiungeva Decimo Bruto, se proprio sembrava giusto considerare infausto quel giorno, meglio che si presentasse di persona a parlare in senato e aggiornasse poi la seduta. Nel dir questo Bruto prese per mano Cesare e lo condusse fuori. Si era di poco allontanato dalla porta ed ecco lo schiavo di un'altra famiglia desiderò parlargli, e siccome ne fu impedito dalla gran calca si aprì a forza la strada verso la casa e si affidò a Calpurnia, pregandola di tenerlo custodito fino al ritorno di Cesare in quanto aveva comunicazioni importanti da fargli.

[237] Decimo Bruto Giunio Albino, figlio del console del 77 e della colta Sempronia, era stato collaboratore di Cesare fin dalla guerra gallica e tenuto in grande considerazione tanto da essere inserito anche nel testamento.
[238] Si definiscono così coloro che in linea successoria subentrano agli eredi diretti in caso di loro premorienza, qualora il testatario non abbia la possibilità di modificare l'espressione delle sue volontà.
[239] La notizia che in quella seduta Cesare doveva essere nominato re delle province fuori d'Italia sembra derivare da fonte attendibile.

65. Ἀρτεμίδωρος δὲ Κνίδιος τὸ γένος, Ἑλληνικῶν λόγων σοφιστὴς καὶ διὰ τοῦτο γεγονὼς ἐνίοις συνήθης τῶν περὶ Βροῦτον, ὥστε καὶ γνῶναι τὰ πλεῖστα τῶν πραττομένων, ἧκε μὲν ἐν βιβλιδίῳ κομίζων ἅπερ ἔμελλε
2 μηνύειν· ὁρῶν δὲ τὸν Καίσαρα τῶν βιβλιδίων ἕκαστον δεχόμενον καὶ παραδιδόντα τοῖς περὶ αὐτὸν ὑπηρέταις, ἐγγὺς σφόδρα προσελθών, „τοῦτ'" ἔφη „Καῖσαρ ἀνάγνωθι μόνος καὶ ταχέως· γέγραπται γὰρ ὑπὲρ πραγμά-
3 των μεγάλων καὶ σοὶ διαφερόντων." δεξάμενος οὖν ὁ Καῖσαρ, ἀναγνῶναι μὲν ὑπὸ πλήθους τῶν ἐντυγχανόντων ἐκωλύθη, καίπερ ὁρμήσας πολλάκις, ἐν δὲ τῇ χειρὶ κατέχων καὶ φυλάττων μόνον ἐκεῖνο παρῆλθεν εἰς τὴν
4 σύγκλητον. ἔνιοι δέ φασιν ἄλλον ἐπιδοῦναι τὸ βιβλίον τοῦτο, τὸν δ' Ἀρτεμίδωρον οὐδ' ὅλως προσελθεῖν, ἀλλ' ἐκθλιβῆναι παρὰ πᾶσαν τὴν ὁδόν.

66. Ἀλλὰ ταῦτα μὲν ἤδη που φέρει καὶ τὸ αὐτόματον· ὁ δὲ δεξάμενος τὸν φόνον ἐκεῖνον καὶ τὸν ἀγῶνα χῶρος, εἰς ὃν ἡ σύγκλητος ἠθροίσθη τότε, Πομπηΐου μὲν εἰκόνα κειμένην ἔχων, Πομπηΐου δ' ἀνάθημα γεγονὼς τῶν προσκεκοσμημένων τῷ θεάτρῳ, παντάπασιν ἀπέφαινε δαίμονός τινος ὑφηγουμένου καὶ καλοῦντος ἐκεῖ τὴν πρᾶξιν
2 ἔργον γεγονέναι. καὶ γὰρ οὖν καὶ λέγεται Κάσσιος εἰς τὸν ἀνδριάντα τοῦ Πομπηΐου πρὸ τῆς ἐγχειρήσεως ἀποβλέπων ἐπικαλεῖσθαι σιωπῇ, καίπερ οὐκ ἀλλότριος ὢν
3 τῶν Ἐπικούρου λόγων· ἀλλ' ὁ καιρὸς ὡς ἔοικεν ἤδη τοῦ δεινοῦ παρεστῶτος ἐνθουσιασμὸν ἐνεποίει καὶ πάθος
4 ἀντὶ τῶν προτέρων λογισμῶν. Ἀντώνιον μὲν οὖν, πιστὸν ὄντα Καίσαρι καὶ ῥωμαλέον, ἔξω παρακατεῖχε Βροῦτος Ἀλβῖνος, ἐμβαλὼν ἐπίτηδες ὁμιλίαν μῆκος ἔχουσαν·
5 εἰσιόντος δὲ Καίσαρος ἡ βουλὴ μὲν ὑπεξανέστη θεραπεύουσα, τῶν δὲ περὶ Βροῦτον οἱ μὲν ἐξόπισθεν τὸν δίφρον αὐτοῦ περιέστησαν, οἱ δ' ἀπήντησαν ὡς δὴ Τιλλίῳ

65. Artemidoro, originario di Cnido,[240] insegnante di lettere greche e per questo familiare di alcuni degli amici di Bruto, tanto che venne a sapere la maggior parte di ciò che si tramava, venne con un libello contenente quanto intendeva denunciare. Vedendo però che Cesare riceveva 2 ogni scritto e lo passava ai suoi segretari, gli si avvicinò e disse: «Questo, o Cesare, leggilo tu solo, e presto; si tratta di cose grosse, e che riguardano te». Cesare lo prese, 3 ma non poté leggerlo per la massa di chi gli si faceva incontro, anche se spesso si accinse a farlo e così, tenendolo in mano e conservando solo quello, entrò in senato. Alcuni dicono che fu un altro che gli diede quel libello, e 4 non Artemidoro, il quale neppure gli si avvicinò, ma lungo tutta la strada fu respinto dalla folla.

66. Ma in un certo senso fatti di questo genere sono governati dal caso; però il luogo,[241] che accolse in sé quella lotta e quell'uccisione, luogo nel quale si riunì allora il senato, e che aveva una statua di Pompeo, ed era un ambiente di quelli aggiunti come ornamento da Pompeo al teatro, dimostrò che il fatto fu opera di un dio che indirizzava e guidava là l'azione. Si dice anche che Cassio prima 2 del fatto volse lo sguardo alla statua di Pompeo e lo invocò, anche se era un seguace delle teorie di Epicuro; ma evidentemente la situazione particolare, in presenza 3 del pericolo, sostituiva alla razionalità precedente un senso di eccitazione. Dunque Decimo Bruto tenne fuori Antonio, 4 che era uomo di fiducia di Cesare e robusto, incominciando con lui a bella posta un lungo discorso; all'entrare 5 di Cesare il senato si alzò in atto di omaggio, e gli amici di Bruto si disposero in parte dietro il suo seggio, mentre alcuni gli andarono incontro per unire le loro pre-

---

[240] Figlio di Teopompo, godeva dell'amicizia di Cesare che proprio in suo onore dichiarò libera la città di Cnido dopo la battaglia di Farsalo.
[241] Curia Pompeia, forse una delle esedre della *Porticus Pompeia*, vicina al teatro che Pompeo aveva fatto costruire nel 52. Augusto la fece poi dichiarare *locus sceleratus*.

Κίμβρῳ περὶ ἀδελφοῦ φυγάδος ἐντυγχάνοντι συνδεησόμενοι,
6 *καὶ συνεδέοντο μέχρι τοῦ δίφρου παρακολουθοῦντες. ὡς δὲ καθίσας διεκρούετο τὰς δεήσεις καὶ προσκειμένων βιαιότερον ἠγανάκτει πρὸς ἕκαστον, ὁ μὲν Τίλλιος τὴν τήβεννον αὐτοῦ ταῖς χερσὶν ἀμφοτέραις συλλαβὼν ἀπὸ τοῦ τραχήλου κατῆγεν, ὅπερ ἦν σύνθημα τῆς ἐπιχειρήσεως.*
7 *πρῶτος δὲ Κάσκας ξίφει παίει παρὰ τὸν αὐχένα πληγὴν οὐ θανατηφόρον οὐδὲ βαθεῖαν, ἀλλ᾽ ὡς εἰκὸς ἐν ἀρχῇ τολμήματος μεγάλου ταραχθείς, ὥστε καὶ τὸν Καίσαρα μεταστραφέντα τοῦ ἐγχειριδίου λαβέσθαι καὶ κατασχεῖν.*
8 *ἅμα δέ πως ἐξεφώνησαν, ὁ μὲν πληγεὶς Ῥωμαϊστί· „μιαρώτατε Κάσκα, τί ποιεῖς;" ὁ δὲ πλήξας Ἑλληνιστὶ*
9 *πρὸς τὸν ἀδελφόν· „ἀδελφέ, βοήθει." τοιαύτης δὲ τῆς ἀρχῆς γενομένης, τοὺς μὲν οὐδὲν συνειδότας ἔκπληξις εἶχε καὶ φρίκη πρὸς τὰ δρώμενα, μήτε φεύγειν μήτ᾽*
10 *ἀμύνειν, ἀλλὰ μηδὲ φωνὴν ἐκβάλλειν τολμῶντας. τῶν δὲ παρεσκευασμένων ἐπὶ τὸν φόνον ἑκάστου γυμνὸν ἀποδείξαντος τὸ ξίφος, ἐν κύκλῳ περιεχόμενος, καὶ πρὸς ὅ τι τρέψειε τὴν ὄψιν, πληγαῖς ἀπαντῶν καὶ σιδήρῳ φερομένῳ καὶ κατὰ προσώπου καὶ κατ᾽ ὀφθαλμῶν, διελαυνόμενος ὥσπερ θηρίον ἐνειλεῖτο ταῖς πάντων χερσίν·*
11 *ἅπαντας γὰρ ἔδει κατάρξασθαι καὶ γεύσασθαι τοῦ φόνου. διὸ καὶ Βροῦτος αὐτῷ πληγὴν ἐνέβαλε μίαν εἰς τὸν*
12 *βουβῶνα. λέγεται δ᾽ ὑπό τινων, ὡς ἄρα πρὸς τοὺς ἄλλους ἀπομαχόμενος καὶ διαφέρων δεῦρο κἀκεῖ τὸ σῶμα καὶ κεκραγώς, ὅτε Βροῦτον εἶδεν ἐσπασμένον τὸ ξίφος, ἐφειλκύσατο κατὰ τῆς κεφαλῆς τὸ ἱμάτιον καὶ παρῆκεν ἑαυτόν, εἴτ᾽ ἀπὸ τύχης εἴθ᾽ ὑπὸ τῶν κτεινόντων ἀπωσθεὶς*

ghiere a quelle di Tillio Cimbro che lo supplicava per il fratello esule, e continuarono le loro suppliche accompagnandolo sino al suo seggio. Sedutosi egli respingeva le preghiere, e quando essi insistettero con maggior forza, egli si irritò con ciascuno; allora Tillio gli afferrò con ambedue le mani la toga e gliela tirò giù dal collo: questo era il segnale dell'azione. Per primo Casca[242] lo colpisce con il pugnale nel collo, con un colpo non profondo né mortale, ma logicamente era turbato al principio di una grande azione, tanto che Cesare si voltò, afferrò il pugnale e lo tenne fermo. E contemporaneamente i due urlarono: il colpito, in latino: «Sceleratissimo Casca, che fai?», e il colpitore, in greco, rivolgendosi al fratello: «Aiutami, fratello».[243] Iniziò così, e quelli che non ne sapevano niente erano sbigottiti e tremanti di fronte a quanto avveniva, e non osavano né fuggire, né difendersi e neppure aprir bocca. Quando ognuno dei congiurati ebbe sguainato il pugnale, Cesare, circondato, e ovunque volgesse lo sguardo incontrando solo colpi e il ferro sollevato contro il suo volto e i suoi occhi, inseguito come una bestia, venne a trovarsi irretito nelle mani di tutti; era infatti necessario che tutti avessero parte alla strage e gustassero del suo sangue.[244] Perciò anche Bruto gli inferse un colpo all'inguine. Dicono alcuni che mentre si difendeva contro gli altri e urlando si spostava qua e là, quando vide che Bruto aveva estratto il pugnale si tirò la toga sul capo e si lasciò andare, o per caso, o perché spinto dagli ucci-

6

7

8

9

10

11

12

[242] P. Servilio Casca Longo era stato designato tribuno della plebe per il 43. Sembra che rimproverasse a Cesare di averlo lasciato povero, e che per questo fosse entrato nella congiura.

[243] Sono varie le tradizioni sullo svolgimento dei fatti per quel che riguarda le esclamazioni degli attori. Cassio Dione parla di silenzio; Svetonio di una sola espressione iniziale: «Ma questa è violenza!»; altre fonti coloriscono in vario modo le vicende drammatizzandole. Più verisimile il silenzio, che dà alla scena un che di tragicamente surreale.

[244] I termini greci usati hanno anche una connotazione rituale, e certo la morte di Cesare fu intesa come un rito sacrificale.

₁₃ πρὸς τὴν βάσιν ἐφ᾽ ἧς ὁ Πομπηΐου βέβηκεν ἀνδριάς. καὶ πολὺς καθῆμαξεν αὐτὴν ὁ φόνος, ὡς δοκεῖν αὐτὸν ἐφεστάναι τῇ τιμωρίᾳ τοῦ πολεμίου Πομπήϊον, ὑπὸ πόδας κεκλιμένου καὶ περισπαίροντος ὑπὸ πλήθους τραυμάτων.
₁₄ εἴκοσι γὰρ καὶ τρία λαβεῖν λέγεται, καὶ πολλοὶ κατετρώθησαν ὑπ᾽ ἀλλήλων, εἰς ἓν ἀπερειδόμενοι σῶμα πληγὰς τοσαύτας.

67. Κατειργασμένου δὲ τοῦ ἀνδρός, ἡ μὲν γερουσία, καίπερ εἰς μέσον Βρούτου ⟨προ⟩ελθόντος ὥς τι περὶ τῶν πεπραγμένων ἐροῦντος, οὐκ ἀνασχομένη διὰ θυρῶν ἐξέπιπτε καὶ φεύγουσα κατέπλησε ταραχῆς καὶ δέους ἀπόρου τὸν δῆμον, ὥστε τοὺς μὲν οἰκίας κλείειν, τοὺς δ᾽ ἀπολείπειν τραπέζας καὶ χρηματιστήρια, δρόμῳ δὲ χωρεῖν τοὺς μὲν ἐπὶ τὸν τόπον ὀψομένους τὸ πάθος,
₂ τοὺς δ᾽ ἐκεῖθεν ἑωρακότας. Ἀντώνιος δὲ καὶ Λέπιδος οἱ μάλιστα φίλοι Καίσαρος ὑπεκδύντες εἰς οἰκίας ἑτέρας
₃ κατέφυγον. οἱ δὲ περὶ Βροῦτον, ὥσπερ ἦσαν ἔτι θερμοὶ τῷ φόνῳ, γυμνὰ τὰ ξίφη δεικνύντες ἅμα πάντες ἀπὸ τοῦ βουλευτηρίου συστραφέντες ἐχώρουν εἰς τὸ Καπιτώλιον, οὐ φεύγουσιν ἐοικότες, ἀλλὰ μάλα φαιδροὶ καὶ θαρραλέοι, παρακαλοῦντες ἐπὶ τὴν ἐλευθερίαν τὸ πλῆθος καὶ προσ-
₄ δεχόμενοι τοὺς ἀρίστους τῶν ἐντυγχανόντων. ἔνιοι δὲ καὶ συνανέβαινον αὐτοῖς καὶ κατεμείγνυσαν ἑαυτούς, ὡς μετεσχηκότες τοῦ ἔργου, καὶ προσεποιοῦντο τὴν δόξαν,
₅ ὧν ἦν καὶ Γάϊος Ὀκτάουϊος καὶ Λέντλος Σπινθήρ. οὗτοι μὲν οὖν τῆς ἀλαζονείας δίκην ἔδωκαν ὕστερον, ὑπ᾽ Ἀντωνίου καὶ τοῦ νέου Καίσαρος ἀναιρεθέντες, καὶ μηδὲ τῆς δόξης δι᾽ ἣν ἀπέθνησκον ἀπολαύσαντες ἀπιστίᾳ τῶν

[245] La stessa cifra in tutte le fonti fuorché in Nicola di Damasco che parla di 35 ferite. Secondo il medico Antistio (così ci riferisce Svetonio), una sola fu mortale.

[246] Il tentato intervento di Bruto mirava a provocare, con una pronuncia del senato, la legalizzazione dell'accaduto; il non averla ottenuta fu la cagion prima del fallimento dei fini politici che i congiurati si erano proposti.

[247] Non si sa dove si sia rifugiato Antonio; Lepido si rifugiò nell'isola Tiberina ove aveva l'esercito con il quale doveva partire per la Gallia

sori, presso la base su cui stava la statua di Pompeo. Molto 13
sangue bagnò quella statua, tanto che sembrava che Pompeo presiedesse alla vendetta del suo nemico che giaceva ai suoi piedi e agonizzava per il gran numero delle ferite. Si dice ne abbia ricevute ventitré,[245] e molti si ferirono tra 14 loro mentre indirizzavano tanti colpi verso un solo corpo.

67. Ucciso Cesare, i senatori, benché Bruto si fosse fatto avanti per dire qualcosa sull'accaduto,[246] non rimasero sul posto, ma fuggivano tutti fuori dalle porte, e nel fuggire riempirono il popolo di confusione e di panico, tanto che gli uni chiudevano le case, gli altri lasciavano banchi e negozi, alcuni andavano di corsa al luogo del delitto per vedere quel che era successo, altri ne venivano via dopo aver visto. Antonio e Lepido, che erano amici 2 intimi di Cesare, fuggirono a rifugiarsi in case non loro.[247] Ma quelli che stavano con Bruto, eccitati come an- 3 cora erano per la strage effettuata, tenendo in evidenza i pugnali sguainati, tutti insieme si riunirono fuori del senato e muovevano verso il Campidoglio,[248] non simili a fuggiaschi, ma molto decisi e animosi, invitando alla libertà il popolo e accogliendo tra le loro fila gli ottimati nei quali si imbattevano. Alcuni addirittura si mescolaro- 4 no a loro e salirono sul Campidoglio, quasi che avessero preso parte a quell'azione, e se ne attribuivano la gloria, come Gaio Ottavio e Lentulo Spintere. Costoro pagaro- 5 no più tardi la loro vanteria, quando furono uccisi da Antonio e dal giovane Cesare,[249] e non ne ricavarono neppure la fama per la quale morirono, giacché nessuno la

Narbonense e la Spagna Citeriore. Con quelle truppe egli presiederà nella notte successiva la città e praticamente darà il colpo di grazia alle speranze dei congiurati.
[248] Risulta da altre fonti che questo gruppo sostò nel foro per sollecitare un consenso che non venne; per conseguenza salirono tutti sul Campidoglio col pretesto di rendere grazie agli dei, ma in realtà con l'intenzione di occupare un luogo facilmente difendibile.
[249] Si tratta di Ottaviano, così definito perché divenuto figlio di Cesare per adozione testamentaria.

6 ἄλλων. οὐδὲ γὰρ οἱ κολάζοντες αὐτοὺς τῆς πράξεως, ἀλλὰ
τῆς βουλήσεως τὴν δίκην ἔλαβον.

7 Μεθ᾽ ἡμέραν δὲ τῶν περὶ Βροῦτον κατελθόντων καὶ
ποιησαμένων λόγους, ὁ μὲν δῆμος οὔτε δυσχεραίνων οὔθ᾽
ὡς ἐπαινῶν τὰ πεπραγμένα τοῖς λεγομένοις προσεῖχεν,
ἀλλ᾽ ὑπεδήλου τῇ πολλῇ σιωπῇ Καίσαρα μὲν οἰκτίρων,
8 αἰδούμενος δὲ Βροῦτον· ἡ δὲ σύγκλητος ἀμνηστίας τινὰς
καὶ συμβάσεις πράττουσα πᾶσι, Καίσαρα μὲν ὡς θεὸν
τιμᾶν ἐψηφίσατο καὶ κινεῖν μηδὲ τὸ μικρότατον ὧν
9 ἐκεῖνος ἄρχων ἐβούλευσε, τοῖς δὲ περὶ Βροῦτον ἐπαρχίας
τε διένειμε καὶ τιμὰς ἀπέδωκε πρεπούσας, ὥστε πάντας
οἴεσθαι τὰ πράγματα κατάστασιν ἔχειν καὶ σύγκρασιν
ἀπειληφέναι τὴν ἀρίστην.

68. Ἐπεὶ δὲ τῶν διαθηκῶν τῶν Καίσαρος ἀνοιχθεισῶν
εὑρέθη δεδομένη Ῥωμαίων ἑκάστῳ δόσις ἀξιόλογος,
καὶ τὸ σῶμα κομιζόμενον δι᾽ ἀγορᾶς ἐθεάσαντο ταῖς
πληγαῖς διαλελωβημένον, οὐκέτι κόσμον εἶχεν οὐδὲ τάξιν
αὐτῶν τὸ πάθος, ἀλλὰ τῷ μὲν νεκρῷ περισωρεύσαντες
ἐξ ἀγορᾶς βάθρα καὶ κιγκλίδας καὶ τραπέζας, ὑφῆψαν
2 αὐτοῦ καὶ κατέκαυσαν, ἀράμενοι δὲ δαλοὺς διαπύρους
ἔθεον ἐπὶ τὰς οἰκίας τῶν ἀνῃρηκότων ὡς καταφλέξοντες,
ἄλλοι δ᾽ ἐφοίτων πανταχόσε τῆς πόλεως, συλλαβεῖν καὶ
διασπάσασθαι τοὺς ἄνδρας ζητοῦντες. οἷς ἐκείνων μὲν
οὐδεὶς ἀπήντησεν, ἀλλ᾽ εὖ πεφραγμένοι πάντες ἦσαν·
3 Κίννας δέ τις τῶν Καίσαρος ἑταίρων ἔτυχε μὲν ὥς φασι
τῆς παρῳχημένης νυκτὸς ὄψιν ἑωρακὼς ἄτοπον· ἐδόκει
γὰρ ὑπὸ Καίσαρος ἐπὶ δεῖπνον καλεῖσθαι, παραιτούμενος

---

[250] Questo passo è in contrasto con tutta la tradizione che colloca
questo discorso al 15 marzo: infatti la notte tra il 15 e il 16 il foro fu
occupato dai soldati di Lepido.

[251] In modo molto riassuntivo si fa cenno alle sedute del 17-18 marzo, nelle quali venne ratificato il compromesso raggiunto tra Antonio
e Lepido da un lato e i cesaricidi dall'altro. Per esso Cesare non fu dichiarato tiranno e perciò i suoi atti furono considerati validi; d'altro canto
gli uccisori non furono puniti «perché questo era nell'interesse della città»; furono anzi loro concessi gli incarichi che già Cesare aveva delibe-
rato di concedere loro.

credeva autentica. E d'altro canto chi li punì, non li punì 6
per il fatto, ma per l'intenzione.

Il giorno dopo[250] Bruto scese nel foro e tenne un di- 7
scorso; il popolo stette a sentire con l'aria di non pren-
dersela né di approvare il fatto, ma con un profondo silenzio dava a vedere di compassionare Cesare e di rispettare Bruto. Il senato poi, facendo ricorso ad un'amnistia, 8
e preparando una riconciliazione generale,[251] deliberò di
onorare Cesare come dio[252] e di non modificare assolutamente nulla di quanto egli aveva deciso mentre era al
potere, a Bruto e ai suoi concesse le province e onori con- 9
venienti, tanto che tutti ritenevano che la situazione si fosse
normalizzata e avesse trovato la soluzione migliore.

68. Ma quando si aprì il testamento di Cesare[253] e si
trovò che a ciascuno dei Romani era stato lasciato un con-
sistente donativo,[254] e la gente vide sfigurato dai colpi il
corpo portato attraverso il foro,[255] allora nessuno si contenne più; tutti ammassarono attorno al cadavere banchi,
tavole, staccionate, prese dal foro, e vi appiccarono il fuoco; poi, presi dei tizzoni ardenti corsero alle case degli uc- 2
cisori per bruciarle, mentre altri si aggiravano in ogni an-
golo della città cercando di arrestare e uccidere i congiurati. Nessuno però li poté incontrare, perché erano tutti
ben protetti. Un certo Cinna, amico di Cesare, a quanto 3
dicono, aveva avuto la notte precedente un sogno strano:
gli sembrava di essere invitato a pranzo da Cesare, e siccome si schermiva, era trascinato per mano dallo stesso

---

[252] Notizia inesatta, in quanto la divinizzazione di Cesare è dell'autunno del 43, dopo la costituzione del triumvirato.
[253] In casa di Antonio, dietro insistente richiesta di L. Calpurnio Pisone, suocero di Cesare.
[254] Si tratta di 75 denari a testa.
[255] Il funerale ebbe luogo il 20 marzo; consentirne la effettuazione
fu ritenuto un altro errore di Bruto.

⁴ δ' ἄγεσθαι τῆς χειρὸς ὑπ' αὐτοῦ, μὴ βουλόμενος ἀλλ'
ἀντιτείνων. ὡς δ' ἤκουσεν ἐν ἀγορᾷ τὸ σῶμα καίεσθαι
τοῦ Καίσαρος, ἀναστὰς ἐβάδιζεν ἐπὶ τιμῇ, καίπερ ὑφ-
⁵ ορώμενός τε τὴν ὄψιν ἅμα καὶ πυρέττων. καί τις ὀφθέντος
αὐτοῦ τῶν πολλῶν ἔφρασεν ἑτέρῳ τοὔνομα πυνθανομένῳ, κἀκεῖνος ἄλλῳ, καὶ διὰ πάντων θροῦς ἦν, ὡς οὗτός
⁶ ἐστιν ὁ ἀνὴρ τῶν ἀνῃρηκότων Καίσαρα· καὶ γὰρ ἦν τις
ὁμώνυμος ἐκείνῳ Κίννας ἐν τοῖς συνομοσαμένοις, ὃν
τοῦτον εἶναι προλαβόντες, ὥρμησαν εὐθὺς καὶ διέσπασαν
⁷ ἐν μέσῳ τὸν ἄνθρωπον. τοῦτο μάλιστα δείσαντες οἱ
περὶ Βροῦτον καὶ Κάσσιον οὐ πολλῶν ἡμερῶν διαγενομένων
ἀπεχώρησαν ἐκ τῆς πόλεως. ἃ δὲ καὶ πράξαντες καὶ
παθόντες ἐτελεύτησαν, ἐν τοῖς περὶ Βροῦτου γέγραπται.

69. Θνῄσκει δὲ Καῖσαρ τὰ μὲν πάντα γεγονὼς ἔτη
πεντήκοντα καὶ ἕξ, Πομπηΐῳ δ' ἐπιβιώσας οὐ πολὺ πλέον
ἐτῶν τεσσάρων, ἧν δὲ τῷ βίῳ παντὶ δυναστείαν καὶ
ἀρχὴν διὰ κινδύνων τοσούτων διώκων μόλις κατειρ-
γάσατο, ταύτης οὐδὲν ὅτι μὴ τοὔνομα μόνον καὶ τὴν
ἐπίφθονον καρπωσάμενος δόξαν παρὰ τῶν πολιτῶν.

² Ὁ μέντοι μέγας αὐτοῦ δαίμων, ᾧ παρὰ τὸν βίον ἐχρήσατο, καὶ τελευτήσαντος ἐπηκολούθησε τιμωρὸς τοῦ
φόνου, διά τε γῆς πάσης καὶ θαλάττης ἐλαύνων καὶ
ἀνιχνεύων ἄχρι τοῦ μηδένα λιπεῖν τῶν ἀπεκτονότων,
ἀλλὰ καὶ τοὺς καθ' ὁτιοῦν ἢ χειρὶ τοῦ ἔργου θιγόντας
³ ἢ γνώμῃ μετασχόντας ἐπεξελθεῖν. θαυμασιώτατον δὲ
τῶν μὲν ἀνθρωπίνων τὸ περὶ Κάσσιον· ἡττηθεὶς γὰρ
ἐν Φιλίπποις, ἐκείνῳ τῷ ξιφιδίῳ διέφθειρεν ἑαυτὸν ᾧ
⁴ κατὰ Καίσαρος ἐχρήσατο· τῶν δὲ θείων ὅ τε μέγας
κομήτης (ἐφάνη γὰρ ἐπὶ νύκτας ἑπτὰ μετὰ τὴν Καίσαρος
σφαγὴν διαπρεπής, εἶτ' ἠφανίσθη), καὶ τὸ περὶ τὸν
⁵ ἥλιον ἀμαύρωμα τῆς αὐγῆς. ὅλον γὰρ ἐκεῖνον τὸν ἐνιαυτὸν

dittatore, per quanto egli non lo volesse, anzi facesse resistenza. Quando sentì dire che nel foro si bruciava il corpo di Cesare, si levò per andare a fare atto di omaggio, anche se era inquieto per il sogno ed era febbricitante. Alla sua vista uno della folla ne disse il nome ad un altro che lo richiedeva, e quello a sua volta ad un altro, e così tra tutti si diffuse la voce che questi era uno degli uccisori di Cesare. C'era infatti tra i congiurati un suo omonimo Cinna, e ritenendo che egli fosse quello, gli si buttarono addosso, e proprio lì lo uccisero. Per timore di qualcosa di analogo Bruto e Cassio dopo non molto uscirono di città. Quel che poi fecero e patirono è stato da me raccontato nella vita di Bruto.

69. Cesare morì a cinquantasei anni[256] e sopravvisse a Pompeo non molto più di quattro anni, e di quel potere e di quell'autorità che in tutta quanta la vita egli aveva inseguito tra tanti pericoli e poi aveva a stento conseguito, non ebbe se non il nome, oltre all'invidia dei suoi concittadini. Ma il suo grande demone, di cui fruì durante la vita, lo seguì in morte come vendicatore della sua uccisione, perseguitando per tutta la terra i suoi uccisori fino a non lasciarne in vita alcuno, anzi colpendo tutti coloro che in qualche modo avevano messo mano all'azione o avevano avuto parte al disegno. Dei fatti umani, il più straordinario fu quello che riguardò Cassio: sconfitto a Filippi,[257] si uccise con quel pugnale con il quale aveva colpito Cesare; dei fatti divini il più segnalato fu l'apparizione di una stella cometa,[258] che apparve visibile per sette notti dopo l'uccisione di Cesare e poi scomparve, e l'oscuramento del sole. Infatti per tutto quell'anno il disco del sole si levò pallido e senza bagliori, e ne veniva

[256] Cesare sarebbe nato il 13 luglio del 100 a.C., secondo l'opinione tradizionale, contestata da alcuni studiosi che pensano al 101 o al 102.

[257] Città nella pianura ad oriente del monte Pangeo. La battaglia fu combattuta nell'autunno del 42.

[258] Ne parlano concordemente tutte le fonti: essa sarebbe comparsa durante i ludi in onore di Venere Genitrice celebrati da Ottaviano tra il 20 e il 30 luglio del 44.

ὠχρὸς μὲν ὁ κύκλος καὶ μαρμαρυγὰς οὐκ ἔχων ἀνέτελλεν,
ἀδρανὲς δὲ καὶ λεπτὸν ἀπ' αὐτοῦ κατῄει τὸ θερμόν, ὥστε
τὸν μὲν ἀέρα δνοφερὸν καὶ βαρὺν ἀσθενείᾳ τῆς διακρι-
νούσης αὐτὸν ἀλέας ἐπιφέρεσθαι, τοὺς δὲ καρποὺς ἡμι-
πέπτους καὶ ἀτελεῖς ἀπανθῆσαι καὶ παρακμάσαι διὰ τὴν
ψυχρότητα τοῦ περιέχοντος.

6 Μάλιστα δὲ τὸ Βρούτῳ γενόμενον φάσμα τὴν Καίσαρος
ἐδήλωσε σφαγὴν οὐ γενομένην θεοῖς ἀρεστήν· ἦν δὲ
7 τοιόνδε. μέλλων τὸν στρατὸν ἐξ Ἀβύδου διαβιβάζειν εἰς
τὴν ἑτέραν ἤπειρον, ἀνεπαύετο νυκτὸς ὥσπερ εἰώθει
κατὰ σκηνήν, οὐ καθεύδων, ἀλλὰ φροντίζων περὶ τοῦ
8 μέλλοντος· λέγεται γὰρ οὗτος ἀνὴρ ἥκιστα δὴ τῶν στρατηγῶν ὑπνώδης γενέσθαι καὶ πλεῖστον ἑαυτῷ χρόνον
9 ἐγρηγορότι χρῆσθαι πεφυκώς· ψόφου δέ τινος αἰσθέ-
σθαι περὶ τὴν θύραν ἔδοξε, καὶ πρὸς τὸ τοῦ λύχνου φῶς
ἤδη καταφερομένου σκεψάμενος, ὄψιν εἶδε φοβερὰν
10 ἀνδρὸς ἐκφύλου τὸ μέγεθος καὶ χαλεποῦ τὸ εἶδος. ἐκ-
πλαγεὶς δὲ τὸ πρῶτον, ὡς ἑώρα μήτε πράττοντά τι μήτε
φθεγγόμενον, ἀλλ' ἑστῶτα σιγῇ παρὰ τὴν κλίνην, ἠρώτα
11 [ὅσ]τίς ἐστιν. ἀποκρίνεται δ' αὐτῷ τὸ φάσμα· ,,ὁ σὸς ὦ
Βροῦτε δαίμων κακός· ὄψει δέ με περὶ Φιλίππους.''
τότε μὲν οὖν ὁ Βροῦτος εὐθαρσῶς ,,ὄψομαι'' εἶπε, καὶ
12 τὸ δαιμόνιον εὐθὺς ἐκποδὼν ἀπῄει. τῷ δ' ἱκνουμένῳ
χρόνῳ περὶ τοὺς Φιλίππους ἀντιταχθεὶς Ἀντωνίῳ καὶ
Καίσαρι, τῇ μὲν πρώτῃ μάχῃ κρατήσας τὸ καθ' ἑαυτὸν
ἐτρέψατο, καὶ διεξήλασε πορθῶν τὸ Καίσαρος στρατό-
13 πεδον· τὴν δὲ δευτέραν αὐτῷ μάχεσθαι μέλλοντι φοιτᾷ
τὸ αὐτὸ φάσμα τῆς νυκτὸς αὖθις, οὐχ ὥστε τι προσειπεῖν,
ἀλλὰ συνεὶς ὁ Βροῦτος τὸ πεπρωμένον, ἔρριψε φέρων
ἑαυτὸν εἰς τὸν κίνδυνον.

14 Οὐ μὴν ἔπεσεν ἀγωνιζόμενος, ἀλλὰ τῆς τροπῆς γενομένης ἀναφυγὼν πρός τι κρημνῶδες, καὶ τῷ ξίφει γυμνῷ
προσβαλὼν τὸ στέρνον, ἅμα καὶ φίλου τινὸς ὥς φασι
συνεπιρρώσαντος τὴν πληγήν, ἀπέθανεν.

un calore languido e tenue, cosicché l'aria circolava nebbiosa e pesante per la fiacchezza del calore che la scioglie, e i frutti restavano incompiuti e semimaturi, o marcivano per il freddo dell'atmosfera. Ma fu soprattutto quel fantasma che apparve a Bruto che rivelò che l'uccisione di Cesare non era stata ben accetta agli dei. Capitò così. Quando stava per far passare l'esercito da Abido sull'altra sponda, di notte, secondo il suo solito, riposava nella tenda, non dormendo, ma pensando al futuro. Dicono che quest'uomo dormiva meno di tutti i condottieri, e per natura poteva star sveglio moltissimo tempo.

Gli sembrò di sentire un rumore presso la porta, e guardando alla luce della lanterna già fioca, ebbe la terribile visione di un uomo di eccezionale grandezza e di aspetto spaventoso. Ne rimase dapprima sbigottito, ma quando vide che quello né diceva né faceva alcunché, ma se ne stava in silenzio presso il suo letto, gli chiese chi fosse. L'apparizione rispose: «Il tuo cattivo demone, o Bruto: mi vedrai a Filippi». E Bruto coraggiosamente rispose: «Ti vedrò». E subito l'apparizione sparì.

A tempo debito, schieratosi a Filippi contro Antonio e Ottaviano, in un primo momento ebbe il sopravvento dalla sua parte e volse in fuga gli avversari e si spinse a saccheggiare il campo di Ottaviano; ma nel secondo scontro, ancora di notte gli venne lo stesso fantasma, e non disse nulla; Bruto capì il suo destino e si buttò nel pericolo. Non cadde però in battaglia, ma nella fuga si rifugiò in luogo dirupato, e appoggiato il petto alla spada nuda morì, aiutato, come dicono, da un amico che rese il colpo più forte.

SOMMARIO

ISBN 88-17-16613-8